पेंगुइन के साथ मिलाएँ, पर्यावरण से हाथ

हर पृष्ठ उत्कृष्ट

प्रिय पाठक,

पेंगुइन में हम उत्तम साहित्य के साथ-साथ सकारात्मक परिवर्तन के लिए शब्दों की शक्ति में विश्वास रखते हैं।

पर्यावरण के प्रति हमारी प्रतिबद्धता के दृष्टिगत हमें यह घोषणा करते हुए गर्व है कि यह पुस्तक फ़ॉरेस्ट स्टीवर्डशिप काउंसिल (एफ़एससी)-प्रमाणित और शत प्रतिशत पुनर्चक्रित (100% रीसाइकल्ड) काग़ज़ के संयोजन पर मुद्रित है। हम स्वयं करके दिखाने पर विश्वास करते हैं और पर्यावरण-अनुकूल कार्य-प्रणाली को अपनाने के लिए समर्पित हैं। यह पहल अपने पर्यावरण पद-चिह्न को कम करने और प्राकृतिक संसाधनों को संरक्षित करने वाली कार्य-पद्धतियों का समर्थन करने की दिशा में हमारी यात्रा का एक महत्त्वपूर्ण क़दम है। आइए, हम एक साथ मिलकर अपनी पृथ्वी को सुरक्षित रखते हुए जीवन को प्रेरित और समृद्ध करें, पृष्ठ-दर-पृष्ठ।

एक हरित एवं पर्यावरण सर्वेक्षण के प्रति अधिक जागरूक भविष्य की ओर इस यात्रा में हमारे साथ जुड़ने के लिए आपका धन्यवाद। आइए, हम सब मिलकर पढ़ने और अपनी पृथ्वी की देखभाल करने की दिशा में यह पहल करें।

हार्दिक शुभकामनाएँ,
टीम पेंगुइन

पेंगुइन स्वदेश

काला नाग

सुरेन्द्र मोहन पाठक का जन्म 19 फरवरी, 1940 को पंजाब के खेमकरण में हुआ था। विज्ञान में स्नातकोत्तर उपाधि हासिल करने के बाद उन्होंने *भारतीय दूरभाष उद्योग* में नौकरी कर ली। युवावस्था तक कई राष्ट्रीय और अंतरराष्ट्रीय लेखकों को पढ़ने के साथ उन्होंने मारियो पूजो और जेम्स हेडली चेज़ के उपन्यासों का अनुवाद शुरू किया। इसके बाद मौलिक लेखन करने लगे।

सुरेन्द्र मोहन पाठक के प्रसिद्ध उपन्यास *असफल अभियान* और *खाली वार* थे, जिन्होंने पाठक जी को प्रसिद्धि के सबसे ऊंचे शिखर पर पहुंचा दिया। इसके पश्चात उन्होंने अभी तक पीछे मुड़ कर नहीं देखा। उनका *पैंसठ लाख की डकैती* नामक उपन्यास अंग्रेज़ी में भी छपा और उसकी लाखों प्रतियाँ बिकने की ख़बर चर्चा में रही। उनकी अब तक 303 पुस्तकें प्रकाशित हो चुकी हैं और प्रस्तुत उपन्यास *काला नाग* उस श्रेणी में उनकी 304वीं पुस्तक है।

हिन्द पॉकेट बुक्स से प्रकाशित

लेखक की अन्य पुस्तकें

क़हर
जाके बैरी सन्मुख जीवै

काला नाग

सुरेन्द्र मोहन पाठक

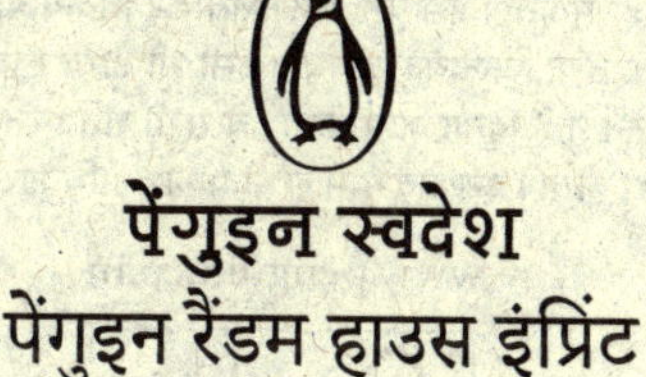

पेंगुइन स्वदेश
पेंगुइन रैंडम हाउस इंप्रिंट

पेंगुइन स्वदेश

पेंगुइन स्वदेश, पेंगुइन रैंडम हाउस ग्रुप ऑफ़ कम्पनीज़ का हिस्सा है,
जिसका पता global.penguinrandomhouse.com पर मिलेगा

पेंगुइन रैंडम हाउस इंडिया प्रा. लि.,
चौथी मंजिल, कैपिटल टावर 1, एमजी रोड,
गुरुग्राम 122002, हरियाणा, भारत

पेंगुइन
रैंडम हाउस
इंडिया

प्रथम हिन्दी संस्करण हिन्द पॉकिट बुक्स में पेंगुइन रैंडम हाउस द्वारा 2020 में प्रकाशित
यह हिन्दी संस्करण पेंगुइन स्वदेश में पेंगुइन रैंडम हाउस द्वारा 2025 में प्रकाशित

10 9 8 7 6 5 4 3 2

ISBN 9789353496111

टाइपसेटिंग : डीजीअल्ट्राबुक्स प्रा.लि., नई दिल्ली
मुद्रक : गोपसंस पेपर्स प्रा.लि., नोएडा
यह पुस्तक रीसाइकल्ड कागज़ पर मुद्रित हुई है

www.penguin.co.in

लेखकीय

मेरा नवीनतम थ्रिलर 'काला नाग' आपके हाथों में है। उपन्यास किसी स्थापित सीरीज़ का नहीं है इसलिये उसका शुमार 'विविध' उपन्यासों में है, क्रॉनोलॉजिकल रिकार्ड के लिए जिनमें इसका क्रम 72 है। यह मेरी कुल प्रकाशित पुस्तकों में 304वां है और हिंद पॉकेट बुक्स द्वारा प्रकाशित पुस्तकों में तीसरा है। इससे पहले इस प्रकार का उपन्यास *कातिल कौन* लगभग चार साल पहले मार्च 2016 में प्रकाशित हुआ था और काफी वाहवाही से नवाज़ा गया था। उम्मीद है कि वैसी वाहवाही मौजूदा थ्रिलर *काला नाग* के हिस्से में भी आएगी। बहरहाल हमेशा की तरह प्रस्तुत उपन्यास के प्रति भी मेहरबान, कद्रदान, गुणग्राहक पाठकों की अमूल्य, निष्पक्ष, बेबाक राय की मुझे प्रतीक्षा रहेगी। हमेशा की तरह अर्ज़ है कि पाठकों की राय कैसी भी हो, मेरे सिर माथे होगी, निसंकोच अवगत कराइयेगा।

पूर्वप्रकाशित विमल की दुकड़ी की बाबत पाठकों की राय में जो नई बात थी वो ये थी कि सामूहिक रूप से उपन्यास सबको पसन्द आया – यूँ जैसे कि *जाके बैरी सन्मुख जीवै* ने क़हर के पाप धो दिये – लेकिन नीलम की मौत अधिकतर को कतई हज़्म न हुई। तीखी प्रतिक्रियाओं की वजुहात जुदा थीं लेकिन गिनती के कुछ पाठकों को छोड़ कर बाकी सबकी राय थी कि लेखक का दिमाग हिल गया था, उसमें सैडिस्ट प्रवृति घर कर गई थी वर्ना सीरीज़ के इतने अहम किरदार को अपनी किसी सनक के, कमअक्ली के हवाले उसने उसके ऐसे भयावह अंजाम तक हरगिज़ न पहुंचाया होता, नीलम सीरीज़ के लिये उतनी ही अहम थी जितना कि विमल खुद था वगैरह! तीखी प्रतिक्रियाओं का ये आलम था कि मेरे कई कमिटिड पाठकों ने कसम खाई कि भविष्य में वो विमल सीरीज़ का उपन्यास हरगिज़ नहीं पढ़ेंगे। नीलम को सीरीज से विदा करके लेखक ने खुद अपने पांवों पर कुल्हाड़ी मारी थी। कितने ही पाठकों ने कहा कि नीलम की मौत के प्रसंग पर पहुंचते ही उनके छक्के छूट गए, किताब खुद ही हाथ से गिर पड़ी, यकीन ही न आया कि अब तक ठीक-ठीक विमल सीरीज़ लिखते आ रहे नादान, बुढ़या गए लेखक ने विमल के कन्धे से कन्धा मिला कर ज़ुल्म का मुकाबला करने वाली नीलम को इतनी आसान मौत दे दी जैसे

कि मक्खी मसली। उन्होंने उपन्यास को सिरे तक पढ़ने की कोशिश ही न की और फ़ैसला सुना दिया कि आइन्दा वो विमल सीरीज का ही नहीं, इस नालायक, नामुराद लेखक का कोई भी उपन्यास नहीं पढ़ेंगे।

लेखक को सैडिस्ट करार देती कुछ और चुनिन्दा राय संक्षेप में यहां उद्धृत हैं। सब से पहली राय पर खासतौर से ग़ौर फरमाए :

- ये क्या किया आपने? मुझसे आगे नहीं पढ़ा जा रहा। अभी 104वां पेज पढ़ते ही पहले आपको ये कहना चाहता हूँ कि मैं इसके लिए आप को कभी माफ नहीं करूंगा, कभी नहीं। अभी भी कुछ नहीं बिगड़ा। सारी कापियां वापिस मंगवा लीजिए और 'जाके बैरी सन्मुख जीवै' को फिर से लिखिए। आपकी कलम जरा भी न लड़खड़ाई ये सब ज़ुल्म लिखते वक्त! आप हिम्मत ही कैसे कर पाए ये सब लिखने की? नीलम की मौत लिखकर आपने हर एसएमपियन पर ज़ुल्म ढाया है। मुझे माफ करना सर, इस वक्त मैं अपने आपे में नहीं हूँ। मेरी आत्मा रो रही है। पता नहीं उपन्यास को 104 पेज से आगे पढ़ने की हिम्मत जुटा पाऊंगा या नहीं!

  (संजीव कुमार)

- नीलम को मारने की ज़रूरत क्या थी? अगर मकसद विमल को आफत का परकाला बनाना था तो उसके लिए क्या नीलम के साथ हुई बद्फेली काफी नहीं थी? नीलम को मारना विमल को मारना था। 42 साल पुराने किरदार को मारने का हक आपको नहीं है।

  (योगेश तनेजा)

- नीलम की मौत ने झकझोर दिया। रूह कांप गई। बरबस ही आंसू निकल पड़े। नीलम के बिना विमल का तसव्वुर भी करने का जी नहीं चाह रहा! अब नीलम के बिना विमल क्या करेगा? . . . बल्कि आप क्या करेंगे?

  (संजय सिंघई)

- नीलम की मौत का प्रसंग पढ़ने के बाद कितना ही अरसा कथानक को आगे पढ़ने का मन न हुआ। अब एक ही खयाल मन में आता है कि क्या सूरज का हश्र भी नीलम जैसा होने वाला है क्यों कि नीलम की मौत के बाद तो अब वही विमल के पैरों की बेड़ी बनेगा।

नीलम ने आपका क्या बिगाड़ा था? क्या और कोई रास्ता नहीं था जो नीलम को शहीद किए बिना उसके इख्तिताम तक ले जाता? एक बार तो दिल में आया कि अब आगे पढ़ना बेमानी है लेकिन . . . पढ़ा।

(सुहैब फारूकी)

- नीलम की मृत्यु ने झकझोर दिया। ये पहला उपन्यास है जिसे दोबारा पढ़ने की इच्छा नहीं हुई जब कि आपके सारे उपन्यास मैं कई कई बार पढ़ता हूँ। क्या कर दिया आपने? क़हर टूट पड़ा। दुखद अन्त। नाकबूल।

(हरीश सुन्दरानी)

- आपने रुला दिया, सर। यूँ लगा जैसे कल्पित पात्र नीलम नहीं, मेरा कोई अजीज मर गया हो। ये आपने ठीक नहीं किया, सर। अपने पात्रों को रचना, चलाना, हटाना यकीनन लेखक की अपनी सोच, अपनी ज़रूरतों के मुताबिक होता है लेकिन इस बार बहुत गलत किया आपने। अन्याय किया अपने पाठकों से। किसी पिछले जन्म का बदला उतारा। तुकाराम, वागले, सुमन बिछुड़ गए, मैं न रोया लेकिन नीलम! नीलम! दाता! दाता!

  जाने कितनी बार नीलम के साथ बीती पढ़ते-पढ़ते सब्र का बांध टूटा, कई बार मार्कर लगाकर नावल रखा। अनायास आंसू निकल आते थे, पोंछता था तो फिर निकल आते थे।

  ठीक नहीं किया, सर, आपने ठीक नहीं किया।

(शरद कुमार दुबे)

- उपन्यास पूरे सौ नम्बर से पास मगर नीलम का जाना मन को बहुत दुखी कर गया। आखिर तक लगा, अभी लौट आएगी; बस, अभी लौट आएगी। लेकिन नहीं आई। एक बार तो ऐसा लगा कि आप शायद नीलम की जगह जसमीत माने को मरा बताएंगे जिस को कि आपने नीलम जैसा बताया था। लेकिन कोई चमत्कार न कर पाए आप। नतीजतन खून का घूंट पी के रह जाना पड़ा।

(सूर्यकान्त सुभाष सांबले)

- दुख के साथ कहना पड़ रहा है कि नीलम का मरना कतई पसन्द नहीं आया। बड़ा झटका लगा दिल को और एक दिन के लिये पढ़ना ही रोक देना पड़ा। यही सोचता रहा कि काश नीलम न मरी हो, शायद मेड मरी हो। लेखक

अपने पात्रों को अपने हिसाब से पेश करता है लेकिन माफी के साथ कहना चाहता हूँ कि नीलम को मारे बिना भी आप कहानी को आगे बढ़ा सकते थे, ऐसा करना आपके बाएं हाथ का खेल होता। अफसोस है कि पाठकों के नीलम से जुड़ाव को आपने कम करके आंका, नीलम को मार के गलत किया। आप कहेंगे नीलम के मरे बिना कहानी आगे नहीं बढ़ सकती थी तो मेरा आपसे सहमत होना मुमकिन न होगा। आप जैसे अल्फाज के जादूगर के लिए नीलम को शहीद किए बिना भी कहानी आगे बढ़ाना कोई कठिन काम न होता।

(महेश सिंह)

- नीलम की हाहाकारी मौत के प्रसंग के बाद अन्दर से कुछ टूट सा गया। उस प्रसंग पर मैंने आपको जी भर कर कोसा और यही सोचा कि आप को ये नॉवल लिखना ही नहीं चाहिए था। विमल महागाथा के कई अमर पात्र मेरे दिल के करीब थे लेकिन सब से ऊपर नीलम थी। नीलम की मौत का प्रसंग पढ़कर मैं इतना हिल गया था कि उस रात अपनी पत्नी से लिपट कर सोया। काश आप मुबारक अली को कुरबान कर देते, फ्रान का कत्ल करवा देते लेकिन आपने तो पूरी नृशंसता से नीलम को निशाना बनाया ताकि रीडर्स रोएं और अपनी कलम की जादूगरी के सदके आप सब जायज़ करार दें, ज़रूरी करार दें।

(परमजीत सिंह)

- 'जाके बैरी सन्मुख जीवै' मैंने रिकॉर्ड टाइम में पढ़ा और अत्यन्त क्रुद्ध अवस्था में आपको पत्र लिख रहा हूँ। मैं कसमिया कहता हूँ कि शायद आपको ये मेरी आखिरी मेल हो। आपसे ऐसी आशा मैं बिल्कुल नहीं करता था। आपने तो विमल की आत्मा को ही नेस्तनाबूद कर दिया। आप परदुखअभिलाषी हैं, सैडिस्ट हैं जो सीरीज पर एकाधिकार बनाए रखने के लिए कुछ भी कर सकते हैं। शायद आपको गुमान हो कि लोग पढ़ कर भूल जाते हैं, घटना कितनी भी दारुण हो, आई गई हो जाती है। लेकिन नीलम की मौत के सन्दर्भ में मेरे साथ ऐसा नहीं होने वाला। लेखक जी, नीलम की मौत से भड़का मैं अपना विमल सीरीज का मुकम्मल कलैक्शन कब्रिस्तान में दफ़न कर के आऊंगा और ताजिन्दगी कभी आपका उपन्यास नहीं पढ़ूंगा।

मैं कल से रोटी का एक निवाला मुंह से नहीं डाल पाया। लगता है घर में मातम हो गया। ज़ार-ज़ार रोने का दिल चाहता है। कोई पूछे कौन मर गया तो क्या बताऊं? मेरी पसन्दीदा सीरीज़ का एक किरदार मर गया!

लेखक साहब, किरदार सिर्फ किरदार नहीं होते, दिलदार बन जाते हैं, जेहन पर छा जाते हैं, दिल में घर बना लेते हैं। लिहाज़ा अपने पाठकों की आप को जरा भी कद्र है, जरा भी लिहाज़ है तो कैसे भी हो, नीलम को जिन्दा कीजिए। कुछ चमत्कार कीजिए – जो मैं जानता हूँ आप कर सकते हैं– नीलम को ज़िन्दा कीजिए।

(आशीष पटेल)

- तीन दिन हो गए 'जाके बैरी सन्मुख जीवै' पढ़े, मन अभी भी त्रस्त है। 'क़हर' पहले भाग का टाइटल था लेकिन हम लोगों पर क़हर आपने दूसरे भाग में ढाया। ऐसा लग रहा है जैसे कि कोई अपना सदा के लिए चला गया। नीलम का प्रारब्ध ऐसा होगा, कभी सोचा न था। नीलम ऐसी मौत की हकदार कतई नहीं थी। इस सदमे से अभी तक नहीं उबर पाया हूँ।

(विशाल सक्सेना)

- जो हुआ, अच्छा नहीं हुआ। मेरा इशारा नीलम की मृत्यु की ओर है। सीरीज़ का एक अति महत्वपूर्ण किरदार इस तरह खत्म हो गया, काफी निराशा हुई। आप ही किरदार को जन्म देते हो, इसलिये आपको पूरा हक है उसे खत्म करने का। पर मुझे ये विमल की हार लगी। विमल हमारा हीरो है, दीन के हित में लड़ने वाला, अन्याय के खिलाफ बुलन्द आवाज़ उठाने वाला, एक लार्जर दैन लाइफ किरदार, एक महानायक, पर अफसोस, अपना घर न बचा सका।

(राहुल हाड़ा)

- 'कहर' में नीलम के साथ जो कुछ हुआ, उसकी रू में ये तो कहीं न कहीं अपेक्षित लग रहा था कि नीलम और सरदार जी का साथ अब ज्यादा लम्बा नहीं चल पाएगा लेकिन वो समय प्रस्तुत उपन्यास में ही आ जाएगा, इसकी अपेक्षा शायद ही किसी विमल प्रेमी को होगी। वो नीलम जो हर बार बड़े-बड़े सूरमाओं के यहां से मौत को धता बताकर मौत के दरवाज़े से वापिस लौट आयी, उसे दो कौड़ी के दिल्ली के भड़वों के हाथों जान से जाते देखना बहुत दुखद रहा।

(वेंकटेश येमलावार)

- ‘जाके बैरी सन्मुख जीवै’ अभी पढ़ कर खत्म किया। उम्मीद नहीं थी कि कहानी ऐसे चलकर इस मुकाम तक पहुंचेगी। विमल अब फिर जहाज़ का पंछी है लेकिन इस अन्तर के साथ कि अब नीलम उसके साथ नहीं है, कभी नहीं होगी। जिस नीलम का बखिया, इकबाल सिंह, गजरे, उन सबका मुकम्मल निजाम कुछ न बिगाड़ पाया, उसे दिल्ली के सफेदपोश, बाजारी गुण्डों ने हलाक कर दिया। कहानी नीलम के हौलनाक अंजाम के बिना भी आगे बढ़ाई जा सकती थी। नीलम का अंजाम पढ़ने के बाद एक बार तो ऐसा लगा कि नीलम की मौत वाले प्रसंग पर पहुंचते-पहुंचते आप अपना दिमागी तवाजन खो बैठे थे और कहीं आप विमल को भी नीलम सरीखे अंजाम तक न पहुंचा दें।

  (हरीश चन्द गुप्ता)

- उपन्यास लाजवाब लगा। सब कुछ बेहतरीन और सन्तुलित है लेकिन नीलम की मौत मैं हज़्म नहीं कर पा रहा हूँ। अजीब-सा शून्य है, जैसे लगता है कोई अपना चला गया। उस पर से तुर्रा ये कि जसमीत को भी मरा दिखा के आपने नीलम के जिन्दा रहने की बची खुची उम्मीद भी तोड़ दी। जुल्म किया।

  (राजीव राज)

- इस उपन्यास ने मेरा दिल तोड़ दिया। अब आपका दर्जा उस रक्त पिपासु लेखक का बन गया है जो कि पहले तो पात्र गढ़ता है, उस पात्र से पाठकों का दिली लगाव कराता है और फिर कहानी की मांग की दुहाई देकर निर्ममता से वीभत्स हत्या करा देता है। आपने सुमन, तुकाराम, वागले, जगमोहन इत्यादि जैसे कई पात्रों को खत्म कराया पर नीलम का कत्ल अन्दर तक झकझोर गया। अगर ऐसा किए बिना आपकी कहानी आगे नहीं बढ़ती थी या उपन्यास का नाम सार्थक नहीं होता था तो आपकी कहानी नीलम को गम्भीर रूप से घायल बताने से भी तो आगे बढ़ सकती थी – आखिर विमल की घर वापिसी तक वो जिन्दा थी।

  कैसी विडम्बना है कि जो नीलम ‘कम्पनी’ के टॉप बासेज़ के निज़ाम के वक्त न मरी, वो मरी तो गली-मौहल्ले के छुटभइये उचक्कों के हाथों निहायत मामूली तरीके से, जिन्होंने जैसे नीलम को न मारा, ईद पर

कुर्बानी का बकरा काटा।

(राजेश पराशर)

- नीलम की मौत के प्रसंग पर आते-आते दिल की धड़कन रुकती महसूस हुई। पहला ख़याल जो दिल में आया, वो यही था – 'ये क्या किया आपने! जिस नीलम को बखिया न मार सका, जिसने खुद विमल की कई बार जान बचाई, वो नीलम खत्म! जिसने कभी विमल का हाथ न छोड़ा, वो नीलम खत्म! और वो भी चार ऐसे मवाली लोगों के हाथों जिन की सोहल के सामने एक मच्छर जितनी औकात नहीं!'

(रजत कुमार)

- 'जाके बैरी सन्मुख जीवै' शौक से पढ़ा। विमल सीरीज़ का उपन्यास एक अरसे बाद हाथ आने का संतोष, परमसुख, तृप्ति सब कुछ परम शोक की भेंट चढ़ गया।

  क्यों मार डाला?

  क्या बिगाड़ा था उसने आप का?

  कॉलगर्ल बनाया, सामूहिक बलात्कार का शिकार बनवाया, एक नेक और ममताभरी पत्नी और मां बनाया और खल्लास कर दिया। लगा कि कोई अपना न रहा। घर में कोई मौत हो गई।

  शुरूआत में मुझे लगा कि नीलम का कत्ल एक भ्रमजाल था और अन्त आते-आते वो सही सलामत, जीती जागती कहीं से प्रकट हो जाएगी। ऐसा न होना दिल दुखी कर गया।

(संदीप शुक्ला)

- आप का नया नॉवल पढ़ा। नीलम की मौत के प्रसंग पर पहुंचा तो सहसा दिल की धड़कन रुकती महसूस हुई। उम्मीद के खिलाफ उम्मीद की कि आगे सब ठीक हो जाएगा। एक चमत्कार की तरह – ऐसे चमत्कार विमल सीरीज़ में होते ही रहते हैं – नीलम जिन्दा वापिस लौट आएगी लेकिन आप तो उसका दाह संस्कार भी दिखा चुके थे। ऐसा शॉक ट्रीटमेंट आप को पाठकों को नहीं देना चाहिए था। नावल तो जैसे-तैसे पूरा पढ़ लिया लेकिन आंखें नम ही रहीं, खाना भी न खाया गया। अभी भी मातम के हवाले हूँ।

(विनीत कुमार चौबे)

- 'जाके बैरी सन्मुख जीवै' पढ़ के आप से इतना नाराज हूँ कि नाराजगी को बाकायदा कलमबद्ध करके आपको प्रेषित कर रहा हूँ:

  जनाब, आपसे इतनी क्रूरता की उम्मीद नहीं थी।

  क्या विमल की जिन्दगी में उसके चाहने वालों का, उस पर जान दे देने वालों का वाकई जान देना जरूरी होता है?

  और मौत भी कैसी? वीभत्स! क्रूरतापूर्ण! रोंगटे खड़े कर देने वाली! पाठक साहब, सच मानियेगा मैं अभी भी ईश्वर से यही प्रार्थना कर रहा हूँ कि कहीं कोई भेद होगा, कहीं फिर कोई चमत्कार होगा और नीलम-विमल की जोड़ी बनी रहेगी।

  (विपिन कुमार शर्मा)

- 'जाके बैरी सन्मुख जीवै' एक बार हस्तगत हुई तो तभी रुका जब नीलम की मौत वाला प्रसंग शुरू हुआ। विश्वास नहीं हुआ कि नीलम, जो विमल की परछाईं थी, इतनी जल्दी दूसरी दुनिया में पहुंच जाएगी। पढ़ कर अनायास आंखों से आंसू टपकने लगे, निगाह धुंधला गई, मजबूरन नावल पढ़ना बन्द करना पड़ा। बार-बार यही सोचता रहा कि क्यों . . . क्यों सर ने ऐसा कहर ढ़ाना कुबूल किया, वो कुछ और भी दिखा सकते थे तो नीलम की मौत ही क्यों! मुझे इतना गुस्सा और दुख हुआ कि 7-8 दिन तक बाकी कथानक पढ़ने के लिए मैंने उपन्यास को हाथ न लगाया। पढ़ना तो आखिर था, नीलम की मौत का मातम मनाते पढ़ा।

  (दुर्गेश कुमार बंसल)

भीषण आक्रोश उजागर करती ऐसी कितनी ही मेल और भी हैं, स्थानाभाव के कारण जिनको यहां उद्धृत करना सम्भव नहीं।

ग़ौरतलब बात ये है कि, उपरोक्त सरीखे जिन पाठकों ने भी लेखक को भरपूर कोसा, उन तमाम पाठकों ने इस एक शिकायत को लेकर अपने मन की भड़ास निकाल चुकने के बाद उपन्यास की भरपूर तारीफ की। मसलन :

- 'जाके बैरी सन्मुख जीवै' ने अवाक कर दिया। स्तब्ध कर दिया। शानदार, स्तब्धकारी उपन्यास। ये अकेला उपन्यास बखिया सीरीज़ के बराबर का है।

  (मनीष पाण्डेय)

- नीलम की मौत के बाद विमल का वापिस मुम्बई जाना किसी नये कारनामे की

तरफ इशारा है जिसका स्वागत है। उपन्यास पूरे नम्बरों से पास।

(संजय कुमार पारीक)

- ‘जाके बैरी सन्मुख जीवै’ बहुत शानदार लगा। नीलम की मृत्यु से दुख तो बहुत हुआ लेकिन लगा कि विमल सीरीज़ को आइन्दा प्रवाह देने के लिए ये मोड़ आवश्यक था। बहुत तेज़रफ्तार, थ्रिल से भरपूर। उम्दा मनोरंजन। पैसा वसूल।

(नीलेश पवार)

- दोनों भाग शानदार, बेमिसाल, लाजवाब, बेहतरीन। तारीफ के लिए और अलफाज़ होते तो वो भी लिखता।

(संजय सिंघई)

- ‘जाके बैरी सन्मुख जीवै’ बेहद शानदार। इमारतों में ताजमहल और हीरों में कोहनूर जैसा। इतने रोचक और तेजरफ्तार चार-छः ही और होंगे आपके मुकम्मल उपन्यासों में से।

(दयानिधि वत्स)

- विमल हमेशा की तरह अपने लब्बोलुआब (!) पर था। नीलम की मौत ने बुरी तरह से चौंकाया पर तुरन्त ही दिल ने कहा कि अगर विमल हर बन्धन से आजाद किया गया है तो आने वाले समय में लेखक कुछ ऐसा अजीमुश्शान करनामा जरूर पेश करने वाला है जिसे सोच पाना मेरे जैसे अदना पाठक के बस का नहीं।

  पूरे कथानक को 100 में से 101 नम्बर।

(जितेन्द्र माथुर)

- नीलम का जाना भले ही आपका कोई मास्टर स्ट्रोक हो लेकिन लेखक महोदय जरूर पाठकों की हेट मेल के लिए – निर्दयी, परपीड़क, सैडिस्ट, सिनाइल – पहले से ही तैयार होंगे। कथानक की तरफ मुंह मोड़ता हूँ तो मुंह से वाह निकलती है। तेजतर्रार कथानक। ज़बरदस्त भाषा शैली। बेहतरीन लेख़न, शानदार लेखन, असरदार लेखन। फिर भी लगता था कि विमल के विस्फोटक संसार में आगे कुछ लिखे जाने, गढ़े जाने की सम्भावना नहीं बची है; लेकिन मैं कितना अज्ञानी हूँ, मूढ़ हूँ, एक बार फिर से साबित हो गया।

(पराग डिमारी)

- नीलम की दर्दनाक मौत के अलावा निरन्तर आगे बढ़ती सोहल की महागाथा से कतई कोई शिकायत नहीं, जो पिछले कुछ कारनामों से थी, वो अब हवा में उड़ गई। दुकड़ी फुल फुल पास। सौ में से सौ नम्बर।

(शरद कुमार दुबे)

- पूरा कथानक दूरंतो ट्रेन की तरह फास्ट था जो मूल स्थान से रवाना होती है तो मंजिल पर पहुंच कर ही रुकती लेकिन जिसके सफर के बीच में टैक्नीकल स्टॉप होते। इतनी फास्ट स्टोरी में लम्बे सम्वाद आते थे तो दुरूह लगते थे – जैसे कि किसी सस्पेंस फिल्म में एकाएक गाने आ जाएं तो कोफ्त होती है। लेकिन जब दोबारा पढ़ा तो उन सम्वादों की कीमत पता चली। सर, ऐज़ ए राइटर यू स्टैण्ड अलोन

(गुरप्रीत सिंह)

- 'जाके बैरी सन्मुख जीवै' बेहद रोचक, तेजरफ्तार, इवेंटफुल और कसावट से भरा लगा। मास्टर शैफ द्वारा तैयार की ऐसी लज़ीज़ डिश की तरह लगा जिसके सारे इंग्रेडियेंट एकदम नाप तोल के सही मात्रा में मिक्स थे। नीलम की मौत से झकझोर के रख दिया, दिमाग हिला दिया लेकिन कहानी के हिसाब से ऐसे हाहाकारी वाकये से कोई शिकायत न हुई। जो हुआ, होना लाज़मी लगा।

  अल्तमश की जुबान से निकले उसके अलफ़ाज़ बेहद जज्बाती कर गए – 'आज मैं जद में हूँ, खुशगुमा न होना; चराग सबके बुझेंगे, हवा किसी नहीं।' दोहरा कर कहता हूँ, विमल का नया शाहकार मुझे इन्तहाई पसन्द आया।

(राघवेन्द्र सिंह)

- 'जाके बैरी सन्मुख जीवै' मेरी उम्मीदों से भी बढ़ कर निकला। भरपूर मनोरंजन के साथ ही समय-समय पर आंखें भिगो देने वाले पलों से साबका पड़ा। 'क़हर' में नीलम के साथ जो कुछ हुआ, उसकी रू में ये तो कहीं न कहीं अपेक्षित लग रहा था कि नीलम और सरदार जी का साथ अब ज्यादा लम्बा नहीं चल पायेगा लेकिन वो समय प्रस्तुत उपन्यास में आयेगा इसकी अपेक्षा शायद ही किसी विमल प्रेमी ने की होगी।

(वेंकटेश येमलावार)

- उपन्यास लाजवाब। सब कुछ बेहतरीन और सन्तुलित। गजरे सीरीज़ के बाद पहली बार विमल सोहल जैसा लगा।

(राजीव)

- नीलम की मौत के प्रसंग पर सख्त ऐतराज के बावजूद कहानी तेजरफ्तार थी। मज़ा आ गया। खासकर अल्तमश के मरने के समय के सम्वाद ने मुझे बहुत आन्दोलित किया।

(विकास अग्रवाल)

- 'जाके बैरी सन्मुख जीवै' पसन्द आया। अच्छा लिखा है। नीलम को आपने मुक्ति दे दी, बहुत अच्छा किया। ये आप को बहुत पहले ही कर देना चाहिए था। अब भगवान के लिए उसको फिर से ज़िन्दा मत कर देना। विमल अब बेड़ियों से आज़ाद है। अब उसे नीलम की याद में या सूरज से मिलने के लिए तड़पता न दिखाना।

(मनजीत सिंह पंधेर)

- 'जाके बैरी सन्मुख जीवै' धीरे-धीरे इत्मीनान से पढ़ी। यदि एक ही शब्द में उसका मूल्यांकन करना पड़े तो वह शब्द है – गज़ब!

  'क़हर' ने क़हर ढ़ाया था (कोई यूँ ही तो बैस्टसैलर लिस्ट में नम्बर वन नहीं आ जाता) तो 'जाके बैरी सन्मुख जीवै' ने तो गज़ब कर दिया। एक अध्यापक की तरफ से सौ में से सौ मार्क्स। (चेतन मुनि, श्री अवधूत आश्रम, कुरुक्षेत्र)

  (लेखक साधुरूप धारण करने से पहले बनारस हिन्दू यूनिवर्सिटी में प्रोफेसर और हैड ऑफ डिपॉर्टमेंट थे। उनका नायाब आशीर्वाद है कि अभी भी मेरे उपन्यास पढ़ने के लिए समय निकाल लेते हैं जबकि अब उनका जीवन प्राणिमात्र की सेवा और परमपूज्य सद् गुरु अनन्त श्री ऋषभदेव 'अवधूत' महाराज को समर्पित है।)

- 'जाके बैरी सन्मुख जीवै' पढ़ के दो दिन बाद नीलम की मौत के सदमे से उबरा तो लगा कि आपने 'अगल से बान्ध के रखा है जो माल बढ़िया है'। उपन्यास को शुरू से ही मैंने टॉप गियर में पाया। विमल सीरीज़ का हर वो इंग्रेडियेंट, जो सीरीज़ को मकबूल बनाता है, हर वो मसाला जो इसे लज़ीज़ बनाता है, हर वो फुंदना जो इसे आकर्षक बनाता है, इसमें मौजूद था।

  और इन सबसे ऊपर मोती जैसे सुन्दर, सटीक, सरस, सरल शब्द, यमुना के अविरल प्रवाह की तरह भाषा और भावनाओं के समन्दर कें उतार चढ़ाव।

लेकिन नीलम की मौत की सूरत में आपने खीर में ऐसी मक्खी डाली कि परोसे जाते ही अहसास ने सताया कि नीलम की मौत अब सोहल के जलाल और जलवे को आधा कर देगी, सीरीज़ का रुतबा कम कर देगी।

(संदीप शुक्ला)

अब दो, सिर्फ दो, असंतोषी मेल मुलाहजा फ़रमाइये :

- 'जाके बैरी सन्मुख जीवै' पढ़कर बिल्कुल मज़ा नहीं आया। आपने नीलम को मार दिया, इससे लगता है आप विमल सीरीज़ ख़त्म करना चाहते हैं। कुल ज़मा 'जाके बैरी . . .' ऐसी च्युंगम की तरह लगी जो कई बार चबाई जा चुकी है, उसमें कोई नयापन नहीं है।

(संजय शर्मा 'पराषर')

- 'जाके बैरी के बारे बहुत कम शब्दों में कोई प्रतिक्रिया देनी हो तो मुबारक अली के हमशक्ल भांजों अली, वली का पैट डायलॉग दोहराना चाहूँगा – 'मामू, मज़ा नहीं आया।'

(अरविन्द कुमार शुक्ला)

अब अन्त में यूअर्स ट्रूली कुछ कहने की इजाजत चाहता है :

नीलम की मौत पर पाठकों में जो तीव्र प्रतिक्रिया हुई, उससे आपका लेखक विचलित नहीं है, सन्तुष्ट है, आत्ममुग्ध है। ऐन यही चाहता था मैं – पाठकों को एकाएक यूँ झकझोर देना जैसे गहरी नींद से जागे हों। फिर यकीन न आना कि ऐसा भी हो सकता था, ऐसा ही हुआ था। मेरे तकरीबन तमाम पाठक ये तसलीम करने को तैयार नहीं थे कि नीलम का जाना ही सीरीज़ को आगे चलाए रखने का मूलमन्त्र था। सीरीज़ जिस मुकाम पर थी उसके तहत लेखक के पास दो ही चायस थीं – या नीलम ख़त्म या सीरीज़ ख़त्म।

पाठक खुद फैसला करें उन्हें क्या मंज़ूर होता!

नीलम की मौत से भड़के अपने सुबुद्ध पाठकों से मैं सवाल करता हूँ कि नीलम का क्या रोल विमल की ज़िन्दगी में बाकी रह गया था? विमल के साथ अमूमन वो कभी न रही, फिर बच्चे से भी दूर रही। अब क्या नीलम की सलामती, उसकी ज़रूरत विमल के साथ चुहलबाजी के लिए और स्मार्ट टॉक के लिए थी? नीलम को उसके जिन करतबों के लिए याद किया जाता है, क्या वो पहले कई-कई बार दोहराए नहीं जा चुके! ये वाकया क्या पहले ही बहुत बार दोहराया नहीं जा चुका जब कि नीलम ने विमल की जान बचाई या दुश्मनों ने नीलम को विमल के

खिलाफ हथियार बनाया। ये दोहराव आइन्दा फिर सामने आता तो वही पाठक, जो अब नीलम की मौत पर तड़प कर दिखा रहे हैं, सीरीज़ पर दोहराव के इलज़ाम लगा रहे होते।

निवेदन है कि सुबुद्ध पाठक नीलम के सन्दर्भ में सिर्फ उन बातों को याद करता है जिन्हें वो पढ़ चुका होता है, इस बात की कोई भनक उसे नहीं होती, नहीं हो सकती, कि आइन्दा के लिए लेखक के मन में क्या पनप रहा है लेकिन लेखक ने उस बाबत बाकायदा अपना कोई अगला कदम – कई अगले कदम – निर्धारित किया होता है। सीरीज़ की भविष्य की गुंजायशें देख कर, उसे पहले से योजनाबद्ध करके ही चलाया जा सकता है। आप सीरीज़ लिखते हैं तो प्यास लगने पर ही कुंआ नहीं खोदते, प्यास बुझाने का इन्तज़ाम पहले से करके रखते हैं।

और अगर आपको मेरे पर भरोसा है तो यकीन जानिए कि वो इन्तज़ाम मेरे पास है। नीलम की मौत के बाद अब सीरीज़ में नयी गुंजायशें निकल आई हैं जिन्हें कि मैं सीरीज़ के आगामी उपन्यास में कैश करूंगा और शुरूआत के लिए सूत्र वहीं से पकड़ूंगा जहां कि पिछली दुकड़ी का समापन हुआ था, भले ही ऐसा कर पाने में मुझे कितना ही वक्त लगे।

यहां ये भी गौरतलब है कि पाठक मानते हैं कि नीलम विमल के पांव की बेड़ी बनी हुई थी लेकिन जब वो बेड़ी काट दी गई पाई तो भड़क गए, कुबूल करने को तैयार ही न हुए कि 14000 पृष्ठों में फैले वृहद कथानक की आइन्दा परवाज़ को बनाए रखने के लिए अब नीलम को विदा करने का वक्त आ गया था। तो क्या लेखक को लकीर का फकीर ही बना रहना चाहिए था? कुछ बड़ा, कुछ सनसनीखेज, कुछ करिश्माई कर दिखाने से परहेज करना चाहिए था? नाराज़ पाठक हिंट क्यों न ले पाए कि वो बड़ा, वो चमत्कारी जो लेखक के ज़ेहन में था, वो नीलम को रुख़सत किए बिना मुमकिन नहीं होने वाला था।

कितने ही नाराज़ और असंतुष्ट पाठकों के आलेख से साफ सिद्ध होता था कि आदमजात जज़्बात – अक्सर बेजा, बेबुनियाद – के हवाले हो कर अपने अलफ़ाज को कागज़ पर उकेरता है तो आगा पीछा नहीं सोचता। जज़्बात के हवाले उसे एक और सिर्फ एक बात अहम जान पड़ती है – नीलम को क्यों मारा?

वो ये सोचने की ज़हमत नहीं करता कि विमल सीरीज़ के नाम से जानी जाने वाली महागाथा (न भूतो, न भविष्यति) में लेखकीय ज़रूरत के मुताबिक किरदार आते जाते

रहते हैं, सीरीज़ चलती रहती है – 44 तक पहुंची न! – ऐन वैसे ही जैसे वास्तविक जीवन में बन्धुबान्धव आते जाते रहते हैं, ज़िन्दगी चलती रहती है। प्राणीमात्र की ज़िन्दगी ने यूँ ही चलना होता है जैसे कि इस फानी दुनिया में कोई ब्रेकफास्ट के लिए रुकता है, कोई लंच के बाद रुख़सत पाता है, किसी की ज़िन्दगी का समापन शाम की चाय पर होता है तो कोई डिनर के बाद ही नहीं, 'नाइट कैप' के बाद अपने बनाने वाले की देहरी पर हाजिरी भरता है। लिहाज़ा यूँ किसी एक किरदार की चलचल के आगे दुनिया खत्म नहीं हो जाती।

साहबान, न एक फूल के खिलने से बहार आती है, न एक फूल के झड़ने से बहार जाती है। यकीन जानिए नीलम का प्रस्थान मैंने बहुत सोच-विचार के अनुसार निर्धारित किया था। उसके जाए बिना ये महागाथा अब आगे नहीं चल सकती थी, इस अहम बात का अहसास नाराज पाठकों को खुद होना चाहिए – कुछ को हुआ भी – मैं फिर अर्ज़ करता हूँ कि हर वो काम जो नीलम इस महागाथा के लिए कर चुकी थी, कई-कई बार कर चुकी थी। अब महज़ डेकोरेशन के लिए नीलम की हाजिरी बनाए रखना क्या जायज़ बात होती!

याद कीजिए कि तुकाराम की मौत पर भी इसी तरह पाठकों ने कितना हो हल्ला मचाया था! तुकाराम अपनी टूटी टांग की दुश्वारियों से जूझता चारपाई पर पड़ा था और वागले उसकी देखभाल की ज़िम्मेदारी के तहत चारपाई के पाये से बन्धा था। ऐसा तुका विमल के, मेरी कहानी के किस काम आ सकता था? लिहाज़ा लेखक को एक बड़े ड्रामाई अन्दाज़ से उसे रुख़सत करना पड़ा।

मेरा सवाल है – क्या आज किसी विमल सीरीज़ प्रेमी पाठक को तुका-वागले की कमी खलती है? क्या इन दोनों इनडिस्पैंसेबल समझे जाने वाले पात्रों की जगह बाखूबी इरफान और शोहाब नहीं ले चुके? यूँ ही आइन्दा भी ऐसा कुछ होगा – अगर आपका अपने लेखक पर अकीदा है तो वो करके दिखाएगा – कि नीलम की कमी किसी को नहीं खलेगी। वक्त असल ज़िन्दगी में बड़े-बड़े ग़म भुला देता है, ये सब तो फिर फिक्शन है, कपोल कल्पित है।

फिर अनायास न भड़क उठे कुछ पाठक समझ भी तो गए हैं कि नीलम की मौत आइन्दा एक नए धमाके की बुनियाद बनने वाली है। एक ऐसा धमाका जो किसी चमत्कार से कम न होगा।

कुछ पाठकों ने नीलम के जाने की तुलना शरलॉक होम्ज़ से की है जो कि गलत है।

नीलम विमल सीरीज़ की बुनियाद नहीं थी जब कि होम्ज़ की कहानियाँ बतौर प्रमुख पात्र उनकी बुनियाद थीं। जमा, होम्ज़ के प्रणोता सर आर्थर कॉनन डॉयल होम्ज़ की बेतहाशा मशहूरी और मांग से परेशान थे क्योंकि होम्ज़ जैसी लोकप्रिय कहानियाँ उनके गम्भीर लेखन में बाधा थीं इसलिए वो हीरो की मौत के बहाने सीरीज़ से पीछा छुड़ाना चाहते थे। इसके विपरीत नीलम की मौत चित्रित ही इस मकसद के तहत की गई है कि सीरीज़ आगे चले।

□

पुस्तकों के विलक्षण संसार में आपको एक बार फिर ले जाने के उपक्रम में नीचे लिखे पर गौर फरमाइये :

जेम्स जॉयस के उपन्यास यूलीसिस से मुझे उम्मीद है कि हर पुस्तकप्रेमी वाकिफ होगा। 740 प्रिंटिड पेजिज़ का ये उपन्यास इंग्लैंड की शेक्सपियर एण्ड कम्पनी द्वारा सर्वप्रथम सन् 1922 में प्रकाशित किया गया था जबकि उसका प्रिंट ऑर्डर सिर्फ एक हज़ार प्रतियों का था। बुक एण्ड कलैक्टर नामक पत्रिका ने पुस्तक व्यापारियों के अपने एक सर्वे के आधार पर 'यूलीसिस' को बीसवीं सदी का सबसे ज़्यादा कीमती प्रथम संस्करण उपन्यास ठहराया था जबकि एक प्रसिद्ध आलोचिका का कहना था कि उसने ऐसा 'वाहियात' उपन्यास कभी नहीं पढ़ा था।

ज्ञातव्य है कि लेखक ने हज़ार में से केवल 100 प्रतियों को अपने हस्ताक्षरों से नवाज़ा था। उक्त पत्रिका ने अपने आकलन से लेखक द्वारा हस्ताक्षरित फर्स्ट एडीशंस की कीमत एक लाख पाउन्ड (लगभग तिरानवे लाख रुपये) ठहराई थी।

यानी ऐसी एक हस्ताक्षरित प्रति की कीमत हज़ार पाउन्ड सन् 1922 में, पुस्तक के प्रकाशन वर्ष में।

लेकिन ब्यासी साल बाद सन् 2004 में लेखक द्वारा हस्ताक्षरित एक प्रति न्यूयॉर्क में हुई नीलामी में एक लाख साठ हज़ार पाउन्ड (लगभग डेढ़ करोड़ रुपये) में बिकी थी। इस असाधारण रूप से बड़ी कीमत के पीछे उक्त पत्रिका के सम्पादक जोनाथन स्कॉट ने जो वजह बताई थी वो ये थी कि 82 साल गुज़र चुके होने के बावजूद वो दुर्लभ प्रति 'एक्सीलेंट कंडीशन' में थी और वैसी ही 82 साल पुरानी लेखक द्वारा हस्ताक्षरित, नई जैसी दूसरी प्रति मिल पाना असम्भव था और वो उपलब्धि एक 'लिटरेरी लैण्डमार्क' था।

इसलिए नीलामी में फाइनल बोली 1,60,000 पाउन्ड।

खेद है कि मैं पुस्तक की ओरीजिनल प्राइस से वाकिफ नहीं पर 82 साल पहले किसी साढ़े सात सौ पेज के उपन्यास की क्या कीमत रही होगी, इस की कल्पना आप सहज ही कर सकते हैं।

मेरे खयाल से बड़ी हद एक पाउन्ड।

ताकीद है कि आज पाउन्ड की कीमत 92.88 रुपये है और डॉलर की कीमत 71.76 रुपये है। 82 साल पहले भारत पर अंग्रेज के राज में डॉलर और रुपये की एक ही कीमत होती थी।

यानी एक डॉलर बराबर एक रुपया।

इस लिहाज़ से सन् 1922 में 'यूलीसिस' की अहस्ताक्षरित एक प्रति की कीमत : डेढ़ रुपया या दो रुपये।

दूसरे नम्बर पर शरलॉक होम्ज़ के प्रणेता सर आर्थर कानन डॉयल का उपन्यास 'दि हाउन्ड ऑफ बास्करविलेस' आता है जिसके प्रथम संस्करण की दुर्लभ डस्ट जैकेट वाली प्रति की कीमत अस्सी हज़ार पाउन्ड (लगभग साढ़े सात करोड़ रुपये) ठहराई गई थी। ये उपन्यास मूल रूप से सन् 1902 में छपा था और ये बात किसी करिश्मे से कम नहीं कि 117 साल पहले छपा एक जासूसी उपन्यास आज भी लोकप्रिय है और यूँ पढ़ा जाता है जैसे हाल ही में लिख गया हो। अकेले हिन्दी में दर्जनों प्रकाशक उसके सैंकड़ों एडीशन कर चुके हैं जिस वजह से हिन्दी में ये उपन्यास न कभी आउट ऑफ प्रिंट हुआ है और न भविष्य में कभी होता लगता है। उपन्यास का हिन्दी में प्रमाणिक अनुवाद 'आतशी कुत्ता' के नाम से हुआ था और इसी पर पूरी तरह से आधारित वहीदा रहमान, बिस्वजीत अभिनीत फिल्म 'बीस साल बाद' बनी थी जो कि सन् 1962 में रिलीज़ हुई थी और खूब चली थी।

ऐसी टॉप टैन पुस्तकों में एक और जासूसी उपन्यास का भी शुमार है जिसका नाम 'माल्टीज़ फाल्कॉन' है, जिसके लेखक डैशिल हैमेट (DASHIELL HAMMETT) हैं और जो सन् 1929 में पहली बार प्रकाशित हुआ था।

ये हकीकत काबिलेगौर है कि डैशिल हैमेट को रेमंड चैंडलर (फेयरवैल, माई लवली) और जेम्स एम. केन (पोस्टमैन आलवेज़ रिंग्स ट्वाइस) नामक दो अन्य अमेरिकन रहस्यकथा लेखकों के साथ प्राइवेट डिटेक्टिव जेनर के उपन्यासों का जनक माना जाता है। यानी जिस किसी भी देशी-विदेशी लेखक ने अपने मिस्ट्री

नावल का हीरो प्राइवेट डिटेक्टिव – पीडी – चुना, इन तीन महारथियों के बाद चुना। रहस्य कथा लेखन की, विदेशी जुबान में कहें तो पल्प फिक्शन की, विल्की कॉलिंस (जिसका 19वीं सदी का नावल 'मूनस्टोन' पहला मिस्ट्री नावल माना जाता है) से शुरू हुई सवा सौ साल से ज़्यादा की हिस्ट्री में इन तीन महानुभावों से पहले प्राइवेट डिटेक्टिव को अपने उपन्यास का हीरो बनाने का ख़याल कभी किसी को नहीं आया था।

'माल्टीज़ फाल्कॉन' की लोकप्रियता को ये बात भी मोहरबन्द करती है कि इस पर इसी नाम से सन् 1941 में बनी फिल्म इंगलिश की 'ऑल टाइम टॉप 100 फिल्म्स' में 23वें नम्बर पर जाती है। यानी जो दर्जा सौ में से पहली पांच ऑल टाइम्स सुपर क्लासिक फिल्मों को (1. सिटीजन केन – 1941, 2. गॉडफादर – 1972, 3. कासाब्लांका 1942, 4. गॉन विद दि विंड – 1938, 5. ऑन दि वाटर फ्रंट – 1954) हासिल है, वही एक 'बी' ग्रेड जासूसी उपन्यास पर बनी फिल्म 'माल्टीज़ फाल्कॉन' को भी हासिल है जिसमें 'कासाब्लांका' के अत्यन्त प्रसिद्धि प्राप्त हीरो हम्फ्री बोगार्ड ने प्राइवेट डिटेक्टिव साम स्पेड का रोल अदा किया था और पीडी हीरो की परिकल्पना को अमर कर दिया था।

'क्लैक्टर्स प्राइड' फर्स्ट एडीशंस के टॉप टैन में आने वाले बाकी नाम हैं :

- डी.एस. लॉरेंस (लेडी चरटलींज लवर फेम) का सन् 1922 में प्रकाशित उपन्यास 'सेवन पिलर्स ऑफ विज़डम'
  'यूलीसिस' की तर्ज में कीमत : 60,000 पाउन्ड (लगभग 56 लाख रुपये) गौरतलब है कि उपन्यास की जब उपरोक्त कीमत आंकी गई थी तब प्रथम संस्करण की आठ प्रतियां उपलब्ध थीं जिन में से अब छः का ही अस्तित्व है।
- एफ. स्काट फिट्ज़जीराल्ड का सन् 1925 में प्रकाशित उपन्यास में 'दि ग्रेट गैट्सबी' (जिसके हालिया इंगलिश फिल्म संस्करण में महानायक अमिताभ बच्चन ने भी अभिनय किया था)
  कीमत : 50,000 पाउन्ड (लगभग छियालीस लाख रुपये)
- बीट्रिक्स पॉटर का सन् 1901 में प्रकाशित बाल उपन्यास, जो कि बीसवीं सदी की सबसे महत्त्वपूर्ण रचना माना जाता है, 'दि टेल ऑफ पीटर रैबिट'।
  कीमत : 50,000 पाउन्ड (लगभग छियालीस लाख रुपये)

- नोबल पुरस्कार विजेता अर्नेस्ट हैमिंग्वे का सन् 1926 में प्रकाशित शाहकार 'दि सन आलसो राइज़िज़'।
- ग्राहम ग्रीन द्वारा सन् 1938 में रचित 'ब्राइटन रॉक'

  कीमत : 25,000 पाउन्ड (लगभग तेइस लाख रुपये)

  गौरतलब है कि ग्राहम ग्रीन खालिस साहित्यकार थे लेकिन मिस्ट्री नावल्स भी लिखते थे, जैसे कि 'मिनिस्ट्री ऑफ फियर', कंफीडेंशल एजेन्ट।
- अर्नेस्ट हैमिंग्वे की ही सन् 1923 की रचना 'थ्री स्टोरीज़ एण्ड टैन पोयेम्स'

  कीमत : 25,000 पाउन्ड (लगभग तेइस लाख रुपये)
- विरजीनिया वोल्फ द्वारा रचित 'नाईट एण्ड डे'।

  कीमत : 25,000 पाउन्ड (लगभग तेइस लाख रुपये)

उपरोक्त प्रकार के गौरव को प्राप्त एक कदरन हालिया पुस्तक भी है जिसको जोनाथन स्कॉट ने 'जवान' कीमती संस्करण का दर्ज़ा दिया है और जिसका सौ किताबों में क्रमवार स्थान 28वां है। वो पुस्तक है जे.के. रॉलिंग की 'हैरी पॉटर एण्ड फिलॉस्फर्स स्टोन' जो सन् 1997 में जब पहली बार प्रकाशित हुई थी तो उसकी कीमत 10.99 पाउन्ड (लगभग हजार रुपये) थी। जब कि इसके चुस्त दुरुस्त हालात वाले – मिंट कंडीशन में – प्रथम संस्करण की कीमत 15,000 पाउन्ड (लगभग चौदह लाख रुपये) आंकी जा चुकी है।

अब लाख रुपये का सवाल है कि क्या कभी भारत में हिन्दी के किसी मकबूल लेखक की मकबूलियत को उपरोक्त सरीखा दिन देखना नसीब होगा! क्या कभी 'चन्द्रकान्ता' य 'गबन' के प्रथम संस्करण की चुस्त दुरुस्त, लेखक द्वारा हस्ताक्षरित प्रति नीलामी में लाखों – या करोड़ों? – रुपये में बिकेगी! क्या कभी किसी पाठक के लिए ऐसी किसी किताब का मालिक होना फख्र का बायस बनेगा! जैसे लोगबाग ओल्ड, रेयर व्हिस्की की बोतल के मालिक होने पर फख्र से फूले नहीं समाते, वैसे क्या वो कभी इस बात को फख्र का मुद्दा बनाएंगे कि उनके पास 'गीतांजलि' के प्रथम संस्करण की स्वयं गुरुदेव द्वारा हस्ताक्षरित प्रति है जो, जाहिर है, कि हीरे जवाहरात के तोल के बराबर बेशकीमती है, जो उन्होंने नीलामी की बोली में कई कद्रदानों को पछाड़ का इतने लाख रुपयों में कब्ज़ाई।

क्या कभी आप के खादिम जैसे किसी मिस्ट्री राइटर की कोई पुस्तक किसी चौबीस कैरेट साहित्यकार की पुस्तक के समकक्ष ठहराई जाएगी?

मेरी ज़िन्दगी में तो नहीं!

आपकी ज़िन्दगी में भी नहीं।

सच पूछें तो कभी भी नहीं।

□

'काला नाग' के प्रति आपकी बेवाक राय की प्रतीक्षा में और नववर्ष की हार्दिक शुभकामनाओं के साथ,

दिल्ली – 110051. विनीत

26.12.2019 सुरेन्द्र मोहन पाठक

उत्तमराव भारकर तारदेव थाने का एसएचओ था। वो कोई पचपन साल का, घाट-घाट का पानी पिए, फुल करप्ट पुलिसिया था और कहीं से भी, कैसे भी रोकड़ा उगाही का कोई भी ज़रिया कभी नहीं छोड़ता था। पक्का बेवड़ा और औरतख़ोरा था, मुफ़्त के माल की जुगत में हमेशा रहता था, फिर भी बड़ी, एक्सक्लूसिव ऐश पर ख़ुद का पैसा उड़ाने से भी कभी नहीं हिचकता था। हराम का माल आया और चला गया, ये इक्वेशन उसे कभी नहीं अखरती थी। हफ्ता-हफ्ता थाने ही पड़े रहना उसे कभी नागवार नहीं गुजरता था। उसके बीवी-बच्चे – पांच, दो लड़के, तीन लड़कियाँ – अब उसके उस मिज़ाज़ के आदी हो चुके थे। मातहत एसएचओ साहब की ड्यूटी के प्रति लगन और निष्ठा की तारीफ़ करते थे।

अनिल गोरे उसका सीनियर सब-इन्स्पेक्टर था जो उस घड़ी उसके ऑफिस में उसके सामने मौजूद था।

एसएचओ भारकर ने अपलक उसे देखा।

"हुक्म, जनाब?" – एसआई गोरे सविनय बोला।

"हुक्म?"

"जो भी हो, फरमाइए। बन्दा बजा लाने को हाज़िर है।"

"अदब-आदाब तो कोई तेरे से सीखे . . . भले ही फर्ज़ी हो।"

"अरे नहीं, जनाब।"

"हो भी तो क्या है! किसी के मन में क्या है, क्या पता लगता है!"

"सर, मेरा इन और आउट एक है।"

"बातें बनाना भी खूब जानता है। खैर। गोरे, मेरे को आज तेरे से एक बहुत ज़रूरी बात करने का।"

"कीजिए।"

"सीक्रेट करके।"

"वो भी।"

"चाय पिएगा?"

"पी लूँगा।"

एसएचओ ने घन्टी बजाकर एक हवलदार को तलब किया और उसे चाय का ऑर्डर दिया।

जो कि फौरन सर्व हुआ।

"बाहर दरवाज़े पर बैठ।" – एसएचओ ने हुक्म दिया – "जब तक मैं घन्टी न बजाऊँ, कोई भीतर न आए, भले ही कोई हो।"

"जी, साब जी।" – हवलदार सविनय बोला।

"जा।"

हवलदार चला गया, उसके पीछे एसएचओ के ऑफिस का दरवाज़ा मज़बूती से बन्द हो गया।

दरवाज़े पर से निगाह हटा कर एसएचओ अपने मातहत एसआई से मुख़ातिब हुआ।

"दीवारों के भी कान होते हैं।" – वो संजीदगी से बोला।

"लेकिन कान बोलते नहीं।" – एसआई गोरे बोला।

"वैरी स्मार्ट!" – एसएचओ का स्वर शुष्क हुआ – "ज़्यादा पढ़ा-लिखा होना भी मुसीबत है। सुना है पीएचडी है?"

"यस, सर। लेकिन महकमे के रिकॉर्ड में ये बात दर्ज नहीं है।"

"क्या था पीएचडी का सब्जेक्ट?"

"पोलीस प्रोसीजरल।"

"फिर भी सब-इन्स्पेकटर है?"

"वो भी गनीमत है कि हूँ, सर, वर्ना पीएचडी अख़बार बेचते हैं। ऑटो चलाते हैं।"

"वो तो है! बेरोजगारी का बुरा हाल है मुल्क में हर जगह। तू पीएचडी है, ये बात तेरे रिकॉर्ड में दर्ज क्यों नहीं है?"

"हासिल कुछ नहीं है, जनाब! ख़ाली लोग-बाग कुढ़ते हैं।"

"क्यों? ओवरक्वॉलीफाइड होने की वजह से कहीं ज़्यादा तरक्की न कर जाए?"

"वो बात नहीं, जनाब। दरअसल कोई करिश्मा न हो जाए तो पुलिस के महकमे में, आप जानते ही हैं कि, भरती होने से रिटायर होने तक दो से ज़्यादा प्रोमोशन नहीं हो पातीं जो कि जैसे-तैसे हो ही जाती हैं।"

"फिर भी कुढ़ते हैं!"

"जी हां।"

"वजह?"

"आदत से मजबूर हैं।"

"जो कि तू नहीं है?"

"आपने कोई ज़रूरी बात करनी थी?"

"टोकता बहुत है!"

"सॉरी!"

"बात ज़रूरी है जो कभी तो मैंने करनी ही थी इसलिए अब कर रहा हूँ।"

"किसके लिए जरूरी है? आपके लिए या मेरे लिए?"

"दोनों के लिए।"

"मैं सुन रहा हूँ।"

"जो कि तेरा अहसान है मेरे पर!"

"अरे, नहीं, जनाब। मेरा मतलब था कि मेरी मुकम्मल तवज्जो आपकी तरफ़ है।"

"तो सुन। मेरे को तेरी बहुत शि।कायतें मिल रही हैं।"

"जी!"

"खुफिया। अनऑफिशियल। जिनका ज़रिया महकमे में भेदिए होते हैं, महकमे से बाहर ख़बरी होते हैं।"

"क्या कहते हैं?"

"बहुत रोकड़ा पीट रहा है। खुफिया तरीके से। अपने इनडिविजुअल वन-मैन-शो के तौर पर। कोई हिस्सा बंटाने वाला नहीं, कोई टोकने-टाकने वाला नहीं। जो हासिल सब अन्दर।"

"सर, आपको मेरे बारे में कोई ख़ामख़याली है। मैं वैसा पुलिसिया नहीं हूँ।"

"कैसा पुलिसिया नहीं? एक ही तरह के होते हैं तमाम पुलिसिए! जैसा मैं हूं। जैसा तू है। जैसे सब हैं।"

"सर, मैं फिर कहता हूँ . . ."

"मत कह। जो कहेगा, गलत कहेगा या यूं लपेट के कहेगा कि मालूम ही न पड़े कि क्या लपेटा!"

"लेकिन, सर . . ."

"जवाब दे एक बात का। ईमानदारी से। कलेजे पर हाथ रख कर।"

"पूछिए?"

"कब से पुलिस में है?"

"नौ साल होने वाले हैं।"

"सीधा सब-इन्स्पेक्टर भरती हुआ था?"

"जी हां। आपको मालूम ही है कि . . ."

"कभी रिश्वत नहीं खाई?"

वो ख़ामोश हो गया।

"जवाब दे!"

"जवाब आपको मालूम है, सर। ऐसा दूध का धुला कोई नहीं होता। होता है तो महकमा ही ऐसा है कि कोई रहने नहीं देता।"

"क्या कहने! मैं उजला तू काला। होलियर दैन दाउ। ठीक?"

"नहीं, जनाब, नहीं ठीक।"

"तो?"

"तो ये सर, कि हो सकता है कभी मैंने अपने ज़मीर से आंख चुराई हो, लेकिन ज़मीर को बेच ही खाया हो, ऐसा मेरे साथ कभी नहीं हुआ, न होगा।"

"फैंसी जवाब न दे। साफ, सिम्पल जवाब दे।"

"किसी की कोई पेशकश हुई तो नाकुबूल तो न की लेकिन अपनी तरफ से कभी कोई मांग पेश न की। न कभी ऐसी कोई मांग खड़ी करने के लिए हालात पैदा किए।"

"बंडल!"

"आप न मानें।"

"नहीं ही मान रहा हूँ। जब कुए में ही भांग पड़ी है तो तू कैसे अछूता रह सकता है?"

"नहीं रह सकता। नहीं रहा। बोला न, हाजिर को हुज्जत न की लेकिन गैर की तलाशी भी न की।"

"ये भी फैंसी जवाब है। और लपेटे वाला जवाब है। जैसे कोई बड़े गुनाह को कवर करने के लिए छोटा गुनाह कुबूल कर लेता है।"

"अब मैं क्या कहूँ!"

"तू ज़्यादा पढ़ा-लिखा है इसलिए ज्यादा चालाक है, ज्यादा काईयां है, ज़्यादा ख़बरदार-होशियार है।"

"सर, ऐसी कोई बात नहीं।"

"ऐसी ही बात है। बहुत लम्बा अरसा मैंने तेरे पर निगाह रखी है। निगाह रखी है तो जाना है कि तू मिल-बांट के खाने वाली किस्म का भीड़ू नहीं। तेरी खाऊँ-खाऊँ ज़्यादा है, एक्सक्लूसिव है, मैं-मैं-मेरा-मेरा वाली है।"

"सर, ये बेजा इलज़ाम है।"

"जब तू दादर वैस्ट पुलिस चौकी का इंचार्ज था, जो कि सब-इन्स्पेक्टर लगने के बाद तू बना था, तो वहां की एक नई बनती कोठी में ढ़ेर एडीशनल, इललीगल कन्स्ट्रक्शन हुई थी जिसकी वजह से कन्स्ट्रक्शन को लास्ट स्टेज में सील कर दिया गया था। वो चारमंजिला कोठी एक पुरानी कोठी को तोड़ कर बनाई गई थी जिसका नक्शा तो पासशुदा था लेकिन उसमें एक मंजिल का इज़ाफा कर लिया गया था और बेसमेंट बना ली गई थी जो कि नक्शे में नहीं थी। तूने एक सर्टिफिकेट जारी करने के लिए कोठी के मालिक से बीस लाख रुपये चार्ज किए थे कि वो कोठी नई कन्स्ट्रक्शन थी ही नहीं, बल्कि पुरानी कन्स्ट्रक्शन का रेनोवेशन का ही काम हुआ था। कह कि मैं गलत कर रहा हूँ!"

"मैं आपको झूठा करार देने की जुर्रत नहीं कर सकता लेकिन आप जो कह रहे हैं, सरासर गलत कह रहे हैं। वो कन्स्ट्रक्शन सील हुई थी लेकिन वो सीलिंग एक बड़ा जुर्माना भरने के बाद हट गई थी।"

"आठ सौ गज में थी वो कोठी। इतनी बड़ी कन्स्ट्रक्शन के दौरान बतौर चौकी

इंचार्ज तेरी कोई ख़ातिर न हुई हो, ऐसा कहीं होता है!"

"नहीं होता है। नहीं हुआ था। लेकिन बतौर चौकी इंचार्ज मैंने तो कोई मांग खड़ी नहीं की थी! मालिक कन्स्ट्रक्शन के दौरान अपनी राजी से हर पहली को म्यूनीसिपल कार्पोरेशन के इन्स्पेक्टर को एक रकम देता था और चौकी में एक रकम भिजवाता था।"

"क्या रकम?"

"पचास हजार रुपए।"

"और कार्पोरेशन के इन्स्पेक्टर को?"

"ठीक से मालूम नहीं। पर मेरे ख़याल से एक लाख रुपए।"

"यानी पुलिस चौकी का इंचार्ज कमेटी के एक मामूली इन्स्पेक्टर से भी गया गुज़रा! इन्स्पेक्टर से आधी फीस के काबिल!"

"इन्स्पेक्टर की फीस में उसके बॉस सिविल इंजीनियर का भी हिस्सा होता था।"

"और चौकी इंचार्ज की फीस में?"

"चौकी के सारे मातहत स्टाफ का।"

"उस थाने के इंचार्ज इन्स्पेक्टर का क्यों नहीं जिसके अन्डर वो चौकी आती थी?"

"मुझे नहीं मालूम।"

"बंडल!"

"शायद हो, लेकिन मुझे इस बावत कभी कोई ख़बर नहीं लगी। हो सकता है नई कन्स्ट्रक्शन के मालिक का थाने में अपना कोई सैट-अप हो।"

"गोरे, जिसका थाने में सैट-अप हो, वो चौकी को खातिर में नहीं लाता। जिसकी अफसर से सांठ-गांठ हो, वो मातहत को मुंह नहीं लगाता।"

"अब मैं क्या कहूं, सर! सिवाय इसके कि वैसा सर्टिफिकेट जारी करना चौकी इंचार्ज के अख्तियार में नहीं होता। ये काम उस थाने के एसएचओ का होता है जिसके अन्डर वो चौकी आती है।"

"ज़ाहिर है कि एसएचओ के काम को तूने अपना काम बना लिया, थाने के लैवल के काम को चौकी के लैवल का काम बना लिया, और किसी को अपनी करतूत की ख़बर न लगने दी।"

"करतूत बोला, जनाब?"

"अच्छा, भई, करतब सही। करामात सही। कारीगरी सही।"

"मैंने ऐसा कुछ नहीं किया था।"

"अब इतने सालों बाद भला तू असलियत कुबूल करेगा!"

"जब कुबूल करने को कुछ है ही नहीं . . ."

"अब तेरा यही कहना बनता है।"

गोरे ने असहाय भाव से गर्दन हिलाई।

एसएचओ ने कुछ क्षण अपलक उसे देखा, फिर आगे बढ़ा – "लेमिंगटन रोड पर ब्लैक ट्यूलिप नाम का एक हाई फाई बार है, मालूम?"

"मालूम।" – गोरे अनमना-सा बोला।

"तो फिर ये भी मालूम हो शायद कि उसके टॉप फ्लोर पर खुफिया तरीके से एक ब्रॉथल चलता है . . ."

"ब्रॉथल!"

"रण्डीखाना। हाई क्लास। टॉप की बाइयों वाला।"

"ओह!"

"जहां कस्टमर ख़ुद भी आते हैं और जहां से कॉल गर्ल्स सप्लाई भी होती हैं। उस ठीये की ख़ूबी ये है कि वहां कभी रेड पड़ती है तो वहां उसकी ख़बर पहले पहुंच जाती है। नतीजतन आनन-फानन, वक्त रहते, बाईयों को बार बालाएं बना दिया जाता है, 'ब्लैक ट्यूलिप' की होस्टेसिज़ बना दिया जाता है और ब्रॉथल को पीक आवर्स में इस्तेमाल के लिए एडिशनल डायनिंग रूम बना दिया जाता है। लिहाज़ा रेड में कुछ भी हाथ नहीं लगता। अब पूछ, रेड की ख़बर हमेशा ही पहले आगे कैसे पहुंच जाती है? "

"कैसे पहुंच जाती है?"

"हमारा नौजवान, होनहार सब-इन्स्पेक्टर अनिल गोरे पहुंचाता है . . ."

"सर, आप . . ."

". . . और इस ख़िदमत का मोटा शुकराना पाता है जिसमें उसका हिस्सा बंटाने वाला कोई नहीं होता, उसका एसएचओ उत्तमराव भारकर तो बिल्कुल नहीं।"

"सर, आप मुझ पर गलत, नाजायज़, बेबुनियाद इलज़ाम लगा रहे हैं।"

"अभी एक बात और सुन ले – इलज़ाम कहना है तो इलज़ाम जानकर सुन ले – और फिर जो कहना हो, कहना। बरोबर?"

गोरे ने हिचकिचाते हुए सहमति में सिर हिलाया।

"बन्दरगाह के इलाके से एक डोप डीलर का खुफिया नेटवर्क चलता है जो वहां से आधी मुम्बई में ड्रग्स सप्लाई करता है, पैडल किए जाने का इन्तज़ाम करता है। उस डोप डीलर को जिस पुलिस वाले की सरपरस्ती हासिल है, जिससे उसको बिना मांगे, बिना याद दिलाए रेगुलर गुलदस्ता मिलता है उसका नाम" –एसएचओ एक क्षण ठिठका – "सब-इन्स्पेक्टर अनिल गोरे है।"

"सर" – गोरे आवेश से बोला – "अब तो आप हद ही कर रहे हैं – "बल्कि हर हद को लांघ रहे हैं – अब ख़ामोश बैठकर हर इलज़ाम के लिए सिर नवाना मेरे लिए मुमकिन नहीं। आप इतने ज्ञानी हैं तो उस डोप डीलर को, नोन डोप डीलर को, गिरफ्तार क्यों नहीं करते? और उस बड़ी गिरफ्तारी में मुझे, डोप डीलर के सरपरस्त बने अपने ही मातहत सब-इन्स्पेक्टर को गिरफ्तार क्यों नहीं करते?"

"और?" – एसएचओ सब्र से बोला।

"जब आपको पता है कि लेमिंगटन रोड पर 'ब्लैक ट्यूलिप' बार के ऊपर ब्रॉथल चलता है और ये भी पता है कि आपके ही मातहम सब-इन्स्पेक्टर की गद्दारी की वजह से उस ब्रॉथल पर पड़ी रेड कभी कामयाब नहीं होती, तो क्यों अभी भी वो सब-इन्स्पेक्टर – अनिल गोरे – लूप में है? क्या मुश्किल काम है उसको लूप से बाहर कर देना और फिर एकाएक रेड को अंजाम देना?"

"कोई मुश्किल काम नहीं।" – एसएचओ शान्ति से बोला।

"जी!"

"लेकिन मैं ऐसा नहीं चाहता।"

"आप . . . आप ऐसा नहीं चाहते?"

"हां। खुफिया तरीके से मोटा रोकड़ा पीटने के तेरे खुफिया प्रोजेक्ट को मैं लगाम नहीं लगाना चाहता . . ."

"सर, मेरा कोई खुफिया प्रोजेक्ट नहीं।"

"तेरा ऐसा कहना बनता है। मुझे तेरे ऐसा कहने पर कोई ऐतराज़ नहीं!"

"कमाल है!"

"कोई कमाल नहीं। इसलिए कोई कमाल नहीं क्योंकि जो खुफिया सिस्टम तूने खड़ा किया है, मैं उसकी मुखालफ़त नहीं करना चाहता, उसमें शरीक होना चाहता हूँ।"

"जी!"

"मिल-बांट के खाने में ही गति है, मेरे भाई। अकेला ही सब हज़्म कर जाएगा तो बदहज़्मी से मरेगा आखिर! जितनी खाऊँ-खाऊँ पीछे चला ली, मैं-मैं-मेरा-मेरा कर लिया, उतने से अब सब्र कर और मिल-बांट के खाने वाली फितरत बना अपनी . . ."

"आप मुझे बिल्कुल गलत समझ रहे हैं।"

". . . वर्ना" – एसएचओ का स्वर एकाएक हिंसक हुआ –" खता खाएगा। ये अक्लमन्द को इशारा है, इसे पकड़। है न अक्लमन्द!"

गोरे ख़ामोश रहा।

"दरिया में रह के मगर से बैर करेगा तो अंजाम बुरा होगा।"

"मेरा ऐसा कोई इरादा नहीं। मैंने ऐसा कुछ नहीं किया है जिससे मेरा अंजाम बुरा हो। मेरी बाबत आपकी हर जानकारी गलत है। 'ब्लैक ट्यूलिप' में चलते किसी कॉलगर्लिंग रैकेट की मुझे कोई पक्की जानकारी नहीं। बार के बिजनेस में ऐसे शक किए ही जाते हैं लेकिन शक करने से कुछ नहीं होता।"

"तफ़्तीश होती है। तफ़्तीश शक की बिना पर भी होती है।"

"होती है। होती रहे। लेकिन मुझे 'ब्लैक ट्यूलिप' की ओट में चलते किसी ब्रॉथल की कोई जानकारी नहीं।"

"जानकारी पैदा कर।"

"जिस चीज का वजूद ही नहीं है, उसकी मैं क्या जानकारी पैदा करूँ?"

"तुझे 'ब्लैक ट्यूलिप' से मोटा हफ्ता नहीं मिलता?"

"नहीं मिलता।"

"तेरी वहां कोई स्पैशल खातिर नहीं होती?"

"होती है . . ."

"अब आई न असलियत ज़ुबान पर!"

"ये स्पैशल खातिर होती है कि मैं कभी किसी शाम तफरीहन 'ब्लैक ट्यूलिप' में जाऊँ तो मेरे को बिल नहीं दिया जाता। मैं पेमेन्ट की ज़िद करूँ तो ख़ुद मैनेजर आके बोलता है कि सब कुछ ऑन दि हाऊस था।"

"बस!"

"जी हां। बेशक कसम उठवा लीजिए।"

"बन्दरगाह वाले डोप डीलर का क्या कहता है?"

"आप बाखूबी जानते हैं कि बन्दरगाह के इलाके में नॉरकॉटिक्स समगलिंग आम है। लोग पकड़े जाते हैं, माल पकड़ा जाता है, ये कारोबार नहीं थमता। लेकिन किसी ख़ास डोप डीलर से मेरा कोई वास्ता नहीं।"

"मोटे रोकड़े की एवज़ में उसे तेरी सरपरस्ती नहीं हासिल होती?"

"नहीं हासिल होती।"

"तो ये जवाब सोचा तूने?"

"सोचा नहीं, सर, यही सच्चा जवाब है। सच को कहीं सोच की ज़रूरत होती है!"

"यानी डेढ़ दीमाक ही बन कर दिखाएगा? दाई से पेट छुपायेगा?"

"अब मैं क्या बोलूं?"

"दरिया में रह कर मगर से बैर करके दिखाएगा?"

"मैंने ऐसा कुछ नहीं किया। मेरा ऐसा कोई इरादा नहीं। मैं आपका आज्ञाकारी सबॉर्डिनेट हूँ और यही मैं आपकी थानेदारी में बना रहना चाहता हूँ।"

"न बतोलेबाजी से बाज़ आएगा, न मेरे को चक्कर देने की अपनी कोशिश छोड़ेगा!"

"सर, मैंने कहा न . . ."

"चुप कर! बहुत सुना मैंने तेरे को। अब देख, कैसे मैं तेरे हठेले मिज़ाज़ को ठिकाने लगाता हूँ।"

"क्या करेंगे आप?"

उसके एकाएक सर्द हो उठे लहजे पर एसएचओ सकपकाया। उसने घूर कर गोरे को देखा लेकिन गोरे विचलित न हुआ, उसने पूरी निडरता से अपने आला अफसर से निगाह मिलाई।

आखिर एसएचओ की ही निगाह भटकी।

"बर्बाद कर दूँगा।" – फिर दान्त पीसता-सा बोला – "भूल जाएगा तू कि कभी पुलिस में मुलाज़िम था।"

"आप मुझे, अपने मातहत को, धमकी दे रहे हैं?"

"वार्निंग दे रहा हूँ।"

"वो भी क्यों दे रहे हैं? जब मैंने कुछ गलत नहीं किया . . ."

"तेरे कहने से क्या होता है?"

"मेरे ही कहने से होता है? आप मेरे पर बेजा इलज़ाम लगायेंगे, मुझे इंसल्ट करने की, डराने धमकाने की कोशिश करेंगे तो मैं भी . . . मैं भी कुछ करके रहूँगा।"

"तू क्या करेगा?"

"गान्धीगिरी नहीं करूँगा। एक थप्पड़ खाके दूसरा गाल आगे नहीं कर दूँगा।"

"अच्छा!"

"जो मेरे लिए कांटा बोएगा, मैं उसके लिए फूल नहीं, त्रिशूल बोऊँगा।"

"अब तू मुझे धमकी दे रहा है।"

"ये न भूलिएगा, भास्कर साहब, कि जब किसी की इलज़ाम लगाती उंगली किसी दूसरे की तरफ उठती है तो उसकी अपनी तीन उंगलियां ख़ुद उसकी तरफ उठी होती हैं।"

"यानी तू मेरे पर इलज़ाम लगाएगा?"

"लगा सकता हूँ।"

"क्या बोला?"

"आप मेरी ज़ुबान खुलवायेंगे तो कुछ तो मेरे मुंह से भी निकलेगा ही!"

"निकाल!"

"मेरे को पंगा नहीं मांगता।"

"मेरे को मांगता है।"

"गलाटा नहीं मांगता।"

"अरे, मेरे को मांगता है न!"

"आप मुझे मजबूर कर रहे हैं . . ."

"अब, कुछ कह भी चुक।"

"तो सुनिए। मजबूर कर रहे हैं तो सुनिए। जब से मैं आपके थाने में ट्रांसफर हुआ हूँ, तभी से आप मुझे मिज़ाज़ दिखा रहे हैं जिसे कि मैं झेल रहा हूँ। आपका नाजायज़ दबाव हमेशा मेरे लिए परेशानी का बायस बनता था जिसकी वजह से ये शैतानी खयाल मेरे ज़ेहन में जड़ पकड़ने लगा था कि कभी आपकी किसी दुखती रग पर मेरी उंगली हो।"

"क्या बकता है!"

"बोलता हूँ न! जब ख़ुद इजाज़त दी है तो बोलने दीजिए तो सही!"

"ठीक है, बोल।"

"फिर कोई आठ महीने पहले एक मौका मेरे सामने आया। एक नालायक, नामाकूल, गोली मार देने के काबिल लड़के पर आपके थाने के तहत बलात्कार का केस बना जिसे कि आदरणीय, प्रातः स्मरणीय, थानाप्रभारी उत्तमराव भारकर साहब ने अपनी निजी देखरेख और कोशिशों से रफा-दफा हो जाने दिया जब कि भुक्तभोगी लड़की के अगवा के दो चश्मदीद गवाह थे और बलात्कार की जामिन खुद लड़की थी। दोनों गवाहों को एसएचओ साहब ने डंडे के ज़ोर पर गवाही न देने दी, दोनों को ये कहने के लिय मजबूर किया कि हकीकतन उन्होंने कुछ नहीं देखा था। उन्होंने महज़ एक लड़की को किसी की कार में सवार होते देखा था और वो अपनी राज़ी से उन दो लड़कों की कार में सवार हुई थी जिनको वो नहीं पहचानते थे। लड़की को तो बिल्कुल ही नहीं पहचानते थे क्योंकि उसकी उनकी तरफ पीठ थी। वो मामूली हैसियत के लोग थे, कारों की कोई वाकफियत नहीं रखते थे इसलिए वो उस कार के मेक और मॉडल की बाबत कुछ नहीं जानते थे जिसमें कि वो लड़की सवार हुई थी, सिवाय इसके कि कार कर रंग सफेद था। बलात्कार की शिकार लड़की के बयान की ख़ुद हमारे काबिल, ज़हीन, मुस्तैद एसएचओ साहब ने पालिश उतार दी थी। उनके तब के रोजनामचे में दर्ज

पाया गया था कि फलां तारीख को फलां वक्त पर दो नौजवानों ने अपनी कार से एक एक्सीडेंट किया था जिसमें कोई हताहत नहीं हुआ था लेकिन रैश और नैग्लीजेंट ड्राइविंग का केस बना था, जिसके तहत दोनों युवकों को गिरफ्तार कर लिया गया था और अपनी नायाब कलाकारिता से एसएचओ, स्टेशन हाउस, तारदेव, भास्कर साहब ने रोजनामचे में एक्सीडेंट की वो तारीख और टाइम दर्ज दिखाया था जब कि उन दोनों की अगवा और बलात्कार की करतूत तारदेव से बीस किलोमीटर दूर जुहू बीच के एक उजाड़ हिस्से में वाकया हुई थी। विक्टिम लड़की ने अपने बलात्कारियों को साफ पहचाना था, लेकिन एसएचओ साहब का यही दावा था कि लड़की को शिनाख़्त में मुगालता लगा था, वो नौजवान तो बलात्कारी हो ही नहीं सकते थे क्योंकि वारदात में वक्त के आसपास तो वो दोनों तारदेव थाने के लॉक अप में बन्द थे। नतीजतन दोनों युवक सन्देह लाभ पा कर कोर्ट से छूट गए थे।"

"और वो एक्सीडेंट जो उन्होंने किया था?"

"बोला न, मामूली था, स्टेज्ड था और असल में अगवा और बलात्कार की वारदात से बहुत बाद में हुआ था लेकिन तारदेव थाने के रिकॉर्ड में वारदात के वाकया होने का वक्त बाकायदा मैनीपुलेट करके गलत भरा गया था और यूँ लड़कों को निर्दोष साबित करने में ख़ुद एसएचओ साहब ने पूरी-पूरी मदद की थी और उस छोटे से एक्सीडेंट में शरीक लोगों को पूरा-पूरा, उनकी उम्मीद से ज़्यादा, कम्पैंसेट करवाया था।"

"क्योंकि एसएचओ भास्कर" – एसएचओ के स्वर में व्यंग्य का तीखा पुट आया – "लड़कों का मामा लगता था!"

"और गहरा रिश्ता था। क्योंकि वो रोकड़ा एसएचओ साहब को अपना भगवान लगता था जो लड़कों के अभिभावकों ने उनको चढ़ाया था।"

"कितना?"

"आप से बेहतर कौन जानता है? मेरा मुंह क्यों खुलवाते हैं?"

"ज़रूरत के मुताबिक कहानी अच्छी गढ़ लेता है। लेकिन कहानी रहती तो फिर कहानी ही है!"

"मेरे पास सबूत है।"

"क्या बोला?"

"ऐसा सबूत है जिसे आप आज या कल या कभी हरगिज़ नहीं झुठला पाएंगे।"

एसएचओ हड़बड़ाया, उसके नेत्र सिकुड़े।

"क्या सबूत है?" – फिर बोला।

"मेरे पास थाने में हुई उस मीटिंग की वीडियो रिकॉर्डिंग है जिसमें दोनों लड़कों के बाहैसियत पिता थाने में एसएचओ भारकर के रूबरू पेश हुए थे और दोनों पार्टीज़ में लम्बी सौदेबाज़ी के बाद जनाब की नज़र नकद पचास लाख रुपए किए गए थे।"

एसएचओ सन्नाटे में आ गया।

"मेरे को मालूम था ऐसी सौदेबाज़ी होने वाली थी जिसमें कि आखिर आप ही की चलनी थी क्योंकि दो नौजवान – हराम के जने – लड़कों के मुस्तकबिल का सवाल था। आजकल अगवा और बलात्कार के आरोपियों के साथ कोर्ट बहुत सख़्ती से पेश आता है, कम से कम सज़ा भी दस साल की होती है। उम्रकैद हो जाना भी कोई बड़ी बात नहीं। जहां तक लड़कों की करतूत का सवाल है तो 'बच्चे हैं, गलती हो ही जाती है। सॉरी बोल दिया, खुल्ली माली इमदाद कर दी, और क्या जान लोगे बच्चों की!' सर, ये मेरा नहीं, यूपी के एक बड़े नेता का बयान है।"

एसएचओ ख़ामोश रहा।

"आप थाने में बैठे हैं, थानेदार हैं इसलिए आपसे बेहतर कौन जानता है कि बाहुबलियों की शह पर गवाह कैसे फोड़े जाते हैं, ख़रीदे जाते हैं, झुठलाए जाते हैं, जान से मार दिए जाने की धमकी के तहत डराए-धमकाए जाते हैं, उनके आश्रितों के बुरे अंजाम का हौवा खड़ा किया जाता है और थाने, कोर्ट-कचहरी के करीब भी न फटकने के लिए उन्हें तैयार किया जाता है। और अपनी इन नापाक कोशिशों में बाहुबली हमेशा नहीं तो तकरीबन हमेशा कामयाब होते हैं। एक बार अगवा और बलात्कार का केस झूठा पड़ जाता है तो छोटे-मोटे जुर्म के तहत हिरासत में लिए गए उनके नौनिहाल थाने से ही छूट जाते हैं और मूछों पर

ताव देते घर पहुंच जाते हैं। आपसे बेहतर कौन जानता है कि ज़्यादातर मामलों में पुलिस डंके की चोट या बैकग्राउन्ड में रहकर मुजरिमों की मदद करती है।"

"जैसे तू नहीं जानता!"

"मैं भी जानता हूँ लेकिन थानेदार के मुकाबले में एसआई की हैसियत निहायत मामूली होती है। थानेदार अपने थाने का बादशाह होता है और फुल पावरफुल होता है – अपने अन्डर में चलने वालों सबके लिए।"

"यानी थानेदार थाने का निजाम ठीक नहीं चलाता!"

"रूटीन मामलों में ठीक चलाता है लेकिन अगवा और बलात्कार का ऐसा केस जिसमें रईसज़ादे शरीक हों, रूटीन तो नहीं होता न!"

"हूँ।"

"ऐसा केस मोटे, बहुत मोटे रोकड़े का खेल होता है, जिसमें पुलिस क्या नहीं करती? पुलिस की लाइन टो करने के लिए तैयार बड़े वकील क्या नहीं करते! कितने ही ऐसे केसों में तो थाने में एफआईआर ही इरादतन ठीक नहीं बनती और अमूमन केस वहीं ख़त्म हो जाता है। मुजरिम को पुलिस की तरफ से पूरा मौका दिया जाता है कि वो अग्रिम ज़मानत हासिल कर ले। तीन-तीन, चार-चार महीने चार्जशीट दाखिल नहीं होती और आरोपी को ज़मानत मिल जाती है। सरकमस्टांशल ऐवीडेन्स की, परिस्थितिजन्य साक्ष्यों की तो बात ही छोड़िए, आम जांच पड़ताल में ही इतनी गलतियां की जाती हैं – बल्कि बनाई जाती हैं – कि आरोपी के खिलाफ सबूत ही नहीं बचते। डॉक्टर साहबान मेडिकल रिपोर्ट ठीक से नहीं बनाते। गवाहों को अव्वल तो पेश ही नहीं होने दिया जाता, पेश होते हैं तो उन्हें होस्टाइल विटनेस बन जाने का पूरा-पूरा मौका दिया जाता है। बयानों में जानबूझ कर इतना विरोधाभास पैदा किया जाता है कि उनका कोई मतलब ही नहीं रह जाता। नतीजतन आरोपी आम बैनीफिट ऑफ डाउट के चलते बरी कर दिए जाते हैं, और ये सब इसलिए होता है क्योंकि आरोपी किसी ऐसे बाहुबली का बेटा-भांजा-भतीजा होता है, थानेदार को आधा खोखा रोकड़ा पूजते जिसके माथे पर शिकन नहीं आती। 'सदा आपके साथ' पुलिस और शातिर वकीलों की सांठ-गांठ से चौबीस-पच्चीस साल के युवक को किशोर साबित करने की

कोशिश की जाती है, स्कूलों के रिकॉर्ड बदलवाए जाते हैं, डेट ऑफ बर्थ के फ़र्ज़ी सर्टिफिकेट जारी करवाए जाते हैं ताकि कड़क जवान, उम्रदराज आरोपी को नाबालिग साबित किया जा सके। सरेआम कई तरह के झूठे दस्तावेज थाने में, कोर्ट में दाखिल किए जाते हैं।"

"और?"

"और के खाते में एक बात का ज़िक्र करने की इजाज़त मुझे दीजिए।"

"दी। कर।"

"उम्मीद है मोतीराम अहिरे नाम के एक मवाली को आप भूले नहीं होंगे जो कि मिराजकर गैंग का शूटर था और जिस पर मुम्बई के जुदा-जुदा थानों में अट्ठारह गम्भीर केस दर्ज थे। पिछले साल जब तारदेव में उसकी गिरफ्तारी हुई थी तो तारदेव थाने के तब के थानेदार साहब ने, जो कि आप थे, जब उसे ज़मानत के तालिब के तौर पर हाईकोर्ट में पेश किया था तो आपने जानबूझ कर, इरादतन, मोतीराम अहिरे की क्रिमिनल हिस्ट्री को छुपा लिया था, उसका ज़िक्र चार्जशीट में नहीं आने दिया था जबकि वो गैंगस्टर एक्ट के तहत बुक्ड था। नतीजतन, हाईकोर्ट से उसे ज़मानत मिल गई थी जबकि माननीय जज साहब ने ख़ुद कहा था कि चार्जशीट के मुताबिक गैंगचार्ट के अलावा आरोपी की कोई क्रिमिनल हिस्ट्री स्थापित नहीं थी। आपसे बेहतर कौन ज़ानता था कि ये बात बिल्कुल फ़र्ज़ी थी और ख़तरनाक शूटर अहिरे को बचाने के लिए ख़ुद आपकी लीपा-पोती का नतीजा थी। अदालत इस मामले में मजबूर थी – आपने अदालत को उस मजबूरी में धकेला था क्योंकि पुलिस ने आरोपी की कोई क्रिमिनल हिस्ट्री चार्जशीट के साथ अटैच नहीं की थी – जबकि मुम्बई के थानों में उसके खिलाफ अट्ठारह गम्भीर केस दर्ज थे – कुछ था तो गैंगचार्ट था जो ज़मानत को नकारने के लिए काफी नहीं माना गया था। लिहाज़ा ऐसा मुजरिम, ऐसा दुर्दांत हत्यारा ज़मानत पा गया था जिसकी ज़मानत हो ही नहीं सकती थी!"

"आगे?"

"जनाब, बात खाली आपके थाने की होती तो आप थाने में अहिरे के खिलाफ जो भी दर्ज होता, उसे हवा न लगने देते। लेकिन सत्तरह और थानों में

आप का ज़ोर चलना मुमकिन नहीं था फिर भी आपने अपनी कारीगरी दिखाई थी और अहिरे की क्रिमिनल हिस्ट्री की कोर्ट को ख़बर नहीं लगने दी थी और सिर्फ आपकी इस एक कारीगरी की वजह से अहिरे को ज़मानत मिली थी। ये एक गम्भीर, डेलीब्रेट मैनीपुलेशन थी आईपीसी सैक्शन 218 के तहत, और सैक्शन 417 के तहत अगर होती तो जिसकी सज़ा भी गम्भीर ही होती। आपकी याददाश्त को तरोताज़ा करने के लिए अर्ज़ है कि सैक्शन 218 कहता है – पब्लिक सर्वेंट फ्रेमिंग इनकरेक्ट रिकॉर्ड ऑर राइटिंग विद इंटेंट टु सेव ए पर्सन फ्रॉम पनिशमेंट ऑर प्रॉपर्टी फ्रॉम फोरफीचर। सैक्शन 417 चीटिंग से, धोखाधड़ी से ताल्लुक रखता है।"

"वो तो अच्छा हुआ तूने मुझे ख़बरदार कर दिया वर्ना आईपीसी के ये सैक्शन कहाँ मेरे मगज में आने वाले थे!"

"सर, आप तंज कस रहे हैं?"

"और कुछ कहना है?"

"और जो कहना है, वो आपको मालूम है। अहिरे के खिलाफ जो अट्ठारह केस थे, वो आज भी खुल सकते हैं। सिर्फ एक पीआईएल एप्लीकेशन फाइल करनी होगी कोर्ट में। फिर अहिरे को बचाने के लिए, उसे ज़मानत दिलाने के लिए जो आपने किया, वो छुपा नहीं रह सकेगा। फिर आपका अंजाम, कहने की ज़रूरत नहीं, बुरा होगा, बहुत बुरा होगा।"

"तू समझता है मैंने गुलदस्ता थामा?"

"समझता नहीं हूँ . . ."

"शुकर।"

". . .जानता हूँ, थामा। बड़ा गुलदस्ता थामा। बड़े केस की लीपा-पोती का हासिल बड़ा ही होता है।"

"अहिरे की औकात थी बड़ी रिश्वत चढ़ाने की?"

"मिराजकर गैंग की थी न! अपने आदमी को, अपने ख़ास शूटर को बचाने के लिए गैंग ने क्या कुछ नहीं किया होगा?"

"हूँ।"

"कर सकें तो ख़ुद याद कीजिए कितनी बार एफआईआर तब्दील करने के लिए, उसमें आरोपी के मनमाफिक हेरफेर करने के लिए आपने गुलदस्ता थामा है!"

"और हर बार की तेरे को ख़बर है?"

"हर बार की तो नहीं!"

"कहता है हर बार की तो नहीं!" – भारकर एक क्षण ठिठका फिर शिकायती लहजे से बोला – "गोरे, तू मेरे साथ ऐसे पेश आएगा?"

"सर, गुस्ताखी की माफी के साथ अर्ज़ है, शुरूआत तो आपने की!"

"तू है किसकी तरफ? लगता है मेरी तरफ तो है ही नहीं, पुलिस की तरफ भी नहीं है।"

"सर, मैं पुलिस का मुलाज़िम हूँ, इसलिए मन, वचन, कर्म के पुलिस की तरफ हूँ और आपका आज्ञाकारी मातहत हूँ।"

"तो फिर पुलिस को बदनाम क्यों करता है? पुलिस के खिलाफ क्यों बोलता है?"

"ये गलत इलज़ाम है। आप ऐसा तब कह सकते हैं जब मैं पब्लिक में बोलूँ। मैं तो आप से बात कर रहा हूँ।"

"अच्छा कर रहा है। लेकिन ये नहीं समझ रहा कि लंका में सब बावन गज़ के हैं।"

"वो तो . . . हैं।"

"तू समझता है किसी मौफ्र्ड वीडियो रिकॉर्डिंग को तू मेरी दुखती रग बना सकता है?"

"मौफ्र्ड बोला, सर?"

"क्योंकि जेनुइन तो वो हो नहीं सकती! जब ऐसी कोई मीटिंग हुई ही नहीं, बड़े रोकड़े का कोई ऐसा लेन-देन हुआ ही नहीं, तो ऐसी वीडियो रिकॉर्डिंग कहां से आएगी?"

"वक्त आने दीजिए। आप मुझे बिलिटल, करना, मुझे ह्यूमिलियेट करना, मेरी दुश्वारियां बढ़ाना बन्द नहीं करेंगे तो पेश कर दूँगा।"

"अभी कर।"

"अभी मुमकिन नहीं। अभी वो किसी ख़ास जगह महफ़ूज़ है।"

"पुड़िया है।"

"ठीक है, पुड़िया है। आप मुझे बर्बाद करने का अपना वन-प्वॉयन्ट प्रोग्राम अमल में लाइए, फिर जो सच है वो सामने आ जाएगा।"

"वो तो . . . वो तो गुस्से से मेरे मुंह से निकल गया था!"

"फिर तो बात ही क्या है?"

"और मिल बांट के खाने का मिज़ाज़ पकड़।"

"मैं कोशिश करूँगा इस बारे में।"

"ठीक करेगा। वो क्या है कि थाने में डेढ़ सौ लोगों का स्टाफ होता है, कभी न कभी कोई न कोई झांय-झांय हो ही जाती है।"

"मैं समझता हूँ, सर।"

"जैसी वीडियो क्लिप तू कहता है वजूद में है, और मौफ्र्ड भी नहीं है, तो उसकी एक कॉपी मुझे फॉरवर्ड कर ताकि मैं पक्की कर सकूं कि वो मौफ्र्ड नहीं है।"

गोरे ख़ामोश रहा।

"यानी नहीं फॉरवर्ड करेगा?"

"सर, आप बात को यूँ समझिए कि गुस्से में कुछ आपके मुंह से निकला तो कुछ मेरे मुंह से निकल गया।"

"ऐसा?"

"हां।"

"यानी वीडियो क्लिप वाली बात कोरी धमकी है?"

"यही समझ लीजिए।"

"हूँ।"

कई क्षण ख़ामोशी रही।

"गोरे" – आखिर एसएचओ बोला – "जो कहा-सुनी यहां हुई, वो सब भूल जा। और नहीं तो इसलिए भूल जा कि मैं तेरा सीनियर हूँ, तेरा ऑफिसर-इन-चार्ज हूँ और तेरे से उम्र में बड़ा हूँ। कुछ मैंने कहा जो तेरे को नागवार गुज़रा, कुछ तूने

कहा, वो मुझे अच्छा न लगा; अब तू इस बात पर खाक डाल, मैं जल्दी ही इसी मुद्दे पर तेरे से ख़ुद बात करता हूँ। बोल, मंज़ूर?"

"मंज़ूर, सर।"

"नो हार्ड फीलिंग्स?"

"नो हार्ड फीलिंग्स, सर।"

"दिल से कह रहा है?"

"यस, सर।"

"तो निकल ले। जाने से पहले कुछ और कहना चाहता है तो बोल।"

"खाली एक बात।"

"वो भी बोल।"

"तिनका कबहूँ न निन्दिये, पांव तले जो होय, कबहुँ उड़ि आँखिन परै, पीर धनेरी होय।"

"क्या मतलब हुआ भई, इसका? मेरे तो सिर के ऊपर से गुज़र गया!"

गोरे हंसा, फिर संजीदा हुआ।

"जय हिन्द, सर।" – वो बोला।

उसने फरमायशी सैल्यूट मारा और लम्बे डग भरता वहां से रुख़सत हुआ।

"मादर . . . कुत्ता!" – पीछे एसएचओ भारकर बड़बड़ाया – "पता नहीं क्या कह गया साला हरामी! इसका जल्दी ही कोई इलाज करना होगा। हड़काया हुआ कुत्ता! मेरे को हूल देता था कमीना! जैसे अभी काट खायेगा! जानता नहीं, साला, कि सांप को छेड़ने का क्या अंजाम होता है! और सांप भी कोई आम नहीं। काला नाग!"

उसने कॉल बैल बजाई।

तत्काल हवलदार भीतर दाखिल हुआ।

"कदम को बुला।" – उसने हुक्म दिया।

"अभी, साब।"

हवलदार लपकता हुआ गया और सब-इन्स्पेक्टर रवि कदम के साथ वापिस लौटा।

भास्कर ने हाथ के इशारे से हवलदार को डिसमिस कर दिया।

कदम जोशीला, युवा सब-इन्स्पेक्टर था जो अपनी पुलिस की नौकरी को बहुत संजीदगी से लेता था, और अपनी निष्ठा और कर्मठता के सदके महकमें में उत्तरोत्तर उन्नति के सपने देखता था।

"फरमाइए, सर।"

"मेरे को शक है" – एसएचओ का लहजा धीमा हुआ – "मेरे ऑफिस में कोई स्नूपिंग डिवाइस परमानेंट करके या टैम्परेरी तौर पर फिक्स है।"

"जी!"

"तेरे को ऐसी गैजेटरी का तजुर्बा है। यहां तलाश कर कोई खुफिया मिनियेचर कैमरा या कोई स्पीकर, ट्रांसमीटर या दोनों।"

"अभी?"

"अभी। मेरे सामने।"

"ठीक। सर, दूसरा काम?"

"पहला हो जाए तो बोलता हूँ।"

एसआई कदम ने एक सैकण्ड भी ज़ाया न किया, फौरन अपने काम में लग गया।

आधा घन्टा उसने एसएचओ के विशाल ऑफिस को और उसके साथ जुड़े उसके बैडरूम को खंगालने में लगाया।

"क्लीन, सर।" – आखिर उसने रिपोर्ट दी – "कहीं कुछ नहीं। नो बग, नो स्नूपिंग डिवाइस, नो नथिंग।"

"श्योर?"

"वन हण्डर्ड पर्सेन्ट, सर।"

"कोई ऐसा ज़रिया है कि कोई बग, कोई स्नूपिंग डिवाइस यहां न लगाई जा सके? लगाई जाए तो मुझे ख़बर हुए बिना न रहे?"

एसआई कदम ने उस बात पर विचार किया।

"सर" – फिर बोला – "सिम्पल तरीका तो यही है कि अपनी ग़ैरहाजिरी में अपना ऑफिस खुला न छोड़ें। दूसरे, बग डिटेक्टिंग मीटर भी इलैक्ट्रॉनिक्स

मार्केट में अवेलेबल है लेकिन मिनियेचर कैमरे वाला कारोबार ज़रा टेढ़ा है।"

"बोले तो?"

"कैमरा किसी विज़िटर के साथ भी आ सकता है। आजकल तो कमीज के बटन जितना कैमरा भी मार्केट में अवेलेबल है जो तीन चार सौ गज तक भी विजुअल सिग्नल्स भेज सकता है।"

"ऐसा?"

"जी हां।"

"थाने में एसएचओ का हुक्म जारी करवाओ कि किसी भी मुलाकाती को सिक्योरिटी चैक के बिना एसएचओ के ऑफिस का रुख न करने दिया जाए। सारे स्टाफ को ख़बरदार करो कि अगर कोई मुलाकाती किसी स्नूपिंग डिवाइस के साथ, किसी खुफिया मिनियेचर कैमरे के साथ थाने के परिसर में पाया गया तो उस मुलाकाती को फरदर क्वेश्चनिंग के लिए हिरासत में लिया जाएगा और उस पुलिस वाले पर भी डिपार्टमेंटल एक्शन होगा जिसने एसएचओ के हुक्म को फॉलो करने में कोताही की।"

"यस, सर। राइट, सर।"

"अब दूसरी बात सुन। वो औरत जिसकी खोज ख़बर रखने की हिदायत मैंने तेरे को दी थी, क्या नाम था उसका?"

"कोंपल। कोंपल मेहता।"

"हां, वही। क्या जाना उसके बारे में?"

"सर, कोई जरायमपेशा औरत तो वो यकीनन नहीं है लेकिन अपनी माली ज़रूरियात को पूरा करने के लिए कुछ छोटे-मोटे ऐसे काम करती है जो बिल्कुल ही ग़ैरकानूनी तो नहीं हैं, लेकिन फिर हैं भी . . ."

"मसलन?"

"पार्टी ड्रग्स की छोटी-मोटी मूवमेंट्स में उसकी शिरकत है लेकिन डीलर के तौर पर, सप्लायर के तौर पर नहीं, पैडलर के तौर पर भी नहीं।"

"यूज़र?"

"हो सकती है।"

"और?"

"छोटी मोटी पार्टियों में स्कॉच व्हिस्की पहुंचाती है जो कि सुना है एक्साइज़ ड्यूटी अनपेड होती है, लेकिन इस बाबत वक्त के तोड़े की वजह से कोई पक्की जानकारी अभी मुझे नहीं हासिल हुई।"

"अकेले ऑपरेट करती है?"

"एक आदमी उसके साथ होता तो है लेकिन हमेशा नहीं।"

"कोई दोस्त? चाहने वाला?"

"बड़ी उम्र की औरत है – तीसेक साल की – हसबैंड भी हो सकता है।"

"शक्ल सूरत? रख-रखाव?"

"उम्दा।"

"अक्सर कहां पाई जाती है?"

"बन्दरगाह के इलाके में। ख़ास तौर में डिमेलो रोड के किसी रेस्टोबार में। रेस्टोरेंट में, डिस्को में।"

"हूँ।"

"कभी-कभार बतौर कैजुअल हैल्प बारमेड या होस्टेस भी दिखाई देती है।"

"बोले तो, बड़ी स्ट्रगल है लाइफ में!"

"सर, मुम्बई में तो हर किसी की लाइफ में स्ट्रगल है।"

"ठीक बोला। कल उस औरत को काबू में कर। मेरे को उस से अर्जेन्ट करके बात करने का।"

"यस, सर।"

"जीता रह।"

वो डिसमिसल का इशारा था, जो युवा एसआई कदम ने फौरन पकड़ा।

वो एक सूट-बूट में सज़ा-धजा चालीसेक साल का, अच्छी शक्ल-सूरत वाला, क्लीनशेव्ड शख़्स था जो एक निगाह में किसी बड़ी कम्पनी का सेल्स एक्ज़ीक्यूटिव जान पड़ता था। जो चमड़ा मंढ़ा ब्रीफकेस वो उठाए था, वो भी यही गवाही देता जान पड़ता था। उस शख़्स का नाम विनायक घटके था और उस

घड़ी को ऑलिव बार में मैनेजर के उस के मैज़नीन फ्लोर पर स्थित ऑफिस में मौजूद था और वो ज़ाती तौर पर जानता था कि कथित मैनेजर ही उस रेस्टोबार का आधा मालिक था जिसका नाम सर्वेश सावंत था। दूसरे पार्टनर का नाम सुबोध नायक था।

ऑलिव बार सुबह ग्यारह बजे से आधी रात के बाद तक खुलता था और दोनों पार्टनर दो शिफ्टों में – जो कि रोटेट होती रहती थीं – वहां ड्यूटी करते थे।

उस घड़ी विनायक घटके सैकण्ड शिफ्ट की ड्यूटी भरते पाटर्नर सर्वेश सावन्त के सामने मौजूद था।

सावन्त ने बड़े सब्र के साथ अपने नावाकिफ विज़िटर पर सवालिया निगाह डाली।

"मेरा नाम विनायक घटके है।" – वो सख़्त, खुरदरी आवाज में बोला – "मैं परेरा साहब का ख़ास हूँ।"

घटके के ख़ुश्क, ग़ैरदोस्ताना लहजे ने उसके सारे अच्छे रखरखाव की पोल खोल दी थीं। अब वो कुछ लग रहा था तो एक मवाली ही लग रहा था जो कि सज़ा-धजा था और जिसके बनाने वाले ने इत्तफाकन उसे अच्छी शक्ल-सूरत से नवाज़ा था।

"कौन परेरा साहब?" – सावन्त ने भावहीन ढंग से सवाल किया।

"रेमंड परेरा साहब।"

"कौन रेमंड परेरा साहब?"

"आप रेमंड परेरा साहब को नहीं जानते?"

"नहीं, भई, नहीं जानते? कौन हैं? नेता हैं? अभिनेता हैं? कौन हैं?"

"कमाल है! मुम्बई में कोई ऐसा भीड़ू है तो नहीं जो परेरा साहब को न जानता हो!"

"देखो, भई, ये बार का बिजी सैशन है, इसलिए इस वक्त मेरे को क्विज प्रोग्राम का टाइम नहीं।"

"रेमंड परेरा साहब टोपाज़ क्लब के मालिक हैं। टोपाज़ क्लब कोलाबा में है। अभी ये भी बोलने का कोलाबा में किधर है? या कोलाबा किधर है?"

"नहीं। मालूम मेरे को। कफ परेड पर है। कोलाबा मुम्बई के साउथ एण्ड पर है। ओके?"

"शुकर।"

"और अब परेरा भी मालूम। दरअसल परेरा बहुत कामन गोवानी नाम है इसलिए तुम्हारे वाला परेरा टोपाज़ क्लब से जोड़े बिना मगज में न आया।"

"मेरे वाला परेरा?"– घटके ने अपलक उसे देखा।

"परेरा साहब, भई। रेमंड परेरा साहब। ओनर, टोपाज़ क्लब ऑफ कफ परेड, कोलाबा। अब ठीक?

घटके ने उस पर अहसान-सा करते हुए सहमति से सिर हिलाया लेकिन उसे घूरना न छोड़ा।

आगन्तुक का घूरना सावन्त को विचलित कर रहा था, वो मन ही मन उस घड़ी को कोस रहा था जब उसने घटके से, जो उसके लिए सर्वदा अपरिचित था, मिलना कुबूल किया था।

"तो" – वो बोला – "तुम टोपाज़ क्लब वाले परेरा साहब के ख़ास हो?"

"हां।"

"उनका हवाला किसलिए?"

"इसीलिए क्योंकि मैं उनका ख़ास हूँ। ख़ास बात बाजरिया ख़ास आदमी ही होती है जोकि "–वो एक क्षण ठिठका –" मैं हूँ। विनायक घटके।"

"करो ख़ास बात। लेकिन जल्दी करो क्योंकि मेरे को टाइम का तोड़ा है।"

"जल्दी करूँ?"

"या किसी फुरसत के वक्त आकर करना।"

"परेरा साहब के ख़ास को ऐसे तो कोई नहीं टालता!"

"कम टु दि प्वॉयन्ट, यार। बात को लम्बा मत घसीटो ख़ुदा के वास्ते और मेरी मसरूफियत को समझो।"

"परेरा साहब अपना बिजनेस एक्सपैंड करना मांगता है।"

"टोपाज़ जैसा एक और क्लब खोलना मांगता है?"

"उसमें टेम लगेगा। परेरा साहब की निगाह में इमीजियेट करके कुछ है। नए

प्रोजेक्ट के लिए एक लोकेशन भी मार्क करके रखा परेरा साहब।"

"अच्छा! किधर?"

"ग्रांट रोड पर। इधर तारदेव पास। कमाठीपुरा पास। भायखला पास। परेरा साहब को लोकेशन पसन्द। इधर ग्रांट रोड का एक बार पसन्द . . . जिसका टेकओवर परेरा साहब मांगता है।"

"टेकओवर!"

"इमीजियेट करके। टेकओवर नहीं तो पार्टनरशिप।"

"पार्टनरशिप! किधर?"

"परेरा साहब ऑलिव बार मार्क करके रखा।"

"क्या!"

"फाइनली पसन्द कर के रखा ऑलिव बार।"

"अरे, माथा फिरेला है? कौन बोला तेरे को कि ऑलिव बार या उसकी पार्टनरशिप तेरे परेरा साहब को अवेलेबल?"

घटके ख़ामोश रहा।

"तीस करोड़ का प्रोजेक्ट है। अव्वल तो पार्टनरशिप अवेलेबल नहीं लेकिन हो भी तो खड़े पैर इनवैस्ट करेगा दस करोड़ तेरा परेरा साहब?"

"ऊपर से फोन आया न!"

"ऊपर से फोन आया! ऊपर से कहां से फोन आया?"

"समझो।"

"तू समझा, भई।"

"ऊपर से फोन आने का एकीच मतलब।"

"एकीच मतलब! दुबई से?"

"कराची से। दुबई में 'भाई' कभी होता था। अब कराची में होता है।"

सावन्त ने मुंह बाए उसकी तरफ देखा।

"अभी समझ में आया परेरा साहब की पीठ पर कौन है?"

"तेरा परेरा साहब ऑलिव बार में पार्टनर बनना मांगता है?"

"अभी आई बात समझ में। पार्टनर बनके अपने इस्टाइल से ऑलिव बार को

चलाना मांगता है।”

“कमाल है! खड़े पैर दस करोड़ इनवेस्ट करके . . .”

“इनवेस्टमेंट का कौन बोला?”

“तो इन्वेस्टमेंट बिना कैसे . . . ओह! तो ये बात है!”

“क्या बात है?”

“तेरा परेरा साहब फोकट में ऑलिव बार पर काबिज होने के सपने देख रहा है।”

“जिसकी पीठ पर ‘भाई’ का हाथ हो, वो कुछ भी कर सकता है।”

“बतोलेबाज है तेरा परेरा साहब! उसको बोल ख़्वाब देखना बन्द करे और तू भी चलता-फिरता नजर आ। साला गलत किया जो मैं तेरे को इधर आने दिया। अभी निकल ले!”

घटके न हिला।

“मैं”– सावन्त ने फोन की तरफ हाथ बढ़ाया – “सिक्योरिटी को बुलाता हूँ।”

“बुलाना।” – घटके बोला – “पण एक मिनट रुकने का। खाली एक मिनट बोला मैं।”

घटके अब कोई और ही भाषा बोल रहा था।

सावन्त का फोन की तरफ बढ़ता हाथ बीच रास्ते ठिठका।

“बोले तो परेरा साहब जो मांगता है, मांगता है बरोबर। और जब मांगता है तो ख़ुदीच बहुत कहर ढा सकता है। फिर उसको ‘भाई’ की शह है सीधे कराची से। परेरा साहब की मांग ठुकराने का नतीजा बुरा होगा, बाप, बहुत बुरा होगा।”

“क्या होगा?”

“सामने आएगा न! अभी खाली बोलो कि तुम्हेरा परेरा साहब के साथ पार्टनरशिप को नक्की बोलना फाइनल?”

“गैट आउट।”

“बोले तो फाइनल।” – वो उठ खड़ा हुआ – “जाता है, बाप। सलाम बोलता है। अभी तुम जानो, तुम्हेरा पार्टनर जाने और परेरा साहब जाने।”

उसने फ़र्ज़ी मुस्कुराहट के साथ एक उंगली से अपनी पेशानी को छुआ और

लौट पड़ा।

चिन्तित भाव से नेत्र सिकोड़े सावन्त उसे जाता देखता रहा।

पीछे उसने अपने डिप्टी नवीन गोहिल को तलब किया।

"रेमंड परेरा के नाम से वाकिफ है?" – उसके संजीदगी से सवाल किया।

"हां।" – गोहिल बोला – "कोलाबा में टोपाज़ क्लब चलाता है।"

"अभी उसका एक आदमी – साफ मवाली आदमी – परेरा के नाम पर खुल्ली धमकी उछाल कर गया कि उसके बॉस परेरा को फोकट में – फोकट में बोला मैं – इधर ऑलिव बार का पार्टनर बनाया जाए वर्ना किसी गम्भीर अंजाम के लिए तैयार रहा जाए।"

"नॉनसेंस . . ."

"बोला, दावा ठोक के गया, कि उसके परेरा साहब की पीठ पर 'भाई' का हाथ था।"

"बंडल ठोक कर गया। ऐसा कहीं होता है!"

"नहीं होता। लेकिन फिर भी कुछ करेगा तो क्या करेगा?"

"कुछ नहीं कर पाएगा।"

"अरे, मैं 'फिर भी' बोला न!" – सावन्त झल्लाया।

"तो क्या करेगा? बार की क्लायन्टेल बिगाड़ने की कोशिश करेगा। पीक आवर्स में कोई गलाटा खड़ा करने की कोशिश करेगा।"

"मेरा भी यही ख़याल है। गोहिल, अब हमें भरपूर कोशिश करनी है कि इधर कभी भी कोई गलाटा न होने पाए। कैसे करेंगे?"

"आप बोलिए?"

"जो सिक्योरिटी एजेन्सी हमारे यहां गार्ड्स भेजती है, उससे कॉन्टेक्ट कर और बोल कि दस बेवर्दी हथियारबन्द सिक्योरिटी गार्ड यहां भेजे . . ."

"इतने!"

"कम जान पड़ें तो और भी। मेरे को कोई गलाटा नहीं मांगता। बाउन्सर्ज़ भी डबल कर।"

"वो भी डबल!"

"बरोबर।"

"बहुत खर्चा होगा, बॉस।"

"वान्दा नहीं मेरे को। मेरे को हर धमकी का सामना करने का।"

"भले ही वो खोखली हो?"

"हां, भले ही खोखली हो। फिरंगियों में ऐसे ही ही नहीं कहते कि फोरवार्न्ड इज़ फोरआर्म्ड।"

"मैं समझ गया, बॉस। सब ऐसीच होगा पर . . ."

"क्या पर?"

"इस बाबत नायक साहब से भी बात कर लेते तो . . ."

सावन्त ने घूर कर अपने डिप्टी को देखा।

"वो क्या है कि . . . मैं इसलिए कह रहा था कि . . . कि नायक साहब की पुलिस में अच्छी वाकफियत है, शायद . . . शायद किसी काम आती।"

"जो कहा है वो कर, भई, और फौरन कर। बाकी मैं . . . देखूंगा।"

"राइट, बॉस।"

"गैट अलांग।"

नवीन गोहिल रूख़सत हो गया।

पीछे सावन्त कुछ क्षण विचारपूर्ण मुद्रा बनाए मेज़ ठकठकाता रहा।

अपने पार्टनर सुबोध नायक की पुलिस में 'अच्छी वाकफियत' से सर्वेश सावन्त वाकिफ था। वो वाकफियत एक पुलिस इन्स्पेक्टर तक सीमित थी जिससे सुबोध नायक अपने घनिष्ठ सम्बन्ध बताता था। नायक का दोस्त इन्स्पेक्टर मुम्बई पुलिस में कहां, किस महकमे में तैनात था, इस बाबत उसे कोई ख़बर नहीं थी क्योंकि ख़बर रखने में उसने कभी दिलचस्पी ही नहीं ली थी।

'तो क्या!'– उसने मन ही मन सोचा – 'पार्टनर के पुलिसिए दोस्त की बाबत वो अब मालूम कर सकता था।'

उसने पार्टनर के मोबाइल पर कॉल लगाई।

जवाब न मिला।

वान्दा नहीं – उसने फोन बन्द कर दिया – अभी है टाइम।

□□□

थानाध्यक्ष भास्कर ने आंख भर कर अपने सामने बैठी उस महिला को देखा जिसका परिचय वो एसआई रवि कदम से प्राप्त कर चुका था।

बढ़िया बनी हुई थी साली। शक्ल सूरत भी ऐन झक्कास। लगती नहीं थी तीस के पेटे में पहुंची हुई।

भास्कर की निगाहबीनी से विचलित वो बार-बार पहलू बदल रही थी।

"नाम बोले तो?" – भास्कर बोला।

"कोंपल मेहता।" – वो दबे स्वर में बोली।

"क्या काम करती हो?"

"इवेन्ट आर्गेनाइज़र हूँ।"

"बोले तो?"

"स्मॉल स्केल पर होने वाली पार्टियाँ आर्गेनाइज़ करती हूँ, उनके कॉन्ट्रेक्ट उठाती हूँ।"

"अच्छी कमाई होती होगी?"

"ख़ास नहीं। ऐसी पार्टियाँ आर्गेनाइज़ करने का काम कम ही हाथ में आता है।"

"किधर से ऑपरेट करती हो?"

"कोई पक्का ठिकाना नहीं है। डिमेलो रोड के एक बार से ही अपना काम चलाती हूँ।"

"बार मालिक चलाने देता है?"

"अभी तो . . . हाँ।"

"क्यों भला?"

वो ख़ामोश रही।

"क्योंकि लिहाज़ वाली आइटम। इकसठ माल। क्या!"

उसने जवाब न दिया।

"जब वो . . . ईवेन्ट आर्गेनाइज़र करके नहीं होती हो, तो क्या करती हो?"

"अमूमन तो काम का इन्तज़ार ही करती हूँ। कभी-कभार कैज़ुअल होस्टेस का टैम्परेरी काम भी मिल जाता है।"

"फिर भी कुछ करो तो क्या करती हो?"

"कुछ नहीं।"

"ईवेन्ट आर्गेनाइज़र के तौर पर केटरिंग का प्रबंन्ध भी तो करना पड़ता होगा!"

"जी हां, करना पड़ता है।"

"बार सर्विस का?"

"वो भी, लेकिन टैम्परेरी लाइसेंस लेकर जो कि फीस भर कर मिलता है।"

"सर्विस स्कॉच की?"

"स्कॉच, वाइन, वोदका, बीयर।"

"स्कॉच एक्साइज़ ड्यूटी अनपेड!"

"नेवर, सर। ऐसी स्कॉच का मेरा कोई सोर्स नहीं।"

"मुम्बई में आम मिलती है। ठेकेदार हैं न! दलाल हैं न! जहां कहो, पहुंचाते हैं।"

"मैं ऐसे लोगों से वाकिफ नहीं।"

"पक्की बात?"

"जी हां।"

"स्ट्रेट बिज़नेस?"

"जी हां।"

"पार्टियों में ड्रिंक्स के अलावा पार्टी ड्रग्स की सर्विस आम होती है!"

"मेरा ऐसी सर्विस से कोई वास्ता नहीं।"

"वास्ता हो तो पार्टी में किसी को ख़बर लगती है! कोई ख़बर लगने देता है! एस्टेसी की एक गोली निगलने में कितना टाइम लगता है? मूड एनहांसिंग एल्प्रॉक्स लेने में कितना टाइम लगता है? टॉयलेट में जाकर मारिजुआना के सिग्रेट के कश लगाने में कितना टाइम लगता है? फिर कीटामाइन है, ट्रामाडोल है, म्याऊं-म्याऊं है। सब कॉमन पार्टी ड्रग्स हैं। नहीं?"

"सर, मैं इन बातों से वाकिफ नहीं। मेरी आर्गेनाइज़्ड पार्टियों में ऐसा नहीं होता।"

"होता नहीं या होता पता नहीं लगता?"

"होता नहीं।"

"पार्टी में पचास मेहमान हों, साठ मेहमान हों, तुम सबकी जामिन कैसे बन सकती हो!"

उससे जवाब देते न बना।

"जवाब दो।" – भारकर सख़्ती से बोला।

"सर" – वो कठिन स्वर में बोली – "ड्रग्स सप्लाई या सर्विस मेरी ऑर्गेनाइज़्ड ईवेंट का हिस्सा कभी नहीं होते, कोई अपने इन्तज़ाम के साथ पार्टी में आता है तो मैं क्या कर सकती हूँ?"

"अपना इन्तज़ाम!"

"किसी के अपने पास एस्टेसी की गोली हो, गांजे का सिग्रेट हो, हेरोइन की डोज़ हो तो कोई क्या कर सकता है?"

"हूँ। बहरहाल ड्रग्स ट्रेड में तुम्हारा कोई दखल नहीं! न बतौर सप्लायर, न बतौर पैडलर, न बतौर यूज़र?"

"जी हां।"

"क्या जी हां?"

"मेरा कोई दखल नहीं।"

"अभी तुमने ख़ुद कहा कि ईवेंट ऑर्गेनाइज़ करने का बिज़नेस तुम्हें कभी कभार ही मिलता है! अमूमन काम का इन्तज़ार करना पड़ता है?"

"जी हां।"

"यानी तुम्हारे पास काफी स्पेयर टाइम होता है?"

"होता तो है! कैजुअल होस्टेस का काम मिल जाने पर भी होता तो है!"

"क्या करती हो ऐसे स्पेयर टाइम में?"

"कुछ नहीं।"

"कुछ तो करती हो! बोले तो मै सुझाऊं?"

"फरमाइए।"

"ड्रग पैडलिंग करती हो। इज़्ज़तदार, हैसियत वाले एक्चुअल यूज़र्स तक पार्टी ड्रग्स पहुंचाती हो।"

“नैवर।”

“आजकल शराब के नशे से बाइज़्ज़त, बारसूख, मॉडर्न लोग बोर हो चुके हैं। सबको डायवर्जन मांगता है, वैरायटी मांगता है। वैरायटी पार्टी ड्रग्स में है – पार्टी ड्रग्स जैसे कि मारिजुआना, हशीश, एस्टेसी, हेरोइन, फॉक्सी, एलएसडी . . .”

“मेरा इन बातों से कोई वास्ता नहीं।”

“अभी ऐसे कुछ नाम मैंने पहले भी गिनाए! जैसे . . .”

“मेरा किन्हीं से कोई वास्ता नहीं।”

“नाम तो फिर भी सुने होंगे इन ‘इन-थिंग’ नशों के!”

“नाम तो सुने हैं! अख़बारों में अक्सर छपते हैं।”

“हूँ। अगर मैं कहूँ कि बड़े लो लैवल पर, ढंके छुपे ढंग से, अन्डरटोन में तुम पार्टी ड्रग्स की पैडलिंग में शरीक हो तो?”

“तो ये मेरे पर बेजा इलज़ाम होगा।”

“हाल में तुम्हारे पर निगाह रखी जाने का इन्तज़ाम किया गया था। जब पुलिस ऐसा इन्तज़ाम करती है, तो खाली पीली टेम ज़ाया नहीं करती। बोले तो आज भी तुम अपने एक ऐसे ही अभियान पर थीं जबकि खड़े पैर थाम कर तुम्हें थाने लाया गया था।”

“गलत, नाजायज़ लाया गया था। ज़ुल्म किया गया था मेरे साथ।”

“बतौर पैडलर न सही, बतौर यूज़र भी तुम ड्रग्स के पोजेशन से इंकार करती हो?”

“पुरजोर इंकार करती हूँ।”

“अगर ड्रग्स की बरामदी के लिए इस वक्त तुम्हारी जामातालाशी ली जाए तो . . .”

“आप ऐसा नहीं कर सकते। मैं औरत हूँ और . . .”

“मैं नहीं करूँगा, भई। औरत ही करेगी। लेडीज़ पुलिस है न थाने में!”

“आप . . . किसी लेडीज़ पुलिस को मेरी जामातालाशी के लिए बोलेंगे?”

“ज़िम्मेदार लेडीज़ पुलिस को। सब-इन्स्पेक्टर रेखा सोलापुरे ख़ुद ये काम करेगी।”

“क्या फायदा होगा?”

"देखेंगे।"

भारकर ने कॉल बैल बजाई, एसआई रेखा सोलापुरे को तलब किया और आवश्यक निर्देश दिए।

"सर्च का नतीजा एसआई कदम को रिपोर्ट करने का।" – आखिर में भारकर बोला – "वो मेरे को रिपोर्ट करेगा।"

"यस, सर।" – एसआई रेखा सोलापुरे बोली।

"ले के जाओ।"

"सर, रिटन रिपोर्ट . . ."

"बाद में । बाद में। जब मैं बोलूं, तब? ओके?"

"यस, सर।"

एसआई सोलापुरे ने कोंपल मेहता को उठाया और उसे अपने साथ ले चली। पीछे भारकर ख़ामोश बैठा विचारपूर्ण भाव से उंगलियों से मेज़ ठकठकाता रहा।

पन्द्रह मिनट बाद एसआई कदम ने एसएचओ के ऑफिस में कदम रखा। भारकर ने सवालिया निगाह अपने ख़ास मातहत पर डाली।

कदम ने एक छोटी-सी शीशी एसएचओ के सामने रखी और मुस्कराता हुआ बोला – "एस्टेसी। पांच गोलियाँ। एक गोली की यूज़र के लिए कीमत आठ सौ रुपये। हॉलैंड की हो तो हजार रुपये। ज्यादा भी।"

"गुड।" – भारकर बोला – "कहां मिली?"

"हैण्डबैग के मैटल के फ्रेम में। फ्रेम खोखला था लेकिन मालूम नहीं पड़ता था। समझिए कि रेखा ने कमाल ही कर दिखाया जो उसे ख़बर लग गई कि फ्रेम खोखला था और उसके भीतर कुछ छुपाया जा सकता था। पांच गोलियाँ बरामद हुईं।"

"मूवमेंट में सब्र दिखाया आइटम ने! बहुत थोड़ा-थोड़ा करके माल सरकाया!"

"जी हां। तभी तो कभी पकड़ी न गई!"

"मेरे को शक बराबर था उस पर। अब क्या बोलती है?"

"क्या बोलेगी! बोलती बन्द है उसकी।"

"बुला।"

"अभी।"

कदम के साथ रेखा ख़ुद कोंपल मेहता को एसएचओ के ऑफिस में छोड़ कर गई।

भारकर ने कदम को भी डिसमिस कर दिया। पीछे उसने एक सरसरी निगाह कोंपल पर डाली जिसकी शक्ल पर हवाईयाँ उड़ रही थीं।

"बैठ।" – को सहज भाव से बोला।

डरती झिझकती वो भारकर के सामने एक विज़िटर्स चेयर पर बैठी

"ड्रग्स के साथ पकड़ी गयी। अंजाम बुरा होगा। क्या!"

कोंपल के मुंह से बोल न फूटा।

"पांच गोलियाँ। लेकिन जब तक पंचनामा होगा, तादाद पचास होगी।"

कोंपल ने तमक कर सिर उठाया।

"हैरान होने की क्या बात है? पुलिस अपने केस को ऐसे ही मज़बूत करती है। पांच से सात साल तक के लिए नपेगी। वाट लग जाएगी ज़िन्दगी की। अब बोल!"

"म-मैं . . . मैं क-क्या बोलूं?"

"अरे, कुछ तो बोल!"

"मैं कोई समगलर या डीलर नहीं हूँ। जो किया, मजबूरी में किया ताकि पेट भरने का जुगाड़ हो सकता। रहम कर दीजिए। बचा लीजिए।"

"बचा लें?"

"अहसान होगा, साहब। जो मैं उम्र भर नहीं भूलूंगी।"

"ठीक है। बचा लेते हैं।"

उसके चेहरे पर से हैरानी छुपाए न छुपी।

"तेरी खातिर ड्रग्स की बरामदी का पंचनामा नक्की कर देते हैं।"

"साहब, मैं आपका अहसान . . ."

"नहीं भूलेगी। भूलना भी नहीं चाहिए। इंसान का बच्चा कुछ भी हो, उसको नाशुक्रा नहीं होना चाहिए। अहसानफ़रामोश नहीं होना चाहिए। या होना चाहिए?"

कोंपल ने व्यग्रता से इंकार में सिर हिलाया।

"लेकिन कुछ पाना हो तो कुछ देना तो पड़ता है न! आखिर एक हाथ दूसरे हाथ को धोता है।"

"म-मैं समझी नहीं।"

"अभी मैंने समझाया किधर है?"

उसने चेहरे पर उलझन के भाव आए।

"या समझाए बिना ही सब समझ गई?"

"क्या! नहीं। नहीं।"

"हम्म!"

भास्कर एकाएक अपनी एग्ज़ीक्यूटिव चेयर पर से उठा और अपनी विशाल ऑफिस टेबल का घेरा काट कर कोंपल की तरफ पहुंचा। वो उसके करीब ठिठका फिर उसके बाजू में एक विज़िटर्स चेयर पर बैठ गया।

कोंपल अपने आप में सिकुड़ गई।

"रिलैक्स!" – भास्कर आश्वासनपूर्ण स्वर में बोला – "क्या!"

कोंपल ने मशीनी अंदाज से सहमति में सिर हिलाया लेकिन सहज होती न दिखाई दी।

"अभी सुन।" – भास्कर का स्वर धीमा हुआ – "ग़ौर से सुन। तेरे को मेरा एक काम करने का और तेरा केस डिसमिस। तेरे पर कोई चार्ज नहीं। एस्टेसी या दूसरा कोई भी बैन्ड ड्रग, कुछ न बरामद हुआ तेरे पास से।"

"साहब, ऐसा हो जाए तो . . ."

"समझ, हो गया। भले ही ये गोलियाँ भी वापिस ले ले, चार पैसे खड़े करने के लिए तेरे काम आएंगी। पण मैं बोला न, मेरा एक काम, एक ख़ास काम तेरे को करने का।"

"मैं करूँगी।" – उसके स्वर में व्यग्रता का पुट आया – "आप जो कहेंगे, मैं करूँगी।"

"कहता हूँ। करना। सुन। इधर मेरे थाने में मेरे अन्डर में काम करने वाला अनिल गोरे नाम का एक सब-इन्स्पेक्टर है जो मेरे लिए प्रॉब्लम्स खड़ी कर रहा है, इस वास्ते मेरे को उसको सैट करने का। तेरी मदद से सैट करने का। क्या!"

"मुझे क्या करना होगा?"

भास्कर ने अपलक उसे देखा।

वो फिर विचलित हुई, प्रत्यक्षतः बार-बार पहलू बदलने लगी।

"क-क्या करना होगा?" –फिर फंसे कण्ठ से बोली।

"उसके खिलाफ बलात्कार का चार्ज खड़ा करना होगा।"

"जी!"

"तू औरत है, तेरे लिए मामूली काम है। अपने एक केस की तफ़्तीश के दौरान शक की बिना पर तेरे को उसने थामा और पूछताछ के लिए थाने ले आया। उसने तेरे से ड्रग्स की फर्ज़ी बरामदी दिखाई और फिर केस को रफा-दफा करने की फीस के तौर पर तेरे साथ बलात्कार किया।"

"थाने में!" – कोंपल हाहाकारी लहजे से बोली।

"वो सीनियर सब-इन्स्पेक्टर है, उसका अपना ऑफिस है, ऑफिस में अटैच्ड बैडरूम है। क्या प्रॉब्लम है?"

"लेकिन . . ."

"जेल नहीं जाना चाहती तो ये मामूली काम है तेरे लिए।"

"ल-लेकिन साहब, जिस एसआई साहब को मैं जानती तक नहीं, कैसे मैं. . ."

"जानेगी न! मैं हूँ न जनवाने के लिए!"

"साहब, कोई उल्टी पड़ गई तो!"

"नहीं पड़ेगी। मेरी गारन्टी। आखिर मैं थाना प्रभारी हूँ, उस . . . उस मामले की रपट तो मैं ही दर्ज करूँगा।"

"ओह!" – वो एक क्षण ठिठकी फिर बोली – "आखिरकार जो होगा, उसकी बाबत मेरे को ख़ामोश रहना होगा।"

"येड़ी!"

कोंपल सकपकाई।

"बुलन्द आवाज़ में दुहाई देनी होगी कि एसआई अनिल गोरे ने पहले तेरे को एक फर्ज़ी केस में फंसाया फिर केस रफा-दफा करने के लिए तेरा शोषण किया, तेरा बलात्कार किया।"

"साहब, कौन यकीन करेगा?"

"कौन नहीं करेगा? तेरे पर ज़ुल्म हुआ, ज़ुल्म की दुहाई वो नहीं देगा जिस पर ज़ुल्म हुआ तो और कौन देगा!"

"साहब, कह देना ही तो काफी नहीं होता! मैडीकल होता है। डीएनए होता है। और पता नहीं क्या-क्या होता है!"

"सब अरेंज हो जाएगा। मैडीकल एग्ज़ामिनेशन से बलात्कार की पुष्टि होगी। एक महीने बाद डीएनए की रिपोर्ट आएगी कि किन्हीं टैक्निकलिटीज़ के तहत टैस्ट इनकनक्लूसिव था। नतीजतन, अनिल गोरे की नौकरी ही नहीं जाएगी, वो जेल भी जाएगा। खाली तेरे को अपने इस क्लेम पर मज़बूती से टिके रहना होगा कि थाने में तेरा बलात्कार हुआ था और बलात्कारी सब-इन्स्पेक्टर अनिल गोरे था। क्या वान्दा है?"

कोंपल का सिर पहले ही इंकार में हिलने लगा।

"बोले तो!" – भास्कर का लहजा सख़्त हुआ।

"साहब, ये ज़ुल्म मेरे से नहीं होगा।" – कोंपल दृढ़ता से बोली – उस सब-इन्स्पेक्टर पर, जिसे मैं जानती भी नहीं . . ."

"अब जान जाएगी। बोला न!"

". . . इतना बड़ा झूठा इलज़ाम नहीं लगा सकती।"

"जो बोला, वो करना पड़ेगा वर्ना जेल जाएगी। लम्बी नपेगी।"

"ये ज़ुल्म होगा।"

"ख़ामख़ाह! भूल गई कि ड्रग्स के साथ पकड़ी गई है!"

"मेरे पास कोई ड्रग्स बरामद नहीं हुए थे। एस्टेसी की गोलियाँ मेरे पर प्लांट गई थीं। ऐसी बरामदी गवाहों से सामने होती है और फौरन रिकार्ड में लाई जाती है। वहां कहां था कोई गवाह! कहां थी कोई ऑफिशियल रिकॉर्ड में बरामदी की हाजिरी!"

भास्कर के चेहरे का रंग एकाएक बदरंग हुआ।

"ठहर जा, साली!" – वो दान्त पीसता बोला। एकाएक उसने हाथ बढ़ा कर बड़े नृशंस भाव से उसका गला दबोच लिया।

कोंपल की आंखें उबल पड़ीं, उसका चेहरा सुर्ख़ हो गया – ऐसा कि जैसे खून टपकने लगेगा – उसकी सांस फंसने लगी और मुंह से घों-घों की आवाज़ निकलने लगी।

एकाएक भारकर ने हाथ वापिस खींच लिया।

हांफती कोंपल दोनों हाथों से अपना गला सहलाने लगी। धीरे-धीरे उसके चेहरे की नॉर्मल रंगत वापिस लौटने लगी।

भारकर अपलक उसे देखता रहा।

"बोले तो?" – आखिर वो बोला।

"क्या बोले तो?" – वो रुआंसी सी बोली – "मेरे पास आपकी पसन्द का बोलने लायक कुछ नहीं है।"

"है। मालूम मेरे को। इसलिए मालूम मेरे को क्योंकि तेरी जानबख्शी तभी होगी जब . . ."

"जब आप थाने में, अपने ऑफिस में मुझे मार डालेंगे?"

भारकर हड़बड़ाया।

"न–हीं।" – फिर ज़ब्त करता-सा बोला।

"नहीं तो मैं थाने में खड़ी होकर चिल्लाऊंगी, बुलन्द आवाज में सबको बताऊंगी कि ख़ुद थाने का थानेदार ही अपने एक मातहत सब-इन्स्पेक्टर को बलात्कार के झूठे केस में फंसाने के लिए मुझे मजबूर कर रहा था . . ."

"बर्बाद कर दूँगा, साली हरामन!" – इस बार भारकर का लहजा हिंसक नहीं था, प्रलयंकारी था।

"कर सकते हैं आप। जाबर कुछ भी कर सकता है। लेकिन ऐसा होने से पहले मेरी दाद-फरियाद कोई तो सुनेगा! और कोई नहीं तो आपका वो सब-इन्स्पेक्टर तो सुनेगा जिसका नाम आपने अनिल गोरे बताया और जिसे किसी ज़ाती खुन्दक के तहत आप सैट करना चाहते हैं। मैं . . . मैं उसे बताऊंगी कि थानेदार अपने मातहत एसआई को बलात्कार के झूठे केस में फंसाने के लिए मुझे हथियार बनाना चाहता था।"

भारकर भौंचक्का-सा उसका मुंह देखने लगा।

"कौन औरत ऐसा घिनौना इलज़ाम ख़ुद अपने सिर लेती है, साहब! जो पट्टी आप मुझे पढ़ाना चाहते हैं, उस पर कोई ऐतबार नहीं लाने वाला। फिर ये न भूलें कि और कोई हो न हो, जिस एसआई की आप ज़ाती खुन्दक में वाट लगाना चाहते हैं, वो ज़रूर मेरी हिमायत में मेरे साथ खड़ा होगा। कोई और यकीन करे न करे, वो ज़रूर मेरी बात पर यकीन करेगा कि थानेदार की शह पर मैं उस पर बलात्कार का झूठा इलज़ाम लगाने पर आमादा थी। आप सब-इन्स्पेक्टर अनिल गोरे को बुलाइए यहां ताकि मैं आपके नापाक इरादों की उसको ख़बर कर सकूं!"

"अंजाम जानती है? पोटला बनवा दूंगा।"

"और ये काम आप करेंगे? जो इस थाने के थानेदार हैं, मुल्क के कायदे-कानून के रखवाले हैं!"

"साली! खड़े पैर इतनी दिलेरी आ गई!"

"कोई दिलेरी नहीं आई, साहब। जान पर आन बनी जान पड़ी, इसलिए ज़ुबान खुल गई।"

"हूँ।"

कुछ क्षण ख़ामोशी रही।

"तू" – फिर भारकर बदले लहजे से बोला – "क्या चाहती है?"

"वो नहीं चाहती जो आप चाहते हैं।" – कोंपल विनयशील भाव से बोली – "साहब, मुझे कोई भी सज़ा मंज़ूर होगी लेकिन इतना बड़ा फरेब मेरे से नहीं खड़ा किया जाएगा। आपके हुक्म पर मेरे से झूठ कहते नहीं बनेगा कि मेरा बलात्कार हुआ था और बलात्कारी आपका मातहत सब-इन्स्पेक्टर अनिल गोरे था। साहब, बलात्कार की भुक्तभोगी कोई औरत ये नामुराद बात ज़ुबान पर लाने से पहले सौ बार सोचती है और अक्सर तो ज़ुबान पर लाती ही नहीं; जो उसके साथ बीती, उसकी बाबत होंठ सी लेती है। हमेशा के लिए। मेरी इज़्ज़त नहीं लुटी होगी फिर भी आपकी खातिर मेरे को दावा करना होगा कि लुट गई। कैसे होगा?"

"साली यूं कह रही है जैसे मर्द की कभी परछाई नहीं पड़ी तेरे पर! मैडीकल होगा तो वर्जिन पाई जाएगी!"

"नहीं कह रही – थर्टी प्लस ऐज है मेरी – लेकिन झूठे बलात्कार की हामी मैं फिर भी नहीं भर सकती।"

"हूँ।"

"साहब, अपनी ताकत को, अपनी सलाहियात को आप बहुत ज़्यादा कर के आंक रहे हैं। आप पुलिस में, थाने में कितने ही ताकतवर क्यों न हों, ये कतई ज़रूरी नहीं कि हर कोई आपकी लाइन टो करे। कोई एक जना भी आपका साथ देने से फिर गया तो आपके केस की धज्जियां उड़ जाएंगी . . ."

"ये तू इस थाने के एसएचओ को कह रही है?"

". . . और मेरी ऐसी फज़ीहत होगी कि मुझे कोई नहीं बचा सकेगा। आप भी नहीं। मैं फिर कहती हूँ, औरतज़ात की इज़्ज़त लुटी हो तो वो नहीं बताती, मेरी नहीं लुटी होगी और मुझे लुटी बतानी पड़ेगी। ये मेरे से नहीं होगा।"

"क्या कहने! मैं ज़रा नर्मी से पेश आया तो मेरे को हूल देने लगी!"

"नहीं, साहब।"

"बाहर जाके ढोल पीटेगी कि थानेदार भारकर तेरे को क्या कहता था और कैसे तूने उसके कहे का पलस्तर उधेड़ दिया था?"

"साहब, ऐसे अपनी शामत ख़ुद बुलाने वाला काम भला मैं क्यों करूँगी?"

"क्योंकि थानेदार की मूंछ का बाल उखाड़ना होगा!"

"साहब, मेरी मजाल नहीं हो सकती।"

"नमूना देखा मैंने तेरी मजाल का। लेकिन . . . खैर। अब जो मैं कहता हूँ, उसे ग़ौर से सुन। तेरे ही भले के लिए कहता हूँ, इसलिए ग़ौर से सुन।"

"साहब, सुन रही हूँ।"

"मेरे ज़ेहन में कुछ था जो वो वो शक्ल न अख़्तियार कर सका जो मैं चाहता था कि वो करता। जरायमपेशा लोग, फंसे हुए लोग हाकिम के किसी काम आने के लिए ख़ुद बेताब होते हैं और जितना कहा जाये, उससे ज्यादा कर दिखाने का दम भरने लगते हैं ताकि हाकिम खुश होकर उनकी जानबख्शी कर दे। मैंने जो कुछ तेरे को बोला, मेरे को कतई उम्मीद नहीं थी कि तू उससे ऐसा, दो टूक

इंकार कर देगी। लेकिन वो जुदा मसला है। मसला ये है कि मैंने तुझे अपना राज़दां बनाया है और उस बाबत तूने चुप रहकर दिखाना है। तेरे को जेल में सड़ाने के दस तरीके हैं मेरे पास। तू ड्रग्स समगलिंग में पकड़ी गई है। एक ही तरीका काफी है तेरे को सैट करने के लिए . . . सुनती रह। बीच में न बोल . . . तेरे पास से ड्रग्स की बरामदी गवाह के सामने न हुई, ये कोई बड़ा मुद्दा नहीं है। जब वक्त आता, ज़रूरत पड़ती तो गवाह भी होता बराबर तेरे पास से ड्रग्स की बरामदी की तसदीक करने के लिए। कभी जेल गई है?"

उसने पुरज़ोर इंकार में सिर हिलाया।

"कभी कोई केस खड़ा हुआ तेरे खिलाफ?"

उसका सिर मजबूती से इंकार में हिला।

"लेकिन पुलिस के राडार पर तू बराबर थी। तेरे पर कोई केस बनना या तेरे को कोई सज़ा होना महज़ वक्त की बात थी। तेरा असल किरदार पहले ही उजागर है। भले ही कभी थामी नहीं गई लेकिन तू ड्रग पैडलिंग में रेगुलर है, एक्साइज़ अनपेड शराब की मूवमेंट में रेगुलर है। अब तू बता, तेरे जैसी जरायमपेशा औरत की कोई हालदुहाई एक थाने के एसएचओ के सामने ठहर पाएगी! ऐसा हो पाएगा कि कोई थानाप्रभारी की नहीं सुनेगा, तेरी सुनेगा?"

"साहब" – उसके स्वर में घबराहट का पुट आया – "क्या कहना चाहते हैं?"

"आसानी से तेरे मगज में आने वाली एक सिम्पल बात कहना चाहता हूँ। बिना किसी सबूत के तू मेरे पर कोई इलज़ाम लगायेगी तो तेरा अंजाम बुरा होगा। कोई सबूत है तेरे पास?"

"न-नहीं।"

"तो मेरे खिलाफ बोल कर कैसे साबित करेगी कि मैंने तेरे साथ कोई फर्ज़ी बलात्कार की कहानी की थी?"

उससे जवाब देते न बना।

"तेरे नपने के लिए इतना ही काफी होगा कि तूने एक सीनियर पुलिस ऑफिसर पर एक गलत, नाजायज़ इलज़ाम लगाया। क्या!"

"साहब, मैं क्या बोलूं? प्लीज़ . . . प्लीज़ आप बोलो न!"

"मैं बोलूं जो तेरे को माफिक आए?"

"साहब, प्लीज़!"

"तो सुन। जो यहां तेरे-मेरे बीच बीती, उसे अभी भूल जा। हमेशा के लिए। क्या!"

"मैं भूल गई।"

"उस बाबत किसी से कभी कोई कहानी नहीं करनी।"

"कतई नहीं करनी।"

"या तो अपना धन्धा बदल या यहां से दूर निकल।"

"साहब, मैं दोनों काम करूँगी। मैं साउथएण्ड के करीब भी नहीं फटकूंगी।"

"पक्की बात?"

"जी हां। सौ टांक पक्की बात।"

"तो समझ ले मैं तुझे नहीं जानता। तू मेरे लिए फ्रेम से बाहर है।"

"थैंक्यू बोलती हूँ, साहब।"

"जा।"

वो हड़बड़ाई, उसने सन्दिग्ध भाव से भारकर की तरफ देखा।

"अरे, जा न! क्यों टेम खोटी करती है! अपना भी और मेरा भी। जा।"

वो उछल कर खड़ी हुई। स्वयमेव कृतज्ञ भाव से उसके दोनों हाथ जुड़े।

"अपनी गोलियाँ भी ले जा।"

गोलियों की शीशी की तरफ उसने निगाह भी न उठाई, उसने झुककर, दोहरी होकर भारकर के पांव छुए।

उसके पीछे एसएचओ के ऑफिस का दरवाज़ा बन्द हो गया।

भारकर विज़िटर्स चेयर पर से उठा और वापिस जाकर अपनी एग्ज़ीक्यूटिव चेयर पर बैठा।

'साली डेढ़ दीमाक!' – वो होंठों में बड़बड़ाया – 'मेरे को हिला गई। पण वान्दा नहीं। ख़ाली ढील दी है। डोर नहीं छोड़ दी है। जल्दी ही वापिस खींच लूँगा।

बिना इस बार वाली गलती दोहराए।'

एक हवलदार ने दरवाज़े से झांका।

भास्कर ने एक फाइल पर से सिर उठाया।

"साब" – हवलदार आधे खुले दरवाज़े पर से ही बोला – "मैं देखता था आप खाली हैं?"

"हां। क्यों?" – भास्कर बोला।

हवलदार लम्बे डग भरता एसएचओ की टेबल के करीब पहुंचा, उसने आगे झुककर एक एंग्रेव्ड आइवरी फिनिश वाला विजिटिंग कार्ड अपने आला अफसर के सामने रखा।

भास्कर ने सरसरी निगाह कार्ड पर डाली जिस पर दर्ज था :

सर्वेश सावन्त

को-ओनर, ऑलिव बार

उसने कार्ड को उलट कर देखा।

पीछे बॉलपैन से दर्ज था – 'सुबोध नायक के हवाले से'

"बुला।" – भास्कर बोला।

"अभी।"

हवलदार एक सूटबूट से सजे व्यक्ति को एसएचओ के रूबरू छोड़कर गया। अभिवादनों के आदान-प्रदान के बाद आगन्तुक ने एक विज़िटर्स चेयर पर मुकाम पाया और बोला – "सुबोध नायक मेरा बिजनेस पार्टनर है, ग्रांट रोड पर के ऑलिव बार में मेरे साथ को-ओनर है। नायक आपका फ्रेंड है, इस इक्वेशन से शह पाकर मैं आपके पास हाज़िर हुआ हूँ।"

"वैलकम!" – भास्कर बोला – "जो नायक का दोस्त, वो मेरा दोस्त। वैलकम अगेन।"

"शुक्रिया, जनाब।"

"आमद की कोई ख़ास वजह?"

"है तो सही! वज़ह तो ख़ास ही है लेकिन नायक – जिसके कि आप से

ताल्लुकात हैं – बयान करता तो बेहतर होता।”

“करता। वान्दा कोई?”

“था तो सही!”

“क्या? जो कहना है, बेहिचक कहिए।”

“भारकर साहब, वो क्या है कि कल रात ऑलिव बार में मेरे साथ कुछ ऐसा हुआ कि उसके बाद नायक की बार में मौजूदगी ज़रूरी हो गई। हम डे-टाइम और ईवनिंग की दो वीकली शिफ्ट में बार की हाजिरी भरते हैं और इस बार डे-टाइम शिफ्ट नायक के हवाले थी। कल रात ऐसा कुछ हुआ कि हमें बार को अनसुपरवाइज़्ड छोड़ना मुनासिब न लगा। इसी वजह से ख़ुद नायक की राय पर मैं आपसे मिलने आया ताकि नायक से आपकी वाकफ़ियत – गुस्ताख़ी माफ – हमारे किसी काम आ पाती।”

“हुआ क्या?”

“हुआ ये कि कल रात विनायक घटके नाम का एक आदमी बार में आया और मेरे ऑफिस में मेरे से मिला . . .”

आगे सावन्त ने पिछली रात का तमाम किस्सा बयान किया।

“कमाल है!” – सावन्त ख़ामोश हुआ तो भारकर मन्त्रमुग्ध स्वर से बोला – “वो भीड़ू, जिसका नाम आपने विनायक घटके बताया, बोला कि उसका बॉस ऑलिव बार में पार्टनर बनना मांगता था और वो भी रोकड़ा इनवेस्ट करके नहीं, धौंसपट्टी से, भाईगिरी से!”

“बोले तो ऐसीच था।”

“लेकिन मवाली नहीं था ये घटके कर के भीड़ू! आप कहते हैं कोई डीसेंट, प्रेज़ेन्टेबल भीड़ू था!”

“शुरू में ऐसा लगा था लेकिन बाद में मवालियों वाली ज़ुबान बोलने लगा था। यूँ समझिए कि अपनी ज़ात-औक़ात पर आते ही जैसे उसका कायापलट हो गया था, अच्छे पहरावे और रख-रखाव के बावजूद मवाली लगने लगा था। ख़ुद को अपने बॉस टोपाज़ क्लब के मालिक रेमंड परेरा का ख़ास बताता था और परेरा के नाम पर बाकायदा कराची वाले भाई की हूल देता था।”

"ताकि रेमंड परेरा को बिना इनवेस्टमेंट फोकट में ऑलिव बार की पार्टनरशिप हासिल होती!"

"जी हां। बोला, कराची से सीधे 'भाई' का हुक्म था कि ऐसा होता।"

"क्यों? क्योंकि वो अपना बिज़नेस बढ़ाना चाहता था और इस सिलसिले में उसे ऑलिव बार की लोकेशन पसन्द थी!"

"जी हां। साफ धमका के गया कि परेरा साहब को जो मांगता था, मांगता था बरोबर, परेरा साहब को इस सिलसिले में सीधे कराची से शह थी और परेरा साहब की मांग ठुकराने का नतीजा गम्भीर हो सकता था।"

"ये . . . विनायक घटके . . . इससे आप बिल्कुल नावाकिफ़ हैं?"

"कभी नाम तक न सुना। कभी पहले शक्ल तक न देखी। न मैंने, न कभी नायक ने।"

"हूँ। क्या उम्मीद करते हैं आप, करेगा तो क्या करेगा वो घटके या कोई और?"

"इस बारे में हम कुछ कहने के नाकाबिल हैं। इसीलिए चाहते थे कि आपसे कोई एक्सपर्ट राय हासिल हो पाती!"

"आपने कोई एहतियात बरती?"

"जी हां। जो हमें सूझा, वो तो किया बराबर!"

"क्या किया?"

"दस सादे लिबास में आर्म्ड सिक्योरिटी गार्ड्स का एकस्ट्रा इन्तज़ाम किया, बाउन्सर्ज़ डबल किए और ख़ुद भी टॉप लैवल पर सुपरवाइज़री विजिल बढ़ाई। इसके अलावा या इससे ज़्यादा हम क्या कर सकते थे?"

"क्या एक्सपेक्ट करते हैं, क्या होगा?"

"ठीक से कुछ कहना तो मुहाल है लेकिन एन्टीसिपेशन तो सैबोटाज की ही है। पहले भी ऐसी मिसाल सामने आई हैं कि बार का चलता धन्धा बिगाड़ने के लिए वहां व्यापक तोड़-फोड़ की गई, कस्टमर्स को बाकायदा धमकाया गया कि वो फलां बार के करीब भी न फटकें। मुम्बई में बारों की कोई कमी तो है नहीं! कौन पंगा लेगा भाई लोगों से! नतीजतन हमेशा फुल रहने वाले बार में अगले ही रोज़ उल्लू बोलने लगे थे।"

"हूँ।"

"भारकर साहब, बार और केटरिंग बिज़नेस में एक्सेसिव सिक्योरिटी ड्रिल भी धन्धा बिगाड़ने वाला काम होता है। यूं ग्राहक इन्सल्टिड फील करते हैं, खफ़ा हो जाते हैं और खफ़ा ग्राहक लौटकर नहीं आते।"

"यानी सिक्योरिटी के मामले में आपकी एकस्ट्रा एहतियात, किसी हद तक ही कामयाब होती है!"

"जी हां।"

"हूँ। आपकी प्रॉब्लम के जेरसाया एक ही शख़्स आपके फोकस में है और उसके नाम के अलावा उसकी बाबत आप कुछ जानते नहीं।"

"सूरत से वाकिफ़ हैं न!"

"इतना तो किसी पर सीरियस तोहमत लगाने के लिए काफी नहीं! ज़रूरत पड़ने पर वो रेमंड परेरा बड़े आराम से कह देगा कि वो घटके नाम के किसी शख़्स से वाकिफ नहीं, कि उसे किसी 'भाई' की कोई शह नहीं। नहीं?"

"जी हां। लेकिन जनाब, इस मामले में हम मजबूर हैं, आप तो मजबूर नहीं हैं! आप पुलिस ऑफिसर हैं, थाना प्रभारी हैं, आपके हाथ में ताकत है, आप चाहें तो उस मवाली का फुल अता-पता निकाल सकते हैं और फिर अपने लैवल पर उससे निपट सकते हैं।"

"मवाली मुम्बई शहर में एक ईंट उखाड़े दस मिलते हैं और सब सीधे या बाजरिया कोई लोकल भाई, अपने तार कराची से जुड़े होने का दम भरते हैं। और जहां तक मैं समझता हूँ, बड़े मवाली – जैसे अमर नायक, जैसे बेजान मोरावाला जो कि सब जानते हैं कि गैंगस्टर से नेता बने बहरामजी कॉन्ट्रेक्टर का कवर है, जैसे शमशेर मिर्ची – किसी लोकल बार को जबरन हथियाने या उसमें फोकट का पार्टनर बनने जैसी टुच्ची हरकतें नहीं करते या करवाते।"

"यानी" – सावन्त के स्वर में निराशा का पुट आया – "आप कुछ नहीं कर सकते?"

"ये तो मैंने अभी . . . अभी नहीं कहा लेकिन . . . आपके बार में सीसीटीवी सर्वेलेंस का इन्तज़ाम है?"

"जी हां, है।"

"फिर तो कल रात बार में इस विनायक घटके की आमद भी कवर हुई होगी!"

"मैं समझ गया आपकी बात। कवर हुई थी। कवरेज में से निकाल कर उसकी एक तस्वीर भी मैं लाया हूँ।"

"गुड। दिखाइए!"

सावन्त ने पांच गुणा सात का एक ग्लॉसी प्रिंट एसएचओ के सुपुर्द किया।

भारकर ने बड़ी देर, बड़ी तल्लीनता से प्रिंट का मुआयना किया।

उस दौरान सावन्त पूर्णतया ख़ामोश रहा।

"ये फोटो" – आख़िरकार भारकर बोला – "वैसे तो कुछ नहीं बताती लेकिन एक जुदा तरीके से कारगर साबित हो सकती है।"

सावन्त की भवें उठीं।

"आजकल नोन क्रिमिनल्स का रिकॉर्ड पूरी तरह से कम्प्यूटराइज़्ड हो गया है। कोई कभी भी पुलिस के फेर में आया हो तो उसका रिकॉर्ड बन जाता है जो रिजनल क्राइम रिकार्ड ब्यूरो में महफूज हो जाता है।"

"आई सी।"

"विनायक घटके अगर इस शख्स का सही नाम है तो इसकी बाबत कुछ न कुछ रिकार्ड में जरूर होगा जो कि सामने आ जायेगा। मैं इस घटके की बाबत रिजनल क्राइम रिकॉर्ड ब्यूरो में इंक्वायरी रेज़ करूँगा।"

"गुस्ताख़ी माफ, कब करेंगे?"

"फौरन। आपसे फारिग होते ही।"

"ओह! मेरे से तो अब आप फारिग ही फारिग हैं। वैसे जवाब कब तक आने की उम्मीद होती है?"

"वहां ऐसी बहुत इंक्वायरी आती हैं। मेरे वाली अगर कतार में न लग गई तो बहुत जल्दी, आपकी उम्मीद से ज़्यादा जल्दी। मुमकिन है आज ही।"

"ओह! फिर तो" – सावन्त उठ खड़ा हुआ – "मैं रुख़सत पाता हूँ।"

"इंक्वायरी का जो जवाब मुझे मिलेगा, उसकी मैं आपको ख़बर करूँगा।"

"मेहरबानी होगी, जनाब। मशकूर होंगे हम दोनों पार्टनर।"

"मैं कल रात की सीसीटीवी की रिकॉर्डिंग भी देखना चाहूँगा।"

"नो प्रॉब्लम। मैं ख़ुद कॉपी लेकर आऊंगा।"

"इतनी ज़हमत की ज़रूरत नहीं। शाम तक मैं ख़ुद आपके बार का चक्कर लगाऊंगा।"

"मुझे ख़ुशी होगी, जनाब। शाम को आधी रात के बाद तक आप मुझे बार में मौजूद पाएंगे।"

"थैंक्यू।"

सावंत ने उठकर बड़ी गर्मजोशी से एसएचओ से हाथ मिलाया और काफी चैन महसूस करता थाने से रुख़सत हुआ।

दो घन्टे में एसएचओ उत्तमराव भारकर की इंक्वायरी की ई-मेल का रिजनल क्राइम रिकॉर्ड ब्यूरो से जवाब आ गया। रिकॉर्ड के मुताबिक सब्जेक्ट विनायक घटके पिछले तीन सालों में दो बार बलात्कार के अपराध में गिरफ्तार हुआ था लेकिन दोनों ही बार भुक्तभोगी के अपने बयान से फिर जाने की वजह से उसके खिलाफ कोर्ट में केस नहीं ठहर सका था और वो बरी हो गया था।

इसके अलावा उसके खिलाफ रिकॉर्ड में कुछ नहीं था।

यानी न कोई कनविक्शन, न कोई सज़ा।

शाम छः बजे के करीब भारकर ने ऑलिव बार में कदम रखा।

उस घड़ी सर्वेश सावन्त हाल में बार पर मौजूद था और वहीं अपने लिकर सप्लायर से उसके बिल की बाबत बात कर रहा था। वो भीड़ का वक्त नहीं था, बार का बिज़ी सैशन आठ बजे के बाद शुरू होता था।

भारकर उस घड़ी वर्दी में नहीं था फिर भी बार में दाखिल होते ही सावन्त ने उसे तुरन्त पहचाना। अपने सप्लायर को पूरी तरह से नजरअन्दाज़ करके वो लपकता हुआ भारकर के करीब पहुंचा।

"वैलकम! वैलकम!" – गर्मजोशी से उससे हाथ मिलाता सावन्त बोला – "मेरी उम्मीद से जल्दी आए, जनाब!"

"टाइम लगने की बात है।" – भारकर मुस्कराया – "अभी लगा।"

"आइए, ऑफिस में चलते हैं।"

सावन्त उसे ऊपर ऑफिस में लेकर आया, सादर उसे कुर्सी पेश की और ख़ुद उसके सामने बैठा।

"वैलकम!" – खींसे निपोरता निरर्थक भाव से वो फिर बोला – "क्या पिएंगे?"

"कुछ नहीं।"

सावन्त की भवें उठीं।

"बोले तो, अभी नहीं।" – भास्कर बोला।

"ओह! अभी नहीं।"

"किसी के साथ बिज़ी थे? मैंने डिस्टर्ब किया?"

"बिल्कुल नहीं। मेरा लिकर सप्लायर था, बिल के लिए आया था, वेट कर सकता है।"

"हूँ।"

"आपका जवाब आ गया?"

"हां, भई, आ गया। उस वजह से भी यहां आया।"

"क्या जवाब आया? कोई बैड कैरेक्टर, कोई हिस्ट्रीशीटर निकला विनायक घटके?"

"नहीं।"

"तो?"

भास्कर ने बताया।

"ओह!" – सावन्त का चेहरा उतर गया – "मेरे को नाउम्मीदी हुई। रेमन्ड परेरा को बड़ी तोप प्रोजेक्ट करता था, कराची वाले 'भाई' से उसका लिंक बताता था, मैं तो समझा था कि ख़ुद भी कोई ख़ास औकात वाला निकलेगा . . ."

"ज़रूरी नहीं होता कि किसी 'भाई' के शह पर उछलने वाले बड़ी औकात वाले हों। गोली सरकाने में माहिर होते हैं इसलिए अक्सर उनका सैट अप फर्ज़ी भी निकल आता है।"

"बोले तो वो लीड अब आपके किसी काम की नहीं?"

"ऐसा नहीं है। अभी मैंने उसका पीछा छोड़ नहीं दिया है। उन लोगों के बीच

पुलिस के अपने भेदिए, अपने इनफार्मर होते हैं। मैं थामूंगा ऐसे किसी भेदिए को और उसकी मार्फत विनायक घटके की कोई ख़ास जानकारी निकलवाऊंगा।"

"लेकिन हैरानी है कि दो बार रेप जैसे बड़े केस में फंसा, फिर भी कुछ न बिगड़ा उसका! साफ बरी हो गया!"

"होता है।"

"क्यों ऐसे केस अदालत में नहीं ठहर पाते?"

"मैं क्या बोले! किसी केस का अदालत में ठहरना, न ठहरना केस-टु-केस डिफर करता है।"

"लेकिन बोले तो एक बात ऐसे केसों में फिर भी कॉमन पाई जाती है।"

भास्कर की भवें उठीं।

"सुना है कि पुलिस की, ख़ुद विवेचन अधिकारी की, शह पर पीड़ित को बाकायदा डराया धमकाया जाता है कि वो केस वापिस ले ले वर्ना उसका अंजाम बहुत बुरा होगा। ये भी सुना है कि धमकी कारगर न हो तो पैसे से उसका मुंह बन्द किया जाता है। पीड़ित फिर भी इंसाफ पाने की, रेपिस्ट को उसकी करतूत की सख़्त सज़ा दिलाने की ज़िद करे तो उसका कत्ल करवा दिया जाता है।"

"गलत सुना है।" – भास्कर का स्वर एकाएक शुष्क हुआ – "मुल्क में अभी इतनी बद्अमनी नहीं है।"

"लेकिन . . ."

"क्या लेकिन? मैं क्या यहां पुलिस के खिलाफ आपके रौशन ख़याल सुनने आया हूँ?"

सावन्त को एकाएक झटका-सा लगा।

"पुलिस इतने प्रैशर के तहत काम करती है इसलिए कभी-कभार कोई छोटी मोटी कोताही हो जाती है जिसका ये तो मतलब नहीं कि पुलिस मुजरिमों को खूटा तुड़ाए सांड की तरह छुट्टे घूमने देती है! पब्लिक साथ न दे तो पुलिस क्या करे? गवाह गवाही देना अपना फर्ज़ न माने तो पुलिस क्या करे? सबके सामने सरेआम वारदात हो और सबके सब दावा करने लगें कि उनकी तो उधर पीठ थी, उन्होंने तो कुछ देखा ही नहीं था, तो पुलिस क्या करे? मुजरिम को जानते

पहचानते चश्मदीद गवाह ख़ामोश रहे तो पुलिस क्या करे?"

"स-सॉरी।"

"वारदात को होने से कोई नहीं रोक सकता। पुलिस एक आदमी पर एक पुलिसवाला तैनात नहीं कर सकती। मुजरिम छूट जाते हैं तो पकड़े भी जाते हैं। मुजरिमों से ओवरफ्लडिड जेलें इस बात का सबूत हैं।"

"सर, आई एम सॉरी। मैं ज़रा जज़्बात की रौ में बह गया था। शर्मिंदा हूँ।"

"नैवर माइन्ड। मैं कल रात विनायक घटके की यहां आमद की सीसीटीवी फुटेज देखने आया था, रिजनल क्राइम रिकॉर्ड ब्यूरो से आई रिपोर्ट तो मैं आपको फोन पर भी सुना सकता था, मेल से भी फारॅवर्ड कर सकता था।"

"मैं आपकी ज़हमत के लिए शुक्रगुजार हूँ। मैं अभी सब इन्तज़ाम करता हूँ।"

"थैंक्यू।"

आनन-फानन उसने मॉनीटर को भारकर के सामने सैट किया।

"वहां बैक करो" – भारकर बोला – "जहां से मैं देखना चाहता हूँ।"

उसने आदेश का पालन किया, फिर बोला – "आप फुटेज चैक कीजिए, तब तक मैं नीचे लिकर सप्लायर को फारिग करके आता हूँ।"

भारकर ने सहमति में सिर हिलाया।

उसे मॉनीटर के साथ अकेला छोड़कर सावन्त वहां से रुख़सत हो गया।

पीछे भारकर ने ग़ौर से वो फुटेज देखी, बैक कर के फिर देखी।

कुछ हाथ न आया।

सिवाय इसके कि विनायक घटके नाम के शख़्स की वो सूरत देख ली जिसका प्रिंट सर्वेश सावन्त उसे पहले ही मुहैया करा चुका था।

इसके ज़ेहन में एक स्कीम पनप रही थी जिसके तहत उसे लग रहा था कि उसे उस सीसीटीवी फुटेज में से विनायक घटके की ऑलिव बार में आमद और रुख़सती वाला हिस्सा इरेज़ कर देना चाहिए था। अलबत्ता अभी निश्चित तौर से अपनी उस मूव के नफ़े नुकसान की बाबत कोई फैसला तो नहीं कर सका था।

'देखा जाएगा' – अपनी पुलिसिया दबंग फितरत के तहत उसने निर्णायक भाव से सोचा।

नए मिशन के तहत वो मॉनीटर के हवाले हुआ।

तभी सावन्त वापिस लौटा।

तत्काल भास्कर ने मॉनीटर ऑफ कर दिया।

"हो गया?" – अपनी कुर्सी पर वापिस बैठता सावन्त बोला।

भास्कर ने सहमति में सिर हिलाया।

"कोई काम बना?"

उसका सिर इंकार में हिला। फिर एकाएक वो उठ खड़ा हुआ।

"चलता हूँ।" – वो बोला।

"चलते हैं!" – सावन्त हैरानी से बोला – "जनाब, कोई चाय पानी . . ."

"नहीं, भई। अभी मूड नहीं है। फिर कभी . . .देखेंगे। जय हिन्द!"

लपकता-फुदकता सावन्त उसके पीछे दौड़ा।

"भास्कर साहब, प्लीज़" – वो निकास द्वार के करीब पहुंच चुके अपने मेहमान से सम्बोधित हुआ।

भास्कर ठिठका।

"एक मिनट . . . सिर्फ एक मिनट रुकिए।"

भास्कर ने सहमति में सिर हिलाया।

सावन्त लपकता सा बार के पीछे कहीं गया और एक पेपर बैग के साथ उलटे पांव वापिस लौटा। फिर वो उसके साथ बार से बाहर निकला और सामने खड़ी पुलिस की जीप के करीब पहुंचा।

"साहब, ये।" – उसने बैग भास्कर को थमाया।

"क्या है?" – भास्कर बोला।

"मामूली चीज़ है।" – सावन्त व्यग्र भाव से बोला – "आपने जाम को नक्की बोला, इस वास्ते . . ."

"क्या है, भई?"

"मामूली चीज़ है।"

भास्कर ने बैग में झांका तो भीतर ग्लैनलिवेट की एक बोतल मौजूद पाई।

"ये क्या!" – भास्कर बोला।

"सर, आपको कोई परवाह है! समझिएगा आपने हमें मेहमाननवाज़ी का मौका दिया।"

"अच्छा!"

"यस, सर। प्लीज़ . . . प्लीज़ कुबूल कीजिए।"

"ओके। थैंक्यू।"

सावन्त ने चैन की लंबी सांस ली।

□□□

दोपहरबाद सर्वेश सावन्त ऑलिव बार पहुंचा।

वो वहां को-ओनर एण्ड पार्टनर सुबोध नायक की शिफ्ट ड्यूटी का वक्त था।

उसे आया देख कर नायक ने हैरानी ज़ाहिर की।

"एक उलझन में था" – सावन्त ऑफिस में उसके सामने एक विज़िटर्स चेयर पर ढेर होता बोला – "इधर से गुजर रहा था, सोचा, दूर करता चलूं।"

"कैसी उलझन?" – नायक बोला।

"मैंने तेरे को बोला था तेरे वाकिफ थानेदार से मिलने कल मैं तारदेव थाने गया था क्योंकि उस मवाली की धमकी के तहत तू नहीं जा सका था, तेरा बार में रहना जरूरी था। कल शाम को भारकर ख़ुद भी यहां आया था, उसने जाने के बाद मैंने तेरे को ख़बर की थी।"

"उलझन बोल।"

"वो परसों रात की सीसीटीवी फुटेज चैक करने आया था।"

"वो भी बोला तू।"

"उसके जाने के बाद मॉनीटर पर मैंने भी यूं ही विनायक घटके की यहां विज़िट की सीसीटीवी फुटेज पर निगाह फिरानी चाही थी तो मैं ऐसा नहीं कर सका था।"

"बोले तो!"

"वो फुटेज रिकॉर्डिंग में नहीं थी।"

नायक सम्भल कर बैठा।

"अभी भी बोले तो?" – वो बोला।

"परसों रात की बार में विनायक घटके की आमद से लेकर उसकी वहां से रुख़सती के वक्त तक की फुटेज रिकॉर्डिंग में से गायब थी।"

"गायब थी क्या मतलब?"

"इसके अलावा और क्या मतलब हो सकता था कि इरेज़्ड थी?"

"कैसे हो गई?"

"तू बता।"

"इत्तफाक से ही हुई होगी!"

"इत्तफाक तभी हुआ जब थानेदार आया?"

"अरे, इत्तफाक ने कभी तो होना होता है, हो गया। अनजाने में भास्कर ने कोई गलत कमांड इशु कर दी, कोई गलत कन्ट्रोल पंच कर दिया, नतीजतन वो फुटेज डिलीट हो गई।"

"अनजाने में?"

"और क्या!"

"ऐन वहां से शुरू कर के जहां विनायक घटके की ऑलिव बार में आमद हुई और वहां तक जहां वो रुख़सत हुआ?"

नायक ख़ामोश हो गया।

"इत्तफाक इतनी एक्यूरेसी से होते हैं?"

"क्या कहना चाहता है? जो किया भास्कर ने जानबूझ कर किया?"

"ये तो मैं नहीं कहना चाहता क्योंकि उसके ऐसा करने की कोई वजह दिखाई नहीं देती।"

"एग्ज़ैक्टली! ऐसी फुटेज कोई एक बार ही नहीं देखता। कोई बार-बार देखता है तो बिगिनिंग और एण्ड मार्क करके रखता है। यूं किसी गलत कमांड के तहत अनजाने में वो फुटेज इरेज़ हो जाना क्या बड़ी बात है?"

"क-कोई . . . कोई बड़ी बात नहीं।"

"तो?"

सावन्त से 'तो' का जवाब देते न बना।

"इरेज़ हो गई इत्तफाक से" – फिर हिम्मत करके बोला – "तो उसे ऐसा

बोलना तो चाहिए था!"

"बोलना चाहिए था। अब नहीं बोला तो क्या! कोई इलज़ाम खड़ा करें उसके – एक थाना प्रभारी के – खिलाफ?"

"ये मैंने कब कहा!"

"तो?"

"क्या तो?" – सावन्त झुंझलाया – "वो इस बारे में कुछ बोलता तो मेरे को इत्मीनान महसूस होता।"

"इस फुटेज के इरेज़ हो जाने से हमारा कोई केस बिगड़ गया, हमें कोई नुकसान हो गया?"

"वो तो नहीं लेकिन . . ."

"अगर ऐसा है तो कॉपी मेरे पास है।"

सावन्त सकपकाया।

"तेरे पास है!" – उसके मुंह से निकला।

"हां। कल मैंने पैन ड्राइव में उसको कॉपी किया था ताकि भारकर से मिलने जाते वक्त वो तेरे पास होती लेकिन अपनी मसरूफियत में पैन ड्राइव मैं तुझे सौंपना भूल गया।"

"वो फुटेज अभी अवेलेबल है?"

"और मैं क्या बोला? लेकिन अब ग़ैरज़रूरी है क्योंकि फुटेज देखने के लिए भारकर ख़ुद ही यहां पहुंच गया।"

"हमें उसको ख़बर करनी चाहिए कि इरेज़्ड फुटेज अभी भी उसे मुहैया कराई जा सकती है?"

नायक ने उस बात पर विचार किया, फिर इंकार में सिर हिलाया।

"अब तो ये" – वो बोला – "उसकी कोताही को – या लापरवाही वो – ख़ामख़ाह हाईलाइट करना होगा, उसको एमबैरेस करना होगा, जो कि मैं नहीं समझता कि जिससे फेवर हासिल करनी हो, उसे करना चाहिए। क्या?"

सावन्त ने सहमति में सिर हिलाया।

"पैन ड्राइव को महफ़ूज़ रखते हैं, कभी उसकी अहमियत सामने आई तो काम

में लाएंगे। कभी भारकर उस फुटेज को किसी वजह से मिस करता लगेगा तो बोलेंगे कि फुटेज अवेलेबल थी। मांगेगा तो कॉपी भी नज़र कर देंगे।”

“नहीं मांगेगा तो?”

“तो ख़ामोश रहेंगे। समझेंगे उस फुटेज की कोई अहमियत नहीं।”

“ये ठीक है।” – सावन्त निर्णायक भाव से बोला।

वार्तालाप आगे न बढ़ा।

□□□

पांच दिन निर्विघ्न गुजरे।

ऑलिव बार में ग़ैरमामूली कुछ न हुआ। सब कुछ नॉर्मल चला। किसी भी मेहमान को कभी भनक तक न पड़ी कि वहां पहले से ज़्यादा बाउन्सर थे और कहीं ज़्यादा सिक्योरिटी स्टाफ था।

दोनों पार्टनरों ने यही फैसला किया कि विनायक घटके कोई फर्ज़ी आदमी था जिसने बड़े-बड़े नाम उछाल कर उन्हें हूल देने की कोशिश की थी लेकिन जब कोई पुड़िया चलती नहीं पाई थी तो ख़ुद ही ख़ामोशी से पीछे हट गया था।

फिर भी दोनों पार्टनरों ने आइन्दा कुछ दिन कोई कोताही न बरतने का फैसला किया।

उन पांच दिनों में दो बार इन्स्पेक्टर भारकर भी बार का चक्कर लगा गया था और दोनों बार जानबूझ कर वर्दी में आया था। बार के पैट्रन पुलिस की इस मुस्तैदी से खुश हुए थे और सिक्योरिटी स्टाफ का मनोबल बढ़ा था। उनमें ये खुसर-पुसर हुए बिना नहीं रही थी कि एक आला पुलिस ऑफिसर बार के मालिकान का दोस्त था।

थाना प्रभारी के तौर पर अपनी मसरूफियात के बावजूद दो कामों की तरफ भारकर ने ख़ास तवज्जो दी :

अपने भेदियों और ख़बरियों के जरिए विनायक घटके के बारे में भारकर को ढेर तो नहीं लेकिन छोटी-मोटी जानकारी बराबर हासिल हुई जो आगे चल कर

वसीह सूरत अख़्तियार कर सकती थी। मालूम हुआ कि विनायक घटके टोपाज़ क्लब के कर्त्ता-धर्त्ता रेमंड परेरा का ख़ास था, अलबत्ता ख़ास किस हैसियत में था, ये स्पष्ट न हो सका। कोई उसे परेरा का जनरल हैण्डीमैन बताता था, कोई ट्रबलशूटर बताता था तो कोई और आर्टिस्ट बताता था जो परेरा के एक इशारे पर बेहिचक किसी को भी कमती कर सकता था।

ज़ीरो नम्बर बताते थे कि घटके टोपाज़ क्लब का रेगुलर एम्पलाई नहीं था फिर भी उसका वहां आना-जाना जाना रेगुलर था, वो वहां अक्सर देखा जाता था।

क्यों देखा जाता था?

क्योंकि रेमंड परेरा की निगाह में उसका ख़ास दर्जा किसी से छुपा नहीं था।

विनायक घटके के बारे में भारकर को जो आगे जानकारी मिली थी वो ये थी कि घटके भले ही पिछले तीन सालों में गिरफ्तार दो बार ही हुआ था लेकिन गिरफ्तारी और सज़ा के काबिल खुल्ली हरकतें उसने कई बार की थीं। ज़ीरो नम्बर अक्सर कहते पाए गए थे कि बलात्कार के मामलों में पहले भी कई बार उसका नाम आ चुका था अलबत्ता गिरफ्तार होकर सज़ा के करीब सिर्फ दो बार पहुंचा था और तब भी लैक ऑफ ईवीडेंस की बिनाह पर बरी हो गया था।

यानी हैबिचुअल सैक्स ऑफेंडर था।

टोपाज़ प्राइवेट क्लब तो नहीं थी लेकिन उसे बहुत एक्सक्लूसिव क्लब बताया जाता था। उसमें दाखिला पाने के लिए हज़ार रुपए कवर चार्जिज़ थे जो कोई भर नहीं सकता था या कोई भरना नहीं चाहता था। रेमंड परेरा भले ही उसे लिमिटिड क्लायन्टेल वाली एक्सक्लूसिव क्लब के तौर पर प्रोजेक्ट करता था लेकिन कहने वाले यही कहते थे कि वो एक ग्लोरीफाइड रेस्टोबार के अलावा कुछ नहीं थी।

निकट भविष्य में कभी 'टोपाज़' का चक्कर लगाना भारकर के निजी एजेन्डा के टॉप पर था।

सब-इन्स्पेक्टर अनिल गोरे एक दोपहरबाद इत्तफाक से ही थाना परिसर के एक गलियारे में अपने आला अफसर थाना प्रभारी उत्तमराव भारकर से टकरा गया।

गोरे ने उसे शिष्ट सैल्यूट मारा।

भास्कर ने गर्दन के खम से सैल्यूट कुबूल किया और बोला – "कैसा है, गोरे?"

"ठीक।" – गोरे जबरन मुस्कुराता बोला।

"दिखाई नहीं देता?"

"सर, आप बहुत बिज़ी रहते हैं।"

"मैं! मैं बहुत बिज़ी रहता हूँ?"

"बोले तो . . . हैं तो ऐसीच!"

"और तू खाली फिरता है!"

"सर, ऐसा तो नहीं है . . ."

"है भी तो क्या वान्दा है!"

". . . पर आपकी मसरूफियात के मुकाबले में . . ."

"छोड़! पुलिस की नौकरी में खाली कौन है, इत्मीनान किसे है, सबको आन टोज़ रहना पड़ता है।"

"बरोबर बोला, सर।"

"तू मेरे को एक वीडियो क्लिप फॉरवर्ड करने वाला था!"

"जी!"

"क्या जी? वीडियो क्लिप नहीं समझता या वो फॉरवर्ड कैसे की जाती है, नहीं समझता?"

"सर, मैंने बोला तो था कि वक्ती जोश में वो बात तो यूं ही . . . यूं ही मेरे मुंह से निकल गई थी!"

"तू फिर कह रहा है ऐसी कोई वीडियो क्लिप नहीं?"

"अब . . . कह तो रहा हूँ!"

"पहले तो कहता था वीडियो क्लिप किसी ख़ास जगह महफ़ूज़ थी!"

"जोश में . . . जोश में, वक्ती झांय-झांय के तहत ऐसा मुंह से निकल गया था।"

"यानी कोरी धमकी दी!"

"अब क्या बोलूं! वो . . . वो . . . माथा फिर गया था न!"

“और मोतीराम ओहरे वाले केस में जो पीआईएल तू कोर्ट में डालने वाला था!”

“सर, अब छोड़िए न!”

“फिर भी?”

“सर, मैं आपके खिलाफ कोई कदम क्यों उठाऊंगा अगरचे कि . . . आप . . . आप मेरे खिलाफ कोई कदम नहीं उठायेंगे!”

“यानी आइन्दा मेरे को तेरे से डर के रहना होगा!”

“सर, इजाज़त दीजिए।”

“एक बात फिर सुनता जा।”

“सर!”

“दरिया में रह के . . .”

“मगर से बैर नहीं होता। ये आपका कुछ ख़ास ही पसन्दीदा मुहावरा जान पड़ता है। लेकिन वान्दा नहीं, मैं दरिया बदलने की कोशिश कर रहा हूँ ताकि मगर से दूर रह सकूं।”

“क्या बोला?”

“मैंने आपके थाने से ट्रांसफर के लिए एसीपी साहब से बात की है . . .”

“अच्छा! क्या जवाब मिला?”

“एसीपी साहब कहते हैं ये उनके अख़्तियार से बाहर है, ट्रांसफर की मेरी दरख़्वास्त पर डिस्ट्रिक्ट के डीसीपी साहब ही विचार कर सकते हैं। मैंने इस बाबत उनसे अप्वायन्टमेंट की दरख़्वास्त दाखिल की है, जवाब आजकल में आता ही होगा।”

“कहां ट्रांसफर चाहता है?”

“आपके थाने से दूर कहीं भी। हो सके तो तारदेव से ज़्यादा से ज़्यादा फासले वाले थाने में।”

“यानी गोद में बैठ के दाढ़ी मूंडने का चांस खो देगा?”

गोरे ने आहत भाव से एसएचओ को देखा।

“ओके।” – एकाएक भारकर बदले स्वर में बोला – “आई विश यू ऑल दि बेस्ट। गैट अलांग।”

गोरे ने ख़ामोशी से सैल्यूट मारा, रुख़सती पाई।

'नहीं सुधरेगा कमीना हलकट!' – पीछे भारकर बड़बड़ाया – 'नहीं बाज़ आएगा मेरी जान को जंजाल में डालने से! अभी साला जल्दी ही कुछ करना होगा। साला वॉर फुटिंग पर। पहले इसकी ख़बर लूँगा, फिर उस वीडियो क्लिप की, जिसकी हूल देता है। इसकी विकेट तो अब लेनी ही होगी।'

फिर छठे दिन ऐसा कुछ हुआ कि उसने बाकी के दिनों की तमाम कसर एक ही बार में निकाल दी। जो हुआ, अप्रत्याशित हुआ, हाहाकारी हुआ, किसी की भी उम्मीद से बाहरा हुआ।

□□□

सुबोध नायक ऑलिव बार की अपनी पहली शिफ्ट की ड्यूटी से फारिग हुआ तो शाम छः बजे ऑलिव बार से अपने घर का – जो कि तुलसीवाडी में था – रुख करने की जगह अन्धेरी और आगे लोखण्डवाला कम्पलैक्स पहुंचा जहां कि एक स्टैग पार्टी में उसकी शिरकत थी।

स्टैग पार्टी, यानी सिर्फ मर्दों की पार्टी लेकिन जिसमें शराब के साथ-साथ शबाब का भी पूरा इन्तज़ाम था। तीन-चार हफ्ते में एक बार वो ऐसी किसी पार्टी में शामिल होता था जिसमें बीवियों की हाज़िरी की सख़्त मनाही होती थी।

ऐसी पार्टियों में शौक से उसकी गाहे बगाहे की शिरकत की वजह उसकी बीवी भी थी जिससे शादी किए उसे चौदह साल हो गए थे लेकिन औलाद के सुख से पति-पत्नी अभी भी वंचित थे। पांच साल में दो बार उम्मीद बन्धी लेकिन गर्भपात हो गया – दूसरी बार तो पांचवें महीने में जबकि जान जाते-जाते बची। फिर डाक्टरों ने बताया कि उस दूसरे गर्भपात की वजह से बच्चेदानी में ऐसा विकार आ गया था कि अब उसके मां बन पाने की सम्भावना कम ही थी। डॉक्टर से उसे ये भी हिदायत मिली कि पत्नी से सहवास में अब उसे अतिरिक्त सावधानी बरतनी होगी और पत्नी से इस मामले में कम से कम अपेक्षा रखनी होगी। इस बात से खिन्न वो डाइवर्जन तलाश करने लगा था और उसकी तलाश

कभी-कभार की स्टैग पार्टी में शिरकत पर जाकर ख़त्म हुई थी। वो वूमेनाइज़र नहीं था, इस बात से उसकी बीवी भी वाकिफ थी, लिहाज़ा अपनी मजबूरी से पस्त बीवी को उस बाबत आंखें मूंद लेना मंज़ूर था।

आज नायक की फिर स्टैग पाटी में हाजिरी थी।

ऐसी पार्टी भोर-भए तक चलती थी लेकिन वो उसमें आधी रात तक ही ठहरता था और सन्तुष्ट लौटता था।

वो मूलरूप से पुणे का रहने वाला था जहां कि उसके माता-पिता का स्थायी आवास था। उसकी मां की ऐज रिलेटिड कई हैल्थ प्रॉब्लम्स थीं जिनके ज़्यादा सिर उठाने पर उसकी बीवी ही पुणे जाकर सास को सम्भालती थी और इस बात के लिए अपनी कर्त्तव्यपरायण बीवी का वो बाकायदा अहसान मानता था।

संयोगवश, उस फ्रंट पर आज कल ख़ैरियत थी, अब बीवी नीरजा अपने पति के पास मुम्बई में थी।

रात एक बजे नायक तुलसीवाडी आकर लगा।

उसकी बीवी अमूमन तब तक सो चुकी होती थी लेकिन फ्रंट डोर की चाबियां उसके पास भी होती थीं जिसकी वजह से घर में दाखिले के लिए बीवी को डिस्टर्ब करना ज़रूरी नहीं होता था।

नायक की ये भी एक ख़ूबी थी – बल्कि ज़िद थी – कि वो कितना भी टुन्न क्यों न हो, अपनी गाड़ी ख़ुद चला कर ही घर लौटता था। बावजूद इसके आज तक उसने कभी एक्सीडेंट नहीं किया था, जबकि कई बार तो उसे ये भी याद नहीं आता था कि वापसी में वो कौन से रास्ते से घर लौटा था।

उसका घर एक बहुत पुराना एकमंज़िला मकान था जिसके आगे पीछे दोनों तरफ खुला यार्ड था। बाज़ू में एक चौड़ी राहदारी थी जिसके सिरे पर, बैकयार्ड में, गैराज था। उसने कार से उतर कर आयरन गेट को खोला और वापिस आकर कार को ख़ामोशी से बाज़ू की राहदारी पर डाला ताकि इंजन के शोर से बीवी की नींद डिस्टर्ब न होती। कार को गैराज में खड़ी करने की जगह उसने उसे गैराज के बन्द फाटक के सामने पार्क कर दिया और बाहर निकला।

तभी उसे लगा कि बाजू की चौड़ी राहदारी में कोई था।

उधर बाजू की दीवार के साथ एक शेड वाला बल्ब जलता था जो सारी राहदारी रौशन करने में नाकाम था।

"कौन है वहां?" – उसकी आवाज़ नशे में थरथरा रही थी फिर भी वो रौब से बोला।

जवाब में एक फायर हुआ।

नायक के मुंह से एक घुटी हुई चीख निकली। वो पछाड़ खाकर धराशायी हुआ।

शूटर ने उसकी छाती को निशाना बनाकर गोली चलाई थी और वहीं वो उसे लगी थी।

करीब आते हुए उसने एक गोली और चलाई जो कि पता नहीं उसे कहां लगी लेकिन उसकी तड़पन बन्द हो चुकी थी, वो मर चुका था।

"गोली चली!" – तभी कहीं से एक तीखी, आतंकित आवाज आई।

साथ ही इलाके के चौकीदार की सीटी बजने लगी।

शूटर दबे पांव वापिस लौटा।

तभी भड़ाक से इमारत का फ्रंट का दरवाज़ा खुला, बगूले की तरह नायक की बीवी बाहर निकली और राहदारी के सिरे पर पहुंची।

जो उसे दिखाई दिया, उससे उसके नेत्र फट पड़े।

"खून! खून!" – वो गला फाड़कर चिल्लाई – "पकड़ो! पकड़ो!"

तब तक इमारत के फ्रंट की तरफ दौड़ते आते कदमों की आवाज़ें आने लगी थीं और औरत को चुप कराना ज़रूरी था।

उसने निःसंकोच फायर किया।

नीरजा वहीं ढेर हो गई।

अब आगे का रास्ता ब्लॉक हो चुका था। शूटर पिछवाड़े की तरफ लपका। बैकयार्ड को आनन-फानन पार करके वो पिछवाड़े की दीवार फांद गया और उधर के अन्धेरे में विलीन हो गया।

फ्रंट गेट पर तीन चार लोग प्रकट हुए जिनमें से एक इलाके का – न होने

जैसा – चौकीदार भी था।

"भीतर जाना ठीक नहीं होगा।" – कोई बोला – "गनर अभी भी भीतर हो सकता है। पुलिस को फोन लगाओ।"

किसी ने अपने मोबाइल से वो काम किया।

आनन-फानन फलाईंग स्क्वॉयड की एक जीप वहां पहुंची। पुलिस ने फौरन मौका-ए-वारदात को अपने कब्ज़े में ले लिया। पुलिस की फौरी तफ्तीश का जो नतीजा निकला, वो था :

शूटर कब का फरार हो चुका था।

एक आदमी पिछवाड़े में गैराज के सामने खड़ी क्रीम कलर की 'स्विफ्ट' के सामने मरा पड़ा था, चौकीदार ने जिसकी शिनाख़्त घर के मालिक सुबोध नायक के तौर पर की।

राहदारी में ढेर हुई पड़ी औरत की शिनाख़्त सुबोध नायक की बीवी नीरजा नायक के तौर पर हुई। उसके कन्धे में दिल से ज़रा ऊपर उसे गोली लगी थी लेकिन उसकी फंस-फंस कर आती सांस चल रही थी।

तत्काल उसे हस्पताल पहुंचाने का प्रबन्ध किया गया।

तब तक इलाके के बहुत लोग मौका-ए-वारदात पर इकट्ठे हो चुके थे जिनमें सर्वेश सावन्त भी था, जो अभी बार में ही था जब किसी ने फोन पर उसे उस वारदात की ख़बर दी थी। वो इस ख़याल से ही बद्हवास था कि ऑलिव बार किसी का निशाना था ही नहीं, इसमें तोड़-फोड़ की, उसका धन्धा बिगाड़ने की किसी की कोई मंशा नहीं थी, वहां तो राई के पीछे पहाड़ छुपा था, उसपर तो इतनी बड़ी चोट हुई थी जिसकी उसने सपने में कल्पना नहीं की थी।

उसके ज़ेहन में परसों रात के विज़िटर विनायक घटके की आवाज गूंजी :

"परेरा साहब जो मांगता है, मांगता है बरोबर। और जब मांगता है तो खुदीच बहुत कहर ढा सकता है। फिर उसको 'भाई' की शह है सीधे कराची से। परेरा साहब की मांग ठुकराने का नतीजा बुरा होगा बाप, बहुत बुरा होगा!"

देवा! देवा!

उसने एसएचओ भारकर को कॉल लगाने की कोशिश की लेकिन मोबाइल पर घंटी बजती रही, कॉल रिसीव न हुई।

तब तक और पुलिस वहां पहुंच चुकी थी। सावन्त ने साथ आए एसआई को अपना परिचय दिया और सवाल किया कि नीरजा नायक को कहां ले जाया गया था और वो किस हाल में थी। जवाब मिला कि उसे रतन टाटा मार्ग पर स्थित एक हस्पताल में ले जाया गया था, क्योंकि वही मौका-ए-वारदात के सबसे करीब था, और उसकी हालत नाज़ुक थी।

सावन्त हस्पताल पहुंचा तो उसे नीरजा नायक के करीब भी न फटकने दिया गया। बोला गया कि गोली निकालने के लिए उसे तुरन्त आपरेशन थियेटर में ले जाया गया था, जान बच गई तो जहां से उसे इन्टेन्सिव केयर यूनिट में ट्रांसफर किया जाएगा। लिहाज़ा दोनों ही जगह उसकी पहुंच से बाहर थीं।

उसने काफी देर इन्तज़ार किया लेकिन नीरजा के बारे में कहीं से कुछ मालूम न हुआ। वो वापिस तुलसीवाडी लौटा तो मालूम हुआ कि शुरूआती तफ्तीश मुकम्मल हो जाने के बाद हत्प्राण की लाश को पोस्टमार्टम के लिए भिजवा दिया गया था, मौका-ए-वारदात पर अभी भी पुलिस का कब्ज़ा था जो इसलिए भी अभी रहने वाला था क्योंकि पीछे घर सम्भालने वाला कोई नहीं था। लिहाज़ा अब उसका वहां कोई काम नहीं था।

सिवाय उस हौलनाक वारदात की ख़बर नायक के माता-पिता को पहुंचाने के।

□□□

अगले दिन भारकर ने मौका-ए-वारदात का राउन्ड लगाया।

तब दो हवलदारों के साथ उसका पसन्दीदा सब-इन्स्पेक्टर रवि कदम भी था जो पिछली रात को भी तफ्तीश के लिए मौका-ए-वारदात पर मौजूद था।

तब तक हत्प्राण सुबोध नायक के माता-पिता पुणे से वहां पहुंच चुके थे।

भारकर उनसे मिला, उनको सांत्वना दी और आश्वासन दिया कि हत्यारा बहुत जल्दी पकड़ा जाएगा।

अन्त में पुलिस का स्टैण्डर्ड, बेमानी सवाल पूछा कि बतौर कातिल उन्हें किस पर शक था, जिसका जवाब देने में पुणे से आए माता-पिता असमर्थ थे।

विनायक घटके के पिछले हफ्ते ऑलिव बार में फेरे की वजह से घटके पहले ही पुलिस के राडार पर था, लेकिन उसे कातिल तसलीम करने की या उसको थामने की उसकी कोई कोशिश नहीं थी जबकि वो उसकी बाबत पहले से ज़्यादा जानकारी रखता था और ये भी जानता था कि वो सागर अपार्टमेंट्स वरली में एक दो कमरों के फ्लैट में अकेला रहता था, फ्लैट रेमंड परेरा की मिल्कियत था लेकिन घटके के हवाले था। उस कत्ल और कातिल की बाबत भारकर का अपना एजेन्डा था और खुराफाती दिमाग वाले एसएचओ भारकर के नापाक इरादों पर घटके फिट नहीं बैठता था, भले ही वो कत्ल हकीकत में उसी का कारनामा होता। वो तो कहीं और ही मार करने की फिराक में था जिसके रास्ते में घटके की कोई जगह नहीं थी इसलिए वो घटके को बाकायदा नज़रअन्दाज़ कर सकता था।

बहरहाल अभी सब कुछ शोचनीय दशा में हस्पताल के आईसीयू में पड़ी नीरजा नायक की गवाही पर निर्भर करता था जो पता नहीं वो दे पाती या न दे पाती!

"नायक की बीवी किस हाल में है, मालूम?" – एकाएक भारकर ने एसआई कदम से सवाल किया।

"अभी तो क्रिटिकल बताई जाती है, सर।" – कदम तत्पर स्वर में बोला – "गोली तो डाक्टरों ने रात को ही निकाल दी थी लेकिन ऐसे केसिज़ को डाक्टर गम्भीर बताते ही हैं और अड़तालीस घन्टे भारी होने की बात कहते ही हैं।"

"यहां की तफ्तीश से क्या पता लगा?"

"कुछ ख़ास नहीं। किसी ने कातिल को इमारत में दाखिल होते या वारदात के बाद पिछवाड़े से फरार होते नहीं देखा था।"

"बीवी ने?"

"हालात और चशमदीद कहते हैं कि बीवी ने कातिल को देखा हो सकता है। इसी वजह से कातिल को बीवी को भी शूट करना ज़रूरी जान पड़ा था लेकिन वो हसबैंड की तरह फौरन जान से जाने से बच गई। कातिल को फिर गोली चलाने

का मौका न मिला इसलिए वो पिछवाड़े के रास्ते फरार हो गया।"

"बिना कोई क्लू छोड़े?"

"सर, एक काफी अहम क्लू पीछे छोड़ा है उसने।"

"क्या?"

"वो क्या है कि बैकयार्ड का फर्श एक जगह से टूटा हुआ था, यूं कि कोई फुट भर जगह से सीमेंट उखड़ गया था और नीचे से भुरभुरी मिट्टी झलकने लगी थी जो कि हायर्ड हैल्प के फर्श धोते वक्त गीली हो गई थी और रात को वारदात के वक्त तक पूरी तरह सूखी नहीं थी। पिछवाड़े से फरार होते कातिल का एक पांव इत्तफाक से फर्श के उस टूटे हिस्से में मौजूद गीली मिट्टी में पड़ा था और उसके जूते के सोल की छाप उस मिट्टी में बन गई थी?"

"क्लियर?"

"जी हां। बाएं पांव की छाप बहुत साफ पीछे छूटी थी।"

"गुड!"

"हमने लैब के टैक्नीशियंस की तवज्जो उस तरफ दिलाई थी तो उन्होंने अपने स्टैण्डर्ड तरीके से उस छाप को वहां से उठा कर महफूज़ किया था। सर, आपको मालूम ही है कि ऐसी छाप की पहले तस्वीरें खींची जाती हैं फिर उस पर प्लास्टर ऑफ पैरिस का घोल डाला जाता है जो जब सूख कर सॉलिड हो जाता है तो उसे वहां से उठाकर महफूज़ कर लिया जाता है ताकि वो कातिल की शिनाख़्त के काम आ सके।"

"जूते के सोल के पैटर्न की वजह से? जूते के साइज़ की वजह से?"

"जी हां। पैटर्न की तस्वीरें उपलब्ध हैं और साइज़ नौ नम्बर बताया गया है।"

"पांव कौन-सा बोला?"

"बायां।"

"वो प्लास्टर कास्ट अब कहां है?"

"अभी तो लैब टैक्नीशियंस के पास ही है लेकिन आप जब चाहेंगे, आपको सौंप दिया जाएगा।"

"इन्तज़ाम करो।"

"राइट, सर।"

तभी सर्वेश सावन्त वहां पहुंचा।

"भारकर साहब" – वो गमगीन लहजे से बोला – "क्या कहते हैं कल की वारदात की बाबत?"

"अभी कुछ कहना प्रीमैच्योर होगा।" – भारकर बोला – "मकतूल की बीवी के बयान का इन्तज़ार करना ज़रूरी है।"

"वो बयान हफ्ता भर न हो पाया तो?"

"तो हफ़्ता भर इन्तज़ार करना पड़ेगा।"

"हो ही न पाया तो?"

"तो केस ठण्डे बस्ते में ही जाएगा। जब आगे बढ़ने के लिए कोई क्लू ही न होगा, कोई लीड ही न होगी . . ."

"क्यों नहीं होगा क्लू?" – सावन्त ने उतावला होते उसकी बात काटी – "क्यों नहीं होगी लीड?"

"क्या कहना चाहते हैं?"

"अरे, एसएचओ साहब, उस मवाली विनायक घटके का किरदार इस केस में एक बड़ी लीड ही तो है! कैसे आप उसे नजरअन्दाज़ कर सकते हैं! तीस करोड़ की इनवेस्टमेंट वाले बार में वन-थर्ड की पार्टनरशिप का सपना अपने बॉस रेमंड परेरा को दिखाता वो ऑलिव बार में आया और बाकायदा धमकी जारी करके गया कि रेमंड परेरा की मांग ठुकराने का अंजाम बुरा होगा क्योंकि उसकी पीठ पर 'भाई' का हाथ था। उसकी भाईगिरी वाली धमकी की रू में आप रेमंड परेरा को नहीं तो कम से कम विनायक घटके को तो थामिए!"

"थामेंगे।" – भारकर शान्ति से बोला – "लेकिन मकतूल की बीवी का बयान हो जाने के बाद।"

"आपका ये रवैया तो ठीक नहीं है, जनाब! घटके को तो आपको मर्डर सस्पैक्ट के तौर पर फौरन हिरासत में लेना चाहिए! और नहीं तो पूछताछ के लिए तो तलब करना चाहिए!"

"करेंगे लेकिन कोई बेसिक तफ्तीश, बेसिक कार्यवाही हो जाने के बाद।"

"तब तक वो छुट्टा घूमेगा?"

"मजबूरी है।"

"साफ ब्लैकमेल की, एक्सटॉर्शन की धमकी जारी करेगा? बाज़रिया रेमंड परेरा कराची वाले 'भाई' की हूल देगा?"

"मजबूरी है।"

"लेकिन . . ."

"सावन्त साहब, आप आपा न खोएं और पुलिस की लिमिटेशंस को समझें। पुलिस ने जो काम करना होता है, प्रोसीजरली करना होता है। ये मर्डर और नियर मर्डर का केस है, इसमें पुलिस यूँ ही किसी पर नहीं चढ़-दौड़-पड़ सकती। एक बात घटके ने कही और आपने सुनी, कैसे हो सच की पड़ताल! इट इज़ हिज़ वर्ड अगेंस्ट युअर वर्ड।"

"कमाल है! आप तो बाकायदा उसकी हिमायत कर रहे हैं! बावजूद इस बात को खातिर में लाए हिमायत कर रहे हैं कि घटके एक सन्दिग्ध चरित्र का व्यक्ति है जो दो बार जबरजिना के जुर्म में गिरफ्तार हो चुका है और मैं लॉ अबाइडिंग सॉलिड सिटिजन हूँ। आप मेरा मुकाबला एक बैड कैरेक्टर से कर रहे हैं!"

"ए पर्सन इज़ इनोसेंट अनटिल प्रूवन गिल्टी।"

सावन्त ने मुंह बाये उसकी तरफ देखा।

"यानी" – फिर धीरे से बोला – "आप उसके खिलाफ कोई एक्शन नहीं लेंगे?"

"लेंगे। ज़रूर लेंगे। लेकिन अभी नहीं। नीरजा नायक का बयान हो जाने के पहले नहीं। और मैं पूरी कोशिश करूँगा कि बयान जल्द से जल्द हो, उसमें एक हफ्ता न लगे। ओके?"

सावन्त ने अनिच्छा से सहमति में सिर हिलाया।

"शुक्रिया। अब मुझे अपना काम करने दीजिए।"

सावन्त परे हट गया।

एसएचओ के रवैये से अत्यन्त असन्तुष्ट वो वापिस लौटा।

□□□

दो दिन गुज़रे।

उस दौरान नायक की लाश का औपचारिक पोस्टमार्टम हुआ, लाश की सुपुर्दगी हुई और नायक का अन्तिम संस्कार हुआ।

फिर तीसरे दिन दोपहर से पहले भारकर हस्पताल पहुंचा।

अकेला!

अपनी खुराफाती, नापाक, पूरी तैयारी के साथ।

वो वारदात के बाद का चौथा दिन था।

आईसीयू में उसने एक ऑर्डरली से डॉक्टर ऑन ड्यूटी की बाबत पूछा।

तत्काल डॉक्टर उसके रूबरू हुआ। अपने सामने तीन सितारों वाले बावर्दी इन्स्पेक्टर को पाकर वो तनिक सकपकाया।

"यस?" – वो बोला।

"मैं उत्तमराव भारकर।" – वो अधिकारपूर्ण स्वर में बोला – "एसएचओ, तारदेव स्टेशन हाउस।"

"वेलकम!"

डॉक्टर के सफेद कोट पर लगी नेम प्लेट पर साफ उसका नाम लिखा था फिर भी वो बोला – "नाम बोले तो?"

"डॉक्टर अधिकारी।"

"नीरजा नायक आपका केस है?"

"जी हां।"

"अभी किस हाल में है?"

"स्टेबल है।"

"कोई कम्पलीकेशन?"

"अभी ऑब्ज़रवेशन में हैं। लगता तो नहीं कि कोई कम्पलीकेशन पेश आएगी लेकिन . . . क्या पता लगता है!"

"कोई अनहोनी हो सकती है?"

"क्या पता लगता है!"

"जबकि आपने स्टेबल केस बताया!"

"सीरियस भी। ऐसे केस में अनएक्सपैक्टिड की हमेशा गुंजायश होती है।"

"आई सी। छुट्टी कब मिलेगी?"

"उसमें अभी बहुत टाइम लगेगा। तीन-चार दिन और तो अभी आईसीयू में ही लगेंगे। उसके बाद रूम में भी एक हफ्ता तो लग ही जाएगा!"

"हूँ। अभी बोल पाने की हालत में हैं?"

उसने उस बात पर विचार किया।

"हालत में हों भी" – फिर दृढ़ता से बोला – "तो मैं इसकी राय नहीं दे सकता। मैं नहीं चाहूँगा कि बोलने की कोशिश में वो अपने आपको एग्ज़र्ट करें।"

"मेरे लिए उनका बयान लेना ज़रूरी है।"

"ये अभी नहीं हो सकता।"

"मैं ज़रूरी बोला।"

"तो भी नहीं।"

"वैसे होश में हैं?"

"जी हां।"

"जो कहा जाए, वो समझती हैं?"

"हां।"

"मेरा उनसे कुछ ख़ास मालूमात करना ज़रूरी है . . . सुनो, सुनो। बीच में न टोको . . . मैं उन्हें ज्यादा डिस्टर्ब नहीं करूँगा, महज़ दो-चार सवाल पूछूंगा जिनका जवाब वो हाँ, न में भी दे सकती हैं।"

"जनाब, वो भी ठीक नहीं होगा।"

"अरे, वो भी न करें, गर्दन तो हिला सकती हैं? सवाल समझ सकती हैं तो इशारे से हाँ, न तो कर सकती हैं? गर्दन को ऊपर से नीचे या दाएं से बाएं हिलाने में कितनी एग्ज़र्शन हो जाएगी आपके पेशेंट को?

"यू मीन शी विल जस्ट शेक ऑर नॉड हर हैड?"

"और मैं क्या बोला?"

"ओके। लेकिन पेशेंट को अकेले मैं नहीं छोड़ूंगा। आपकी पूछताछ के दौरान मेरी मौजूदगी ज़रूरी होगी।"

"वान्दा नहीं। मैं ख़ुद यही चाहता हूँ।"

"आइये।"

डॉक्टर के साथ चलता वो एक आईसीयू स्टेशन पर पहुंचा। वो एक बड़ा हाल था जहां वैसे कई स्टेशन थे। उसने बैड के इर्द-गिर्द पर्दे खींच कर प्राइवेसी का माहौल पैदा किया।

"प्लीज़, गो अहेड।" – फिर बोला।

भारकर ने सहमति में सिर हिलाया, वो नीरजा के सिरहाने पहुंचा और बोला – "हल्लो! उत्तमराव भारकर, एसएचओ, तारदेव स्टेशन हाउस। आप का केस मेरे थाने में दर्ज हुआ, इसलिए हाज़िर हुआ। . . . कैसी हैं आप?"

जवाब नदारद।

"जो हुआ" – भारकर के स्वर में सहानुभूति का पुट आया – "उसका मुझे अफसोस है। मैं आपको यकीन दिलाता हूँ कि मुजरिम को . . . आई मीन आपके पति और आपके हमलावर को बख़्शा नहीं जाएगा। वो बहुत जल्द अपने किए की . . ."

"इन्स्पेक्टर साहब" – डॉक्टर व्यग्र भाव से बोला – "प्लीज़ कम टु दि प्वॉयन्ट।"

भारकर हड़बड़ाया, उसके चेहरे पर व्यवसायसुलभ सख़्त भाव आए, उसने घूर कर डॉक्टर को देखा।

डॉक्टर विचलित न हुआ।

कुछ क्षण दोनों में ख़ामोश मुकाबला-सा चला, फिर भारकर ने धीरे से सहमति में सिर हिलाया और फिर पेशेंट की ओर आकर्षित हुआ।

"आपने शूटर को देखा था?" – उसने सवाल किया।

पेशेंट का सिर हौले से ऊपर नीचे हिला।

"साफ़?"

हामी।

"बावजूद इसके कि साइड की राहदारी में रौशनी काफी नहीं थी?"

हामी।

"शूटर को देबारा देखें तो पहचान लेंगी?"

हामी।

"पक्की बात?"

हामी।

"मेरे पास उसकी एक तस्वीर है, ज़रा देखिए।"

भारकर ने पांच गुणा सात का एक प्रिंट ऐन पेशेंट की आंखों के सामने किया।

"ग़ौर से देख़िये" – वो बोला – "और फिर बोलिए। पहचानती हैं?"

हामी।

"यही वो शख़्स था जिसने आपके पति को शूट किया था?"

जवाब नदारद।

सवाल पेचीदा हो गया था। उसने नायक को शूट किया जाता नहीं देखा था।

"यही वो शख्य था" – भारकर ने संशोधन किया – "जिसने आप पर गोली चलाई थी!"

हामी।

"श्योर?"

हामी।

"गुड! तस्वीर की पीठ पीछे अपने साइन कीजिए और तारीख डालिए।"

डॉक्टर ने तत्काल विरोध करना चाहा लेकिन इस बार भारकर ने इस कदर सख़्ती से उसे घूरा कि डॉक्टर बेचैनी से पहलू बदलता ख़ामोश हो गया।

नीरजा ने कांपते हाथों से दोनों काम किए।

"एन्डोर्स कीजिए।" – भारकर बोला।

डॉक्टर हड़बड़ाया।

"अरे, भई, मैडम के दस्तख़तों की तसदीक कीजिए। अपने दस्तख़तों के ज़रिए तसदीक कीजिए कि मैडम ने आपके सामने उस तस्वीर की बैक पर अपने साइन किए जिसे उन्होंने बतौर अपने हमलावर बाजरिया तस्वीर साफ पहचाना।"

"ओह! दैट!"

"एनडोर्स हर सिग्नेचर्स विद युअर ओन सिग्नेचर्स एण्ड डेट।"

डॉक्टर ने आदेश का पालन किया।

"थैंक्यू!"– भारकर ने तस्वीर अपने काबू में की।

उसने नीरजा का शुक्रिया अदा किया और डॉक्टर के साथ एनक्लोज़र से बाहर कदम रखा। आईसीयू के नर्सिंग स्टेशन पर दोनों ठिठके।

तसदीकशुदा तस्वीर तब भी भारकर के हाथ में थी।

"ये है वो शूटर?" – डॉक्टर मन्त्रमुग्ध भाव से बोला – "वो कातिल?"

"अभी आपके पेशेंट ने बेहिचक शिनाख़्त की न!" – भारकर बोला – "इसकी पीठ पर अपने दस्तख़त किए न! आपने उस दस्तख़तों को एनडोर्स किया न!"

"हाँ।" – डॉक्टर सहमति से सिर हिलाता बोला।

"सो देयर!"

"कौन है?" – डॉक्टर उत्सुक भाव से बोला।

"अभी तो यही कहा जा सकता है कि कातिल है।"

"पकड़ा जाएगा?"

"यकीनन।"

"यानी नोन ऑफेंडर है?"

"ऐसा तो नहीं है!"

"जब आपके पास उसकी तस्वीर है . . ."

"सीसीटीवी रिकॉर्डिंग में से अन्दांज़न निकाली थी। अब जबकि मैडम ने इसकी बतौर कातिल शिनाख़्त कर ली, तो इसकी गिरफ्तारी और सज़ा महज़ वक्त की बात होगी।"

"गुड।"

"सहयोग के लिए शुक्रिया कुबूल कीजिए और इजाज़त दीजिए।"

डॉक्टर का सिर स्वयमेव सहमति में हिला।

अपने थाने में बैठकर अपने ऑफिस की प्राइवेसी में भारकर ने इत्मीनान से

आपस में जुड़ी दो तस्वीरों को एक-दूसरे से अलग किया।

वो दो तस्वीरें रबड़ सॉलूशन से ऐसी नफासत से जोड़ी गई थीं कि ग़ौर से देखने पर भी एक तस्वीर ही जान पड़ती थीं। उसने तीखे ब्लेड से जुड़ी तस्वीरों की चारों तरफ से ट्रिमिंग की थी जिसका नतीजा ये था कि हाथ फिराने पर भी कहीं किनारे दो नहीं महसूस होते थे – दिखाई तो देते ही नहीं थे।

दोनों तस्वीरें अलग हो गईं तो उसने सामने वाली की पीठ पर से और पिछली के फ्रंट से सावधानी से उंगली से रगड़-रगड़ कर रबड़ सॉलूशन के अवशेष गायब किए।

सामने की तस्वीर विनायक घटके की उस तस्वीर का रिप्रिंट थी जो उसके थाने में उससे अपनी पहली मुलाकात के दौरान सर्वेश सावन्त ने उसे मुहैया कराई थी।

पिछली तस्वीर एसआई अनिल गोरे की थी।

वो तस्वीर पिछले साल थाने में हुई नए साल की पार्टी के फोटो शूट में उपलब्ध थी जहां से उसका एक प्रिंट उसने बड़ी सहूलियत से हासिल कर लिया था।

उसने सामने की, विनायक घटके की, तस्वीर का पुर्ज़ा-पुर्ज़ा करके डस्टबिन में डाल दिया और आराम से, इत्मीनान से दूसरी तस्वीर को निहारा।

अनिल गोरे, डेढ़ दीमाक का वॉटरलू।

उसके ताबूत में आखिर कील।

साला घौंचू! मेरे से पंगा लेने चला था।

गोरे की तस्वीर की पीठ पर अब गवाह नीरजा नायक के दस्तख़त थे जिन्हें ड्यूटी डॉक्टर ने बाकायदा एनडोर्स किया था। यानी अब सामने की तस्वीर पर, जो कि गवाह को दिखाई गई थी, पेशेंट और डॉक्टर के दस्तख़त नहीं थे और जिस तस्वीर पर दस्तख़त थे, वो सम्भावित कातिल की नहीं थी लेकिन उसको कातिल करार दिया जाना निश्चित था।

बढ़िया!

साला खजूर याद करेगा कोई मिला था!

दुश्मन का ख़ात्मा करने के लिए दरकार रामबाण उसके कब्ज़े में था और

दुश्मन जितनी जल्दी ठिकाने लगता, उतना ही अच्छा होता।

बहरहाल अपने कारनामे से वो सन्तुष्ट था।

सन्तुष्ट क्या, मुग्ध था अपने आप पर वो खुशफहम पुलिसिया।

उस रोज़ गोरे का ऑफ था।

वान्दा नहीं।

रात को देखता हूँ न अड़वा पट्ठे को!

शाम को एक और वाकया भारकर की जानकारी में लाया गया, जिससे वो बहुत खुश हुआ।

हस्पताल से ख़बर आई कि अच्छी-भली रिकवर करती नीरजा नायक ने एकाएक प्राण त्याग दिए थे।

ख़ास भारकर की सहूलियत के लिए।

बढ़िया!

अब वो इस दुनिया से किनारा का चुकी थी इसलिए अपने बयान से नहीं फिर सकती थी, नहीं कह सकती थी कि जो तस्वीर उसे और डॉक्टर अधिकारी को दिखाई गई थी, उसी पर उसने और डॉक्टर ने अपने दस्तख़्त नहीं किए थे।

अब वो एनडोर्समेंट मैटर ऑफ रिकॉर्ड थी जिसमें कोई रद्दोबदल नहीं हो सकती थी।

उस सिलसिले में डॉक्टर अधिकारी का रोल अब न के बराबर था। अव्वल तो उसे पता ही नहीं लगने वाला था, आखिर लग भी जाता तो इसे वो अपनी ही कोताही करार देता और ख़ामोश रहने में ही अपना कल्याण मानता।

जो फरेब भारकर ने डॉक्टर और मरीज के साथ किया था, उसके जानकारी में आ जाने के बाद उस बाबत कोई दुहाई दे सकता था तो वो अनिल गोरे था जिसे वो दुहाई देने के काबिल ही नहीं छोड़ने वाला था।

उसके रास्ते का कांटा खल्लास!

केस सक्सैसफुल्ली क्लोज़्ड।

बढ़िया।

लेकिन अपनी साज़िश के फिनिशिंग टच के तौर पर अभी एक बड़ी चाल उसने और चलनी थी।

जैसे ज़ीरो नम्बर से भारकर को घटके का वरली का पता मालूम हुआ था, वैसे ही उसका मोबाइल नम्बर मालूम हुआ था।

एसआई कदम ने भारकर के हुक्म पर उस नम्बर पर फोन लगाया।

"घटके बोलता है?" – जवाब मिला तो कदम अधिकारपूर्ण स्वर में बोला।

"कौन पूछता है?" – घटके रुखाई से बोला।

"एसआई कदम। तारदेव थाने से।"

तत्काल घटके का लहजा बदला।

"क्या मांगता है, बाप?"

"मेरे को कुछ नहीं मांगता। एसएचओ उत्तमराव भारकर को मांगता है।"

"देवा! बड़ा साहब क्या मांगता है?"

"तेरे को थाने में आने का। किधर भी है, वन आवर में तारदेव थाने में पहुंचने का।"

"पण, बाप, काहे वास्ते?"

"अपने बाप से मशवरा करना हो तो कर लेना।"

"बाप!"

"रेमंड परेरा।"

"बाप, कुछ बोलता कि थानेदार क्या मांगता है तो . . ."

"वन आवर।"

लाइन कट गई।

घटके ने भारी सस्पेंस में मोबाइल जेब के हवाले किया।

अपने बॉस परेरा के हुक्म पर गुरुवार को उसने जिस वारदात को अंजाम दिया था, उसे यकीन था कि उसने पीछे उसका कोई क्लू नहीं छोड़ा था। उसने नायक के घर लौटने का इन्तज़ार करना था, लौटते ही उसे शूट करना था और निकल लेना था। लेकिन जो बेवजह फच्चर पड़ा था, वो ये था कि नायक की बीवी जाग

गई थी और गोली की आवाज़ सुनते ही बाहर दौड़ी चली आई थी। उसमें भी कोई वान्दा नहीं था अगरचे कि गोली खाकर खाविन्द की तरह वो भी मर गई होती। लेकिन उसे यकीन था वो उसके लिए कोई पंगा नहीं खड़ा कर सकती थी। अख़बार के ज़रिए उसे जान पड़ा था कि बीवी बहुत नाज़ुक हालत में रतन टाटा मार्ग के हस्पताल के आईसीयू में पड़ी थी जहां आखिर वो बिना बयान दे पाने की हालत में आए मर गई थी।

न मरती तो घटके को उसको भी फौरन खल्लास करने की कोई जुगत करनी पड़ती जो वो करके रहता, भले ही वो हस्पताल के आईसीयू में थी।

यानी उस वारदात का नाम घटके के साथ जोड़ने वाला कोई नहीं था।

अब थानेदार बुलाता था और वो उसके बुलावे को नज़रअन्दाज़ भी नहीं कर सकता था।

एसआई कदम रेमंड परेरा से उस बाबत मशवरा करने को बोला था लेकिन उसने पहले तारदेव जाकर एसएचओ भारकर की हाजिरी भरने का फैसला किया।

अपने गुरुवार के कारनामे से वो बेखतर था, सब कुछ ऐन पर्फेक्ट करके हुआ था।

सर्वेश सावन्त उसके खिलाफ मुंह फाड़ सकता था लेकिन उसके मुंह फाड़ने से क्या होता था! वो कह कुछ भी सकता था लेकिन साबित कुछ नहीं कर सकता था – सिवाय इसके कि सावन्त से मिलने वो एक बार, सिर्फ एक बार, ऑलिव बार गया था।

फिर भी कोई उलटी पड़ती तो परेरा था न! तब सैट करने के वास्ते!

वो आश्वस्त हुआ और तारदेव थाने पहुंचा।

एक हवलदार को उसने बताया कि वो थाने के बड़े साहब के हुक्म पर वहां हाज़िर हुआ था।

"मालूम।" – हवलदार रुखाई से बोला – "ख़बर करता है एसएचओ साहब को। वेट करने का!"

"बरोबर।"

हवलदार उसे बेचैनी से गलियारे में इन्तज़ार करता छोड़ कर वहां से चला गया।

एसएचओ का ऑफिस उसी गलियारे में था जहां से हवलदार पांच मिनट में

लौट सकता था फिर भी उसने लौटने में आधा घन्टा लगाया।

हवलदार ने उसे एसएचओ के ऑफिस में पहुंचाया।

"सलाम बोलता है, बाप।" – अत्यन्त विनयशील बनता घटके बोला।

"घटके!" – भारकर सहज भाव से बोला – "विनायक घटके?"

"हां, बाप। वन आवर से पहले आया।"

"बाहर सड़क पर जा और बस स्टैण्ड पर इन्तज़ार कर।"

"क्या बोला, बाप?"

"बहरा है?" – भारकर कड़क कर बोला – "सुनाई में लोचा तेरे को?"

घटके ने शरीर में झुरझुरी-सी दौड़ी।

"जाता है न, बाप।"

वो थाना परिसर से निकल कर बस स्टैण्ड पर पहुंचा। उसने एक सिग्रेट सुलगा लिया और प्रतीक्षा करने लगा।

वो कोई विशेष चिन्तित नहीं जान पड़ता था, थाने-कचहरी से उसका ऐसा वास्ता पड़ता ही रहता था जिसका अब वो पूरी तरह से आदी हो चुका था।

भारकर ने करीब से ही आना था वो पांच मिनट में बस स्टैण्ड पर पहुंच सकता था लेकिन आधे घन्टे में आया।

जानबूझ कर।

उसे तपाने के लिए।

हाकिम जो ठहरा!

वो जीप पर सवार था जिसे वो ख़ुद ड्राइव कर रहा था। उसने जीप को बस स्टैण्ड पर रोका और घटके को जीप में सवार होने का इशारा किया। घटके हिचकिचाया तो भारकर ने पैसेंजर सीट को एक बार थपथपाया।

पूर्ववत् हिचकता घटके जीप में सवार हो गया। भारकर ने जीप तत्काल आगे बढ़ा दी। कुछ क्षण ख़ामोशी रही, फिर एकाएक घटके बोला – "बाप, ये टेम अमला किधर गया?"

"अमला क्या?" – पीछे दौड़ती सड़क पर से निगाह हटाए बिना भारकर बोला।

"लाव लटकर! स्टाफ! हाकिम की रौनक!"

"बोलता हूँ।"

उसने जीप को फुटपाथ से लगा कर रोका, पैसेंजर की ओर घूमा और एक थप्पड़ उसके थोबड़े पर रसीद किया।

घटके तिलमिलाया, उसके चेहरे पर एकाएक बड़े हिंसक भाव आए।

"पॉकेट में स्ट्रेट है" – भारकर भावहीन ढंग से बोला – "तो घुमा मेरे पेट में। चप्पल है तो शॉट दिखा मेरे को।"

"म-मैं . . . मैं कुछ बोला, बाप?"

"अच्छा, नहीं बोला? ठहर के बोलेगा?"

वो ख़ामोश रहा, उसने बेचैनी से पहलू बदला।

"अभी पूछ, मैं तेरे को लाफा क्यों दिया?"

"क . . . क्यों दिया?"

"क्योंकि तेरे को याद रखने का, भूलने का नहीं, कि मैं साला थानेदार . . . तारदेव थाने का . . . और तू साला फंटर।"

"है तो नहीं, बाप, पण . . . क-क्या . . . क्या किया मैं?"

"मालूम पड़ेगा। अभी ख़ामोश बैठने का। क्या?"

"बरोबर, बाप।"

भारकर ने जीप आगे बढ़ाई।

थोड़ी देर बाद फिर घटके की ज़ुबान पर सवाल आया कि वो कहां जा रहे थे लेकिन उसने होंठ भींच लिए।

जीप ख़ामोशी से सड़क पर दौड़ती रही।

हाकिम के पहलू में बैठा घटके सस्पेंस के हवाले था जिसे वो भरसक छुपा कर रख रहा था।

जीप एनी बेसेंट रोड पर दौड़ती आगे वरली की ओर बढ़ी तो घटके का माथा ठनका।

"बोले तो" – वो बोला – "किधर जाता है, बाप?"

"मैं बोला न, ख़ामोश बैठने का!"

"पण, बाप, फिर भी . . ."

"ठीक है फिर भी। वहीं जाता है जो जगह तेरे मगज में है।"

"वरली?"

"हां।"

"वरली में किधर?"

"तेरे घर।"

"म-मेरे घर?"

"फ्लैट 203, सागर अपार्टमेंट्स। क्या!"

"कम्माल है! बाप, सच में उधरीच जाता है?"

"हाँ।"

"मेरे फिलेट पर ही जाना था तो थाने काहे वास्ते बुलाया?"

"किसी फंटर का घर-बार, रहन-सहन देखने का था न?"

"बाप, मैं फंटर नहीं है।"

"तो क्या है?"

"रिस्पेक्टेबल करके भीड़ू। रेमंड परेरा बॉस का ख़ास। रेमंड परेरा बोला मैं . . . टोपाज़ क्लब, कोलाबा . . . मालूम?"

"मालूम।"

"बाप, मेरे घर काहे वास्ते? सच्ची में बोलो न, क्या मांगता है?"

"अभी। अभी। खाली दो गिनट चुप बैठ।"

चेहरे पर असंतोष और उलझन के भाव लिए घटके ख़ामोश हुआ।

जीप सागर अपार्टमेंट्स के सामने रुकी।

सागर अपार्टमेंट एक दसमंज़िला इमारत थी जिसके दूसरे माले पर घटके का आवास था।

"जा के अपने फ्लैट का दरवाज़ा खोल" – भारकर बोला – "मैं आता हूँ।"

प्रतिवाद के लिए तैयार लेकिन मजबूरन ख़ामोश घटके सहमति में सिर हिलाता जीप से उतरा और लम्बे डग भरता इमारत में दाखिल हो गया।

भारकर जीप में बैठा रहा। वो पुलिस की जीप थी, थानेदार के अधिकार में थी, उसको कहीं पार्किंग में लगाए जाने की ज़रूरत नहीं थी, वो जहां खड़ी थी, बिना

किसी के ऐतराज़ के वहीं खड़ी रह सकती थी फिर भी वो स्टियरिंग ठकठकाता जानबूझ कर घटके को तपाने के लिए देर लगाता रहा।

आखिर वो जीप से उतरा और दूसरे माले पर पहुंचा।

घटके फ्लैट के खुले प्रवेश द्वार पर ही खड़ा था और मन ही मन भारकर को कोसता बेचैनी से पहलू बदल रहा था। भारकर को देखकर उसका हाथ नाहक सलाम के लिए उठा, वो सादर चौखट पर से हटा।

भारकर भीतर दाखिल हुआ, उसने ख़ामोशी से सारे फ्लैट का चक्कर लगाया। आखिर वो सामने के कमरे में, जो कि बैठक की तरह सुसज्जित था, वापिस लौटा।

"तो" – वो बोला – "इधर रहता है तू!"

"हां, बाप।" – वो संजीदगी से बोला।

"भाड़े पर?"

"भाड़े पर तो नहीं पण मालिक नहीं है, खाली भाड़ा नहीं भरता।"

"क्योंकि रेमंड परेरा मेहरबान?"

"बोले तो ऐसीच है।"

"बैठ।"

"बाप, आप बैठो न!"

"अरे, मैं क्या खड़ा रहूँगा तेरे सामने?"

"ओह!"

दोनों आमने सामने बैठे।

भारकर ने आंख भर कर उसे देखा।

"क्या देखता है, बाप?" – घटके विचलित भाव से बोला।

"कातिल को देखता हूँ" – भारकर सहज भाव से बोला – "उसकी दिलेरी को, उसकी निडरता को देखता हूँ जो मेरे सामने बैठा है।"

"क-क्या बोलता है बाप? मैं तो . . ."

"न जान पड़ा हो तो अब जान ले, मकतूल सुबोध नायंक की बीवी ने भी पिछली रात हस्पताल में दम तोड़ दिया था। अब तेरे पर डेलीब्रेट, कोल्डब्लडिड

डबल मर्डर का चार्ज है। क्या करेगा? बच निकलेगा? बेगुनाह साबित कर लेगा अपने आपको? साबित कर लेगा कि पिछले गुरुवार को आधी रात के बाद तुलसीवाडी में हुई शूटिंग का शूटर तू नहीं था या तेरे वास्ते रेमंड परेरा हथेली लगाएगा? कराची से 'भाई' हिदायत जारी करेगा तेरे बारे में?"

"अरे, क्यों मेरे को डराने के वास्ते खाली पीली बोम मारता है, बाप, मेरा किसी कत्ल से कोई वास्ता नहीं।"

"हो। वान्दा नहीं मेरे को।"

"क्या बोला, बाप?"

"घटके, तेरे वास्ते गुड न्यूज़।"

"क्या?"

"उस कत्ल के मामले में तू मेरा निशाना नहीं।"

"मैं . . . मैं निशाना नहीं! तो . . . तो . . ."

"अभी पकड़ में आएगा तेरे तेरा तो तो।"

"ओह! अभी पकड़ में आएगा। बाप कुछ ठण्डा गर्म पेश करे?"

"अभी नहीं।"

"वर्दी में है, ड्यूटी पर है, और गर्म पेश करने की जुर्रत तो मैं नहीं कर सकता पण अगर . . ."

"अरे, बोला न, अभी नहीं। बाद में बोलूँगा न!"

"ठीक!"

"घर से बाहर जूता पहनता है या चप्पल ही चटखाता फिरता है?"

"जूता पहनता है, बाप।"

"क्योंकि औकात बना के रखता है! जो चप्पल से नहीं बनती। जूता पहनना ज़रूरी। क्या?"

"अब है तो ऐसीच!"

"वान्दा नहीं मेरे को।" – भारकर एक क्षण ठिठका, फिर बोला – "वो क्या है कि पिछले गुरुवार पन्द्रह तारीख को तुलसीवाडी में जो खून-खराबे की वारदात हुई थी, उसको अंजाम देने वाला शूटर वारदात के बाद पिछवाड़े से भागा था

क्योंकि गोली चलने की आवाज़ सुनकर फ्रंट में अड़ोसी-पड़ोसी जमा होने लगे थे। पिछवाड़े के यार्ड का फर्श वैसे तो पक्का था लेकिन एक जगह से फुट भर की एक टाइल हाल में यूं टूट कर उखड़ी थी कि नीचे से नम मिट्टी वाली ज़मीन झलकने लगी थी। बैकयार्ड में अन्धेरा होने की वजह से शूटर को उस बात की ख़बर नहीं लगी थी और भागते वक्त इत्तफाक से उसका बायां पांव वहां पड़ा था जहां से कि एक टाइल टूटी हुई थी। बाद में मौका-ए-वारदात पर पहुंचे पुलिस के टैक्नीशियनों को पांव की उस छाप की ख़बर लगी थी जिसे कि तफ्तीश के प्रोसीजर के मुताबिक हैंडल किया गया था।"

"क-कैसे?"

"दो तरीके होते हैं। एक तो जूते की उस छाप के कैमरा फोटोग्राफ़ निकाले जाते हैं, दूसरा, ज़्यादा मज़बूत और भरोसे का तरीका ये होता है कि टूटे फर्श में नम मिट्टी वाले हिस्से पर – जहां कि फरार होते शूटर के बाएं पांव की छाप बनी थी – प्लास्टर ऑफ पैरिस का घोल डाला जाता है जो जब खुश्क होकर सैट हो जाता है तो यूँ बने प्लास्टर मोल्ड को उस जगह से उखाड़ लिया जाता है और फिर उसका बारीक मुआयना किया जाता है। यूं लैब एक्सपर्ट को मालूम हुआ था कि जिस बाएं पांव के जूते से फर्श के टूटे हिस्से में वो छाप बनी थी, जिसका प्लास्टर मोल्ड अंवेलेबल था, वो नौ नम्बर का था जिसके सोल का पैटर्न प्लास्टर मोल्ड में साफ बना पाया गया था। घटके, वो प्लास्टर मोल्ड तो मैं तेरे को ये टाइम नहीं दिखा सकता लेकिन मोल्ड की और टूटे फर्श में बने बाएं पांव के नौ नम्बर के जूते की छाप की तस्वीरें मेरे मोबाइल में हैं। मैं दिखाता हूँ।"

"बाप, मैं क्या करेगा देख के?"

"अरे, देख न! देखने में क्या है!"

"पण, बाप . . ."

"देख!" – भारकर का लहजा एकाएक सख़्त हुआ – "मैं बोला, इस वास्ते देख।"

"देखता है, बाप।"

भारकर ने प्लास्टिक मोल्ड और जूते के सोल की मौका-ए-वारदात पर बनी

छाप की चन्द तस्वीरें मोबाइल की स्क्रीन पर घटके को जबरन दिखाईं, उन्हें दो तीन बार देखने के लिए उसे मजबूर किया।

फिर उसने मोबाइल ऑफ करके जेब में डाला।

"अभी बोल।" – वो बोला।

"क्या बोलेगा, बाप!" – घटके बोला।

"ठीक है। मैं बोलता हूँ। कितने जोड़ी जूते हैं तेरे पास?"

"एकीच है, बाप।"

"जो तू ये टाइम पहने है?"

"हां।"

"बाएं वाला उतार कर मेज पर रख। सोल ऊपर।"

"क्या बोला, बाप?"

"हिन्दुस्तानी नहीं समझता!" – भारकर का लहजा क्रूर हुआ – "साला मराठी में समझाने का तेरे को! या अभी कोई और ज़ुबान है जो बेहतर समझता है?"

घटके ने अनिच्छा से लेकिन ख़ामोशी से जूते का बायां पांव उतार कर हाकिम के निर्देशानुसार मेज़ पर रखा।

भारकर ने जूते पर झुक कर बारीकी से उसका मुआयना किया तो उसने सोल का पैटर्न प्लास्टर कास्ट की और मौका-ए-वारदात की तस्वीरों से ऐन मिलता पाया। यहां तक कि पंजे के करीब एक जगह से सोल कटा हुआ था, वो भी मोबाइल की तस्वीरों में साफ चित्रित था। शक की कतई कोई गुंजायश नहीं थी, जिस जूते की छाप पुलिस के पास उपलब्ध थीं, वही वो पहने था।

ज़ाहिर था कि वारदात की रात बैकयार्ड के रास्ते पलायन करते वक्त उसे ख़बर नहीं लगी थी कि यार्ड में उसके पांव फर्श की टाइलों के अलावा भी कहीं पड़े थे।

जैसी बारीकी से भारकर जूते का मुआयना कर रहा था, वैसी ही बारीकी से घटके हाकिम के हर एक्शन को नोट कर रहा था। लिहाज़ा अब कुछ कहने सुनने की कोई ज़रूरत नहीं थी।

"क्या!" – भारकर विजेता के से भाव से बोला।

घटके के मुंह से बोल न फूटा।

"तेरे साम़ने गुरुवार रात की तेरी करतूत का पक्का सबूत मौजूद है। तू नहीं मुकर सकता – तेरा जूता नहीं मुकरने देगा जिसकी छाप तूने पीछे छोड़ी – कि गुरुवार रात को तू मौका-ए-वारदात पर मौजूद था। क्यों मौजूद था? क्योंकि वारदात को अंजाम तूने ही दिया था।"

घटके बगलें झांकने लगा।

"काबू में कर।"

घटके ने मेज पर से उठा कर जूता वापिस अपने बाएं पांव में पहना।

उस दौरान भास्कर ख़ामोश रहा।

"जूते के अलावा" – फिर बोला – "तेरे ख़िलाफ चश्मदीद गवाह है।"

घटके ने तमक कर सिर उठाया।

"यूँ ढक्कन बन के दिखाने की कोई ज़रूरत नहीं। बाजरिया तेरी तस्वीर मकतूल नायक की बीवी नीरजा – अब वो भी मकतूला – तेरी पक्की शिनाख़्त करके मरी है कि उसके मरद को टपकाने के बाद तूने . . . तूने उस पर भी गोली चलाई थी लेकिन महज़ इत्तफाक से वो जान से जाने से बच गई थी वर्ना तूने तो कोई कसर नहीं छोड़ी थी। अभी कैसे अपने खिलाफ बीवी के बयान को झुठलायेगा? कैसे बचेगा?"

घटके ने जबरन थूक निगली, उसके गले की घन्टी जोर से उछली।

"तेरे बॉस को फोकट में ऑलिव बार में पार्टनरशिप मांगता था। फोकट में बोला मैं क्योंकि बकौल ख़ुद तेरे, परेरा को कराची वाले 'भाई' की शह थी। जवाब सख़्त इंकार में मिलने पर, लताड़ जैसे इंकार में मिलने पर, तू पीछे धमकी जारी करके गया कि रेमंड परेरा की मांग ठुकराने का नतीजा बहुत बुरा होगा। अभी तू इस बात से मुकरेगा, बोलेगा बिना गवाह के नहीं साबित किया जा सकता था कि तूने ऐसा कुछ कहा था। मेरे को तेरा ऐसा बोलना मंज़ूर। तू दावा कर सकता है कि, जैसे कि फिरंग ज़ुबान में कहते हैं, 'इट वॉज़ हिज़ वर्ड अगेंस्ट युअर वर्ड'। बोले तो – 'साबित करके दिखाओ कि मैंने ऐसा कुछ कहा था'। घटके, ये अकेली बात तेरे खिलाफ होती तो तेरा दावा चल सकता था लेकिन जब तेरी

इस बात को तेरे खिलाफ बाकी दो बातों से जोड़ कर देखा जाएगा तो वो बात भी तेरे खिलाफ ऐन फिट होकर खड़ी होगी। तेरे खिलाफ ऐन ओपन एण्ड शट केस है, घटके। तू नीरजा नायक की डाईंग डिक्लेयरेशन को नहीं झुठला सकता कि उस पर गोली चलाने वाला तू था। तू मौका-ए-वारदात पर मिले अपने फुटप्रिंट को नहीं झुठला सकता। इसलिए तू उस धमकी को भी नहीं झुठला सकता जो तूने रेमंड परेरा के नाम पर, कराची वाले 'भाई' की शह पर सर्वेश सावन्त को जारी की। तेरे खिलाफ इन तमाम बातों का एक ही नतीजा होगा। पूछ क्या?"

"क-क्या?"

"तेरे गले में फांसी का फंदा जिसके सिरे पर झूलता तेरा मुर्दा जिस्म। क्या?"

उसने बेचैनी से पहलू बदला।

"अभी तेरा मगज बहुत ज़ोर मारेगा इस ज़हमत से निकलने की कोई तरकीब सोचने के वास्ते। ये शैतानी ख़याल भी तेरे ज़ेहन में आ सकता है कि मैं इस घड़ी तेरे फ्लैट पर अकेला हूँ और मेरे थाने के रोजनामचे में मेरी ऐसी कोई मूवमेंट दर्ज भी नहीं है। लिहाज़ा मेरा पोटला बनाने का आइडिया तेरे ऊपर के माले में आ सकता है लेकिन जब तू ऐसा कोई कदम उठायेगा जो असल में मेरा काम आसान कर रहा होगा।"

भास्कर को ख़ुद ही नहीं पता लगा था कि कब वो घटके वाली ज़ुबान बोलने लग गया था।

"ब-बोले तो?"

"अभी।"

भास्कर ने वर्दी में कहीं छुपी गन बरामद की और लापरवाही से उसे घटके की तरफ तान दिया।

"खड़े पैर ज़ीरो नम्बर से टिप मिली" – वो भावहीन स्वर में बोला – "कि तुलसीवाडी वाली वारदात का मुजरिम वरली में सागर अपार्टमेंट्स के फ्लैट नम्बर 203 में मौजूद था। तारदेव थाने का थानेदार तब फील्ड में था, बैकअप बुलाने का, उसका इन्तज़ार करने का टाइम नहीं था इसलिए गोली की रफ्तार

से वो ख़ुद वरली पहुंचा जहां उसने मुजरिम विनायक घटके को फरार होने की तैयारी करते पाया। उसे फरार होने से रोकने के लिए थाना प्रभारी इन्स्पेक्टर भास्कर को मजबूरन उस पर गोली चलानी पड़ी जिससे वो लुढ़क गया। केस ऑफ डबल मर्डर सॉल्व्ड। ऐनी प्रॉब्लम?"

"बाप, क्या चूहे बिल्ली का गेम खेलता है!" – अब बुरी तरह से हिल चुका घटके गिड़गिड़ाता-सा बोला – "अभी जब ख़ुद बोला कि मैं तुम्हेरा निशाना नहीं तो काहे वास्ते खाली-पीली में हूल देता है!"

"नहीं देता। पण तू हाँ किधर बोला कि तुलसीवाडी वाली वारदात तेरा कारनामा? किधर बोला कि सुबोध नायक का विकेट तू लिया और एकाएक वारदात की गवाह बन गई उसकी बीवी को भी तूने कमती किया!"

"पण, बाप, अगर मैं तुम्हेरा निशाना नहीं तो . . . तो मांगता क्या है?"

"तू कातिल है लेकिन किसी ख़ास वजह से, जो ख़ास मेरे से ताल्लुक रखती है, तेरा इस डबल मर्डर के वास्ते ज़िम्मेदार निकल आना मेरे को माफिक नहीं।"

"क्यों, बाप?"

"क्योंकि मेरे को किसी और भीड़ू को कातिल प्रोजेक्ट करने का, उस वारदात के लिए ज़िम्मेदार प्रोजेक्ट करने का।"

"किसी और भीड़ू को?"

"हाँ।"

"जबकि जो किया, मैं किया?"

"हां।"

"कमाल है! कैसे होयेंगा बाप?"

"तू साथ देगा, तू कोऑपरेट करेगा तो होगा, बराबर होगा।"

"कैसे? मेरे खिलाफ चश्मदीद गवाह है!"

"वो गवाह अब इस दुनिया में नहीं है। खाली उसकी गवाही इस दुनिया में है जो कातिल की, शूटर की शिनाख़्त किसी और भीड़ू के तौर पर करेगी। और उस शिनाख़्त का अस्पताल के आईसीयू का उसका डॉक्टर गवाह होगा।"

"मैं शूटर नहीं?"

"नहीं।"

"बावजूद पहचान लिए जाने के, मैं शूटर नहीं?"

"नहीं।"

"कोई और भीड़ू शूटर?"

"हां।"

"जबकि असल में मैं . . . मैं ही शूटर?"

"हां।"

"कम्माल है! कैसे होयेंगा? फिर पूछता है, बाप – कैसे होयेंगा?"

"होगा। कैसे होगा पूछा तेरा काम नहीं। आखिर जो होगा, वो सबके सामने आएगा। तेरे भी।"

"मेरे को क्या करने का?"

"तेरे को दो काम करने का।"

"क्या?"

"एक तो अपना थोबड़ा हमेशा, हमेशा के लिए बन्द रखने का कि जो किया, तू किया। जब साबित हो चुकेगा कि वारदात के लिए कोई दूसरा भीड़ू ज़िम्मेदार तो ऐसा कोई दावा करता तू वैसे भी अक्खा ईडियट लगेगा।"

"बरोबर बोला, बाप। मैं काहे वास्ते मुंह फाड़ेगा कि तुलसीवाडी का शूटर मैं! नायक और उसकी बीवी का कातिल मैं! किसी दूसरे पर कामयाबी से ये इलज़ाम आता है तो आए, मेरे को क्या वान्दा है!"

"अभी पड़ी बात मगज में।"

"दूसरा काम बोले तो?"

"गन निकालकर मेरे सामने मेज पर रख।"

"गन!"

"मर्डर वैपन। जिससे नायक को खल्लास किया। जिससे नायक की बीवी को शूट किया। निकालकर मेज पर रख।"

घटके एकाएक बेहद ख़ामोश हो गया।

"अभी ये नहीं बोलने का कि गन को वारदात के बाद नक्की किया।"

"बाप, किया तो यहीच।"

"किया तो बुरा किया। अपने लिए।"

"बाप, ऐसी वारदात के बाद गन को कौन पास में रखता है! उसको तो फोरन नक्की करना मांगता होता है!"

"अगर तूने ऐसा किया है तो अपना भारी नुकसान किया है। घटके, गन नहीं तो वो डील भी नहीं।"

"पण . . ."

"नो पण। गन का" – भारकर ने एक उंगली से मेज ठकठकाई – "इधर मेरे सामने होना ज़रूरी। उसकी बरामदी के बिना तू मेरे किसी काम का नहीं।"

"तो?"

"तो नायक पति-पत्नी के कत्ल के इलज़ाम में तेरे को बमय सबूत गिरफ्तार करके इन्स्पेक्टर भारकर, एसएचओ, स्टेशन हाउस, तारदेव ने रिकॉर्ड टाइम में केस हल किया।"

"वो दूसरा भीड़ू . . ."

"अब नहीं मांगता। केस तो हल हो गया! एक कत्ल में दो कातिल काहे वास्ते मांगता होयेंगा मेरे को!"

"हूँ। आता है, बाप।"

वो एकाएक यूँ उठ के चला गया कि भारकर को उसे रोकते न बना। वैसे भी वो घर खुला छोड़कर कहीं नहीं जा सकता था। जाता भी तो कहां जाता! फरार हो जाता! वो ऐसा करता तो ख़ुद अपने गुनाह को मोहरबन्द करता।

दसेक मिनट में वो वापिस लौटा।

भारकर की सवालिया निगाह उसकी तरफ उठी।

घटके ने ख़ामोशी से एक गन हाकिम के सामने मेज़ पर रखी।

भारकर ने गन पर झुक कर उसका मुआयना किया। उसने देखा कि वो 38 कैलीबर की छः फायर करने वाली स्मिथ एण्ड वैसन रिवाल्वर थी जो मुम्बईया अन्डरवर्ल्ड की भाषा में 'आठ नम्बर चप्पल' कहलाती थी।

"पुराने टेम की है" – घटके धीरे से बोला – "पण काम बढ़िया करती है। नम्बर एक्सपर्ट ने रेत कर मिटाया इस वास्ते छोड़ने को मन न किया।"

"चैम्बर खाली जान पड़ता है!"

"बरोबर जान पड़ता है। दाना निकाल लिया न!"

"किधर थी?"

"बाप, जो मांगता था, मैं किया न बरोबर! अब किधर थी काहे पूछता है?"

"फ्लैट में तो नहीं थी! यहां से तो तू मेरे सामने बाहर निकल कर गया था!"

"मर्डर में हाल में काम आया हथियार मैं इधर रखता! बोले तो मैं अक्खा घोंचू! मगज से पैदल!"

"दस मिनट से कम टेम में वापिस लौटा। ज़्यादा दूर तो न जाना पड़ा होगा! करीब ही कहीं गया गन के वास्ते!"

घटके ख़ामोश रहा।

"तो ये है मर्डर वैपन! आलायकत्ल!"

"हां।"

"जिससे नायक और उसकी बीवी को ठोका!"

"हां।"

"उठा के मेरे पर तान!"

"क्या बोला, बाप?"

"तान!"

"बाप, खाली गन है।"

"तभी तो बोला तान।"

"माथा फिराने वाली बात है पण ठीक है, करता है।"

उसने मेज़ पर से गन उठाकर हाकिम पर तानी।

"बढ़िया। ऐन जेम्स बांड का माफिक पोज़ बनाता है। अब घोड़ा खींच के देख, बिना अटके ऐन फिट चलता है?"

घटके ने दो बार ट्रीगर खींचा। दोनों बार ऐन नफ़ासत से दो क्लिक्स के साथ चैम्बर घूमा।

"बढ़िया।" – भारकर बोला – "वापिस रख।"

घटके ने आदेश का पालन किया।

"जूतों का क्या करेगा?"

"जूते?"

"जो तू पहने है। जिसके बाएं सोल की छाप तूने पीछे मौका-ए-वारदात पर छोड़ी!"

"क्या करूँगा! पहली फुरसत में नए जूते खरीदूँगा।"

भारकर ने मजबूती से इंकार में सिर हिलाया।

"बोले तो?"

"खड़े पैर नए जूते खरीदेगा तो अपने पर शक की वजह ख़ुद पैदा करेगा। क्या?"

घटके ने चिन्तित भाव से सहमति में सिर हिलाया।

"फोर्ट में क्रॉफोर्ड मार्केट के सामने पटड़ी पर मरम्मत करके, पालिश से चमका के नए जैसें बनाए गए पुराने जूते बिकते हैं। 'नए जैसे बनाए गए' बोला मैं। यूँ नए बन नहीं जाते। समझा?"

"हां, बाप।"

"तेरे को उधर जाके अपने नाप का एक जोड़ा खरीदने का। बोले तो नौ नम्बर का। उसको थोड़ा रफ हैंडल करने का ताकि पहना हुआ, इस्तेमाल में आया हुआ लगे। अभी ये ख़ास एहतियात रखने का कि यूँ खरीदे जूतों के जोड़े का सोल पैटर्न में उन जूतों जैसा हरगिज, न हो जो तू पहने है। बरोबर?"

"हां, बाप।" – वो एक क्षण ठिठका, फिर बोला – "इनका क्या करूँ?"

"ये भी कोई पूछने की बात है! पुर्ज़ा-पुर्ज़ा करके कहीं कचरे में डाल या इनमें गीला सीमेंट भर के सीमेंट के सैट हो जाने के बाद इन्हें कहीं समन्दर में डाल ताकि ये तेरे खिलाफ सबूत न बने रह सकें। क्या!"

घटके ने सहमति में सिर हिलाया।

"फौरन! पहली फुरसत में! सब काम छोड़कर!"

"ऐसीच होगा, बाप।"

"बढ़िया।"

उसने वर्दी की जेब से अपना रूमाल बरामद किया, पूरा खोल के उसे गन के ऊपर डाला और गन को एहतियात से रूमाल में लपेटकर अपनी वर्दी की एक जेब के हवाले किया।

घटके ने वो सब देखा, उसके नेत्र सिकुड़े लेकिन उसने ख़ामोश रहना ही बेहतर समझा। हाकिम ने उसे बुरी तरह से घेरा था इसलिए कोई ऐतराज़ उठाकर वो उसका मिज़ाज़ तुर्श नहीं करना चाहता था।

"घटके!" – सिर उठाकर उसे देखता भारकर बोला – "एक बात में मैं तेरे को अन्धेरे में नहीं रखना चाहता।"

"बोले तो?" – घटके बोला।

"देख, तू कोई कच्चा लिम्बू तो है नहीं जिसे कुछ सिखाना पड़े, ट्रेनिंग देनी पड़े। परेरा के अन्डर में चलता है तो जाहिर है कि ऊपर के माले में कुछ रखता है। इस वास्ते जाहिर है कि इस गन को कहीं छुपाने से पहले अपनी उंगलियों के निशान तूने उस पर से मिटा दिए होंगे। लेकिन अभी जब तूने गन को मेरे सामने हैंडल किया, दो बार उसका घोड़ा खींच कर दिखाया कि ऐन चौकस चलती थी तो तेरी उंगलियों के निशान गन पर फिर बन गए। घटके, वो गन, जिसकी गोलियों का शिकार तूने नायक और उसकी बीवी को बनाया और जिस पर तेरी उंगलियों के निशान हैं, इरा गारन्टी के लिए मेरे पास महफ़ूज़ रहेगी कि तू मेरे से बाहर नहीं जाएगा। कभी मेरी ही बिल्ली मेरे को म्याऊं नहीं करने लगेगी। जिस साज़िश में अब तू मेरे साथ शरीक है – लेकिन जो अभी सामने आएगी – उसके बारे में अगर तूने कभी ज़रा भी मुंह फाड़ने की कोशिश की तो अकेली ये गन ही तेरी फुल वाट लगा देगी। क्या!"

"खाली गन पर मेरी उंगलियों की छाप साबित कर देगी कि मैं तुलसीवाडी का शूटर! मैं नायक और उसकी बीवी का कातिल?"

"घटके, पुलिस लैब वाले एक्सपर्ट टैक्नीशियन आजकल क्या कर सकते हैं, लगता है तेरे को इसका कोई अन्दाज़ा नहीं।"

"अब है तो ऐसीच, बाप!"

"पोस्टमार्टम से लाश में से बरामद हुई गोली – या गोलियाँ – का आलायकत्ल से फायर की गई, टैस्ट बुलेट से माइक्रोस्कोप के ज़रिए मिलान किया जाता है। अगर दोनों गोलियों पर फायरिंग के दौरान बनी लकीरें मिलती पाई जाती हैं तो ये सौ टांक पक्का सबूत होता है कि वही गन आलायकत्ल थी। फिर जिसके पास से गन बरामद हुई, जिसकी उंगलियों की छाप गन पर थी, उसको कातिल साबित करना चुटकियों का काम। क्या!"

घटके ने नर्वस भाव से अपने होंठों पर ज़ुबान फेरी फिर बोला – "बाप, तुम्हेरे से सवाल नहीं होगा कि इतना इम्पोर्टेंट करके सबूत तुम दबाये क्यों बैठा था?"

"होगा, बराबर होगा। जब होगा तो मेरे से जवाब देते नहीं बनेगा। लेकिन वो नौबत आने से पहले तेरा फुल काम हो चुका होगा। जब ऐसा होगा तो ये तेरे लिए क्या तसल्ली होगी कि मेरा भी अंजाम बुरा होगा?"

"दिल पर नहीं लेने का बाप। समझो मैं कुछ नहीं बोला।"

"बढ़िया।" – भारकर उठ खड़ा हुआ – "जाने से पहले एक आखिरी बात।"

"बोलो, बाप।"

"अभी हमारे बीच जो पका, उसकी वजह से तू मेरा यार नहीं हो गया है। जो हुआ एक समझौते के तहत हुआ कि मैं तेरे काम आऊंगा, बदले में तू मेरे काम आएगा – जैसे फिरंगियों में कहते हैं मैं तेरी पीठ खुजाऊँगा, तू मेरी पीठ खुजाएगा। इसके अलावा तेरा मेरा कोई वास्ता नहीं। इसके अलावा मैं तुझे नहीं जानता। एक वक्ती ज़रूरत के तहत मैंने तेरे को मुंह लगाया तो इसका मतलब ये नहीं कि कभी तू तारदेव से गुजरे तो तू हाल चाल पूछने, मेरे साथ चाय शेयर करने आ सकता है। क्या!"

"बाप, भाव नहीं खाने का। मेरे को मेरी जगह मालूम।"

"औकात में रहने का!"

"बरोबर।"

"बढ़िया।"

फिर बिना एक भी अतिरिक्त शब्द बोले अपने मेज़बान से पूरी तरह से विमुख होकर भारकर वहां से रुख़सत हो गया।

बुरी तरह से हिले हुए विनायक घटके को पीछे छोड़ कर।

हाकिम के पीठ फेरते ही घटके ने सीधे कोलाबा का रुख किया।

और टोपाज़ क्लब में उसके निजी ऑफिस में रेमंड परेरा के रूबरू हुआ।

रेमंड परेरा कोई पचास साल का, गठीले बदन वाला, कद में कदरन मात खाया क्लीनशेव्ड व्यक्ति था जो आदतन हमेशा बढ़िया सूट-बूट में सजा-धजा रहता था। अपने स्याह काले बालों को बड़े स्टाइल से जैल से सैट कर के, चमका के रखता था। घटके उसका मुंहलगा था इसलिए बेरोकटोक कभी भी परेरा के पास चले आने की उसको खुली इजाज़त थी।

"क्या बात है?" – परेरा अपनी रूखी, खुरदरी आवाज में बोला – "आज जल्दी आ गया!"

"लफड़ा लाया न, बाप!" – घटके कातर भाव से बोला – "बड़े साइज का लफड़ा!"

"अच्छा! बैठ पहले।"

घटके उसके सामने एक विज़िटर्स चेयर पर ढेर हुआ।

परेरा ने पहले एक सिगार सुलगाया, तृप्तिपूर्ण भाव से उसके दो तीन कश लगाए फिर तनिक उत्सुक भाव से बोला – "क्या हुआ?"

"बोलता है, बाप।"

घटके ने बड़े धीरज से इन्स्पेक्टर भारकर से हुई अपनी मुलाकात को अक्षरशः दोहराया।

आखिर वो ख़ामोश हुआ, उसने चिन्तित भाव से अपने बॉस की तरफ देखा।

"हम्म!" – सिगार का लम्बा कश खींचते परेरा ने गम्भीर हूँकार भरी – "अभी तू वो बोला जो तेरे और उस थानेदार के बीच हुआ। अभी बोल, इस बाबत क्या है तेरे मगज में जो तू उससे छुटकारा पाते ही दौड़ा इधर चला आया?"

"बोलता है।" – घटके दबे स्वर में बोला – "बाप, पीछू जो भी हुआ, सब मेरे को फुल कनफ्यूज़ किया। मेरे को हाकिम का हुक्म मिला कि वो बुलाता था। मैं तारदेव थाने उसकी हाजिरी भरने पहुंचा तो मेरे से बात भी किए बिना, मेरे

को एक अक्खर भी बोलने का मौका दिए बिना आउट बोल दिया। मैं हैरान कि आउट ही बोलना था तो बुलाया काहे वास्ते था! फिर वो मेरे को थाने से बाहर फिर मिला और अपनी जीप में बिठा कर जीप खुद चलाता अपने साथ वरली ले के गया। वरली किधर, बाप! उधर सागर अपार्टमेंट्स में मेरे अपने फिलेट पर। अभी बोले तो वो सीधे मेरे को उधर तलब करता तो क्या मेरी न पहुंचने की जुर्रत होती?"

"आगे!"

"फिर साबित कर दिखाया कि मैं कातिल। तुलसीवाडी वाली वारदांत का शूटर मैं। सबूत के तौर पर मौका-ए-वारदात से उठाई गई मेरे बाएं पांव से जूते के सोल से नायक के घर के बैकयार्ड में बनी छाप पेश की जब कि मेरे को खबर तक नहीं थी कि ऐसी छाप मैंने पीछे छोड़ी थी।"

"पण छाप, बोले तो फुट प्रिंट, तेरे जूते का बरोबर!"

"हाँ, बाप।"

"तू बोल सकता था कि छाप करके जो तू बोला, वो तेरे जूते की नहीं थी।"

"नहीं बोल सकता था। हाकिम साबित करके दिखाया कि नहीं बोल सकता था।"

"काहे? फैक्ट्री कोई एक ही पेयर तो न बनाया ख़ास तेरे वास्ते!"

"मेरे जूते के बाएं पांव का सोल पंजे के करीब एक जगह से कटा हुआ था, 'एल' की शक्ल का एक टुकड़ा सोल पर से गायब था। सोल के प्लास्टर ऑफ पैरिस से बनाए सांचे पर भी ऐसीच था। मैं नहीं मुकर सकता था कि वहां से भागते वक्त मेरा ही पांव पिछले यार्ड में कहीं कच्ची जमीन पर पड़ा था और मेरे बाएं जूते के सोल की छाप वहां छूटी थी।"

"छाप पर तारीख थी?"

"नहीं थी पण मैं कभी तो गया उधर! क्या बोलता कब गया? फिर पिछले यार्ड में मेरा क्या काम था? रात के वक्त मेरा क्या काम था जबकि यार्ड के फर्श का कच्चा हिस्सा मेरे को दिखाई न दिया?"

"तेरा जूता किसी और ने काबू किया – कैसे किया, किसने किया, वो सब तू

ये टाइम छोड़, खाली मान के चल कि किया – तेरे को सैट करने के वास्ते तेरा जूता पहन कर जो किया, किसी दूसरे भीड़ू ने किया।"

"बाप, नहीं चलेगा।"

"काहे?"

"सावन्त को मेरी वो धमकी भी तो है जो मैंने तुम्हेरे हुक्म पर सावन्त को जारी की थी! फिर मेरे खिलाफ वारदात का चश्मदीद गवाह! फिर वो गन बरामद जिससे मैं उस रात सुबोध नायक को कमती किया, उसकी बीवी को शूट किया। बाप, बोले तो वो हाकिम ऐन फिट किया मेरे को। हिलने की गुंजायश न छोड़ी।"

"फिर भी छोड़ी।"

"यही तो फाड़ू बात है कि फिर भी छोड़ी। खुद मेरे को बिलाशक कातिल साबित करके दिखाया और खुद बोला कि उस दोहरे कत्ल के मामले में मैं उसका निशाना नहीं। बोला, उस खूनी वारदात के लिए मेरा जिम्मेदार निकल आना उसको माफिक नहीं। वो मेरे को फ्रेम से बाहर करके किसी और भीड़ू को उस वारदात के लिए जिम्मेदार साबित करना मांगता था।"

"किसको?"

"मालूम नहीं। कोई नाम वो न लिया!"

"कैसे?"

"ये भी साफ कुछ न बोला। खाली मेरे को ख़बरदार किया कि असलियत के बारे में कभी भी मैंने मुंह फाड़ा तो वो मेरी ऐसी वाट लगाएगा जैसी को मैं जिन्दगी भर नहीं भूलेगा।"

"बतौर कातिल तेरे को थाम लेगा?"

"वान्दा किधर, बाप? इतने सबूत उसने मेरे खिलाफ पेश किए – खासतौर से अब गन उसके कब्जे में जिससे मैं वारदात किया और जिस पर मेरी उंगलियों की छाप – मैं तो अब यूँ समझने का बाप, कि उसके लिए पतंग जिसकी डोर उसके हाथ और वो जब चाहे पतंग को ढील दे दे और जब चाहे वापिस खींच ले।"

"ठीक। पण वो तेरे को बोल के रखा न कि तू उसका निशाना नहीं! तू उससे

बाहर नहीं जाएगा तो क्यों वो कोई ऐसा स्टैप लेगा? घटके, तू डेन्जर में तब जब कि तू मुंह फाड़े। तू मत फाड़ना मुंह। खयाल भी न करना। फिर आगे जो होता है, होने देना।"

"भले ही किसी बेगुनाह की वाट लगे।"

"एक की तो लगेगी। या तेरी या उस भीड़ू की जो अभी गुमनाम है और तेरी जगह थानेदार का निशाना है। तू चाहता है तेरी वाट लगे?"

घटके का मजबूती से इंकार में सिर हिलाया।

"तेरी वजह से उस गुमनाम भीड़ू के खिलाफ दारोगा की साजिश फेल हो जाए? मांगता है ऐसा होना?"

"नहीं, बिल्कुल नहीं।"

"तो इतना कांशस वाला साला तू कब से बन गया कि एक बेगुनाह भीड़ू के किसी बुरे अंजाम की तेरे को फिकर! अरे, उसको कुछ नहीं होगा तो तेरे को होगा क्योंकि एक कत्ल में दो कातिल तो हो नहीं सकते! मांगता है?"

"नहीं, बाप।"

"तो आसान रास्ता पकड़। हाकिम का कहना मान। हाकिम तेरी जगह किसी और भीड़ू को – ऑफकोर्स किसी इनोसेंट भीड़ू को – कातिल प्रोजेक्ट करता है तो करने दे। ये न भूल कि ख़ास इस वजह से तेरे सिर पर से डबल मर्डर की बला टलेगी वर्ना तू झूल रहा होगा झूला।"

"जब कि जो किया मैं किया!"

"कोई वान्दा तेरे को?"

"नहीं, बाप, पण सोचता है कौन होगा वो, थानेदार हाथ धोकर जिसके पीछू पड़ा है?"

"जो होगा सामने आएगा। जब तुलसीवाड़ी वाले डबल मर्डर के लिए तेरी जगह वो ज़िम्मेदार ठहराया जाएगा – बाकायदा सबूतों के साथ ज़िम्मेदार ठहराया जाएगा – तो सामने आएगा न! कैसे छुपा रह सकेगा?"

"हाकिम मेरी जगह उसके खिलाफ ऐसा मजबूत केस खड़ा करेगा कि उसे सजा हो के रहेगी?"

"बरोबर।"

"एक बेगुनाह को . . ."

"फिर पहुंच गया उसी जगह! ओके, तू एसएचओ भारकर की हुक्मउदूली कर और फिर उसका नतीजा देख। बल्कि भुगत। भारकर का निशाना बेगुनाह भीड़ू को तो कुछ होते-होते होगा, तेरे को अभी होगा। भारकर को हूल दे के देख, क्या होता है! देगा?"

उसने इंकार में सिर हिलाया।

"तो इस बात का पीछा छोड़ और अपनी खैर मना। खुशकिस्मत जान अपने आपको कि अपने आप ही ऐसे हालात बन गए कि फुल फंसा होने के बावजूद तू नपने से बच गया। हाकिम खुद बोला, ख़ास तेरे को बोला, कि कत्ल के उस मामले में तू उसका निशाना नहीं तो और क्या मांगता है तेरे को? बोल?"

"कुछ नहीं।"

"सूपर। अभी मेरे साथ चर्च चलना, मैं तेरे वास्ते, तेरी सलामती के वास्ते उधर कैंडल जला के आएगा।"

"जरूर।"

"अभी कुछ और बोलना मांगता है?"

"मांगता तो है, बाप!"

"बोल।"

"पण सोचता है बोले कि न बोले।"

"सोच। सोच। जी भर के सोच। मैं वेट करता है। साला, और कोई काम तो हैइच नहीं मेरे को!"

"सॉरी बोलता है, बाप। बाप, वो क्या है कि मेरे को हाकिम पहले तो अर्ज़ेंट करके थाने बुलाया, मैं साला, टेंशन में हवा का माफिक पहुंचा तो अपने ऑफिस में बुलाने में ही मेरे को साला आधा घन्टा वेट कराया। फिर आखिर में हाकिम के ऑफिस में पेश हुआ तो मेरे को मुंह भी खोलने दिए बिना हुक्म दिया कि मैं बाहर सड़क पर जाकर बस स्टैण्ड पर बैठे और वेट करे। वो पांच मिनट में मेरे पीछू बस स्टैण्ड पर पहुंच सकता था पण फिर आधा घन्टा में आया।"

"तपाता था। साइकॉलोजिकल प्रेशर बनाता था।"

"बरोबर बोला, बाप।"

"आगे बोल।"

"फिर मेरे को वरली ले गया तो फिर आधा घन्टा इन्तजार कराया। मेरे को बोला मैं जाकर अपने फिलेट का दरवाज़ा खोलूं, वो आता था। साला, जीप पार्क करके पीछे पीछू आना था, आधा घन्टा में आया।"

"फिर तपाया!"

"बोले तो बरोबर।"

"अब तू बोलना क्या मांगता है जो तू बोला, बोले कि न बोले?"

"अभी, बाप, अभी। बाप, हाकिम मेरे को अपने तरीके से हैण्डल किया, अपना कोई स्ट्रेटेजी लगाया पण मैं बोले तो मिस्टेक किया।"

परेरा की भवें उठीं।

"मेरे को मेरे फिलेट में पहले भेजना हाकिम का मिस्टेक। साला खामखाह मेरे को तपाता था, उसकी उंगली से परेशान मेरे को, बोले तो, पलटवार का मौका मिल गया।"

"पलटवार बोला?" – परेरा सम्भल कर बैठा।

"हां, बाप।"

"क्या किया?"

"उसके मेरे फिलेट पर पहुंचने से पहले मैंने उधर वीडियो रिकॉर्डिंग का खुफिया इन्तजाम करके रखा।"

"क्या! तेरे पास था वो इन्तजाम?"

"था न, बाप। मैं तुम्हेरा ट्रबल का शूटर है . . ."

"ट्रबल शूटर!"

"वही। ऐसी चीज़ें बहुत काम आती हैं मेरे।"

"तो की रिकॉर्डिंग?"

"अक्खी। ऐसी कि हाकिम को भनक न लगी।"

"गुड!"

"अब वो सब मेरे पास वीडियो में रिकॉर्ड है जो हाकिम उधर मेरे फिलेट में बोला। रिकॉर्ड है कि साबित करके दिखाया कि मैं कातिल था पण मेरे को गिरफ्तार करने की जगह बोला कि कत्ल के मामले में मैं उसका निशाना नहीं था, साफ बोला कि मेरा किया वो किसी दूसरे पर थोपना मांगता था क्योंकि वो उस दूसरे को फुल सैट करना मांगता था। वो गन भी मेरे से ले लिया जिससे मैं शूटिंग किया।"

"किसी दूसरे को सैट करने के वास्ते?"

"हां।"

"कत्ल के इलज़ाम में?"

"बोले तो हां। तभी तो मर्डर वाला गन काबू में किया!"

"घटके, देर सवेर तो उस भीड़ू पर से पर्दा उठेगा ही जिसे एसएचओ भारकर कातिल प्रोजेक्ट करना मांगता है। पुलिस का एक बड़ा अफसर किसी के खिलाफ इतनी बड़ी साजिश रच रहा है और, कर्टसी दैट वीडियो रिकॉर्डिंग, तू उसके इस राज से वाकिफ है। क्या?"

"बरोबर! पण अभी मैं उस रिकॉर्डिंग का क्या करे?"

"सम्भाल के रखने का। एसएचओ मर्डर वैपन पर तेरा फिंगरप्रिंट्स लिया, किस वास्ते? तेरे को अपनी तरफ रखने के वास्ते . . . तेरे पर प्रेशर बनाने के वास्ते। अभी तू उस पर प्रेशर बनाने की पोज़ीशन में है और वक्त आने पर देखना, ये इक्वेशन तेरे बहुत काम आयेगी।"

"बोले तो मैं जो किया, ठीक किया? हाकिम गलत किया जो उसने मेरे को पहले फिलेट पर जाने दिया?"

"ऐग्ज़ैक्टली!"

"बढ़िया! मेरे को बाप, ये जो तुम इक्वेशन करके बोला, पसन्द।"

"और?"

"और तो बस, यही पूछना मांगता था कि ऑलिव बार के बारे में अभी आगे क्या सोचा?"

"उस मामले में मैं अभी बैकफुट पर है।" – परेरा ठिठका, उसने अपलक घटके

को देखा – "तेरी वजह से।"

घटके ने आहत भाव से परेरा की तरफ देखा।

"मैं तेरे को ब्लेम नहीं करता। तू जो किया मेरे प्लान के मुताबिक किया और चौकस किया, पण जो फच्चर पड़ना होता है, पड़के रहता है। साला इज़ी इन एण्ड आउट वाला एक गुड, क्लीन मर्डर था जिसमें खामखाह पंगा पड़ गया।"

"बाप, मैं कब सोचा कि आधी रात के बाद नायक की बीवी जाग रही होगी और गोली चलने की आवाज सुनते ही बाहर दौड़ी चली आएगी! मैं पहले से मालूम कर के रखा कि नायक कभी लेट आता था – आधी रात के भी बाद आता था – तो वो बीवी को बोल के रखता था कि उसके इंतजार में उसको जागने का नहीं था, उसके पास अपनी चाबियां थीं, वो आराम से उसको जगाए बिना भीतर जा सकता था। लेकिन बैड लक खराब कि उस रात वो जाग रही थी, गोली का आवाज सुनते ही वो बाहर राहदारी में निकल आई और लगी गला फाड़ कर 'खून-खून' चिल्लाने। मैं फौरन उसको शूट किया पण बोला न, बैडलक खराब कि अपने मरद की तरह बीवी मरी नहीं, फिर गोली चलाने का मेरे को चानस न लगा और मेरे को निकल लेना पड़ा।"

"तभी तो बोला एक गुड, क्लीन मर्डर में फच्चर।"

"पण अभी क्या करने का?"

"किस को?"

"हमेरे को! तुम्हेरे हुक्म पर मेरे को!"

"मैं बोला न, उस मामले में अभी मैं बैक फुट पर है। ऑलिव बार के मामले में अभी ये टेम नवां कुछ नहीं करने का। तूने पार्टनर नायक को स्ट्रेट जॉब में लुढ़काया होता तो ये दूसरे पार्टनर के लिए बड़ी वार्निंग होती जो वो साइलेंटली कैच करता। अभी वो मामूली केस इम्पोर्टेंट करके केस बन गया और उसमें तारदेव थाने का एसएचओ भारकर ख़ुद एक्टिव। अभी क्या मैं दूसरे पार्टनर को भी लुढ़काने का हुक्म दे?"

घटके से जवाब देते न बना।

"अभी मेरे को दूसरा पार्टनर सर्वेश सावन्त मांगता है, कोआपरेटिव फ्रेम

ऑफ माइन्ड में जिन्दा मांगता है। अभी मेरे को वेट एण्ड वॉच की पॉलिसी पर चलना मांगता है, क्योंकि, मेरे को पक्का कि ये गलाटा ख़त्म हो जाने के बाद सावन्त ख़ुद ही मेरे को अप्रोच करेगा और सुलह की कोई सूरत निकालेगा वर्ना वो क्या जानता नहीं कि पुलिस हमेशा ही उसको प्रोटेक्शन देती नहीं रह सकती। क्या!"

"बरोबर बोला, बाप। तो . . . तो क्या मैं अब चैन से बैठे?"

"यस। और वेट करे, वॉच करे। क्या!"

"बरोबर, बाप।"

"कोई और काम तेरे को मेरे से?"

"नहीं, बाप, अभी नहीं।"

"निकल ले।"

घटके ने उठकर परेरा का अभिवादन किया और रुख़सत पाई।

रात के नौ बजने को थे जब कि सादा लिबास में थानाध्यक्ष उत्तमराव भारकर अपने मातहत सब-इन्स्पेक्टर अनिल गोरे के आवास पर पहुंचा।

उसका आवास धोबी तलाव की पुलिस कॉलोनी में ग्राउन्ड फ्लोर का एक फ्लैट था जिसमें अक्सर वो अकेला ही पाया जाता था। उसका ससुराल खेड में था जहां उसके दो बच्चे – दोनों लड़के, उम्र पांच और आठ साल – नाना-नानी के पास ही रहते थे और वहीं खेड में ही पढ़ते थे और इस वजह से बीवी अक्सर मायके गई रहती थी।

गोरे को उस सिलसिले से कभी कोई ऐतराज़ नहीं हुआ था क्योंकि उसे लगता था कि बीवी बच्चों के साथ ज्यादा ख़ुश रहती थी। मुम्बई में गुजरती तनहा लाइफ के नतीजों के तौर पर गोरे कुछ ऐसी हरकतें करता था जो उसे – एक गृहस्थ को, बाऔलाद गृहस्थ को – नहीं करनी चाहिए थीं, लेकिन जिनकी प्रमुख वजह यही थी कि दो स्कूल गोईंग बच्चों की मां उसकी बीवी का दिल मायके में ज़्यादा लगने लगा था। उन हरकतों में से एक हरकत ये भी थी कि लेमिंगटन रोड वाले बार की जसमिन गिल नाम की एक होस्टेस उसे भाव देती

थी और कोई बड़ी बात नहीं थी कि बार ओनर की शह पर वो ऐसा करती थी।

भास्कर ने कॉलबैल बजाई।

बैठक में बैठ कर जसमिन के साथ ड्रिंक्स का आनन्द लेता गोरे सकपकाया।

"इस वक्त कौन आ गया?" – वो बड़बड़ाया।

वो उठ कर मेन डोर पर पहुंचा, उसने डोर में फिट पीप होल के लैंस में आंख लगा कर उसमें से बाहर झांका।

भास्कर!

वो लपक कर जसमिन के पास वापिस लौटा और दबे स्वर में बोला – "मेरे थाने का एसएचओ भास्कर आया है।"

"इस वक्त?" – जसमिन भी दबे स्वर में बोली।

"हां। पता नहीं कैसे आ गया!"

"कॉलबैल का जवाब न दो, चला जाएगा।"

"अरे, बत्तियाँ जल रही हैं, बाहर मेरी मोटरसाइकल खड़ी है। कैसे होगा?"

"तो?"

"दरवाज़ा तो खोलना पड़ेगा लेकिन मैं नहीं चाहता वो तेरे को यहां देखे। वो पहले ही मेरे पीछे पड़ा है, रात की इस घड़ी तेरे को यहां देखेगा तो एक की आठ लगाएगा।"

"अरे, तो?"

"व्हिस्की, पानी और एक गिलास को छोड़कर सब कुछ यहां से उठा के भीतर ले जा।"

"क्यों?"

"ताकि तसदीक हो कि मैं घर में अकेला था, अकेला बैठा ड्रिंक कर रहा था।"

"ओह! भीतर कहां? पीछे बैडरूम में?"

घन्टी फिर बजी।

"नहीं। बैडरूम में अटैच्ड बाथ है। वो मेहमान है, शायद वहां जाने की ज़रूरत महसूस करे।"

"किचन में?"

"उसकी निगाह में मैं घर में अकेला हूँ। मेहमान की कोई खिदमत की नौबत आई तो वो मेरे को ही करनी पड़ेगी। इस वजह से मैं किचन में गया तो हो सकता है वो मेरे पीछे-पीछे चला आए।"

"तो फिर? जल्दी फैसला करो।"

"स्टोर में जा।"

"स्टोर में?"

"वहां उसका कोई काम नहीं। जा अब। पहले ट्रे और उसका सामान किचन में ठिकाने लगाना।"

"कब टलेगा?"

"पता नहीं। ख़ामोशी से स्टोर में इन्तज़ार करना। आवाज़ न करना। इन्तज़ार लम्बा हो जाए तो सब्र से काम लेना। ज़रूरी है। हिल अब।"

जसमिन उछल कर खड़ी हुई, उसने एक गिलास और व्हिस्की की खुली बोतल और पानी की बोतल को छोड़ कर बाकी साजो-सामान ट्रे में रखा और ट्रे उठा वहां से रुख़सत हो गई।

घन्टी फिर बजी, इस बार ज़्यादा देर तक।

ग्राउन्ड फ्लोर पर स्थित दो कमरों का वो फ्लैट जसमिन का देखा-भाला था। उसकी बैठक का दरवाज़ा एक छोटे से ढके हुए दालान गें खुलता था जिसकी बाईं ओर स्टोर था, दाईं ओर किचन थी और सामने आजू-बाजू दो बैडरूम थे जिनमें से एक अमूमन बन्द ही रहता था क्योंकि बीवी-बच्चों की, या अकेली बीवी की, ग़ैरहाजिरी में उसे दो बैडरूम्स की ज़रूरत नहीं होती थी। वो बैडरूम लाक्ड कभी नहीं होता था, ख़ाली उसका बोल्ट तब तक लगा रहता था, जब तक कि बीवी की आमद की वजह से उसकी ज़रूरत महसूस नहीं होती थी।

किचन में क्षणिक पड़ाव के बाद वो स्टोर में पहुंच गई जो कि बाकी फ्लैट की तरह उसका देखा-भाला था इसलिए जानती थी कि स्टोर और बैठक की पिछली दीवार के बीच एक खिड़की थी जो हमेशा बन्द रहती थी। खिड़की पर बैठक की तरफ हमेशा मोटा पर्दा पड़ा रहता था इसलिए थोड़े किए तो किसी को मालूम

भी नहीं हो पाता था कि पर्दे के पीछे बन्द खिड़की थी जिसका रुख़ कहीं बाहर की तरफ नहीं, फ्लैट के भीतर की तरफ ही था।

"टॉयलेट में हूँ!" – उसे गोरे की ऊंची आवाज सुनाई दी – "आता हूँ।"

बन्द खिड़की के करीब एक स्टूल पड़ा था जिस पर जसमिन बैठ गई और मन ही मन दुआ करने लगी कि मेहमान जल्दी टले।

बाहर बैठक में गोरे आगे बढ़ने लगा तो इत्तफाक से ही उसे सोफे के पहलू में फर्श पर पड़ा जसमिन का हैण्डबैग दिखाई दिया।

देवा!

उसने झपट कर हैण्डबैग उठाया, भीतर जाकर स्टोर की चौखट पर से ही उसे जसमिन की तरफ उछाला और लपकता हुआ वापिस मेन डोर पर पहुंचा।

उसने दरवाज़ा खोला।

अपना उतावलापन छुपाता चौखट पर भारकर खड़ा था।

"अरे!" – नकली हैरानी ज़ाहिर करता गोरे बोला – "भारकर साहब, आप! इस वक्त!"

"हल्लो!" – भारकर अपने लहजे में मिश्री घोलता बोला – "सॉरी, यार, तेरे को ये टाइम डिस्टर्ब किया।"

"वो तो कोई बात नहीं लेकिन . . ."

"इधर से गुज़र रहा था, याद आया आज तेरा ऑफ था, सोचा, हल्लो बोलता चलूँ।"

"वेलकम। आइए।"

"शुक्रिया।"

गोरे ने मेहमान को बैठक में ले जाकर बिठाया।

"घर में अकेला जान पड़ता है!" – भारकर बोला।

"जी हां।"

"बीवी फिर मायके?"

"जी हां।"

"बच्चे पहले से वहां!"

"जी हां।"

"अकेले कैसे कटती है?"

"कट ही जाती है जैसे-तैसे। न कटे तो बुला लेता हूँ।"

"ठीक!"

उसने एक सरसरी निगाह सेंटर टेबल पर पड़ी रैड लेबल की बोतल और एक गिलास पर डाली।

"बोले तो" – भारकर बोला – "पड़ा मगज में कैसे कटती है अकेले भीड़ू की!"

"वो बात नहीं, सर" – गोरे से शिष्ट विरोध किया – "मैं तो खाली छुट्टी वाले दिन . . ."

"ठीक! ठीक!"

"मैं आपके लिए ड्रिंक बनाऊँ?"

"अरे, नहीं भई, मेरे को अभी थाने पहुंचना है।"

"ओह! तो चाय . . ."

"कौन बनाएगा? घरवाली तो तेरी यहां है नहीं!"

"मैं बनाऊंगा न! घरवाला।"

"आती तेरे को?"

"अरे, जनाब, जब घरवाली मायके में तो चाय मेरे को ही बनाने का न!"

"बाहरवाली कोई नहीं?"

"मज़ाक करते हैं आप!"

"ग्रांट रोड जैसे इलाके में तेरा आना जाना है, सोचा, शायद बना ली हो कोई ज़रूरत के वक्त के लिए!"

"ऐसी कोई बात नहीं, सर।"

"नहीं तो न सही।"

"और सुनाइए, सर . . ."

"और सुनाऊं! लगता है उतावला हो रहा है मेरे को डिसमिस करने के लिए!"

"अरे, सर, क्या गज़ब करते हैं! मैं भला ऐसी गुस्ताखी कर सकता हूँ! मैंने तो

बस ऐसे ही पूछा था जैसे कि . . . जैसे कि मेहमान से पूछा ही जाता है।"

"वान्दा नहीं। अभी बोल, वीडियो क्लिप के बारे में क्या कहता है?"

"वीडियो क्लिप?"

"जिसकी तलवार तूने मेरे सिर पर लटकाई हुई है! जिसकी कॉपी तू मेरे को फॉरवर्ड करने वाला था! पचास लाख रुपए के लेन-देन की वीडियो क्लिप। जानबूझ कर अंजान बनने की कोशिश न कर। दिखा मेरे को ताकि मैं कनफर्म कर सकूं कि वो जेनुइन है और मौफ्र्ड भी नहीं है। क्या!"

"सर, जो बात ख़त्म हो चुकी है उसको क्यों दोबारा फिर से शुरू करते हैं! ये फैसला हो तो चुका कि जोश में, हालात की गर्मी में कुछ आपने ऐसा वैसा कहा, कुछ मैंने कहा। अब ख़ाक डालिए उस बद्मजा किस्से पर।"

"तू फिर कहना चाहता है कि पचास लाख के लेन-देन की वीडियो क्लिप वाली बात कोरी धमकी थी?"

"अब . . . है तो . . . ऐसीच!"

"हां या न में जवाब दे!"

"हां।"

"ठीक है। अब एक ख़ास बात सुन। तेरे लिए ख़ास।"

"सर, गुस्ताखी माफ, आप तो कह रहे थे कि इधर से गुज़र रहे थे इसलिए 'हल्लो' बोलने चले आए थे?"

भास्कर ने एक सर्द निगाह उस पर डाली।

गोरे के मिज़ाज़ में कोई तबदीली न आई।

"क्यों भई" – फिर भास्कर बदले स्वर में बोला – "कोई एक काम के लिए कहीं हाजिरी भरे तो साथ में कोई दूसरा काम नहीं कर सकता?"

"कर सकता है। क्यों नहीं कर सकता?"

"तो?"

गोरे ने जवाब न दिया।

"तो दूसरा काम करने दे मुझे।"

"दूसरा काम?"

"जो तेरे बड़े कारनामे से ताल्लुक रखता है जिसकी मेरे को आज ही ख़बर लगी और तेरे ख़ुशकिस्मती से मेरे सिवाय अभी किसी को कोई ख़बर नहीं।"

"कारनामा बोला!"

"बड़ा कारनामा बोला – कारनामे तो पुलिस की नौकरी में होते ही रहते हैं – ख़ास बड़ा कारनामा बोला। ख़ास तेरा बड़ा कारनामा जिसने तेरे बारे में सारे भरम खोल दिए।"

"क्या कह रहे हैं, जनाब, मेरी तो कुछ समझ में नहीं आ रहा।"

"आएगा न!"

"क्या?"

"बड़ा कारनामा।"

"जनाब क्या पहेलियां बुझा रहे हैं? जो कहना है साफ-साफ कहिए।"

"तो साफ-साफ सुन। तू कातिल है . . ."

स्टोर में स्टूल पर बैठी जसमिन को बैठक में होता तमाम वार्तालाप साफ सुनाई दे रहा था। गोरे पर कातिल होने का इलज़ाम आयद होता सुन कर वो बुरी तरह से चौंकी। वो भास्कर को पहचानती नहीं थी। स्त्रीसुलभ उत्सुकता के हवाले उसने सोचा कि वो बैठक में झांके।

कैसे?

उसने धीरे से, बाल-बाल सरका कर खिड़की के दोनों पल्ले एक दूसरे से यूँ अलग किए कि एक मामूली-सी ही झिरी उनमें बन पाती। आगे खिड़की पर बैठक की तरफ जो मोटा पर्दा तना था वो दो पल्लों वाला था जिनमें संयोग से उतनी ही झिरी बनी रह गई थी जितनी कि खिड़की के दो पल्लों में अब थी।

हिम्मत करके उसने झिरी में आंख लगाई।

वो दोनों एक दूसरे के सामने यूँ बैठे हुए थे कि पर्दे से ढकी खिड़की की तरफ या मेन डोर की तरफ देखने की जगह एक दूसरे को देख रहे थे।

अपनी ख़ौफज़दा हालत में वो झिरी में मुतवातर आंख तो न लगाए रही

लेकिन कान वो बराबर खड़े किए रही।

आखिर कत्ल का ज़िक्र सुन रही थी। मेहमान आगे पता नहीं क्या बम फोड़ता!

"... ऑलिव बार के दो पार्टनरों में से एक का – सुबोध नायक का – कत्ल तूने किया है और उसकी बीवी नीरजा नायक को तूने इसलिए शूट किया था क्योंकि वो तेरे कारनामे की गवाह बन गई थी ..."

"वाट नानसेंस!" – गोरे भड़कने को हुआ।

"... लेकिन तेरी बद्किस्मती से अपने पति की तरह वो फौरन न मरी, हस्पताल में तेरी बाबत बयान देकर मरी, इस बात की मजबूती से तसदीक करके मरी कि बतौर शूटर उसने तेरे को देखा था।"

"अरे, जनाब, क्या वाही तबाही बक ... बोल रहे हैं?"

"और उसका वो बयान उसकी डाईंग डिक्लेयरेशन का दर्जा रखता है जिसे कोई हिला नहीं सकता।"

"बंडल!"

"बतौर शूटर तेरी तस्वीर से उसने बाकायदा तेरी शिनाख़्त की थी, मेरे और उसके हस्पताल के आईसीयू के डॉक्टर अधिकारी के सामने तेरी शिनाख़्त की थी और बाजरिया तस्वीर पक्की, मज़बूत, न हिलाई जा सकने वाली शिनाख़्त के बाद तस्वीर की पीठ पर बाकायदा अपने दस्तख़त किए थे और उन दस्तख़तों को डॉक्टर अधिकारी ने काउन्टरसाइन करके बाकायदा एनडोर्स किया था।"

"बकवास! भारकर साहब, ये एक गढ़ी हुई कहानी है जो आपके ख़ास ख़ुराफाती दिमाग को सूझी क्योंकि आप मेरे पीछे पड़े हैं और कैसे भी मेरा मुंह बन्द कराना चाहते हैं जो आप बाज़ नहीं आएंगे तो नहीं करा पाएंगे।"

"डबल एनडोर्स्ड तस्वीर मेरे पास है।" – भारकर शान्ति से बोला।

गोरे सकपकाया, उसने भारकर को देखा तो उसे पूरी तरह से अविचलित पाया।

"दिखाइए।" – गोरे चैलेंजभरे स्वर में बोला।

भारकर ने इंकार में सिर हिलाया।

"अब क्या हुआ?"

"तू तस्वीर को झपट लेगा, फाड़ देगा और एक बड़े, ओपन एण्ड शट केस का बड़ा सबूत नष्ट कर देगा।"

"देवा!" – गोरे के स्वर में वितृष्णा का पुट आया – "अरे, कैसे आदमी हैं आप! जब तस्वीर दिखानी नहीं थी तो उसका ज़िक्र क्यों किया?"

भास्कर ने उस बात पर विचार किया।

फिर उसने जेब से तस्वीर निकालकर उसके हवाले की लेकिन साथ ही गन निकाल कर उस पर तान दी।

"क्या!" – अर्थपूर्ण भाव से वो बोला।

गोरे ने जवाब न दिया, उसने तस्वीर पर तो सरसरी निगाह डाली – क्योंकि शक की कोई गुंजायश ही नहीं थी कि वो उसकी तस्वीर थी – लेकिन पीठ पर हुए दो दस्तख़तों का उसने बड़ा बारीक मुआयना किया।

"क्या सबूत है" – फिर बोला – "कि ये दस्तख़त जेनुइन हैं, कि ये नीरजा नायक ने ही किए थे? उसके आईसीयू के डाक्टर अधिकारी ने ही किये थे?"

"तू बहुत श्याना है, डेढ़ दीमाक है" – भास्कर बोला – "इसलिये मेरे को मालूम कि कोई श्यानपत्ती दिखाये बिना तू नहीं मानेगा।"

"जवाब दीजिए!"

"मैं तेरे कैसे भी एतराज़ का कोई भी मुकाबला करने के लिए तैयार होकर आया हूँ। ये देख" – भास्कर ने एक कागज उसके सामने रखा – "ये डॉक्टर अधिकारी के जारी किए डैथ सर्टिफिकेट की ज़ेरोक्स कॉपी है जिस पर उसकी ऑफिशियल मोहर समेत उसके दस्तख़त हैं। ये'' – उसने दूसरा कागज पेश किया – ''मकतूला नीरजा नायक के उन दस्तख़तों की जेरोक्स कॉपी है जो बतौर ड्राईविंग लाइसेंस होल्डर आरटीओ के रिकॉर्ड में अवेलेबल थे। जी भर के मुआयना कर इनका, मुझे कोई जल्दी नहीं।"

गोरे ने जी भर के ही वो काम किया।

वो दोनों नमूने तस्वीर की पीठ पर हुए दोनों दस्तख़तों से हूबहू मिलते थे।

उसने दोनों ज़ेरोक्स कॉपीज़ सेंटर टेबल पर डालीं और तस्वीर पर से सिर उठाया।

भास्कर ने बड़ी सफाई से तस्वीर गोरे की उंगलियों में से निकाल ली, और टेबल पर पड़ी ज़ेरोक्स कॉपीज़ भी समेट लीं। गन उसने वापिस अपनी पतलून की बैल्ट में खोंसी और ऊपर के कोट के बटन बन्द किए।

"क्या?" – वो विजेता के से भाव से बोला।

"ये तस्वीर आपके पास क्यों है?" – गोरे बोला।

"बोले तो?"

"ये रिकॉर्ड की दस्तावेज़ है, इसे या कोर्ट में जमा होना चाहिए या थाने में।"

"अब तू मुहावरे वाली खिसियानी बिल्ली है जो खम्बा नोच रही है। तू भूल रहा है कि मैं उस थाने का थानेदार हूँ जिसकी ज्यूरिसडिक्शन में तेरा केस आता है। मैं उस डबल मर्डर केस का इन्वैस्टिगेटिंग ऑफिसर हूँ, जिसके तेरा कारनामा होने के खुल्ले सबूत मुझे मिले हैं। और आखिरकार तमाम सबूत कोर्ट में ही पेश होंगे।"

"कीजिए पेश।" – गोरे चैलेंजभरे स्वर में बोला – "ताकि अपने बचाव के लिए मेरे पास कोई रास्ता न बचे।"

"आखिर तो करूँगा ही लेकिन मैं बात को इतना नहीं बढ़ाना चाहता कि पीछे हटने का रास्ता न बचे। मैं इस बात को तेरे-मेरे बीच में ही रखना चाहता हूँ।"

"बट दैज इज़ शियर नॉनसेंस! आप कत्ल का इलज़ाम मेरे पर थोप रहे हैं, मुझे – अपने मातहत पुलिस अधिकारी को – कातिल करार दे रहे हैं और कहते हैं कि बात आपके और मेरे बीच ही रहेगी!"

"कहता हूँ।"

"कैसे होगा?"

"तेरे किए होगा। जिसे तू मेरी दुखती रग बोला, उसे नहीं छेड़ेगा तो क्यों नहीं होगा?"

"क्या मतलब?"

"मेरे खिलाफ जो कुछ तेरे पास है, ख़ासतौर से वो वीडियो क्लिप, उसे मेरे हवाले कर, मैं तेरे खिलाफ खड़े हो सकने वाले तमाम सबूत नष्ट कर दूँगा।"

"तमाम सबूत! यानी अभी और भी हैं?"

"हां।"

"बोले तो?"

"मर्डर वैपन। आलायकत्ल। वो गन जिसको तूने अपने कारनामे में इस्तेमाल किया, जिस पर तेरी उंगलियों के निशान हैं।"

"क्या!"

"वो गन मेरे पास महफूज़ है। फिंगरप्रिंट्स झूठ नहीं बोलते। कैसे मुकरेगा?"

"ये नामुमकिन है। मुझे डराने के लिए आप नाहक बढ़-बढ़ के बोल रहे हैं।"

"नायक के घर के बैकयार्ड में एक फुट प्रिंट मिला था जो जब होगा, तेरा साबित होगा।"

"बकवास! उस वारदात से पहले मेरे को ये तक नहीं मालूम था कि नायक कौन था और कहां रहता था!"

"मालूम था। अभी और सुन।"

"अभी और भी?"

"हां। ऑलिव बार में सावन्त को धमकाने जो भीड़ू आया था, वो तेरा कारिन्दा था।"

"अरे, क्या कह रहे है आप!" – गोरे कलप कर बोला – "वो बोल के तो गया था कि वो टोपाज़ क्लब वाले रेमंड परेरा का कारिन्दा था जिसे कि कराची से शह थी!"

"नहीं बोल के गया था। उसने जो किया था, तेरे हुक्म पर किया था।"

"क्योंकि मैं मवालियों का, गुण्डे बदगाशों का भड़ता हूँ?"

"वो तेरे को मालूम हो।"

"क्योंकि मैं ऑलिव बार में पार्टनरशिप चाहता था?"

"क्योंकि रेमंड परेरा ऑलिव बार में पार्टनरशिप चाहता था और उसने आगे जो किया था, तेरे कहने पर किया था। रेमंड परेरा की तरफ से विनायक घटके तेरा वक्ती जोड़ीदार था और वो खम ठोक कर इस बात की गवाही देगा। क्या!"

गोरे ने उत्तर न दिया, वो भौंचक्का-सा भारकर कर मुंह देखने लगा।

कुछ क्षण ख़ामोशी रही।

"अब तेरे पास एक ही रास्ता है" – फिर भारकर बोला – "कि तू मेरे काम आए, मैं तेरे काम आऊं।"

"क्या करूँ? आपकी करतूतें आप पर उजागर न करूँ?"

"हां।"

"भले ही आप जैसे मर्ज़ी मेरी वाट लगायें!"

"तू सीधा चलेगा तो मैं क्यों टेढ़ा चलूँगा?"

"सीधा कैसे चलूं? आपकी हर हुक्मबरदारी करूँ? आपके तलुवे चाटूँ? आपका जूता पालिश करूँ? आपकी ड्योढ़ी का कुत्ता बनके रहूँ?"

"इतना कुछ करने की ज़रूरत नहीं। वो वीडियो क्लिप मेरे हवाले कर और जो भी सबूत तेरे पास मेरे खिलाफ हैं, मेरे हवाले कर।"

गोरे ने मज़बूती से इंकार में सिर हिलाया।

"बोले तो?" – भास्कर सख़्ती से बोला।

"सुनिए। ग़ौर से सुनिए। ये मेरा फैसला है, बावजूद आपकी धमकियों के – नाजायज़, वाहियात, बेग़ैरत, बद्अख़लाक धमकियों के – मेरा फैसला है। सुन रहे हैं?"

"हां।"

"भले ही आप थाना प्रभारी हैं लेकिन अभी आप इतने ताकतवर नहीं हैं कि समझने लगें कि आप अपने मातहतों की तकदीर लिखते हैं। अपना थाना नहीं, पुलिस का पूरा महकमा ही आप चलाते हैं। महज़ महानताबोध से कोई महान नहीं हो जाता, ताकतवर नहीं हो जाता। दूसरे, मुल्क में अभी इतनी बद्अमनी नहीं है कि आप जैसे ज़लील आदमी की हर पेश चलने लगे। आप मेरे को धमकाने से बाज़ नहीं आएंगे तो मेरे से पहले आपका अंजाम बुरा होगा। फर्ज़ी गवाहों और गढ़े हुए सबूतों के दम पर आप मेरा कुछ नहीं बिगाड़ सकेंगे। आप मेरे खिलाफ फर्ज़ी केस बना कर मेरे लिए मुश्किलें खड़ी कर सकते हैं लेकिन मेरा मनोबल नहीं तोड़ सकते। अलबत्ता ये अफसोस मुझे हमेशा रहेगा कि आप जैसे शैतान के जने इस महकमें में पाए जाते हैं।"

भास्कर का वर्ण विवर्ण हुआ।

"अब आखिरी बात सुनिए।" – गोरे पूर्ववत् भड़के लहजे से बोला – "सुनते हैं?"

"हां।" – वो कठिन स्वर में बोला – "कह के चुक जो कहना है।"

"सुनिए। ग़ौर से सुनिए। इस मुद्दे पर आखिरी बार सुनिए। भारकर साहब, आपसे जो होता हो, कर लीजिए; अपने बचाव के लिए मेरे से जो होता होगा, मैं कर लूँगा। आप मेरा जो उखाड़ सकते हो, उखाड़ लेना, खुली छूट है आपको। मेरा जो अंजाम होगा, आप की किसी घिनौनी, नामुराद साजिश के तहत जो अंजाम होगा, वो मैं भुगत लूँगा – ज़ुल्म भी और नाइंसाफी भी – लेकिन आप जो चाहते हैं, मैं हरगिज़, हरगिज़ नहीं करूँगा, मेरे पर आपके क़हर का पहाड़ टूट पड़े तो भी नहीं करूँगा।"

"वीडियो क्लिप नहीं देगा?"

"कोई वीडियो क्लिप नहीं है।"

"पहले फैसला कर ले कि है नहीं या देगा नहीं!"

"आपके लिए एक ही बात है।"

"बाकी सबूत जो तेरे पास मेरे खिलाफ हैं, वो भी नहीं देगा?"

"मेरे पास कोई सबूत नहीं है।"

"तो बोला क्यों था?"

"जोश में बोला था। होश में पछतावा हुआ था।"

"तो तू मेरे साथ ऐसे पेश आएगा?"

"आप मेरे साथ ऐसे पेश आएंगे?"

"अरे, मैं सुलह चाहता हूँ . . ."

"जिन नामाकूल, नामुराद शर्तों पर आप सुलह चाहते हैं, उनको सुनना भी मुझे गवारा नहीं। जनाब, आपकी शर्तें, आपकी साज़िशें एक बीमार दिमाग़ की उपज हैं। आपको मेडिकल काउंसलिंग की ज़रूरत है। जल्दी उसका इंतज़ाम करें वर्ना पागल हो जाएंगे। या" – गोरे एक क्षण ठिठका, फिर बोला – "शायद हो चुके हैं।"

भारकर का चेहरा सुर्ख होने लगा।

"सच्चे का बोलबाला, झूठे का मुंह काला।" – गोरे ओजपूर्ण स्वर में बोला।

कई क्षण ख़ामोशी रही।

उस दौरान भारकर ने बड़ी मुश्किल से अपने-आप पर काबू किया।

"तूने" – फिर वो बोतल और इकलौते गिलास पर निगाह डालता बोला –

"मेरे को ड्रिंक ऑफर किया था!"

"ऐसा करते मेरे को खुशी होगी।" – गोरे बोला – "लेकिन आपने बोला था आपको थाने पहुंचना था!"

"नहीं जाऊँगा। घर जाने की सोच रहा हूँ। इसलिए ड्रिंक बना। आज तेरे साथ चियर्स बोल के जाऊँगा।"

"वेलकम! मैं अभी इन्तज़ाम करता हूँ।"

"किसी ख़ास इन्तज़ाम की ज़रूरत नहीं। खाली एक गिलास और ले आ।"

"ओके!"

"देख, कुछ मैं पीछे हटता हूँ, कुछ तू पीछे हट, ज़रूर कोई हल निकल आएगा. जो हम दोनों को माफ़िक आएगा। अब मेरे और अपने दोनों के लिए ड्रिंक्स बना और निर्मल मन से मेरे साथ चियर्स बोल।"

"अभी।"

मेहमाननवाज़ी के लिए गोरे उठ कर खड़ा हुआ।

बैठक में दोनों यूं आमने सामने बैठे हुए थे कि भीतरी दरवाज़े की तरफ गोरे की पीठ थी। वो उठकर घूमा और उसने उस दरवाज़े की तरफ कदम बढ़ाया।

भारकर भी उसकी पीठ पीछे चुपचाप उठा, उसने पतलून की बैल्ट से गन निकाली, उसे नाल की तरफ से पकड़ा और गोरे की पीठ पीछे पहुंचकर उसकी मूठ का वार गोरे की खोपड़ी के पृष्ठभाग पर किया।

गोरे के मुंह से एक फंसी हुई कराह-सी निकली और वो निशब्द बीच के दरवाज़े की चौखट पर ढेर हो गया।

स्टोर में झिरी में कभी आंख तो कभी कान लगाती जसमिन के प्राण कांप गए। उसे यकीन नहीं आ रहा था कि मेहमान और मेज़बान दोनों ज़िम्मेदार पुलिस अधिकारी थे फिर भी एक जने ने दूसरे पर ऐसा वार किया था कि वो धाराशाही हो गया था।

जब वो नज़ारा उसने किया था, तब झिरी पर कान की जगह उसकी आंख थी और मेहमान की तवज्जो बिल्कुल भी पर्दे से ढंकी खिड़की की ओर नहीं थी,

जिसकी बाबत उसे मालूम तक नहीं था कि पर्दे के पीछे खिड़की थी। मेहमान पर्दे की ओर पीठ फेरे घुटनों के बल झुककर अचेत गोरे का मुआयना कर रहा था।

किसी अज्ञात भावना से प्रेरित हो जसमिन ने फुर्ती से अपना मोबाइल निकाला, उसे कैमरे के वीडियो मोड पर सैट किया और जो झिरी से उसको दिखाई दिया, वो उसकी वीडियो रिकॉर्डिंग करने लगी।

उसकी वो हरकत बहुत ख़तनाक थी लेकिन ख़तरा तो उस ज़ालिम हाकिम की फ्लैट में मौजूदगी में भी कोई कम नहीं था, हाकिम के मुंह से निकली जो हैरतअंगेज़ बातें उसने सुनी थीं, उनमें भी कम नहीं था।

वो ख़तरा मोल लेने को तैयार थी।

उसकी रिकॉर्डिंग बैठक तक ही सीमित थी जो कि उसने जारी रखी।

भारकर ने अपने कोट की भीतरी जेब से पोलीथीन की थैली में महफ़ूज़ गन बरामद की।

वो वो ग़न थी जो उसने विनायक घटके से हासिल की थी और जो तुलसीवाडी वाली वारदात में शूटर ने – अब स्थापित था कि घटके ने – इस्तेमाल की थी, जो आलायकत्ल थी। उसने गन को पोलीथीन बैग में से निकाला और रूमाल की सहायता से तब तक उसे रगड़-रगड़ कर पोंछा जब तक कि वो किसी भी प्रकार के प्रिंट्स से सर्वदा मुक्त न हो गई।

वो धराशायी गोरे के करीब पहुंचा। सावधानी से उसने गन को अचेत गोरे के दाएं हाथ में यूं सरकाया कि हाथ की गिरफ़्त गन की मूठ पर थी और तर्जनी उंगली ट्रीगर पर थी। जब सुनिश्चित हो गया कि गन पर अचेत गोरे के यूं फिंगरप्रिंट्स बन चुके थे जैसे कि उसने उसे इस्तेमाल के वक्त हैंडल किया हो तो उसने हाथ में रूमाल लपेट कर गन गोरे की उंगलियों से आज़ाद की, उसे वापिस पोलीथीन बैग में रखा, और पूर्ववत् अपने कोट की जेब के हवाले किया।

गोरे कुनमुनाया।

भारकर ने फौरन उसकी तरफ तवज्जो दी।

गोरी की आंखें अभी भी बन्द थीं और उसकी सूरत से नहीं लगता था कि

वो होश में आ चुका था लेकिन उसके कभी भी होश में आ जाने के आसार अब बराबर थे।

भारकर – मुम्बई पुलिस का ज़िम्मेदार अधिकारी, एक थाने का प्रभारी – एकाएक धराशायी गोरे की छाती पर सवार हो गया और दोनों हाथों से उसका गला दबाने लगा।

सांस न आ पाने की वजह से गोरे ज़ोर से तड़पा लेकिन भारकर ने उसका गला न छोड़ा। गोरे के मुकाबले में वो ड्योढ़े वज़न का था और बैल जैसा ताकतवर था। उसने तब तक गोरे का गला दबाना न छोड़ा जब तक कि उसने उसकी आंखों से जीवन ज्योति बुझती न देख ली।

भारकर हांफता हुआ उसके ऊपर से उठकर खड़ा हुआ।

साला हरामी, मेरे को हूल देता था। मेरे को ज़लील बोलता था, शैतान का जना बोलता था। अब देख शैतान का क़हर!

ये नहीं कहा जा सकता था कि ऐन मौके पर भारकर का दिमाग हिल गया था। उसने जो किया था, वो उसके लिए तैयार होकर आया था। उसका सबूत ये भी था कि वो अपनी पोशाक के नीचे एक पतली लेकिन मज़बूत रस्सी लपेट कर लाया था। गोरे उसके काबू में आएगा, वो उस सुर में बोलने लगेगा जिसमें वो उसे बोलता सुनना चाहता था, इसकी उसे कतई कोई उम्मीद नहीं थी। लिहाज़ा उसको रास्ते से हटाया जाना ज़रूरी था। उसको कातिल साबित करने के लिए अब उसके पास पर्याप्त सबूत थे इसलिए अब जब वो अपने फ्लैट में फांसी लगाकर मरा पाया जाता तो यही सहज और स्वाभाविक नतीजा निकाला जाता कि अपने अंजाम से खौफ़ खाकर उसने ख़ुदकुशी कर ली थी।

उसने अपनी पोशाक के नीचे से रस्सी अलग की और पोशाक को पूर्ववत् व्यवस्थित किया। एक सोफे के पहलू में एक स्टूल पड़ा था जिसको उसने सैंटर टेबल पर रखा और फिर पहले टेबल पर और फिर स्टूल पर चढ़ गया। उस फ्लैट की छत कदरन ऊंची थी जो कि भारकर को माफिक आने वाली बात थी। उसने रस्सी का एक सिरा मज़बूती से पंखे के साथ बांधा, रस्सी की लम्बाई को अपने हिसाब से एडजस्ट किया फिर नीचे उतर आया। बड़े आराम से उसने गोरे के

चेतनाहीन शरीर को अपने कन्धे पर लाद लिया और वापिस मेज़ पर चढ़ गया। रस्सी का दूसरा सिरा फन्दे की तरह उसने गोरे की गर्दन के गिर्द डाला, रस्सी की लम्बाई को फिर यूं एडजस्ट किया कि जब गोरे फन्दे पर झूलता, उसके पांव स्टूल पर होते। फिर उसने फन्दे को मज़बूती से कसा और नीचे उतर कर अपनी कारीगरी का मुआयना किया।

जो उसने देखा, उससे पूरी तरह से सन्तुष्ट होकर उसने स्टूल को धक्का दे दिया।

स्टूल फर्श पर परे जाकर गिरा।

अब साफ जान पड़ता था कि आत्महत्या के अभिलाषी गोरे ने फांसी पर झूलने से पहले ख़ुद अपने पांव से स्टूल को धक्का दिया था।

बढ़िया!

लेकिन अभी उसका काम ख़त्म नहीं हो गया था। उसने सूई तलाशने की तरह फ्लैट की भरपूर तलाशी लेनी थी, भले ही तलाशी का नतीजा सिफर निकलता। लेकिन उसका दिल कहता था कि नतीजा सिफर नहीं निकलने वाला था। उसके लिए ख़तरनाक जैसी वीडियो क्लिप – जैसे दूसरे सबूत – गोरे अपने काबू में बताता था, वो किसी दूसरे शख़्स को नहीं सौंपी जा सकती थी, भले ही वो कितना ही विश्वसनीय होता क्योंकि ऐसी वीडियो क्लिप के बेजा इस्तेमाल की खुराफ़ात किसी को भी सूझ सकती थी। जरूर गोरे ने उन सबूतों को बहुत खुफ़िया जगह छुपाया था लेकिन वो खुफ़िया जगह यकीनन उसकी अपनी थी, किसी और की नहीं, भले ही वो कितना भी भरोसे का होता।

उस बात में उत्साहित होकर भास्कर ने तलाशी का अभियान अपने हाथ में लिया। सबसे पहला काम उसने ये किया कि बैठक की तमाम बत्तियाँ बुझा दीं और बैठक की तलाशी को भी ऐन आखिर के लिए मुल्तवी कर दिया। किसी अत्यन्त महत्त्वपूर्ण चीज़ को छुपाने के लिए बैठक कोई मुनासिब जगह नहीं थी क्योंकि बैठक के आम फर्नीचर के अलावा तो उसमें और कुछ था ही नहीं।

उसने बैठक के भिड़के हुए भीतरी दरवाज़े को धक्का देकर पूरा खोला और आगे उस छोटे से, ढंके हुए दालान-से में कदम रखा जिसमें अटैच्ड बाथ वाले

दो बैडरूम, किचन और स्टोर के दरवाज़े खुलते थे। उसने एक सरसरी निगाह चारों तरफ दौड़ाई और फिर उस बैडरूम को अपनी तवज्जो का मरकज़ बनाया जिसका दरवाज़ा खुला था और जो तब गोरे का मुकाम होता था जब बीवी मायके गई होती थी।

दूसरे बैडरूम का बोल्ट लगा साफ दिखाई दे रहा था।

वो खुले दरवाज़े वाले बैडरूम में दाखिल हुआ जो कि दाईं ओर किचन की तरफ था।

ये भारकर की दीदादिलेरी की इन्तहा थी कि बैठक में पंखे से घर के मालिक की लाश झूल रही थी और वो फ्लैट के हर कोने ख़ुदरे को पूरी बारीकी से टटोलने, खंगालने को आमादा था।

जसमिन फंस गई थी।

फ्लैट से निकासी का एक ही रास्ता था, मौजूदा हालात में जिसका रुख़ करने का वो ख़याल तक नहीं रख सकती थी। अब स्थापित हो चुका था कि रात की उस घड़ी का मेहमान महज़ मेहमान ही नहीं था, नृषंश हत्यारा भी था। उसे जब ख़बर लगती कि फ्लैट में उसकी शैतानी करतूत का गवाह मौजूद था तो क्या वो उसे ज़िन्दा छोड़ देता!

उस ख़याल से ही वो सिर से पांव तक कांप गई।

कातिल मेहमान पूरे फ्लैट की तलाशी लेने पर आमादा था, कैसे वो उससे छुपी रह पाती!

अब उसे इस बात का पछतावा होने लगा कि उसने इतने ख़तरनाक वाकये का वीडियो बनाया था।

लेकिन पछतावा बेमानी था। वीडियो होता या न होता, कत्ल की गवाह वो फिर भी थी। और गवाह कौन छोड़ता था!

उसके सिर से पांव तक कंपकंपी दौड़ गई।

अब उसकी गति एक ही बात में थी कि मेहमान की तलाश जल्द-अज़-जल्द कामयाब हो जाती। कामयाबी हाथ लगने के बाद बाकी फ्लैट की तलाशी लेना

ज़रूरी न रहता और उसकी फ्लैट में मौजूदगी उजागर न होती।

मन ही मन वाहेगुरु भजती वो प्रतीक्षा करने लगी।

आधा घन्टा गुज़रा।

गाहे-बगाहे वो स्टोर के दरवाज़े में झिरी बनाकर बाहर झांकती रही थी।

दाएं बैडरूम का, जिसमें कि मेहमान उस घड़ी था, दरवाज़ा पूरा खुला था और उसकी भीतर मौजूदगी के दौरान खुले दरवाज़े के आगे से गुज़रने की उसकी मजाल नहीं हो सकती थी।

अपने अंजाम से बुरी तरह से ख़ौफजदा वो इन्तज़ार करती रही।

बैडरूम को भारकर ने वाकई सूई तलाशने जैसी बारीकी और मुस्तैदी से टटोला था लेकिन निराशा ही हाथ लगी थी। अब वो दावे के साथ कह सकता था कि बैडरूम में उसके काम का कुछ नहीं था।

वान्दा नहीं। – उसने ख़ुद को तसल्ली दी – अभी तो एक ही जगह ने उसे नाउम्मीद किया था, अभी तो बहुत जगह बाकी थीं।

बैडरूम लांघ कर उसने बाथरूम का दरवाज़ा खोला और भीतर दाखिल हुआ। उसने एक सरसरी निगाह बाथरूम में दौड़ाई तो पाया कि वॉशबेसिन पर एक गिलास में शेव का सामान, टुथब्रश और टुथपेस्ट पड़ा था, उसके बाज़ू में एक हैंगर था जिस पर एक हैण्ड टावल लटक रहा था। हैंगर के नीचे फर्श पर एक फैंसी कूड़ेदान पड़ा था जो पांव से पैडल दबाया जाने पर खुलता था। वॉशबेसिन से विपरीत दिशा में दीवार में आई लैवल पर फिक्स एक वाल कैबिनेट थी जो टॉयलेटरी के स्पेयर सामान को स्टोर करने के काम आती थी। परली तरफ शावर की दिशा में एक ऊंचा शैल्फ था जिस पर तह किए हुए दो बड़े तौलिए पड़े थे। शावर के पहलू में शावर कर्टेन था जो उस वक्त तौलियों वाले शैल्फ के करीब इकट्ठा हुआ लटक रहा था।

सब मोटी-मोटी चीजें थीं जिनमें बारीक तलाशी के लायक कुछ नहीं था।

लेकिन उस घड़ी आदत से, ज़रूरत से, मजबूर भारकर ने हर चीज़ का बारीक मुआयना किया।

कहीं कुछ नहीं।

आखिर में वॉल कैबिनेट की बारी आई।

मेहमान को बाथरूम में दाखिल हुए पांच मिनट से ऊपर हो गए थे। जसमिन का दिल गवाही दे रहा था कि अभी उसे और इन्तज़ार करना चाहिए था लेकिन और इन्तज़ार उस पर भारी पड़ सकता था। मेहमान उसकी उम्मीद से जल्दी बाथरूम से फारिग हो सकता था।

उसने फिर स्टोर के दरवाज़े की झिरी में आंख लगाई।

बैडरूम का प्रवेश द्वार और आगे बाथरूम का दरवाज़ा पूरी तरह से खुला था। मेहमान बाथरूम के भीतर था लेकिन कोई आहट, कोई खटपट नहीं कर रहा था इसलिए कहना मुहाल था कि वो कब तक बाथरूम में ठहरने का इरादा रखता था।

फिर भी उसके मन में नई उम्मीद जागी।

कातिल मेहमान ने बैडरूम में आधा घन्टा लगाया था, बाथरूम की तलाशी में वो उससे आधा टाइम तो लगाता! दस मिनट तो लगाता!

उसके लिए ये भी उम्मीदअफ़ज़ाह बात थी कि बाथरूम के आगे के दोनों दरवाज़े पूरे खुले होने के बावजूद जब मेहमान बाथरूम के दरवाज़े पर आए बिना दालान में नहीं झांक सकता था।

बड़ी शिद्दत से उसने थोड़ी देर और इन्तज़ार किया, फिर दिल मज़बूत करके स्टोर से बाहर दालान में कदम रखा।

इस ख़याल से ही उसका कलेजा मुंह को आ रहा था कि मेहमान कभी भी बाथरूम के दरवाज़े की चौखट पर प्रकट हो सकता था। लेकिन मौजूदा हालात में वो खतरा मोल लेना ज़रूरी था।

सांस रोके, जैसे अंडों पर चलती, वो आगे बढ़ी।

और निर्विघ्न बैठक के भीतर के दरवाज़े पर पहुंची।

बैठक में पहुंच कर भी उसने धीरे-धीरे, दबे पांव चलना बन्द न किया। बैठक में अंधेरा था, हड़बड़ी में, अफ़रातफ़री में वो वहां किसी चीज से टकरा सकती

थी और यूं पैदा हुई आवाज़ उसकी वहां मौजूदगी की पोल खोल सकती थी।

बैठक पार करके वो आगे प्रवेश द्वार पर पहुंची। उसने हाथ उठाया और सूत सूत सरका कर भीतर से लगी चिटखनी को नीचे गिराया। वैसे ही सूत सूत सरकाकर उसने दरवाज़े का एक पट खोला।

निर्विघ्न। अब आज़ादी उसके सामने थी।

उसने अपने पीछे हौले से दरवाज़े को भिड़का कर बन्द किया और घूम कर यूं वहां से भागी जैसे पीछे प्रेत लगा हो।

वॉल कैबिनेट में एक ही शैल्फ था जो कैबिनेट में उपलब्ध स्टोरेज स्पेस को दो हिस्सों में विभक्त करता था। ऊपर के हिस्से में नफ़ासत से तह किए हुए गैरइस्तेमालशुदा तौलिए थे और नीचे टुथपेस्ट की, शेविंग क्रीम की ट्यूब्स, एक्स्ट्रा डिस्पोज़ेबल सेफ़्टी रेज़र, साबुन की तीन चक्कियां और टॉयलेट पेपर के दो रोल थे।

भास्कर को भरपूर निराशा हुई।

वहां क्या रखा था?

लेकिन उसने तो हर जगह की सूई तलाश करने जितनी बारीक तलाशी लेनी थी इसलिए एक जिद के तहत उसने कैबिनेट की हर आइटम का मुआयना किया। इस अभियान में उसने तौलिए खोल-खोल कर देखे और दोबारा तह करके वापिस रखे, टॉयलेट पेपर्स के रोल्स का बारीक मुआयना किया, सोप केक्स के रैपर उघाड़-उघाड़ कर देखे कि भीतर साबुन ही था जिसमें कहीं कोई खुफ़िया कैविटी या कोई नामालूम दरार नहीं थी, शेविंग क्रीम की दो ट्यूब्स को परखा, केवल सेफ़्टी रेज़र्स को नजरअन्दाज़ किया और आखिर टुथपेस्ट की दो ट्यूबों की तरफ तवज्जो दी।

वो ट्यूबें कोलगेट के मैक्सफ्रैश के डबल पैक की सूरत में थीं और दोनों डेढ़ सौ ग्राम की थीं। उसने दोनों के ढक्कन खोल कर तसदीक की कि भीतर फैक्ट्री का ऑटोमैटिक पैकिंग उत्पाद, लाल रंग का मैक्सफ्रैश टुथपेस्ट ही था। वो दोनों ट्यूबों को वापिस उनके पैकिंग बॉक्स में सरकाने ही लगा था कि उसका हाथ

ठिठका। उसने नए सिरे से दोनों ट्यूबों मुआयना किया तो पाया एक ट्यूब दूसरी ट्यूब से छोटी थी।

ऐसा क्यों?

अत्याधुनिक मशीनों से बनने वाले टुथपेस्ट की असैम्बली लाइन प्रोडक्शन दो ट्यूबें तो ऐन एक साइज़ की होनी चाहिए थीं फिर एक ट्यूब अपनी हमशक्ल दूसरी से एक सैन्टीमीटर के करीब छोटी क्यों थी?

उसका माथा ठनका।

क्यों थी?

कोई बात बेवजह तो होती नहीं थी।

ढक्कन की तरफ से तो वो छोटी बड़ी हो नहीं सकती थीं, वो फर्क दूसरे सिरे की मशीनी लॉकिंग में ही मुमकिन था।

उसने और ग़ौर से दोनों ट्यूबों को परखा तो पाया कि प्लास्टिक की ट्यूब पारदर्शी थी लेकिन टुथपेस्ट का रंग लाल होने की वजह से और उस पर लाल छपाई होने की वजह से लाल जान पड़ती थी। उसका मुआयना और बारीक हुआ तो उसने पाया कि लम्बी ट्यूब के फैक्ट्री सील्ड दूसरे सिरे पर कुछ अंक एमबौस्ड थे जो बड़ी मुश्किल से पढ़े जा रहे थे लेकिन वैसे अंक दूसरी, छोटी ट्यूब के सील्ड सिरे पर नहीं थे।

अनायास उसका दिल ज़ोर से धड़का।

क्यों एक ट्यूब पर कोई अंक नहीं थे, दूसरी पर थे?

क्यों जिस ट्यूब पर थे, वो दूसरी ट्यूब से कदरन बड़ी थी?

क्यों? क्यों?

दोनों ट्यूबों के लम्बे मुआयने के बाद उसने छोटी को ही अतिरिक्त तवज्जो के काबिल जाना। उसने खुर्दबीनी निगाह से दोनों ट्यूबों के सील्ड सिरे का मुआयना किया तो पाया कि ट्यूबों के सील्ड सिरे को किसी तरह नहीं खोला जा सकता था। वो कोशिश उसने किचन से तीखे फल वाली एक छुरी लाकर भी की लेकिन किसी भी ट्यूब की सील्ड परतें एक दूसरे के अलग न हुईं।

लेकिन कई अंकों वाली संख्या सिर्फ बड़ी ट्यूब पर क्यों थी, छोटी पर क्यों नहीं थी?

एक सम्भावना उसे सूझी।

एक ट्यूब के निचले, ढक्कन से विपरीत, सिरे को कैंची से काट कर फिर सील किया गया था, क्योंकि सीलशुदा सिरा खोला जा पाना नामुमकिन था, और फिर किसी जुदा तरीके से उसे दोबारा सील किया गया था जिसकी वजह से वो ट्यूब दूसरी – नॉर्मल – ट्यूब से छोटी हो गई थी और नई सील पर कई अंकों वाली कोई संख्या भी एमबौस नहीं की जा सकती थी।

कैसे उस काम को अंजाम दिया गया था, कैसे छोटी ट्यूब को फिर से सील किया गया था, ये जानने का उसके पास कोई ज़रिया नहीं था। जो उसकी बाबत कुछ – सब कुछ – जानता था, वो बाहर बैठक में पंखे से झूल रहा था।

बहरहाल, ये बात अहम नहीं थी कि वो काम कैसे हुआ था, अहम बात ये थी कि वो काम हुआ था, यकीनन हुआ था। नतीजतन एक ट्यूब दूसरी के मुकाबले में लम्बाई में छोटी हो गई थी।

वजह?

क्योंपर ट्यूब को नाहक पहले खोला गया था और फिर पूरी नफ़ासत के साथ बन्द किया गया था?

एक ही वजह मुमकिन थी।

छोटी ट्यूब में कुछ छुपाया गया था और जो छुपाया गया था, वो पेस्ट का रंग लाल होने की वजह से ट्यूब के बाहरी मुआयने से नहीं देखा जा सकता था।

लेकिन पेस्ट से फुल ट्यूब में कुछ छुपाने के लिए जगह कहां थी!

वो क्या प्रॉब्लम थी?

जितनी जगह ट्यूब में छुपाई गई चीज़ ने घेरनी थी, उतना पेस्ट ट्यूब से निकाल दिया गया था।

उसका दिल और ज़ोर से उछला।

वहीं वॉशबेसिन पर पड़े शेंव वगैरह के सामान में एक कैंची भी मौजूद थी। उसने झपटकर उसे काबू में किया और छोटी ट्यूब के सील्ड सिरे को काट कर

उस सिरे का मुंह खोला जो कि अब आराम से खुल गया। धड़कते दिल से उसने भीतर उंगली फिराई।

पेस्ट में से गुजरती उसकी उंगली भीतर मौजूद किसी ठोस चीज़ से टकराई।

प्रत्याशा में उसका चेहरा चमकने लगा और कनपटियों में खून बजने लगा।

उसने उस चीज़ को ट्यूब से बाहर खींचा, कटी ट्यूब को तिलांजलि दी, वॉशबेसिन का नल खोलकर अपनी उंगली को और उस चीज़ को पेस्ट के घने लेप से मुक्त किया और धड़कते दिल से नतीजे पर निगाह डाली।

वो पॉलीथीन की एक छोटी-सी थैली थी जिसका मुंह आपस में दबाने से यूं बन्द हो जाता था जैसे कोई अदृश्य ज़िप लगी हो। उस थैली को वो पहचानता था। वो फैमिली फिज़िशयन कहलाने वाले गली मौहल्ले के डॉक्टर अपने क्लीनिक में डिस्पैंसिंग के लिए ख़ुद इस्तेमाल करते थे या उनके कम्पाउन्डर इस्तेमाल करते और . . .

थैली में एक पैन ड्राईव मौजूद थी।

उसे मालूम नहीं था कि पैन ड्राइव में क्या था, लेकिन उसका चेहरा प्रत्याशा में पहले ही हज़ार वॉट के बल्ब की तरह दमकने लगा था।

पैन ड्राइव को छुपाने का नायाब तरीका ही इसके ख़ास होने की, ख़ासुलख़ास होने की, चुगली कर रहा था।

फिर उसे ख़याल आया कि पैन ड्राइव के कन्टेंट को चैक करने का साधन भी वहीं उपलब्ध था।

बैडरूम में एक छोटी-सी राइटिंग टेबल थी जिस पर उसने एक डैस्कटॉप कम्प्यूटर पड़ा देखा था, उसने बैडरूम में जाकर कम्प्यूटर ऑन किया और सीपीयू यूनिट के पैन ड्राइव के स्लॉट में उसे लगाया।

वही नज़ारा उसे स्क्रीन पर दिखाई दिया जिसकी बाबत गोरे कहता था कि ऐसी कोई वीडियो क्लिप उसके कब्ज़े में नहीं थी, वक्ती जोशोजुनून में वो बेबुनियाद बात उसके मुंह से निकल गई थी।

स्क्रीन पर भारकर रेपिस्ट लड़कों के पिताओं से पचास लाख रुपये के नोट समेटता-सहेजता साफ दिखाई दे रहा था।

साला हरामी! डेढ़ दीमाक!

मेरे ताबूत में कील ठोकने का सामान लिए बैठा था।

उसने पैन ड्राइव को कोट की जेब के हवाले किया, कम्प्यूटर ऑफ़ किया और वापिस बाथरूम में लौटा जहां कि अब उसकी नई उम्मीदें जाग रही थीं।

नए उत्साह से, नए सिरे से उसने बाथरूम को टटोला।

नतीजा फिर सुखद निकला।

कर्टेन रॉड खोखली थी – अमूमन खोखली ही होती थी – उसमें से बारीकी से रोल किये हुए कुछ कागजात निकले, सीधा कर के, बल निकाल के जिनका उसने मुआयना किया तो पाया कि कुछ मोतीराम अहिरे की मुकम्मल केस हिस्ट्री से सम्बन्धित थे और बाकी एफआईआर थीं। उसने उनका मुआयना किया तो गोरे के लिए उसके मुंह से फिर गालियों का परनाला बह निकला।

वो दो विभिन्न एफआईआर की जेरोक्स कॉपी थीं। दोनों के दोनों वर्ज़न उसकी आंखों के सामने थे।

एक जो मूल रूप से रिकॉर्ड हुआ।

दूसरा जो आरोपियों की पसन्द की हेरफेर किए जाने के बाद वजूद में आया और रिकॉर्ड में फाइल किया गया।

कैसे गोरे उन कागजात की कापियां हासिल कर पाया था, वो नहीं जान सकता था। वो सब करने वाला, कर सकने वाला, उसकी पहुंच से, पकड़ से दूर था।

वो जेरोक्स कापियां रिश्वत वाले वीडियो से ज़्यादा डैमेजिंग साबित हो सकती थीं।

हरामज़ादा, कुत्ता! आस्तीन का सांप! गोद में बैठ के दाढ़ी मूंड गया!

बहरहाल अब वो सेफ था, निश्चिंत था।

गोरे उसका कुछ नहीं बिगाड़ सका था जबकि गोरे का उसने सब कुछ बिगाड़ दिया था। उसे जहन्नुम की राह का राही बना दिया था।

साला नहीं जानता था कि किस को दुश्मन बना रहा था, जानता होता तो हरगिज़ उसकी मुखालफ़त की जुर्रत न करता।

डबल कनफर्मेशन के लिए उसने रॉड के एक सिरे पर आंख लगाई और दूसरे

का रुख ट्यूब लाइट की तरफ करके भीतर झांका।

रॉड के भीतर और कुछ नहीं था।

जबकि पैन ड्राइव भी रॉड में छुपाई जा सकती थी।

ज़रूर श्याना अपने कब्ज़े में उपलब्ध सारी विस्फोटक सामग्री एक ही जगह नहीं छुपाना चाहता था।

उसने कर्टेन रॉड पर्दे समेत यथापूर्व शावर के आगे दीवार में फिट की और तमाम बरामद कागजात को वहीं जलाकर, राख कमोड में बहा दी।

अब दो काम और अभी बाकी थे।

उसने जेब से पोलीथीन की थैली में महफ़ूज़ मर्डर वैपन गन निकाली और इंसूलेशन टेप – जो कि वो साथ लाया था – की सहायता से गन को फ्लश की टंकी के ढक्कन के भीतर की तरफ फिक्स कर दिया और ढक्कन यथास्थान पहुंच दिया।

गोरे की ख़ुदकुशी के बाद जब मौका-ए-वारदात की – उसके फ्लैट की – पड़ताल होती तो वो गन बरामद होके रहती और उसके बारे में विवेचन अधिकारी का यही फैसला होता कि वो ख़ुद गोरे ने वहां छुपाई थी। बाद में उस गन का मर्डर वैपन साबित होना और उस पर मौजूद गोरे के फिंगरप्रिंट्स की वजह से गोरे का मर्डरर साबित होना महज़ वक्त की बात होती।

अनिल गोरे, सब-इन्स्पेक्टर तारदेव स्टेशन हाउस, ने जब कानून के लम्बे हाथ अपनी गर्दन की तरफ बढ़ते पाये तो घबरा कर ख़ुदकुशी कर ली।

दूसरे काम को अंजाम देने के लिए वो बैडरूम में वापिस लौटा।

बैडरूम की बिल्ट-इन वॉर्ड़रोब के नीचे एक दराज़ था जो वॉर्ड़रोब की पूरी चौड़ाई जितना ही चौड़ा था इसलिए उसको बाहर खींचने के लिए उस पर आजू बाजू लगे दो हैंडल थामने पड़ते थे। वो जानता था कि वैसा दराज़ जूते रखने के काम आता था। उसने दराज़ खोला और उसके भीतर झांका।

दराज़ का वही इस्तेमाल उसने पाया तो उसके ज़ेहन में था।

जूतों के खाली डिब्बों और चप्पलों के अलावा उसमें चार जोड़ी जूते थे जिनमें से एक ब्राउन जोड़ी बिल्कुल नई थी और बाकी के तीन जोड़ी जूते

काले थे और काफी पहने गए जान पड़ते थे। अपने मकसद के लिए उसने सबसे पुराना जूता छांटा और तसदीक की कि वो आठ नम्बर का था। दराज़ में ही एक पोलीथीन का बैग था जिसमें उसने वो जूते डाले और दराज़ बन्द कर दिया।

अब उसकी सारी ज़रूरतें पूरी हो चुकी थीं।

अपनी नापाक, नामुराद करतूत से पूरी तरह से राजी हाकिम आखिर बैठक में वापिस लौटा जहां कि ख़ुदकुशी की साजिश को फिनिशिंग टच देना अभी बाकी था। उसने वहां रौशनी की और ये देखने के लिए कि सब ऐन चौकस था, आखिरी बार वहां के माहौल का नज़ारा किया।

सेंटर टेबल पर से गुजरती उसकी निगाह एकाएक ठिठकी।

व्हिस्की की बोतल के पहलू में जो इकलौता गिलास सेंटर टेबल पर पड़ा था, उसके रिम पर लिपस्टिक के दाग थे।

देवा!

फ्लैश की तरह उस गिलास का मतलब उसके ज़ेहन पर चमका।

उसकी वहां आमद से पहले गोरे किसी लड़की की सोहबत में था, उसके साथ बाकायदा ड्रिंक्स शेयर कर रहा था। कॉलबैल बजने पर जरूर उसने बाजरिया पीप होल देख लिया था कि आगन्तुक कौन था। तभी उसने ड्रिंक्स का वो साजोसामान मेज़ पर से हटवाया था जो फ्लैट में किसी की – किसी ज़नाना जोड़ीदार की – मौजूदगी की चुगली करता था और उस वक्त की अफ़रातफ़री में जोड़ीदार गलत गिलास पीछे छोड़ गई थी और इस बात की तरफ गोरे की तवज्जो नहीं गई थी।

जोड़ीदार!

लड़की!

गोरे की पक्की या वक्ती माशूक!

क्या बड़ी बात थी! 'बीवी मेरी घर नहीं, मुझे किसी का डर नहीं' के तहत क्या बड़ी बात थी! लिपस्टिक से दाग़दार हुआ ड्रिंक का गिलास साफ तो ज़ाहिर कर रहा था कि उसकी आमद के वक्त गोरे के साथ उसकी कोई फीमेल कम्पैनियन थी!

कहां? कहां थी?

फ्लैट से निकासी का एक ही रास्ता था जिस पर कॉलबैल का जवाब पाने के

लिए वो मौजूद था! इस लिहाज़ से तो लड़की को – जो कोई भी वो थी – भीतर ही कहीं होना चाहिए था।

उसने गन निकाल कर हाथ में ले ली और सारे फ्लैट में फिर गया।

कहीं कोई नहीं था।

किचन में ड्रिंक के बाकी साजोसामान से लैस वो ट्रे पड़ी थी जो कॉलबैल बजने पर बैठक से हटाई गई थी। गोरे ख़ुद वो काम नहीं कर सकता था। उसने किया होता तो उसने बैठक में ड्रिंक का बाकी सामान भी न छोड़ा होता।

क्या माजरा था?

फिर उसकी तवज्जो मेन डोर की चिटकनी की तरफ गई जो कि नीचे गिरी हुई थी, जबकि उसे बाख़ूबी याद था कि उसके बैठक में कदम रखने के बाद उसने ख़ुद गोरे को वो चिटकनी बदस्तूर चढ़ाते देखा था।

कोई फ्लैट से निकल कर गया था और तलाशी की अपनी मसरूफ़ियत में उसे उसके जाने की ख़बर क्या, भनक तक नहीं लगी थी।

लानत!

अब कोई लड़की उसकी वहां की हर करतूत की गवाह थी।

एक समस्या अभी हल हुई नहीं थी कि अब पहले से बड़ी दूसरी समस्या मुंह बाए उसके सामने खड़ी थी।

देवा!

बड़ी मुश्किल से उसने अपने होशोहवास को काबू में किया और आइन्दा कार्यवाही में जुटा।

ख़ामोशी से वो फ्लैट से बाहर निकला।

वहां आती बार उसने नोट किया था कि वहां आजू-बाजू के फ्लैट्स के बीच से ऊपर को सीढ़ियां जाती थीं जो ऊपर के तमाम फ्लैट्स के लिए कॉमन होने की वजह से पूरी तरह से रौशन नहीं थीं। प्रत्यक्ष था कि सीढ़ियों का कोई बल्ब फ्यूज़ हो जाता था तो 'मुझे क्या' वाले रवैए के तहत कोई भी उसकी तरफ तवज्जो नहीं देता था। तब पहली मंजिल को जाती सीढ़ियों के बीच में जो बल्ब था, वो फ्यूज था इसलिए दूसरी मंजिल की सीढ़ियों से प्रतिबिम्बित होती बहुत कम रौशनी

वहां थी और रात की उस घड़ी सीढ़ियों में सन्नाटा था।

बढ़िया!

सीढ़ियों के पहलू की दीवार पर दोहरी कतार में बिजली के दस मीटर थे और हर मीटर का मेन स्विच था। उसने क्षण भर के लिए बारी-बारी एक-एक स्विच ऑफ और फिर फौरन ऑन करना शुरू किया।

छटा मेन स्विच – जो कि नीचे की, दूसरी कतार में बाएं से पहला था – ऑफ करते ही गोरे के फ्लैट की बत्तियां बुझ गईं।

अब उसे गोरे के फ्लैट के बिजली के कनैक्शन की ख़बर थी।

मेन स्विच के बक्से के भीतर एक एमसीबी (मिनियेचर सर्कट ब्रेकर) लगा हुआ था जिसे उसने गिरा दिया और बक्सा बन्द कर के मेन स्विच वापिस ऑन कर दिया।

एमसीबी गिरा होने की वजह से गोरे के फ्लैट की बत्तियां तब भी बुझी रहीं।

वो वहां से हटा और जूतों वाले बैग को सम्भाले इमारत के परले पहलू की ओर बढ़ा, जहां कहीं वो बैग छुपाने का उसका इरादा था, लेकिन जल्दी ही उसे अपना इरादा तर्क करना पड़ा। अभी कदम ने वहां पहुंचना था जो कि उसका मुंह लगा मातहत था। अपने आला अफसर को रुख़सत करने के लिए वो उसके साथ बाहर तक आ सकता था और यूं जूतों वाले बैग को काबू में करना उसके लिए मुमकिन न हो पाता।

यही बात सड़क पर भी लागू थी।

कदम उसके साथ कम्पलैक्स के बाहर तक आने की ज़िद कर सकता था।

कई क्षण उसने उस समस्या पर विचार किया, फिर बैग को तिलांजलि देकर जूतों को उसने अपने कोट की दो भीतरी जेबों में ठूंस लिया। वो डबल बैरल आदमी था इसलिए उसका कोट भी काफी बड़ा था। भीतरी जेबों में जूते होने की वजह से कोट बाहर को उभर आया था लेकिन रात के अन्धेरे में शायद ही किसी की निगाह में वो फर्क आता, आता भी तो कौन उससे उस बाबत सवाल करने की जुर्रत करता!

वो फ्लैट में वापिस लौटा। उसने मेन डोर की भीतर से चिटकनी वापिस

चढ़ाई और मोबाइल निकालकर अपने मुंहलगे मातहत एसआई रवि कदम को फोन किया।

तत्काल उत्तर मिला।

"भारकर बोलता हूँ।" – भारकर धीमे, सन्तुलित स्वर में बोला – "एसआई गोरे का घर मालूम?"

"मालूम।" – जवाब मिला – "धोबी तलाव में है।"

"बढ़िया। अभी का अभी उधर जाने का। साथ में दो सिपाही ले के जाने का।"

"ऐसा!"

"हां। बोलने का एसएचओ ने थाने तलब किया। आने में हुज्जत करे तो पकड़के ले के आने का।"

"जी!"

"इसी वास्ते दो सिपाही साथ ले के जाने को बोला। क्या!"

"सर, ग्यारह बजने को हैं! अगर सुबह . . ."

"नहीं। अभी।"

"सर, अपना, अपने थाने का अफसर है, अगर . . ."

"कदम! अभी क्या मैं ख़ुद जाए ये काम के वास्ते?"

"नो, सर। मैं . . . जाता हूँ।"

"हां। और इमिजियेट रिपोर्ट करने का।"

"यस, सर।"

भारकर ने फोन बन्द करके जेब के हवाले किया और प्रतीक्षा करने लगा।

दस-बारह मिनट में कदम अपने गन्तव्य स्थल पर पहुंच गया।

फ्लैट के मुख्यद्वार के बाहर से एक से ज़्यादा पदचाप सुनाई दीं।

कॉलबैल बजी।

जवाब नदारद।

फिर बजी।

सन्नाटा।

"लगता है घर पर कोई नहीं है।" – एक सिपाही की आवाज़ आई।

"बीवी मायके में।" – एसआई कदम की आवाज आई – "मेरे को मालूम। ये टाइम किधर जाएगा!"

"सो गया होयेंगा।" – दूसरे सिपाही की आवाज आई।

"या" – पहला बोला – "कहीं तफरीह मारता होयेंगा।"

"बोले तो" – कदम बोला – "घन्टी किधर बजी! मेरे को तो किधर बजने की आवाज आई नहीं! दोनों टाइम नहीं आई!"

"ख़राब होगी!"

"उधर एक कुर्सी पड़ी है। दरवाज़े के पास ले के आ।"

"काहे?"

"रोशनदान खुला है। मेरे को भीतर झांकने का।"

"पण काहे, साब?"

"अरे, आवाज लगाऊंगा नाम ले के! घन्टी खराब बोला कि नहीं बोला! गोरे साहब अभी सोता होगा तो आवाज़ सुनकर उठा जाएगा।"

"ओह! ठीक।"

बाहर से किसी के कुर्सी पर चढ़ने की आहट मिली।

भारकर दबे पांव दालान में सरक आया।

"देवा रे!" – एकाएक कदम की आतंकित आवाज आई – "देवा रे!"

"क्या हुआ साब?"

"अरे, कोई पंखे से लटका झूल रहा है। अन्धेरे में भी साफ पता लग रहा है।"

"क-कौन?"

"मालूम नहीं।"

"आदमी कि औरत?"

"नहीं मालूम। खाली एक जिस्म बोले तो। म-मैं . . . एसएचओ साहब को फोन लगाता हूँ।"

भारकर ने जानबूझ कर फोन की घन्टी ऑफ कर दी हुई थी, फोन वाइब्रेटर मोड पर था, तत्काल उसने कॉल रिसीव की।

"साहब . . ."

कदम ने आशंकित, आतंकित भाव से जो देखा, जल्दी-जल्दी बयान किया।

"दरवाज़ा तोड़ दो।" – भास्कर ने आदेश दिया।

"जी!"

"ज़बरदस्ती खोलो।"

"सर, फ्लैट में अन्धेरा है। लगता है कनैक्शन को कुछ हो गया है। पहले बिजली का न पता करें कि क्यों नहीं आ रही . . ."

"नहीं। पहले जैसे-तैसे दरवाज़ा खुलवाओ। हो सकता है जो हुआ है, वो अभी हुआ हो। वो अभी टंगा हो और अभी ज़िन्दा हो!"

"ओह!"

"चिटखनी की जगह पर किसी भारी चीज से चोट मारो। भीतर से चिटखनी की आंख उखड़ जाएगी तो झट दरवाज़ा खुल जाएगा।"

"अभी, सर।"

"लाइन चालू रखने का। मैं होल्ड करता हूँ।"

कुछ क्षण बाद दरवाज़े पर किसी भारी चीज की चोट पड़ी।

दरवाज़ा खुल गया।

कदम लपक कर भीतर दाखिल हुआ।

भास्कर फ्लैट के और भीतर सरक गया।

बैठक में हल्की सी रौशनी हुई। शायद किसी ने मोबाइल की टार्च ऑन की थी।

"सर!"– फिर कदम का आतंकित स्वर सुनाई दिया – "गोरे! ख़ुदकुशी कर ली!"

"ओह! गिरफ्तारी से डर गया, इसलिए। अब बत्ती की ख़बर लो। सब जने फ्लैट से बाहर निकलो और दाएं-बाएं मेन स्विच तलाश करो। कोई लोकल बाशिन्दा दिखाई दे जाए तो मदद के लिए उसको पकड़ो।"

"यस, सर।"

"आउट! क्विक!"

अफ़रातफ़री में बाहर जाते कदमों की आवाज़ आई।

भास्कर ने फोन बन्द करके आगे कदम बढ़ाया, दालान पार किया और बैठक की चौखट पर पहुंचा। उसकी अपेक्षानुसार वहां कोई नहीं था। वो मेन डोर पर पहुंचा। सावधानी से उसने बाहर झांका तो पाया कि बाहर भी कोई नहीं था। वो और आगे बढ़ा तो वो लोग उसे सीढ़ियों के पास मीटरों की तरफ पीठ किए खड़े दिखाई दिए। अब उनमें कॉलोनी के बाशिन्दे भी शामिल थे।

भास्कर ने चुपचाप बरामदा पार किया और दबे पांव सीढ़ियों से विपरीत दिशा में बढ़ा। वो परली तरफ ब्लॉक की ओट में पहुंचा ही था कि फ्लैट की बत्ती आ गई। फिर मेन डोर की ओर बढ़ते कई कदमों की आहट हुई।

भास्कर ख़ामोशी से ठिठका खड़ा प्रतीक्षा करने लगा।

"अरे, ये गोरे साहब ही हैं। नीचे उतारो! जल्दी! किचन में कहीं छुरी होगी। लाके रस्सी काटो।"

कुछ क्षण ख़ामोशी रही।

"अरे, ऐसे नहीं! ऐसे नहीं। पहले दो जने टांगे पकड़ो। फिर रस्सी कटते ही बॉडी को सम्भालो। . . . हां, हां . . . ऐसे ही . . . ऐसे ही।"

भास्कर आगे बढ़ा और बरामदे की दो सीढ़ियां चढ़ कर मेन डोर पर पहुंचा। उसके बैठक में कदम डालते ही कदम की उस पर निगाह पड़ी।

"सर, अच्छा हुआ आप आ गए।" – अपने थानाध्यक्ष को देखते ही कदम ने चैन की लम्बी सांस ली – "यहां तो बड़ा कांड हो गया . . ."

उस वक्त की अफ़रातफ़री में कदम को अपने उच्चाधिकारी से सवाल करना न सूझा कि वो इतनी जल्दी मौका-ए-वारदात पर कैसे पहुंच गया था। अगर वो थाने में था तो यूं चुटकियों में धोबी तलाव नहीं पहुंच सकता था, कहीं आसपास था तो तभी क्यों न पहुंचा जब दरवाज़ा तोड़ देने का हुक्म जारी कर रहा था।

". . . सर, गोरे ने ख़ुदकुशी कर ली।"

"मुझे इसी बात का अन्देशा था।" – भास्कर गम्भीरता से बोला।

"आ-आप को प-पहले से अन्दाज़ा था वो ऐसा करेगा?"

"हां।"

"सर, गुस्ताखी माफ, रोकने की कोई जुगत करनी चाहिए थी!"

"की थी। उसे थाने तलब किया था ताकि उसे अपनी सफाई देने का मौका मिल पाता। लेकिन अपने अंजाम से ख़ौफज़दा वो पहले ही हिम्मत हार बैठा। नतीजा तुम्हारे सामने है।"

"नतीजा!"

"हां, भई, नतीजा।"

"ख़ुदकुशी कर ली!"

"और क्या! जब घर में उसके अलावा कोई नहीं था और दरवाज़ा भीतर से बन्द था जो तोड़कर खोला गया तो और क्या किया!"

"और क्या किया!"

"अरे, मैं तेरे से पूछ रहा हूँ।"

"वही किया जो हुआ दिखाई दिया।"

"तो?"

कदम ने जवाब न दिया, उसने बेचैनी से पहलू बदला।

"मेरे पास उसके खिलाफ ओपन एण्ड शट केस था। वो नहीं बच सकता था। ख़ुदकुशी के सिवाय उसके पास दूसरा कोई रास्ता नहीं था। बाज लोगों की दिलेरी ऊपरी होती है, अन्दर से बहुत कमजोर होते हैं, प्रैशर नहीं झेल पाते। क्या!"

"जी हां। अब मेरे लिए क्या हुक्म है?"

"मेरे को थाने जाने का। ये महकमे के अफसर का केस है, शायद रिपोर्ट के लिए ऊपर से हुक्म आए। प्रोसीजर के अलावा भी और इधर सब सम्भालना। बैक अप की ज़रूरत हो तो बुलाना। मैं चलता हूँ।"

कदम ने सहमति में सिर हिलाया।

□□□

सुबह के साढ़े दस बजने को थे जब थानाध्यक्ष भारकर ने एसआई कदम को तलब किया।

कदम ने मुस्तैदी से सैल्यूट मारा।

"बैठ।" – भारकर बोला।

"थैंक्यू, सर।"

"रात कैसी बीती?"

"ठीक! ख़ुदकुशी का ओपन एण्ड शट केस था।"

"हूँ।"

"लेकिन हैरानी है कि गोरे ने . . ."

"हैरान बाद में हो लेना फुरसत से, इत्मीनान से। अभी मेरे को ज़्यादा ज़रूरी बात करने का। सुन रहा है न!"

"हां, सर। बराबर।"

"तू माल खाने का इंचार्ज है।"

"हां, सर।"

"कैसा इंचार्ज है? ड्यूटी ठीक से नहीं कर सकता?"

"ड्यूटी!" – कदम हड़बड़ाया – "मैं?"

"हां, तू। तेरे से ही बात कर रहा हूँ मैं।"

"सर, कोई गड़बड़?"

"हां।"

"क्या हुआ?"

"मालखाने से तुलसीवाडी वाले केस के सस्पैक्ट शूटर का पीओपी मोल्ड गायब है।"

"जी!"

"प्लास्टर ऑफ पैरिस के घोल से बना मौका-ए-वारदात पर मिली जूते की छाप का सांचा जो लैब वालों ने उनका काम हो जाने के बाद हमें सौंप दिया था। जो तेरे हवाले था। जो तूने मालखाने में जमा कराया था, नहीं?"

"हां। लेकिन . . ."

"गायब है। मालखाने में नहीं है।"

"नहीं है?"

"और मैं क्या बोला!"

"सर, ऐसा कैसे हो सकता है?"

"तू बोल, तू इंचार्ज है मालखाने का।"

"सर वो मैं इसलिए हूँ क्योंकि किसी ने तो होना ही होता है वर्ना काम तो स्टाफ ही करता है।"

"ठीक! लेकिन ज़िम्मेदारी तो इंचार्ज की बनती है न, जो कि तू है!"

"सर, बोले तो मैं तो नाम का इंचार्ज हूँ। आप थाने के मालिक हैं, असल में तो थाने का सब कुछ आपके ही चार्ज में है।"

"क्यों भई, मेरे पर इलज़ाम लगा रहा है कि वो मोल्ड मैंने खो दिया?"

"सर, ये मैंने कब कहा?"

"कहने में कसर भी क्या छोड़ी!"

पहले से हड़बड़ाए कदम के मुंह से बोल न फूटा।

"तुलसीवाडी का मर्डर केस अब कोई मामूली केस नहीं रहा। कल हालात ने जो करवट बदली है, उसकी रू में ये बहुत अहम, एक हाईफाई केस बन गया है। पहले शूटर, जो कोई भी था, हमारे लिए काला चोर था। अब पता चला है कि शूटर हमारा अपना पुलिस ऑफिसर, हमारा अपना सब-इन्स्पेक्टर था। अब ये जो राज फ़ाश हुआ है, इससे ये केस बहुत अहम हो गया है, इसलिए कातिल के फुटप्रिंट का मोल्ड अब अहमतरीन हो गया है। वो मोल्ड अब कातिल के खिलाफ – जो अब हमें मालूम है कि एसआई गोरे था – एक बड़ा सबूत बन कर सामने आने वाला है।"

"सर, यकीन नहीं होता कि . . ."

"अपनी बेयकीनी अपने पास रख। प्रत्यक्ष को प्रमाण की ज़रूरत नहीं होती। अगर एसआई गोरे गुनाहगार नहीं था तो क्यों उसने ख़ुदकुशी कर ली?" – भारकर एक क्षण ठिठका, फिर अपने मातहत को घूरता बोला – "या तेरे को ये ख़ुदकुशी का केस होने पर भी शक है?"

"कैसे होगा, सर!" – पहले से हड़बड़ाया कदम और हड़बड़ाया – "प्रिमिसिज़ को जबरन खोलकर पंखे से झूलती लाश बरामद की गई, कैसे होगा?"

"तो?"

"अब मैं क्या बोलूं?"

"कल रात मौका-ए-वारदात के हालात तेरे से बेहतर गवाह बन गए हैं इसलिए उस बाबत तो तू कुछ न ही बोले तो बेहतर होगा। अभी तो ये बोल कि मालखाने से पीओपी मोल्ड कैसे गायब हो गया?"

"सर, मैं क्या बोलूं! मेरे को तो कुछ सूझ नहीं रहा। मैं तो हैरान हूँ कि कैसे कोई चीज़ मालखाने से गायब हो सकती है जबकि वहां तो पुलिस की पकड़ में आया एक से एक कीमती सामान मौजूद है!"

"तो?"

"तो सर, इस बात की तफ़्तीश होनी चाहिए कि कैसे कोई आइटम मालखाने से गायब हो गई! थाने में ही ऐसी वारदात होने लगें तो . . ."

"कदम, अपने जोश को काबू में कर। इस हाय-हाय का ये वक्त नहीं है।"

कदम को जैसे ब्रेक लगी।

"इस बात को इस वक्त उछालेगा तो सबसे बड़ी जवाबदारी तेरी ही बनेगी। तू चाहता है ऐसा हो?"

मशीनी अंदाज से कदम का सिर इंकार में हिला।

"अब बोल, जो दुश्वारी सामने है, उसका कोई हल ये टाइम तेरे मगज में है?"

"नहीं, सर। लेकिन आपके मगज में तो होगा न बरोबर वर्ना आपने ये किस्सा ही न छेड़ा होता! आप मालिक हैं सर, आप बताइए न कोई हल?"

"मैं बताऊं?"

"हां, सर। दरख़्वास्त है।"

"ओके। तू मेरा अजीज़ है, मेरा वफ़ादार है, इसलिए बताता हूँ।"

"थैंक्यू, सर।"

"अभी ये बात खुली नहीं है कि मालखाने से मोल्ड गायब है। इत्तफाक से अभी ये बात सिर्फ मेरे को मालूम है। सुबह मैं किसी दूसरी चीज़ की पड़ताल के लिए मालखाने में गया था तो मेरे नोटिस में आया था कि वो मोल्ड जहां होना चाहिए था, वहां नहीं था। तब मैंने तब तक ख़ामोश रहने का फैसला किया था जब तक इस बाबत मेरी तेरे से बात न हो जाती। क्या!"

"शुक्रिया, सर। मैं मशकूर हूँ।"

"अब तेरी . . . तेरी बोला मैं . . . इस प्रॉब्लम का हल यही है कि मोल्ड जहां होना चाहिए था, वहीं पाया जाए। यानी उसे मालखाने में वापिस रिप्लेस किया जाए।"

"कैसे?"

"ये भी कोई पूछने की बात है! वैसे नए मोल्ड का इन्तजाम किया जाए।"

"सर, गुस्ताख़ी माफ, फिर पूछ रहा हूँ, कैसे? कैसे होगा ये काम?"

"इत्तफाक से बहुत आसानी से होगा। वो क्या है कि मेरे पास . . . कातिल का जूता है।"

"जी!"

"अब ये न पूछना कि कहां से आया! बस, आया कहीं से। तू इसे तेरे मेरे बीच की, आपसदारी की बात समझ। क्या!"

कदम का सिर सहमति से हिला।

"वो जूता मैं तेरे हवाले कर दूँगा। फिर उस जूते की मदद से तेरे को नया मोल्ड बनाने का और मालखाने में रखने का ताकि खानापूरी हो।"

"लेकिन, सर, ये . . . ये क्या मुनासिब होगा?"

"ग़ैरमुनासिब भी क्या होगा?"

"सर, थाने से एक चीज गायब हो गई तो आखिरकार तो ज़िम्मेदारी, गुस्ताख़ी माफ, थानाध्यक्ष की ही बनती है!"

"क्या कहने! हमारी बिल्ली हमसे ही म्याऊं?"

कदम ने बेचैनी से पहलू बदला।

"ठीक है, बनती है बराबर। मालखाने का इंचार्ज तू, लेकिन थाने का ओवरआल इंचार्ज होने की वजह से मैं ज़िम्मेदार। अभी क्या होगा?"

"क-क्या होगा?"

"ये होगा कि मेरे पर जो एक्शन होगा, वो जैसे-तैसे मैं भुगत लूँगा। बोले तो मेरी ट्रांसफर हो जाएगी। मेरे को लाइन हाज़िर कर दिया जाएगा। लेकिन तेरी तो नौकरी ही जाएगी।"

"जी!"

“मालखाने के इंचार्ज के तौर पर तेरे पर बराबर इलज़ाम आएगा कि मोटी रिश्वत खाकर तूने मोल्ड को मालखाने से गायब कर दिया।”

“मोटी रिश्वत! कौन देगा?”

“जिसके जूते का मोल्ड था।”

“वो तो . . . वो तो मर गया!”

“अगर किसी रिश्वत देने वाले का वजूद है तो नहीं मर गया। वो जूते की छाप किसी जुदा शख़्स को कातिल करार देती लगे तो उस शख़्स को बचाने के लिए उसके तरफ़दार, तू ख़ुद सोच कि क्या कुछ नहीं कर गुज़रेंगे!”

“सर, आप मुझे उलझा रहे हैं। माफी के साथ अर्ज़ है आप केस में नाहक घुंडी डाल रहे हैं। अगर जूते का मोल्ड मालखाने से – कैसे भी, रिश्वत से या कैसे भी – गायब कराया गया है तो कातिल वो है जिसने अपने जूते की छाप मौका-ए-वारदात पर छोड़ी, जिसके जूते की छाप का कि मोल्ड था। फिर अपना एसआई गोरे कातिल क्योंकर हुआ? क्यों और कौन से अंजाम से ख़ौफ खाकर उसने ख़ुदकुशी कर ली?”

“उस ख़ुदकुशी में बहुत भेद हो सकते हैं जो अभी खुलने हैं और खुलते खुलते खुलेंगे। लेकिन जूते का पीओपी मोल्ड तो मालखाने से अभी गायब है!”

“मैंने नहीं किया।”

“मोल्ड गायब है। गायब है तो किया।”

“देवा रे! ये क्या गोरखधन्धा है?”

“कोई गोरखधन्धा नहीं है। अगर वफ़ादार है . . . है न?”

“पूरा। सौ टांका।”

“तो वफादार बन के रह। और जैसा मैं कहता हूँ वैसा कर। जवाब एक ही बार में दे। हां या न में दे।”

“हां।”

“क्या?”

“करता हूँ।”

"बढ़िया! कितना टाइम लगाएगा? कम से कम बोल।"

"श-शाम तक। क्योंकि ये काम यहां होने वाला नहीं। घर जाके करना होगा।"

"कर लेगा?"

"हां।"

"सब प्रोसीजर मालूम?"

"मालूम।"

"हाफ डे की लीव अप्लाई कर और घर जा। शाम से पहले मोल्ड के साथ लौट। कोशिश कर कि लंच ब्रेक तक ये काम हो जाए। कदम, शाम ही नहीं कर देने का।"

"वो . . . जूता!"

पोलीथीन के बैग में रखा एक जूता भारकर ने उसे सौंपा।

झिझकते हुए, सावधानी से कदम ने जूते का मुआयना किया।

भारकर ने एतराज़ न किया। वो धीरज से उसे वो काम करता देखता रहा।

आखिर कदम ने जूते पर से सिर उठाया।

"आठ नम्बर!" – वो दबे स्वर में बोला।

"हां।" – भारकर सहज भाव से बोला।

"मोल्ड तो नौ नम्बर के जूते का था!"

"जो चीज़ है नहीं, उसके बारे में तेरे को क्या मालूम!"

"आइडेन्टिकल साइज़ के जूते से मोल्ड को नाप कर देखा जाता है, सर। प्रोसीजरल बात है।"

"फिज़ीकल पैमायश में ऊंच-नीच हो जाती है।"

कदम ने चेहरे पर आश्वासन के भाव न आए।

"अरे, आठ नम्बर कैसे बनता है? – भारकर तनिक झल्लाया।

"क-कैसे बनता है?"

"ऊपर-नीचे एक दूसरे से जुड़े दो गोल दायरे होते हैं, ऐसे बनता है। नहीं?"

"हं-हां।"

"पुराना जूता था, इस्तेमाल में आते-आते नीचे का गोल दायरा बाईं ओर से घिस गया तो 'आठ' 'नौ' ही तो लगेगा!"

"सर, साथ आई रिपोर्ट में भी तो ऐसा लिखा था!"

"आठ को नौ पढ़ा रिपोर्ट बनाने वाले ने। क्यों ऐसा पढ़ा, अभी बोला न तेरे को!"

"हां, बोला तो! लेकिन ऐसी कोताही . . ."

"होती है, होती है। ये मुम्बई पुलिस है, स्काटलैंड यार्ड नहीं है, एफबीआई नहीं है।"

"वो तो ठीक है, सर, लेकिन . . ."

"अभी भी लेकिन! अरे, क्यों छोटी सी बात का बतंगड़ बनाता है? वो कोताही नहीं तो अनजाने में हुई क्लैरिकल मिस्टेक होगी या वो वजह होगी जो मैंने अभी बयान की।"

"रिपोर्ट के साथ दो फोटोग्राफ भी थे!"

"बहुत वहमी है। फोटोग्राफ सोल के मोल्ड के थे। सोल पर, तले पर नम्बर नहीं होता। नम्बर जूते के अन्दर वहां होता है, पहने जानते पर जहां पांव की एड़ी टिकती है और जिस जूते की छाप से मोल्ड बना था, वो इस इन्स्पेक्शन के लिए उपलब्ध नहीं था . . . जैसे कि तेरे हाथ का जूता तेरी इन्स्पेक्शन के लिए उपलब्ध है।"

"हूँ।"

"कोई और शंका?"

"जी, कोई नहीं।" – वो उठ खड़ा हुआ – "चलता हूँ।"

"जल्दी लौटने की कोशिश करना। फिर ताकीद है, कदम, शाम की बात हुई है तो शाम करके ही न लौटना।"

"जल्दी लौटूंगा, सर।"

लैंडलाइन की घन्टी बजी।

अनायास ही भारकर की निगाह ऑफिस की वॉल क्लॉक पर पड़ी।

एक बजने को था।

उसकी तवज्जो बार-बार एसआई कदम की ओर जाती थी।

आता ही होगा! – उसने मन ही मन सोचा।

उसने हाथ बढ़ाकर क्रेडल पर से रिसीवर उठाया और माउथपीस में बोला – "हल्लो!"

"एसएचओ साहब बोलते हैं?" – एक भारी खरखराती मर्दाना आवाज़ उसके कान में पड़ी – "मल्लबकि तारदेव थाने के थानाध्यक्ष बोलते हैं?"

"हां।"

"सर, मैने आप से एक बहुत ज़रूरी बात करनी है, जो कि ख़ास आपके मल्लब की है इसलिए उतावला नहीं होना। लाइन नहीं काटना।"

"मेरे मतलब की बोला?"

"हां।"

"मेरे यानी इन्स्पेक्टर उत्तमराव भारकर के मतलब की जो कि तारदेव स्टेशन हाउस का स्टेशन हाउस ऑफिसर है?"

"हां।"

"मेरे को जानते हो?"

"नहीं। ख़ाली नाम और पोस्ट से वाकिफ मैं।"

"नाम बोलो अपना।"

"आखिर तो बोलना ही पड़ेगा लेकिन अभी नहीं।"

"क्यों?"

"मैं बात कर चुकूंगा तो आप ख़ुद ही समझ जाएंगे।"

"करो।"

"फिल्में देखते हैं?"

"वाहियात सवाल है लेकिन . . . कॉल रिसीव की है तो . . . हां, भई, देखते हैं।"

"गुड। मेरे पास एक फिल्म है जो आपको ज़रूर-ज़रूर देखनी चाहिए, मल्लबकि सौ काम छोड़ के देखनी चाहिए।"

"अच्छा!"

"जी हां। नहीं देखेंगे तो नुकसान आप ही का होगा।"

"कहां है फिल्म?"

"मेरे पास है। शॉर्ट फिल्म है, मेरे पास है।"

"तुम्हारे पास है तो मेरे को कैसे दिखाई देगी?"

"मैं दिखाऊंगा न! मल्लबकि आपको फॉरवर्ड करूँगा।"

"कैसे?"

"लैंडलाइन पर तो फॉरवर्ड नहीं कर सकता, मोबाइल नम्बर आपका मुझे मालूम नहीं, ई-मेल आइडेन्टिटी भी नहीं मालूम। लैंडलाइन का नम्बर भी इसलिए मालूम क्योंकि थाने के बाहर लगे थाने के साइन बोर्ड पर लिखा था। तीन लैंडलाइन नम्बर वहां दर्ज थे, बारी-बारी बजाए तो तीसरा आपका निकला। मल्लबकि यूं आपसे बात हो गई।"

"आगे?"

"आगे वो शॉर्ट फिल्म जो मैं आपको फॉरवर्ड करना चाहती हूँ। आप उसे देखना चाहते हैं, मल्लबकि जानना चाहते हैं कि उस फिल्म में ख़ास क्या है, खास आपके मतलब का क्या है, तो मेहरबानी करके अपना मोबाइल नम्बर शेयर कीजिए।"

"किस से शेयर करूँ? अपना कोई परिचय दोगे, अपने बारे में कुछ बोलोगे तो शेयर करूँगा न!"

"पहले करो।"

"ये तो नहीं हो सकता!"

"नहीं हो सकता! क्या भूल गए हो कि कहां फोन किया है! पुलिस चुटकियों में . . ."

"नहीं कर सकेगी। कुछ नहीं कर सकेगी। आपकी लैंडलाइन पर कॉलर आइडेंटिटी की सुविधा है तो भी नहीं कर सकेगी।"

"क्यों भला?"

"क्योंकि कॉल खत्म होते ही मेरा इरादा मोबाइल को सिम समेत समुद्र में फेंक देने का है।"

"ओह! लेकिन सिम समेत क्यों? खाली सिम क्यों नहीं?"

"मोबाइल खोने से मेरे को कोई फर्क नहीं पड़ता। चोर बाजार में जो चोरी के फोन धड़ल्ले से बिकते हैं, कई बार उनमें सिम भी मौजूद होता है, मल्लबकि ऐसा फोन चालू कनैक्शन वाला होता है . . ."

"ऐसा फोन पुलिस बड़ी आसानी से ट्रेस कर लेती है।"

"अगर कीमती, हाई एण्ड फोन हो तो। तभी लोगबाग फोन खोने या चोरी हो जाने की रिपोर्ट दर्ज कराते हैं। आजकल तो हज़ार से भी कम में नया फोन मिल जाता है – पुराना और भी कम में मिल जाता है – तो ऐसे सस्ते फोन की रिपोर्ट दर्ज कराने की ज़हमत कौन करता है!"

"श्याने हो काफी!"

"मल्लबकि कॉल करवाना ट्रेस खुशी से। मेरा काम तो हो गया! मेरे चोरी के फोन बमय सिम का काम तो हो गया! मेरे को तो अब कॉल डिसकनैक्ट करने का।"

"अभी रुको। प्लीज़।"

"प्लीज़ बोला तो . . . ओके।"

"फिल्म की बाबत कुछ बताओ। क्या है उसमें?"

"कुछ बताने की ज़रूरत किधर, अगरचे कि पहले फिल्म देख लेते।"

"फिर भी कुछ बताओ। इसलिए बताओ क्योंकि तुमने मुझे भारी सस्पेंस में डाल दिया है।"

"आप चाहते हैं मैं लम्बी बात करूँ, जो कि मैं फिल्म की बाबत बोलूँगा तो मुझे करनी पड़ेगी, और आप इस कॉल को ट्रेस करवाने में लग जाएं!"

"अरे, नहीं।"

"आप अभी मुझे अपना मोबाइल नम्बर और ई-मेल आइडेन्टिटी बताइए। नहीं बताएंगे या बताने में इरादतन लम्बी हुज्जत करेंगे तो मेरे को फिल्म की सीडी आपके थाने भिजवानी पड़ेगी जो कि हो सकता है कोई और रिसीव कर ले। रिसीव कर ले और देख भी ले। ऐसा होगा तो आपकी सारी पॉलिश उतर जाएगी। मल्लबकि आपका अंजाम बुरा होगा, इतना बुरा होगा कि उसका आप तसव्वुर भी नहीं कर सकेंगे।"

"ये तुम मुझे डरा रहे हो या धमका रहे हो?"

"आपके हुक्म के मुताबिक हिन्ट दे रहा हूँ कि फिल्म में क्या हो सकता है!"

"अपने हिन्ट को थोड़ा और पसारो।"

"तो सुनिए। उसमें जो रिकॉर्डिड है, वो आपके प्राण कम्पा देगा, आपको साक्षात मौत का नज़ारा करा देगा।"

"किसकी मौत का?"

"आपकी मौत का।"

"क्या बकते हो?"

"बोले तो अभी कॉल जारी है या मैं ख़त्म समझूं?"

"नोट करने के लिए तुम्हारी पास कोई कागज पेंसिल है?"

"है।"

"ई-मेल आइडेन्टिटी नोट करो। मोबाइल नम्बर भी।"

"बोलिए।"

भास्कर ने बोला।

"थैंक्यू।" – दूसरी तरफ से आवाज़ आई – "मैं बजाऊँगा आपका मोबाइल।"

"फिर किसी दूसरे के सिम वाले चोरी के फोन से?"

"ये भी कोई पूछने की बात है! हर नई कॉल नए फोन से।"

"क्या फायदा?"

"नुकसान भी क्या है? मैने कोई सौ पचास कॉलें तो नहीं करनी! दो तीन बार कॉल करने के लिए दो-तीन बार चोरी का फोन खरीदने में कितना गरीब हो जाऊँगा मैं! मल्लबकि कोई फर्क नहीं पड़ेगा मेरे को।"

"कब करोगे फोन?"

"आपके इत्मीनान से फिल्म देख लेने के बाद। क्योंकि थाने में बैठ के देखने लायक वो फिल्म नहीं है।"

"तुम तो मुझे फिक्र में डाल रहे हो!"

"कर लीजिए फिक्र। थोड़ी देर ही तो करनी पड़ेगी! मल्लबकि उतनी ही देर जितनी देर में फिल्म देख पाओगे।"

"लेकिन . . ."

"कल फोन करूँगा।"

"अरे, सुनो तो!"

"या परसों या अगले दिन।"

"ऐसा क्यों?"

"कोई ख़ास वजह नहीं। सिवाय इसके कि मैं सब्र वाला भीड़ू हूँ। फिर शायद आपके फिल्म देख चुकने के बाद आपका भड़कना, तड़पना देखने का भी मौका मिल जाए। क्या!"

भारी सस्पेंस के हवाले भारकर ख़ामोश रहा।

"तब तक फिल्म बार-बार देखकर ये तसल्ली भी कर लेना कि फिल्म मौफ्र्ड नहीं है, स्पलाइस्ड नहीं है, डॉक्टर्ड नहीं है, मल्लबकि उसके साथ किसी तरह की कोई छेड़ाखानी नहीं हुई है।"

लाइन कट गई।

भारकर ने फोन वापिस क्रेडल पर रखा और उंगलियों से मेज़ ठकठकाता सोचने लगा।

गोरे की बैठक में पड़ा रिम पर लिपस्टिक लगा गिलास बार-बार उसके ज़ेहन पर उबर रहा था। वो गिलास ड्रिंक्स में गोरे को कम्पनी देती किसी लड़की ने इस्तेमाल किया था, इस बात से अब वो आश्वस्त था और अब वो फोन कॉल इस तथ्य को रेखांकित करती थी कि कॉल के दौरान हुई रहस्यमयी बातों का ज़रूर उस लड़की से कोई रिश्ता था।

क्या रिश्ता?

लड़की का कोई जोड़ीदार! कोई मेल अकम्पलिस!

क्या बड़ी बात थी!

लेकिन शॉर्ट फिल्म?

क्या था उसमें! क्या हो सकता था जो उसके प्राण कम्पा सकता था, उसे साक्षात मौत के दर्शन करा सकता था!

ऐसी कोई फिल्म वजूद में कैसे आई?

फोनकर्त्ता फिर से कॉल करने से पहले उसको इत्मीनान से फिल्म देखने का मौका देना चाहता था, इस लिहाज़ से तो फिल्म आती ही होनी चाहिए थी।

बहरहाल इन्तज़ार के सिवाय कोई चारा नहीं था।

उसका मोबाइल ई-मेल भी रिसीव करता था इसलिए वो बार-बार मोबाइल की स्क्रीन पर निगाह डाल रहा था।

तभी स्क्रीन पर मैसेज फ्लैश हुआ – चैक युअर मेल।

उसने फौरन मोबाइल पर मेल रिसीव की।

अटैचमेंट के तौर पर जो उसने देखा और रिसीव किया, उसने उसके होश उड़ा दिए।

फिल्म की उस शार्ट क्लिप में पहले वो गोरे पर पीछे से आक्रमण कर रहा था फिर उसका गला घोंट रहा था और फिर उसे सूली पर टांग रहा था।

देवा! वो फिल्म थी या साक्षात उसकी मौत का सामान था!

बार-बार उसके ज़ेहन में वही सवाल दस्तक देने लगा।

कैसे वजूद में आई?

फ्लैट में मौजूद गोरे की संगिनी ने बनाई और आगे किसी मेल अकम्पलिस को सौंप दी जिसने उस बाबत उसे फोन लगाया! कैसे वो लड़की – जो कोई भी वो थी – ऐसे दीदादिलेरी के काम को अंजाम दे पाई! मंशा क्या थी उसकी! किसी मेल अकम्पलिस को फ्रंट बना कर क्या हासिल करना चाहती थी!

या जो करना था हरकत भी और हासिल भी – मेल अकम्पलिस ने, जोड़ीदार ने करना था।

लेकिन क्या?

क्या? क्या? क्या?

उसका खुराफाती क्रुकेड पुलिसिया दिमाग तेज़ी से काम करने लगा।

फोन पर हुए वार्तालाप को उसने कई बार याद किया।

जितना आडम्बर, जितना सस्पेंस बाजरिया शार्ट फिल्म खड़ा किया गया था, बिना किसी मतलब के तो वो हो नहीं सकता था।

क्या मतलब?

उसके थाने में एक नामी गैंगस्टर पुलिस रिमांड के तहत बन्द था, क्या वो सारा

ड्रामा उस गैंगस्टर को आज़ाद कराने के लिए खड़ा किया जा रहा था! ज़रूरत के मुताबिक ऐसे डील होते तो थे! ऐसे दबाव बनाए तो जाते थे!

लेकिन ऐसे गैंगस्टर को वो कैसे छोड़ सकता था? ऐसे फैसले जिस ऊंचे लैवल पर होते थे उसमें एक मामूली एसएचओ की कोई पूछ नहीं होती थी।

शायद कॉल करने वाले को इस बात की ख़बर नहीं थी, वो समझता था कि थाना प्रभारी को जिच करके ही मकसद पाया जा सकता था।

लेकिन – उसने ख़ुद से जिरह की – अगर ऐसा था तो ये एक बड़ा षड़यन्त्र था जिसमें गोरे की कोई टैम्परेरी माशूक कहीं फिट नहीं होती थी।

बहरहाल, जब तक कोई मांग खड़ी न होती तब तक कुछ नहीं किया जा सकता था।

एकाएक उसकी विचारधारा को ब्रेक लगी।

एक बार फिर उसके ज़ेहन में फोन पर हुआ डायलॉग गूंजा तो इस बार कुछ नए नुक्तों की तरफ उसकी तवज्जो गई।

कुछ नहीं किया जा सकता था – उसके अब अलर्ट मगज ने उससे सवाल किया – क्या वाकई!

एक नई सम्भावना ने उसकी चेतना को झकझोरा।

तभी एसआई कदम ने वहां कदम रखा।

भारकर ने जल्दी से फोन जेब के हवाले किया और विशेष अभियान पर निकले अपने मातहत की ओर देखा।

कदम ने सहमति में सिर हिलाया।

"ठीक बना?" – भारकर बोला।

कदम का सिर फिर सहमति में हिला।

"दिखा।"

एक लिफाफे में मौजूद पीओपी मोल्ड कदम ने पेश किया।

भारकर ने ग़ौर से उसका मुआयना किया तो सब कुछ तसल्लीबख़्श पाया।

"जूता!"

कदम ने एक दूसरा लिफाफा पेश किया।

बढ़िया – भास्कर मन ही मन बोला – अब उस जूते की कोई ज़रूरत नहीं थी, पहली फुरसत में वो उसे ठिकाने लगा सकता था।

दूसरे पांव का जूता वो पहले ही ठिकाने लगा चुका था।

भास्कर ने मोल्ड को वापिस लिफाफे में डाला और लिफाफा कदम को लौटाया।

तभी उसका डैस्क फोन बजा।

उसने कॉल रिसीव की, एक क्षण बात की और रिसीवर वापिस क्रेडल पर रखता उठ खड़ा हुआ।

"एसीपी बुलाता है। अभी का अभी जाना पड़ेगा। तू ये मोल्ड वापिस मालखाने में पहुंचा।

"अभी।" – कदम बोला।

"होशियारी से।"

"ये भी कोई कहने की बात है, सर?"

"किसी को ख़बर न लगे कि मोल्ड पहले मालखाने में नहीं था लेकिन अब बराबर मौजूद था।"

"नहीं लगेगी। चलूं अब?"

"हां। लेकिन पहले एक बात सुन के जा।"

कदम की भवें उठीं।

"मुझे तेरे से एक निहायत ज़रूरी, पर्सनल – पर्सनल बोला मैं – काम है जो मैं तेरे से बाद में – एसीपी से फारिग हो जाने के बाद – डिसकस करूँगा।"

"ऐसा क्या काम है?"

"बोलूंगा न! तेरे से नहीं बोलूंगा तो किस से बोलूंगा! आखिर एक तू ही तो मेरा भरोसे का भीड़ू है इस थाने में! नहीं?"

"जी हां।"

"थाने में ही रहना। कहीं जाना नहीं। एसीपी से फुरसत पा कर मैं तेरे से बात करूँगा। कौन सी बात?"

"पर्सनल!"

"बहुत पर्सनल। बोले तो टॉप सीक्रेट। अभी जा। मिलते हैं।"

संजीदासूरत कदम रुख़सत हो गया।

अपने आला अफसर के व्यवहार से वो आहत था लेकिन उस वजह से अपनी वफादारी में कमी आने देने का उसका कोई इरादा नहीं था।

एसीपी का नाम तुषार कुलकर्णी था।

उसके अन्डर में थाना तारदेव के अलावा वैसे दो और थाने आते थे। उसका अपना ऑफिस तारदेव थाने के परिसर में ही था इसलिए उसके हुक्म पर भारकर ने फौरन एसीपी की हाजिरी भरी।

एसीपी को अपने अन्डर के थाने का एसएचओ उत्तमराव भारकर कतई पसन्द नहीं था, उसके ज़रूरत से ज्यादा दबंग मिज़ाज़ से उसे बिलकुल इत्तफाक नहीं था। वो इस बात से बाखूबी वाकिफ था कि भारकर को डिस्ट्रिक्ट के डीसीपी अनन्त पुजारा की शह थी और उसी की रिकमैंडेशन पर इन्स्पेक्टर बनने के काबिल इन्स्पेक्टर्स की पैनल में उसका नाम आया था जबकि पहले वो उस पैनल के लिए एक बार रिजेक्ट किया जा चुका था। छः साल से वो तारदेव थाने में था। किसी इन्स्पेक्टर को किसी थाने में बतौर एसएचओ दो-तीन साल से ज्यादा नहीं टिकने दिया जाता था लेकिन डिस्ट्रिक्ट के डीसीपी का हाथ सिर पर होने की वजह से जब भी ऐसी नौबत आती थी, वो अपनी ट्रांसफर रुकवा लेता था।

एसीपी ने हाथ के इशारे से उसे सीट ऑफर की तो कृतज्ञताज्ञापन करता भारकर उसके सामने सादर एक विज़िटर्स चेयर पर बैठ गया।

"कल की वारदात" – एसीपी संजीदगी से बोला – "हमारे एसआई अनिल गोरे से ताल्लुक रखती वारदात हैरान करने वाली थी। यकीन नहीं आता कि इतने होनहार पुलिस ऑफिसर ने ख़ुदकुशी कर ली।"

"सर, इस बारे में मैंने अपनी विस्तृत रिपोर्ट आपके ध्यानाकर्षण के लिए पुट अप की थी।"

"भारकर, डोंट टैल मी थिंग्स दैट आई आलरेडी नो।"

"सॉरी, सर।"

"रिपोर्ट मैंने पढ़ी है। रिपोर्ट में तुम्हारा सारा ज़ोर इस बात पर जान पड़ता था कि एसआई गोरे ने ख़ुदकुशी की थी।"

"सर, गोरे की मौत की कोई और वजह मुमकिन ही नहीं थी।"

"नो फाउल प्ले?"

"नॉट एट ऑल, सर। गोरे के फ्लैट में जो कुछ कल रात हुआ, उसके बन्द फ्लैट में हुआ जिससे निकासी का एक ही रास्ता था और वो भीतर से मजबूती से बन्द था। वहां पहुंचे हमारे एसआई कदम को और उसके साथ गए दो सिपाहियों को वो दरवाज़ा कॉलोनी के दो लोकल बाशिन्दों के सामने तोड़ कर खोलना पड़ा था।"

"खिड़की रोशनदानों की क्या पोज़ीशन थी?"

"एक ही रोशनदान था, सर, जो कि फ्लैट के मेन डोर के ऊपर था। उसके मिडल में चौखट के टॉप से पैरेलल एक लोहे की सलाख थी और रोशनदान का घूम के खुलने बन्द होने वाला शीशा जड़ा फ्रेम था। और जो खिड़कियां थीं, उन सब पर लोहे की मजबूत ग्रिल फिट थीं जिनमें से हर एक के आगे मच्छरों को बाहर रखने के लिए बारीक छेदों वाली जाली फिट थी।"

"हूँ। यानी इस बात की कोई सम्भावना नहीं थी कि एसआई गोरे का कत्ल हुआ हो?"

"कतई कोई सम्भावना नहीं थी। कैसे होती, सर! उस बन्द फ्लैट से बाहर तो परिन्दा पर नहीं मार सकता था, किसी आदमजात का कत्ल करके वहां से निकल लेना कैसे मुमकिन होता!"

"पोस्टमार्टम की रिपोर्ट कहती है कि उसके पेट में अल्कोहल की काफी मात्रा पाई गई थी!"

"सर, वो कोई बड़ी बात नहीं। ही वॉज़ ए ड्रिंकिंग मैन। फैमिली उसकी बीवी के मायके में थी। फिर कल उसका ऑफ था। ऐसे माहौल में उसका घूंट लगाने का मन कर आना क्या बड़ी बात थी!"

"अकेले?"

"सर, व्हिस्की की खुली बोतल के साथ बैठक की सेंटर टेबल पर एक ही गिलास था।"

"मुमकिन है कोई मेहमान आया हो और ड्रिंक्स में उसको वक्ती कम्पनी देकर चला गया हो!"

"आपका मतलब है . . . ही वॉज़ हैविंग ए गुड टाइम शेयरिंग ड्रिंक्स विद ए गैस्ट?"

"वाई नाट!"

"सर, ऐसा कोई शख़्स मेहमान के जाते ही भला ख़ुदकुशी क्यों कर बैठेगा?"

"तुम्हें क्या पता उसने मेहमान के जाते ही ख़ुदकुशी की?"

भास्कर हड़बड़ाया, फिर तत्काल सम्भला।

"सर, टाइम फैक्टर यही कहता है।"

"क्या कहता है? एक्सप्लेन!"

"सर, मैंने गोरे को थाने तलब किया था . . ."

"पहले मेहमान की बात करो। था या नहीं था?"

"सर, मेहमान की बाबत तो ख़ुद आपने कहा था कि ऐसी आमद आपको मुमकिन लगती थी, मैंने इस बात पर ये कहते हुए शक ज़ाहिर किया था कि कैसे कोई मेहमान के जाते ही ख़ुदकुशी कर बैठेगा!"

"मेरा फिर सवाल है, तुम्हें क्या पता गोरे ने मेहमान के जाते ही ख़ुदकुशी की?"

"तो क्या सामने की?"

"भास्कर!"

"सॉरी, सर।"

"आई वोंट टॉलरेट इररिस्पांसिबल स्टेटमेंट्स।"

"आई एम टैरीबली सॉरी, सर। आइल बी केयरफुल इन फ्यूचर।"

"तुमने गोरे को थाने तलब किया था। इससे आगे बढ़ो।"

"सर, मैंने इस हिदायत के साथ एसआई कदम को और दो सिपाहियों को गोरे के घर भेजा था। कि अगर वो रात की उस घड़ी थाने पहुंचने में आनाकानी करे तो उसे हिरासत में ले के थाने लाया जाए।"

"एक फैलो पुलिस ऑफिसर के लिए इतना हार्श ट्रीटमेंट किसलिए?"

"सर, इस फैलो पुलिस ऑफिसर पर मर्डर का चार्ज था। मेरे को पक्के सबूत मिले थे कि तुलसीवाडी में जो शूटिंग हुई थी – जिसमें सुबोध नायक नाम का एक शख़्स ठौर मारा गया था और उसकी बीवी गम्भीर तौर से घायल हुई थी और बाद में उसने भी प्राण त्याग दिए थे – वो एसआई गोरे का कारनामा था।"

"यकीन नहीं आता।"

"मेरे को भी कहां आता था, सर! लेकिन उसके खिलाफ पक्के सबूत अवेलेबल थे, जो बिलाशक कहते थे कि वो ही कातिल था।"

"था भी तो उसके छुट्टी वाले दिन इतनी रात गए उसे थाने तलब करने का क्या मतलब था? क्या सवेरा नहीं होना था? या तुम्हें अन्देशा था कि वो फरार हो जाएगा?"

भास्कर को तुरन्त जवाब न सूझा।

"उसके खिलाफ जो सबूत तुम्हारे पास थे, क्या उनकी उसको ख़बर थी?"

"अभी तो . . . अभी तो नहीं थी!"

"यानी तुम्हारे तलब किए जाने पर जब वो थाने हाजिरी भरता, अनगॉडली आवर्स में थाने हाजिरी भरता, तो तब वो सबूत तुम उसके मुंह पर मारते!"

भास्कर ने बेचैनी से पहलू बदला।

"जब उसे अभी कुछ मालूम ही नहीं था तो उसने एकाएक खुदकुशी क्यों कर ली?"

"सर, पुलिस पहुंची न उसके द्वारे!"

"कब पहुंची? जब लाश पहले ही पंखे से झूल रही थी। पुलिस की आमद की खबर लग जाने के बाद तो उसने ख़ुद को फांसी नहीं लगाई थी!"

भास्कर के मुंह से बोल न फूटा, लेकिन उसके खुराफाती दिमाग की चर्खी तेज़ी से घूम रही थी।

"सर" – वो ख़ुद को सम्भालने की कोशिश करता बोला – "ज़रूर किसी ने मुखबिरी की . . ."

एसीपी सावधान हो के बैठा।

"... और गोरे को पहले ख़बरदार कर दिया कि वो गिरफ्तार होने वाला था। इसीलिए ख़ुद उसने मेहमान को – अगर कोई मेहमान वहां था – जल्दी डिसमिस कर दिया।"

"ताकि वो पीछे ख़ुदकुशी कर पाता!"

"सर, अब किया तो उसने यही!"

"हूँ। तो किसी ने मुखबरी की! वक्त रहते गोरे को चेता दिया कि वो गिरफ्तार होने वाला था?"

"सर, ऐसा ही जान पड़ता है।"

"किसने की?"

"क्या पता किसने की!"

"शुक्र है कोई बात ऐसी भी है जो तुम्हें नहीं पता।"

"सर, आप तंज कस रहे हैं।"

"प्लीज़, प्रोसीड।"

"यस, सर। सर, मैं ये अर्ज़ कर रहा था कि थाने में डेढ़ सौ आदमियों का स्टाफ होता है, जिसमें सब खिलाफ ही तो नहीं होते न! कई ख़ैरख़्वाह, हमदर्द और तरफदार भी होते हैं। ऐसे किसी तरफदार का गोरे को उसके आइन्दा अंजाम से ख़बरदार कर देना क्या बड़ी बात थी!"

"इसलिए पुलिस के पहुंचने से पहले अपने अंजाम से ख़ौफज़दा होकर उसने ख़ुदकुशी कर ली?"

"मेरी अक्ल तो यही कहती है।"

"ख़ुदकुशी ही करनी थी तो ये पेचीदा रास्ता क्यों अख़्तियार किया? घर में एक गन मौजूद थी – जो कि मर्डर वैपन थी, जिससे दो खून पहले ही हो चुके थे – उसने तीसरे – अपने – खून के लिए वो गन क्यों न इस्तेमाल की?"

"अब मैं क्या कह सकता हूँ, सर! हो सकता है उस घड़ी की हड़बड़ी में, सस्पेंस में उसे गन की याद न आई हो!"

"उस गन की याद न आई हो जो उस छोटे से फ्लैट में उसने ख़ुद छुपाई थी?"

"क्या कहा जा सकता है!"

"छुपाई क्यों? वो भी अपने ही घर में? वो भी फ्लश की पानी की टंकी जैसी बचकानी जगह पर? वो गन अपना काम कर चुकी थी। अब उसको पास रखने का क्या मकसद था? आफिशियली रजिस्टर्ड गन तो वो थी नहीं जो कि ट्रेस की जा सकती थी?"

वो ख़ामोश रहा।

"जवाब दो।"

"मैं क्या जवाब दूं?" – भारकर का स्वर एकाएक शुष्क हुआ – "मेरे को क्या पता गोरे के मन में क्या था! मेरे को क्या पता कि आलायकत्ल वो गन वो अपने घर में क्यों छुपाए रहा और क्यों उसने उस गन को ख़ुदकुशी के लिए न चुना! जो मुझे पता है, और यकीनी तौर पर पता है, वो ये है कि फ्लश की टंकी में छुपाई गई वो गन मर्डर वैपन थी और उस पर मर्डरर के फिंगरप्रिंट्स के साफ निशान थे।"

"जिनको न बनने देने की कोई जुगत करना उसे न सूझा! और वारदात के बाद भी मिटाना न सूझा! ओके?"

"सर, इस ओके का जवाब गोरे ही बेहतर दे सकता था।"

"जो कि अब इस दुनिया में नहीं है!"

"जाहिर है।"

"और क्या है गोरे के खिलाफ तुम्हारे पास?"

"सर, सब मेरी रिपोर्ट में दर्ज है।"

एसीपी ने घूर कर उसे देखा।

"बोलता हूँ, सर।" – भारकर जल्दी से बोला – "आपको रिपोर्ट पढ़ना गवारा नहीं तो बोलता हूँ। सर, वो क्या है कि ये बात तो हमारे बीच उठ ही चुकी है कि मर्डर वैपन गोरे के घर से बरामद हुआ था और उसपर उसके क्लियर, प्रॉमीनेंट फिंगर प्रिंट्स थे। फिर अपनी मौत से पहले सुबोध नायक की बीवी नीरजा नायक ने गोरे की तस्वीर से बतौर कातिल उसकी शिनाख़्त की थी और अपनी शिनाख़्त की तसदीक के तौर पर तस्वीर की पीठ पर अपने साइन किए थे और तारीख डाली थी। फिर आईसीयू के डॉक्टर अधिकारी ने – जो कि उस घड़ी वहां मौजूद था – तस्वीर को काउन्टरसाइन किया था।"

"यानी कातिल गोरे?"

"बाकायदा शिनाख़्त हुई उसकी, सर।"

"जिसका पुलिस की नौकरी में हमेशा क्लियर रिकॉर्ड था . . ."

"इतना क्लियर तो नहीं, सर!"

"अच्छा! क्या अनक्लियर था? कान्ट्रैक्ट किलर था? सुपारी उठाता था? पार्ट टाइम वॉल्ट बस्टर था? या ऐसी और भी ख़ूबियां थीं मरने वाले में?"

"सर, आप मज़ाक कर रहे हैं।"

"तुम्हारे से?"

भारकर परे देखने लगा।

"कत्ल जैसा जघन्य अपराध किसी मैटीरियल गेन के लिए किया जाता है, किसी बड़े, बहुत बड़े हासिल के लिए किया जाता है। अगर गोरे कातिल था तो क्या गेन किया उसने घटिया मवालियों की तरह दो कत्ल करके? अपनी उजली वर्दी को दागदार करके?"

"उसकी वर्दी कितनी उजली थी या कितनी दाग़दार थी, ये जुदा मसला है लेकिन गेन तो किया बराबर।"

"क्या?"

"अब तक नहीं किया था तो अब करता।"

"अरे, क्या?"

"हमें मालूम पड़ा था कि उसके रेमंड परेरा नाम के एक गैंगस्टर से ताल्लुकात थे और परेरा आगे ख़ुद को कराची वाले 'भाई' का ख़ास बताता था। रेमंड परेरा, आप न जानते हों तो अर्ज़ है कि, टोपाज़ क्लब का मालिक है जो कि कोलाबा में कफ परेड पर है और बड़ी एक्सक्लूसिव, बड़ी हाईफाई जगह बताई जाती है।"

"मैंने सुना है टोपाज़ क्लब के बारे में। तुम आगे बढ़ो।"

"हमारी तफ्तीश बताती है, ज़ीरो नम्बर भीड़ुओं से हासिल खुफिया जानकारी बताती है कि अपना गोरे रेमंड परेरा के हाथों पूरी तरह से बिक चुका था।"

"नॉनसेंस!"

"सर, या तो आप अपने ऐतराज़ दाखिल कर लीजिए या मुझे कुछ कह लेने

दीजिए।"

"कहो, क्या कहना चाहते हो?"

"मुझे यकीनी तौर पर मालूम पड़ा है कि कराची वाले 'भाई' की शह पर रेमंड परेरा जोर-ज़बरदस्ती से एक लोकल बिज़नेस एस्टैब्लिशमेंट को टोटली या पार्शियली टेकओवर करना चाहता है। वो लोकल एस्टैब्लिशमेंट, जिस पर परेरा दांत गड़ाने की फिराक में है, ग्रांट रोड पर का ऑलिव बार है। अभी कुछ दिन पहले विनायक घटके नाम का एक आदमी ऑलिव बार के एक पार्टनर सर्वेश सावन्त से पंगा लेकर गया था . . . पंगा क्या, कि अगर परेरा को ऑलिव बार के बिज़नेस में शरीक न किया गया – बिना किसी इनवेस्टमेंट, फोकट में शरीक न किया गया – तो अंजाम बुरा होगा। उस वक्त बार के दोनों पार्टनरों को – दूसरा पार्टनर मकतूल सुबोध नायक – नहीं सूझा था कि बुरा अंजाम क्या होगा! लेकिन वो बुरा अंजाम एक पार्टनर के कत्ल की सूरत में सामने आया।"

"उसने किया जो ऑलिव बार में धमकी उछाल के गया, जिसका नाम तुमने विनायक घटके बताया?"

"उसी ने करना था लेकिन हालात ऐसे बने – या बिग बॉस रेमंड परेरा का हुक्म ऐसा हुआ – कि कत्ल गोरे ने किया . . . सर, अब 'नॉनसेंस' कहने से काम नहीं चलेगा क्योंकि स्थापित हो चुका है कि तुलसीवाडी का उस रात का शूटर गोरे था।"

"कैसे स्थापित हो चुका है?"

"मौका-ए-वारदात पर उसके बाएं पांव के जूते के सोल की छाप पाई गई थी जिसका प्लास्टर ऑफ पैरिस मोल्ड थाने में उपलब्ध है। सर, वो मोल्ड आठ नम्बर के जूते से बना था जो कि गोरे के जूते का साइज़ था।"

"इतने से गोरे कातिल साबित हो गया?"

"सर, गोरे की बीवी मायके से लौट आई हुई है और उसने बयान दिया है कि उसके हसबैंड के एक जोड़ी जूते घर से गायब हैं।"

"क्यों गायब हैं?"

"ज़ाहिर है कि ख़ुद गोरे ने किए। वक्त रहते उसे ख़बर लग गई कि वारदात

के बाद फरार होते वक्त उसके जूते के एक पांव की छाप मौका-ए-वारदात पर छूट गई थी। लिहाज़ा उसने वो जूते ही गायब कर दिए ताकि पीओपी मोल्ड का मिलान उसके उस जूते से न हो पाता।"

"ये भी सही, इस से गोरे कातिल साबित हो गया?"

"सर, बैक अप प्रूफ्स भी तो हैं जिनको कानूनी ज़ुबान में कोरोबोरेटिंग इवीडेंस कहा जाता है।"

"मसलन?"

"मसलन मकतूल सुबोध नायक की बीवी नीरजा नायक ने – जो कि अब ख़ुद मकतूला है – गोरे की बतौर कातिल निर्विवाद शिनाख़्त की थी – कातिल की तस्वीर से उसकी शिनाख़्त की थी, तस्वीर को बाकायदा अपने दस्तख़तों से एनडोर्स किया था और आईसीयू के डॉक्टर अधिकारी ने डबल एनडोर्स किया था। सर, अन्धे को दिखाई देता था कि वो तस्वीर एसआई अनिल गोरे की थी, मकतूला नीरजा ने वारदात के बाद जिस शूटर को मौका-ए-वारदात से निकल भागते देखा था, वो अनिल गोरे था। फिर वो गन – जो कि आलायकत्ल थी – गोरे के घर से बरामद हुई थी और उस पर जो फिंगर प्रिंट्स पाए गए थे,वो निर्विवाद रूप से गोरे के थे। तीसरे, विनायक घटके नाम का मवाली जिसका मैंने पहले ज़िक्र किया था, हल्फिया बयान देगा कि उस सिलसिले में उसकी गोरे से सांठ-गांठ थी और गोरे की आगे परेरा से सांठ-गांठ थी, जिसका आगे अपने ख़ास आदमी विनायक घटके को हुक्म था कि वो गोरे के साथ मिल के काम करे। सर, अकेले मौका-ए-वारदात से मिले फुटप्रिंट की बात होती तो मैं भी गोरे की तरफ उंगली न उठाता लेकिन उसके खिलाफ और भी तो सबूत हैं जो हिलाए नहीं जा सकते?"

"हूँ।"

कुछ क्षण ख़ामोशी रही।

"तुम कहते हो" – फिर एसीपी बोला – "घटके ऑलिव बार के एक पार्टनर को धमकाने पहुंचा। किसी को यूं धमकी देना जुर्म है। तुमने इस बात का कोई नोटिस लिया?"

"लिया न, सर!"

"क्या?"

"घटके को थाने तलब किया।"

"क्या बोला वो?"

"बोला, धमकी वाली कोई बात नहीं थी, परेरा साहब के ख़ास आदमी की हैसियत में उसने ख़ाली अपने बॉस की बिजनेस प्रोपोज़िशन दोहराई थी कि परेरा बॉस ऑलिव बार में पार्टनरशिप चाहता था।"

"फोकट में।"

"ऑन पेमेंट।"

"पार्टनर सर्वेश सावन्त इस बात की तसदीक करता है?"

"थाने में मेरी उससे भी बात हुई थी। सर, कहने-सुनने में कोई फर्क आ गया जान पड़ता था।"

"किसके कहने-सुनने में?"

"घटके कहता है कि धमकी वाली कोई बात नहीं हुई थी, ख़ाली कारोबारी पेशकश हुई थी।"

"ऐसा था तो कुबूल क्यों नहीं हुई थी?"

"क्योंकि दो पार्टनर पहले से थे, उनको तीसरे पार्टनर की ज़रूरत नहीं थी।"

"परेरा फिर भी पार्टनर बनना चाहता था!"

"सर, परेरा क्या चाहता था, उसके बारे में मैं क्या कह सकता हूँ?"

"दिस इज़ ए वेग आनसर।"

"जी!"

"गोलमोल जवाब है। बयान के लिए परेरा को भी तलब किया जाना चाहिए था।"

"सर, वो बड़े रसूखवाला बड़ा आदमी है . . ."

"हम पुलिस वाले क्या हैं? घास खोदने वाले? दिहाड़ी मज़दूर? बड़े रसूख वाले बड़े आदमियों के भड़वे?"

"सर, ये मैंने कब कहा!"

"ग्राफिक डिटेल में न कहा लेकिन कहा।"

बेचैनी से पहलू बदलता भारकर ख़ामोश रहा।

"जब ऑलिव बार के एक पार्टनर ने ख़ुद थाने आकर धमकी वाली बात की तसदीक की तो तुमने उसका गम्भीर नोटिस क्यों न लिया?"

"सर, मैंने बोला न कि कहने सुनने में फर्क आ गया था। पार्टनर सर्वेश सावन्त ने गलत समझा था कि घटके परेरा के हवाले से उसे धमकाने आया था।"

"वो पार्टनर दोहरा के बोलेगा ऐसा?"

"बोलेगा।"

"और घटके! वो ऑलिव बार में अपनी आमद तो कुबूल करता है न, या उसमें भी कोई कहने सुनने में फर्क आ गया?"

"कुबूल करता है लेकिन कारोबारी पेशकश के लिए, न कि धमकाने के लिए।"

"तुम उसको, एक हल्के आदमी को, कुछ ज़्यादा ही एडवोकेट नहीं कर रहे हो?"

"ऐसी कोई बात नहीं, सर।"

"यानी फिर कहने-सुनने में फर्क आ गया। नो?"

भारकर ख़ामोश रहा।

"ऑलिव बार में सीसीटीवी का इन्तज़ाम तो होगा! मेरे को वो फुटेज चाहिए।"

"सर, वो तो . . . वो तो . . ."

"क्या वो तो?"

"इरेज़ हो गई!"

"क्या बोला?"

"मैं ख़ुद भी उस फुटेज की पड़ताल करने की खातिर ऑलिव बार गया था। सर, वो फुटेज रिकॉर्डिंग में नहीं थी।"

"वजह?"

"इरेज़ हो गई, बस। हो सकता है मेरे से ही कोई लापरवाही हुई हो, कोई कोताही हुई हो!"

"बड़े ज़िम्मेदार थानाध्यक्ष हो!"

"सर, कोई छोटी-मोटी लापरवाही किसी से भी हो सकती है।"

"नीरजा सावन्त की एनडोर्स्ड तस्वीर की क्या पोजीशन है?"

"जी!"

"वो तो सलामत है या वो भी छोटी-मोटी – रिपीट, छोटी-मोटी – लापरवाही की शिकार हो गई?"

"मेरे पास महफ़ूज़ है, सर। साथ लाया हूँ कि शायद आप देखना चाहें।"

"चाहता हूँ।"

भारकर ने एक सफेद लिफाफा अपने आला अफसर के आगे सरकाया।

एसीपी ने लिफाफे में से तस्वीर बरामद की और कितनी ही देर तक उलट-पलट उसका मुआयना किया।

"मकतूला के दस्तख़त" – आखिर बोला – "इनमें तो कोई भेद नहीं?"

"कैसा भेद, सर?"

"आथेंटिक हैं?"

"सर, मेरे सामने क़िए। मेरे पर ऐतबार न हो तो डॉक्टर अधिकारी है न! उसके सामने किए।"

"तुम्हारे पर ऐतबार क्यों नहीं, भई?"

"मैंने सोचा शायद . . ."

"गलत सोचा। बहरहाल, डबल चैक का कोई ज़रिया होता तो बेहतर होता।"

"है न, सर! मेरे पास मकतूला के ड्राइविंग लाइसेंस की, जिस पर मकतूला के दस्तख़त हैं, ज़ेरोक्स कॉपी है।"

भारकर ने कॉपी पेश की।

कोई ज़रूरत न होते हुए महज़ इसलिए कि वो भारकर को नापसन्द करता था, मैग्नीफाईंग ग्लास से उसने दस्तख़तों का मिलान किया।

दोनों दस्तख़त हूबहू मिलते थे।

उसने ऑफिस प्रिंटर पर तस्वीर की दोनों तरफ से कॉपी बनाई, फिर अपने मोबाइल के कैमरे से दोनों तरफ की तस्वीर भी खींचीं।

तस्वीर उसने पूर्ववत् सफेद लिफाफे में डाल कर भारकर को वापिस लौटा दी।

"ये डॉक्टर" – फिर बोला – "अधिकारी नाम बोला न!"

"जी हां।"

"मैं उससे मिलना चाहता हूँ।"

"मैं पता करता हूँ, सर। कॉन्टैक्ट होने पर ख़बर करता हूँ।"

एसीपी ने सहमति में सिर हिलाया।

भास्कर ने कई क्षण प्रतीक्षा की लेकिन एसीपी को बोलता न पाया तो बोला – अब मेरे लिए क्या हुक्म है, सर?

"हुक्म!" – एसीपी तनिक हड़बड़ाया – "नो, नथिंग। यू कैन गैट अलांग।"

"थैंक्यू, सर।" – वो उठ खड़ा हुआ।

"लेकिन एक बात सुन के जाओ।"

"यस, सर।"

"आई एम नॉट हैपी विद युअर इनवैस्टिगेशन ऑफ दिस केस . . ."

"सर, मैंने तो . . ."

"डोंट इन्ट्रप्ट।"

"सॉरी, सर।"

"युअर इनवैस्टिगेशन हैज़ गैपिंग होल्स। तुम्हारी इनवैस्टिगेशन के नतीजे से, कि एसआई अनिल गोरे ने ख़ुदकुशी की, मुझे बिल्कुल इत्तफाक नहीं; तुम्हारे पास उसके खिलाफ बड़े पुख़्ता सबूत हैं, फिर भी इत्तफाक नहीं। अनिल गोरे वैसा पुलिस ऑफिसर नहीं था जो अपनी रोटिया सेंकने के लिए गुण्डे-बदमाशों से सांठ-गांठ रखता। रिश्वत की खाऊं-खाऊं भी उसको नहीं थी जो कि महकमे में आम है। ऐसा पुलिस ऑफिसर एक ढंके-छुपे गैंगस्टर का भड़वा बन गया, ये बात मुझे हज़्म नहीं हो रही। न ही ये कि एक दो टके के फंटर को उसने अपना जोड़ीदार बनने के काबिल मान लिया। गोरे की तस्वीर पर नीरजा सावंत की एनडोर्समेंट, जो तब हासिल की गई, एक ज़िद के तहत हासिल की गई, जब वो इस काम के लिए बिल्कुल फिट नहीं थी। क्या जल्दी थी उस फौरी एनडोर्समेंट की! क्यों वो इन्तज़ार नहीं कर सकती थी . . ."

"सर आप भूल रहे हैं कि उसी शाम को, उस औरत की डैथ हो गई थी। अगर

इन्तज़ार किया गया होता तो वो एनडोर्समेंट हमें कभी हासिल न होती। उस औरत का दर्जा कातिल के खिलाफ चश्मदीद गवाह का था जिसका कभी हम कोई फायदा न उठा पाए होते। मुजरिम का जुर्म निर्विवाद रूप से साबित करने वाला सबूत हमें कभी हासिल न हो पाया होता अगरचे कि मुजरिम की उसकी तस्वीर से शिनाख़्त न हुई होती और एक न हिलाए जा सकने वाले चश्मदीद गवाह ने अपने दस्तख़तों से उस तस्वीर को सत्यापित न किया होता।"

"इसलिए गम्भीर रूप से घायल हुए गवाह की, ज़िन्दगी मौत के बीच झूलते गवाह की जान को जोखिम में डालने का तुम्हें अख़्तियार हो गया?"

"जी!"

"अगर मैं कहूँ कि वो औरत एग्ज़र्शन से मरी, इसलिए मरी क्योंकि तुम उसे कथित कातिल की शिनाख़्त के लिए हाउन्ड करने से बाज़ न आए तो? तुमने ख़ुद कहा था कि डॉक्टर अधिकारी उस हालत में उसका बयान लिए जाने के सख़्त खिलाफ था। क्यों तुमने डॉक्टर के सुपीरियर जजमेंट की कद्र न की और उस बयान को मुल्तवी न किया? क्यों तुमने गवाह के पीछे हड़बड़ी का डमरू लगा कर उसकी जान को जोखम में डाला? क्यों तुमने एक हमदर्द पुलिस ऑफिसर बनकर न दिखाया?"

भारकर हकबकाया सा एसीपी का मुंह देखने लगा।

"शूटर के मौका-ए-वारदात से मिले जिस फुट प्रिंट की तुम इतनी हाल दुहाई मचा रहे हो, उस जूते की ग़ैरबरामदी की सूरत में जिससे वो प्रिंट बना, क्या अहमियत है उस फुट प्रिंट की, उसके पीओपी मोल्ड की? सिवाय इसके क्या अहमियत है कि मोल्ड आठ नम्बर के जूते से बना था और बद्नसीब एसआई अनिल गोरे इत्तफाक से आठ नम्बर का जूता पहनता था। आठ नम्बर का जूता पहनने वाला वो इकलौता शख़्स था मुम्बई में या आसपास सौ-पचास कोस तक? शू कम्पनी ने क्या एक ही जूता आठ नम्बर का बनाया था? ऐसे सबूत की अहमियत तब होती है जब सोल के पैटर्न में कोई ख़ासियत पाई जाए, उस पर कोई ख़ास शिनाख़्ती निशाना पाया जाए जिस की बिना पर कम्पैरिज़न के लिए जूता बरामद करके कब्ज़े में लिया जाता। लेकिन जो जूता ऐसा कुछ कर दिखा सकता था, वो तो ग़ायब है!

कहीं से बरामद ही न हुआ। इन हालात में कैसे वो मोल्ड अहम सबूत बन गया? सिर्फ इतने से अहम सबूत बन गया कि गोरे की बीवी कहती है कि उसके खाविन्द के एक जोड़ी जूते घर से गायब हैं! उसकी बीवी बच्चों के साथ मायके में थी, वो घर में अकेला था, क्या पता वो पुराना जूता इतना पुराना हो चुका हो कि ख़ुद गोरे ने ही उसे कचरे के हवाले कर दिया हो? बीवी ने कह दिया एक जोड़ी जूते गायब हैं तो इतने से स्थापित हो गया कि चोरी चले गए?"

भास्कर से जवाब देते न बना।

"गोरे एक ट्रेंड, एक्सीपीरियंस्ड पुलिस अधिकारी था। उसकी ट्रेनिंग किस काम आई, उसका एक्सपीरियंस किस काम आया जबकि उसने आलायकत्ल गन को अपने ही घर में, बाथरूम की फ्लश की टंकी में, छुपाया! वो गैरलाइसेंसी गन थी, क्यों न शूटर ने वारदात के बाद जल्द से जल्द गन से पीछा छुड़ाया? क्यों उसने गन पर अपने फिंगरप्रिंट्स बने रहने दिए? बल्कि फिंगरप्रिंट्स बनने ही क्यों दिए? अनाड़ी से अनाड़ी शूटर भी इस एहतियात से वाकिफ होता है कि गन को ग्लव्ज़ पहन कर भी हैंडल किया जा सकता है, ग्लव्ज़ न अवेलेबल हों तो इस्तेमाल के बाद फिंगरप्रिंट्स को पोंछ कर मिटाया जा सकता है! लेकिन हमारा ट्रेंड, एक्सपीरियंस्ड, आलादिमाग पुलिस ऑफिसर तो निरा खजूर निकला, मर्डर वैपन अपने घर में छुपाया और उस पर अपने फिंगरप्रिंट्स यूं बनने दिए जैसे अपने को फंसाने वाले इस काम को अंजाम देने में उसने ख़ास एहतियात बरती हो। ठीक?"

भास्कर चुप रहा।

"फिर ये सुइसाइड का मामला था तो उसने पीछे सुइसाइड नोट छोड़ने की ज़िम्मेदारी क्यों न दिखाई, जो कि उसे दिखानी चाहिए थी ताकि किसी और को उसकी मौत के लिए ज़िम्मेदार न मान लिया जाता!"

"उसने जो किया, जल्दबाज़ी में किया इसलिए . . ."

"नो! आई कैननाट हैव इट। पंखे पर झूलने के लिए रस्सी भी तो लाया कहीं से या नहीं! या रस्सी को रूटीन के तौर पर घर में रखता था ताकि बावक्तेज़रूरत फांसी लगाने के काम आ सके?"

भास्कर ख़ामोश रहा।

"फिर सुइसाइड नोट के तौर पर ढाई सतरें एक कागज पर उकेरने में कितना टाइम लगता? उसने इतना ही तो लिखना था कि वो अपनी मर्ज़ी से, अपनी राज़ी से ख़ुदकुशी कर रहा था, अपनी मौत के लिए वो ख़ुद ज़िम्मेदार था, किसी दूसरे को ज़िम्मेदार न ठहराया जाए! नो?"

"सर, गुस्ताख़ी माफ़, ये बातें सुनने में बड़ी फैंसी, बड़ी सजती हुई लगती हैं लेकिन इस हकीकत को नहीं झुठला सकतीं कि फ्लैट भीतर से बन्द था, वहां निकासी का दूसरा कोई रास्ता नहीं था और पुलिस गवाहों के सामने दरवाज़ा तोड़ कर भीतर दाखिल हुई थी।"

"यही तो वो बात है" – एसीपी यूं बड़बड़ाया जैसे स्वतः भाषण कर रहा हो। – "जो समझ से बाहर है!"

"मैं अब इजाज़त लूं, सर?" – भारकर, जो रुख़सत पाने के लिए पहले ही उठ खड़ा हुआ था और तब भी खड़ा था, बोला।

"क्या! ओह, हां। हां। वापिस थाने जाओगे?"

"अभी नहीं, सर। अभी तो डीसीपी साहब के पास जाऊँगा।"

एसीपी ने अपलक उसे देखा।

इस बार भारकर विचलित न हुआ।

"सो" – एसीपी बोला – "यू विल गो अबव मी! भारकर, दिस वुड बी इनसबार्डीनेशन।"

"आप गलत समझ रहे हैं, सर। मेरे को डीसीपी साहब का पहले से बुलावा है। इस केस की रिपोर्ट उन्होंने भी मांगी है न!"

"हूँ। ओके, गैट अलांग।"

मन ही मन एसीपी को कोसता भारकर तत्पर सैल्यूट मार कर रुख़सत हुआ।

पीछे अत्यन्त विचारमग्न एसीपी को छोड़ कर।

"मे आई कम इन, सर?" – पंकज झालानी एसीपी कुलकर्णी के ऑफिस में कदम रखता बोला।

विचारमग्न कुलकर्णी ने सिर उठाया।

"झालानी" – वो बोला – "यू आर आलरेडी इन।"

"ओह, सॉरी! फोर्स ऑफ हैबिट, यू नो, सर! एण्ड हैबिट्स डाई हार्ड। दैन यू परमिटिड मी टु ड्रॉप इन एनी टाइम।"

"आओ, बैठो।"

"थैंक्यू।" – झालानी एक विज़िटर्स चेयर पर ढेर हुआ – "मेरे ख़याल से वो एसएचओ भारकर साहब थे जो अभी-अभी यहां से निकल कर लिफ्ट में सवार हुए थे।"

"तुम्हारा ख़याल दुरुस्त है। लेकिन ख़याल से क्यों?"

"दूर से देखा न! वो लिफ्ट के सवार थे, मैं सीढ़िया से आया।"

"क्यों भला?"

"डॉक्टर का हुक्म हुआ न, लिफ्ट अवॉयड करने का!"

"अच्छा, इतनी उम्र हो गई तुम्हारी कि डॉक्टर तुम्हें ऐसी एहतियात बरतने को बोले?"

"मेरे ख़याल से तो नहीं हुई लेकिन डॉक्टर का ख़याल जुदा है।"

"कितनी हुई?"

"बयालीस।"

"ये तो ऐसी एहतियात की उम्र नहीं लेकिन . . . ख़ैर . . . चाय पियोगे?"

"आप पिलायेंगे तो क्यों नहीं पिऊंगा?"

"अभी।"

एसीपी ने कॉलबैल बजाई।

झालानी राजस्थानी था और 'एक्सप्रेस' का सीनियर रिपोर्टर था। मोटे फ्रेम वाला चशमा, कुर्ता, जींस, कोल्हापुरी चप्पल उसका ट्रेडमार्क था। उसकी ख़ास ख़ूबी ये थी कि पुलिस से बना कर रखता था। वो ख़ुद को पुलिस के बीच 'एक्सप्रैस' का गुडविल एम्बैसेडर बोलता था।

एक हवलदार ने दोनों को चाय सर्व की।

"कैसे आए?" – एसीपी सहज भाव से बोला।

"बोले तो एसआई गोरे की ख़ुदकुशी लाई।"

"कैसे ख़बर पड़ी? अख़बार में तो कुछ छपा नहीं!"

"'एक्सप्रेस' के लेट सिटी एडीशन में छपा न बराबर!"

"आई सी। क्या कहता है तुम्हारा लेट सिटी एडीशन?"

"वही कहता है जो पुलिस की तहकीकात से सामने आया। जो मौका-ए-वारदात से एसआई कदम की और ख़ुद एसएचओ भारकर की रिपोर्ट कहती है।"

"ख़ुदकुशी कर ली?"

"जी हां।"

"क्योंकि करप्ट था, बड़े मवाली का भड़वा था, चौतरफा घिर गया था!"

"पुलिस यही कहती है।"

"तुम क्या कहते हो?"

"मैं केस की पुलिस इनवैस्टिगेशन से जुदा कैसे कुछ कह सकता हूँ?"

"शायद कुछ कह सकते होवो!"

"जी!"

"ऐसा न होता तो यहां न आए होते।"

"आप तो अन्तर्यामी हैं!"

"यानी है कुछ तुम्हारे ज़ेहन में! कोई अन्देशा! कोई शुबह! कोई जर्नलिस्टिक एप्रिहेंशन!"

"सर, आप मुझे ज़ुबान दे रहे हैं।"

"जवाब दो।"

"मेरा जवाब पुलिस के जवाब से मुख़तलिफ हुआ तो वो आपको नागवार गुज़रेगा।"

"झालानी, कैन दि फैंसी वर्ड्स। स्पीक फ्रीली।"

कई क्षण की ख़ामोशी के बाद झालानी दबे स्वर से बोला – "कुलकुर्णी साहब, वैसे तो आज के दौर की इस फानी दुनिया में जो न हो जाए थोड़ा है, लेकिन मेरा दिल गवाही नहीं देता कि एसआई अनिल गोरे ने ख़ुदकुशी की। मैं अनिल गोरे को ज़ाती तौर से जानता था, वो एक जोशीला, जियाला नौजवान था जो भरपूर ज़िन्दगी जीने में एतबार रखता था, जो बांकपन से जीता था और जब

नौबत आती तो बांकपन से ही मौत को गले लगा कर दिखाता, ख़ुदकुशी जैसी बुज़दिली की तवक्को मैं उससे हरगिज़ नहीं कर सकता था। ऐसी ज़िन्दादिली हर किसी में कहां पाई जाती है जो कहलाती हो – 'मुझे आता है कौसर, हश्रगाहों से गुजर जाना, मैं इंसा हूँ मेरी तौहीन है घुट-घुट के मर जाना'।"

"वो ऐसा बोलता था?" – एसीपी मंत्रमुग्ध भाव से बोला।

"अक्सर।"

"ऐसे शख़्स ने ख़ुदकुशी कर ली!"

"क्योंकि करप्ट था, बड़े मवाली का भड़वा था, ब्लडी हैल! ये कोई यकीन में आने लायक बात है?"

"हूँ।"

"चौतरफा घिर गया था बोला आपने . . ."

"मैंने नहीं, एसएचओ भारकर ने। मैंने वो दोहराया जो उसने कहा, रिपोर्ट किया।"

"ऐसा शख़्स ख़ुदकुशी करेगा जो कहता हो – 'हवा है मुख़ालिफ़ मुझे डराता है क्या, हवा से पूछ कर कोई दिया जलाता है क्या!'"

"हम्म!"

"जीवन के प्रति इतना प्रबल आशावादी था कि दोस्तों के साथ महफ़िलबाज़ी में होता था तो जोश में – या तरंग में – अपनी बाबत अक्सर कहता था – 'फानूस बनके जिसकी हिफ़ाज़त ख़ुदा करे, वो शम्मह क्या बुझेगी जिसे रौशन हवा करे।'"

"भई, तुम दोस्त थे, तुम्हारा उसको एडवोकेट करना बनता है, उसकी तरफदारी करना बनता है, लेकिन जो अकाट्य सबूत सामने आए हैं, उनको कैसे झुठलाया जा सकता है?"

"सर, हकीकत हमेशा वही नहीं होती जो दिखाई देती है। कई मर्तबा हकीकत हकीकत नहीं होती, दृष्टिभ्रम होता है, ऐसा दृष्टिभ्रम होता है जिसको जुदा तर्जुमानी की ज़रूरत होती है। जैसे कि आंख सब को देखती है लेकिन ख़ुद को नहीं देखती। फिर 'चिराग तले अन्धेरा' वाली मिसाल याद कीजिए।"

"क्या कहना चाहते हो?"

"सर, मर्डर वैपन गन प्लांट की गई हो सकती है, घटके की मनमाफिक गवाही अरेंज की जा सकती है।"

"नॉट सो फास्ट, झालानी, नॉट सो फास्ट। डोंट पुट दि कार्ट बिफोर दि हार्स।"

"सर!"

"घोड़े के आगे बग्घी न जोतो। मर्डर वैपन गन पर गोरे के क्लियर फिंगरप्रिंट्स थे।"

"अगर गन प्लांट की जा सकती है तो फिंगरप्रिंट्स भी प्लांट किए जा सकते हैं।"

"कैसे?"

"पता नहीं।"

"फिर क्या बात बनी?"

"एक बार ये मान के चलिए कि गोरे के फ्लैट में निहायत बचकाना तरीके से मर्डर वैपन प्लांट किया गया था, फिर बनेगी न बात! क्यों किसी ने मर्डर वैपन प्लांट किया? ज़ाहिर है कि गोरे को फंसाने के लिए, उसके ताबूत में एक और पुख्ता कील ठोकने के लिए। नो?"

"यस।"

"तो फिर काम अधूरा क्यों छोड़ दिया? गोरे को ये दुहाई देने के काबिल क्यों छोड़ दिया कि गन उसके फ्लैट में प्लांट की गई थी? ये दुहाई तभी फेल होती जब कि गन पर गोरे के फिंगरप्रिंट्स पाए जाते और इस बात का बाकायदा इन्तजाम किया गया।"

"कैसे?"

"नहीं मालूम, सर, नहीं मालूम। अफसोस कि कोई पुख़्ता, कारआमद अन्दाज़ा भी नहीं।"

"गोरे की वो तस्वीर जिस पर डबल एनडोर्समेंट थी – मकतूला नीरजा नायक की भी और उसके डॉक्टर-इन-अटेंडेंस अधिकारी की भी!"

"सॉरी! सर, अगर गोरे को बेगुनाह मान कर चलना है तो ये मानना अपने आप ही ज़रूरी हो जाएगा कि वो तस्वीर – मर्डर गन की तरह ही – किसी हाईक्लास मैनीपुलेशन का नतीजा थी जिसका कोई ओर छोर इस घड़ी पकड़ में आना मुहाल

है। सर, आप पुलिस के आला अफसर हैं, आपसे बेहतर कौन जानता है कि सबूत ख़ुद नहीं बोलते, उनको बाजरिया फीज़ीबल, प्लॉज़िबल इन्टरप्रिटेशन, ज़ुबान दी जाती है। और वो ज़ुबान किसी की मनमाफिक भी हो सकती है।"

"फिर सवाल है, कैसे?"

"सर, फिर जवाब है, नहीं मालूम।"

"हूँ। झालानी, इस केस में सबसे बड़ा, सबसे मजबूत सबूत है कि मौका-ए-वारदात फ्लैट भीतर से लॉक्ड था, मेन डोर के अलावा वहां से निकासी का कोई रास्ता नहीं था और मेन डोर भीतर से बन्द था जिसे कि बाहर से तोड़ कर खोला जाना पड़ा था। एक यूं सील्ड फ्लैट में लाश पंखे से टंगी पाई गई तो ये ख़ुदकुशी न हुई तो क्या हुआ! इस बाबत कुछ बोलो!"

"नहीं बोल सकता। इस बाबत तो बोलती बन्द है, सर।"

"मैं तुम्हारी साफगोई की दाद देता हूँ। अब एक फ्रैंक सवाल का फ्रैंक जवाब दो।"

"फरमाइए, सर।"

"तुम्हें ये केस इसी काबिल लगता है कि इसे ख़ुदकुशी जान के क्लोज़ कर दिया जाए?"

झालानी सोचने लगा।

"भारकर यही करेगा।" – एसीपी बोला।

"सर, आप भी तो दखल दे सकते हैं?"

"किस बिना पर? कहीं कोई फुट होल्ड, बल्कि टो होल्ड भी दिखाई दे तो दख़ल देने के बारे में सोचूं न!"

झालानी की गर्दन चिन्तित भाव से हिली।

"भारकर डीसीपी पुजारा का चहेता है, उसे डीसीपी की पूरी-पूरी शह है। वो डीसीपी को ही तैयार कर लेगा ख़ुदकुशी के इस केस को ठण्डे बस्ते में डालने के लिए।"

"यू मीन ही विल गो अबोव यू?"

"ही इज़ आलरेडी देयर। ऐसा फेवरिज़्म पुलिस के महकमे में – किसी भी सरकारी महकमे में – कोई बड़ी बात नहीं। मुम्बई पुलिस में हज़ार के करीब इन्स्पेक्टर हैं लेकिन थाने तो हज़ार नहीं हैं! थाने तो सिर्फ चौरानवे हैं जिनमें बतौर

एसएचओ, बतौर थाना प्रभारी, सिर्फ चौरानवे इन्स्पेक्टर ही तो बिठाए जा सकते हैं! फिर सारे थाने एक जैसे भी नहीं। कुछ ख़ास थाने हैं – खुफिया ज़ुबान में जिन्हें 'बैस्ट हफ्ता' पुलिस स्टेशन कहा जाता है – जहां हर कोई पोस्टिंग चाहता है, जैसे कि बन्दरगाह, यैलो गेट, कोलाबा, सिवरी, मलाड, धारावी – अब बोलो, ऐसी किसी जगह पोस्टिंग के लिए लॉबिंग चलेगी या नहीं चलेगी?"

"बराबर चलेगी।"

"भारकर फख्र से हर किसी को बताता है – 'ओये, मैं डीसीपी का आदमी हूँ, सीधा कर दूँगा'।"

"एसीपी को भी?"

"इतनी अराजकता तो ख़ैर अभी महकमे में नहीं हैं, लेकिन कभी-कभार तो एसीपी के हाथ बंध ही जाते हैं।"

"दैट्स टू बैड।"

"यस, इट इज़। भारकर बहुत काईयां है, बहुत छंटा हुआ पुलिसिया है, घाट घाट का पानी पिए है, कम्बख़्त। मेरे को एक आंख नहीं सुहाता। किसी बड़े मामले को डीसीपी के संज्ञान में लाये बिना मैं उस पर कोई एक्शन नहीं ले सकता। एसआई गोरे की ख़ुदकुशी एक बड़ा मामला है – बावजूद इसके कि भारकर इसे एक रुटीन सुईसाइड का केस करार देने पर तुला है, एक बड़ा मामला है। झालानी, इस केस की कई घुंडियों का, कई तालाबंदियों का कोई तोड निकाल, सबका नहीं तो किसी का तो निकाल . . ."

"मैं निकालूं?" – झालानी हड़बड़ाया।

". . . फिर देखना भारकर की वाट लगाने के मामले में मैं डीसीपी की भी परवाह नहीं करूँगा।"

"लेकिन मैं . . . मैं निकालूं?"

"क्यों नहीं?"

"ये पुलिस का काम है।"

"तेरा भी काम है, सौ फीसदी नहीं तो तकरीबन तेरा भी काम है। क्या कहता अपने आपको?"

"क-क्या कहता हूँ?"

"इनवैस्टिगेटिव जर्नलिस्ट! खोजी पत्रकार! कर इनवैस्टिगेशन! कर खोज! पुलिस भी तो यही करती है! खोजी पत्रकार और पुलिस में कोई फर्क है तो ये है कि पत्रकार के पास सरकारी अमलदारी का बैक अप नहीं होता। झालानी, कुछ करके दिखा, तेरा बैक अप मैं।"

"जी!"

"मेरी ख़ामोश, ख़ुफिया सपोर्ट तेरे साथ।"

"ख़ामोश! ख़ुफिया!"

"मजबूरी है। मैं तेरे साथ खुला खेल नहीं खेल सकता। महकमे ने मेरे हाथ बांधे हुए हैं।"

"ओह!"

"फिर भी ये एक खोजी पत्रकार की और एक सीनियर पुलिस ऑफिसर की अनोखी जुगलबन्दी होगी जो शायद रंग लाए।"

"बशर्ते कि रंग लाने लायक कुछ हो!"

"न हो। सारे ही तीर तो निशाने पर नहीं बैठते! लेकिन ये सोच कर कोई निशाना लगाना तो नहीं छोड़ देता! या छोड़ देता है?"

झालानी ने संजीदगी से इंकार में सिर हिलाया।

"सो, देयर यू आर। फिर कुछ अच्छा अच्छा होने की उम्मीद करने में क्या हर्ज है! उम्मीद पर आखिर दुनिया कायम है। नहीं?"

"हां।"

"तू खोजी पत्रकार है, पूरे केस से वाकिफ है फिर भी, कर्टसी भारकर, जो सबसे पुख़्ता सबूत बताए जा रहे हैं, उनको मैं तेरे साथ नोट्स कम्पेयर करने के अंदाज से दोहराता हूँ। वो हैं मर्डर वैपन गन जो गोरे के फ्लैट में छुपाई गई पाई गई और जिस पर गोरे के स्पष्ट फिंगरप्रिंट्स पाए गए। दो, मौका-ए-वारदात पर एक फुट प्रिंट पाया गया, जो गोरे का बताया जा रहा है, लेकिन निर्विवाद रूप से ऐसा साबित होना अभी बाकी है। तीन, लाश दरवाज़ा तोड़ कर बरामद की गई जो कि ख़ुदकुशी की तरफ सबसे मज़बूत इशारा है। चार, गोरे की एक मामूली फंटर

विनायक घटके से – जो कि रेमंड परेरा नाम के ढंके-छुपे मवाली का करीबी है – सांठ-गांठ बताई गई। और पांच, गोरे के खिलाफ एक मेजर सबूत वो डबल एनडोर्स्ड तस्वीर बन गई है जो कि गोरे की है और जिसकी बाबत, अब मरहूम, नीरजा नायक ने दावा किया था कि वो ही तुलसीवाडी का शूटर था जो वारदात को अंजाम देने के बाद पिछवाड़े से फरार हुआ था। यानी अपनी ज़िन्दगी में वो औरत गोरे के खिलाफ चश्मदीद गवाह का दर्जा रखती थी। वो डबल एनडोर्स्ड तस्वीर अभी मीडिया के साथ साझा नहीं की गई है लेकिन मैं तेरे को दिखाता हूँ।"

एसीपी ने भास्कर के सामने बनाया तस्वीर का कम्प्यूटर प्रिंटआउट झालानी के सामने रखा।

झालानी ने ग़ौर से प्रिंटआउट को दोनों तरफ से परखा।

"जल्दी की कोई बात नहीं" – एसीपी बोला – "ये प्रिंटआउट तू रख सकता है।"

"अच्छा!"

"हां। लेकिन जब तक भास्कर इसे मीडिया के साथ सांझा न करे, इसकी बाबत ख़ामोश ही रहना। ओके?"

"यस, सर।"

"तस्वीर की प्राइम सिग्नेटरी नीरजा नायक तो अब इस दुनिया में है नहीं, इसलिए मेरी मर्ज़ी दूसरे सिग्नेटरी डॉक्टर अधिकारी से मिलने की थी और मैंने बाज़रिया भास्कर उसे तलब भी किया था। लेकिन ये काम भी अब तू ही कर सकता है।"

"मैं उस डॉक्टर से मिलूं?"

"क्यों नहीं? वो कोई हुज्जत करे तो उसे मेरे पास ले के आना। आने से भी हुज्जत करेगा तो पकड़ मंगवायेंगे।"

"ठीक!"

"तो क्या कहता है आखिर?"

"मैं . . . करता हूँ कुछ।"

“सब कुछ, झालानी, सब कुछ।”

“जी हां।”

“गॉड ब्लैस यू।”

एसीपी अपनी एग्ज़ीक्यूटिव चेयर से उठकर, विशाल ऑफिस टेबल का घेरा काट कर झालानी के पास पहुंचा और उसने बड़ी गर्मजोशी से झालानी से हाथ मिलाया।

भारकर फिक्रमन्द था।

उस घड़ी वो अपने ऑफिस में मौजूद था और अपने ज़ेहन में अपनी एसीपी के हुई मीटिंग को रीव्यू कर रहा था। अपनी तरफ से उसने एसीपी का माकूल, भरपूर मुकाबला कर लिया था फिर भी बार-बार उसे ये अहसास सता रहा था कि एसीपी के सामने विनायक घटके की बाबत वो ज़रूरत से ज़्यादा बोल गया था और संयोगवश उस तरफ एसीपी की तवज्जो नहीं गई थी, लेकिन उसकी तरह एसीपी उस मीटिंग को कभी रीव्यू करता तो बराबर जा सकती थी। बेध्यानी में उसने पहले हांडी पकाई थी और फिर आग जलाई थी। वक्तीजोश के हवाले को कह बैठा था कि तुलसीवाडी वारदात के सिलसिले में विनायक घटके नाम के मवाली की – जो कि टोपाज़ क्लब वाले रेमंड परेरा का आदमी का – गोरे से सांठ-गांठ थी और दावा ठोक बैठा था कि अपनी गोरे से जुगलबन्दी की बाबत वो हल्फिया बयान देने को तैयार था।

यानी घटके और गोरे दोनों रेमंड परेरा की हुक्मबरदारी में थे और घटके को परेरा की हिदायत थी कि वो गोरे के साथ मिलकर काम करे जबकि ऐसी कोई हिदायत न थी, न हो सकती थी। घटके को तो वारदात के बाद ही सूझ सकता था कि तुलसीवाडी की उसकी करतूत को हाकिम ने आखिर किस पर थोपा था!

एसीपी ने तभी उससे सवाल किया होता कि घटके क्या करेगा, इसकी उसे कैसे ख़बर थी, ख़बर थी तो वो कैसे आश्वस्त था कि वो हल्फिया बयान देगा, वक्त आने पर मुकर नहीं जाएगा, तो उससे जवाब देते न बनता।

अब डैमेज कन्ट्रोल का यही तरीका था कि वो घटके को अपने मनमाफिक हल्फिया बयान के लिए तैयार करता।

उसने कदम से हासिल हुआ घटके का मोबाइल नम्बर खड़काया तो जब भी उसने ऐसा किया एक ही जवाब मिला – "ये नम्बर मौजूद नहीं है।"

डायरेक्टरी इंक्वायरी से उसने टोपाज़ क्लब का नम्बर हासिल करके बजाया तो होल्ड करना पड़ा।

तब तक भारकर बुरी तरह भुनभुनाता रहा।

"टोपाज़ क्लब।" – आखिर जवाब मिला।

"परेरा साहब से बात करा।" – जब्त के साथ वो बोला।

"परेरा साहब ये टेम इधर नहीं होता।"

"क्या हुआ है ये टेम को?"

"ये टेम क्लब बन्द होता है।"

"वो कब उधर होता है?"

"शाम को। शाम को फोन लगाना।"

"मेरे को इमीजियेट बात करने का। मोबाइल नम्बर बोल।"

"परेरा साहब ख़ुद बोलेगा।"

"कैसे बोलेगा? उसे क्या मालूम कौन उसका नम्बर मांगता है!"

"इधर अपना नम्बर छोड़ने का। परेरा साहब को मांगता होयेंगा तो कॉल बैक करेंगा। या शाम को इधरीच फोन लगाना।"

"अरे, मैं बोला न, मेरे को इमीजियेट बात करने का . . ."

"कट करता है।"

"ख़बरदार!"

"अभी बोले तो?"

"तेरे सिवाय उधर और कौन है?"

"कोई नहीं।"

"घटके! विनायक घटके?"

"वो कौन है?"

"तू घटके को नहीं जानता?"

"नहीं।"

"अभी जानेगा। ऐसा जानेगा कि तेरा परेरा साहब भी जानेगा। साले, मैं तारदेव थाने का एसएचओ उत्तमराव भारकर बोलता है . . ."

"साला मसखरी मारता है कोई। टेम खोटी करता है, खाली पीली।"

लाइन कट गई।

उसने फिर फोन बजाया तो बिज़ी टोन सुनाई दी।

ज़ाहिर था कि दूसरी तरफ से रिसीवर ऑफ कर दिया गया था।

तिलमिलाते, भाव खाते भारकर का जी चाहा कि अभी वो टोपाज़ क्लब पर चढ़ दौड़े लेकिन जब्त जरूरी था क्योंकि वो परेरा से ख़ामोश, खुफिया मीटिंग चाहता था जो टोपाज़ क्लब पर चढ़ दौड़ने पर मुमकिन न होती।

फिर टोपाज़ क्लब जुदा थाने की ज्यूरिस्डिक्शन में थी।

देखता हूँ शाम को।

उसने कॉलबैल बजा कर हवलदार को तलब किया।

"कदम का पता कर।" – अपने उखड़े मूड पर काबू पाता वो बोला।

"इधरीच है।" – हवलदार अदब से बोला – "अभी लौटा।"

"बुला।"

हवलदार के रुख़सत पाते ही कदम वहां पहुंचा।

"क्या ख़बर है?" – भारकर बोला।

"सब ठीक है।" – कदम ने जवाब दिया – "चौकस।"

"मोल्ड अपने मुकाम पर पहुंच गया?"

"यस, सर।"

"किसी की तवज्जो गई हो, कोई शक हुआ हो?"

"नहीं हुआ। सब ऐन चौकस हुआ।"

"बढ़िया।"

"सर, आपने कोई ज़रूरी, पर्सनल बात करनी थी?"

"हां, भई, तभी तो बुलाया!"

"मैं हाज़िर हूँ, सर।"

"बैठ . . . नहीं, पहले बाहर हवलदार को ख़ुद जा के ताकीद कर के आ कि कोई, कोई भी, भीतर न आने पाए।"

कदम ने वो काम किया।

वो लौटा तो भारकर ने उसे एक विजिटर्स चेयर उठा कर अपनी एग्ज़ीक्यूटिव चेयर के करीब लाने को बोला। चेयर वांछित स्थान पर पहुंच गई तो वो बोला – "अब बैठ।"

कदम तनिक झिझकता सा भारकर के पहलू में कुर्सी पर बैठा।

"कदम" – फिर भारकर संजीदगी से बोला – "काम ज़रूरी ही नहीं, पर्सनल ही नहीं बल्कि ऐसा है कि उसे बहुत खुफिया तरीके से अंजाम दिया जाना है। और उस काम को तूने – कदम, तूने – अंजाम देना है क्योंकि तेरे जितना मेरे भरोसे का कोई दूसरा आदमी इस थाने में नहीं है।"

"ये मेरे लिए फ़ख़्र की बात है, सर, कि आप मुझे इतनी अहमियत देते हैं वर्ना मेरी क्या औकात है!"

"भारकर की निगाह में तेरी बहुत बड़ी औकात है।"

"आप ऐसा समझते हैं तो . . . थैंक्यू, सर। अब हुक्म कीजिए काम क्या है?"

"सुन। वो क्या है, कि आज मुझे एसीपी साहब का बुलावा आने से पहले यहां एक गुमनाम टेलीफोन कॉल आई थी जिसमें मेरे किसी पहले के कुकर्म . . . आई मीन मिसडीड को लेकर मुझे बाकायदा धमकाया गया था।"

"आपको!" – कदम ने नेत्र फैले – "आप को धमकाया गया था। एक थाना प्रभारी को धमकाया गया था?"

"आज कल जरायमपेशा लोगों के हौसले बहुत बुलन्द हो गए हैं।"

"कमाल है! पर धमकी किस हासिल के लिए?"

"वो उसने नहीं बोला। बोला, फिर फोन करेगा तो बोलेगा।"

"कब?"

"पता नहीं कब। कोई टाइम या दिन तो उसने मुकर्रर किया नहीं!"

"कोई जरायमपेशा भीड़ू?"

"मेरा यही अन्दाज़ा है। क्योंकि किसी शरीफ़ शहरी की ऐसी धमकी जारी करने की – बल्कि ऐसी ज़ुबान ही बोलने की – मजाल नहीं हो सकती।"

"ओह!"

"कदम, मेरा फोकस धमकी पर नहीं, धमकी जारी करने वाले पर है जो कि कोई भारी, खरखराती आवाज वाला मर्द था लेकिन मेरी अक्ल कहती है कि कोई औरत थी।"

"क्या बात करते हैं! कोई औरत मर्दाना आवाज़ में बोली!"

"बाज़ औरतें ऐसी होती हैं जिनकी आवाज़ भारी होती हैं। ऐसी औरत गला और खोल के बोले तो आवाज़ और भारी लगने लगती है। जैसे मर्द गला भींच के बोले तो गुज़ारे लायक ज़नाना आवाज़ निकाल लेता है।"

"कमाल है!"

"कुछ और भी बातें हैं जो उसके औरत होने की चुगली करती थीं।"

"मसलन क्या?"

"मसलन उसका लहजा। डायलैक्ट। बोलने का तरीका। जो कि मुझे पंजाबी जान पड़ा। जमा, उसका एक तकिया कलाम मेरी पकड़ में आया। उसने मेरे साथ हुए डायलॉग के दौरान कई बार पर ख़ास लफ्ज़ 'मल्लबकि' बोला . . ."

"क्या मतलब हुआ इसका? मेरे ख़याल से तो ऐसा कोई लफ्ज होता ही नहीं – न हिन्दी में और जहां तक मेरा ख़याल है, न पंजाबी में।"

"तेरा खयाल ठीक है। ऐसा कोई लफ्ज़ नहीं होता लेकिन फिर होता भी है।"

"जी!"

"बहुत माथा फोड़ने पर मेरे मगज में बजा कि बोलने वाला जो कहना चाहता था, वो असल में 'मतलब कि' था, यानी कि दो लफ्ज़ थे, अपने बोलने के स्थापित अंदाज़ के तहत जिन्हें वो जोड़ कर, बिगाड़ कर एक लफ्ज़ की तरह बोलता था। अपनी तरफ से वो 'मतलब कि' ही कहता था लेकिन ख़ास डायलेक्ट के तहत 'मतलब' में से 'त' हज़्म कर जाता था और दो लफ़्ज़ों को

एक लफ़्ज की तरह गड्ड मड्ड करके 'मल्लबकि' बोलता था और बोलने वक्त बीच-बीच में 'मल्लबकि' ठोकना उसक़ी आदत बन गयी थी।"

"जिसे आपने तकिया क्लाम बोला?"

"हां। जिसे कि अन्दाज़-ए-बयां भी बोलते हैं।"

"लेकिन, गुस्ताखी माफ, सर, इतने से साबित हो गया कि बोलने वाला कोई मर्द नहीं था, औरत थी!"

"ऐसा डायलेक्ट औरतों का ही होता है, ख़ासतौर से पंजाबी औरतों का।"

"सर, फिर गुस्ताखी की माफी के साथ अर्ज़ है कि ये कोई दमदार बात नहीं है, कोई कनविंसिंग बात नहीं है।"

"चल, तू इसे मेरा ज़ाती ख़याल समझ कि बोलने वाली कोई औरत थी और पंजाबी थी। ऐसी सोच के तहत ख़यालात गलत भी तो हो ही जाते हैं!"

कदम ख़ामोश रहा, उसके चेहरे पर आश्वासन के भाव न आए।

"फिर एक दूसरी बात भी तो है जो बोलने वाले के औरत होने की तरफ इशारा करती थी!" – भारकर बोला।

"दूसरी बात क्या?"

"एक बार, सिर्फ एक बार, वो जो बोला, पुल्लिंग की तरह नहीं, स्त्रीलिंग की तरह बोला।"

"जी!"

"कोई औरत पहली बार मर्द की तरह बोली हो तो ऐसी कोताही उससे हो सकती है।"

"कैसी कोताही?"

"डायलॉग के दौरान एक बार उसने बोला – 'आगे वो शार्ट फिल्म जो मैं आप को फॉरवर्ड करना चाहती हूँ'। क्या बोला? 'चाहती हूँ'। कोई मर्द ऐसा क्यों बोलेगा भला? जवाब है, मर्द न बोला औरत बोली, इस सिलसिले में एक बार जिस की ज़ुबान फिसल गई।"

"सर, आपकी ये बात दमदार है लेकिन औरत का पंजाबी होना . . ."

"चल, वो मेरा तुक्का सही पर यूं हमें बोलने वाले की एक ख़ासियत तो पता

चली – जो कि उसकी शिनाख़्त का ज़रिया बन सकती है – कि वो जो बोलती है, अक्सर उसमें 'मल्लबकि' जोड़ देती है जो उसकी आदत बन गई है इसलिए मुंह से निकल जाता है। अनजाने में मुंह से निकल जाता है। पता ही नहीं लगता कब मुंह से निकला।"

"ठीक।"

"अब तू कॉल करने वाले को औरत मान के चल और इस बात की तरफ तवज्जो दे कि उसने ख़ुद अपनी ज़ुबानी कहा कि वो तारदेव थाने के एसएचओ के – जो कि मैं हूँ, इन्स्पेक्टर उत्तमराव भारकर – मोबाइल नम्बर से या ई-मेल आइडेन्टिटी से वाकिफ नहीं थी, थाने की लैंडलाइन का नम्बर भी उसे इसलिए मालूम था क्योंकि थाने के बाहर लगे थाने के साइनबोर्ड पर दर्ज था। बोली, तीन लैंडलाइन नम्बर वहां दर्ज थे जिन्हें उसने बारी-बारी बजाया तो तीसरा नम्बर मेरा निकला और उसकी मेरे से बात हो पाई। कदम, लैंडलाइन नम्बर कॉल करने वाले को – अब यकीनी तौर पर वाली को – किसलिए मालूम थे? क्योंकि थाने के साइन बोर्ड पर दर्ज थे। यानी कोई तारदेव पहुंचा, ख़ास इस मकसद से तारदेव पहुंचा, और उसने आकर साइन बोर्ड पर दर्ज थाने के लैंडलाइन नम्बर नोट किए। नो?"

"यस, सर, इट स्टैण्ड्स टु रीज़न।"

"यू एग्री विद वॉट आई सैड?"

"फुल्ली।"

"तो फिर ये भी रीज़न पर स्टैण्ड करने वाली बात है कि यूं साइन बोर्ड पढ़ने बीस-तीस किलोमीटर कोई नहीं जाता। तारदेव मुम्बई के साउथएण्ड पर है, कोई ऑल दि वे नार्थएण्ड से नहीं पहुंच जाता इस काम के लिए।"

"लेकिन अगर बाशिन्दे की रिहायश ही नार्थएण्ड पर कहीं हो – मसलन बोरीवली में हो, दहिशर में हो, भयंदर में हो!"

"तो उसका इतनी दूर तारदेव में क्या काम?"

"सर, रिजक की तलाश किसी को कहीं भी ले जा सकती है। नार्थएण्ड में कहीं से क्या, लोग-बाग ठाणे से आते हैं, कल्याण से आते हैं, पुणे से आते हैं।"

भारकर ने उस बात पर विचार किया।

"तो" – फिर बोला – "उसकी रिजक की तलाश साउथएण्ड पर कहीं ख़त्म होती होगी! वो इधर कहीं कोई जॉब करती होगी!"

"लेकिन होगी कोई औरत ही! सच में कोई मर्द नहीं?"

भारकर के चेहरे पर नाराजगी के भाव झलके।

"सॉरी, सर।" – तत्काल कदम ने खेदप्रकाश किया – "बोले तो ज़रा लाउड थिंकिंग की।"

भारकर ने सप्रयास सहमति में सिर हिलाया।

"आपका मतलब है रहती कहीं दूर दराज़ होगी!"

"क्या वान्दा है?"

"यूं तो कोई नहीं।" – कदम एक क्षण ठिठका फिर बोला – "बहरहाल, रेजीडेंस हो या वर्क प्लेस हो, साउथएण्ड पर वो औरत – जो कोई भी वो है – तारदेव के आसपास कहीं पाई जाती है!"

"यकीनी तौर पर।"

"सर, फिर गुस्ताखी की माफी के साथ अर्ज़ है, यकीनी तौर पर तो नहीं! अलबत्ता उसके तारदेव के आसपास कहीं की होने की सम्भावना ज़्यादा है।"

"एक बात और भी तो है जो इसी सम्भावना को पुख़्ता करती जान पड़ती है!"

"वो क्या?"

"उस औरत के हमारे मरहूम सब-इन्स्पेक्टर अनिल गोरे से ताल्लुकात हो सकते हैं।"

"ख़ामख़ाह!" – कदम तत्काल सम्भला – "सॉरी, सर। जोश में मुंह से निकल गया।"

"वान्दा नहीं।"

"पर फिर भी मैं पूछे बिना नहीं रह सकता कि वो कौन सी बात है जो उस गुमनाम कॉलर का – किसी औरत का – रिश्ता एसआई गोरे से जोड़ती है?"

"बात तो है, कदम, लेकिन वो मैं तुझे बता नहीं सकता।"

कदम ने गिला करती निगाह से अपने आला अफसर को देखा।

"यार" – भारकर एकाएक बेतकल्लुफ होता बोला – "कोई तो राज़ भारकर के पास भी महफूज़ रह लेने दे! आखिर तो तेरे को सब बताना ही पड़ेगा लेकिन अभी तो मेरा मान रख। अभी तो ये मान के चल कि उस औरत के गोरे की ज़िन्दगी में उससे ताल्लुकात थे!"

"कैसे ताल्लुकात?"

"जैसे किसी मर्द से किसी औरत के होते हैं।"

"सर, गोरे शादीशुदा, बाल-बच्चेदार आदमी था। ही वॉज ए हैप्पीली मैरीड मैन!"

"अरे, कभी-कभार घर का खाना छोड़ कर किसी का पीज़ा, बर्गर खाने को भी दिल कर सकता है कि नहीं! वड़ा पाव, भेलपूरी खाने को भी दिल कर सकता है कि नहीं!"

कदम ख़ामोश रहा।

"इतना दूध का धुला कोई नहीं होता। मर्द की फितरत होती है मौका लगे तो आसपास मुंह मार लेने की। लेकिन ऐसा कोई कभी-कभार का शगल मैं नहीं समझता कि गोरे की कांशस पर बोझ बन ज़ाता होगा।"

"कभी-कभार का शगल?"

"और क्या? और क्या गोरे का बीवी को तलाक देकर किसी और से शादी करने का इरादा था?"

"ये तो, ख़ैर, नहीं हो सकता था।"

"तो फिर ऐसे नौजवान, हॉट-ब्लडिड शख़्स को, जिसकी बीवी अक्सर मायके गई रहती हो, छोटा-मोटा कैज़ुअल रिलेशन क्या कहता था?"

"कैज़ुअल रिलेशन?"

"और क्या सीरियस अफेयर! तू पढ़ा-लिखा, अर्बन मिज़ाज़ वाला भीड़ू है, ये न भूल, आदमजात फितरतन पोलीगैमिस्ट होता है। बनाने वाले ने उसे बनाया ही ऐसा है।"

"बोले तो बीवी घर न हो तो गोरे कभी-कभार दाएं बाएं मुंह मार लेता था?"

"और मैं क्या बोला!"

"हम्म!"

"कदम, तू बात को यूं समझ कि मेरे दोपहर के कॉलर को औरत तसलीम किए बिना मेरे मगज में जो कहानी है, वो आगे नहीं बढ़ सकती।"

"ओके! प्लीज़, आगे बढ़िए।"

"आगे ये कि ऐसे ताल्लुकात ज़्यादा फासले पर, दूरदराज़ जगह पर नहीं बनते, कोई वक्ती ज़रूरत आसपास से ही पूरी की जाती है। इस लिहाज़ से औरत का वहीं-कहीं का होना बनता है जहां कि गोरे रहता था, या जहां कि उसकी नौकरी थी।"

"धोबी तलाव के आसपास कहीं! तारदेव के आसपास कहीं!"

"हां। फिर गोरे की इन इलाकों के बार्स में बड़ी गुडविल थी। किसी बार में वो ड्रिंक करने जाता था तो उसकी सर्विस ऑन हाउस होती थी।"

कदम की भवें उठीं।

"भई, उसे बिल नहीं दिया जाता था। इसरार करने पर भी बिल नहीं दिया जाता था।"

"ओह!"

"ऐसे बार्स में रंगीन माहौल होता है क्योंकि बारबालाएं होती हैं, होस्टेसिज़ होती हैं, वेट्रेसिज़ होती हैं, जिनको हिदायत होती है कि मेहमान ख़ास हो तो उसकी ख़ातिर भी ख़ास हो।"

"यानी गोरे की कैज़ुअल सखी कोई बारबाला, कोई होस्टेस हो सकती थी?"

"हो तो कोई भी सकती थी लेकिन मुमकिन है ऐसी जगहों पर ऐसी यारी लगाना उसे कदरन आसान लगता हो! क्या पता बार ओनर्स की भी इस मामले में शह रहती हो।"

"सर, बार्स तो सारी मुम्बई में बहुताहत में हैं, आपका ख़ास फोकस कहां है?"

"आसपास के बार वाले ठिकानों पर। जैसे ग्रांट रोड, लेमिंगटन रोड, फॉकलैंड रोड, फारस रोड, हेनस रोड वगैरह।"

"मुश्किल काम है। टाइमखाऊ भी।"

"भेजा लगाए तो नहीं मुश्किल, नहीं टाइमखाऊ। देख, कितने टैलटेल क्लूज़

हैं तेरे पास! उस औरत का मुकाम उन इलाकों में से ही किसी में होगा जिनका मैंने ज़िक्र किया क्योंकि वो धोबी तलाव से करीब हैं जहां कि गोरे रहता था, तारदेव के करीब हैं, क्योंकि तारदेव थाना उसकी वर्क प्लेस था। नम्बर दो, वो औरत थाने का साइन बोर्ड पढ़ने तारदेव पहुंची इसलिए वो किसी दूरदराज़ जगह से इस काम के लिए तारदेव पहुंची नहीं हो सकती थी। नम्बर तीन, उसकी एम्पलायमेंट हॉस्पिटेलिटी बिज़नेस में हो सकती थी। वो उन जगहों के किसी बार की, किसी रेस्टोरेंट की, किसी केटरिंग एस्टैब्लिशमेंट की मुलाज़िम हो सकती थी जिनका मैंने ज़िक्र किया। नम्बर चार, वो गोरे की कैजुअल माशूक हो सकती थी जिसकी उन्हीं बार्स में से किसी से पिक किए जाने की सम्भावना ज़्यादा थी जिनमें गोरे का अक्सर आना-जाना होता था। नम्बर पांच, उसकी आवाज़ मोटी थी जो गला खोल कर बोलने से और मोटी हो सकती थी और मर्दों जैसी लग सकती थी। नम्बर छः, उसके पंजाबी होने की पूरी-पूरी सम्भावना थी। और आखिर में उसका बोलने का अन्दाज़ न भुलाया जा सकने लायक था, पंक्चुएशन मार्क की तरह जाने अनजाने हर तीसरे फिकरे में 'मल्लबकि' लगाती थी, यानी बोलती 'मतलब कि' थी पर सुनाई 'मतलब कि' देता था। इतने क्लूज़ काबू में होने के बाद भी कहता है मुश्किल काम है, टाइमखाऊ काम है?"

"अब नहीं कहता।" – कदम निर्णायक भाव से बोला।

"यानी कर गुज़रेगा कुछ?"

"जी हां।"

"जल्दी। वॉर फुटिंग पर?"

"जी हां। लेकिन सर, इस बारे में अगर कुछ कहते कि आपको कैसे मालूम था कि आपकी कॉलर से गोरे के ताल्लुकात हो सकते थे तो मुझे फास्ट ट्रैक पर ये काम करने में सहूलियत होती।"

"बस, यही एक बात है जो मैं तेरे से साझा नहीं कर सकता। तू मेरा अज़ीज़ है, मेरे दिल के करीब है, लेकिन इस सिलसिले में मेरा कहना मान, ये जान के कहना मान कि ये मेरी ज़िन्दगी का बड़ा राज़ है, मेरी ज़िन्दगी का ऐसा अन्धेरा पहलू है फिलहाल जिसकी परतें उधेड़ना मैं अफोर्ड नहीं कर सकता। तू आंख बन्द करके

मेरा यकीन कर और ये मान के चल कि मेरे कॉलर के गोरे से ताल्लुकात होने के बारे में मैंने जो कहा, सौ टांक सच कहा लेकिन अभी ये जानने की ज़िद न कर कि वो बात मेरे को कैसे मालूम है। तू मेरी ये बात मान कर अपना काम कर कि जो क्लू मैंने पेश किए, अगर उनके सदके कोई नतीजा न निकला तो मैं सब कुछ बयान कर दूँगा, कुछ भी तेरे से नहीं छुपाऊंगा। ओके नाओ?"

कदम ने इस बार बिना हिचके सहमति में सिर हिलाया।

"कदम, अगर ये काम तू कामयाबी से कर पाया तो तेरे को तोप की सलामी।"

"सर, मैं आपका बच्चा हूँ, आपके पांव की धूल हूँ, मेरे लिए यही बहुत बड़ा ईनाम होगा कि मैं आपके किसी काम आया, कामयाबी के काम आया।"

"देख तोप की सलामी एक मुहावरा था जो तुझे एनकरेज करने के लिए, मोटीवेट करने के लिए मैंने इस्तेमाल किया। तू ये काम करके दिखा, आइन्दा दिनों में मेरे बाद तू इस थाने का सब से इम्पॉर्टेंट पुलिस ऑफिसर होगा। ये मेरा वादा है तेरे से।"

"थैंक्यू, सर।"

"आइन्दा जैसे मेरे सिर पर डीसीपी पुजारा का हाथ है, वैसे तेरे सिर पर मेरा हाथ होगा।"

"थैंक्यू, सर। मैं कैसे भी आपका ये काम करके दिखाऊंगा, आपकी उम्मीद से जल्दी करके दिखाऊंगा।"

"जीता रह।"

भारकर कोलाबा और आगे टोपाज़ क्लब पहुंचा।

विनायक घटके संयोगवश उसे रिसैप्शन पर ही मिल गया।

जो कि अच्छी बात थी। उसने वहां रेमंड परेरा से भी उसी के बारे में दरयाफ़्त करना था जिसकी अब ज़रूरत नहीं रही थी।

"कैसा है, घटके?" – भारकर बोला।

घटके उसकी तरफ घूमा तो उसके चेहरे पर हैरानी के भाव आए।

"बाप, तुम इधर!" – उसके मुंह से निकला।

संजीदगी से भास्कर ने सहमति में सिर हिलाया।

"कैसे . . . कैसे आया, बाप?"

"तेरे से मिलने आया।"

"बोम मारता है, बाप।"

"अच्छा हुआ तू इधर मिल गया वर्ना पूछना पड़ता, पता करना पड़ता।"

"बोले तो क्या मांगता है, बाप?"

भास्कर ने एक उड़ती निगाह रिसैप्शन के पीछे मौजूद नुमायशी बाला पर डाली!

"तेरे से बात करने का।" – फिर बोला – "पण इधर नहीं। इधर कोई प्राइवेट करके जगह बोल या मेरे साथ बाहर चल।"

घटके ने सहमति में सिर हिलाया। रिसैप्शन के पीछे ही एक बन्द दरवाज़ा था जिस पर पहुंच कर उसने उसे खोला और भास्कर को इशारा किया। भास्कर कमरे में दाखिल हुआ तो घटके ने उसके पीछे दरवाज़ा बन्द कर दिया।

वो एक स्टैण्डर्ड ऑफिसनुमा कमरा था जिसमें ऑफिस फर्नीचर – मेज, कुर्सियां, फाइलिंग कैबिनेट वगैरह – के अलावा कुछ नहीं था।

घटके जब तक दरवाज़ा भिड़का कर वापिस घूमा, उसने भास्कर को ऑफिस टेबल के पीछे की कुर्सी पर बैठा पाया।

घटके कुछ क्षण बन्द दरवाज़े पर ठिठका, हिचकिचाया फिर उसने आगे बढ़कर एक विज़िटर्स चेयर पर मुकाम पाया।

तत्काल भास्कर के चेहरे पर गहन अप्रसन्नता के भाव आए, घटके से अपेक्षित था कि हाकिम उसे अपने सामने खड़ा पाता और हाकिम की मर्ज़ी होती तो वो उस पर अहसान-सा करता उसे बैठने को बोलता वर्ना इरादतन वो उसे अपने सामने खड़ा रखता।

जिसकी कि नौबत ही न आई।

भास्कर ने घूर कर उसे देखा।

घटके की निगाह भटकी तक नहीं, उसने वैसे ही निडर भाव से हाकिम से आंख मिलाई।

"अभी बोलो, बाप।" – घटके सहज भाव से बोला – "बोले तो हुक्म!"

"हुक्म!" – भास्कर की भवें उठीं।

"अभी बोला न, बाप, अपुन से मिलना मांगता था! बोले तो . . . हुक्म!"

"हूँ। फोन का जवाब क्यों नहीं देता?"

"तुम लगाया, बाप?"

"हां। तभी तो पूछा!"

"फोन गया, साला। कोई लोकल में पॉकेट मार लिया।"

"नवें का नम्बर बोल!"

"नवां अभी नहीं लिया।"

"क्यों?"

"टेम नहीं मिला।"

"फोन बिना कैसे चलता है?"

"चलता है, बाप। मैं कौन-सा कोई इम्पॉर्टेंट करके भीड़ू है!"

"परेरा तेरे से बात करना मांगता हो तो?"

"तो, बोले तो, पिराब्लम। कल लेता है नवां फोन।"

"मेरे को नवें नम्बर की ख़बर करके रखने का।"

"बरोबर, बाप। अभी हुक्म बोलो न, बाप!"

"बोलता हूँ। तेरे को सब-इन्स्पेक्टर गोरे की ख़बर लगी?"

"लगी न, बाप! बोले तो कमाल किया! साला अपना ही भीड़ू टपका दिया!"

"किसने?"

"हें हें हें।"

"हंसता क्यों है?"

"बाप, माफी के साथ बोलता है, तुम्हीं तो हंसाता है!"

"अभी हंस चुका या मैं इन्तज़ार करे?"

"हिन्ट पकड़ा न बाप, बोलता है न! वो क्या है कि तुम्हेरे को किसी भीड़ू को फिट करना मांगता था जिसकी वजह से बोला कि मैं तुम्हेरे राडार पर नहीं था। साफ बोला कि कत्ल के मामले में मैं तुम्हेरा निशाना नहीं था, तुलसीवाडी वाले

डबल मर्डर के लिए मेरा जिम्मेदार निकल आना तुम्हेरे को माफिक नहीं था, तुम किसी और भीड़ू को कातिल प्रोजेक्ट करना मांगता था। अभी किया न मैं यहीच! वेट किया न में! अभी मेरे को मालूम कौन कुर्बानी का बकरा!"

"कौन?"

"तुम्हेरा सब-इन्स्पेक्टर अनिल गोरे। साला नायक और उसकी बीवी को मैं टपकाया, ज़िम्मेदार अनिल गोरे, जो साला कुछ भी न किया फिर भी अपनी बेगुनाही की दुहाई देने की ज़गह पंखे से टंग गया। ख़ुदकुशी कर ली खजूर ने। काहे वास्ते! जब कुछ किया ही नहीं तो काहे वास्ते!" – घटके ने आंखों में अचरज भर कर उसकी तरफ देखा – "साला टोटल कमाल! कैसे कर लेता है, बाप?"

"मैं? मैं कर लेता हूँ?"

"या करवा लेता है, बाप?"

"उसके खिलाफ पक्के सबूत हैं।"

"मालूम। एक ठो साला मैंइच सप्लाई किया! तुलसीवाडी की वारदात की मर्डर वैपन गन साला मैंइच तो दिया तुम्हेरे को! अभी सेम टु सेम गन एसआई गोरे की ख़ुदकुशी के बाद उसके फिलेट से बरामद। खाली उस पर उंगलियों की छाप मेरी नहीं, गोरे की। कैसे वो गन गोरे के फिलेट से बरामद हुई? वो तो मैं तुम्हेरे को दिया! उसके बाद मैं खाली वेट किया। क्योंकि मेरे को मालूम कि जो बकरा मेरी जगह तुलसीवाडी वाले केस में फंसेगा, वो सामने आ जाएगा। अभी फंसा न! सामने आया न!"

"बकवास बन्द कर।" – एकाएक भारकर भड़का – "मैं साला इधर तेरी बकवास सुनने आया!"

घटके को झटका सा लगा।

"सॉरी बोलता है, बाप!" – वो दबे स्वर में बोला – "साला भाव खा गया मैं। ज्यास्ती बोल गया। सॉरी बोलता है।"

"सॉरी सुना मैं। अभी कान खोल के सुन मैं इधर काहे वास्ते आया।"

"सुनता है न, बाप!"

"तेरे को गवाही देने का। जैसी मैं बोलूं, वैसी गवाही देने का। क्या!"

"आगे बोलो, बाप।"

"मेरी बात ग़ौर से सुन। गवाही में जो तू बोलेगा, उसके लिए तेरा मुंह पकड़ने वाला कोई नहीं होगा क्योंकि जो भीड़ू तेरा मुंह पकड़ सकता था, वो तो टपक गया! साला ख़ुद ही अपने को खल्लास किया।"

"सब-इन्स्पेक्टर अनिल गोरे की बात करता है, बाप?"

"हां।"

"मेरे को उसके खिलाफ गवाही देने का था?"

"खिलाफ नहीं। खिलाफ नहीं। उसकी बाबत।"

"बोले तो?"

"जैसे तू परेरा का ख़ास है, वैसे आजकल एसआई अनिल गोरे परेरा का ख़ास बना हुआ था।"

"नक्को!"

"सुनता नहीं है। जब तू ऐसा बोलेगा तो कौन तेरा मुंह पकड़ेगा? जो मर गया?"

"पण ऐसा बोलेगा काहे वास्ते मैं?"

"ताकि पक्की हो कि तुलसीवाडी वाली वारदात के सिलसिले में तेरे बॉस परेरा के मुलाहज़े में गोरे की तेरे से सांठ-गांठ थी।"

"किधर थी? मैं तो . . ."

"घटके, जब मैं बोलता है थी तो थी। क्या!"

घटके बेचैनी से पहलू बदलता ख़ामोश हो गया।

"अभी बोले तो तू और अनिल गोरे दोनों पिछले दिनों रेमंड परेरा के ऑर्डर पर काम करते थे और परेरा का ऑर्डर था कि तुलसीवाडी वाला लफड़ा निपटाने के वास्ते तेरे को गोरे के साथ मिलकर काम करने का था।"

"पण परेरा बॉस का ऐसा कोई ऑर्डर नहीं था। होता तो क्या मेरे को खबर न होती?"

"अभी मैं बोला न, था!"

"अरे बाप, ऐसीच भाव नहीं खाने का। पहले बात को समझने का, फिर भाव

खाने का।"

"समझा!"

"किसी एसआई अनिल गोरे को मैं जानता हैइच नहीं। जब तुम बोला कि उस दोहरे कत्ल के मामले में तुम्हेरा निशाना मैं नहीं, कोई और था तो तुम कभी न बोला कि वो कोई और कौन था! तुम्हेरे एसआई के साथ उसके धोबी तलाव के फिलेट पर जो बीती, उसको मैं कैसे भी नहीं जान सकता था, उसकी मेरे को तभी खबर लगी थी जबकि मैं खबर छापे में देखा। अभी बोलो, कैसे मैं उस भीड़ू की बाबत कोई बयान दे सकता है जिसको मैं जानता तक नहीं, जिसकी मैंने कभी शक्ल तक नहीं देखी?"

"जानता था। रेमंड परेरा के जनवाए जानता था। तेरे को ऐसीच बोलने का।"

"कि मैं गोरे के साथ मिलकर काम करता था?"

"परेरा के हुक्म पर।"

"बोले तो कत्ल में मैं भी शरीक था? शरीक नहीं था तो जो गोरे करने वाला था, मेरे को उसकी खबर थी?"

"हां।"

"हां, बोला, बाप! ऐसी गवाही देने का मतलब समझता है, बाप!"

"तेरे को कुछ नहीं होगा।"

"नहीं होगा! मैं कत्ल में शामिल समझा जाऊँगा।"

"वो तो तू है ही।"

"मैं अनिल गोरे की जुगलबन्दी में कत्ल में शामिल समझा जाऊँगा। और तुम्हेरे कहे मुताबिक मैं ख़ुद अपनी मौत का परवाना साइन करता होयेंगा।"

"इतनी लम्बी छोड़ने का नहीं, घटके। अपनी गवाही के ज़रिए तू खाली हिंट टपकायेगा कि सब किया धरा गोरे का था।"

"हिंट भी किधर से आएगा? जब मैं भीड़ू को जानता थाइच नहीं . . ."

"अरे, उसके खिलाफ और भी तो पुख़्ता सबूत हैं!"

"तो उन्हीं को काफी मानो न!"

"नहीं।"

"तेरा गवाह बनना ज़रूरी है।"

"नहीं।"

"अरे, मैं तेरे को वादामाफ गवाह बनवा दूँगा।"

"तो भी नहीं।"

"इंकार करता है? मेरे हुक्म से इंकार करता है?"

"मजबूरी है, बाप। ऐसी झूठी, बेबुनियाद गवाही मेरी वाट लगा देगी। मेरे को नहीं मांगता।"

"मेरे से बाहर जाएगा, साले, तो वाट तो तेरी लग के रहेगी। साले, दो खून कर चुकने के बाद . . ."

"कौन से दो खून कर चुकने के बाद?"

"सुबोध नायक और नीरजा नायक के दो खून कर चुकने के बाद।"

"वो तो तुम्हेरे एसआई अनिल गोरे ने किए! ख़ुद छापे में साबित करके दिखाया। चश्मदीद गवाह की गवाही से साबित करके दिखाया।"

भारकर भौंचक्का-सा घटके का मुंह देखने लगा।

"साले!" – फिर वो सांप की तरह फुंफकारता बोला – "मैं चाहूँ तो केस को पलट सकता हूँ। असल में तो तू ही है कातिल!"

"कौन बोला?"

"तू ख़ुद बोला। वरली के फ्लैट में मेरे सामने ख़ुद बोला।"

"नहीं बोला।"

"मैंने तेरे पास से आलायकत्ल बरामद किया। उस पर तेरी उंगलियों के निशान हैं।"

"और आगे जब एसआई गोरे के सिर थोपा तो उस पर उसके भी उंगलियों के निशान। बरोबर?"

भारकर सकपकाया।

"आलायकत्ल तो एकीच गन, बाप। और तुम्हेरे अपने महकमे के श्याने लोग साला विलायती टैस्ट करके साबित करके रखा कि वहीच कत्ल का औजार

और उस पर 'कातिल' – मैं नहीं बोला, तुम बोला, बाप – एसआई अनिल गोरे की उंगलियों की छाप। फिर मेरे पास से कैसे तुम वो आलायकत्ल बरामद करके दिखाया?"

विचलित भारकर ने अपलक घटके की तरफ देखा।

"ऐसे क्या देखता है, बाप?" – घटके सहज भाव से बोला।

"पर निकल आए तेरे, साले हलकट!" – भारकर दांत पीसता बोला – "काटने पड़ेंगे।"

"कैसे करोगे, बाप? जरिया तो हाथ से निकल जाने दिया!"

"तेरे से बरामद गन को मैंने पहले पुलिस एक्सपर्ट के हवाले किया था जिसने उस पर बने उंगलियों के निशानों की तस्वीरें निकाली थीं जो कि मेरे पास हैं। ये पहले ही पक्की हो चुका है कि जिस गन पर से वो निशान उठाए गए थे, उसी से वो गोलियाँ चली थीं जो नायक पति-पत्नी के जिस्म से निकाली गई थीं।"

"बोले तो मैं कातिल?"

"हां।"

"मेरे को इलज़ाम मंज़ूर, बाप। अभी मेरे को गिरफ्तार करो, पंचनामा करो, कातिल ठहरा के कोर्ट में पेश करो और सजा दिलवाओ मेरे को। फांसी की ही दिलवाना। क्या?"

भारकर ने जवाब देते न बना।

"बाप, तुम हाकिम है, बड़ा हाकिम है, रसूख वाला हाकिम है, तुम्हेरे पास किसी के भी पर काटने के, किसी की भी वाट लगाने के बहुत जरिए हैं। तुम्हेरे हाथ में ताकत है, तुम्हें उसको किसी के भी खिलाफ इस्तेमाल करने से कोई नहीं रोक सकता पण कभी-कभी कोई-कोई ताकतवर को भी उलटी पड़ जाती है।"

"क्या मतलब है, भई, तेरा?"

"मतलब समझाने के वास्ते मेरे को उठके जाना पड़ेगा। बाप, जाने दोगे या मैं अभीच गिरफ्तार है?"

"कहां जाना चाहता है?"

"बोलेगा न! तुम्हेरे ही तो काम से जाने का!"

"मेरे काम से?"

"तुम्हेरे मतलब के काम से। खाली जा के आने का।"

"जा।"

"शुक्रिया बोलता है, बाप।" – वो उठ खड़ा हुआ – "पीछे कोई ठण्डा? गर्म?"

"नहीं।"

"या डिरिंक। शाम का टेम है . . ."

"टेम खोटी न कर।"

"जाता है, बाप।"

भारकर को पीछे अनजाने सस्पेंस में छोड़कर घटके वहां से रुख़सत हुआ।

भारक पीछे बैठा उंगलियों से मेज ठकठकाता रहा, पहलू बदलता रहा।

जाके आने वाला घटके दस मिनट में लौटा।

भारकर ने आंखें तरेर कर उसे देखा।

"सॉरी बोलता है, बाप।" – घटके बोला – "लैपटॉप मांगे का थामने में टेम लगा।"

"लैपटॉप किस वास्ते मांगता था?"

"बोलता है न, बाप" – घटके वापिस कुर्सी पर बैठा। उसने लैपटॉप ऑन किया उसके स्लॉट में पैन ड्राइव लगाई और जब स्क्रीन पर जगमग हो गई तो लैपटॉप का मुंह भारकर की ओर घुमा दिया।

"क्या है?" – भारकर रुखाई से बोला।

"देखने का न, बाप!" – घटके अनुनयपूर्ण स्वर में बोला।

भारकर स्क्रीन पर देखने तो लगा लेकिन जल्दी ही उतावला हो उठा।

"अरे, क्या है ये?" – वो झल्लाया।

"अभी, बाप, अभी। बस अभी तुम्हेरे मतलब का शो शुरू होता है।"

भारकर को स्क्रीन पर अपनी सूरत दिखाई दी।

फिर दोनों की।

संजीदासूरत उसने स्क्रीन पर से तब तक निगाह न उठाई जब तक कि रिकॉर्डिंग ख़त्म न हो गई।

घटके ने लैपटॉप अपनी तरफ किया, पैन ड्राइव को निकाल कर जेब के

हवाले किया और लैपटॉप बन्द कर दिया।

"क्या!" – घटके बोला।

"हूँ।" – भास्कर ने निरर्थक, गम्भीर हूँकार भरी।

"बोले तो मेरे को मेरे फिलेट में पहले भेजना तुम्हेरा मिस्टेक। बोले तो टोटल बलंडर। तुम्हेरे फिलेट पर पहुंचने से पहले मैं उधर खुफिया रिकॉर्डिंग का खुफिया इन्तजाम करके रखा . . ."

"खड़े पैर इन्तज़ाम किधर से आया?"

"रखता है न, बाप। परेरा बॉस के काम आता है, इस वास्ते रखता है। अभी काम आया न!"

"परेरा के?"

"पहले मेरे। बाद में शायद परेरा बॉस के भी।"

"हूँ।"

"अब सब वीडियो रिकॉर्डिंग में कि तुम्हेरे को मालूम कि मैं कातिल, फिर भी जानते बूझते मेरे को नक्की करके रखा और दूसरे, बेगुनाह भीड़ू को – अपने ही मातहत पुलिस अफसर को – कातिल प्रोजेक्ट करने का इन्तज़ाम किया। अभी" – घटके के स्वर में धृष्टता का पुट आया – "जो देखा, जो सुना, मुकरना उससे।"

"क्या मांगता है?"

"पिरेशर नहीं मांगता, बाप। पिरेशर का इन्तजाम तुम्हेरे पास था पण ज्यादा होशियारी के चक्कर में, बाप, तुम उस इन्तजाम को मेरे खिलाफ इस्तेमाल में लाने का चानस खो दिया।"

"जानता है न, किस से बात कर रहा है!"

"जानता है, बाप। जानता है इस वास्ते मेरे को फिकर। साला पोटला बनवा देगा और साथी लोग ढूंढ़ता होयेंगा कि किधर गया विनायक घटके करके भीड़ू!"

"फिर भी ये तेवर हैं?"

"मजबूरी है, बाप। तुम जो मेरे को चानस देता है, वो ऐसीच है जैसे कि पूछता हो – जहर खा के मरना मांगता है या गोली खा के!"

"लपेटे वाली बात न कर। साफ बोल, क्या मांगता है?"

"बाप, पूछो, क्या नहीं मांगता! बोगस गवाह बनना नहीं मांगता। वादामाफ भी नहीं। तुम मरने वाले के खिलाफ अभी भी जो मर्जी करो पण बाप, जो करो उसमें मेरे को शामिल न करो।"

"ठीक है। तब चुप तो रहेगा?"

"बाई गॉड खा के बोलता है, हां।"

"थे रिकॉर्डिंग नष्ट कर देगा?"

"अभी नहीं।"

"हूँ।"

ख़ामोशी छा गई।

'रिकॉर्डिंग! रिकॉर्डिंग! रिकॉर्डिंग!' – वो मन ही मन कुढ़ रहा था – 'साली माडर्न टैक्नॉलोजी ही जी का जंजाल बन गई!' 'साला, अपनी मौत बुलाता है। जानता नहीं कौन हूँ मैं! नाग हूँ मैं। काला नाग। अभी पसर ले हठेला, आखिर जानेगा। न गोटी से लटकाया तो मेरा भी नाम उत्तमराव भारकर नहीं।'

"मेरी परेरा से बात करा।" – एकाएक वो बोला।

"सॉरी, बाप" – घटके विनयशील स्वर में बोला – "परेरा बॉस ये टेम क्लब में नहीं है।"

"जब उसका क्लब में होने का टाइम ही ये है तो क्यों नहीं है?"

"चानस की बात है बाप। बॉस को और भी काम होते हैं।"

"नम्बर दे उसका।"

घटके ने रिसैप्शन से क्लब का फैंसी कार्ड लाकर उसे दिया।

"तेरा नम्बर भी मांगता है मेरे को। अभी तू साला हवा में उड़ता है इस वास्ते हवाबाज़ से कभी मेरे को भी बात करने का। जब नवां फोन खरीद ले, तब नम्बर पहुंचाना।"

"बरोबर, बाप।"

"जाता है।"

"मैं पीछू परेरा बॉस को बोले एसएचओ भारकर साहब आया?"

भारकर ने जवाब न दिया। बिना घटके पर दोबारा निगाह डाले वो वहां से रुख़सत हो गया।

उसे पूरा यकीन था कि परेरा क्लब में ही था और घटके ने जो ज्यास्ती टाइम लगाया था, वो परेरा से मशवरा करने में, उससे हिदायात हासिल करने में लगाया था।

'अरे, मैं साला थानेदार है या चौकीदार है!' – भारकर ख़ुद पर कलपा – 'साला हर कोई मेरे खिलाफ बोलता है। डरता ही नहीं कोई! अनिल गोरे की तो फिर भी कोई बात थी, वो साली दो टके की फरेबी औरत कोंपल मेहता थाने आके हूल दे गई मेरे को। साली डरने की जगह डरा गई। अभी ये गटर छाप फंटर कुत्ते की तरह भौंकता है। साला जिस कुत्ते को निवाला दिया, वो भी भौंकता है। वीडियो हर किसी की ताकत साला।

'देवा!'

'देखूंगा' – दांत पीसता वो मन ही मन बोला – 'घटके और उसके बाप परेरा, दोनों को देखूंगा। इतनी आसानी से हालात से मात खाने वाला नहीं मैं। मौजूदा हालात में कोई जान जोखम वाला कदम भी उठाना पड़ा तो उठाऊंगा। अभी डीसीपी पुजारा है न सिर पर! मेरे से नहीं होगा तो वो सब सैट कर देगा। मिलता हूँ पहली फ़ुरसत में।'

यूं ही अपने आपको तसल्लियां देता भारकर कोलाबा से वापिस लौटा।

□□□

अपने नए, विशिष्ट अभियान की शुरुआत झालानी ने रतन टाटा मार्ग वाले हस्पताल से की।

सुबह साढ़े दस बजे वो वहां पहुंचा।

डॉक्टर अधिकारी हस्पताल में मौजूद था।

झालानी ने उसे अपना परिचय दिया, 'एक्सप्रैस' का अपना आई-कार्ड दिखाया और पांच मिनट की मुलाकात की दरख़्वास्त पेश की।

"मुलाकात का प्रयोजन?" – डॉक्टर बोला।

"प्रयोजन नौकरी ही है, सर, जो मैं 'एक्सप्रैस' के रिपोर्टर के तौर पर इस घड़ी कर रहा हूँ।"

"मतलब?"

"मैं नायक पति-पत्नी के डबल मर्डर को इनवैस्टिगेट कर रहा हूँ।"

"ये पुलिस का काम है।"

"मेरा भी है। बतौर इनवैस्टिगेटिव जर्नलिस्ट मेरा भी है। मैं खोजी पत्रकार हूँ, खोज करना मेरा काम ही नहीं, फ़र्ज़ भी है। इसी काम की मुझे तनख़ाह मिलती है।"

"हूँ। आओ।"

डॉक्टर उसे एक छोटे से केबिन में लेकर आया जहां वो दोनों आमने-सामने बैठे।

"मैने आईसीयू में वापिस लौटना है" – उसने जैसे आगाह किया – "इसलिए मैं कोई कर्टसी ऑफर नहीं कर सकता।"

"ज़रूरत भी नहीं, सर।" – झालानी तनिक व्यग्र भाव से बोला – "मेरे लिए यही बड़ी कर्टसी है कि आपने मुझे टाइम दिया।"

"पांच मिनट।"

"श्योर, सर। आइल कम टु दि प्वायंट राइट अवे!" – उसने अपनी जेब से पिछले रोज़ एसीपी कुलकर्णी से हासिल फोटोकॉपी निकाली और उसे सीधा कर के दोनों तरफ से डॉक्टर को दिखाया। – "सर, आपको ख़बर ही होगी कि ये वो तस्वीर है जिसके सदके दिवंगत नीरजा नायक ने तुलसीवाडी के शूटर की, अपने हमलावर की, शिनाख़्त की थी और इन्स्पेक्टर भारकर के इसरार पर – जिसके पास कि तफ्तीश के लिए वो केस था – आपकी मौजूदगी में अपने दस्तख़तों के तहत तस्वीर को सत्यापित किया था।"

"ठीक।"

"यानी इस बात को मोहरबन्द किया था कि तस्वीर वाला शख़्स ही तुलसीवाडी का शूटर था।"

"हां। अख़बार में भी छपी थी।"

"और आपने भी तस्वीर को एनडोर्स किया था!"

"नहीं।"

"जी!"

"मैंने तस्वीर को नहीं, पेशेंट नीरजा नायक के दस्तख़तों को एनडोर्स किया था। यानी एक तरह से गवाही दर्ज की थी कि पेशेंट ने मेरी मौजूदगी में तस्वीर की पुश्त कर दस्तख़त किए थे और तारीख डाली थी।"

"मतलब कि तस्वीर आपने नहीं देखी थी?"

"तब नहीं देखी थी। तब इन्स्पेक्टर ने मुझे तस्वीर दिखाना ज़रूरी नहीं समझा था, सिर्फ तस्वीर पर मेरी एनडोर्समेंट के तौर पर मेरे दस्तख़त हासिल करना ज़रूरी समझा था।"

"जैसे नोटरी बिना डाकूमेंट्स को पढ़े उनको नोटराइज़ करता है?"

"यू सैड इट।"

"आपने कहा, तस्वीर तब नहीं देखी थी लेकिन आखिर . . . आखिर देखी थी?"

"हां।"

"कब? कैसे?"

"नीरजा नायक के आईसीयू स्टेशन से इन्स्पेक्टर मेरे साथ बाहर निकला था, तब तस्वीर उसके हाथ में थी और उसका रुख मेरी तरफ था। तब आइडल क्यूरासिटी के तौर पर मैंने पूछा था कि ये था वो शूटर! वो कातिल! और इन्स्पेक्टर ने उस बात की तसदीक की थी।"

"ओह! यानी जैसे आपकी पेशेंट का तस्वीर में दर्ज सूरत से वाकफियत का दावा था, वैसे आपका कोई दावा नहीं था?"

"कैसे होता, भई? मैं क्या नीरजा नायक की तरह मौका-ए-वारदात पर मौजूद था!"

"सॉरी! वैरी स्टूपिड ऑफ मी।"

"तभी तो बोला मैंने तस्वीर को नहीं, अपने पेशेंट के दस्तख़तों को – यूँ समझो कि बतौर गवाह – एनडोर्स किया था।"

"तस्वीर में दर्ज सूरत याद रही आपको?"

"भई, एक सरसरी निगाह डालने का ही मौका मिला था। इतने भर से ही वो कैमरा प्रिंट की तरह तो मेरे ज़ेहन में दर्ज नहीं हो गई थी!"

"कुछ तो याद रहा ही होगा?"

"हां, कुछ तो याद रहा!"

"कोई नोन ऑफेंडर था? हिस्ट्रीशीटर था?"

"ये सवाल मैंने भी इन्स्पेक्टर से किया था। उसने उसके ऐसा कोई शख़्स होने की तसदीक नहीं की थी।"

"क्योंकि तस्वीर किसी ऑफेंडर की, किसी हिस्ट्रीशीटर की थी ही नहीं, तस्वीर एक पुलिस सब-इन्स्पेक्टर की थी, अनिल गोरे की थी, जिसने अपने फ्लैट में फांसी लगाकर कल रात ख़ुदकुशी कर ली और केस का प्रभारी अधिकारी जिसे बतौर कातिल प्रोजेक्ट कर रहा है।"

"क्या! एक पुलिस ऑफिसर को?"

"ऐसे पुलिस ऑफिसर को जिसने अपने किसी बुरे अंजाम से ख़ौफ खाकर ख़ुदकुशी कर ली।"

"आई कान्ट बाई दैट।"

"मेरे पास 'एक्सप्रेस' में छपी उसकी तस्वीर है।" – झालानी ने पेपर की एक कटिंग पेश की।

डॉक्टर ने ग़ौर से उस तस्वीर को देखा।

"इसी शख़्स की थी वो तस्वीर" – झालानी अपलक डॉक्टर को देखता बोला – "जो आपने इन्स्पेक्टर भारकर के हाथ में देखी थी?"

"भई, जब तुम कहते हो, तुम्हारा अख़बार कहता है, इनवैस्टिगेटिंग पुलिस ऑफिसर कहता हैं, मकतूला नीरजा नायक की एनडोर्समेंट कहती है तो और किसकी होगी?"

"सर, गुस्ताख़ी माफ, ये जवाब नहीं है, आर्ग्यूमेंट है। आप, प्लीज़, बिना किसी बात से प्रभावित हुए अपनी कनसिडर्ड ओपिनियन बयान कीजिए, अपना बैटर जजमेंट बयान कीजिए।"

डॉक्टर ख़ामोश हो गया। एकाएक वो बेचैन दिखाई देने लगा। कई बार उसने बेचैनी से पहलू बदला।

झालानी धीरज से उसके जवाब की प्रतीक्षा करता रहा।

"मैं किसी पचड़े में नहीं पड़ना चाहता।" – डॉक्टर बोला – "आई डोंट वॉन्ट टू रेज़ ऐनी कन्ट्रोवर्सी।"

"लगता है तस्वीर से आप मुतमईन नहीं!"

"अब क्या बोलूं? सिवाय इसके कि मैं कोई कन्ट्रोवर्सी नहीं चाहता। मैं पुलिस की कोई लाइन क्रॉस नहीं करना चाहता।"

"पुलिस की कोई लाइन क्रॉस करने की कोई नौबत क्योंकर जाएगी भला?"

"नो कमैंट्स।"

"सर, आपके मन में कुछ है। मैं आपसे दरख़्वास्त करता हूँ कि जो आपके मन में है, उसे आप मेरे साथ शेयर करें।"

"एक मीडिया पर्सन के साथ . . ."

"एक ज़िम्मेदार, कमिटिड मीडिया पर्सन के साथ।"

". . . जो बाजरिया मीडिया सारे शहर में, बल्कि सारे मुल्क में, ढिंढोरा पीट देगा!"

"सर, ए जर्नलिस्ट नैवर रिवील्ज़ हिज़ सोर्स ऑफ इनफर्मेशन। इस कमिटमेंट के तहत, बल्कि इस ज़िद के तहत, कई पत्रकार जेल जा चुके हैं। उन्होंने सज़ा भुगत ली, अपना मुंह न खोला . . ."

"युअर फाइव मिनट्स आर अप।"

"सर, ऐसा न कीजिए। मैं आपसे वादा करता हूँ कि जो भी बात होगी, वो हम दोनों के बीच में रहेगी।"

डॉक्टर ने उतावले भाव से अपनी कलाई घड़ी पर निगाह डाली।

"ओके!" – वो बोला – "सुनो!"

"प्लीज़, सर! आई एम ऑल इयर्स।"

"लेकिन ये सोचकर, ये समझकर सुनो कि जो तुमने सुना वो मैंने नहीं कहा।"

"सर, मैं समझा नहीं।"

"समझो। इतने नादान नहीं हो। आखिर स्थापित, प्रतिष्ठित खोजी पत्रकार हो। अगर तुमने किसी बात का सोर्स मेरे को प्वायन्ट आउट किया तो मैं साफ मुकर जाऊँगा।"

"आप ऐसा करेंगे?"

"हां।"

"एक ज़िम्मेदार . . ."

"डोंट वेस्ट टाइम। माई प्रेज़ेंस इन आईसीयू मे बी रिक्वायर्ड एनीटाइम।"

"सर, आई गिव यू माई सॉलम वर्ड, माई पेपर्स सॉलम वर्ड, दैट वॉटऐवर यू से नाओ, वोंट गो बियांड दि टू ऑफ अस।"

"यकीन किया मैंने तुम्हारी बात पर। अब सुनो। पिछले शुक्रवार इन्स्पेक्टर भारकर की आईसीयू में विज़िट से फारिग हो के उसके वहां से रुख़सत होते वक्त जो तस्वीर मैंने उसके हाथ में देखी थी, वो ये नहीं थी जो तुम मुझे अब दिखा रहे हो!"

"श्योर?"

"नॉट हण्डर्ड पर्सेंट बट फेयरली श्योर।"

"लेकिन ये कैसे हो सकता है! इस तस्वीर की – जो कि सब-इन्स्पेक्टर अनिल गोरे की है, मकतूला नीरजा नायक ने बाकायदा, पुख़्ता शिनाख़्त की थी और शिनाख़्त को मोहरबन्द करने के लिए तस्वीर को अपने दस्तख़तों से दो गवाहों के सामने बाकायदा एंडोर्स किया था और आपने अपने दस्तख़तों के ज़रिए डबल एनडोर्स किया था . . ."

"कैसे हो सकता है, घर जा के सोचना।" – डॉक्टर एकाएक उठ खड़ा हुआ – "क्या, कैसे, क्योंकर हो सकता है, बहस का मुद्दा है जिसमें मैं ख़ुद को शरीक नहीं करना चाहता।"

"लेकिन . . ."

"बस! मैं पहले ही ज़रूरत से ज़्यादा बोल गया हूँ। पत्रकारों का ये भी शायद कोई कमाल है कि जैसे-तैसे ज़ुबान खुलवा ही लेते हैं। अब अपने वादे पर खरे रहना। मेरे से तुमने कुछ नहीं जाना। वादाफरामोश बन कर दिखाओगे तो . . . तो मुझे अफसोस होगा। इंसानी आला किरदार पर से मेरा ऐतबार हमेशा के लिए उठ जाएगा।" – वो उठ खड़ा हुआ – "मैं जाता हूँ। तुम बेशक बैठो।"

"सर! सर!" – झालानी भी चाबी लगे गुड्डे की तरह उठा – "प्लीज़! प्लीज़! एक आखिरी सवाल! पॉजिटिवली दि लास्ट क्वेश्चन!"

डॉक्टर ठिठका, उतावलेपन के हवाले उसने झालानी की ओर देखा।

"आप कहते हैं कि जो तस्वीर उस रोज आईसीयू में आपने इन्स्पेक्टर के हाथ

में देखी, वो ये तस्वीर नहीं थी जो मैंने आपको अख़बार में छपी दिखाई, जिसकी पुश्त पर मकतूला नीरजा नायक की एनडोर्समेंट थी। आप इस बारे में, बकौल ख़ुद, हण्डर्ड पर्सेंट श्योर नहीं हैं लेकिन हैं भी . . ."

"आगे! आगे!"

"मैं ये मान के चलता हूँ कि आपने कोई जुदा तस्वीर देखी . . ."

"अरे, भई, आगे! आगे!"

"जो जुदा तस्वीर आपने देखी, उसको फिर देखने का मौका आपको मिले तो आप उसे पहचान लेंगे?"

"हं-हां।"

"फिर भी जबकि उस वाकए को दो दिन हो चुके हैं?"

"हां।"

"थैंक्यू, सर। थैंक्यू वैरी मच, सर।"

डॉक्टर ने सहमति में सिर हिला कर 'थैंक्यू' कुबूल किया।

साढ़े ग्यारह बजे से झालानी तारदेव थाने में था और अब एक बज चुका था।

वो तमाम वक्त उसने कैन्टीन में बैठकर थाने के जूनियर स्टाफ के साथ गपशप में गुज़ारा था और थानाध्यक्ष भास्कर से और उसके चमचे एसआई कदम से – कदम के उस स्पैशल स्टेटस की थाने में सबको ख़बर थी – आमना-सामना होने से ख़ास परहेज़ किया था।

जो डेढ़ घन्टा उसने थाने के जूनियर स्टाफ के साथ सर्फ किया था, उसमें एकाध बात को छोड़कर – जो कि एक निगाह में कोई ख़ास अहम भी नहीं लगती थी – उसकी जानकारी में कोई ख़ास इज़ाफ़ा नहीं हुआ था। वो बात जो सहज स्वाभाविक ढंग से, रोज़मर्रा की गुफ्तगू के तौर पर उसके कान में पड़ी थी वो ये थी कि दो हफ्ते पहले बतौर नॉरकॉटिक्स पैडलर एक औरत पकड़ कर थाने लाई गई थी तो उसको ख़ुद थानाध्यक्ष ने हैंडल किया था लेकिन बिना उसके खिलाफ कोई केस दर्ज किए उसे जल्दी ही रिहा कर दिया गया था। झालानी ने उसके बारे

में और जानकारी खोदने की कोशिश बराबर की लेकिन कामयाब न हो सका।

फिर भी उसने उम्मीद न छोड़ी क्योंकि अभी उसकी आस्तीन में तुरुप का एक पत्ता और था।

हवलदार लक्ष्मणराव भाटे।

हवलदार भाटे से झालानी की बढ़िया बनती थी और भाटे भी झालानी को बाकायदा भाव देता था, उसकी पीठ पीछे उसकी इज़्ज़त करता था।

थाने में जूनियर स्टाफ में उसकी पीठ पीछे सब उसे नारद मुनि कहते थे। और जो नारद मुनि के नाम से नहीं वाकिफ थे, उसे ऑल इन्डिया रेडियो कहते थे। उसे ख़बर लगी कि हवलदार भाटे सुबह से ही थाने में नहीं था लेकिन लंच तक ज़रूर लौट आने वाला था।

सिगरेट फूंकता झालानी धीरज से उसके लौटने का इन्तज़ार करता रहा।

वो दो बजे लौटा।

झालानी उसके रूबरू हुआ।

"नमस्ते, हवलदार साहब!" – वो मीठे स्वर में बोला।

हवलदार भाटे ने सिर उठाया फिर हर्षित भाव से तत्काल बोला – "अरे, अख़बारी लाल जी!"

भाटे झालानी को बड़े स्नेहभाव से अखबारी लाल कहता था जिसका झालानी कभी बुरा नहीं मानता था। आखिर स्क्राइब का हिन्दी संस्करण अखबारी लाल बनता तो था!

हवलदार लक्ष्मणराव भाटे उम्रदराज शख़्स था जो और दो साल में रिटायर होने वाला था। उसके सारे सहकर्मी, ख़ासतौर से उसकी उम्र की वजह से, उसकी इज़्ज़त करते थे, अदब करते थे।

भाटे एक भारी भरकम फ्रेम वाला लम्बा ऊंचा मराठा था जो उस उम्र में भी चश्मा नहीं लगाता था। उसके व्यक्तित्व की ख़ास शिनाख़्त उसकी मूंछ थी जिनको उसकी पीठ पीछे उसके सहकर्मी पुलिसिये रावण की मूंछ कहते थे – जो उससे ख़ास हिले-मिले थे, वो उसके मुंह पर भी कहते थे – लेकिन भाटे कभी बुरा नहीं मानता था। उसकी भवें भी उसकी मूंछ जैसी ही घनी और उलझी-

उलझी थीं। आकार इतना विशाल था कि बामुश्किल वर्दी में समाता था। तोंद तो बाकायदा बैल्ट के ऊपर से बहती जान पड़ती थी।

लेकिन ख़ुशमिज़ाज़ था। अक्सर ख़ुद कहता था – 'सालो, भड़वो, मोटे ख़ुशमिज़ाज़ ही होते हैं।'

या जो ख़ुशमिज़ाज़ होते हैं, वही मोटे हो जाते हैं।

"कैसे हो, लक्ष्मण जी!" – झालानी बोला।

"बस, किरपा है महालक्ष्मी की! गणपति बप्पा की। आप कैसे हो, पंकज बाबू?"

"इधर भी सब ठीक ही है।"

"ठीक ही होना चाहिए। कैसे आए? इधर से गुज़र रहे थे, चले आए या कोई काम लाया?"

"अरे, हवलदार साहब, मेरा तो पेशा ही ऐसा है कि चारों दिशाओं में ही काम होता है। जिधर का भी रुख़ हो जाए, काम निकल जाता है या काम निकाल लेता हूँ।"

"ऐसा?"

"हां।"

"अभी काम निकला या निकाला?"

"दोनों ही काम हुए।" – फिर झालानी ने जल्दी से जोड़ा – "लंच किया?"

"कहां! अभी तो लौटा!"

"मैंने भी नहीं किया।"

"ऐसा?"

"बोले तो बाई चांस।"

"फिर तो कैंटीन में चलते हैं।"

"नहीं, वहां नहीं।"

"वजह?"

"गब्बर आ जाएगा।"

"गब्बर आ जाएगा! ओह! अभी मिले नहीं एसएचओ साहब से!"

"नहीं मिला। साम्बा से भी नहीं मिला।"

"साम्बा! हा हा हा। बोले तो कदम! मज़ाख . . . मज़ाख बढ़िया करते हो, पंकज बाबू!"

झालानी हंसा।

"बाहर चलते हैं।" – फिर बोला – "आज लंच मेरी तरफ से।"

"वो तो एक ही बात है। पण मैं ज़्यादा देर बाहर नहीं रह पाऊँगा। जिस काम से बाहर भेजा गया था, उसकी मेरे को रिपोर्ट पेश करने का।"

"अभी लौटे कहां हो!"

"ऐसा?"

"हां।"

"फिर तो चलो।"

दोनों आजू-बाजू चलते परिसर से बाहर की ओर बढ़े।

"वैसे भी" – झालानी रास्ते में बोला – "भूख ज़्यादा लगी हो तो खाना जल्दी खाया जाता है।"

"वो तो है!"

"यूं जो टाइम बचेगा, उसमें एकाध दिल की बात कर लेंगे।"

"करना न, पंकज बाबू, क्या वान्दा है?"

दोनों एक करीबी रेस्टोरेंट में पहुंचे जहां झालानी ने भाटे की ख़ास पसन्दीदा डिशिज़ का ऑर्डर दिया।

दोनों ने ख़ामोशी से लंच किया।

आखिर में पंकज ने उसे एक सिगरेट पेश किया – जो उसने बड़े कृतज्ञ भाव से कुबूल किया – और एक ख़ुद लिया। उसने बारी-बारी दोनों सिगरेट सुलगाए। भाटे ने सिगरेट का एक लम्बा, तृप्तिपूर्ण कश लगाया और बोला – "अब बोलो, अखबारी बाबू, क्या जानना चाहते हो? कौन सी सूंघ तारदेव थाने लाई?"

"ऐसा कुछ कब कहा मैंने?" – झालानी ने जानबूझ कर हड़बड़ा कर दिखाया।

"हर बात कहने की ज़रूरत पड़ी तो क्या फर्क हुआ हवलदार लक्ष्मणराव भाटे में और काले चोर में! अरे, भई हम हम हैं, उड़ते पंछी के पर गिन लेते हैं। पूछ के कुछ जाना तो क्या हम हुए!"

"क्या कहने!"

"ये बाल धूप में सफेद नहीं किए हैं।"

"सफेद कहां! गणपति ख़ैर करें, सब काले हैं।"

"मुहावरा इस्तेमाल किया।"

"ओह! मुहावरा इस्तेमाल किया। मैं भी तो कहूँ बाल कहां सफेद . . ."

"मेरे ख़याल से अब चैनल चेंज कर लो। थाने देर से लौटना मैं भुगत लूँगा पण ज्यास्ती देर नहीं भुगत पाऊंगा। बोलो, क्या है मगज में?"

"है तो सही कुछ!"

"क्या?"

"इत्तफाक से तुम्हारे थाने से ताल्लुक रखती एक बात पता लगी जो . . . बोले तो खटकने वाली थी।"

"क्या?"

"तुम्हें तो मालूम ही होगी . . ."

"अरे, मेरे को बहुत बातें मालूम हैं। पण ये तो पता लगे कि ये टेम कौन-सी बात है जो खटकने वाली है!"

"साफ बोलूं?"

"हां। आपसदारी में पर्दादारी थोड़े ही होती है!"

"बोलता हूँ तुम्हारी इजाज़त से। वो क्या है कि कोई दो हफ्ते पहले एक औरत पकड़ कर थाने लाई गई थी जिस पर डोप पैडलर होने का शक किया गया था लेकिन औरत अपने आपको सोशल ईवेंट्स आर्गेनाइज़र बताती थी जिसका कि नॉरकॉटिक्स ट्रेड से कतई कोई लेना देना नहीं था। मेरी जानकारी कहती है उस औरत को सब-इन्स्पेक्टर कदम ने थामा था लेकिन थाने में उसको हैंडल ख़ुद थानेदार भारकर ने किया था। बाद में उसे लेडी सब-इन्स्पेक्टर रेखा सोलापुरे के हवाले किया था क्योंकि उस औरत की जामातलाशी होनी थी जिसे कि थाने का कोई लेडी स्टाफ ही अंजाम दे सकता था। कहते हैं तलाशी में उस औरत के पास से एस्टेसी की गोलियाँ बरामद हुई थीं।"

"तो?"

“ये बात सच है?”

“अरे, तो?”

“तो ये कि उसको हिरासत में भी न लिया गया जब कि ड्रग्स की बरामदी की बिना पर उसके खिलाफ ओपन एण्ड शट केस बनता था। न सिर्फ हिरासत में न लिया गया, थोड़ी ही देर बाद उसे आज़ाद भी कर दिया गया और ऐसा ख़ुद इन्स्पेक्टर भारकर ने किया।”

“तो? तेरे को क्या पिराब्लम हुई इससे?”

“ज़ाती तौर पर कोई प्रॉब्लम न हुई लेकिन एक पत्रकार के तौर पर बराबर हुई। क्यों उस औरत से इतना नर्मी का व्यवहार किया गया! अगर वो बतौर डोप पुशर सस्पैक्ट थी और इसी वजह से उसे पकड़ कर थाने लाया गया था, उसके पास से ऐस्टेसी की गोलियाँ भी बरामद हुई थीं तो कैसे . . . कैसे वो इतनी बड़ी दुश्वारी से – जो कि उसे पांच-सात साल के लिए अन्दर करा सकती थी – इतनी आसानी से, इतनी सहूलियत से निजात पा गई!”

“बरामद गोलियाँ ऐस्टेसी की नहीं थीं, ऐस्परिन की थीं।”

“तो इतने खुफिया तरीके से क्यों छुपाई गई थीं?”

“कितने खुफिया तरीके से?”

“सुना है उसके हैण्डबैग के मैटल के हैंडल में थीं। ऐस्परिन की गोलियाँ कोई ऐसे छुपाता है!”

“कोई ऐसे छुपाए तो उस पर कोई केस बनता है?”

“वो तो नहीं लेकिन इतनी खुफिया एहतियात की ज़रूरत क्या थी जबकि गोलियाँ एस्परिन की थीं?”

“उस औरत से पूछना।”

“कहां मिलेगी?”

“या एसएचओ से पूछना।”

“लक्ष्मण जी, शिकायत कर रहा हूँ आपसे, आप उखड़ रहे हैं। ऐसे बिहेव कर रहे हैं जैसे मुझे भाव न देना चाहते हों।”

“अच्छा! ऐसा कर रहा हूँ मैं?”

"आपको नहीं मालूम?"

"सिगरेट दे।"

झालानी ने तत्काल नया सिगरेट पेश किया जिसे भाटे ने अपने पहले बचे हुए सिगरेट से ही सुलगाया।

उसका अभी पहला ही सिगरेट चल रहा था।

भाटे ने बड़ी संजीदगी से नए सुलगाए सिगरेट के दो-तीन लम्बे कश खींचे।

"मामला विकट है, अखबारी।" – फिर बोला।

"आपके लिए?"

"मेरे लिए भी। मैंने बोला न, मामला विकट है! उस औरत की थाने में हाजिरी में कोई राज़ तो था, लेकिन क्या राज़ था, मेरी पकड़ में न आया।"

"आपकी . . . आपकी पकड़ में न आया?"

"अब है तो ऐसीच। उस औरत के एसआई रेखा सोलापुरे को हवाले किए जाने के आधे घन्टे बाद वो बेरोक टोक थाने से रुख़सत हो गई थी तो कोई राज़ तो था उस में!"

"सच में ही बेगुनाह होगी!"

"क्या पता लगता है! या गुनाह वार्निंग देकर छोड़ दिए जाने के काबिल होगा!"

"फिर जामातलाशी किसलिए? ख़ुद एसएचओ का दखल किसलिए?"

"नहीं मालूम, यार।" – भाटे झुंझलाया।

"तारदेव थाने से ताल्लुक रखती कोई ऐसी भी बात मुमकिन है जो हवलदार लक्ष्मणराव भाटे को नहीं मालूम तो . . . हैरानी है।"

भाटे ख़ामोश रहा, उसने संजीदगी से सिगरेट का लम्बा कश खींचा।

"अच्छा, यही बताइए" – झालानी ने इसरार किया – "उसका नाम क्या था और वो कहां से थामी गई थी?"

"नहीं मालूम, अखबारी!"

"मालूम कर तो सकते हैं?"

भाटे की भवें उठीं।

"आप कहते हैं एसआई कदम ने उसको थामा था और थाने लाकर

एसएचओ के हुजूर में पेश किया था!"

"हां।"

"तो कम से कम एसआई कदम को तो मेरे इन दो सवालों का जवाब मालूम होगा!"

"वो तो है! एसएचओ को भी मालूम होगा लेकिन वो थानाध्यक्ष है, उसकी मालूमात में मैं दखल नहीं दे सकता।"

"एसआई कदम की मालूमात में तो दखल दे सकते हैं?"

उसने जवाब न दिया।

"अब ये न कहना कि एसआई कदम भी आपके लिए, हवलदार लक्ष्मणराव भाटे के लिए, आउट ऑफ बाउन्ड है।"

"अरे, पंकज बाबू, जानते नहीं हो किससे बात कर रहे हो! अरे, हम हम हैं।"

"बढ़िया। फिर एसआई रेखा सोलापुरे ने भी जामातलाशी के सिलसिले में कोई छोटी मोटी रिपोर्ट बनाई होगी और आगे पुटअप की होगी! नहीं?"

"मैं औरतों के मुंह नहीं लगता" – भाटे ने एकाएक सिगरेट को तिलांजलि दी और उठ खड़ा हुआ – "लेकिन कदम की बात जुदा है।"

"क्या जुदा है?"

"मालूम पड़ेगा। आता हूँ। यहीं मिलना।"

वो चला गया।

झालानी ने नया सिगरेट सुलगाया और इन्तज़ार करने लगा।

तभी वेटर उसके करीब पहुंचा।

"साब, बिल लाऊं?" – वो बोला।

"बिल!" – झालानी तनिक हड़बड़ाया – "नहीं, अभी नहीं। अभी चाय ला।"

वेटर चला गया, फिर चाय के साथ वापिस लौटा।

चाय में झालानी की कोई दिलचस्पी नहीं थी, उसने उसे एक बार चुसक के छोड़ दिया।

दस मिनट गुज़रे।

भाटे न लौटा।

ज़रूर इस बार 'हम हम हैं' बुढ़ऊ की पेश नहीं चल रही थी।

लेकिन इन्तज़ार लाज़मी था।

वेटर फिर लौटा।

"यार, चाय की तरफ से ध्यान हट गया।" – झालानी बोला – ठण्डी हो गई। नई ले के आ।"

वेटर धुंआ छोड़ती चाय लाया।

आधा घन्टा गुज़र गया।

झालानी को नाउम्मीदी होने लगी, नई चाय को भी नज़रअन्दाज़ करता वो बेचैनी से पहलू बदलने लगा।

और दस मिनट गुज़रे।

और इन्तज़ार फिजूल समझ कर वो वेटर को बिल के लिए आवाज़ देने ही लगा था कि भाटे उसे रेस्टोरेंट में दाखिल होता दिखाई दिया।

झालानी के मन में प्रत्याशा जागी जबकि वो उसे अपनी नाकामी की ख़बर करने लौटा हो सकता था।

भाटे आकर धम्म से उसके सामने कुर्सी पर बैठा।

"सिर्फ दो मिनट रुकूंगा।" – भाटे बोला – "बड़ा साहब कई-बार मेरे बारे में दरयाफ्त कर चुका है।"

झालानी का दिल निराशा से भर उठा। दो मिनट में तो वो यही बताता कि वो कुछ भी नहीं कर सका था।

झालानी ने उसकी तरफ सिगरेट का पैकेट बढ़ाया।

"नहीं मांगता।" – भाटे अतिव्यस्त भाव से बोला – "तू सुन।"

"सुन रहा हूँ।"

"उस औरत का नाम कोंपल मेहता है और बन्दरगाह का इलाका उसका कार्यक्षेत्र है।"

"कोंपल मेहता!" – झालानी ने चैन की सांस लेते नाम दोहराया – "लेकिन बन्दरगाह का इलाका बहुत बड़ा है!"

"डिमेलो रोड पर फोकस रख। उस सड़क पर कई बार, डिस्को वगैरह हैं। वहां

से पता करना।"

"सब जगहों से! कोई एक जगह फोकस में होती तो . . ."

"नहीं है। भटकन का काम है लेकिन कर लेगा तू। बतौर अखबारची आदत है तुझे भटकने की।"

"अरे जनाब, जब एसआई कदम से नाम बता दिया तो . . ."

"अब ज़्यादा न पसर। मैंने तेरा अन्न खाया इसलिए तेरे लिए ये काम किया वर्ना कदम मुझे कोई भाव नहीं दे रहा था। बड़ी मुश्किल से मैं नाम निकलवा पाया।"

"इसलिए लौटने में इतनी देर लगी!"

"देर किसी और वजह से लगी।"

"और वजह क्या?"

"कदम एसएचओ की हाजिरी भर रहा था।"

"ओह!"

"फारिग हुआ तो मिला।"

"ओह! बहरहाल शुक्रिया।"

"चलता हूँ। लंच का तेरा भी शुक्रिया।"

बिना कोई राम सलाम किए वो वहां से रुख़सत हो गया।

पीछे झालानी के ज़ेहन में बजता रहाः

कोंपल मेहता!

डिमेलो रोड!

यानी नई गर्दिश।

डिमेलो रोड पर झालानी को उतना न भटकना पड़ा जितने का कि उसे अन्देशा था। तीसरे ही बार में उसका काम बन गया।

बार का नाम 'स्पैक्ट्रा' था। उसे ख़बर लगी कि रात नौ बजे के बाद वो डिस्को बन जाता था और डिस्को की सूरत में रात दो बजे तक चलता था।

'स्पैक्ट्रा' के मैनेजर का नाम आशीश पारेख था और वो कोई चालीस साल का बहुत ख़ुशमिज़ाज़, बहुत मिलनसार आदमी था।

जो कि झालानी के लिए अच्छी बात थी।

झालानी ने उसे अपना परिचय दिया तो वो उसे अपने निजी कक्ष में ले गया।

"बैठो।" – वो बोला।

"थैंक्यू।"

"जब में छोटा था तो मन में दो ही ख़्वाहिश जागती थीं, एक एक्टर बनने क़ी और दूसरी जर्नलिस्ट बनने की। दोनों ही पूरी न हुईं।"

"आप जिस कारोबार में हैं" – झालानी उसे तरह देता बोला – "वो भी कोई कम तो नहीं!"

"दिल को बहलाने को ग़ालिब ख़याल अच्छा है। हा हा हा।"

मुसाहिबी अंदाज़ से झालानी ने हंसी में उसका साथ दिया।

"मेरे से पूछो तो हमारे मुल्क में ग्लैमर सिर्फ तीन धन्धों में हैं। पूछो कौन से तीन?"

"कौन से तीन?" – झालानी ने पूछा, साफ जान पड़ रहा था कि मैनेजर आदतन बातूनी आदमी था।

"एक फिल्म, दूसरा रैम्प, और तीसरा जर्नलिज़्म। नहीं?"

"हां। सही कहा आपने।"– वो एक क्षण ठिठका फिर बोला – "पारेख साहब, दरअसल में आपसे कोंपल मेहता के बारे में बात करना चाहता था।"

मैनेजर की हंसी को ब्रेक लगी।

"जानते हो कोंपल को?" – उसने घूरते हुए झालानी से पूछा।

"खाली नाम से वाकिफ़ हूँ।"

"हूँ। क्यों बात करना चाहते हो?"

"क्योंकि अवेलेबल नहीं है। होती तो उसी से बात करता।"

"क्या? क्या बात करना चाहते हो?"

"वो क्या है कि मैं एक स्टोरी पर काम करा रहा हूँ जिसमें कोंपल मेहता का भी दख़ल है।"

"यहां क्यों आए?"

"ख़ास यहां तो न आया! मेरे को मालूम पड़ा था कि वो ईवेंट ऑर्गेनाइज़र

थी और बन्दरगाह के इलाके में पाई जाती थी। इधर आया तो मालूम पड़ा कि कोई ऑफिस वो यहां मेनटेन नहीं किए थी लेकिन डिमेलो रोड के स्पैक्ट्रा बार के ज़रिए उससे कान्टैक्ट किया जा सकता था। लिहाज़ा मैं यहां हाज़िर हुआ।"

"हूँ।"

"यहां कैसे कान्टैक्ट होता था उससे?"

उसने उत्तर न दिया।

"पारेख साहब, प्लीज़" – झालानी ने याचना की – "नौकरी का सवाल है। रोज़ी-रोटी का सवाल है।"

"अच्छा!"

"मैं खोजी पत्रकार हूँ और खोज में बहुत धक्के खाने पड़ते हैं। आपसे थोड़ा सहयोग हासिल होगा तो भटकन से थोड़ी राहत मिल जाएगी।"

"हूँ।"

"तो क्या कहते हैं? जब इस जगह से उसे ऐसी सुविधा हासिल हुई तो मैनेजर की तो ख़ास ही हुई वो!"

"ख़ास नहीं, भई, प्रैफर्ड।"

"किस लिहाज़ से?"

"लिहाज़ ही था उसका जो इत्तफाकन बन गया था वर्ना उसके साथ मेरे कोई पर्सनल ताल्लुकात नहीं थे।"

"आई सी।"

"जर्नलिस्ट हो – जो मैं न हो सका – इसलिए बोलता हूँ। देखो, वो मेहनती औरत थी जो ईवेंट आर्गेनाइज़र के तौर पर जिस कारोबार में थी, उसमें कम्पीटीशन बहुत था इसलिए बिज़नेस का स्कोप कम था। फिर अकेली ऑपरेट करती थी इसलिए बड़ी पार्टियां अरेंज करना उसके बस की बात नहीं थी और छोटी पार्टियों के लिए कहां लोग ईवेंट आर्गेनाइज़र एंगेज करते हैं!"

"फिर भी एक्टिव तो थी इस धन्धे में!"

"ज़्यादा नहीं। बहुत लम्बे-लम्बे वक्फ़े ऐसे आ जाते थे कि काम नहीं मिलता था।"

"तब क्या करती थी?"

"कैज़ुअल होस्टेस की ड्यूटी करती थी। कोई होस्टेस किसी वजह से छुट्टी पर चली जाए तो उसकी जगह लेने के लिए डेली वेजिंज़ पर उसे तलब किया जाता था। इधर बार, डिस्को, रेस्टोरेंट्स, रेस्टोबार वगैरह बहुत हैं इसलिए ऐसे डेली वेजिज़ पर काम करने वाली लड़कियां आम मिल जाती हैं। लेकिन मेरी प्रेफ्रेंस कोंपल थी।"

झालानी की भवें उठीं।

"भई, अच्छी पर्सनैलिटी थी, खुशमिज़ाज़ थी, फिर गुजराती थी। मैं ख़ुद गुजराती हूँ इसलिए मेरे मन में उसके लिए स्वाभाविक लिहाज़ था, पहले से लिहाज़ था। मैं उसे यहां कॉल रिसीव कर लेने देता था, उसके मैसेज रिसीव करके आगे उसे ट्रांसफर कर देता था, कभी किसी पार्टी से उसने मीटिंग करनी हो तो उसे अपने ऑफिस में बैठ लेने देता था।"

"यहां कैज़ुअल होस्टेस की ज़रूरत पड़ती है?"

"डिस्को में पड़ती है, जो नौ बजे के बाद अलाइव होता है, बार रनिंग में होस्टेस का कोई रोल नहीं।"

"बहरहाल कोंपल आपकी फेवरेट थी!"

"प्रेफर्ड थी।"

"एक ही बात नहीं?"

"नहीं। फेवरेट से कुछ और ही मतलब निकलता है।"

"आई सी।"

"भाया, गुजरात से बाहर मुम्बई जैसे बड़े शहर में गुजराती गुजराती के काम आया तो क्या बड़ी बात हुई!"

"कोई बड़ी बात न हुई। दुनिया ऐसे ही चलती है।"

"वही तो!"

"तो बतौर ईवेंट आर्गेनाइज़र बारह महीना, तीन सौ पैंसठ दिन काम नहीं था उसके पास, इसलिए कर्टसी युअर गुडसैल्फ़, उसे डिस्को में कैज़ुअल होस्टेस की ड्यूटी करना मंज़ूर था?"

"अपनी आमदनी में इज़ाफ़ा करने के लिए, जिसकी कि उसे ज़रूरत थी, मंज़ूर था।"

"मालूम पड़ा है कि यहां बन्दरगाह के इलाके में, जो कि उसका कार्यक्षेत्र है, आजकल उसका कोई अता पता नहीं है?"

"वजह है न!"

"क्या?"

"यहां से किनारा कर गई।"

"ओह, नो"

"बोले तो हमेशा के लिए।"

"जनाब, क्यों मेरी स्टोरी की वाट लगा रहे हैं?"

"मैं क्या कर रहा हूँ! जो किया अपनी मर्ज़ी से ख़ुद कोंपल ने किया।"

"यहां से ख़ुद को, अपने बिज़नेस को पक्का ही कहीं शिफ्ट कर लिया?"

"ऐसा ही बोली वो।"

"कहां?"

"मालूम नहीं। लेकिन इतना बोल के गई कि साउथएण्ड से उसका दाना पानी हमेशा के लिए उठ गया था। वजह कोई बोली नहीं। मैंने भी पूछने पर ज़ोर न दिया। बालिग, ख़ुदमुख़्तार औरत थी, इधर से अज़िज़ थी तो थी।"

"लेकिन क्यों? क्या हुआ एकाएक?"

"मालूम नहीं। कोई वजह न बोली।"

"कोई अन्दाज़ा हो! इस बारे में आपका कोई निजी खयाल हो?"

उसने उस बात पर विचार किया।

"भाया" – फिर तनिक आगे को झुक कर दबे स्वर में बोला – "कोई ख़ास बात बोलूं तो उसे अपने तक रख सकोगे?"

"हां। यकीनन।"

"अपने अख़बार में ढिंढोरा पीटने से परहेज़ रख पाओगे?"

"हां। आपसे वादे के तहत तो ज़रूर।"

"तो सुनो। दो हफ्ते पहले की बात है कि एक उड़ती-उड़ती ख़बर मेरे तक

पहुंची थी कि बन्दरगाह के इलाके में पुलिस कोंपल मेहता, ईवेंट आर्गेनाइज़र को तलाश कर रही थी।"

"ओह, नो!"

"फिर मालूम पड़ा था कि पुलिस ने कोंपल को तलाश कर भी लिया था और तब पुलिस कोंपल को अपने साथ ले कर गई थी।"

"गिरफ्तार करके?"

"गिरफ्तार करके तो नहीं क्योंकि दो-ढाई घन्टे के बाद वो लौट आई थी। तभी वो मेरे से मिली थी तो उसने ये बात सिर्फ़ मेरे से – अपने गुजराती वैलविशर से – शेयर की थी कि वो हमेशा के लिए बन्दरगाह के इलाके से, साउथएण्ड से, किनारा कर रही थी।"

"किसी पुलिस इनवॉल्वमेंट की वजह से?"

"मालूम नहीं। लेकिन हो तो सकता है! पुलिस साथ ले के गई तो . . . हो तो सकता है!"

"कहां ले के गई? किसी नज़दीकी थाने में ही ले के गई होगी!"

"कोई ज़रूरी नहीं। पुलिस थानों में ही नहीं, पुलिस के और महकमों में भी होती है।"

"ज़रूर किसी पूछताछ के लिए उसे कहीं ले जाया गया होगा और पूछताछ तसल्लीबख़्श हो जाने के बाद उसे वापिस भेज दिया होगा!"

"हां। तभी तो जल्दी लौट आई!"

"लेकिन लौटने पर इतना बड़ा, साउथएण्ड छोड़ने का, संकल्प किसलिए?"

"भई, पूछताछ तसल्लीबख़्श नहीं हुई होगी!"

"उस सूरत में वो कहीं भी होती, फिर पकड़ मंगवाई जा सकती थी; बावजूद साउथएण्ड छोड़ दिया होने के, पकड़ मंगवाई जा सकती थी!"

"भाया, कनफ्यूज़ कर रहे हो मेरे को।"

"मैं ख़ुद कनफ्यूज़ हो रहा हूँ। साउथएण्ड छोड़ने का बोली वो, आपके ख़याल से क्या मुम्बई छोड़ गई होगी?"

"नहीं, मुम्बई तो नहीं छोड़ गई होगी! मुम्बई किसी को छोड़ती है क्या!"

"तो कहां गई?"

"साउथएण्ड से दूर कहीं गई। बोल के गई कि साउथएण्ड से दूर कहीं जा रही थी।"

"कहां?"

"नहीं मालूम, भाया।"

"आप कोंपल के इतने क्लोज़ थे, आपको नहीं मालूम?"

"इत्तफाक की बात है। फिर मेरी अपनी मसरूफ़ियात की बात है। मेरे को उम्मीद थी कि वो ही ख़बर करेगी इस बाबत लेकिन शायद इत्तफाक न हुआ। शायद ज़्यादा मसरूफ़ हो गई।"

"अपने बिज़नेस में? ईवेंट आर्गेनाइज़ करने के बिज़नेस में?"

"और क्या? एक ही काम का तो तजुर्बा था उसे!"

"बहरहाल, अभी मालूम नहीं कि वो कहां है!"

"फोन आएगा न!"

"फोन आएगा?"

"हां। हमेशा ही तो ओवरबिज़ी नहीं रहेगी!"

"पारेख साहब, फोन आप भी तो कर सकते हैं!"

"क्या बोला?"

"जब आप उसके मैसेज उसको ट्रांसफर करते थे तो उसका फोन नम्बर तो होगा ही आपके पास!"

"गॉड! क्या हो गया मेरी अक्ल को!"

"आप भी तो उसकी ख़ैरियत, उसका हालचाल दरयाफ़्त कर सकते हैं!"

"इतनी मामूली बात मेरे को नहीं सूझी!"

"करेंगे फोन आप?"

"पहली फुरसत में करूँगा।"

"फोन नम्बर मेरे को भी देने की मेहरबानी कीजिए।"

"क्या फायदा? वो किसी अजनबी से बात नहीं करेगी।"

"अरे, पारेख साहब, ईवेंट आर्गेनाइज़र के तौर पर उसका कोई नया क्लायंट

भी तो उसके लिए अजनबी ही होगा! नए लोगों से बात किए बिना कैसे उसका धन्धा चल सकता है!"

"तुम्हारी बात मानी मैंने। तुम्हारी लॉजिक कुबूल की मैंने। लेकिन ज़रूरी थोड़े ही है कि कोई अजनबी कॉल रिसीव करने के बाद उसे अजनबी को अपना मौजूदा पता देना भी कुबूल हो!"

"ये आप मेरे पर छोड़ दीजिए। उसे अपना पता देना कुबूल न हुआ तो नुकसान मेरा। इस मुद्दे पर मैं आपको बिल्कुल परेशान नहीं करूँगा।"

"वादा?"

"पक्का। मैं उसके सामने 'एक्सप्रैस' के लिए एक इन्टरव्यू की दरख़्वास्त रखूंगा, वो नाकुबूल हुई तो दोबारा मैं कभी उसे फोन नहीं करूँगा। इस सिलसिले में आपके पास भी नहीं लौटूंगा, भले ही तब तक आप उसका मौजूदा पता पा चुके हों। ओके नाओ?"

पारेख ने सहमति से सिर हिलाया। फिर अपने एक विज़िटिंग कार्ड की पीठ पर उसने एक मोबाइल नम्बर घसीट कर कार्ड झालानी को सौंपा।

झालानी ने चैन की सांस ली।

झालानी ने हासिल हुए नम्बर पर कॉल लगाई।

घन्टी बजने लगी।

अब वो 'स्पेक्ट्रा' से दूर एक तनहा जगह पर था।

धीरज से वो कॉल लगने की प्रतीक्षा करता रहा।

आखिर जवाब मिला।

"हल्लो!"

"कोंपल?" – झालानी ने सावधान स्वर में पूछा। – "कोंपल मेहता?"

"हां, कौन?"

"मैं पंकज झालानी। 'एक्सप्रैस' का रिपोर्टर हूँ। एक केस के सिलसिले में आपसे बात करना चाहता हूँ।"

"कैसा केस? कैसा सिलसिला?"

“मिलकर बताऊंगा!”

“अभी बताओ।”

“वो क्या है कि इनवैस्टिगेट करने के लिए मेरे पास एक बड़ा केस है जिसके एक पहलू से आपका दखल . . . हो सकता है।”

“मिस्टर, डोंट वेस्ट टाइम। कम टु दि प्वॉयन्ट।”

“प्वॉयन्ट पर आने के लिए डिसकशन ज़रूरी है इसलिए मुलाकात ज़रूरी है।”

“नहीं हो सकती।”

“क्यों? मुम्बई में नहीं रहती हो?”

“नहीं। चांद पर रहती हूँ।”

“मैं पहुंच जाऊँगा।”

“मिस्टर, फोन पर जो कहना है, कहो, वर्ना बन्द करती हूँ।”

“लम्बी बात है एक छोटी-सी मुलाकात हो जाती तो . . .”

“गो टु हैल।”

लाइन कट गई।

झालानी ने फिर फोन बजाया।

“अब क्या है!” – वो गुस्से से बोली।

“सिर्फ एक मिनट मेरी बात सुनो।”

“एक मिनट?”

“सिर्फ।”

“ओके। युअर टाइम स्टार्ट्स नाओ।”

“आशीश पारेख को जानती हो न! ‘स्पैक्ट्रा’ का मैनेजर। ‘स्पैक्ट्रा’, जो पोर्ट ऐरिया में डिमेलो रोड पर बार है . . .”

“आगे। आगे।”

“पारेख से, आपके गुजराती भाई से, मुझे आपका मोबाइल नम्बर हासिल हुआ था। उसने बोला था कि मैं उसके हवाले से आपको फोन करूँगा तो आपको मेरे से बात करने से ऐतराज़ नहीं होगा।”

"नहीं है न! कर तो रही हूँ बात! पारेख साहब का मान रखा न मैंने! करो बात!"

"मेरी बात ऐसी नहीं है जो फोन पर कही जा सके। उसके लिए रूबरू मुलाकात जरूरी है।"

"नहीं हो सकती।"

"वजह?"

"न तुम्हें बताने लायक है, न तुम्हारी समझ में आने लायक है। फिर भी मुलाकात चाहते हो तो पारेख साहब के साथ आना। युअर टाइम इज़ अप। भलेमानस हो तो फिर फोन न करना।"

लाइन कट गई।

उसने फिर फोन बजाया।

जवाब न मिला।

उसने एक सिगरेट सुलगा लिया और अपना अगला कदम निर्धारित करने की कोशिश करने लगा। सिगरेट तीन चौथाई ख़त्म हो गया तो उसने एसीपी तुषार कुलकर्णी को फोन लगाने का फैसला किया।

एसीपी ने तत्काल उसकी कॉल रिसीव की।

"झालानी बोल रहा हूँ।" – वो अदब से बोला – "दो मिनट बात करने के लिए फ्री हैं?"

"हां। करो।"

"ऑफिस में हैं?"

"हां।"

"पास कोई है!"

"नहीं। स्पीक फ्रीली।"

"आपसे मुझे अभयदान मिला था, मौजूदा केस में खुफिया सपोर्ट का आश्वासन मिला था, इसलिए कॉल लगाने की जुर्रत की।"

"अच्छा किया। बोलो, क्या बात है?"

संक्षेप में झालानी ने उसे कोंपल मेहता के बारे में बताया।

"दो हफ्ते से ये कोंपल मेहता बन्दरगाह के इलाके से गायब है।" – फिर

बोला – "अब स्थापित हो चुका है कि कोंपल मेहता वही औरत है, दो हफ्ते पहले तारदेव थाने में एसएचओ भास्कर के सामने जिसकी पेशी हुई थी। कहने वाले कहते हैं कि ड्रग्स के साथ पकड़ी गई थी लेकिन फिर छोड़ भी दी गई थी। न कोई केस दर्ज हुआ था, न कहीं पकड़े गए ड्रग्स का हवाला बना था। फिर भी थाने से निजात पाते ही साउथएण्ड से गायब हो गई थी। 'स्पैक्ट्रा' बार का मैनेजर आशीश पारेख, जो कि उसका फ्रेंड है, वैलविशर है, फैलो गुजराती है, भी उसके किसी मौजूदा पते ठिकाने के बारे में कुछ नहीं जानता, उसका मोबाइल नम्बर जानता था जो जैसे-तैसे मैंने उससे हासिल किया। उस पर बात भी की इस कोंपल मेहता से लेकिन वो रूबरू मुलाकात के लिए किसी भी सूरत में तैयार न हुई। यानी किसी भी सूरत में अपना मौजूदा पता बताने को तैयार न हुई, मैंने ये तक कहा कि अगर प्यासा कुएं के पास नहीं आ सकता था तो कुंआ प्यासे के पास आने को तैयार था।"

"अब प्रॉब्लम क्या है?"

"मेरे लिए उससे मिलकर बात करना ज़रूरी है इसलिए उसका मौजूदा पता जानना ज़रूरी है। वो आजकल कहां पाई जाती है, ये उसके मोबाइल नम्बर के ज़रिए जाना जा सकता है जो कि अब मुझे मालूम है। मोबाइल लोकेशन ट्रैकिंग के ज़रिए इस बाबत बहुत कुछ जाना जा सकता है लेकिन मीडिया को वो सुविधा उपलब्ध नहीं। हम सर्विस प्रोवाइडर को मजबूर नहीं कर सकते कि वो अपनी क्लासीफाइड जानकारी हमारे साथ शेयर करे लेकिन पुलिस कर सकती है, किसी वारदात की तफ़्तीश के दौरान आजकल आम करती है। हाल में मोबाइल लोकेशन ट्रैकिंग के ज़रिए पुलिस ने कई केस हल किए हैं।"

"तुम चाहते हो कि उस औरत कोंपल मेहता का मोबाइल ट्रैक किया जाए?"

"जी हां। आप असिस्टेंट कमिश्नर ऑफ पुलिस हैं, इस बारे में कुछ कर दिखाना आप के बाएं हाथ का काम होगा। जबकि सर्विस प्रोवाइडर मेरे को अपने क्लासीफाइड रिकॉर्ड के पास भी नहीं फटकने देगा।"

"आई हैव फॉलोड यू लाउड एण्ड क्लियर। वेट फॉर रिक्वायर्ड इनफर्मेशन।"

"थैंक्यू, सर।"

शाम के छः बजे थे जब कि एसआई कदम ने थानाध्यक्ष भारकर के ऑफिस में कदम रखा और तपाक से भारकर को सैल्यूट मारा।

"क्या बात है" – भारकर बोला – "दमक रहा है!"

"सर, कामयाबी सूरत पर झलक ही आती है।"

"कामयाब हो के आया?"

"हां।"

"उस मिस्टीरियस कॉलर का पता निकाल के आया?"

"हां।"

"इतनी जल्दी?"

"सर, मेहनत की न! आपने बोला था न, कि काम वॉर फुटिंग पर करने का था!"

"बैठ पहले।"

"थैंक्यू, सर।"

"अब बोल क्या हुआ?"

"उस औरत का पता लगा कल जिसने मर्द की आवाज़ निकाल कर आपसे बात की थी। उसकी बाबत आपकी तमाम आब्ज़र्वेशन्स सही थीं लेकिन सब से ज़्यादा उसका 'मतलब कि' का उच्चारण काम आया जिसे कि वो 'मल्लबकि' बोलती थी। आपकी नोट की बाकी बातें भी उसपर ऐन फिट बैठती थीं।"

"कौन थी?"

"नाम जसमिन गिल। लेमिंगन रोड पर 'ब्लैक ट्यूलिप' करके बार है जिसमें स्टीवार्डेस है।"

"स्टीवार्डेस बोले तो?"

"सर, हाईएण्ड बार्स में, रेस्टोबार्स में जो काले सूट वाले कस्टमर्स को रिसीव करते हैं, उन्हें स्टीवार्ड बोलते हैं न!"

"हां, बोलते हैं।"

"वैसी ड्यूटी पर औरत हो तो वो स्टीवार्डेस कहलाती है।"

"जैसे मर्द स्टीवार्ड, जैसे औरत स्टीवार्डेस!"

"यही बोला मैं।"

“ ‘ब्लैक टयूलिप’ में तो गोरे का भी आना जाना था!”

“सर, तसदीक हुई है कि वहीं से गोरे की इस जसमिन गिल नाम की औरत से यारी लगी थी। मालूम हुआ है कि बार का मालिक फतह सिंह नाम का एक सिख है जो इस मामले में गोरे को बाकायदा शह देता था।”

“बोले तो?”

“जसमिन से ताल्लुकात के लिए एनकरेज करता था, उकसाता था।”

“आवाज भारी?”

“हां। मैंने ख़ुद सुनी।”

“रहती कहां है?”

“वो मैं अभी नहीं जान सका लेकिन मेरा अन्दाज़ा यही कहता है कि वर्क प्लेस से ज्यादा दूर नहीं रहती होगी।”

“बार के मालिक से ही मालूम करना था!”

“पकड़ में न आया। कहीं निकला हुआ था। कल मिलूँगा उससे।”

“वो औरत पंजाबी?”

“सर, गिल पंजाबी ही होते हैं।”

“मालिक सिख। पक्का पंजाबी। इसीलिए पंजाबी स्टीवार्डेस को स्पैशल ट्रीटमेंट।”

“क्या बड़ी बात है!”

“उसको शक तो नहीं हुआ कि तू उसकी पड़ताल करता था?”

“सर, भनक तक न लगने दी। जो कुछ किया, ऐन खुफिया तौर पर किया।”

“बार की ड्यूटी कब तक करती है?”

“क्लोज़िंग टाइम तक। इसी वजह से लेट आती है। सुना है शाम पांच बजे।”

“रोज़ आती है?”

“जी हां।”

“अब तो आती ही होगी। गोरे का बुलावा आने का तो अब कोई मतलब ही नहीं।”

“वही तो!”

"उन्नीस तारीख सोमवार को यानी कि परसों ये औरत गोरे की सोहबत में थी, इस बात की तसदीक उसकी वर्क प्लेस ब्लैक ट्यूलिप बार से भी हो सकती है। उस रात वो गोरे के साथ थी तो बार में नहीं हो सकती थी।"

"बरोबर बोला, सर। कोई जना एक वक्त में दो जगह नहीं हो सकता इसलिए मैंने उसकी उस तारीख की जाहिरी के बारे में बार से भी पूछताछ की थी। मालूम पड़ा था कि वो अपने फिक्स्ड टाइम पर आई तो थी लेकिन दो घन्टे बाद ही बार से निकल ली थी और लौट कर नहीं आई थी।"

"तूने कमाल किया, कदम। अब मेरे को तेरे लिए कोई ऐसी शाबाशी सोचनी पड़ेगी जो तेरी उम्मीद से बढ़ कर हो।"

"सर, आप राज़ी तो समझिए शाबाशी मुझे मिल गई।"

"जसमिन गिल! 'ब्लैक ट्यूलिप'! लेमिंगटन रोड!"

"यस, सर।"

"अभी शुक्रिया कबूल कर और निकल ले, शाबाशी के बारे में फुरसत में मिल कर सोचेंगे।"

कदम ने उठकर अपने आला अफसर को सैल्यूट मारा और चेहरे पर परम सन्तुष्टि के भाव लिए वहां से रुख़सत हो गया।

रात नौ बजे सादे लिबास में उत्तमराव भारकर लेमिंगटन रोड और आगे 'ब्लैक ट्यूलिप' पहुंचा।

बार की रौनक उस घड़ी अपने पूरे जलाल पर थी।

भारकर बार पर पहुंचा और एक ड्रिंक हासिल कर के एक बार स्टूल पर बैठ गया। उसकी निगाह पैन होती सारे बार में, फिरी। उसने नोट किया कि बार में वेटरों के अलावा वेट्रेसिज़ भी थीं और मेल काले सूटों के अलावा फीमेल काले सूट भी थे जो मशीनी मुस्कराहट और वैसी ही तत्परता से कस्टमर्स को रिसीव कर रहे थे।

उसने एक वेटर को इशारा किया।

वेटर तत्काल उसके करीब पहुंचा।

"मेरे को ऑर्डर देने का।" – भास्कर रौब से बोला – "किसी स्टीवार्डेस को बोल आके ऑर्डर ले।"

"कैसा ऑर्डर, सर?" – वेटर अदब से बोला।

"भूख लगी है, कुछ खाने का। ऐसा ऑर्डर।"

"सर, फूड बार पर सर्व नहीं होता, टेबल पर स़र्व होता है। टेबल पर जा के बिराजिए, स्टीवार्ड ख़ुद ही हाज़िर हो जाएगा।"

"ले के चल।"

"आइए!"

भास्कर ने एक ड्रिंक का बिल अदा किया और वेटर के साथ हो लिया।

"सर, कम्पनी एक्सपैक्ट कर रहे हैं?" – रास्ते में वेटर बोला।

"नहीं। क्यों?"

"और लोग आने वाले हैं तो मैं आपको बड़ी टेबल पर ले के जाए, वर्ना . . ."

"कोई नहीं आने वाला। मैं अकेला हूँ।"

"तो छोटी टेबल पर ले के जाता है न, जोकि दो जनों के लिए होती है।"

"ठीक है।"

वेटर ने उसे बड़ी टेबल्स से परे कोने की एक टेबल पर पहुंचाया।

"मैं ऑर्डर को आगे बोलता हूँ।" – वेटर बोला।

"बोलना। लेकिन पहले मेरी बात सुन।"

"यस, सर।"

"बोले तो मेरे को अगर किसी ख़ास स्टीवार्डेस की सर्विस मांगता हो तो अरेंज कर सकता है?"

वेटर के चेहरे पर अनिश्चय के भाव आए।

"ख़ास कौन?" – वेटर ने तनिक सन्दिग्ध भाव से पूछा।

"जसमिन।"

"गिल मैडम?"

"हां। लास्ट टाइम वो मेरे को बहुत अच्छा ट्रीट किया, इस वास्ते।"

"आप पहले भी इधर आए हैं?"

"हां।"

"फिर भी आपको मालूम नहीं कि फूड बार पर सर्व नहीं होता!"

"क्यों भई, इम्तहान ले रहा है मेरा?"

"सर, किसी को भी ऑर्डर कीजिए, कोई भी आपको . . ."

"कोई नहीं मांगता मेरे को। जसमिन का सर्विस मांगता है।"

"सर, मैं मैनेजर को बोलता हूँ . . ."

"बोल नहीं" – भारकर ने खून का घूंट पीते उसे एक दो सौ का नोट थमाया – "कर। ओके?"

वेटर ने सहमति में सिर हिलाया।

"अभी सुन।" – वो जाने के लिए मुड़ा तो भारकर जल्दी से बोला – "पहले मेरे वास्ते एक ड्रिंक ले के आ। क्या!"

"अभी, सर।" – वेटर तत्पर स्वर में बोला – "क्या पी रहे थे आप?"

"ब्लैक डॉग। लार्ज।"

"विद सोडा ऑर वॉटर, सर?"

"विद वॉटर एण्ड आइस।"

"वन ब्लैक डॉग लार्ज कमिंग अप राइट अवे, सर।"

वेटर चला गया।

'साला पुलिस वाला!' – पीछे भारकर मन ही मन भुनभुनाया – 'वो भी अफसर, टिप देता है क्या!' साला बिल नहीं देता, टिप क्या देगा!'

तत्काल उसे ड्रिंक सर्व हुआ।

सब्र से व्हिस्की चुसकता वो प्रतीक्षा करता रहा।

आखिर वो उसकी टेबल पर पहुंची।

"हल्लो!" – वो मिश्री घुले स्वर में बोली – "मैं जसमिन!"

तो ये होती थी जसमिन!

जो गोरे की माशूक थी, परसों रात उसके साथ उसके फ्लैट पर थी और जिसने फ्लैट में कहीं छुप कर उसकी हौलनाक करतूत को अपने मोबाइल के कैमरे से

शूट करने की जुर्रत की थी। यही नहीं, भास्कर को वो वीडियो क्लिप भेज कर उसके होश उड़ाए थे।

"मे आई हैव युअर ऑर्डर, सर!"

भास्कर ने सिर उठाया। दोनों की निगाह मिली तो जसमिन के प्राण कांप गए।

वाहे गुरु! वाहे गुरु सच्चे पातशाह!

ये वो क्या देख रही थी?

गोरे का बॉस, तारदेव थाने का थानाध्यक्ष, साक्षात उसके सामने बैठा था।

इत्तफाक! इत्तफाक था। – उसने ख़ुद को तसल्ली दी – इत्तफाक था कि उस रात ड्रिंक डिनर के लिए कहीं और जाने की जगह वो 'ब्लैक ट्यूलिप' में आया था। ज़रूर यही बात थी, क्योंकि वो उसे पहचानती थी, भास्कर तो उसे नहीं पहचानता था! वो तो उसके वजूद से भी वाकिफ नहीं था। अपनी असली आवाज़ छुपा कर, मर्दाना आवाज़ निकाल कर उसने फोन पर भास्कर से बात की थी तो ऐसे फोन से की थी जिसको उसने सिर्फ एक ही बार इस्तेमाल करके समुद्र के हवाले कर दिया था। इतने से वो हरगिज़ भी उसका पता नहीं निकाल सकता था, भले ही पुलिस वाला था।

उसको कदरन राहत महसूस हुई।

उस घड़ी उसकी इस बात की तरफ तवज्जो नहीं गई थी कि, बकौल वेटर, कस्टमर ने उसे बाई नेम पूछा था और तलब किया था।

भास्कर ने अपलक उसे देखा।

आवाज़ मोटी थी, आम ज़नाना आवाज से जुदा थी, भले ही एक ही फिकरा बोली थी, आवाज़ की वो ख़ासियत साफ पकड़ में आती थी।

सो फार सो गुड!

"सर, मे आई हैव युअर डिनर ऑर्डर" – अपने भीतर उमड़ते ज्वार को जबरन दबाती वो व्यवसायसुलभ मधुर स्वर में बोली – "ऑर यू वुड लाइक टु हैव अनदर ड्रिंक?"

"जसमिन हो?" – भास्कर मुस्कराता हुआ बोला – "जसमिन गिल?"

"कैसे जाना?"

"वेटर बोला। तुम्हारी तारीफ करता बोला। इस वास्ते मैंने भी बोल दिया कि ऑर्डर प्लेस करने के वास्ते मेरे को जसमिन ही मांगता था।"

"थैंक्यू, सर। आई एम हेयर, सर, ऐट युअर सर्विस।"

"मेरा भी थैंक्यू।"

"सर, ड्रिंक ऑर डिनर?"

"अभी दोनों नहीं। पहले मेरे को दो मिनट तुम्हारे से बात करने का। बैठो।"

उसने इंकार में सिर हिलाया।

"सर, स्टाफ इज़ नॉट सपोज्ड टु सिट विद कस्टमर्स!"

"तुम स्टाफ थोड़े ही हो! तुम तो स्टीवार्डेस हो, अफसर हो!"

"सर, ईवन मैनेजर वोंट डू दैट।"

"ऐसा?"

"जी हां।"

"फिर बात कैसे होगी?"

"आप क्या बात करना चाहते हैं?"

"भई, तुमने कल फोन करने को कहा था – या परसों या अगले दिन फोन करने को कहा था – कल तो फोन आया नहीं तुम्हारा, और आगे मेरे से इन्तज़ार करते न बना, इसलिए सोचा, मैं ही चलता हूँ तुम्हारे ठीये-ठिकाने।"

जसमिन सिर से पांव तक कांप गई।

"मर्दाना आवाज़ बहुत बढ़िया निकाल लेती हो! बहुत टेलेंट वाला काम है। बधाई। वैसे पहले कभी मिमिकरी आर्टिस्ट तो नहीं थीं?"

उसने जवाब न दिया, सारी हिम्मत मन के भाव छुपाने में जो सर्फ हो रही थी!

"अभी 'मल्लबकि' नहीं बोला? शायद इसलिए कि कोई लम्बा डायलॉग नहीं हुआ था!"

दाता! कैसा कम्बख़्त, कैसी शातिर पुलिसिया था! अभी एक दिन गुज़रा था और इतनी बातें भांप भी चुका था।

"सर" – प्रत्यक्षतः वो हिम्मत करके बोली – "आप क्या कह रहे हैं, मेरी समझ में कुछ नहीं आ रहा।"

"सब समझ में आ रहा है।" – भास्कर बोला, उसने अपने स्वर की स्वाभाविकता में कमी न आने दी – "वो वीडियो क्लिप किसलिए भेजी? आइन्दा बड़े ऑफेंसिव की बुनियाद बनाने के लिए? बाजरिया टेलीफोन बना लेतीं वो? नहीं हो पाता। देर सवेर तुम्हारा रूबरू होना ज़रूरी था। तुम ये भी नहीं कह सकतीं, कि तुम्हारा कोई जोड़ीदार था जो तुम्हारी जगह रूबरू होता क्योंकि फोन तुमने किया था, यकीनी तौर पर तुमने किया था। कोई जोड़ीदार होता तो फोन तुमने उससे करवाया होता। फिर बात को कल, परसों या और आगे टालने की ज़रूरत ही न रही होती। क्या!"

"सर, मेरी समझ में कुछ नहीं आ रहा।"

"आ जाएगा। जो बात तुमने टाइम लगा कर करनी थी, वो मैं अभी करना चाहता हूँ। किसी ऐसी जगह ले के चलो मेरे को जहां बात हो सकती हो। अभी।"

"सर, मैं जाती हूँ और मैनेजर को भेजती हूँ।"

"क्या फायदा! टालने से हर बात नहीं टलती। इतना मैं वीडियो क्लिप के सामने आते ही समझ गया था कि क्लिप की वजह से तुम्हारे ज़ेहन में कोई सौदा था जिसे ब्यान करना तुम्हें हिम्मत का काम जान पड़ता था और हिम्मत जुटाने के लिए वक्त दरकार था। हिम्मत रेडीमेड अवेलेबल होती तो जो कहना था, बिना किसी आडम्बर के ख़ुद कहतीं, गोल-मोल बातें करते टाइम ज़ाया न करतीं। मैं टाइम ज़ाया नहीं करना चाहता, मैं लम्बा सस्पेंस बर्दाश्त नहीं कर सकता इसलिए जो कहना है, अभी बोलो। जो बात करनी है, अभी करो।"

उसने बेचैनी से पहलू से बदला।

"तुमने पुलिस से पंगा लिया है तो भुगतना तो पड़ेगा! शेर की मूंछ का बाल उखाड़ने पर तुली हो तो अंजाम को नज़रअंदाज़ तो न कर सकोगी! शेर ये तो नहीं कहेगा – थैंक्यू, मैडम, ये बाल मैंने वैसे भी उखड़वाना ही था, अच्छा किया तुमने उखाड़ दिया . . ."

"सर, स्टीवार्डेस ऑर्डर के लिए इतनी देर कस्टमर के पास नहीं ठहरती। लोग इस बाबत कांशस हो रहे हैं, छुपी निगाह से नोट कर रहे हैं।"

"वो तुम्हारी प्रॉब्लम है। बेशक बोल देना सबको कि कस्टमर क्या कह रहा था।"

वो ख़ामोश रही।

"फिर ये भी बोलना कि परसों रात गोरे के फ्लैट में उसके साथ जो बीती थी, तुम उसकी चश्मदीद गवाह थीं। किस बात की चश्मदीद गवाह थीं? गोरे के फांसी पर झूलने की चश्मदीद गवाह थीं। एक आदमी तुम्हारी आंखों के सामने जान से गया, तुमने ज़ुबान न खोली। तुम कहोगी कि ज़ुबान खोलतीं तो ख़ुद भी जान से जातीं। कुबूल। बाद में क्या वान्दा था? बाद में क्यों कुछ न बोलीं? खुलकर, सामने आ कर न बोलीं तो वैसी गुमनाम कॉल तो पुलिस को कर ही सकती थीं जैसी कल मेरे को की!"

वो ख़ामोश रही।

"ग़ौर करो कि एक दिन में, खाली एक दिन में, मैंने तुम्हारी बाबत कितना कुछ जान लिया! फिर जब तुम्हें जान लिया" – भारकर का स्वर धीमा हुआ – "कत्ल के चश्मदीद गवाह को जान लिया तो अब डैमेज कन्ट्रोल क्या बहुत बड़ा काम होगा पुलिस की ऐण्डलैस सलाहियात के मद्देनज़र! . . . अभी जो तुम कहना चाहती हो, वो तुम्हारे मुंह पर लिखा है। वीडियो क्लिप के होते मैं तुम्हारा कुछ नहीं बिगाड़ सकता। चलो, ठीक है तुम्हारी सोच, तुम अपने पांव बहुत मज़बूत ज़मीन पर टिके पाती हो। मौजूदा हालात में मैं तुम्हारा कुछ नहीं बिगाड़ सकता। मैं मानता हूँ तुम्हारी बात में दम है इसलिए मैं तुम्हारे सामने मजबूर हूँ, उस बाजी में जिच हूँ जो तुमने मेरे लिए लगाई है। माना न सब मैंने! माना, इसीलिए तो डायलॉग के ज़रिए सुलह की कोई सूरत निकालने के लिए मैं तुम्हारे सामने मौजूद हूँ। मैं नहीं समझता कि बात करने में भी तुम्हारा कोई हर्जा हो जाएगा। हर्जा होता लगे तो किनारा करना बातचीत से। क्या प्रॉब्लम है?"

वो तब भी ख़ामोश रही। तब तक बड़ी मुश्किल से वो मुंह से 'मल्लबकि' निकलने देने से परहेज़ करती रही थी।

"कोई प्रॉब्लम है तो बस ये है कि हकीकत की हामी भरनी पड़ेगी। कबूल करना पड़ेगा कि मर्दाना आवाज़ बना कर कल तुमने मेरे से बात की थी, वीडियो

क्लिप तुमने मुझे फॉरवर्ड की थी। और अब मुझे मालूम है कि जिसने ये सब किया था वो कौन थी!"

उसकी ख़ामोश सूरत से साफ लगा कि वो कोई फौरी फैसला करने की कोशिश कर रही थी।

"श्याने कहते हैं कि हाकिम की अगाड़ी और घोड़े की पिछाड़ी से बचना चाहिए। हाकिम का तो ऐसा रौब न खाया तुमने! उसकी अगाड़ी तो तुम्हारे लिए कोई परेशानी न बनी! फिर डर किस बात का है तुम्हें?"

"किसी बात का नहीं।" – एकाएक उसके लहजे में मज़बूती आई।

"तो?"

"आती हूँ। तब तक वेटर और ड्रिंक लाता है वर्ना स्टीवार्डेस की पैट्रन के पास इतनी लम्बी हाजिरी देखने वालों को चुभेगी।"

भारकर ने सहमति में सिर हिलाया।

वो घूमी और लम्बे डग भरती वहां से रुख़सत हुई।

वेटर जैसे जादू के ज़ोर से उसके लिए नया ड्रिंक लाया।

वक्तगुज़ारी के तौर पर भारकर नया ड्रिंक चुसकने लगा।

दस मिनट गुज़र गए।

'साली का जरूर कोई जोड़ीदार है' – नाहक भारकर मन ही मन कलपने लगा – 'जिससे मशवरा कर रही है इतनी देर से। जोड़ीदार की बाबत मेरे को फिर सोचना पड़ेगा।'

या जोड़ीदार से कान्टैक्ट नहीं हो रहा होगा!

कहीं खिसक तो नहीं गई!

कहां जाएगी खिसककर?

फिर जिस फिराक में वो ज़ाहिर कर चुकी थी वो थी, उसमें उसका खिसक जाना तो नहीं बनता था!

तभी एक वेटर उसके करीब पहुंचा।

"सर, आपको जसमिन मैडम बुलाती है।"

"कहां?" – भारकर ने पूछा।

"मेरे साथ आइए।"

"पहले बिल चुकता करना होगा?"

"बाद में हो जाएगा, सर। आइए।"

वेटर घूम कर आगे बढ़ा तो भारकर उसके पीछे चलने लगा।

वो दोनों हॉल से निकले, पिछवाड़े के एक लम्बे, ख़ामोश गलियारे से गुज़रे तो वेटर एक बन्द दरवाज़े पर ठिठका। उसने दरवाज़े की तरफ भारकर की तवज्जो दिलाई और ख़ुद फौरन वहां से लौट गया।

वेटर के निगाह से ओझल होते ही भारकर ने बन्द दरवाज़े के एक पल्ले को धक्का देकर पूरा खोला।

भीतर रौशनी थी जिससे उसको अहसास हुआ कि वो स्टोर था। तीन चौथाई स्टोर में ऊपर तक लिकर के क्रेट थे और रसद के और रोजमर्रा के इस्तेमाल में आने वाले सामान के बक्से, बोरे वगैरह थे। एक चौथाई में दो विज़िटर्स चेयर्स के बीच एक ऑफिस टेबल लगी हुई थी और टेबल के पीछे की कुर्सी पर संजीदासूरत जसमिन बैठी हुई थी। साफ लगता था कि दिन में वहां कोई कर्मचारी बैठता था, ऑफिस आवर्स के बाद जिसका वहां कोई काम नहीं होता था।

जसमिन के इशारे पर वो भीतर दाखिल हुआ और एक विज़िटर्स चेयर पर बैठा।

"मेरे को पुलिस इन्स्पेक्टर होने की हूल न देना।" – एकाएक वो फट-सी पड़ी।

"दिलेरी आ गई यकायक!" – भारकर के स्वर में व्यंग्य का पुट आया – "हौसले बुलन्दियों पर पहुंच गए! ऐसा था तो पहले ही सीधे डायलॉग करना था, गोल-मोल रास्ता क्यों अपनाया बात करने का!"

"कोई दिलेरी नहीं आ गई। सच्ची बात यही है कि एकाएक तुम्हें सामने देख कर मेरा हाल बेहाल हो गया था। लेकिन" – उसका लहजा फिर सख़्त हुआ – "फिर कहती हूँ, मेरे को हाकिम होने की हूल न देना। ये न समझना तुम्हें सामने देखकर मैं थर-थर कांपने लगूंगी या बेहोश होकर गिर पड़ूंगी।"

"ऐसा कुछ नहीं होगा। जब पहले नहीं हुआ जब मेरे को हॉल में अपने सामने बैठे देखा था तो अब कैसे होगा?"

"मल्लबकि धौंसपट्टी नहीं चलेगी।"

"मैं बोला कुछ?"

"बोलोगे न! बोलने के लिए ही तो यहां हो!"

"वो तो है!"

"तो टाइम ज़ाया करने का क्या फायदा?"

"कोई फायदा नहीं। अभी सुनो। जो बात हम दोनों के बीच होनी है, वो ये कुबूल किए बिना आगे नहीं बढ़ सकती कि परसों, सोमवार रात गोरे के फ्लैट में उसको ड्रिंक्स में कम्पनी देती तुम थीं।"

"कैसे जाना?"

"जाना किसी तरह से।"

"ये तो चलो, जाना कि तब गोरे के साथ कोई लड़की थी लेकिन ये कैसे जाना कि वो लड़की मैं थी!"

"अरे, मैं पुलिस ऑफिसर हूँ, थाना प्रभारी हूँ। मेरे से ऐसी बातें छुपने लगें तो काहे का मैं पुलिस ऑफिसर, काहे का थाना प्रभारी!"

"ठीक है, माना कि वो लड़की मैं थी।"

"वो . . . वीडियो फिल्म तुमने बनाई थी?"

"हां।"

"क्यों?"

"कोई ख़ास वजह नहीं। उस घड़ी, उस हौलनाक, होश उड़ा देने वाली घड़ी में जो मुझे सूझा, मैंने किया।"

"अपना कोई नफा-नुकसान सोचकर न किया?"

"ख़याल तक न आया।"

"बाद में आया? उस वीडियो क्लिप को कैश करने का ख़याल बाद में आया?"

"यही समझ लो।"

"क्या ख़याल आया? ब्लैकमेल?"

उसने तमक कर सिर उठाया।

"और किसी को भी नहीं, थानेदार को! हाकिम को!"

"ब्लैकमेल नैस्टी वर्ड है, मैं नहीं सुनना चाहती।"

"तो? ब्लैकमेल नहीं तो और क्या सूझा?"

"सौदा। इस हाथ ले, उस हाथ दे जैसा सौदा।"

"देतीं तो वीडियो क्लिप – जो मेरी जान सूली पर टांग सकती थी – के खाते क्या सोचा था मन में?"

"पैसा।" – उसके स्वर में निडरता का पुट आया – "वो शै जिसके सदके तुम्हारी जान सूली पर टंगने से बच सकती थी।"

"हूँ। कितना? कोई फिगर थी दिमाग में?"

"हां।"

"क्या? बोलो!"

"पहले तुम बोलो। मैं कैसी लगी?"

"बढ़िया। हसीन! हसीनतरीन! तभी तो गोरे लट्टू था।"

"मेरा मुंह?"

"भाई, हसीन कहलाने की दावेदार वही होती है जो नख से शिख तक हसीन हो। मुंह भी तो हसीन ही होगा! क्यों पूछती हो?"

"ऐसा मुंह तो मोतियों से भरा जाना चाहिए!"

"तुम . . . तुम क्या कहना चाहती हो?"

जसमिन ने पंजा खोल कर उसे दिखाया।

"पांच लाख! भई, मैं इन्स्पेक्टर हूँ, कमिश्नर नहीं।"

"वाह, मेरे भोले कदम!"

"कुछ गलत समझा मैंने?"

"हां। और जो समझा, जानबूझ कर समझा।"

"ऐसा किया तो नहीं मैंने लेकिन . . . तुम्हारे मगज में क्या है?"

"तुम्हें मालूम है। मसखरी छोड़ोगे तो ख़ुद बोलोगे।"

"क्या?"

"मेरे से ही कहलवाओगे! पचास।"

"लाख?"

"नहीं, हजार"

"पचास लाख! बहुत ज़्यादा हैं। एक मामूली पुलिस इन्स्पेक्टर के पास इतनी बड़ी रकम कहां से आएगी!"

"मामूली नहीं, थाना प्रभारी। एसएचओ। एक बड़े इलाके का। शहर की पांच लाख की आबादी वाले बड़े इलाके का मालिक।"

"फिर भी . . ."

"नो फिर भी। पैसा कहां से आएगा तुम्हारे पास, ये सोचना तुम्हारा काम है। दैट्स योर प्रॉब्लम। मेरे को पचास लाख मांगता है और इमीजियेट करके मांगता है।"

"इ-इमिजियेट करके!"

"और क्या अगले महीने! अगले साल!"

"अरे, इतनी बड़ी रकम एकाएक मेरे जैसी हैसियत वाले किसी के पास नहीं होती!"

"तो?"

"मांग कम करो। उसे किसी रीज़नेबल लैवल पर लाओ।"

"नहीं हो सकता। ये रीज़नेबल मांग है और वन टाइम मांग है। मल्लबकि आइन्दा फिर कभी ऐसी मांग नहीं होगी। ये न भूलो कि मैं चाहूँ तो उम्र भर तुम्हारा खून चूसती रह सकती हूं।"

उम्र भर! साली कुत्ती! यही हफ्ता काट जाए तो जानूं।

"मैं तुम्हारी मांग पूरी कर दूँगा" – प्रत्यक्षतः वो बोला – "नाजायज़ है, प्रैक्टीकल भी नहीं है लेकिन फिर भी पूरी कर दूँगा। कुछ पैसा मैं तुम्हें अभी देने को तैयार हूँ, बाकी धीरे-धीरे पहुंचा दूँगा।"

उसके चेहरे पर अनिश्चय के भाव आए।

"वीडियो क्लिप फाइनल पेमेंट के बाद ही मिलेगी।" – फिर आगाह करने के अन्दाज़ से बोली।

"मेरे को मंज़ूर। लेकिन उस की सेफकीपिंग की गारन्टी करनी होगी। ये भी गारन्टी करनी होगी कि क्लिप तुम किसी से शेयर नहीं करोगी।"

"ऐसा कुछ नहीं होगा। इस डील में किसी तीसरे को इनवॉल्व करने की मेरी कोई मर्ज़ी नहीं, मल्लबकि हासिल रकम का कोई शेयरहोल्डर खड़ा करने की मेरी कोई मर्ज़ी नहीं।"

"श्योर?"

"डैड श्योर!"

'डेड' तक ही रह येडी!

"तुमने बोला" – वो आगे बढ़ी – "कुछ पैसा तुम मेरे को अभी देने को तैयार हो।"

"हां!"

"कितना?"

"पचास . . . एक लाख।"

"मैं मूंगफली नहीं खाती।"

"तो?"

"बीस लाख।"

"क्या!"

"अभी बोहनी के तौर पर।"

"बोहनी के तौर पर! मैंने पहले भी बोला मैं इन्स्पेक्टर हूँ, कमिश्नर नहीं हूँ मुम्बई पुलिस का।"

"मालूम। कमिश्नर होते तो वो हरकत न की होती जो कि की।"

"अब उपदेश तो तू रहने ही दे!"

वो ख़ामोश रही।

"देख, कोई छोटी-मोटी रकम पहले चाहती है तो समझ तेरे हुस्न पर न्योछावर की, तेरे सिर से वार दी . . ."

"वो सब मैं खुद कर लूंगी। अभी बोले तो बीस की बोहनी। इमीजियेट!"

भास्कर ने खुद पर बहुत काबू किया था, तब उसका धीरज छूट गया।

"तू अपनी मौत बुला रही है।" – वो फुंफकारा।

"मैं नहीं, तुम।" – जसमिन शान्ति से बोली – "शायद तुम्हें अहसास नहीं

कि तुम्हारी हैसियत उस दानव जैसी है जिसकी जान लोककथाओं में मशहूर तोते में है और वो तोता मेरे कब्ज़े में है। मैं तोते की टांग तोड़ूंगी, दानव लंगड़ा हो जाएगा। मैं तोते की दूसरी टांग तोड़ूंगी, दानव लूला हो जाएगा। मैं तोते की गर्दन मरोड़ूंगी, दानव अपने अन्तिम संस्कार में पुलिस के गार्ड्स की सलामी ले रहा होगा। वो लोक कथाओं वाला तोता वो वीडियो क्लिप है जिसमें बतौर कातिल तुम्हारी हाजिरी दर्ज है और वो दानव तुम हो। मेरे मुंह खोलने की देर होगी कि तुम अपने ही मातहत पुलिस ऑफिसर के कत्ल के इलज़ाम में झूला झूल रहे होंगे।"

"ठहर जा, साली!" – वो पूर्ववत् फुंफकारता, दान्त पीसता बोला – "पुलिस वाले को हूल देती है!"

"देती हूँ न!"

"साली, प्रॉस्टीच्यूशन में गिरफ्तार करूँगा।"

"क्या?"

"प्रॉस्टीच्यूशन नहीं समझती? जिस्मफरोशी! रण्डीबाजी! साली, मैं क्या जानता नहीं कि इस इमारत के टॉप फ्लोर पर एक रण्डीखाना चलता है जिसकी रण्डियों में तेरी भी शुमार है!"

"अरे, शक्ल अच्छी नहीं तो बात तो अच्छी करना सीखा होता!"

"साली, गिरफ्तार कर के ऐसा जलूस निकालूँगा कि जीते जी मर जाएगी।"

"फिर तेरा क्या होगा रे, कालिया!"

उसके जोश को ब्रेक लगी।

"करना ऐसा कुछ! फिर मार के मरूंगी। बच के दिखाना कत्ल के ओपन एण्ड शट केस में शिरकत से। अपने ही साथी पुलिस ऑफिसर को न बख़्शा। कम्बख़्त डायन भी सात घर छोड़ देती है।"

भारकर विचलित दिखाई देने लगा।

"ये छः मंजिला इमारत है जिसके ग्राउन्ड फ्लोर पर 'ब्लैक ट्यूलिप' है, मैंने आज तक जिसकी पहली मंजिल की सीढ़ियां नहीं चढ़ीं। मेरे को क्या सपना आना था कि छठी मंजिल पर क्या था! तुम्हें मालूम है वहां ब्रॉथल है तो अभी

तक क्या उसमें पार्टनरशिप का सुख पा रहे थे! बन्द क्यों न कराया उसे? क्यों कि रेगुलर हफ्ता पहुंचता था?"

भारकर ने जवाब न दिया।

"करना, जो तुम्हारे बस का है। निकालना गिरफ्तार कर के मेरा जलूस। गरज के बहुत दिखाया, अब बरस कर भी दिखाना। जो होता हो, करना। मेरी तरफ से खुली छूट है तुम्हें!"

"बहुत दिलेरी आ गई यकायक!" – कदरन ख़ामोश हुआ भारकर फिर एकाएक भड़कने को हुआ – "पहले सीधे मेरे से बात करने का हौसला नहीं होता था, अब बढ़-बढ़ के बोल रही है!"

"हौसला बना दिया न! तुम्हारे एकाएक यहां पहुंच जाने ने और ताकत दिखाने लगने ने! जब पगलाया हुआ सरकारी सांड हमलावर बनके चढ़ दौड़े तो उसे सींगों से थामना ही पड़ता है।"

"मेरे को सांड कहती है!"

"सरकारी।"

"साली श्यानी! डेढ़ दीमाक! जानती नहीं किस से पंगा ले रही है! मैं नाग हूं। काला नाग। जिसका काटा पानी नहीं मांगता, साली, पोटला बना दूँगा।"

"वो कैसे बनता है?"

"मालूम पड़ेगा न!"

"मैं डर गई। डर से थर-थर कांप गई। लेकिन पहले फैसला कर लो कि मेरे को रण्डीबाज़ी में गिरफ्तार करना है या पोटला बनाना है!"

एकाएक वो उठ खड़ी हुई।

भारकर की भवें उठीं।

"कल।" – जसमिन सर्द, निडर लहजे से बोली।

"क्या कल?"

"बीस लाख। पहली पेमेंट बोहनी के तौर पर। मीटिंग खत्म हुई।"

"अरे, नहीं! रुक! रुक!"

"अब क्या हुआ?"

"रूक न, प्लीज़।"

"क्यों? दो में से कोई प्रोग्राम चेंज हो गया?"

"अरे, रुक! रुक! बात सुन मेरी!"

"सुनाओ।"

"बोहनी कम कर। उसे किसी रीज़नेबल, नैगोशियेबल लैवल पर ला।"

"हेंकड़ी निकल गई?"

"तू बात को समझ। मैं खड़े पैर बीस लाख का इन्तज़ाम नहीं कर सकता – किसी का गला काट के भी नहीं कर सकता – मेरे को टाइम दरकार होगा।"

"कितना?"

"एक हफ्ता।"

"नो।"

"तू मेरी बात समझ। मेरी मजबूरी समझ।"

"क्यों मैं उस शख़्स की मजबूरी समझूं जो मुझे रण्डी करार देता है! जो मेरा पोटला – जो कुछ भी वो होता है – बनाना मांगता है?"

"अरे, बस कर न! जोश में किसी के मुंह से भी कुछ भी निकल जाता है। मैं सॉरीं बोलता हूँ। अब राज़ी?"

"ओके। लेकिन हफ्ता मंज़ूर नहीं। एण्ड दैट्स फाइनल।"

"तो अपनी मांग कम कर।"

"कितनी कम?"

"वही, जो मैं पहले बोला।"

"नहीं हो सकता।"

"तो तू बोल। तू ही कोई आखिरी फैसला कर – ऐसा फैसला जो तेरे को भी मंज़ूर हो और मेरे को भी माफिक आए।"

"ओके! पहली पेमेंट दस लाख। टाइम दो दिन का। गुरु और शुक्र दो दिन हैं तुम्हारे पास। परसों शाम तक मुझे बोहनी की सूरत न दिखाई दी तो वीडियो क्लिप वायरल और मुम्बई पुलिस कमिश्नर स्पैशल रेसीपेंट। दि मीटिंग इज़ ओवर। गुड नाइट।"

□□□

सुबह साढ़े दस बजे झालानी एसीपी के ऑफिस में उसकी हाजिरी भर रहा था।

"ओह! वैलकम!" – एसीपी कुलकर्णी बोला – "तुम्हारे फोन का इन्तज़ार कर रहा था, फिर सोचा ख़ुद फोन लगाऊं, फिर तुम्हीं आ गए।"

"क्योंकि थाने में भारकर से भी माथा फोड़ने का इरादा था। पहले आपके पास हाज़िर हुआ।"

"कोई ख़ास वजह?"

"है तो सही!"

"पहले वो ही बोल।"

"पहले मैं विनायक घटके नाम के एक भीड़ू का ज़िक्र करना चाहता हूँ जो कि टोपाज़ क्लब के संचालक रेमंड परेरा का ख़ास बताया जाता है. . ."

"उसका ज़िक्र परसों मैं एसएचओ भारकर की ज़ुबानी सुना चुका हूँ। तू आगे बोल।"

"अपनी तफ्तीश के सिलसिले में मुझे उसकी तस्वीर चाहिए।"

"यहां से?"

"जहां से भी हासिल हो?"

"भारकर ने अपने केस के सिलसिले में ही उसका ज़िक्र किया था, कोई व्यापक ज़िक्र उसका तब नहीं आया था। तेरे को उसकी तस्वीर चाहिए तो तू भी उसकी बाबत कुछ न कुछ तो जानता ही होगा! नो?"

"यस।"

"प्रोक्लेम्ड ऑफेंडर है?"

"है तो सही! रेप के मामले में दो बार पकड़ में आया बताया जाता है।"

"सज़ा हुई?"

"नहीं। दोनों बार लैक ऑफ ईवीडेंस की बिना पर छूट गया।"

"कोई एलियास?"

"मालूम नहीं।"

"यही उसका असली नाम?"

"ऐसा ही जान पड़ता है।"

"वेट।"

एसीपी कम्प्यूटर के हवाले हुआ। पांच मिनट पूरी तन्मयता से वो उस पर काम करता रहा। आखिर में उसकी कमांड से प्रिंटर से जो प्रिंटआउट निकला उस पर पांच गुणा सात साइज़ की एक तस्वीर अंकित थी जो उसने झालानी के सामने रखी।

"तेरा विनायक घटके।" – वो बोला।

"कमाल है!" – झालानी मन्त्रमुग्ध भाव से बोला – "गंगा घर में ही बह रही थी और मैं आजू-बाजू भटक रहा था।"

"आजकल तमाम क्रिमिनल रिकॉर्ड्स कम्प्यूटराइज़्ड है, सब अधिकारियों को ईक्वली असैसिबल हैं। भारकर को बोलना था!"

"नो, सर। उसको नहीं।"

"ख़ुद क्या करते?"

"'एक्सप्रैस' के स्टाफ फोटोग्राफर को पकड़ता, घटके को ट्रेस करता, फोटोग्राफर को उसकी शक्ल दिखाता, फिर टेलीलेंस वाले कैमरे से फोटो खिंचने और प्रिंट मेरे हाथ में आने का इन्तज़ार करता।"

"यानी उंगली से अंगूठे तक पहुंचने के लिए कोहनी तक का सफर करते!"

झालानी निर्दोष भाव से हंसा।

"अब बोल, क्यों चाहिए थी तस्वीर?"

"बोलूँगा। गोरे वाले केस में थोड़ी हिलडुल होने की उम्मीद है, वो हो जाए तो बोलूँगा।"

"तेरी मर्ज़ी।"

"सर, कल वाले मोबाइल से कुछ पता लगा?"

"लगा न! तभी तो तुम्हारी आमद को वैलकम बोला वर्ना तुम जाकर भारकर के पास बैठते।"

"क्या पता लगा?"

"वो मोबाइल नम्बर बहुत पुराना है, तबका है जबकि प्रीपेड मोबाइल की

सुविधा नहीं होती थी। सबको अर्ज़ी दाखिल करके, सिक्योरिटी जमा कराके नम्बर लेना पड़ता था जिसका कि माहाना बिल आता था। वो नम्बर पहले डाक से सबस्क्राइबर के पते पर आता था लेकिन अब बाई मेल हासिल होता है जिसको सबस्क्राइबर ज़रूरत समझे तो डाउनलोड करता है वर्ना वो पेयेबल अमाउन्ट मालूम करता है और बिल पे कर देता है। फॉलोड?"

"यस, सर।"

"कनैक्शन क्योंकि पोस्टपेड होता है इसलिए पेयेबल बिल पर सबस्क्राइबर का पूरा पता होता है।"

"ओह! सबस्क्राइबर का पूरा पता होता है! अब ज़्यादा फॉलोड।"

एसीपी हंसा।

"सबस्क्राइबर कोंपल मेहता?"

"और कौन?"

"पता?"

"खत्रीवाडी, ठाकुरद्वार का। लेकिन अब वो वहां रहती नहीं। उसका वो पता ख़ाली बिल में दर्ज है जो कि उसने कभी चेंज नहीं करवाया।"

"अब कहां रहती है?"

"मालूम नहीं। पहले उस पते से बिल कलैक्ट करने का उसने इन्तज़ाम किया हुआ था लेकिन बिल ऑनलाइन मिलने लगा तो इन्तज़ाम की ज़रूरत न रही।"

"रहती कहीं और है, बिल पर पता ठाकुरद्वार का?"

"हां।"

"बिल किसलिए? पता किसलिए? पोस्टपेड कनैक्शन को प्रीपेड भी तो कराया जा सकता था!"

"हां, पर उसने न कराया। क्यों न कराया, वो ही जाने!"

"कनैक्शन पोस्टपेड हो या प्रीपेड, सबस्क्राइबर का पता तो सर्विस प्रोवाइडर के रिकॉर्ड में होना फिर भी लाज़मी है।"

"है न! खत्रीवाडी, ठाकुरद्वार का पता है न! कभी पूछ होगी तो कह देगी वहां रहती थी। फिर पूछ होगी क्यों? जब बिल रेगुलर पे हो रहा है, टाइम पर पे हो रहा

है तो क्यों होगी पूछ?"

"कमाल है!"

"कोई कमाल नहीं है। ऐसी बातों में लोग अलगर्ज़ी भी तो दिखाते हैं! मसलन सेकण्डहैण्ड दोपहिया या चारपहिया व्हीकल खरीदते हैं, सालों रजिस्ट्रेशन अपने नाम ट्रांसफर नहीं कराते। कोई एक्सीडेंट की वारदात हो जाए तो तभी ओरिजिनल ओनर का पता लगता है – जिसको कि उसने व्हीकल बेचा था, उसकी आरसी अपने नाम ट्रांसफर नहीं कराई थी . . ."

"सर, आपको टोक रहा हूँ, उसकी माफी, लेकिन मोबाइल लोकेशन ट्रैकिंग की सुविधा, अपनी तफ़्तीश में जिसे आपकी पुलिस खुल्ला इस्तेमाल करती है, मेरे किस काम आई? मेरे लिए उससे बात करना ज़रूरी था इसलिए आपसे मदद की गुहार लगाई थी लेकिन . . ."

"एसीपी ने मदद न की, या वक्त रहते न की, हाथ खड़े करके दिखा दिए! ओके?"

"सॉरी, सर। लगता है कुछ किया।"

"जो हो सकता था, सब किया।"

"दैट्स ग्रेट। आईएम ऑल इयर्स, सर।"

"देखो, मोबाइल लोकेशन ट्रैकिंग से मोबाइल की किसी ख़ास वक्त की लोकेशन ही ट्रैक की जा सकती है, यही जाना जा सकता है कि किस कॉल के वक्त कॉल रिसीव करने वाला कहां था, ये कतई ज़रूरी नहीं कि जहां वो था, वो उसका आवास था। आई बात समझ में?"

"आई। लेकिन हो तो सकता है न, कि जहां उसने कल मेरी कॉल रिसीव की और मेरे से रूबरू मिलने से साफ मना किया, वही उसका आवास हो!"

"हां, हो तो सकता है!"

"इसलिए भी हो सकता है, क्योंकि उसे नहीं पता हो सकता था कि कॉल रिसीव करते वक्त उसने कहां नहीं होना था?"

"ठीक!"

"आप मुझे वो पता दीजिए, शायद मेरी किस्मत काम कर जाए और जहां उसने मेरी कॉल रिसीव की थी, वो उसके मौजूदा आवास का ही पता निकले।"

एसीपी ने उसे बोरीवली वैस्ट का एक पता लिख कर दिया।

रेज़ीडेंशल!

ग़नीमत थी कि कॉल रिसीव करते वक्त वो किसी पब्लिक प्लेस पर नहीं थी।

झालानी भास्कर के ऑफिस में पहुंचा।

"नमस्ते, एसएचओ साहब।" – वो मधुर स्वर में बोला।

भास्कर ने फाइल पर से सिर उठाया।

"झालानी!" – वो बोला – "अरे भई, कैसे आया सुबह सवेरे?"

"अपनी नौकरी करने आया। आपकी हाजिरी भरने आया।"

"हाजिरी भरने?"

"और दर्शन पाने।"

"पा।"

"हा हा हा। कहते हैं पा। वैसे आज तो बहुत बिज़ी लग रहे हैं!"

"हां, यार। बहुत फाइल वर्क है।"

"ऐसा क्यों?"

"एसीपी ने वाट लगाई हुई है। जो फाइलें ख़ास उसके एक्शन के लिए होती हैं, वो भी मेरे को ठोक देता है।"

"आप ऐतराज़ नहीं करते?"

"अभी तक तो नहीं किया। बाज़ नहीं आएगा तो करना पड़ेगा।"

"क्या करेंगे?"

"सोच। इस बात को याद रखके सोच कि मैं डीसीपी का ख़ास हूँ।"

"ओह!"

"अब खाली कर्टसी कॉल पर ही है तो मेरे को काम करने दे।"

"हूँ तो कर्टसी कॉल पर ही लेकिन एक पर्सनल प्रॉब्लम है, सोचा, आपसे शेयर करूँ।

"कैसी प्रॉब्लम?"

"आप हंसेंगे।"

"हंसा।"

"वो क्या है कि घर से निकलने के बाद और दोपहर होने से पहले अगर मेरे को चाय नसीब न हो तो मेरे को ऊंघ आने लगती है।"

भास्कर ने अपलक उसकी तरफ देखा।

"ऑनेस्ट!" – झालानी ने बड़े नाटकीय अन्दाज़ से अपने गले की घंटी को छुआ।

भास्कर ने एक आह-सी भरी फिर बोला – "बैठ।"

"थैंक्यू।"

"अभी तेरी ऊंघ दूर होती है।"

"डबल थैंक्यू।"

भास्कर ने दोनों के लिए चाय मंगवाई।

झालानी ने चाय चुसकी और एक फरमायशी, तृप्तिभरा चटकारा भरा।

"झालानी, मैं तेरे से पुराना वाकिफ हूँ।" – भास्कर बोला – "ऐसे तू यहां नहीं आने वाला। ख़ासतौर से चाय की तलब के हवाले। क्या!"

झालानी निर्दोष भाव से मुस्कुराया।

"क्या है तेरे मगज में?"

"है तो सही कुछ!"

"क्या?"

"अपनी खोजी फितरत के तहत एक बात जानकारी में आई; सोचा, उसका आपसे ज़िक्र करूँ।

"क्या बात?"

"ख़ास बात।"

"झालानी, सता नहीं। मेरे को बहुत काम है। क्या ख़ास बात?"

"एक गवाह सामने आया है जो कहता है सोमवार रात को उसने आपको पुलिस कालोनी में देखा था।"

"क्या बड़ी बात है! एसआई गोरे की ख़ुदकुशी की ख़बर आम होने के बाद मैं गया था न मौका-ए-वारदात पर!"

"आप लेट नाइट में गए थे। ग्यारह बजे के बाद। तब तक तो गवाह घोड़े बेच कर सोया हुआ था। आपकी तब की आमद की तो उसे भनक भी नहीं लगी थी। गोरे के साथ जो बीती थी, उसकी भी उसे अगली सुबह ख़बर लगी थी।"

"ऐसा क्यों?"

"अफ़ीम खाता है। रात को पिनक में रहता है। अंटा चढ़ाया हुआ हो तो जल्दी सो जाता है।"

"कितना जल्दी?"

"नौ, साढ़े नौ बजे। दस से पहले हर हाल में।"

"तो मेरे को कब देखा उसने?"

"पहले। अपने सोने के वक्त से पहले।"

"अरे, भई, वक्त बोल, कब देखा!"

"कहता है वक्त का उसे कोई अन्दाज़ा नहीं।"

"कोई तो अन्दाज़ा होगा! जब कहता है कि दस बजे से पहले यकीनी तौर पर सो जाता था तो इससे पहले ही किसी वक्त मेरे को देखा होगा न?"

"वो तो है!"

"कब! किस वक्त! अन्दाज़ा ही बोल अपना।"

"सर, मैंने बोला न, अफ़ीम खाता है, पिनक में रहता है।"

"पिनक में ये याद रहा बराबर कि मेरे को देखा था, ये याद न रहा, कि कब देखा था?"

"अब . . . बोलता तो यही है!"

"कहां देखा?"

"कॉलोनी की ऐंट्रेंस पर। मेन गेट पर।"

"वो वहां क्या कर रहा था?"

"बीड़ी ख़त्म हो गई थीं, लेने जा रहा था।"

"यही बोलता कि बीड़ी लेने कब गया था!"

"कहता है ध्यान नहीं।"

"क्या ध्यान था? वो जा रहा था तो मैं आ रहा था?"

"हां।"

"या वो लौट रहा था तो मैं जा रहा था?"

"बोलता है, वो जा रहा था तो आप आ रहे थे।"

"लेकिन टाइम का कोई अन्दाज़ा नहीं!"

"यही बोलता है। बहुत इसरार किया तो नौ के करीब का बोला लेकिन जो बोला, हाथ के हाथ ही उससे फिर गया और फिर यही रट पकड़ ली कि टाइम का उसे कोई अन्दाज़ा नहीं था। सीसीटीवी स्कैन की सुविधा वहां थी नहीं।" – झालानी एक क्षण ठिठका, फिर बोला – "क्यों नहीं थी?"

"क्यों नहीं थी!" – भारकर तनिक हड़बड़ाया – "क्योंकि पुलिस कॉलोनी थी।"

"ये तो कोई वजह न हुई!"

"तो कोई और वजह होगी! मालूम कर।"

"मैं करूं?"

"क्यों नहीं। आखिर खोजी पत्रकार है! बोले तो इनवैस्टिगेटिव जर्नलिस्ट।"

"सर, यू डू नो हाउ टु पास दि बक।"

"छोड़! अपने गवाह की बात कर। है कौन वो?"

"किसी का ड्राइवर है जिसने उसे गैराज में रहने की जगह दी हुई है।"

"नाम बोल! मैं यहां तलब करता हूँ।"

झालानी ने इंकार गें सिर हिलाया।

"अब क्या हुआ?"

"डरपोक आदमी है। गुमनाम रहना चाहता है।"

"प्रैस के सामने मुंह खोल सकता है, पुलिस के सामने नहीं!"

"प्रैस अपना सोर्स ऑफ इनफर्मेशन प्रोटेक्ट करती है, पुलिस ऐसा नहीं करती।"

"हम भी प्रोटेक्ट करते हैं।"

"हमेशा नहीं।"

"हूँ। मेरे को पहचानता था?"

"जी हां। तभी तो आपका ज़िक्र किया। किसी अंजान शख़्स की बात होती तो उसमें ज़िक्र के काबिल क्या बात थी!"

"कैसे पहचानता था मेरे को?"

"मैंने सवाल किया था। बोला, याद नहीं।"

"लेकिन पहचानता बराबर था?"

"जी हां।"

"तो भी इसमें ज़िक्र के काबिल क्या था?"

"उसी रोज़ रात की किसी घड़ी वहां वो बड़ा वाकया हुआ न! शायद उसकी वजह से आपकी आमद उसे याद रही।"

"हूँ।"

"सर, वो जो कहता है सो कहता है, आप भी तो सस्पेंस दूर कर सकते हैं? ऐसी तसदीक दोतरफा होती है . . ."

"नहीं होती। ए ने बी को देखा, बी ने ए को न देखा तो नहीं होती।"

"सर, यू आर स्प्लिटिंग हेयर।"

"क्या बोला?"

"बाल की खाल निकाल रहे हैं। आप बताइए न, कि सोमवार रात को किसी टाइम आपका पुलिस कॉलोनी जाने का इत्तफाक हुआ था या नहीं?"

"हां, हुआ था। और ये भी बोला था कि क्यों हुआ था! क्योंकि वहां हुई वारदात की ख़बर लगने के बाद ड्यूटीबाउन्ड मैं वहां पहुंचा था।"

"सर, उससे पहले।"

"क्या मतलब है, भई, तेरा? मै दो बार वहां गया?"

"आप बताइए।"

"सब कुछ मेरे को ही बताने का?"

"सर, प्लीज़!"

"क्या प्लीज़, तेरा मतलब है सोमवार शाम मैं वहां दो बार गया?"

"सर, प्लीज़, आप बताइए। हां या न कुछ भी बोलिए और सस्पेंस ख़त्म कीजिए।"

"फर्ज़ी सस्पेंस को कैसे ख़त्म करूँ? जिस बात का कोई वजूद ही नहीं, उस पर क्या बोलूं?"

"सर, वो क्या है कि . . ."

"अच्छा चल, फर्ज़ कर कि मैं वहां दो बार गया था, दो बार ही गया था। एक बार तो इसलिए गया कि वहां मेरे अपने मातहत के साथ बड़ी वारदात हो गई थी, इसलिए मेरा जाना बनता था। मेरी ड्यूटी, मेरा फर्ज़ मुझे वहां ले कर गया। दूसरी बार क्यों गया मैं?"

"आप बताइए।"

"पहले तू अन्दाज़ा बता कोई अपना।"

"मैं बताऊं?"

"हां, क्यों नहीं! बड़ा जर्नलिस्ट है। आला दिमाग पाया है तूने। गिव मी युअर वाइल्ड गैस।"

"आप ख़फा हो जाएंगे।"

"बिल्कुल नहीं। कुछ भी बोल। समझ, अभयदान है तेरे को।"

"शायद इत्तफाकन आप इलाके में कहीं थे। पुलिस कॉलोनीं से गुज़रे तो गोरे का ख़याल आया और ये ख़याल आया कि उस रोज़ उसका ऑफ था। फिर ये भी याद आया कि उसकी बीवी बच्चों के साथ मायके में थी और यूं जब वो घर पर अकेला होता था तो शाम को घूंट लगाता था जो कि तनहा लोगों का आम शगल होता है। आप शायद ये सोच कर उसके फ्लैट पर पहुंचे कि वो आप को घूंट लगाता मिलेगा और कर्टसी सेक आपको भी ड्रिंक ऑफर करेगा।"

"किया?"

"मेरे ख़याल से नौबत न आई।"

"क्यों?"

"शायद घर पर नहीं था। अकेला आदमी कहीं चल दे तो फ्लैट को लॉक करके ही जाता है इसलिए आपकी बजाई घन्टी का जवाब देने के लिए वहां कोई नहीं था।"

"कहां चला गया?"

"शायद डिनर करने। बीवी की गैरहाज़िरी में खाना ख़ुद तो न बनाता होगा!"

"कर्टसी होम डिलीवरी, खानो घर आम मंगाया जा सकता है!"

"जहां वो खाना पसन्द करता था, वो जगह होम डिलीवरी के सर्कट पर नहीं होगी उसे लगता होगा कि ख़ुद जाकर खा आने से टाइम बचेगा।"

"या घर से निकलने की कोई और वजह होगी?"

"वो भी।"

"व्हिस्की शॉर्ट पड़ गई होगी?"

"सर, आप घिस रहे हैं मेरे को!"

"उसका मोबाइल बजाना तो सूझा न मेरे को! इतना पेचीदा काम कहां मगज में आसानी से आता है!"

"सर, क्या कह रहे हैं?"

"इतना तो मानते हो न, कि रात की उस घड़ी वो घर से दूर कहीं नहीं गया होगा? खाना खाने बान्द्रा तो नहीं निकल गया होगा! अन्धेरी तो नहीं गया होगा! हो सकता था वो बहुत शार्ट ड्यूरेशन के लिए पास ही कहीं गया होता – पास भी क्या, कॉलोनी में ही कहीं गया होता – मोबाइल बजा के पता करने में क्या वान्दा था? मेज़बान घर न हो तो मेहमान ऐसी कोशिश करता ही है!"

"अब मेरे को क्या मालूम क्यों आपने मोबाइल न बजाया! शायद उस घड़ी ख़याल न आया।"

"या शायद मेरे को इलहाम हो गया कि वो भीतर मरा पड़ा था! फांसी लगा हुआ था! नहीं?"

झालानी ने जवाब न दिया।

"अगर ऐसा था तो कैसा पुलिसवाला था मैं, कैसा थाना प्रभारी था मैं जिसे अपने करीब एक अननेचुरल डैथ की ख़बर लगी – अपने मेज़बान की डैथ की ख़बर लगी – और उसने कोई ऐक्शन न लिया। ऐक्शन लेने की जगह चुपचाप वहां से खिसक गया और तब लौटकर आया जब उसे अपने मातहत सब-इन्स्पेक्टर के अंजाम की ऑफिशियल ख़बर लगी। ओके?"

"सर, आप मुझे कनफ्यूज़ कर रहे हैं।"

“एक बात बता। अंटा तू भी तो नहीं चढ़ाने लग गया?”

“क्या बात करते हैं!”

“कनफ्यूज़न में नहीं, पिनक में बोलता जान पड़ रहा है इसलिए पूछा।”

“मैं! मैं पिनक में बोलता जान पड़ रहा हूँ?”

“हां। और वजह सुन। सोमवार रात को मैंने एसआई कदम को दो सिपाहियों के साथ धोबी तलाव भेजा था गोरे को थाने लेकर आने के लिए। और अगर वो आने से इंकार करे तो उसको हिरासत में लेकर थाने लाने के लिए क्योंकि एक बड़े मामले की, एक डबल मर्डर के मामले की जवाबदारी उस पर आयद होती थी। मालूम?”

“मालूम।”

“मैं उसको थाने तलब करके उससे वो जवाबदारी करना चाहता था। ओके?”

“हां, जी।”

“अब तू मेरे को ये बता कि जब मैंने उसे थाने तलब किया तो मैं उसके घर क्यों पहुंच गया? उसको थाने तलब करके उसका इन्तज़ार करने की जगह थाने से बाहर क्यों भटक रहा था? जवाब ये सोच के देना कि तू समझता है, अपने अफीमची गवाह के समझाए समझता है कि पुलिस कॉलोनी मैं दो बार गया था!”

झालानी ने जवाब देने न बना।

“तू कहता है मैं वहां गया तो वो घर पर नहीं था। फर्ज कर ऐसा नहीं था। मेरी उम्मीद के मुताबिक वो घर पर था तो जो पूछताछ मैंने उसे थाने बुलाकर करनी थी, वो वहीं क्यों न कर ली? जिस शख़्स को मैं मुजरिम मान के चल रहा था, उसके फ्लैट में बैठकर मैं उसके साथ ड्रिंक शेयर करता!”

लाजवाब झालानी ने बेचैनी से पहलू बदला।

कुछ क्षण ख़ामोशी रही।

“तो” – फिर वो दबे स्वर में बोला – “असल में क्या हुआ होगा?”

“ये भी कोई पूछने की बात है? सिवाय इसके और क्या हुआ हो सकता है कि तेरे गवाह ने मेरी गलत शिनाख़त की। ही वॉज नॉट ए कम्पीटेंट विटनेस। अफीमची था जो पिनक में कोई बात तरीके से याद नहीं रख सकता था। उसने

रात के नीम-अन्धेरे में कद-काठ में मेरे से मिलते किसी शख़्स को देखा और कूद कर इस नतीजे पर पहुंच गया कि वो मैं था। ऐसे शख़्स को, ऐसे नशेबाज़ शख़्स को, रिलाएबल विटनेस करार दिया जा सकता है?"

झालानी ने हिचकिचाते हुए इंकार में सिर हिलाया।

"अंटा वो रात को चढ़ाता है न! दिन में उसे मेरे पास ले के आ और बोल कि मेरी शिनाख़्त उस शख़्स के तौर पर करे जिसको उसने सोमवार रात को पुलिस कॉलोनी के गेट से दाखिल होते देखा था। बुला उसे यहां। या मेरे को बोल वो कौन है, मैं बुलाता हूँ उसे।"

"जाने दीजिए।"

"क्यों भला?"

"गरीबमार होगी। आपने सही कहा कि किसी अफीमची को रिलाएबल, कम्पीटेंट विटनेस नहीं माना जा सकता।"

"ऐसी ग़ैरज़िम्मेदार बातें करने वाले शख़्स को कोई सबक मिलना चाहिए।"

"मिल जाएगा। मैं दूँगा न!"

"तू देगा?"

"आपके हवाले से। सुनेगा तो पतलून गीली करेगा, खजूर।"

"हूँ।"

"लगता है घटके अब पुलिस के राडार पर नहीं है!"

भास्कर की भवें उठीं।

"बड़े मवाली रेमण्ड परेरा का ख़ास! जो उसके हवाले से ऑलिव बार में उसके एक पार्टनर के लिए धमकी छोड़ कर गया था?"

"तेरे को क्या पता!"

"सर, 'एक्सप्रैस' की तरफ से क्राइम बीट कवर करता हूँ, पता लग ही जाता है।"

"हूँ।"

"फिर दूसरे पार्टनर का कत्ल हो गया तो धमकी के जेरेसाया पुलिस की तवज्जो घटके की तरफ गई तो होगी!"

"गई थी। केस के हर पहलू की पड़ताल करना विवेचन अधिकारी का फर्ज़

होता है इसलिए गई थी। लेकिन उसकी आइन्दा पड़ताल की नौबत ही नहीं आई थी। पहले ही केस हल हो गया था।"

"कातिल एसआई अनिल गोरे?"

"और क्या! इतने सुबूत थे उसके खिलाफ, गिरफ्तारी की नौबत आती देखी तो बौखला कर ख़ुदकुशी कर ली।"

"घटके का उस डबल मर्डर में कोई रोल नहीं था?"

"न!"

"बैड कैरेक्टर था। सुना है दो बार रेप के बड़े केस में फंसा था लेकिन सुबूतों के अभाव में कोर्ट से सन्देहलाभ पाकर छूट गया था।"

"झालानी, इतना काबिल, इतना आलादिमाग, इतना मैन ऑफ दि वर्ल्ड आदमी है तू, क्या नहीं जानता – या भूल गया – कि एक मैन इज़ इनोसेंट अनटिल ही इज़ प्रूवन गिल्टी!"

"किसी गम्भीर केस में सन्देहलाभ पाकर छूटे सन्दिग्ध व्यक्ति की इनोसेंस पर हमेशा सवालिया निशान होता है।"

"बहस का मुद्दा है इसलिए नक्की कर।"

"आप का हुक्म सिर माथे लेकिन उस डबल मर्डर की वारदात के बाद इतना आम सुनने में आया था कि ऑलिव बार के पार्टनर सुबोध नायक का कत्ल अपने बॉस रेमण्ड परेरा के इशारे पर घटके ने किया था!"

"जा के बोल परेरा को ऐसा।"

"मैं बोलूं?"

"क्यों नहीं? तू खोजी पत्रकार है, कोई शंका तेरे मगज में आए तो उसका निवारण तो तेरे को करना चाहिए!"

"आप मेरी खुश्की उड़ा रहे हैं।"

भारकर हंसा।

"एक सन्दिग्ध चरित्र व्यक्ति के तरफ़दार बन रहे हैं।"

भारकर तत्काल संजीदा हुआ।

"जोश में न बोल, झालानी" – वो शुष्क स्वर में बोला – "होश में बोल। मैं

भला उस घटिया आदमी का तरफ़दार क्यों बनूंगा?"

"मेरे को ऐसा लगा।"

"गलत लगा।"

"मेरे को पता लगा है वो शख़्स हैबिचुअल सैक्स ऑफेंडर था!"

"कैसे पता लगा है? क्योंकि जब भी सैक्स ऑफेंस में मशगूल होता था, तेरे को सिरहाने खड़ा पाता था?"

"आप घटके की बाबत बात करने के मूड में नहीं हैं।" – झालानी उठ खड़ा हुआ – "बहरहाल मेरे को टाइम देने का शुक्रिया। चाय का भी। अभी इजाज़त दीजिए, फिर हाज़िर होऊंगा।"

"चाय पीने?"

"अरे, नहीं जनाब, आपकी सोहबत का लुत्फ़ उठाने। नमस्ते।"

सहमति में सिर हिलाते भास्कर ने नमस्ते कुबूल की।

झालानी बोरीवली वैस्ट पहुंचा।

आगे उसकी मंज़िल द्वारका अपार्टमेंट्स, महावीर नगर था।

उसने ग्राउन्डफ्लोर के एक फ्लैट की कॉलबैल बजाई।

दरवाज़ा खुलने में थोड़ी देर लगी – शायद पीपहोल से आगन्तुक को परखा जा रहा था – फिर चौखट पर एक जींस-स्कीवीधारी महिला प्रकट हुई।

"यस?" – वो सहज भाव से बोली।

"कोंपल!" – झालानी मधुर स्वर में बोला – "कोंपल मेहता?"

"हू इज़ आस्किंग?"

"मैं पंकज झालानी। 'एक्सप्रैस' का रिपोर्टर। कल आपसे फोन पर बात हुई थी?"

"मुझे नहीं मालूम कौन हो!"

"बताया तो है कौन हूँ! सूरत से नहीं पहचानता लेकिन अभी आवाज़ तो बराबर पहचानी न मैंने!"

"तो?"

"कहती थीं चान्द पर रहती हूँ। इत्तफाक से आपका मुम्बई आना हो गया इसलिए जहां आप थीं, वहां पहुंच गया; चान्द पर होतीं तो चान्द पर भी पहुंचता यकीनन।"

"पीछा छोड़ना नहीं सीखे?"

"नहीं। ये करतब सीखा होता तो किसी और कारोबार में होता।"

"यहां पहुंच गए!"

"मॉडर्न टैक्नालोजी ने दुनिया बहुत छोटी कर दी है।"

"कैसे पहुंच गए?"

"मोबाइल लोकेशन ट्रैकिंग से आसरा मिला न!"

"उससे ये पता लग गया कि कोंपल मेहता कहां रहती थी?"

"उससे ये पता लग गया कि जब मैंने कोंपल मेहता से मोबाइल पर बात की थी तो वो कहां थी!"

"अब टलने का क्या लोगे?"

"टल तो मैं फ्री में जाऊँगा लेकिन दो मिनट बात हो जाती तो अहसान होता।"

"यानी दो मिनट बाद टलोगे?"

"आपका हुक्म होगा तो।"

"ओके। करो बात।"

"दो मिनट बैठ जाते तो . . ."

"मैंने तुमसे बात करना कुबूल किया है, सिर पर बिठाना कुबूल नहीं किया। ऐसे ही बोलो।"

"हुक्म सिर माथे। सुनिए। दो हफ्ते पहले तारदेव थाने का कदम नाम का एक सब-इन्स्पेक्टर आपको बन्दरगाह के इलाके से पकड़ कर अपने थाने लेकर आया था और आपको वहां एसएचओ उत्तमराव भारकर के हवाले किया था। याद आया?"

"आगे बढ़ो।"

"कहने वाले कहते हैं कि आप ड्रग्स के साथ पकड़ी गई थीं, थाने में आपकी

बाकायदा जामातलाशी हुई थी और तलाशी में आपके पास से एस्टेसी नाम के पार्टी ड्रग की गोलियाँ बरामद हुई थीं। आप रंगे हाथों पकड़ी गई थीं, बावजूद इसके न कोई केस दर्ज हुआ था, न कहीं बरामदी दर्ज हुई थी और आपको वहां से चला जाने दिया गया था। ऐसा क्योंकर हो पाया?"

"कौन हैं वो कहने वाले जो कहते हैं?"

"हैं ही कोई।"

"नाम लो उनका।"

"हैं ही कोई। ख़ामख़ाह तो कुछ नहीं होता! बेबुनियाद तो कुछ नहीं होता! कहीं धुआं उठता है तो वहां आग भी होती ही है!"

"कहां देखा धुंआ? कैसे देखा? कब देखा?"

"मैडम, मीडिया को बहुत जानकारी है जो गुमनामी की शर्त पर हासिल होती है। ज़िम्मेदार, कमिटिड मीडिया पर्सन कभी जानकारी का अपना ज़रिया उजागर नहीं करता। ए न्यूज़पेपर मैन नैवर रिवील्ज़ हिज़ सोर्स ऑफ इन्फो। यकीन जानिए मैंने कोई बात हवाबाज़ी में नहीं कही है। कोई तीर अन्धेरे में नहीं छोड़ा है।"

"बात खत्म हो गई?"

"नहीं, अभी बाकी है। आपका हिन्ट पकड़ा मैंने। बोलता हूँ आगे। बकौल आशीश पारेख, मैनेजर 'स्पैक्ट्रा' बार, बन्दरगाह का इलाका एक अरसे से आपका कार्यक्षेत्र था, एक अरसे से आप वहां से ऑपरेट कर रही थीं फिर भी थाने से निजात पाते ही आप वहां से गायब हो गईं, साउथएण्ड से ही गायब हो गईं। गायब भी ऐसी हुईं कि अपने मौजूदा मुकाम के बारे में आप किसी को कोई हिन्ट तक देने को तैयार नहीं थीं, आशीश पारेख को भी नहीं, जो कि फैलो गुजराती होने के नाते आपका फ्रेंड था, वैलविशर था। आप इस बात को भी खातिर में न लाईं कि एक अरसे से आप पोर्ट एरिया में सैट थीं और वहां से अपना धन्धा कन्डक्ट कर रही थीं जबकि थोड़े किए यूं जमा जमाया धन्धा छोड़ के – खड़े पैर छोड़ के – कोई नहीं जाता।"

"वो मेरा नुकसान है। तुम्हें क्या प्रॉब्लम है?"

“नुकसान से कोई प्रॉब्लम नहीं – नफा नुकसान आपका है, उसकी आपको बेहतर समझ है – लेकिन साउथएण्ड से आपके एकाएक ग़ायब हो जाने से प्रॉब्लम है। हर बात की कोई वजह होती है, वो वजह मेरे को मालूम होनी चाहिए।”

“क्यों मालूम होनी चाहिए?”

“क्योंकि मैं पत्रकार हूँ, ख़बरची हूँ और ख़बरें सूंघना मेरा कारोबार है। क्यों एक थाने के थानेदार ने आपको ड्रग्स के साथ पकड़ा होने के बावजूद छोड़ दिया, बिना ड्रग्स की वसूली रिकॉर्ड किए, बिना कोई केस दर्ज किए छोड़ दिया? क्यों छूटते ही आपने यूं पोर्ट एरिया से किनारा किया जैसे पीछे प्रेत लगे हों। हालात से साफ ज़ाहिर हो रहा है कि जो आपने आनन-फानन किया, वो किसी दबाव के तहत किया। वाणी को और मुखर करूँ तो तारदेव थाने के एसएचओ उत्तमराव भास्कर के दबाव में किया। अन्धे को भी दिखाई दे रहा है कि आपको मजबूर किया गया साउथएण्ड छोड़ने के लिए और – बिज़नेस ऑर नो बिज़नेस – इस हिदायत के साथ कहीं दूर निकल जाने के लिए कि आइन्दा कभी आप साउथएण्ड के करीब न फटकें। कोंपल जी, वो क्या मजबूरी थी जिसने आपको खड़े पैर दरबदर किया? आप पर क्या दबाव है जिसके तहत तारदेव थाने में आपके साथ जो बीती, उसे आप ज़ुबान पर नहीं लाना चाहतीं?”

“मैं नहीं बता सकती।” – उसके स्वर में दृढ़ता का पुट आया।

“क्यों नहीं बना सकतीं? कौन रोकेगा आपको उस बाबत ज़ुबान खोलने से? फिर भी आप ज़ुबान खोलेंगी तो वो आपका क्या बिगाड़ लेगा?”

“मैं नहीं बता सकती। पीछा नहीं छोड़ रहे हो, इसलिए बस इतना कह सकती हूँ कि मेरी ज़ुबान को हमेशा के लिए ताला ही मेरी सलामती की गारन्टी हो सकता है . . . अभी सुनते रहो, बीच में न टोको, टोकोगे तो जो सुन रहे हो वो भी नहीं सुन पाओगे . . . तुम बात को यूं समझो कि मैं अकेली औरत, मजबूर औरत जो भारी जद्दोजहद से चार पैसे कमा पाती है ताकि उसे भूखी न सोना पड़े, किसी से बैर मौल लेना अफोर्ड नहीं कर सकती। और कोई भी कौन? हाकिम! पुलिस का बड़ा, ताकतवर हाकिम! एक थाने का थानेदार!”

"वो चाहता है कि आप किसी मामले में अपनी ज़ुबान बन्द रखें?"

"हां।"

"नहीं रखेंगी तो क्या होगा? फिर गिरफ्तार कर ली जाएंगी?"

"जान से जाऊँगी। यकीनी तौर पर।"

"समाज में इतना अन्धेर नहीं है अभी।"

"इतना ही अन्धेर है। इससे ज़्यादा है। जाबर की मुखालफत करके उसके क़हर से कोई नहीं बच सकता।"

"जाबर एक पुलिस ऑफिसर! एक थाने का थाना प्रभारी!"

"कोई भी। मिस्टर रिपोर्टर, मेरी ज़ुबान बन्द है, फिर भी मेरी जान को ख़तरा है, ज़ुबान खोलकर कैसे मैं ज़िन्दा कर पाऊंगी?"

झालानी अवाक् उसका मुंह देखने लगा।

"अब मेरे पर रहम खाओ और मेरी जान छोड़ो। मैं तुम्हें कुछ नहीं बता सकती। मजबूर करोगे तो . . . हाकिम से ज़्यादा ज़ुल्म करोगे। इसके अलावा मुझे और कुछ नहीं कहना।"

कुछ क्षण ख़ामोशी रही।

"एक बात और।" – फिर वो यूं बोली जैसे कोई भूली बात याद आ गई हो – "मेरे लिए हैरानी की बात है कि तुम यहां पहुंच गए और मेरे सामने आ खड़े हुए। ताकीद है कि आइन्दा तुम मुझे यहां नहीं पाओगे। तुम्हारे मुंह फेरते ही मैं यहां से चली जाऊँगा, फिर टैक्नॉलोजी मॉडर्न हो या अल्ट्रा मॉडर्न हो, मेरी हवा नहीं पा सकोगे। इस सिलसिले में अपनी नादानी से मैं एक बार चूक गई, दोबारा मेरे को ऐसी गलती करते नहीं पाओगे। मैं नहीं मिलूंगी, भले ही करतबी मोबाइल लोकेशन ट्रैकिंग पर तुम्हारा कितना भी फेथ हो। समझ गए?"

"समझ तो गया लेकिन . . ."

"ये फ्लैट मेरी एक फ्रेंड का है जो यहां अकेली रहती है इसलिए कुछ दिन के लिए उसने मुझे यहां शरण देना कुबूल किया था। अब मुझे कोई और आसरा तलाश करना होगा, दिक्कत होगी लेकिन करूँगी।"

"आपको कुछ करने की ज़रूरत नहीं होगी।" – झालानी निर्णायक भाव से

बोला – "आप शौक से यहीं रहें, फिर कभी आपको मेरी शक्ल नहीं दिखाई देगी। मेरा काम जानकारी हासिल करना है, इस सिलसिले में किसी के गले पड़ना नहीं है क्योंकि मैं स्क्राइब हूँ, पुलिस नहीं हूँ। मैं दरख़्वास्त कर सकता हूँ, इसरार कर सकता हूँ, जानकारी हासिल करने के लिए ज़बरदस्ती नहीं कर सकता। जबरदस्ती गुंडे बदमाशों का काम है या . . . पुलिस का। मैं तो सिर्फ आप सरीखे शहरी की कॉशंस को कचोट सकता हूँ। बहरहाल, आप यहीं रहिए, मेरी वजह से आपको कोई परेशानी नहीं होगी। आपकी इजाज़त के बिना मैं आपके करीब भी नहीं फटकूंगा। ये पंकज झालानी का वादा है। ये 'एक्सप्रैस' का आश्वासन है।"

वो आश्वस्त दिखाई देने लगी।

"ये मेरा विज़िटिंग कार्ड है, इस पर मोबाइल समेत मेरे कई नम्बर दर्ज हैं। कभी ख़याल बदल जाए जो फोन लगाइएगा।"

वो पहले ही इंकार में सिर हिलाने लगी।

"हालात बदले पाएं तो कम से कम तब तो फोन कीजिएगा!"

"हालात कैसे बदल जाएंगे?"

"इस बाबत मैं कुछ नहीं कहना चाहता, सिवाय इसके कि जाबर ने भी अमृत नहीं पिया होता। कुछ फैसले इंसान के हाथ में होते हैं तो कुछ फैसले भगवान के हाथ में भी होते हैं। भगवान का फैसला कभी आपको अपने हक में होता लगे तो फोन कीजिएगा।" – उसने अपलक कोंपल की तरफ देखा – "करेंगी?"

कोंपल ने हिचकिचाते हुए रज़ामंदी में सिर हिलाया।

"गॉड ब्लैस यू, मैम।"

सर्वेश सावंत पशेमान था।

सात दिन पहले की ख़ूनी वारदात ने उसे अन्दर तक हिला दिया था। उसके पार्टनर के साथ जो डबल ट्रेजेडी हुई थी, उसने पुणे से आए उसके मां बाप का ये हाल कर दिया था जैसे कि अभी मरे कि मरे। दिन में रोज़ वो उनका हालचाल पूछने, उन को सांत्वना देने तुलसीवाडी जाता था। कभी नहीं जा पाता था तो बार के क्लोज़िंग टाइम से दो घन्टे पहले उठकर जाता था और फिर बार में वापिस

नहीं लौटता था, सीधा घर जाता था।

आज ऐसा ही दिन था।

वो अपनी कार ड्राइव कर रहा था जबकि उसे अहसास हुआ कि पीछे कोई था। तत्काल उसने कार को साइड में रोका और डोम लाइट जलाई।

पिछली सीट पर विनायक घटके मौजूद था।

"हल्लो बोलता है बाप, अंग्रेज का माफिक।" – वो सहज भाव से बोला।

"तू!" – सावंत भौंचक्का सा बोला – "यहां!"

"अभी है न! और बाप, रिस्पैक्ट से बोलने का। मैं बोला न, रिस्पैक्ट से!"

"तू साला टपोरी!"

"पहले परेरा बॉस का इम्पॉर्टेंट कर के भीड़ू भूल गया तो याद दिलाता है।"

"भीतर कैसे घुसा?"

"मामूली लॉक! मामूली काम? ऐसे घुसा।"

"वजह?"

"तुम साला अपने बार में सी सी करके टीवी फिक्स करके रखा। अपुन को साला मालूम थाइच नहीं। साला कैमरा में मेरा विजिट रिकॉर्ड हुआ, मेरे को पिराब्लम। इस वास्ते इधर।"

"क्यों?"

"बात करना मांगता है न!"

"तू क्या बात करना मांगता है?"

"बोले तो अपना बात कोई नहीं। परेरा बॉस का बात करना मांगता है न, जो एक टेम पहले भी किया पण वो टेम साला कान से मक्खी उड़ाया। नतीजा देखा न!"

"तूने मेरे पार्टनर का और उसकी बीवी का खून किया। साले, तू नहीं बच सकता।

"काहे बोम मारता है, बाप! वो काम तो वो पुलिसवाला किया जो टंग गया खुदीच। अभी पूछो वो क्यों किया?"

"क-क्यों किया?"

"क्योंकि मेरा माफिक वो भी परेरा बॉस का ख़ास।"

"नॉनसेंस! गैट आउट।"

"क्या बोला, बाप?"

"बाहर निकल।"

"अभी बात करता है, न!"

"बाहर निकल।"

"अभी। अभी पहले तुम्हेरे को याद दिलाना मांगता है, बाप, कि परेरा बॉस जो मांगता है, वो मांगता है। परेरा बॉस की पीठ पर कराची वाले 'भाई' का हाथ है, इस वास्ते जो वो मांगता है, हासिल करके रहता है। एक बार तुम उसकी मांग को नक्की बोला तो नतीजा देख लिया?"

"क्या करेगा? मेरे को भी मार देगा?"

"नहीं। परेरा बॉस को दूसरा पार्टनर – जो अभी जिन्दा है, जो कि सर्वेश सावन्त है, जो कि तुम है – जिन्दा मांगता है, कोऑपरेटिव करके माईंड का जो फ्रेम होता है, उसमें जिन्दा मांगता है। परेरा बॉस को ऑलिव बार में पार्टनरशिप मांगता है, साला एक पार्टनर भी पीछू सलामत नहीं होगा तो पार्टनरशिप साला किससे करेगा?"

सावन्त के चेहरे पर असमंजस के भाव आए।

"परेरा बॉस बहुत इस्ट्रेट कर के भीड़ू है, खाली-पीली में पिराब्लम नहीं मांगता, गलाटा नहीं मांगता, पंगा नहीं मांगता, इस वास्ते उसको पक्की कि जब पिछले हफ्ते का तुलसीवाडी का गलाटा फिनिश हो जाएगा तो तुम ख़ुद ही परेरा बॉस को अप्रोच करेगा और सुलह की कोई सूरत निकालेगा। नहीं निकालेगा तो वो बोलेगा कि तुम पंगा लेता है। अभी पंगे का जवाब तो कड़क कर देने का न परेरा बॉस को!"

"क्या करेगा? मेरे पार्टनर की तरह मेरे को मार नहीं देगा तो क्या करेगा?"

"मालूम पड़ेगा न! पहले भी जो हुआ, हो चुकने के बाद ही मालूम पड़ा न!"

"फिर भी बोल, क्या करेगा?"

"क्या बोलेगा, बाप। अभी जो मैं बोले, वो पक्की करने का।"

"क्या?"

"खार में रहता है न! फैंसी फिलेट में?"

"तो?"

"विधवा मां! बीवी! तीन बच्चे! तीनों लड़कियां! क्या?"

सावंत का दिल ज़ोर से धड़का।

"बाप, किस को पहले कमती देखना पसन्द करेगा?"

सावन्त को अपना कलेजा उछल कर मुंह को आता लगा।

"तेरा बॉस इतना ज़ुल्म करेगा? एक मासूम बच्ची को . . ."

"ऐसे मौके पर बॉस बोलता है कुछ।"

"क्या?"

"पर्सनल कर के कुछ नहीं। खाली बिजनेस।"

"मैं . . . मैं पुलिस प्रोटेक्शन हासिल करूँगा।"

"करना। फिर देखना कब तक पुलिस प्रोटेक्ट करती है!"

सावंत ने ज़ोर से थूक निगली।

"पुलिस किसी को हमेशा प्रोटेक्शन देती नहीं रह सकती। कोई बड़ा नेता हो तो बात दूसरा है। पण तुम तो बड़ा नेता है नहीं। बॉस वेट करेगा, टेम आएगा तो एक्ट करेगा। तुम टिराई करना पुलिस प्रोटेक्शन।"

"मैं तेरे बॉस के खिलाफ एफआईआर दर्ज कराऊंगा।"

"कराना। साला कुछ हाथ नहीं आएगा। पुलिस पहले तो रपट दर्ज ही नहीं करेगी, करेगी तो कुछ साबित नहीं कर पाएगी।"

सावंत के चेहरे पर चिन्ता के भाव गहन हो गए।

"अभी मेरे को, बोले तो परेरा बॉस को, फाइनल कर के जवाब मांगता है।"

सावंत ख़ामोश रहा।

"बोले तो जवाब न देना भी जवाब! जाता है, बाप, गुड नाइट बोल के।"

घटके ने डोर हैंडल की तरफ हाथ बढ़ाया।

"ठहर!" – सावंत एकाएक व्यग्र भाव से बोला – "ठहर जरा।"

घटके के हैंडल से हाथ वापिस खींच लिया और घूमकर सावंत पर सवालिया निगाह डाली।

"टाइम!" – सावंत दबे स्वर में बोला – "टाइम मांगता है मेरे को।"

"किस वास्ते? बॉस के आफर पर सोचने का वास्ते . . ."

"सोच तो मैं चुका।"

". . . या उसपर एक्ट करने का वास्ते?"

"एक्ट करने के वास्ते।"

"बोले तो बढ़िया। गुड न्यूज। बॉस खुश होगा।"

"मेरे को टाइम चाहिए।"

"काहे?"

"अरे, ऑलिव बार पार्टनरशिप बिजनेस है। अभी एक पार्टनर मर गया तो उसकी फैमिली के साथ . . ."

"फैमिली भी किधर? बीवी भी मर गई। बच्चे थे नहीं!"

"मां बाप तो हैं! वो पहले ही सवाल कर रहे हैं कि पार्टनरशिप कैसे सैटल होगी!"

"कैसे होगी?"

"दो तरीके हैं। या तो वो अपना हिस्सा एकमुश्त कबूल कर लेंगे या नायक की जगह वो पार्टनर बने रहेंगे।"

"वान्दा किधर?"

"वान्दा पहली आप्शन में है। अगर उन्होंने एकमुश्त हिस्से की मांग की तो इतनी बड़ी रकम मैं खड़े पैर अदा नहीं कर पाऊंगा।"

"इस वास्ते टेम मांगता है?"

"हां।"

"कितना?"

"पन्द्रह दिन।"

"नक्को।" – घटके ने मजबूती से इंकार में सिर हिलाया।

"वॉट नक्को! ये फैसला तूने करना है या तेरे बॉस ने करना है?"

“मेरे को करने का। ये टेम बॉस मेरे को फुल पावर दिया।”

“ओह! तो एक हफ्ता!”

“तीन दिन।”

“क्या! अरे, इतने कम टेम में . . .”

“बाप, उन लोगों को दूसरा, जो तू ऑप्शन करके बोला, कुबूल तो काहे वास्ते तुम्हेरे को ज्यास्ती टेम मांगना होएंगा?”

“अगर पहला ऑप्शन . . .”

“तो बॉस को कान्टैक्ट करना। अभी तीन दिन फाइनल। क्या!”

सावंत ने अवसादपूर्ण भाव से सहमति में सिर हिलाया।

रात को डेढ़ बजा था जबकि जसमिन अपने फ्लैट पर पहुंची।

उसका फ्लैट बधवार पार्क कोलाबा के रेलवे क्वार्टर्स में था। क्वार्टर सरकारी थे लेकिन जिनको अलॉट होते थे, वो उनको आम सबलेट करते थे और किराया बिना रसीद जारी किए नकद पाते थे।

ऐसा ही एक क्वार्टर जसमिन के कब्ज़े में था।

वो क्वार्टर अंग्रेज़ के टाइम के बने हुए थे इसलिए उनके निर्माण में आज के बेतहाशा महंगाई के टाइम की किफायत नहीं बरती गई थीं। छतें नार्मल से कहीं ऊंची थीं और बाहरी खिड़कियों दरवाज़ों के ऊपर छत के साथ लगे रौशनदान थे जो आज के वक्त में शायद ही कभी खोले जाते थे। यही हाल बैठक में मौजूद आतिशदान का था जिसमें कभी आग नहीं जलाई जाती थी – अब मुम्बई में इतनी ठण्ड पड़ती ही नहीं थी कि आतिशदान में आग जलाने की नौबत आती। किचन और बाथरूम फ्लैट के इकलौते बैडरूम से बस ज़रा ही छोटे थे। बाथरूम में अंग्रेज़ों की निशानी, एक बाथ टब था जो कि बतौर बाथ टब कभी इस्तेमाल नहीं होता था, ख़ाली मैले कपड़े डम्प करने के काम आता था।

उसका फ्लैट दूसरी मंज़िल पर था। उसने मेन डोर का ताला खोला और दरवाज़े को भीतर की तरफ धक्का दिया।

रात डेढ़-दो बजे ‘ब्लैक ट्यूलिप’ से उसकी वापिसी उसके लिए आम बात

थी। वो बार से डिनर करके आती थी, वहां पहुंचते ही सो जाती थी और अक्सर दोपहर से पहले नहीं उठती थी।

उसने फ्लैट के भीतर कदम रखा तो अनायास उसे अहसास हुआ कि भीतर कोई था।

फिर ख़ुद ही उसे अपनी बात बेबुनियाद लगने लगी।

फ्लैट से आवाजाही का एक ही रास्ता था जिसका ताला खोलकर वो भीतर दाखिल हुई थी। कैसे कोई भीतर हो सकता था? था तो उसकी आमद पर भी ख़ामोश क्यों था?

नॉनसेंस!

सब उसके थके हुए दिमाग का फितूर था।

उसने मेनडोर को भीतर से बन्द किया और बिजली का स्विच आन किया।

एक सोफाचेयर पर दरवाज़े की ओर मुंह किए उत्तमराव भारकर बैठा था।

उसके प्राण कांप गए। दिल इतनी जोर से उछला कि मुंह को आता लगा। चेहरे से यूं ख़ून निचुड़ा जैसे बेहोश होने लगी हो।

"हल्लो!" – वो सहज भाव से मुस्कराता बोला – "वैलकम होम!"

"तु-तुम!"

"और कौन!"

"भीतर कैसे आए!"

"मैं हवा हूँ, मुझे कहीं आने से कौन रोक सकता है!"

"मज़ाक न करो।"

"भई, मैं थानेदार हूँ, थाने के मालखाने में ऐसा पकड़ा गया बहुत माल होता है जो थाना प्रभारी के कन्ट्रोल में होता है। हाल में एक लॉकबस्टर पकड़ा गया था जिसकी प्रोफेशनल टूल किट, की-ब्लैंक्स, मास्टर-कीज़ जैसा सब साजोसामान मालखाने में जमा था। काम आया न आज!"

"मतलब जान सकती हूँ मैं इस हरकत का?"

"मतलब से तू नावाकिफ नहीं है, खाली ये बात तेरे को परेशान कर रही है कि रात की इस घड़ी मैं तेरे लाक्ड फ्लैट के भीतर मौजूद हूँ।"

"क्यों मौजूद हो? क्या साबित करना चाहते हो इस बेहूदा, गैरकानूनी हरकत से? कैसे पुलिस वाले हो तुम?"

"सच पूछे तो मैं तेरे को यही समझाने आया हूँ कि कैसा पुलिस वाला हूँ मैं।"

"कैसे पुलिस वाले हो?"

"उस काले नाग जैसा पुलिस वाला हूँ जिसका काटा पानी नहीं मांगता।"

"यूं अभी कितनी बार डराओगे?"

भास्कर दान्त किटकिटाने लगा।

"पता नहीं कब से यहां हो! अब तक फ्लैट की कोई जगह छोड़ी तो नहीं होगी वीडियो क्लिप की तलाश में! या मैं जल्दी आ गई और इस वजह से तलाशी मुकम्मल न हो पाई, कुछ जगह रह गईं पड़ताल से!"

भास्कर ने उत्तर न दिया।

"तुम एक बात भूल रहे हो। वो वीडियो क्लिप रहे या न रहे, तुम्हारी वहशी करतूत की चश्मदीद गवाह मैं फिर भी हूँ। कैसे मेरी आंखों के सामने तुमने अनिल गोरे को, अपने मातहत को, उसके घर में सूली पर लटकाया था, ये मैं भूल नहीं गई हूँ!"

"तू मेरे खिलाफ गवाही देगी?"

"कल के कौल-करार से मुकरोगे तो कुछ तो करूँगी! मुझे तुम्हारी नीयत बद् होती जान पड़ती है। लेकिन जितना मर्जी जोर लगा लेना,मेरी मांग पर खरा उतर कर दिखाए बिना जिस शिकंजे में तुम जकड़े गए हो, उससे नहीं निकल पाओगे। कोशिश करके देख लेना, कल का वक्त अभी है तुम्हारे पास।"

"तेरे पास भी है।"

"क्या बोला?"

"जोड़ीदार से मशवरा करना होगा न! आगे की कोई स्ट्रेटेजी सैट करनी होगी न!"

"जोड़ीदार से?"

"हां। है न?"

"है। उसी से तो परसों तुम्हें फोन कराया था।"

"एक ही है?"

"कई हैं। बारी-बारी पेश होंगे न!"

"उसकी बोल जिससे कहती है कि फोन कराया था। वो तो ज़रूर ख़ास होगा!"

"दिमाग तीखा पाया है। हर बात झट भांप जाते हो। बधाई। अब गुडनाइट बोलो और मेरे को सोने दो।"

भारकर उठ खड़ा हुआ और बोला – "मैं तेरे को लोरी दे के सुलाता हूँ न!"

"क्या बोला?"

"बोला नहीं, किया।"

"क्या?"

"ये।"

भारकर के हाथ में रेत से ठुंसी एक जुराब प्रकट हुई जिसके खुले सिरे को गांठ लगी हुई थी। रेत भरी जुराब का भरपूर वार उसने जसमिन की खोपड़ी पर किया।

जसमिन के मुंह से कराह भी न निकली, उसकी आंखें मुंदने लगीं, शरीर लहराने लगा लेकिन इससे पहले कि वो बैठक के फर्श पर ढेर होती, भारकर ने उसे अपनी बांहों में थाम लिया।

जैसा वार उसने जसमिन पर किया था, वैसा रेतभरी थैली से किया जाने पर चमड़ी नहीं फटती थी, गूमड़ नहीं निकलता था। वो रेतभरी थैली भी उसे मालखाने में तभी दिखाई दी थी जबकि वो मालखाने में जेबकतरे की टूल किट और चाबियां कब्ज़ा रहा था।

उसकी बांहों में ही जसमिन की चेतना लुप्त हो गई।

जसमिन को जब होश आया तो उसकी समझ में ही न आया कि वो कहां थी और कब तक अचेत रही थी। उसने फड़फड़ा कर आंखें खोलीं तो पाया कि बाथटब में पड़ी थी। घबरा कर उसने उठने की कोशिश की तो वो हिल भी न सकी। फिर उसे मालूम पड़ा कि उसकी दोनों टांगे मज़बूती से टखनों के करीब आपस में बंधी हुई थीं, दोनों बांहें आजू-बाजू उसके जिस्म के साथ यूं जकड़ी हुई थीं कि

वो सिर्फ कलाइयों के आगे से उंगलियां हिला सकती थी। उसकी कमर के गिर्द एक और रस्सी थी जो बाथटब के उन लम्बे आयताकार सुराखों से गुजर रही थी जो कि टब में दाखिल होते समय या निकलते समय हैंडल के तौर पर काम आते थे। अपनी वर्तमान पोज़ीशन में वो या अपने हाथ पांव के पंजे हिला सकती थी या गर्दन हिला सकती थी।

फिर उसकी निगाह भारकर पर पड़ी।

उसके पहले से विस्फरित नेत्र और फैल गए और अब उनमें आतंक की छाया तैर गई।

बाथरूम में ही मौजूद वो टब के करीब एक कुर्सी डाले बैठा हुआ था।

जसमिन के आने से कोई डेढ़ घन्टा पहले से वो वहां था। उस दौरान उसने सूई तलाश करने की तरह सारे फ्लैट की तलाशी ली थी। पिछले तजुर्बे के तहत कोई ऐसी खोखली जगह उसकी निगाह से नहीं बचा थी जिसमें कुछ छुपाया जा सकता था। बाथरूम में टुथपेस्ट की ट्यूब के अलावा बैडरूम में ड्रैसिंग टेबल पर कई तरह के कॉस्मेटिक्स की, लोशंस की ट्यूबें उपलब्ध थीं जिनकी पड़ताल के लिए, अब वो जानता था कि, उन्हें पेंदे से काट कर खोलना भी ज़रूरी नहीं था। वहीं ड्रैसिंग टेबल पर ही एक लम्बी सलाई पड़ी थी जो उसने काबू में की थी और हर ट्यूब का ढक्कन खोल कर, ट्यूब में पेंदे तक सलाई फिरा कर तसल्ली की थी कि भीतर पेस्ट के अलावा कुछ नहीं था।

अब वो दावे के साथ कह सकता था कि वीडियो क्लिप, या उसकी कोई कॉपी, फ्लैट में कहीं नहीं थी।

उसे पहले से ख़बर थी कि जसमिन रात एक बजे के करीब बार से छुट्टी करती थी और डेढ़ बजे तक घर पहुंचती थी। उसकी आमद से पहले वो फ्लैट की सारी बत्तियां बुझा कर बैठक में जाकर बैठ गया था।

"हल्लो!" – वो बोला – "जाग गई! लोरी सुने बिना सोईं न, इसलिए जल्दी जाग गईं।"

"क-क-क्या . . . क्या . . ." – वो बड़ी मुश्किल से बोल पाई।

"'क-क्या' भी मालूम पड़ता है, पहले तू मेरी एक ज़रूरी बात सुन ले।"

"क-क्या?"

"चिल्लाने की कोशिश की तो वही जुराब हलक में ठूंस दूँगा जिससे तेरी खोपड़ी सेकी थी। क्या!"

जसमिन के मुंह से बोल न फूटा।

"वीडियो क्लिप की बाबत तू बेशक कुछ न बताना लेकिन एक कहानी मैंने तेरे साथ करनी है, वो जरूर सुन ले। तेरे को पसन्द आने वाली कहानी है इसलिए ज़रूर ही सुन ले। सुन रही है?"

सप्रयास उसने सहमति में सिर हिलाया।

"मैं तेरे से बिल्कुल सवाल नहीं करूँगा कि वीडियो क्लिप कहां छुपाई तूने। मैं खाली हथेली की तरफ तेरी कलाईयों पर ब्लेड से एक छोटा सा, लम्बा सा – कोई दो इंच लम्बा – कट मारूंगा, नतीजतन कलाईयों पर से खून रिसने लगेगा – ऐसे कि तेरे को ख़बर ही नहीं लगेगी कि ऐसा कुछ हो रहा था। लेकिन कलाइयों की नसें कट जाने की वजह से खून का रिसना तब तक बन्द नहीं होगा जब तक कि जिस्म का सारा ख़ून नहीं निचुड़ जाएगा, प्राण नहीं निकल जाएंगे। जो कुछ होगा, बहुत सुस्त रफ्तार से होगा इसलिए हो सकता है आखिरी सांस आ चुकने तक ढाई तीन घन्टे लग जाएं। आशिकी में खता-खायी नौजवान लड़कियों में ख़ुदकुशी करने का ये बड़ा पापुलर तरीका है जिसमें, यूं समझो कि, बिल्कुल तकलीफ नहीं होती। पहले धीरे-धीरे बेहोशी तारी होती है फिर पता ही नहीं लगता कि कब गणपति बप्पा ने अपने पास बुला लिया। क्या!"

दाता!

हाकिम के खिलाफ कत्ल का चश्मदीद गवाह होने का जो हवाला एक कारगर धमकी का रुख अख़्तियार करने वाला था, वही अब उसकी मौत का फरमान बनता जान पड़ रहा था।

"तु-तुम . . . तुम ऐसा नहीं कर सकते।" – बड़ी कठिनाई से वो बोल पाई – "यूं तुम मेरी जान ले सकते हो, अपनी जान नहीं बचा सकते क्योंकि तुम्हें वीडियो क्लिप की हवा भी नहीं लगेगी। फिर तुम्हारा क्या होगा?"

"परवाह नहीं मेरे को। मैं खतरों का खिलाड़ी हूँ – हूँ नहीं तो हालात ने मुझे

अब बना दिया है। अभी पहले मैं तेरा 'तुम्हारा क्या होगा' देख लूं फिर देखूंगा, सोचूंगा कि मेरा क्या होगा। तेरे जैसी धमकी की तलवार गोरे भी लटकाए था मेरे सिर पर! खतरे से खेला न मैं! मुकाबला किया न उसका – उस आस्तीन के सांप का! आखिर जो नतीजा निकला, वो मेरे को माफिक आया न! मेरे खिलाफ उसके पास जो कुछ था, वो घर में ही छुपाए था क्योंकि वो तो श्याना था, मैं साला खजूर था। क्योंकि उसे यकीन था कि खुफिया जगह की मुझे ख़बर नहीं लग सकती थी। लेकिन लगी न आखिर! क्या!"

उसके मुंह से बोल न फूटा।

"साला हरामी कभी बोलता था वीडियो क्लिप थी ही नहीं, कभी बोलता था एक ख़ास जगह महफ़ूज़ थी। क्या ख़ास जगह? उसके बाथरूम में पड़ी टुथपेस्ट की एक ट्यूब। अब तू बोल, तेरी ख़ास जगह कौन सी है, कहां हैं? घर में है या घर से बाहर है? और जोड़ीदार का नाम न लेना क्योंकि जोड़ीदार कोई नहीं है।"

उसके चेहरे पर सकपकाहट के भाव आए।

"सकपकाती क्या है? बेध्यानी में ख़ुद तेरे मुंह से निकला था कि किसी तीसरे को इनवॉल्व करने की तेरी कोई मंशा नहीं थी। ख़ुद तेरे मुंह से निकला क़ि हासिल रकम का कोई शेयर होल्डर खड़ा करने का तेरा कोई इरादा नहीं था। कोई जोड़ीदार होता तो मेरे को फोन तूने उससे करवाया होता, फोन पर आवाज़ बदल कर बोलने की ड्रिल न की होती। वैसे भी ख़ुद फोन न करना तेरी मूर्खता थी क्योंकि जोड़ीदार नहीं भी था तो आखिर तो मेरे रूबरू तुझे होना ही पड़ना था, क्योंकि वसूली के लिए किसी जोड़ीदार का भरोसा तू नहीं करने वाली थी। क्या?"

वो ख़ामोश रही, उसने अपने सूखे होंठों पर ज़ुबान फेरी।

"अभी बोल, वीडियो क्लिप छुपाने की तेरी खुफिया जगह कहां है? मैं एक ही बार पूछूंगा!"

वो ख़ामोश रही।

"तेरी ख़ामोशी कुबूल है मेरे को। अब देख, आगे क्या होता है!"

भारकर के हाथ में एक ब्लेड प्रकट हुआ।

जसमिन के नेत्र फट पड़े।

"कोई तकलीफ नहीं होगी" – कुर्सी से उठकर बाथटब के करीब आता वो सहज, सन्तुलित स्वर में बोला – "कुछ पता नहीं लगेगा, खाली कलाईयों में सनसनी-सी महसूस होगी, कटी कलाईयों में नसें फड़कती-सी महसूस होंगी और ज़िन्दगी का दामन तेरे हाथ से मुतवातर छूटता चला जाएगा।"

उसने एक कलाई पर ब्लेड चलाया।

जसमिन ने चीखने के लिए मुंह खोला तो भारकर ने फुर्ती से उसके मुंह में रूमाल ठूंस दिया।

चीख जसमिन के गले में ही घुट कर रही गई।

"भरी जवानी में तेरे जान से जाने का मुझे अफसोस होगा लेकिन क्या करूँ, दो में से एक को तो जान से जाना ही होगा! तू अभी रुख़सत हो जाएगी, वीडियो क्लिप मैं न हासिल कर पाया तो मेरी मौत का सामान कर जाएगी। अभी देखते हैं क्या होता है!"

उसने दूसरी कलाई पर भी कट लगाया।

जसमिन जोर से तड़पी लेकिन रस्सियों की जकड़न को हिला भी न पाई।

भारकर ने ब्लेड वापिस जेब में रख लिया, कुर्सी बाथ टब के और करीब घसीट ली और सामने का निर्लिप्त नज़ारा करता कुर्सी पर बैठा रहा।

"इन्तज़ार और अभी, और अभी, और अभी।" – वो हौले-हौले गुनगुनाने लगा।

ऐसी ही निर्दयी प्रवृति का आदमी था थानेदार उत्तमराव भारकर उर्फ काला नाग। पहले गोरे की पंखे से टंगी लाश से निर्लिप्त उसके घर की बारीक तलाशी लेता रहा था और अब जसमिन के सिरहाने बैठा तिल-तिल करके उसे मौत के करीब होता देख रहा था।

पांच मिनट गुज़रे।

वो बड़ी मुश्किल से गर्दन नीचे झुका कर, आंखें दाएं-बाएं घुमाकर अपनी कलाईयों को देख पाती थी और जो नज़ारा उसे होता था, वो उसके सारे वजूद

पर हाहाकार बरपा देता था।

"इन्तज़ार और अभी . . ."

बन्धनमुक्त होने को तड़पती जसमिन हलक से धों-धों की आवाज़ निकालने लगी।

"कुछ कहना चाहती है?" – भारकर मीठे, हमदर्दीभरे स्वर में बोला।

बड़ी मुश्किल से वो गर्दन ऊपर से नीचे की तरफ हिला पाई।

"चिल्लाएगी तो नहीं?"

उसने पुरज़ोर इंकार में सिर हिलाया।

भारकर ने बैठे बैठे हाथ बढ़ाकर उसके मुंह से गोला बना रूमाल खींच लिया।

बोल पाने से पहले वो कई बार ज़ोर-ज़ोर से हांफी।

"कह, जो कहना है।" – भारकर बोला।

"बन्द करो! बन्द करो!" – वो आर्तनाद करती बोली – "भगवान के लिए खून बन्द करो। और कुछ होने से पहले ख़ून देखकर ही मेरा हार्टफेल हो जाएगा।"

"नहीं, भई। शेर के जबड़े में बांह देने से हार्टफेल नहीं हुआ तो ज़रा सा ख़ून रिसता देख कर क्या होगा!"

"प्लीज़! प्लीज़! बस करो।"

"वीडियो क्लिप जोड़ीदार के पास है?"

"नहीं। मेरा कोई जोड़ीदार नहीं।"

"अभी तक जो किया, ख़ुद किया?"

"हं-हां।"

"ख़ुद ही हैंडल कर लेती सब?"

"सो-सोचा . . . सोचा तो यही था!"

"पलटवार भारी पड़ गया!"

"हां।"

"अब बताने को तैयार है कि वीडियो क्लिप कहां है?"

"हां। हां। हां।"

"या फिर कोई श्यानपन्ती मगज में है?"

"नहीं। नहीं।"

"बढ़िया। पण मेरे को ऐतबार आने में टाइम लगेगा।"

"क-क्या बोला?"

"तेरी पहली कोशिश झूठ बोल के जान छुड़ाने की हो सकती है – बोले तो होगी ही – इस वास्ते अभी मेरे को वेट करना मांगता है।"

"क्या? अरे, मैं मर जाऊँगी!"

"अभी टाइम है, बहुत टाइम है। बोला न, वो नौबत आने में ढाई-तीन घन्टे लगेंगे।"

"अरे, मेरा हार्टफेल हो जाएगा।"

"नहीं होगा। मज़बूत है दिल तेरा। न होता तो इतना बड़ा पंगा ले पाई होती!"

"अरे, भगवान के लिए दया करो।"

"इन्तज़ार! इन्तज़ार!"

थोड़ा वक्त गुज़रा।

"अरे, रहम खाओ।" – वो बिलखती-सी बोली – "तुम जो हुक्म करोगे, मैं करूँगी।"

"पक्की करके बोलती है?"

"हां। हां।"

"अभी बोलेगी वीडियो क्लिप कहां छुपाई?"

"हां।"

"कोई कॉपी कहीं रखी?"

"नहीं।"

"क्यों?"

"ज़रूरी न समझा।"

"इतनी गारन्टी थी कि धमकी कारगार होगी, मैं मिमियाता लगूंगा।"

"अब क-क्या बोलूं?"

"हां या न में जवाब दे।"

"हं-हां।"

"कहां है वीडियो क्लिप?"

"बताती हूँ। पहले मेरे बन्धन खोलो और खून बन्द करो।"

"पहले बोल।"

"अरे, कम से कम खून तो बन्द करो।"

"बाद में। पहला काम पहले।"

"लेकिन . . ."

"तू कोई शर्त लगाने की पोज़ीशन में नहीं है। कोई बारगेन अवेलेबल नहीं है तेरे को। 'तू ये करेगी तो मैं वो करूँगा' जैसी कोई आप्शन तेरे सामने नहीं है।"

"मैं कोई शर्त नहीं लगा रही। मैं तो सिर्फ जानबख़्शी की इल्तजा कर रही हूँ।"

"होगी, जानबख़्शी होगी, लेकिन वीडियो क्लिप मेरे हाथ में आ जाने के बाद।"

"वादा करते हो?"

"हां।"

"मोबाइल में है।"

"किसके . . . किसके मोबाइल में है?"

"मेरे।"

"तू . . . तू वीडियो क्लिप अपने मोबाइल में रखे है?"

"हां।"

"ऐसी नादानी की वजह?"

"नादानी नहीं, स्ट्रेटेजी।"

"कैसी स्ट्रेटेजी!"

"चिराग तले अन्धेरा वाली स्ट्रेटेजी।"

"बोले तो सोचा मैं सब जगह तलाश करूँगा लेकिन ये जगह मेरे को नहीं सूझेगी!"

"हां।"

"साली डेढ़ दीमाक! क्या दूर की सूझी! मेरे को सच में ही तेरे ख़ुद के मोबाइल

का ख़याल नहीं आने वाला था। कहां है मोबाइल?"

"मेरे हैण्ड बैग में, और . . ."

"हैण्ड बैग कहां है?"

"बाहर ही कहीं होगा! ध्यान नहीं कहां छोड़ा था। तुमने डराया ही ऐसा कि . . ."

"आता हूँ।"

"अरे, ऐसे न जाओ, प्लीज़! मेरी जान जा रही है। मेरे से तो अब बोला भी नहीं जा रहा। मैं तुम्हारे लौटने से पहले मर जाऊँगी।"

"येड़ी! मैं क्या काले कोस जा रहा हूँ? अभी आता हूँ।"

उसने रूमाल वापिस जसमिन के मुंह में ठूंस दिया और बाथरूम से बाहर की ओर बढ़ा।

घों-घों करके विरोध जाताती, अपील लगाती, जसमिन पीछे तड़पती ही रह गई।

पांच मिनट में उसके आई-फोन के साथ भारकर वापिस लौटा।

जसमिन की आंखों में प्रत्याशा की चमक आई।

"मैंने" – भारकर बोला – "सिम और फोन दोनों जगहों से मैमरी इरेज़ कर दी है और इसे मैं तेरे पास यहां रख रहा हूँ।" – उसने फोन बाथ टब के चौड़े रिग पर जसमिन के सिर के करीब रख दिया – "अब तेरे को मेरे को ये यकीन दिलाना है कि वीडियो क्लिप का वजूद ख़त्म है, उसकी कोई कॉपी पीछे कहीं नहीं है।"

जसमिन ने गर्दन दाएं बाएं घुमा कर अपने बन्धनों की तरफ इशारा किया।

"उसमें अभी टाइम लगेगा। मैं इन्तज़ार करता हूँ, तू भी कर।"

तुरन्त निगाह जैसे बुझ गई।

भारकर ने उसके मुंह से रूमाल खींच कर निकाला।

"बोल सकती है?" – उसने पूछा।

"मु-मुश्किल से।"

"फिर चिल्ला तो क्या सकती होगी!"

उसकी गर्दन इंकार में हिली।

"बस थोड़ी देर और मेरे को पक्की करने दे कि तेरा झूठ बोलने का, मेरे को गोली सरकाने का कोई इरादा नहीं।"

उसका सिर ज़ोर से इंकार में हिला।

"'थोड़ी देर' बोला न मैं! उसके बाद मैं तेरे बन्धन खोल दूँगा। और तेरे को समझा दूँगा कि कलाईयों से खून का रिसना कैसे रोका जाता है।"

"क-कैसे?"

"जो रस्सियां मैं खोलूं, उन्हीं में से दो को दोनों बाहों पर कोहनी और कलाई के बीच कसके बांधना, फिर खून बहना बन्द हो जाएगा। तेरा फोन तेरे सिरहाने पड़ा है, फिर किसी डॉक्टर को फोन करना या मैडीकल हैल्प के लिए '102', या पुलिस के लिए '100' बजाना और उन्हें अपनी हालत बताना, फिर सब ठीक हो जाएगा।"

"म-मैं ये सब कर पाऊंगी? ब-बोल पाऊंगी?"

"सब कर पाएगी। रस्सियों से आज़ाद होते ही तू अपने में ताकत लौटती महसूस करेगी, फिर यकीनन वो सब कर लेगी जो मैं बोला। अब वेट कर। देख, तेरे पर ऐतबार करके अब मैं रूमाल भी तेरे मुंह में नहीं ठूंस रहा। तेरी हालत मेरे को बिगड़ती लगेगी तो जो कुछ आगे तूने करना होगा, वो सब तेरे लिए मैं करूँगा। ओके?"

उसने जवाब न दिया, उसकी आंखें धीरे-धीरे मुंदने लगीं।

"काबू में कर अपने आपको।" – वो उसे झिड़कता-सा बोला – "अभी मैंने तेरे से कुछ और पूछना है।"

उसकी पलकें फड़फड़ाईं लेकिन खुल न पाईं, होंठ हिले लेकिन मुंह से मध्दम-सी आवाज़ भी न निकली।

"अभी बोल, कॉपी कहां है?"

ख़ामोशी।

"मेरे को मालूम तू साली डेढ़ दीमाक कॉपी रखने से बाज़ नहीं आने वाली। ये भी मालूम कि तेरी पहली कोशिश इंकार में ही होती पण पहली कोशिश तू

कर चुकी। अब बोल, कॉपी कहां है? . . . चुप रहने से काम नहीं चलेगा। बोल, कॉपी कहां है? बोल! बोल! बोल!"

उसने जसमिन को कन्धा पकड़ के झिंझोड़ा।

"मो . . . मो. . .बाइल में।"

उसके मुंह से इतनी क्षीण आवाज़ निकली कि भारकर बड़ी मुश्किल से सुन पाया।

"किसके मोबाइल में?"

"म-मेरे . . . मेरे . . ."

बहक रही थी साली! मगज पर असर होने लगा था!

या हो चुका था।

"अरे, कॉपी . . . कॉपी . . . कॉपी की बोल. . ."

"मो . . . मो . . . मो . . ."

"क्या मो-मो? बोल!"

फिर ख़ामोशी।

"मेरे बाहर जाने से पहले जब तू हैण्ड बैग का बोली तो कुछ और कहने जा रही थी। अभी बोल, क्या कहने जा रही थी?"

ख़ामोशी।

"तेरे हैण्ड बैग में मैंने एक चाबियों का गुच्छा देखा था जिसमें चार चाबियाँ थी। एक चाबी से साफ पता लग रहा था कि इस फ्लैट में मेन डोर की थी। बैडरूम में एक गोदरेज की अलमारी है, एक और चाबी पर गोदरेज गुदा था इसलिए ज़ाहिर है कि उसकी थी। बैडरूम में बैड के नीचे एक ट्रंक था जिसमें पुराने जमाने का ताला था, तीसरी चाबी जरूर उस ताले की थी क्योंकि चाबी के मुंह में गोल छेद था और ऐसी चाबियां पुराने जमाने के तालों की ही होती थीं। मेरे को फ्लैट में और कहीं ताला लगा नहीं दिखाई दिया था। अभी बोल, चौथी चाबी कैसी है, कहां की है?"

जवाब नदारद।

भारकर के माथे पर बल पड़े, उसने कई क्षण अपलक जसमिन की ओर देखा।

साली किस फिराक में थी! इतनी जल्दी तो होश खाने वाली नहीं जान पड़ती थी। अभी तो जैसे-तैसे जवाब दे रही थी!

वो वापिस कुर्सी पर बैठ गया – यूं, जैसे हस्पताल में शफ़ा पाते मरीज़ के सिरहाने बैठा हो। कई क्षण उसे जसमिन की सूरत का मुआयना किया तो उसे अहसास हुआ कि वो अचेत तो थी लेकिन उसकी सांस अभी ठीक चल रही थी और शाह रग भी छूने पर साफ फड़कती जान पड़ती थी।

वान्दा नहीं।

वो हाथों में चमड़ी की रंगत के लेटेक्स रबड़ के दस्ताने पहने था जिनकी तरफ जसमिन की तवज्जो नहीं गई थी और जिनकी वजह से जसमिन के फ्लैट में कहीं – जसमिन के मोबाइल पर भी नहीं, चाबियों के गुच्छे पर भी नहीं – फिंगर प्रिंट्स छूट जाने का उसे कोई अन्देशा नहीं था।

उसके मोबाइल के 'नोट्स' में उसने पहले ही दर्ज कर दिया था:

मैं ख़ुदकुशी कर रही हूँ, मेरी मौत के लिए
किसी को ज़िम्मेदार न ठहराया जाए।
जसमिन गिल

उसने फिर मरती जसमिन का मुआयना किया।

कलाइयों से खून बदस्तूर रिस रहा था और अब उसका चेहरा कागज की तरह सफेद लगने लगा था। लेकिन बह चुके ख़ून की अपर्याप्त मात्रा बताती थी कि अभी मौत उससे दूर थी।

ये अहसास अब उसे बराबर होने लगा कि अब वो वापिस होश में नहीं आने वाली थी।

उसने उठकर उसके बन्धन खोले और रस्सियां बदस्तूर अपनी जेबों में रख लीं। फिर ग़ौर से उसने पैरों से ऊपर उसकी टांगों का मुआयना किया।

दोनों जगह टखनों से ऊपर रस्सी के बन्धने से बने लाल, वृताकार निशान साफ दिखाई दे रहे थे।

उसने बड़े सब्र से टखनों के ऊपर के उन निशानों को तब तक मसला जब

तक कि वो ग़ायब न हो गए।

बढ़िया!

वो वापिस बैडरूम में लौटा और एक बार फिर एक सोफे पर पड़े जसमिन के हैण्ड बैग पर काबिज हुआ। उसने बैग से चाबियों का गुच्छा निकाला और ग़ौर से चौथी, अनचीन्ही चाबी का मुआयना किया।

कहां क़ी थी!

वहां की इतनी बारीक तलाशी के बाद इतनी अब उसे गारन्टी थी कि वो फ्लैट की किसी जगह की नहीं थी।

क्यों थी ऐसी चाबी उसके हैण्ड बैग में जो फ्लैट में कहीं लगती नहीं थी?

बैक के लॉकर की?

हो सकती थी, वैसी लगती भी थी देखने में, लेकिन ये बात उसकी कल्पना से परे थी कि कोई अपने लॉकर की चाबी हमेशा साथ लिए फिरता हो! लॉकर की चाबी हर कोई घर में महफूज़ रखता था और बावक्ते ज़रूरत ही घर से निकालता था। लोग-बाग महीनों लॉकर नहीं खोलते थे, तो क्यों भला वो चाबी साथ ले के फिरेंगे!

नहीं, हैण्ड बैग में बाकी रोज़मर्रा के इस्तेमाल की चाबियों के साथ पिरोई गई वो चाबी किसी बैंक के लॉकर की नहीं हो सकती थी।

लेकिन लॉकर!

लॉकर!

उसके ज़ेहन में बिजली सी कौंधी।

अच्छे व्यवसायिक संस्थान अपने कर्मचारियों को लॉकर मुहैया कराते थे – ख़ासतौर से ऐसे संस्थान जिनको अपनी ड्यूटी के दौरान यूनीफार्म पहननी पड़ती थी।

बार, रेस्टोरेंट, होटल, उड्डयन ऐसे ही संस्थान होते थे।

जैसे कि 'ब्लैक ट्यूलिप'!

जहां कि जसमिन मुलाज़िम थी, स्टीवार्डेस थी, यूनीफार्म पहनती थी।

ज़रूर वो चौथी चाबी 'ब्लैक ट्यूलिप' में उसको अलॉट हुए लॉकर की थी, इसीलिए उसके हैण्ड बैग में थी क्योंकि रोज़ इस्तेमाल में आनी होती थी।

उसके ज़ेहन में बीती बातों की न्यूज़रील सी घूमी। उसे याद आया कि जब उसने उसके मोबाइल की बाबत सवाल किया था, जब जवाब में उसने हैण्ड बैग का ज़िक्र किया था तो वो कुछ और भी कहना चाहती थी लेकिन उसी के टोक देने से वो आगे नहीं बढ़ पाई थी :

"कहां है मोबाइल?"

"हैण्ड बैग में और . . ."

देवा! देवा!

जवाब का मिजाज़ ही बताता था कि वो एक और मोबाइल का ज़िक्र करने जा रही थी।

कहां है मोबाइल!

हैण्ड बैग में और फलां जगह!

फलां जगह यानी 'ब्लैक ट्यूलिप' में उसको अलॉट हुआ लॉकर!

अपने उतावलेपन में नाहक उसने उसे टोका था। वो झूठ बोलने की या कोई बात छुपाने की स्थिति में कतई नहीं थी। वो तो अतिव्यग्र थी सब सच-सच बयान कर देने को ताकि उसकी जानबख़्शी हो पाती। बाद में जब उसे उससे सवाल करना सूझा कि वो 'और' क्या कहना चाहती थी तो वो जवाब देने के हाल में नहीं रही थी – उसके झिड़की जैसे इसरार के बावजूद चाह कर भी जवाब नहीं दे पाई थी।

वो 'कहां है कॉपी' के जवाब में जब बामुश्किल 'मोबाइल . . . मोबाइल' बोल पाई थी तो उसका इशारा उस मोबाइल की तरफ नहीं था जो वो उसके हैण्ड बैग से बरामद कर चुका था, उसकी मिल्कियत उस दूसरे मोबाइल की तरफ था जो 'ब्लैक ट्यूलिप' में उसके लॉकर में महफूज था।

कॉपी दूसरे फोन में थी।

जो उसकी पहुंच से बाहर था।

देवा!

बाज़ न आई साली कॉपी का इन्तज़ाम किए बिना!

कैसी नादानी हुई थी उससे! कितना भारी पड़ा था उसका उतावलापन उसे!

उसने गुच्छे से चौथी चाबी अलग की, गुच्छे को वापिस हैण्ड बैग में डालकर

उसे यथास्थान रखा और बाथरूम में वापिस लौटा।

जसमिन की सूरत पर अब राख मली जान पड़ती थी लेकिन अब साफ़ ज़ाहिर हो रहा था कि उससे कोई सवाल करने की ख़ातिर उसे वापिस होश में लाने की कोशिश बेकार थी, उसके ख़ुद होश में आने की उम्मीद करना तो बिल्कुल ही बेकार था।

अब उसके सामने जो बड़ा काम था वो ये था कि उसने तसदीक करनी थी कि 'ब्लैक ट्यूलिप' में अन्य कर्मचारियों की तरह उसे भी लॉकर अलॉटिड था और उस लॉकर तक, उसके भीतर तक, पहुंच बनाने की उसने जुगत करनी थी।

लेकिन पहला काम पहले।

वो वापिस कुर्सी पर बैठ गया और इन्तज़ार करने लगा।

मौत के फरिश्ते का।

जिसने जसमिन की रूह की शिपिंग, फॉरवर्डिंग हैंडल करनी थी।

ऐसा ही चंगेज़ी मिज़ाज़ पाया था कड़क हाकिम ने!

भारकर के जाने वाले को अन्तिम विदा कहते सुबह के साढ़े चार बज गए।

वो सावधानी से फ्लैट से बाहर निकला। जैसा कि फिलहाल अपेक्षित था, बाहर सन्नाटा था।

जसमिन की चाबियां उसके बैग में छोड़ना जरूरी था, वर्ना सवाल होता कि वो फ्लैट में दाखिल क्योंकर हुई, इसलिए फ्लैट का मेन डोर लॉक करने के लिए उसे लॉक बस्टर की टूलकिट का आसरा लेना पड़ा। एक बार ताला खोला चुका होने की वजह से अब उसे इस काम का तजुर्बा हो गया था इसलिए ताला बन्द उसने जल्दी कर लिया।

तभी सीढ़ियाँ चढ़ता एक अधेड़ व्यक्ति वहां पहुंचा। दरवाज़े के सामने भारकर को खड़ा देखकर वो ठिठका।

"क्या मांगता है?" – वो सन्दिग्ध भाव से बोला।

"अरे, देखता नहीं" – भारकर ने नकली झुंझलाहट का इज़हार किया – "कॉलबैल बजाता है।"

"जसमिन के फ्लैट की?"

"हां।"

"मेरे को लगा कि ताला खोलता था!"

"माथा फिरेला है?"

"बोले तो अभी लगा न! जसमिन मालूम कौन?"

"हां। तभी तो मिलने आया?"

"इतनी सुबह!"

"पांच बज रहे हैं, भीड़ू।"

"अभी टेम है" – कलाई घड़ी पर निगाह डालता वो बोला – "बहुत टेम है।"

"है तो तेरे को क्या वान्दा है?"

"कोई नहीं पण, वो क्या है कि, इधर चोरी-चकारी की वारदात बहुत होने लगी हैं।"

"अच्छा! तो मैं चोर लगा तेरे को?"

"ये मैं कब बोला?"

"अच्छा! नहीं बोला!"

"तो जसमिन मालूम कौन, इस वास्ते घन्टी बजाता है!"

"हां। मैं भी 'ब्लैक ट्यूलिप' का मुलाज़िम है। मालिक ने भेजा किसी काम से। अभी कॉल बैल का जवाब नहीं मिल रहा।"

"ड्यूटी के बाद कई बार वो घर नहीं आती। साथ काम करती कलीग के साथ चली जाती है।"

"यही बात होगी . . ."

तभी उसे अहसास हुआ कि हाथों में दस्ताने वो अभी भी पहने था।

देवा!

ऐसी लापरवाही!

उसने जल्दी से हाथ अपनी जेबों में धंसाए और बोला – "जाता है।"

"हैरानी है मालिक के भेजे तुम इतनी सुबह इधर है!"

"अरे, तुम भी तो यहां हो इतनी सुबह!"

"मैं फिल्मों में जूनियर आर्टिस्ट हूँ। स्टूडियों में कई बार देर रात तक शूटिंग चलती है, इस वास्ते . . ."

"ठीक! ठीक! अभी जाने का।"

व्यस्तता जताता वो उस व्यक्ति की बगल से गुजरा और सीढ़ियाँ उतरने लगा।

टूल किट समेत हाथ जेब में धंसाने में उसे बहुत दिक्कत हो रही थी लेकिन जब तक उस व्यक्ति की निगाह उसका पीछा कर रही थी, वो हाथ बाहर नहीं निकाल सकता था।

वो व्यक्ति माथे पर उलझन के प्रतीक बल डाले तब तक भारकर को जाता देखता रहा जब तक कि वो निगाहों से ओझल न हो गया।

□□□

जसमिन अपने फ्लैट में मरी पड़ी थी, इसका पता नहीं कब तक किसी को पता न चलता अगरचे कि सुबह उसकी मेड के आने का वक्त न हो गया होता।

मेड वफादार थी, रजिस्टर्ड एजेन्सी से थी, पुलिस वेरीफाइड थी इसलिए जसमिन को उसपर पूरा भरोसा था, इतना कि फ्लैट के मेन डोर की एक चाबी स्थाई रूप से मेड के पास थी। वो नौ बजे के करीब वहां आती थी और सोई पड़ी जसमिन को डिस्टर्ब किए बिना अपने रोजमर्रा के कामों में लग जाती थी। उसके रोजमर्रा के काम थे – झाड़ू-पोंछा, कपड़े धोना, लंच तैयार करके फ्रिज में रखना, तब तक मैडम जाग गई हो तो ब्रेकफास्ट सर्व करना और आखिर में यूं जूठे हुए बर्तन धोकर जाना। दिन का पहला काम झाड़ू-पोंछा वो इतनी ख़ामोशी से करती थी कि सोई पड़ी मैडम को उसकी आमद की भनक भी नहीं लगती थी।

सुबह की अपनी पहली रूटीन पर अमल करती वो नीमअन्धेरे बैडरूम में पहुंची तो उसने पाया कि मैडम बैडरूम में नहीं थीं जो कि कोई बड़ी बात नहीं थी। कई बार वो ड्यूटी से जल्दी आ जाती थीं तो जल्दी सोती थीं, जल्दी जागती थीं और वॉक पर निकल जाती थी।

लेकिन बैड से तो लगना नहीं था कि रात उस पर कोई सोया था!

ज़रूर रात को लौटी ही नहीं मैडम। ऐसा कभी होता था तो वो मेड को फोन

करके ख़बर करती थी लेकिन इस बार शायद भूल गई थीं।

बैडरूम से फारिग होकर उसने बाथरूम में कदम रखा . . .।

उसकी दिल हिला देने वाली चीखों से सारा ब्लॉक गूंज गया।

भास्कर ओपनिंग टाइम से बहुत पहले 'ब्लैक ट्यूलिप' पहुंचा।

मालूम पड़ा कि बाजरिया कोलाबा स्टेशन हाऊस पुलिस, जसमिन के अंजाम की ख़बर वहां पहुंच भी चुकी थी। बार के दो वेटर वहीं सोते थे जिन्हें कोलाबा थाने से पुलिस ने आकर सोने से जगाया था और वो न्यूज़ ब्रेक की थी। फौरन बार का मैनेजर प्रखर भाटिया वहां पहुंचा था और पुलिस से दो-चार हुआ था।

भास्कर के पहुंचने से पहले पुलिस वहां आके जा भी चुकी थी।

भास्कर को वो ख़बर रास न आई। जसमिन की मेड की रूटीन से नावाकिफ़ उसे जसमिन की मौत की ख़बर इतनी जल्दी आम हो जाने की उम्मीद नहीं थी। उसने तो वहां ख़ामोशी से अपनी पूछताछ करनी थी, पूछताछ पर अमल करने लायक कुछ था तो अमल करना था और ख़ामोशी से वहां से रुख़सत हो जाना था।

फिर उसे बार में मैनेजर की मौजूदगी की ख़बर लगी।

वो मैनेजर से उसके ऑफिस में मिला।

"बुरी हुई आपकी बेचारी स्टीवार्डेस के साथ।" – भास्कर भरसक अपने लहजे को सहानुभूति का पुट देता बोला।

"जी हां" – मैनेजर गमगीन लहजे में बोला – बहुत अच्छी लड़की थी। न किसी के लेने में, न देने में। पता नहीं क्यों ख़ुदकुशी कर ली!"

"इश्क में खता खाई किसी लड़की के मिज़ाज़ में ऐसी आत्मघाती तब्दीली एकाएक ही आती है।" – भास्कर बोला।

"जी हां। शायद।" – मैनेजर एक क्षण ठिठका, फिर बोला – "गुस्ताख़ी माफ, जनाब, आपका यहां कैसे आना हुआ?"

"इस केस का एकाध ऐंगल है जिसका तार मेरे थाने से भी जुड़ा है इसलिए मेरी भी इसमें दिलचस्पी है।"

"कैसा तार?"

"मालूम पड़ेगा। अभी तफ्तीश जारी है इसलिए . . . मालूम पड़ेगा।"

"आपको ख़बर कैसे लगी?"

"पुलिस से ऐसी ख़बर कहीं छुपती है!"

"पुलिस की माया पुलिस जाने, आप मेरे लायक सेवा बताइए।"

"हां, वो क्या है कि मेरे को पता लगा है कि यहां स्टाफ को निजी इस्तेमाल के लिए लॉकर प्रोवाइड किए जाते हैं?"

"जी हां, लेकिन सबको नहीं, सिर्फ सुपरवाइज़री स्टाफ को। या फीमेल स्टाफ को, जैसे कि कुछ वेट्रेसिज हैं, क्लर्क हैं।"

"जसमिन गिल को?"

"उसको भी। वो सुपरवाइज़री स्टाफ में आती है . . . थी। स्टीवार्डेस थी।"

"ये लॉकर इकट्ठे हैं या अलग-अलग जगह हैं?"

"गोदरेज की एक कैबिनेट है जिसमें एक फुट वर्ग के बीस लॉकर हैं।"

"कहां होती है वो कैबिनेट?"

"सुपरवाइज़री स्टाफ के रैस्ट रूम में। मेन हॉल के पिछवाड़े में है।"

"सब अलॉटिड हैं?"

"नहीं। अभी छः खाली है।"

"उसमें जसमिन का भी लॉकर है?"

"जी हां। नम्बर सात। टॉप से सैकण्ड लाइन में तीसरा।"

"आपका भी लॉकर है?"

"जी हां।"

"यानी एक लॉकर की चाबी आपके पास भी है?"

"जी हां।"

"फिर तो वो चाबी आपकी जानी पहचानी आइटम हुई!"

"जी हां, हुई तो सही!"

"अमूमन कहां होती है?"

"यहीं होती है मेरे ऑफिस में। मेज़ के दराज में।"

"देखें जरा।"

मैनेजर ने दराज़ से चाबी निकाल कर भारकर के सामने मेज पर रखी।

भारकर ने उसका मुआयना किया।

चौथी चाबी! वैसी चाबी जैसी उसने जसमिन के चाबियों के गुच्छे से निकाली थी।

वो आन्दोलित होने लगा!

क्या था जसमिन के लॉकर में?

वही, जो वो सोच रहा था।

दूसरा मोबाइल!

जो उसके रात के अभियान की कामयाबी के बावजूद उसकी वाट लगा सकता था!

"सात नम्बर लॉकर की पड़ताल ज़रूरी है।" – प्रत्यक्षतः भारकर बोला।

"ये तो मुमकिन नहीं!" – मैनेजर खेदप्रकाश करता बोला।

"पुलिस इनवेंट्री! एक केस के सिलसिले में।"

"जनाब, तो भी नहीं।"

भारकर ने घूर कर उसे देखा।

"मैं पुलिस से बाहर नहीं हूँ" – मैनेजर जल्दी से बोला – "लेकिन आप वो लॉकर नहीं खोल सकते।"

"अगर में कहूँ कि मेरे पास उस लॉकर की चाबी है!"

"तो भी नहीं।"

"वॉट नॉनसेंस! – भारकर भड़का – "जानते हो किससे बात कर रहे हो?"

"सर, आप समझ नहीं रहे हैं।"

"क्या नहीं समझ रहा मैं?"

"वो लॉकर कोलाबा पुलिस सील करके गई है . . ."

भारकर हकबकाया।

"कोर्ट ऑर्डर बिना वो लॉकर नहीं खोला जा सकता।"

भारकर मुंह बाए उसका मुंह देखने लगा।

“तुम मैनेजर हो।” – फिर बोला – “मालिक से मेरी बात कराओ। उसे यहां बुलाओ।”

“जनाब, कोई फायदा नहीं होगा। कोर्ट ऑर्डर की रू में सिंह साहब भी कुछ नहीं कर सकते। आपके दबाव में आकर करेंगे तो कन्टैम्पट ऑफ कोर्ट के मुजरिम ठहराए जाएंगे। और भी कई तरह के चार्ज उन पर आयद होंगे।”

“मैं फिर भी मालिक से बात करना चाहता हूँ।”

“अच्छा!”

“हां। बुलाओ।”

“मैं” – वो उठ खड़ा हुआ – “अभी आता हूँ।”

भारकर को बिना प्रतिवाद का अवसर दिए मैनेजर ऑफिस से बाहर निकल गया।

अपनी उत्कण्ठा छुपाता भारकर पीछे ख़ामोश बैठा रहा।

पांच मिनट में मैनेजर लौटा लेकिन वापिस अपनी कुर्सी पर न बैठा – जैसे यूं मीटिंग के समापन का संकेत दे रहा हो।

“सर” – वो बोला – “सिंह साहब को बुलाए जाने से कोई ऐतराज नहीं लेकिन वो कोर्ट की हुक्मउदूली करने के लिए किसी सूरत में तैयार नहीं।”

भारकर ने घूर कर उसे देखा।

“आई एम सॉरी, सर” – मैनेजर बोला – “बट यू नो हाउ इट इज़।”

भारकर एकाएक उठा और बिना मैनेजर पर निगाह डाले लम्बे डग भरता वहां से रुख़सत हो गया।

उसने बार के हाल का मेन डोर खोल कर बाहर कदम रखा तो सीधा झालानी से टकरा गया।

“अरे, भारकर साहब, आप!” – झालानी के मुंह से निकला – “यहां! कहीं कोलाबा वाला केस तो यहां नहीं लाया?”

“ख़बर लग गई?”

“हां, जी, लग तो गई!”

“पुलिस से?”

"अब प्रैस पुलिस की इतनी भी मोहताज नहीं, जनाब!"

"बोले तो?"

"कोई ख़बर वायर सर्विस पर आ जाए तो मीडिया से दूर कैसे रह सकती है? 'एक्सप्रैस' से दूर कैसे रह सकती है!"

"यहां कैसे आया?"

"मालूम पड़ा था कि मरने वाली यहां की मुलाज़िम थी, पब्लिक इन्टरेस्ट में उसके बारे में कोई एक्सटेंडिड जानकारी हासिल करने की कोशिश में चला आया।" – वो एक क्षण ठिठका, फिर बोला – "लेकिन आप यहां कैसे?"

"क्यों, भई, मेरे आने पर मनाही है?"

"अरे, आप मालिक हैं, सर? मेरा मतलब है कि यूं अकेले कहीं जाना थानाप्रभारी की शान के खिलाफ है।"

"भले ही वो डबलरोटी खरीदने आया हो!"

"ओह, सॉरी! मेरे को नहीं मालूम था मार्निंग में 'ब्लैक ट्यूलिप' में डबलरोटी भी मिलती थी।"

"अब मालूम हो गया न!"

"हो ही गया समझिए। फिर केस तो कोलाबा थाने का है!"

"जो थाने एक डिस्ट्रिक्ट में आते हैं, उनमें सब साझा होता है।"

"आई सी। फिर भी कैसे आए यहां?"

"मालिक से मिलने आया था, मिला नहीं। थाने तलब करूँगा। तू अपना बोल।"

"मेरा तो मैनेजर से मिलना भी चलेगा। भास्कर साहब, आप बोले कि एक डिस्ट्रिक्ट के थानों में सब साझा होता है, इस इक्वेशन के लिहाज़ से कोई ख़बर लगी क्योंकि ख़ुदकुशी जसमिन गिल नाम की उस लड़की ने की जो यहां 'ब्लैक ट्यूलिप' में स्टीवार्डेस की नौकरी करती थी?"

"कोई तो लगी!"

"मसलन क्या?"

"आशिकी में खता खाई। ब्वायफ्रेंड ने ख़ुदकुशी कर ली तो डिप्रेशन में आ

गई। फिर चाहने वाले के वियोग में ख़ुद भी जान दे दी।"

"चाहने वाला कौन?"

"ये भी कोई पूछने की बात है!"

"है न!"

"अनिल गोरे।"

"ओ, माई गॉड! दि प्लॉट थिकंस। पर आपको कैसे पता लगा कि मरने वाली का गोरे से अफेयर था?"

"भई, मैं थानाप्रभारी हूँ, थानाप्रभारी को ज़ीरो नम्बर बहुत कुछ बताते हैं प्रभारी की गुड बुक्स में आने के लिए।"

"ये अफेयर वाली बात किसी मुखबिर के ज़रिए आपको मालूम हुई?"

"हां।"

"एक नौजवान लड़की का एक शादीशुदा, दो बच्चों के बाप से अफेयर!"

"क्या पता लगता है, भई! आज की सोसायटी में जो न हो जाए, थोड़ा है।"

"अच्छा!"

"फिर तलाक की बात भी तो उड़ती-उड़ती कान में पड़ी है!"

"तलाक!"

"सुना है, बीवी को तलाक देने की फिराक में था!"

"आशिकी का कारोबार इतना आगे बढ़ चुका था?"

"सुना है, भई।"

"कैसे सुना? अपनी इस नीयत का ज़िक्र उसने किससे किया होगा? बीवी से तो नहीं किया होगा क्योंकि बीवी को ऐसा कुछ मालूम होता तो वारदात के बाद उसने इस बाबत ज़ुबान ज़रूर खोली होती!"

"भई, ऐसी बात मर्द सबसे पहले उस माशूक से ही डिसकस करता है जिसकी बाबत कि उसके भविष्य के इरादे गम्भीर होते हैं।"

"डाइवोर्स जसमिन से डिसकस किया?"

"ज़ाहिर है।"

"ज़ाहिर तो नहीं है लेकिन ऐसा है भी तो आपको क्या मालूम! आपके ख़बरी

को क्या मालूम! मन ही बात तो कोई अन्तर्यामी ही जान सकता है जो कि न आप हैं, न आपका ख़बरी है, नहीं?"

"मैं फिर बात करूँगा उससे। थाने तलब करूँगा।"

"तो जो शख़्स, जो रोमान्टिक, इश्कियाया हुआ शख़्स एक ग़ैरऔरत के साथ . . ."

"माशूक के साथ!"

". . . भविष्य के इतने रंगीन, इतने ख़ुशनुमा सपने बुन रहा था, उसने ख़ुदकुशी कर ली!"

"भई, प्रत्यक्ष को प्रमाण क्या?"

"अपनी मौत से पहले आपका मातहत सब-इन्स्पेक्टर अनिल गोरे बतौर करप्ट पुलिसिया आपके राडार पर था और आखिर जब उसे पकड़ मंगवाया जाने वाला था तो उसने अपने आइन्दा अंजाम से घबरा कर ख़ुद को ख़त्म कर देने वाला एक्सट्रीम स्टैप उठाया?"

"हां।"

"तो उस अफेयर की ख़बर आपको अपने मातहत से नहीं, जो कि अफेयर में ईक्वल पार्टनर था, अफेयर के दूसरे ईक्वल पार्टनर जसमिन गिल से लगी!"

"कर्टसी ज़ीरो नम्बर। झालानी, तेरे को मालूम होना चाहिए कि मुखबिरों, ख़बरियों, भेदियों के बिना पुलिस का महकमा नहीं चलता।"

"ऐसे ही सही! वो ख़बर जैसे भी लगी, आपको लगी?"

"हां।"

"फिर भी गोरे की ख़ुदकुशी के बाद आपने जसमिन को स्क्रीन करने की कोशिश न की?"

साला डेढ़ दीमाक! पीछा ही नहीं छोड़ता! इम्तहान लेता है मेरे सब्र का! बाज ही नहीं आता उंगली करने से!

"भई, फौरन तो न की" – प्रत्यक्षतः भारकर बोला – "क्योंकि गोरे की मौत सुईसाइड का ओपन एण्ड शट केस था, पर उस लड़की से पूछताछ मेरे एजेंडा में बराबर थी। फिर आज कल में मैं उसकी ख़बर लेने ही वाला था कि . . .चाहने

वाले से दूसरी दुनिया में जा मिली।"

"बाथटब में लेट कर कलाईयां काट लीं!"

"इश्कियाई हुई लड़कियों में, इश्क में ख़ता खाई हुई लड़कियों में, ये बड़ा पॉपुलर, बड़ा मॉडर्न तरीका है जान देने का।"

"यही काम आराम से, इत्मीनान से बैडरूम में लेट कर रिलैक्स करती करती तो चालान हो जाता!"

"नफासतपसन्द होगी – वो क्या कहते हैं फिरंगी ज़ुबान में, मेटीकुलस होगी – बैडशीट्स को खून से तर-ब-तर नहीं पीछे छोड़ना चाहती होगी!"

"भारकर साहब, हैरानी है कि जसमिन के बारे में, उसकी ज़ाती ज़िन्दगी के बारे में आपको इतना कुछ मालूम था लेकिन किसी दूसरे को इस बाबत, इस अफेयर की बाबत भनक तक न लगी!"

"थाना ऐसे ही नहीं चलता झालानी, आंख, कान हमेशा खुले रखने से चलता है। फिर कौन कहता है कि भनक न लगी! यहां 'ब्लैक ट्यूलिप' में आम चर्चा थी कि मालिक की शह पर वो लड़की मेरे एसआई अनिल गोरे को भाव देती थी।"

"सर, भाव देना एक कारोबारी इक्वेशन होती है, किसी पर दिल-ओ-जान न्योछावर करना एक पाक जज़्बे के तहत होता है। दोनों बातों में वही फर्क है जो किसी को इरादतन अपने आप पर आशिक करवाने में या टूट कर उस पर निसार हो जाने में होता है।"

"भई, ज़िस स्कूल में तूने ये फैंसी बातें पढ़ा है, मैंने उसकी शक्ल नहीं देखी।"

"ख़ुदकुशी में कोई फाउल प्ले?"

"कैसे होगा! फ्लैट लॉक्ड था।"

"जैसे गोरे की ख़ुदकुशी के वक्त उसका फ्लैट लॉक्ड था?"

"क्या कहना चाहता है, भई?"

"सर, मोटे तौर पर एक घटना ने दूसरी घटना को दोहराया, ये महज़ इत्तफाक है आपकी निगाह में?"

"और क्या होगा! ये न भूलो कि छोटा-मोटा शक-शुबह प्रत्यक्ष, आकट्य सबूतों को ओवरशैडो नहीं कर सका। कोलाबा वाली वारदात के वक्त फ्लैट

भीतर से लॉक्ड था जिसे मेड ने आकर अपनी चाबी कर खोला था . . ."

"जैसे धोबी तलाव वाली वारदात के वक्त पुलिस ने आकर मेन डोर तोड़ कर लॉक्ड फ्लैट में पहुंच बनाई थी?"

"हां। फिर उसकी डाईंग डिक्लेयरेशन भी है।"

"वो भी है?"

"बरोबर।

"तहरीरी? उसके अपने हैण्डराइटिंग़ में? दस्तख़तशुदा?"

"इतनी ज़हमत उस मामूली काम के लिए उसने नहीं की थी।"

"तो क्या किया था? कैसे डाईंग डिक्लेयरेशन वजूद में आई?"

"मोबाइल इस्तेमाल किया। अपने मोबाइल के 'नोट्स' में दर्ज करके गई कि वो ख़ुदकुशी कर रही थी, उसकी मौत के लिए किसी को ज़िम्मेदार न ठहराया जाए।"

"कमाल है!"

"क्या कमाल है? मर्ज़ी से ख़ुदकुशी करने वाले पीछे ऐसा नोट छोड़ते ही हैं।"

"एसआई अनिल गोरे ने तो न छोड़ा!"

"क्योंकि उसने एकाएक ख़ुदकुशी की। अपने आइन्दा अंजाम से घबराकर एकाएक ख़ुदकुशी की। इसलिए ज़ाहिर है कि वो वो काम करना भूल गया। इस लड़की जसमिन ने तो गोरे की मौत के बाद डिप्रेशन की वजह से ख़ुदकुशी की।"

"रात के एक बजे 'ब्लैक ट्यूलिप' में अपनी ड्यूटी पूरी करने के बाद घर आकर?"

"ज़ाहिर है। अब ये न पूछना कि यहीच टाइम उसने क्यों चुना? वो कोई भी टाइम चुनती, तेरा खुराफाती दिमाग उस पर सवालिया निशान लगा देता।"

"हम्म। यानी फाउल प्ले की कोई गुंजायश नहीं?"

"तू बोल, फाउल प्ले कहां से होगा, कैसे होगा!"

"कोलाबा पुलिस की जानकारी में एक गवाह आया है जो कल रात, बल्कि आज सुबह भोर होने से पहले नाइट शिफ्ट में बतौर जूनियर आर्टिस्ट फिल्म की

शूटिंग करके लौट रहा था जबकि उसने जसमिन के फ्लैट के बन्द दरवाज़े पर एक उम्रदराज़, भारी-भरकम आदमी को खड़े देखा था जो उसे लगा था कि फ्लैट का ताला खोलने की कोशिश कर रहा था।"

"नॉनसेंस! कॉलबैल बजा रहा था।"

"जी!"

"मेरा मतलब है कॉलबैल बजा रहा *होगा*, जिसका कि उसे जवाब नहीं मिल सकता था क्योंकि फ्लैट की मालकिन भीतर मरी पड़ी थी।"

"ठीक!" – झालानी एक क्षण ठिठका फिर बोला – "गवाह कहता है कि वो शख़्स हाथों में स्किन कलर के दस्ताने पहने था!"

भारकर का दिल ज़ोर से उछला।

"नॉनसेंस!" – प्रत्यक्षतः वो बोला – "ज़रूर गवाह को विज़न चैक कराने की ज़रूरत है।"

"उसे साफ ऐसा लगा था।"

"लगने और होने में ज़मीन आसमान का फर्क होता है, झालानी।"

"गवाह की उससे बात हुई थी, उसने उस शख़्स के इतनी सुबह-सवेरे पहुंचा होने को शक की निगाह से देखा था तो जवाब मिला था कि वो 'ब्लैक ट्यूलिप' का मुलाज़िम था और मालिक ने उसे किसी काम से जसमिन के यहां भेजा था। तब गवाह ने सुझाया था कि कई बार वो रात को घर नहीं आती थी और छुट्टी के बाद किसी कलीग के साथ उसके घर चली जाती थी और इसीलिए घन्टी का जवाब नहीं मिल रहा था।"

"ठीक तो सुझाया था!"

"इस बात की 'ब्लैक ट्यूलिप' के प्रोप्राइटर फतह सिंह से तसदीक हो सकती है। अगर वो शख़्स उसका भेजा आदमी था तो प्रोप्राइटर ज़रूर उसे जानता होगा . . ."

भारकर का दिल फिर उछला।

". . . इसी सिलसिले में मैं प्रोप्राइटर फतह सिंह से मिलने आया था जबकि आप से टकरा गया – आप जा रहे थे तो मैं आ रहा था. . ."

"मिलना। कोई माकूल नतीजा निकले तो मेरे को भी ख़बर करना। अभी जाने दे।"

झालानी को पीछे खड़ा छोड़कर अत्यन्त चिन्तित भारकर वहां से रुख़सत हो गया।

शाम को भारकर फिर लेमिंगटन रोड पर था।

इस बार उसका मरकज़ 'ब्लैक ट्यूलिप' नहीं, इमारत के टॉप फ्लोर पर चलता खुफिया ब्रॉथल था जिसके धन्धे पर धमकी की तलवार लटकाने का वही मुनासिब वक्त था।

'ब्लैक ट्यूलिप' में जसमिन मरहूम का लॉकर कोर्ट के हुक्म से सील हुआ था, उस हुक्म को रिवर्स कराने के लिए पुलिस को कोर्ट में अर्ज़ी दाखिल करनी पड़नी थी जो कि फौरन हो जाने वाला काम नहीं था। लिहाज़ा उसके पास अपने मंसूबे पर अमल करने के लिए काफी टाइम था।

टॉप फ्लोर पर वो बेवर्दी पहुंचा और अकेला पहुंचा। पहले वहां उसे कस्टमर ही समझा गया लेकिन जल्दी ही वहां उसको पहचानने वाले भी निकल आए।

ऐसा एक आदमी दौड़ा हुआ उसके करीब पहुंचा, उसने अदब से भारकर का अभिवादन था।

"यहां का इंचार्ज कौन है?" – भारकर रौब से बोला – "जो कोई भी वो है, उसे बुला।"

"बाप, हुक्म बोलो न?"

"यही हुक्म है। बुला।"

"अभी।"

"किसको बुलाएगा? कौन है इंचार्ज?"

"भौंसले साहब। दामोदारराव भौंसले साहब।"

"क्या हैं भौंसले साहब यहां?"

"बाप, खास हैं। वही सब इन्तजाम करते हैं। सब कन्ट्रोल करते हैं।"

"बुला।"

“आप बैठिए, मैं . . .”

“बहरा है?” – भारकर का लहजा खूंखार हुआ – “सुनाई में लोचा?”

“सॉरी बोलता है, बाप!” – वो बौखलाया – “पण मैं साथ ले के चलता है न!”

“चल!”

भारकर उसके साथ हो लिया।

एक लम्बे गलियारे में भारकर को चलाता वो आदमी उसे सिरे के बन्द दरवाज़े पर लाया। उसने बन्द दरवाज़े पर दस्तक दी, अन्दर से हुक्म होने पर उसने अदब से भारकर के लिए दरवाज़ा खोला। भारकर भीतर दाखिल हुआ तो उसने उसकी पीठ पीछे दरवाज़ा बन्द कर दिया।

भारकर के ख़ुद को इन्टीरियर डेकोरेटर द्वारा सुसज्जित ऑफिस में पाया। सामने ऑफिस टेबल के पीछे एग्ज़ीक्युटिव चेयर पर बैठे व्यक्ति को वो बाखूबी पहचानता था फिर भी जानबूझ कर अंजान बनता रूक्ष स्वर में बोला – “भौंसले?”

“अरे, भारकर साहब!” – वो आदमी उछल कर खड़ा हुआ और मेज़ का घेरा काट कर हाथ फैलाए भारकर की ओर बढ़ता बोला – “वैलकम! वैलकम! आइए! आइए।”

भारकर ने उस पर अहसान करते हुए मिलाने के लिए उसका हाथ थामा और छोड़ा।

“बिराजिए।”

उसके अनुरोध पर भारकर एक विज़िटर्स चेयर पर ढेर हुआ।

भौंसले वापिस अपनी कुर्सी पर जाकर बैठा।

“आपने क्यों ज़हमत की?” – वो खींसे निपोरता बोला – “मेरे को बुलाया होता?”

“जो काम मैं करने आया हूँ” – भारकर पूर्ववत् रुक्ष स्वर में बोला – “मेरे ख़ुद के आए बिना होने वाला नहीं था।”

“ऐसा क्या काम है, जनाब?”

“रेड आर्गेनाइज़ करने का काम।”

"क्या!"

"ये ग़ैरकानूनी रंडीखाना है। यहां रेड का हुक्म है।"

भौंसले जैसे आसमान से गिरा।

"नीचे ट्रकलोड पुलिस वाले मौजूद हैं। इमारत को चारों ओर से घेरा जा चुका है। कोई यहां से बचके नहीं जा पाएगा।"

"ल-लेकिन . . . ये . . . नामुमकिन है।"

"क्यों भला?"

"हमें . . . हमें प्रोटेक्शन हासिल है।"

"किस की?"

"आपको मालूम है किस की!"

"जवाब दो।"

"अमर नायक की।"

"कोई मवाली, भले ही टॉप का हो, सरकारी हुक्म को खारिज नहीं कर सकता।"

"साहब, ऐसी ज़ुबान तो हमारे साथ आज तक कोई नहीं बोला!"

भारकर ख़ामोश रहा।

"क्या खता हो गई हमारे से?"

भाकर फिर भी ख़ामोश रहा।

"हम तो हर काम चौकस करते हैं, हाकिमों की मर्ज़ी के मुताबिक करते हैं। सबकी खातिर करते हैं। डीसीपी तक को रेगुलर गुलदस्ता भेजते हैं। फिर रेड . . ."

"रुक सकती है।"

भौंसले सकपकाया। उसके चेहरे पर ऐसे भाव आए जैसे कोई बात समझ में आने से रह गई हो।

"मैंने ठीक सुना?" – वो बोला।

"हां, ठीक सुना। रेड रुक सकती है।"

"अरे, जनाब, तो रुकवाइए न, और सेवा बोलिए। जो हुक्म होगा, बजाएंगे, जो डिमांड होगी, पूरी करेंगे!"

"हुक्म मामूली है। डिमांड मामूली है।"

"न हो मामूली। भौंसले है न! आप बस, हुक्म कीजिए।"

"तो सुनो हुक्म। 'ब्लैक ट्यूलिप' में सुपरवाइज़री स्टाफ के लिए लॉकर्स का इन्तज़ाम है, बैंक लॉकर्स जैसा लेकिन साइज़ में बड़े लॉकर्स का। मालूम होगा!"

"आप अपनी बात कहिए।"

"उन लॉकर्स में से एक लॉकर कोर्ट के हुक्म पर पुलिस ने आज सुबह सील किया है . . ."

"जसमिन गिल का लॉकर? नीचे की स्टीवार्डेस जिसने पिछली रात ख़ुदकुशी कर ली!"

"वही। वाकिफ थे उससे?"

"पर्सनल वाकफियत कोई नहीं थी, खाली सूरत से वाकिफ था। आते-जाते दिखाई देती थी, इसलिए पहचानता था।"

"हूँ।"

"जसमिन की क्या बात है!"

"लॉकर की बात है।"

"क्या?"

"इन्वेन्ट्री लेना चाहता हूँ। देखना चाहता हूँ लॉकर में क्या है?"

"वजह?"

भारकर ख़ामोश रहा।

"जहां तक मेरे को इन बातों की समझ है, पुलिस ऐसी इन्वेन्ट्री लेती ही है, लेकिन ये तो कोलाबा पुलिस का काम होगा जिनकी ज्यूरिस्डिक्शन में वो वारदात हुई।"

"पुलिस का काम है। मुम्बई पुलिस का काम है।"

"चलिए, ऐसे ही सही। लेकिन उस पुलिस रूटीन से ताल्लुक रखते काम का यहां रेड से क्या रिश्ता?"

"मैं . . . मैं देखना चाहता हूँ उस लॉकर में क्या है?"

"आप . . . आप देखना चाहते हैं?"

"हां।"

"पुलिस नहीं?"

"मैं पुलिस हूँ।"

"तो फिर . . . बोले तो आप पुलिस हैं बराबर, फिर प्रॉब्लम क्या है? सीलिंग का हुक्म कोर्ट का है लेकिन सील्ड लॉकर पर कब्ज़ा तो पुलिस का ही है! जब सील हटे तो देखिएगा भीतर क्या है?"

"अभी देखना चाहता हूँ।"

"आप . . . पहेलियाँ बुझा रहे हैं।"

भास्कर ख़ामोश रहा।

"वो लॉकर 'ब्लैक ट्यूलिप' में है। 'ब्लैक ट्यूलिप' का मालिक सरदार फतह सिंह है। अगर जाना ही था तो वहां जाना था, यहां क्यों . . . हमारे पर नज़रेइनायत किसलिए?"

"सरदार नहीं सुनता।"

"जी!"

"कायदे कानून का गुलाम बताता है अपने आपको। कहता है कोर्ट के हुक्म से, पुलिस से बाहर नहीं जा सकता। सैट तो मैं उसे भी कर सकता हूँ लेकिन टाइम लगेगा क्योंकि उसकी कोई इमीजियेट पोल, इमीजियेट कमजोरी या इमीजियेट मजबूरी मेरी पकड़ में नहीं है। जब तक पकड़ में आएगी तब तक लॉकर वैसे ही खुल जाएगा जबकि मेरे को लॉकर में हर हाल में अभी झांकना है। भौंसले, मेरा 'ब्लैक ट्यूलिप' पर ज़ोर नहीं है लेकिन इस खुफिया ब्रॉथल पर ज़ोर है। मैं चाहता हूँ कि तुम सरदार को मजबूर करो कि वो मेरे से सहयोग करे।"

"मैं करूं?"

"हां।"

"फतह सिंह क्यों सुनेगा मेरी?"

"तुम सुनाओगे तो सुनेगा। तुम समझाओगे तो समझेगा। मेरे को हिन्ट मिला है – जिसकी वजह से कि मैं यहां हूँ – वो इस ब्रॉथल में पार्टनर है और तुम 'ब्लैक ट्यूलिप' में पार्टनर हो। अब बोलो, जब तुम एक ही थैली के चट्टे-बट्टे हुए तो वो

तुम्हारी सुनेगा या नहीं? तुम्हारे मुलाहज़े में मेरे से कोऑपरेट करेगा या नहीं!"

"कैसे करेगा? कोर्ट की सील का क्या होगा?"

"सील पुलिस ने लगाई है। कोर्ट सिर्फ हुक्म करता है, हुक्म की तामील करना पुलिस का काम है।"

"लेकिन सील . . ."

"जैसे पहली बार लगी, वैसे दोबारा लग सकती है।"

"हम्म!"

कई क्षण ख़ामोशी रही।

"रेड सच में ऑन है?" – फिर भौंसले संजीदगी से बोला।

"पीछे एक खिड़की दिखाई दे रही है जिस पर पर्दा पड़ा है।" –भारकर बोला – "कहां खुलती है?"

"फ्रंट में।"

"उसे खोलो और बाहर झांको।"

"ज़रूरत नहीं। मुझे आपकी बात पर ऐतबार है। आपने रेड की कहानी मेरे पर दबाव बनाने के लिए की। आपका काम हो जाएगा तो रेड की ज़रूरत तो रहेगी नहीं! जब आप इन्तज़ाम के साथ आए हैं तो उसका क्या होगा!"

"गलत टिप मिली। ऐक्शन के बाद पता चला कि वहां ऐसा कोई कारोबार नहीं चलता था। रेड फेल हो गई।"

"ओह! फिर तो शुक्रिया लेकिन . . ."

"अब क्या है?"

"सवाल होगा कि टॉप फ्लोर पर . . . जो था, वो नहीं था तो क्या था?"

"तुम बोलो।"

"मैं बोलूं?"

"और कौन बोले! ठीया तुम्हारा है, सवाल तुम से होगा तो और कौन बोले?" भौंसले ने बोला।

"बढ़िया!" – भारकर बोला।

"अब कोई ख़ास सेवा?"

“वही है जो मैं कह चुका। ख़ास भी और आम भी।”

“आप गारन्टी करके हैं कि सील जैसे पहले लगी हुई थी, वैसे फिर लग जाएगी?”

“करता हूँ।”

“देखने पर किसी को कोई फर्क नहीं जान पड़ेगा!”

“नहीं जान पड़ेगा।”

“जान पड़ा तो सील के साथ हुई टेम्परिंग की ज़िम्मेदारी फतह सिंह पर आएगी?”

“नहीं आएगी। सील हूबहू पहले जैसी होगी।”

“लॉकर खुलने पर आप ख़ाली इन्वेन्ट्री लेंगे, लॉकर में कोई घट-बढ़ आपकी वजह से नहीं होगी?”

“ये मुमकिन नहीं।”

“मतलब?”

“ऐसी घट-बढ़ हो सकती है।”

“फिर तो प्रॉब्लम होगी!”

“क्यों होगी, भई? जब अभी किसी को मालूम ही नहीं कि भीतर क्या है तो क्यों होगी? किसके पास लिस्ट है भीतर के सामान की? फतहसिंह के पासा! किसी और के पास! या जसमिन के पास थी?”

भौंसले ख़ामोश रहा।

“पुलिस की जानकारी में वो लॉकर कोर्ट ऑर्डर के बाद पहली बार खुलेगा। फिर कोई लिस्ट होगी तो उस सामान की होगी जो तब लॉकर के भीतर पाया जाएगा और वही लिस्ट फाइनल होगी। अव्वल तो होगी नहीं लेकिन मेरे किये कोई घट बढ़ होगी तो कैसे किसी के नोटिस में आएगी?”

“लॉक टेम्पर्ड पाया गया तो सील हटने के बाद वो बात भी पुलिस की पारखी निगाह से नहीं छुपी रह पाएगी।”

“ऐसा कुछ नहीं होगा। लॉक के साथ कोई ज़ोर ज़बरदस्ती नहीं होगी।”

“वो कैसे?”

"देखना।"

फिर ख़ामोशी छा गई।

भारकर उतावला दिखाई देने लगा।

एकाएक भौंसले उठ खड़ा हुआ।

"आइए!" – वो निर्णायक भाव से बोला।

भारकर ने मन ही मन चैन की सांस ली।

□□□

बहरामजी कान्ट्रैक्टर कभी 'भाई' होता था और स्मगलर और कालाबाजरिया के तौर पर जाना जाता था लेकिन अब हाजी मस्तान, अरुण गावली की तरह भाईगिरी छोड़ कर नेतागिरी में आ गया था। राजनीति में उसकी वर्तमान स्थिति ये थी कि वो मराठा मंच नाम की सियासी पार्टी का सदर था, विधान सभा में मराठा मंच पार्टी के चालीस एमएलए थे, केन्द्र में तीन एमपी थे और वो निकट भविष्य में चीफ मिनिस्टर नहीं तो मिनिस्टर बनने के सपने बराबर देखता था।

कल का 'भाई', गैंगस्टर, नोन समगलर और कालाबाजरिया मिनिस्टर! चीफ मिनिस्टर!

लोग बाग आम कहते पाए जाते थे कि ऐसा हो जाता तो इससे ज़्यादा देश का और क्या दुर्भाग्य हो सकता था! अवसाद से गर्दन हिलाते आम कहते थे कि नेतागिरी लुच्चों की आखिरी पनाह बन गई थी।

'पोलिटिक्स इज़ दि लास्ट रिज़ॉर्ट आफ स्काउन्ड्रल्स!'

वर्तमान में नेताजी बहरामजी कान्ट्रैक्टर का शाहाना आवास सी-रॉक एस्टेट, कोलाबा प्वॉयन्ट, कोलाबा था हाल ही में जहां की एक बड़ी पार्टी में पार्टी ख़त्म होने के, मेहमानों के रुख़सत हो जाने के बाद बहरामजी के बैडरूम में बम विस्फोट हुआ था जिसमें उसकी जान जाते-जाते बची थी। तदुपरान्त अभी भी वो पूरी तरह से स्वस्थ नहीं था इसलिए वो एस्टेट से बाहर कम ही क़दम रखता था और उसका लोगों से मिलना जुलना भी बहुत सीमित हो गया था। बहरामजी से मुलाकात के तमन्नाई बनकर एस्टेट में आने वाले मुलाकातियों को बहरामजी

की तरफ से या तो उसका भतीजा जहांगीर कान्ट्रैक्ट सम्भालता था या बहरामजी का चचेरा भाई सोलोमन कान्ट्रैक्टर सम्भालता था जो कि एस्टेट का सिक्योरिटी चीफ था।

बहुत मुश्किल से भारकर अपनी पहुंच भतीजे जहांगीर तक ही बना सका। बहरामजी ने उसकी मुलाकाम का जवाब उसे मज़बूत इंकार की सूरत में मिला।

मुलाकात नहीं हो सकती थी। हालिया हादसे से उबरे नेताजी अभी पूरी तरह से स्वस्थ नहीं हुए थे इसलिए मुलाकात नहीं हो सकती थी।

लेकिन वो पुलिस इन्स्पेक्टर था, एक थाने का थानेदार था!

तो भी नहीं।

बहुत इसरार के बाद उसे सोलोमन कान्ट्रैक्टर से मिलने दिया गया लेकिन उसका भी जवाब वही था।

नेताजी से मुलाकात नहीं हो सकती थी, एक महीने बाद फिर कोशिश करें।

मुम्बई पुलिस की इतनी नाक़द्री पर भारकर बहुत भुनभुनाया, बहुत तिलमिलाया लेकिन मजबूर था।

फिर उसे बेजान मोरावाला का ख़याल आया।

आमतौर पर यही सुनने में आता था कि भाईगिरी से नेतागिरी में कदम रखने के बाद हाजी मस्तान और अरुण गावली की तरह बहरामजी ने अपने तमाम काले धन्धे छोड़ दिए थे लेकिन अन्डरवर्ल्ड के ज़ीरो नम्बर बताते थे कि ऐसा बिल्कुल नहीं था। बहरामजी के नॉरकॉटिक्स, गोल्ड-सिल्वर, घड़ियां, हाई-एण्ड मोबाइल्स समगलिंग जैसे तमाम धन्धे इस फर्क के साथ जारी थे कि अब वो धन्धे मार्फत बेजान मोरावाला चलते थे जो कि बहरामजी का विश्वासपात्र था, ख़ासुलख़ास था।

यानी मोरावाला बहरामजी का फ्रन्ट था जिसकी ओट से बहरामजी के तमाम काले धन्धे बदस्तूर जारी थे, बहरामजी की मजबूरी के तहत जारी थे।

मराठा मंच पार्टी ने महाराष्ट्र से बाहर पांव पसारने की कोशिश की थी, हालिया गोवा इलैक्शंस में बेतहाशा पैसा फूंका था लेकिन बहरामजी की सियासी पार्टी मराठा मंच उस इलैक्शन में एक भी सीट नहीं निकाल पाई थी। नतीजतन गम्भीर फाइनेंशल सैट बैक के हवाले बहरामजी ने अपने काले धन्धे

बेजान मोरावाला को फ्रंट बनाकर चलाने शुरू कर दिए थे। मोरावाला अपने बॉस का इतना वफादार था कि कैसी भी कोई ऊंच नीच हो जाती, वो जान दे देता लेकिन बहरामजी कान्ट्रैक्टर का नाम बीच में न आने देता।

उस बेमिसाल वफादारी की ही वजह से उसका दर्जा अब बहरामजी से बस उन्नीस ही था।

मोरावाला का पता हासिल करने में उसे ज़्यादा दिक्कत नहीं हुई थी। कोलाबा से वो दादर वैस्ट के लिए रवाना हुआ जहां कि मोरावाला का आवास था।

पिछली शाम की लेमिंगटन रोड की रेड का नतीजा सुखद निकला था। फतह सिंह बहुत बिदका था, बहुत पसरा था लेकिन आखिर भौंसले ने उसे भारकर से सहयोग करने के लिए मना ही लिया था।

लॉकर से जो दूसरा फोन बरामद हुआ था, गोरे वाली वीडियो क्लिप उसमें भी बराबर थी जिसको नष्ट तो उसने किया ही था, फोन को भी पूरी तरह से कचरा करके समुद्र में बहा दिया था।

ये ख़याल करके भी उसका दिल हिलता था कि क्या होता अगरचे कि वो उस दूसरे फोन को काबू में न कर पाता या दूसरे फोन की उसे ख़बर ही न लगती।

अन्त भला सो भला।

भारकर को त्योरी चढ़ाए मोरावाला ने अपने आवास के एक ऑफिसनुमा कमरे में रिसीव किया।

मोरावाला कोई पैंतालीरा वर्ष का, गंजेपन की ओर अग्रसर, क्लीनशेव्ड, लम्बा-तडंगा, मजबूत काठी वाला, सख़्तमिज़ाज़ आदमी था जिसकी त्योरी आदतन हमेशा चढ़ी रहती थी।

भारकर वर्दी में था और उम्मीद कर रहा था कि मोरावाला वर्दी का, वर्दी के तीन सितारों का रौब खाता लेकिन मोरावाला की सूरत में ऐसा कुछ न लगा।

"यस!" – मोरावाला भावहीन स्वर में बोला।

भारकर ने आह-सी भरी। कोई 'हल्लो' नहीं, कोई कर्टसी नहीं, खाली 'यस'।

उसने उसे रेमंड परेरा के बारे में बताया, उसकी फेमस, एक्सक्लूसिव टोपाज़ क्लब के बारे में बताया।

"डायग्राम फॉलो किया मैं।" – मोरावाला बोला – "अब इस को कलर करने का। बोलने का कि मांगता क्या है ताकि इस मीटिंग का मकसद मेरे मगज में पड़े।"

"मांगता तो" – भारकर अपनी आदत के खिलाफ विनयशील स्वर में बोला – "बिग बॉस बहरामजी से एक छोटी सी मीटिंग का चांस है।"

"बट दैट इज़ इमपॉसिबल।"

"फिर तो . . . फिर तो . . ."

वो ख़ामोश हो गया। अब उसके चेहरे पर से निराशा छुपाए नहीं छुप रही थी।

"जो मांगता है, मेरे को बोलने का। बिग बॉस की जगह मोरावाला तक अप्रोच बनाया, ये भी बड़ा काम किया। अभी मैं है न इधर तुम्हेरे सामने! अभी टेम खोटी किए बिना बोलने का कि क्या मांगता है!"

भारकर के चेहरे पर अनिश्चय के भाव आए।

"स्पीक फियरलैसली। अभी डायग्राम बनाया, उसको कलर किया तो कोई प्रॉब्लम? प्रॉब्लम बोलने का। अगर वो बिग बॉस के नोटिस में लाने जितना इम्पॉर्टेंट होगा तो लाएगा न नोटिस में!"

"ऐसा?" – भारकर आशापूर्ण स्वर में बोला।

"बरोबर! अभी डायग्राम बनाया, कलर किया, अभी उसको फ्रेम भी करने का ताकि इम्पॉर्टेंस मेरे मगज में आए। कम ऑन! स्पीक!"

भारकर ने खंखार कर गला साफ़ किया, फिर बोला – "वो क्या है कि विनायक घटके कर के एक भीडू से मेरा कोई लफड़ा है. . ."

"ख़ास उससे या उसकी वजह से?"

"पहले उसकी वजह से, फिर उससे।"

"पर्सनल या ऑफिशियल?"

भारकर हिचकिचाया।

"ओ, कम ऑन! डोंट वेस्ट टाइम। टाइम इज़ मनी, यू नो।"

"पर्सनल। पण मैं जब पुलिस में है, एसएचओ है तो पर्सनल भी टोटल पर्सनल नहीं रह पाता न!"

"बोले तो किसी से खुन्नस? पर्सनल एनमिटी?"

"हां।"

"घटके से?"

"नहीं, किसी दूसरे से। घटके से लफड़ा बाद में बना उस दूसरे भीड़ू की वजह से।"

"वो क्या कहता है?"

"वो अब इस दुनिया में नहीं है।"

"इसलिए फोकस घटके पर?"

"हां।"

"आगे?"

"ये भीड़ू घटके – विनायक घटके – रेमंड परेरा का ख़ास है इस वास्ते भाव खाता है, परेरा के दम पर फैलता-पसरता है।"

"अपनी ख़ुद की औकात में कोई इम्पॉर्टेंट कर के भीड़ू ये . . . घटके?"

"नहीं, मामूली टपोरी है।"

"क्या बात करता है, इन्स्पेक्टर, तुम! एक थ्री स्टार इन्स्पेक्टर से, स्टेशन हाउस ऑफिसर से एक मामूली टपोरी नहीं सम्भलता!"

"वो सम्भलता है, उसका बॉस परेरा नहीं सम्भलता जो कि अपने ख़ास भीड़ू को प्रोटेक्ट करता है। परेरा को कराची वाले 'भाई' की शह है, इस वास्ते घटके परेरा की सरपरस्ती का सुख पाता है और किसी का ख़ौफ नहीं खाता। मेरा भी नहीं।"

"कमाल है? बोले तो लफड़ा क्या है?"

"मैं कोई गलत काम किया, बोले तो आउट ऑफ दि वे काम किया . . ."

"वॉट आउट ऑफ दि वे काम? कम क्लीन।"

"इललीगली एक्ट किया। मेजर गैरकानूनी हरकत की।"

"बोले तो जिस पर कानून की रखवाली की ज़िम्मेदारी, वही ग़ैरकानूनी काम किया!"

"अब . . . है तो ऐसा ही!"

"मेजर वायलेशन ऑर माइनर?"

"मेजर?"

"क्या किया? रेप! मर्डर! रॉबरी!"

भारकर ख़ामोश रहा, उसने बेचैनी से पहलू बदला।

"बोलना नहीं मांगता! वान्दा नहीं। पण प्रॉब्लम किधर है? साले को ऑफ करने का। या करवाने का।"

"काम इतना आसान नहीं।"

"क्यों?"

"उसके पास मेरी मेजर, ग़ैरकानूनी हरकत का सबूत है।"

"जो वो तुम्हेरे खिलाफ यूज़ करना मांगता है! उसके दम पर तुम्हेरे को ब्लैकमेल करना मांगता है?"

"नहीं।"

"नहीं! तो क्या लफड़ा करता है वो? बोलते काहे नहीं?"

"मैं फरियाद करता है कि मेरे को नंगा न करो। बात ये है कि एक केस के सिलसिले में मेरे को घटके की गवाही मांगता है। मेरे पास घटके के खिलाफ एक मेजर क्राइम का सबूत है जिसके हवाले से मैं उसको गवाही देने के लिए मजबूर कर सकता हूँ।"

"करने का। वान्दा किधर है?"

"वो गवाही उसके लिए भी प्रॉब्लम बन सकती है . . ."

"तो ऐसा बोलने का न!"

"पण मैं उसको वादामाफ गवाह बनाने का अश्योरेंस दिया न!"

"वो अश्योरेंस उसे अश्योर न किया। यहीच बात?"

"हां।"

"तुम उसको गवाही के लिए मजबूर नहीं कर सकता, बावजूद इसके कि तुम्हेरे पास उसके खिलाफ मेजर करके कुछ है, मजबूर नहीं कर सकता!"

"हां।"

"क्योंकि उसके पास भी तुम्हेरे खिलाफ बड़ा कुछ है। नो?"

"यस।"

"बोले तो दोनों के पास जो बड़ा कुछ है, वो एक दूसरे को काउन्टर करता है?"

"हां।"

"तुम घटके भीड़ू के लिए लफड़ा खड़ा करेगा तो वो तुम्हेरे लिए लफड़ा खड़ा करेगा?"

"हां।"

"ऐसा कि जो तुम्हेरे से झेला नहीं जाएगा?"

"मौत की राह दिखा देगा। मेरी जान पर आ बनेगी।"

"हम्म! अभी मांगता क्या। है?"

"रेमंड परेरा क्राइम के समन्दर की छोटी मछली है। बड़ी मछली छोटी मछली के लिए बड़ा खतरा बन सकती है और ऐसा होना छोटी मछली को नहीं मांगता होयेंगा।"

"मैन, यू टॉक इन रिडल्स! स्ट्रेट कर के बोलने का।"

"परेरा घटके को सैट कर सकता है। और बहरामजी का एक इशारा परेरा को सैट कर सकता है।"

"वॉट नॉनसेंस! तुम साला 'गॉडफादर' से मीटिंग मांगता है? बहरामजी कान्ट्रैक्टर डॉन वीटो कारलियज़ोन है जिसका डॉटर का मैरेज, इस वास्ते कोई जो मांगेगा उसको मिलेगा! वो सब के लफड़े सैट करेगा!"

भास्कर से जवाब देने न बना।

"और कौन बड़ी मछली! कैसी बड़ी मछली! कोई बड़ी मछली नहीं है इधर। बिग बॉस बहरामजी कान्ट्रैक्टर एक इम्पॉर्टेंट करके पोलिटिकल लीडर है। इम्पॉर्टेंट करके पोलिटिकल पॉर्टी मराठा मंच का चालीस एमएलए, तीन एमपी की स्ट्रैंग्थ वाला पार्टी प्रेसीडेंट है। बड़ी मछली बोलता है! बहरामजी डॉन कारलियोन! होली शिट!"

"ऐसे भाव खाने से क्या होगा?" – तब भास्कर के स्वर में भी आवेश का पुट आया – "इधर कौन नावाकिफ है बहरामजी कान्ट्रैक्टर की असलियत से?"

"मैंने ख़ुद तुम्हेरे से मिलना कुबूल किया इस वास्ते तुम्हेरे को आउट नहीं

बोला, जो मेरे को अभी का अभी बोलने का था, इस वास्ते पूछता है, चानस देता है तुम्हेरे को, कौन-सी असलियत?"

"वो असलियत जिससे कोई बेख़बर नहीं?"

"क्या? बहरामजी गैंगस्टर! स्मगलर! कालाबाजारिया!"

"हर कोई ऐसा बोलता है।"

"मेरा सवाल हर किसी से नहीं है, तुम्हेरे से है।"

"वो . . . वो . . . असलियत ज़ुबान पर नहीं आती।"

"तो ज़िक्र क्यों छेड़ा?"

वो ख़ामोश रहा, उसके गले की घन्टी उछली।

"भाव खा गया जोश में! नो? वान्दा नहीं। अभी जो बात तुम्हेरी ज़ुबान पर नहीं आती, मैं अपनी ज़ुबान पर लाता है। तुम साला कोई ऐरा-गैरा भी नहीं, एक पुलिस ऑफिसर है। अभी बोलो, उस बहरामजी नाम के गैंगस्टर, काला बाजारिया, स्मगलर के नाम पुलिस में कभी कोई केस रजिस्टर हुआ?"

भारकर ने कठिन भाव से इंकार में सिर हिलाया।

"कभी गिरफ्तार हुआ?"

"न-नहीं।"

"कभी कोर्ट में पेशी हुई?"

"नहीं।"

"बरी हुआ या ज़मानत पर छूटा?"

"नहीं।"

"तो कैसे इतना बड़ा दावा किया बिग बॉस बहरामजी की असलियत के बारे में? अभी ख़बरदार जो बोला कि लोग ऐसा बोलते हैं। कुत्तों को भौंकने से कोई नहीं रोक सकता। साले किसी पर भी भौंकने लगते हैं। भूलने का नहीं, दारोगा, कि बहरामजी कान्ट्रैक्टर एक बड़ा, पावरफुल पोलिटिकल लीडर है, उसको मजाक में भी समगलर, गैंगस्टर वगैरह कुछ बोला तो वर्दी उतर जाएगी। क्या?"

"सच को झुठलाना इतना आसान नहीं होता।" – भारकर हिम्मत करके बोला – "अन्डरवर्ल्ड में बच्चा-बच्चा जानता है कि गोवा में मराठा मंच पार्टी की

करारी हार के बाद से बहरामजी फाइनेंशल क्रंच में है, क्योंकि इलैक्शन में उसका करोड़ों रुपया फुंक गया इसलिए वो बाई प्रॉक्सी अपना पुराना धंधा चलाता है।"

"प्रॉक्सी बोले तो?"

"भरोसे के भीड़ू की ओट में पुराना धन्धा चलाता है। तुम उसके टॉप के भरोसे भीड़ू हो, गैरकानूनी धन्धों में उसका फ्रंट हो।"

"यू आर ए फूल।" – भड़कने की जगह मोरावाला सब्र से बोला – "एण्ड एन इग्नोरेंट फूल ऐट दैट। इधर कोई गैरकानूनी धन्धा नहीं होता। बिग बॉस का इम्पोर्ट एक्सपोर्ट का बिज़नेस है जिसको मैं मैनेज करता है। इधर के सब पेपर्स – इम्पोर्ट लाइसेंस, एक्सपोर्ट लाइसेंस, रिजर्व बैंक की फोरेक्स क्लियरेंस, स्टेट ग़ौरमेंट का लाइसेंस वगैरह सब चौकस हैं। अपनी पुलिस की हैसियत में कभी इधर रेड मारने आना, सब दिखाएंगे। आएगा तुम?"

भारकर ने इंकार में सिर हिलाया।

मोरावाला अपलक उसे देखता रहा।

"तो" – आखिर भारकर बोला – "मैं इधर बेकार आया! मैंने गलत उम्मीद की कि बिग बॉस बहरामजी मेरी अपील पर परेरा को सैट कर देता और परेरा आगे घटके को सैट कर देता!"

"अरे, तुम कैसा पुलिस ऑफिसर है? तुम्हेरे हाथ में ताकत है, ये सब ख़ुद काहे नहीं करता?"

"नहीं कर सकता। कर सकता होता तो कब का कर चुका होता।"

"एक मामूली टपोरी तुम्हेरी वाट लगाता है . . ."

"परेरा की शह पर।"

". . . क्योंकि उसके पास तुम्हेरे खिलाफ बड़ा कुछ है?"

"हां।"

"पण तुम बोला तुम्हारे पास भी उसके खिलाफ बड़ा कुछ है?"

"हां। पहले भी बोला।"

"बोले तो तुम भी उसकी वाट लगा सकता है। क्यों नहीं लगाता?"

"क्योंकि वो रेमंड परेरा का ख़ास है और परेरा की पीठ पर कराची वाले

'भाई' का हाथ है।"

मोरावाला हंसा।

भास्कर ने हैरानी से उसकी तरफ देखा।

"अभी इमेजिन करने का, फॉर दि टाइम बीईंग इमेजिन करने का कि पब्लिक करैक्ट कर के बोलता है कि बिग बॉस गैंगस्टर! अन्डरवर्ल्ड डॉन! ओके?"

भास्कर ने हिचकिचाते हुए सहमति में सिर हिलाया।

"रेमंड परेरा वो भीड़ू जिसको कराची वाले 'भाई' की शह! जिसकी पीठ पर कराची वाले 'भाई' का हाथ! स्टिल ओके?"

"यस।"

"अभी कराची वाले 'भाई' के बारे में अक्खा वर्ल्ड जानता है कि वो एशिया का सबसे बड़ा अन्डरवर्ल्ड डॉन। अभी बोलो ऐसे पावरफुल डॉन के आगे – जिसे कि किसी एक शख़्स की नहीं, एक मुल्क की सरपरस्ती हासिल है – बिग बॉस बहरामजी कान्ट्रैक्टर – अगर वो, अन्डरवर्ल्ड डॉन है – कहां ठहरता है! कैसे बहरामजी बॉस कराची वाले 'भाई' को डिक्टेट कर सकता है कि वो आगे परेरा को सैट करे जिसको, तुम बोलता है कि, 'भाई' की शह है?"

भास्कर एकाएक उठ खड़ा हुआ।

मोरावाला की भवें उठीं।

"जाता है।" – वो संजीदा लहजे से बोला – "खाली हाथ। टाइम देने का शुक्रिया।"

रुख़सत पाने के लिए वो वापिस घूमा तो मोरावाला बोला – "वेट! वेट ए मिनट! अभी रुकने का।"

भास्कर ठिठका, घूमा, उसकी सवालिया निगाह मोरावाला पर पड़ी।

"तुम फरियादी बन कर बिग बॉस बहरामजी के द्वारे आया, या इधर आया, एकीच बात। इस वास्ते मेरे को नहीं मांगता कि तुम साला सरकारी अमलदार खाली हाथ लौटे।"

भास्कर सकपकाया।

"बोले तो?" – वो बोला।

"तुम्हेरे को एक इम्पॉर्टेंट करके टिप देता है। बहुत काम आएगा तुम्हेरे उस प्रॉब्लम को फेस करने का वास्ते जो तुम्हेरे को इधर लाया। मांगता है?"

भारकर ने व्यग्र भाव से सहमति से सिर हिलाया।

"रेमंड परेरा फ्रॉड है साला।"

भारकर ने तमक कर सिर उठाया।

"उसके सिर पर किसी 'भाई' का–कराची के या किधर और के – कोई हाथ नहीं। वो खाली अपनी एडवांटेज का वास्ते एक ख़ास फील्ड में ख़ास हैसियत बनाने का वास्ते इधर साउथ और सैन्ट्रल मुम्बई में ये अफवाह सैट करके रखा। उसे किसी 'भाई' की कोई शह नहीं।"

'ज़रूरी नहीं कि किसी 'भाई' की शह पर उछलने वाले बड़ी औकात वाले हों' – उसके ज़ेहन में ख़ुद अपने अलफाज़ – जो डीसीपी ने भी दोहराए थे – गूंजे – 'गोली सरकाने में माहिर होते हैं इसलिए अक्सर उनका सैटअप फर्ज़ी निकल आता है।'

देवा!

अक्ल मारी गई थी उसकी। ख़ुद इतनी सी बात और उसकी अहमियत याद न रख पाया।

"क्योंकि" – प्रत्यक्षतः वो बोला – "वो ख़ुद 'भाई' है?"

"टपोरी है। फंटर है। दुबई के एक 'भाई' का कारिन्दा है।"

"कारिन्दा बोले तो?"

"मुलाज़िम। सर्वेंट। नौकर। जिसका काम नौकरी करना होता है।"

"कमाल है! कैसे टोपाज़ क्लब का मालिक एक मामूली . . ."

"मालिक किधर? मालिक किधर? बोला न नौकर है, एम्पलाई है।"

"कि-किसका?"

"टोपाज़ क्लब का।"

"उसका तो तुम बोला न, एम्पलाई है! मेरा मतलब है अगर रेमंड परेरा टोपाज़ क्लब का मुलाज़िम है तो मालिक कौन है?"

"इन्तखाब हक्सर। सरनेम हक्सर से कुछ पकड़ में आया?"

"आया तो सही! बोले तो कराची वाले 'भाई' का कोई रिश्तेदार या कोई ख़ास करीबी।"

"बहुत दूर दराज का कोई रिश्तेदार जो 'भाई' के आगे-पीछे ही मुम्बई से फरार हुआ था और अब परमानेंट करके दुबई में सैटल्ड है और उधरीच से अपना बिजनेस चलाता है।"

"बिज़नेस, जैसे कि टोपाज़ क्लब!"

"अभी आई बात पकड़ में।"

"मालिक वो इन्तख़ाब हक्सर! परेरा ख़ाली मुलाज़िम! मालिक का फ्रंट!"

"हां। तभी तो बोला रेमंड परेरा साला फ्रॉड। उसकी ख़ुद की कोई हैसियत नहीं पण फ्रॉड बोला न, इस वास्ते साइलेंटली, स्नीकिंगली हैसियत बनाना मांगता है।"

"क-कैसे?"

"कराची वाले 'भाई' के नाम की हूल देता है और ऐसे किसी के जमे जमाए बिजनेस को टेकओवर करने की कोशिश करता है।"

"कैसे? छीन लेता है?"

"पहले टो होल्ड बनाता है फिर पसरने लगता है। पहले पार्टनरशिप मांगता है फिर ओनरशिप पर कब्ज़ा करता है।"

"दुबई वाले अपने बॉस की, मालिक की जानकारी के बिना?"

"हां।"

"कामयाब होता है?"

"हमने जानने की कोशिश नहीं की। खाली इतना जाना कि परेरा टोपाज़ क्लाब का मालिक नहीं था – मालिक दुबई में बैठेला है – और परेरा उसके धन्धे की ओट में अपना धन्धा फिट करता था कराची वाले 'भाई' का नाम उछाल के।"

"दुबई वाले 'भाई' का नहीं?"

"इन्तखाब हक्सर की अभी इतनी हैसियत नहीं बनी कि कराची तक उसका ज़ोर चल सके।"

"ओह!"

"मुम्बई में उसका कारोबार इस वास्ते है कि जब इन्डिया से फरार हुआ था तो उसका बहुत सारा रोकड़ा इधरीच फंस गया था। दुबई में पांव जमा चुकने के बाद हवाला के ज़रिए वो उसे दुबई में हासिल कर सकता था लेकिन उसको अपना रोकड़ा इधरीच इन्वेस्ट करना बैटर ऑप्शन लगा था। ऐसी एक इनवैस्टमेंट टोपाज़ क्लब है।"

"जिसका रेमंड परेरा मुलाज़िम के अलावा कुछ नहीं!"

"बोले तो मैनेजर। मैनेजर के तौर पर टोपाज़ क्लब का मुलाज़िम।"

"और इन्तखाब हक्सर कर के फरार मवाली का, दुबई में बैठेले मवाली का फ्रन्ट!"

"हां।"

"जैसे तुम बहरामजी का फ्रन्ट!"

तुरन्त मोरावाला का मिज़ाज़ बदला, उसने आग्नेय नेत्रों से भारकर की तरफ देखा।

"सॉरी!" – भारकर ने थूक निगली – "ज़ुबान फिसल गई।"

"ऐसे ही कभी गफलत में जिन्दगी हाथ से फिसल जाएगी।"

"स-सॉरी!"

"हूँ।"

"अभी बोले तो रेमंड परेरा मामूली भीड़ू?"

"बरोबर।"

"ऐसे भीड़ू को पुलिस क्लब की ओनरशिप के बारे में क्वेश्चन करे तो वो क्या जवाब देगा?"

"पता करना।"

"जो भीड़ू ख़ुद किसी की सरपरस्ती में है, वो क्या किसी का सरपरस्त बनेगा!"

"अभी पकड़ में आया सब। तुम तो साला पिक्चर को ड्रॉ ही नहीं किया, कलर ही नहीं किया, फ्रेम ही नहीं किया, हैंग भी किया। साला टिप को ऐन पर्फेक्ट करके कैच किया तुम। कांग्रेट्स। नाओ गैट अलांग।"

भारकर ने उठकर, मेज पर दोहरा होकर बड़ी गर्मजोशी से जबरन मोरावाला

से हाथ मिलाया।

“अरे, अरे! क्या करता है? क्या करता है तुम?”

“ताकतवर के जलवा-जलाल को सलाम करता है।”

उसने – उत्तमराव भारकर, इन्स्पेक्टर मुम्बई पुलिस ने – सच में ही टॉप के मवाली के फ्रंट को सलाम ठोका।

वो जाने को घूमा तो पीछे से मोरावाला का शुष्क स्वर सुनाई दिया – “एक बात सुन के जाने का।”

भारकर ठिठका, घूमा।

“फिर कभी इधर नहीं आने का।”

भारकर सकपकाया फिर स्वंयमेव उसका सर सहमति में हिला।

भारकर डीसीपी पुजारा के ऑफिस में पेश हुआ।

सैल्यूट कबूल करने की औपचारिकता के बाद डीसीपी ने अपने ख़ास मातहत को सीट पेश की और आमद का सबब पूछा।

“सर” – भारकर अदब से बोला – “आप जानते हैं कि एसआई गोरे की ख़ुदकुशी का केस आफिशियली अभी भी क्लोज़ नहीं हुआ है, हालांकि वो ख़ुदकुशी का ओपन एण्ड शट केस है।”

“ऐसे केस को भी पूरी पड़ताल की ज़रूरत होती है।”

“आई अंडरस्टैंड, सर। इसी वास्ते मैं ख़ुद उसको मॉनीटर कर रहा हूँ। और इसी वास्ते मुझे रेमंड परेरा से बात करना ज़रूरी लग रहा है।”

“वो कौन है?”

“कोलाबा की मशहूर, एक्सक्लूसिव, हाई-फाई टोपाज़ क्लब का संचालक है।”

“अच्छा वो? मैं क्लब के नाम से बाखूबी वाकिफ था लेकिन उसे चलाता कौन है, नहीं मालूम था।”

“रेमंड परेरा चलाता है।”

“ओके। करो बात। क्या प्रॉब्लम है?”

"मैं कोलाबा नहीं जाना चाहता। टोपाज़ क्लब मेरे थाने की ज्यूरिसडिक्शन में नहीं है। उससे बात करने के लिए मेरे वहां जाने से मेरी हैसियत खराब होती है . . ."

"नॉनसेंस! कोलाबा थाने के एसएचओ कौशिक को साथ लेकर जाओ।"

"कुछ ख़ास मालूमात के लिए मैं उसे अपने थाने में तलब करना चाहता हूँ।"

"करो।"

"फौरन तलब करना चाहता हूँ। वो आने से इंकार तो नहीं कर सकता, लेकिन अपनी, अपनी क्लब से ताल्लुकात रखती मसरूफियात के बहाने फौरन आने में हील हुज्जत कर सकता है।"

"तो?"

"मैं उसे आपके नाम से बुलाना चाहता हूँ। सर, कोलाबा थाना भी तो आप ही की ज्यूरिसडिक्शन में है।"

"मैं उससे क्या बात करूँगा?"

"सर, बात मैं करूँगा। खाली बुलावा आपका होगा। और उससे आपको कोई डिस्टर्बेंस नहीं होगी। आपके हवाले से मैं सब सम्भाल लूँगा।"

"श्योर?"

"यस, सर। फिर भी आपके दख़ल की ज़रूरत पड़ेगी तो मैं ख़ुद उसे आप के पास लेकर आऊंगा।"

"ओके। गो अहेड।"

"थैक्यू, सर।"

आधे घन्टे मैं रेमंड परेरा थाने में मौजूद था जबकि उसने कोलाबा से ही नहीं, विले पार्ले से आना था।

ऐसा ही जहूरा था डीसीपी के समन का।

थाना परिसर में भारकर ने सबको पहले ही समझाया हुआ था कि रेमंड परेरा करके भीड़ू डीसीपी पुजारा को पूछता आएगा लेकिन उसे पहले एसएचओ के पास – उत्तमराव भारकर के पास – पेश किया जाना था।

अब अपनी अप्रसन्नता छुपाता रेमंड परेरा भारकर के ऑफिस में उसके सामने मौजूद था।

"मैं इधर क्या करता है?" – परेरा भुनभुनाया – "मेरा डीसीपी पुजारा के साथ अप्वॉयटमेंट।"

"डीसीपी साहब अभी बिज़ी हैं।" – भारकर सहज भाव से बोला।

"बोले तो जिसने ख़ुद बुलाया, ये टेम बुलाया, वो बिज़ी!"

"हां। ऐनी प्रॉब्लम?"

"है न! मैं क्या कम बिजी है! सौ काम छोड़ के, ख़ास टेम निकाल के ऑन दि डबल इधर आया, किस वास्ते? वेट करने का वास्ते? मैं साला एयरपोर्ट पर! मेरा फ्लाइट लेट जो वेट करता है?"

"मत करो।"

"क्या बोला?"

"मत करो बोला। डीसीपी की हुक्मउदूली का दम हो तो मत करो।"

परेरा तिलमिलाया, उसने बेचैनी से पहलू बदला लेकिन ख़ामोश रहा।

"मेरे से बात करो . . ."

उसने तमक कर सिर उठाया।

". . . हो सकता है डीसीपी साहब से बात करना ज़रूरी ही न रहे।"

"ऐसा?"

"बहुत बिज़ी ओहदा है डीसीपी का। अपनी पावर्स सबार्डीनेट्स को डेलीगेट न करे तो काम नहीं चलता। समझो आपको" – भारकर ने नकली अदब दिखाने के लिए 'आप' पर अतिरिक्त जोर दिया – "डील करने की डीसीपी साहब ने मेरे को छूट दी। ओके?"

परेरा ने अनमने भाव से सहमति में सिर हिलाया।

"तो मैं शुरू करूँ?"

"क्या?" – परेरा सकपकाया।

"चन्द सवाल पूछना।"

"कैसे सवाल?"

"पता लगेगा न! जब पूछूंगा तो सुनोगे न?"

"ओके। शूट।"

"किस हैसियत से आपका ताल्लुक टोपाज़ क्लब से है?"

"बोले तो?"

"मालिक हैं?"

"कोई शक?"

"जवाब दीजिए।"

"हां।"

"सोल ओनर या कोई पार्टनरशिप?"

"सोल ओनर।"

"जिस इमारत में क्लब है, उसके भी?"

"हां।"

"पेपर्स दिखा सकते हैं?"

"कैसे पेपर्स?"

"ओनरशिप के पेपर। मसलन प्रापर्टी की म्यूनिस्पैलिटी के रिकॉर्ड के मुताबिक रजिस्ट्री। हॉस्पिटैलिटी बिज़नेस के रूल्ज़ के मुताबिक क्लब का रजिस्ट्रेशन। बार परमिट। फायर सेफ्टी क्लियरेंस वगैरह?"

परेरा ख़ामोश हो गया, उसने फिर पहलू बदला।

"टोपाज़ क्लब जैसी एस्टैब्लिशमेंट चलाने के लिए तीस से ज़्यादा महकमों से क्लियरेंस की ज़रूरत होती है। सब चौकस हैं?"

"मकसद क्या है ये सब पूछने का?"

"इतनी लार्ज इनवेस्टमेंट का सोर्स क्या है? सोर्स चौकस है तो क्या वो इंकम टैक्स पेड है? इंकम टैक्स डिपार्टमेंट, डायक्टरेट आफ रेवेन्यू, ईवन मुम्बई पुलिस इस बारे में इंक्वायरी रेज़ करे तो फेस कर लेंगे! न फेस कर पाए तो जानते हैं न, प्रापर्टी की अटैचमेंट का ऑर्डर हो सकता है और आप और किसी चार्ज में नहीं तो इंकम टैक्स इवेज़न में गिरफ्तार हो सकते हैं!"

"बहुत लम्बी-लम्बी छोड़ रहे हो, इन्स्पेक्टर साहब . . ."

“एसएचओ साहब।” – भास्कर का स्वर शुष्क हुआ।

“वॉटऐवर। मैं बोला कि मकसद . . .”

“मैं सुना। वैसे तो बिना मकसद भी सब कुछ पूछा जा सकता है लेकिन मकसद भी है बराबर।”

“क्या?”

“टोपाज़ क्लब बेनामी प्रापर्टी है। तमाम कारोबार बाई प्रॉक्सी चल रहा है।”

“प्रॉक्सी बोले तो?”

“हवाला से चल रहा है।”

“नॉनसेंस!”

“प्रापर्टी का असली मालिक इन्तख़ाब हक्सर है जो दुबई में बैठेला है।”

परेरा जैसे आसमान से गिरा।

“हक्सर बोला मैं! कुछ पकड़ में आया?”

परेरा ने थूक निगली।

“ये बिजनेस हवाला के पैसे से खड़ा हुआ है, बेनामी की प्रापर्टी है जिसका तू – एकाएक भास्कर सब अदब भूल गया, उसका स्वर कर्कश हुआ – “कस्टोडियन है, रखवाला है। तू इन्तख़ाब हक्सर का ख़ाली फ्रंट है और तेरी हैसियत उसका मुलाज़िम होने के अलावा कुछ नहीं है। तू एक मामूली टपोरी है जिसको इन्तख़ाब हक्सर मुंह लगा के रखा, बस। इसके अलावा बजातेख़ुद तेरी कोई औकात नहीं। बोल, कि मैं बोम मारता है! मुंह पकड़ मेरा!”

परेरा रूमाल निकाल कर यूं मुंह-माथा पोंछने लगा जैसे पसीना आ रहा हो।

भास्कर को उसकी उंगलियां कांपती साफ दिखाई दीं।

गुड!

“साला बोम मारता है, खाली पीली फैलाता है कि पीठ पर कराची वाले ‘भाई’ का हाथ, जबकि वो या उसका आर्गेनाइज़ेशनल सैट अप, तेरे वजूद से भी वाकिफ नहीं। साला ‘भाई’ के नाम के दम पर ख़ुद को भाई प्रोजेक्ट करता है और अपनी रोटियां सेंकता है” – उसने मोरावाला के अलफाज़ दोहराए – “साइलेंटली, स्नीकिंगली अपनी हैसियत बनाता है। यूं साला दुबई बैठेले

मालिक को भी चक्कर देता है, बोले तो उस हाथ को भी काटता है जो उसे निवाला देता है। खुद को 'भाई' मशहूर कर के भाईगिरी में वसूली, छीनाझपटी करता है। अभी ऑलिव बार पर दांत गड़ाता था। सीधे से पेश नहीं चली तो साला एक पार्टनर टपका दिया। साला दो टके का फंटर मेरे को . . . मेरे को हूल देता है।"

"क-कौन?"

"जैसे तेरे को मालूम नहीं!"

अब वो साफ-साफ बद्हवास दिखाई दे रहा था।

"इधर आ जाना आसान पण निकल लेना मुश्किल, बाज टेम तो नामुमकिन। अभी मालूम करता है लॉक अप में कितना स्पेस बाकी। इम्पॉर्टेंट करके भीड़ू आया न, इम्पॉर्टेंट कर के ट्रीट करने का न! करता है इन्तज़ाम।"

"तुम ऐसा नहीं कर सकता।" – एकाएक परेरा भड़का – "आई एम ए रिस्पैक्टेबल बिज़नेसमैन। बोले तो इम्पॉर्टेंट करके भीड़ू . . ."

"मैं और क्या बोला?"

"मैं . . . मैं" – वो यूं उछल कर खड़ा हुआ कि पीछे कुर्सी उलटते बची – "डीसीपी पुजारा के पास जाता है . . ."

"सिट डाउन!" – भारकर कर्कश स्वर में बोला।

". . . जो कि मेरे को कॉल किया। जाता है मैं।"

वो घूमा और मज़बूत कदमों में चलता दरवाज़े की ओर बढ़ा।

"ख़बरदार!"

उस घड़ी भारकर का लहजा ऐसा क़हर बरसा रहा था कि परेरा यूं थमक कर खड़ा हुआ जैसे सामने कोई अदृश्य दीवार आ गई हो। स्लो मोशन के अन्दाज़ से वो वापिस घूमा। ये देखकर उसके नेत्र फैले कि भारकर उस पर गन ताने था।

परेरा ने जोर से थूक निगली।

"फरार होना मांगता था।" – भारकर भावहीन स्वर में बोला – "रोकने के वास्ते शूट करना पड़ा। ऐनी प्रॉब्लम?"

"थ-थाने से . . . थाने से फरार! कौन मानेगा?"

"कौन पूछेगा? तू तो मरा पड़ा होएंगा?"

परेरा ने बेचैनी से पहलू बदला।

"कम बैक हेयर।"

वो वापिस लौटा।

"सिट।"

उसने आदेश का पालन किया।

"भाई की शह पाया कोई मवाली ही पुलिस को इतना कम करके आंक सकता है" – भास्कर अपलक उसे घूरता बोला – "बोलता है रिस्पैक्टेबल करके बिजनेसमैन! अभी देता है न फुल रिस्पैक्ट! निकालता है न पेंदे में बांह देकर फुल रिस्पैक्ट!"

उसने काल बैल की तरफ हाथ बढ़ाया।

"वेट!" – परेरा व्यग्र भाव से बोला – "वेट! प्लीज!"

भास्कर की घन्टी बजाने की कोई मर्जी नहीं थी, उसने बड़े ड्रामाई अन्दाज से घन्टी की ओर बढ़ता हाथ वापिस खींच लिया।

"क्या मांगता है, बाप?" – परेरा अकड़-फूं से मुक्त दबे स्वर में बोला।

"मैं!" – भास्कर ने नकली हड़बड़ाहट जाहिर की – "मैं तो कुछ नहीं मांगता! मैं तो खाली बेनामी का एक केस पकड़ा, फौजदारी का एक केस पकड़ा, अभी मुजरिम को एडमिट करता है न!"

"मैं कोई फौजदारी नहीं किया।"

"किया न बरोबर! तभी तो मेरे हाथ में गन। क्या!"

"नीचे करो। प्लीज।"

"प्लीज बोलता है तो . . ."

भास्कर ने उस पर अहसान-सा करते हुए गन मेज के दराज में रख ली।

"थैंक्यू।" – परेरा बोला – "अभी बोले तो मैं कोई फौजदारी नहीं किया।"

"करवाया।" – भास्कर बोला – "तूने करवाया तो तेरा खासवाला किया। वो कुत्ता किया जो मेरे पर . . . मेरे पर भौंकता था। तेरा खास विनायक घटके किया। साला

चिन्दीचोर और किसी को भी नहीं, एक थाने के एसएचओ को हूल देता था। आज ही . . . आज ही गोटी से न लटकाया तो बोलना।"

"मैं रेमंड परेरा, कोई फौजदारी नहीं किया।"

"किया बरोबर। पढ़ा लिखा है?"

"हं-हां।"

"दैन यू मस्ट अन्डरस्टैण्ड दैट टु एड एण्ड अबैट एक क्राइम इज़ आलसो ए क्राइम। कत्ल करवाने वाला भी उसी सजा का हकदार होता है जिसका कि कत्ल करने वाला। सजा बोले तो! झूला! डेलीब्रेट कोल्डब्लडिड मर्डर की सजा फांसी। क्या!"

परेरा खुद को घूरते भास्कर से निगाह न मिला पाया।

"तेरी गिरफ्तारी के लिए तो इतना ही काफी होगा कि मुल्क से फरार एक मुजरिम से तेरे ताल्लुकात हैं।"

"क्या मांगता है, बाप!" – वो दयनीय भाव से बोला – "अभी बोलने का न! प्लीज़ करके बोलता है।"

"हां, ये टोन पसन्द मेरे को। बोलता है इस वास्ते। सुनता है लाउड एण्ड क्लियर?"

परेरा ने व्यग्र भाव से गर्दन हिलाई।

"मेरे को" – भास्कर का स्वर धीमा पड़ा – "वो वीडियो रिकॉर्डिंग मांगता है जो तेरा ख़ास साला हरामी घटके पिछले सोमवार को मेरे से श्यानपत्ती करके वरली के अपने फ्लैट में बनाया। गारन्टी के साथ मांगता है कि वो, तू या कोई दूसरा किधर कोई कॉपी नहीं रखा। क्या!"

परेरा के कठिन भाव से सहमति में सिर हिलाया।

"अभी का अभी मांगता है।"

"वो डेस्ट्राय कर देगा न! मैं बोलेगा तो वो . . ."

"आई रिपीट, मेरे को मांगता है, गारन्टी के साथ मांगता है कि किधर कोई कॉपी नहीं।"

"बाप, वो रिकॉर्डिंग उसके खिलाफ भी तो सबूत है कि तुलसीवाडी वाला

डबल मर्डर वो किया!"

"और तू करवाया।"

परेरा ख़ामोश रहा।

"मैं वो रिकॉर्डिंग तेरे सामने डेस्ट्रॉय करूँगा। फिर कैसा सबूत? किसके खिलाफ सबूत!"

"तुम उसको ख़ास गवाही देने पर भी तो मजबूर करना मांगता है! वो गवाही देना तो उसके लिए ख़ुद अपना डैथ वारन्ट साइन करना होगा!"

"कुछ नहीं होगा। मैं बोला न, उसकी गवाही इस शर्त पर होगी कि उसको वादामाफ गवाह बनाया जाएगा।"

"पण वादामाफ गवाह बनाने का अख़्तियार तुम्हेरे को किधर है! वो तो सरकारी वकील को होता है!"

"केस के इनवैस्टिगेटिंग ऑफिसर को भी होता है जो कि मैं हूँ।"

"उसका काम, बोले तो, सलाह देना होता है, इस बाबत फैसला सरकारी वकील ने ही करना होता है।"

"सरकारी वकील मेरी जेब में है।"

"कौन सा? सरकारी वकीलों का तो पैनल होता है। ये जरूरी किधर है कि इस केस के लिए तुम्हेरी जेब वाला सरकारी वकील ही अप्वॉयन्ट हो? या तमाम के तमाम सरकारी वकील तुम्हेरी जेब में हैं?"

भारकर ने खा जाने वाली निगाह से उसे देखा।

"भाव नहीं खाने का, बाप। सवाल ही तो पूछता है!"

"कैसे सवाल पूछता है? जिनसे तेरी श्यानपत्ती की हाजिरी लगती है। क्या?"

परेरा ने जवाब न दिया।

कुछ क्षण ख़ामोशी रही।

"देख" – आखिर भारकर नम्र स्वर में बोला – "मेरा एक प्रॉब्लम है जो मेरे को सॉल्व करना मांगता है। क्या प्रॉब्लम है, मगज में डालता है मैं तेरे। वो क्या है कि वो टेम एसीपी के सामने मैं ज़रूरत से ज़्यादा बोल गया था। मेरे मुंह से निकल गया था कि घटके हल्फिया बयान देगा कि तुलसीवाडी वाली वारदात के सिलसिले में

उसकी गोरे से सांठ-गांठ थी और गोरे की आगे टोपाज़ क्लब के बिग बॉस रेमंड परेरा के पास, तेरे पास हाजिरी थी। तेरा अपने ख़ास भीड़ू घटके को हुक्म था कि वो ऑलिव बार के पार्टनर को टपकाने के मामले में गोरे के साथ मिल के काम करे। ये बात गोरे के खिलाफ कई सबूतों में से एक थी लेकिन जो बड़े-बड़े और मोस्ट इम्पॉर्टेंट करके सबूत गोरे के खिलाफ थे – जैसे मकतूला नीरजा नायक ने बतौर शूटर गोरे की तसदीकशुदा शिनाख़्त की थी, जैसे मर्डर वैपन गोरे के घर से बरामद हुआ था, जैसे ख़ुदकुशी की वारदात लॉक्ड फ्लैट में हुई थी, पुलिस को फ्लैट का बन्द दरवाज़ा तोड़ कर भीतर दाखिल होना पड़ा था – उनके सामने घटके का बयान कोई बड़ी अहमियत अख़्तियार नहीं करने वाला। सुनता है?"

परेरा ने कठिन भाव से सहमति में सिर हिलाया।

"मैं रिपीट करता है, बोले तो घटके और गोरे दोनों तेरी हुक्मबरदारी में थे और घटके को तेरी हिदायत थी कि वो गोरे के साथ मिल कर काम करे जबकि तेरे को मालूम कि ऐसी कोई हिदायत न थी, न हो सकती थी। घटके को तो वारदात के बाद ही सूझ सकता था कि तुलसीवाडी की उसकी करतूत को हाकिम ने किस पर थोपा था! एसीपी ने इस बाबत तभी सवाल किया होता कि घटके क्या बयान देगा इसकी मेरे को कैसे ख़बर थी, तो मेरे से जवाब देते न बनता। अभी ख़ैरियत ये है कि और बड़ी बातों की रू में एसीपी की इस बात की तरफ तवज्जो न गई और हो सकता है कभी जाए भी नहीं। ऐसा हो गया तो बात ही क्या है, न हुआ तो एक बार सरकारी वकील के रूबरू घटके की पेशी करवा देंगे ताकि एसीपी को ख़बर हो जाती कि उस बाबत कुछ किया जा रहा था।"

"फिर?"

"फिर आगे बतौर अप्रूवर कोर्ट में उसकी पेशी होनी होगी लेकिन जब ऐसी नौबत आएगी तो जज के सामने गवाही देने के लिए वो ढूंढ़े नहीं मिलेगा।"

"बोले तो?"

"फरार हो जाएगा।"

परेरा की भवें उठीं।

"ऐसे क्या देखता है! गवाह, वान्टिड क्रिमिनल या ज़मानत पाए भीड़ू फरार

होते ही रहते हैं। बेल जम्पिंग आम वाकया है, जिसमें कई बार तो पुलिस वाले ही मुजरिम की मदद कर रहे होते हैं। जिन्होंने पकड़ना है, वो ही मददगार बन जाएंगे तो कैसे कुछ बिगड़ेगा मुजरिम का!"

"घटके का।"

"उसी की बात हो रही है।"

"हूँ।"

"कुछ दिनों में केस क्लोज़ हो जाना है। थाने में माहाना सैंकड़ों केस रजिस्टर होते हैं, कैसे पुलिस एक ही केस पर काम करती रह सकती है! केस ठण्डे बस्ते में चला जाएगा तो किसकी तवज्जो घटके की तरफ़ जाएगी! किसको याद रहेगा कि घटके कौन था! थोड़े टेम का जलावतन काट के साला जब चाहेगा वापिस लौट आएगा। क्या प्रॉब्लम है?"

"तुम बोलता है तो कोई नहीं।"

"है तो बोल!"

"कोई नहीं।"

"तो सब सैट है?"

"वो तो . . . हो जाएगा, पण मेरे को भी तो कुछ बोलने का!"

"तेरे को कुछ बोलने का?"

"हां। तुम्हेरा बड़ा करके सर्विस करेगा तो मेरे को भी तो कुछ मांगता होयेंगा!"

"तेरे को क्या मांगता है?"

"बिजनेस डील का माफिक डील मांगता है।"

"क्या?"

"मैं तुम्हेरे को तुम्हेरा वीडियो क्लिप लौटाएगा, घटके को तुम्हारे मनमाफिक गवाही देने को तैयार करेगा तो बदले में तुम भी कुछ करेगा या नहीं!"

"तू कोई शर्त लगाने की पोजीशन में तो नहीं पण बोल, क्या मांगता है?"

"टोपाज़ क्लब की तरफ आंख नहीं उठाने का। उसकी बाबत मेरे से, रेमंड परेरा से, एमबैरेसिंग सवाल नहीं करने का। मैं टोपाज़ क्लब का मालिक नहीं, ये बहुत अन्दर की बात है जो किसी को, किसी को भी, मालूम नहीं। मेरे को हैरानी – हैरानी

क्या, यकीन ही नहीं होता – कि तुम्हेरे को मालूम। मालूम तो पक्की कोई बड़ा अन्डरवर्ल्ड बॉस हैल्प किया वर्ना किसी लोकल एस्टैब्लिशमेंट का इन्वेस्टर फॉरेन में होना कोई बड़ी बात नहीं। पण तुम्हेरे को तो ये भी मालूम कि वो फॉरेन इन्वेस्टर कौन! अभी मेरे को हूल देता है, वान्दा नहीं पण दुबई के 'भाई' को हूल देगा तो तुम्हेरा कुछ नहीं बचेगा। आई गिव यू माई वर्ड दैट यू विल डाई ए मिज़रेबल डैथ!"

"साला, धमकी देता है?" – भास्कर भड़का।

"ये टेम देता है" – परेरा निडर भाव से बोला।

भास्कर तिलमिलाया लेकिन ख़ामोश हो गया।

"तुम मेरे को बहुत डराया। मैं डरा भी बरोबर। पण डील की बात है तो डील पर खरा उतर कर दिखाने का। मेरे को अभीच लॉक अप में बन्द करने का तो करने का, पण तुम्हेरी कोई भी ज़्यादती, ज़ोर-ज़बरदस्ती उस वीडियो रिकॉर्डिंग को पब्लिक डोमेन में आने से नहीं रोक पाएगी। एसीपी, डीसीपी क्या, कमिश्नर तक चुटकियों में उसकी कॉपी पहुंचेगी। घटके की तुम्हेरे मनमाफिक गवाही तुम्हेरे लिए सपना बन जाएगी। बोले तो परेरा डूबेगा तो तुम्हेरे को साथ ले के डूबेगा। इसलिए मेरे नहीं, अपने वैलफेयर का वास्ते डील पर खरे उतर कर दिखाना। क्या!"

भास्कर अन्दर से तड़प गया कि परेरा अब उस जैसी उद्दंड भाषा बोल रहा था।

"मैं" – वो बोला – "गणपति की कसम खाके बोलता है कि डील पर सौ टांक खरा उतरेगा। तेरे और टोपाज़ क्लब के बारे में जो कुछ मैं जानता है, उसको अभी का अभी भूल जाएगा।"

"मैं भी सेंट फ्रांसिस की कसम खा के बोलता है कि तुम्हेरी वीडियो क्लिप तुम्हेरे हवाले करेगा, उसकी कोई कॉपी नहीं रखेगा और ज़रूरत पड़ी तो घटके को तुम्हेरे मनमाफिक गवाही देने के लिए तैयार करेगा। ऐज गॉड इज माई जज, आई विल नॉट बिट्रे यू। इफ आई डू, मे माई सोल रॉट इन हैल। आमीन!"

"मैं भी गणपति बप्पा का खौफ खाने वाला मराठा है; जिससे डील किया, उससे दगा करने का सपने में भी ख़याल नहीं करेगा। करेगा तो जहन्नुम की आग में झुलसेगा।"

"आई ट्रस्ट यू। शेक हैण्ड्स ऐज़ फैलो पैसेंजर ऑफ दि सेम बोट।"

भारकर ने उठकर, विशाल मेज पर दोहरा होकर परेरा से हाथ मिलाया।

कुछ क्षण ख़ामोशी रही।

"जाता है।" – फिर एकाएक उठता हुआ परेरा बोला।

"ज़रूर।" – भारकर बोला – "पण दो घन्टे में लौट के आने का।"

परेरा की भवें उठीं।

"वीडियो रिकॉर्डिंग के साथ।"

"दो घन्टे में?"

"बरोबर।"

"ये टेम घटके पता नहीं किधर होगा! दो घन्टे – या ज्यास्ती – तो मेरे को उसको लोकेट करने में लग जाएंगे।"

"दो घन्टे!" – इस बार भारकर ने स्वभावसुलभ सख़्ती दिखाई।

परेरा ने अवाक् उसे देखा।

भारकर विचलित न हुआ।

"ओके।" – परेरा असहायता जताती गहरी सांस लेता बोला – "ओके।"

परेरा सत्तर मिनट में वापिस लौटा।

वीडियो क्लिप के साथ और इस 'सॉलम अश्योरेंस' के साथ कि वीडियो की किसी कॉपी का कहीं कोई वजूद नहीं था।

भारकर सन्तुष्ट था कि – कर्टसी मोरावाला, बल्कि कर्टसी बहरामजी कान्ट्रैक्टर – उसके सिर पर से एक बड़ा, जानलेवा खतरा टल गया था।

अभी सब नार्मल हो जाए, फिर टोपाज़ क्लब से रेगुलर गुलदस्ता वसूल न किया तो मेरा नाम भी भारकर नहीं।

ऐसा ही नाशुक्रा मिज़ाज़ पाया था उत्तमराव भारकर ने जो ख़ुद अपनी ज़ुबानी ख़ुद को काला नाग बोलता था।

परसों, गुरुवार को एसीपी कुलकर्णी के सौजन्य से विनायक घटके की तस्वीर झालानी के हाथ आई थी लेकिन अपनी जुदा मसरूफ़ियात के तहत फौरन वो

रतन टाटा मार्ग का रुख़ नहीं कर सका था और शाम को जब वो हस्पताल पहुंचा था तो मालूम पड़ा था कि डॉक्टर अधिकारी छुट्टी कर गए थे।

अगले दिन, यानी कल मालूम पड़ा कि डॉक्टर साहब का उस रोज ऑफ था। डॉक्टर के घर का पता दरयाफ़्त करने की कोशिश की तो नाकामी हाथ लगी।

फिर आज सुबह वो हस्पताल पहुंचा तो मालूम पड़ा कि उस रोज डॉक्टर अधिकारी की नाइट ड्यूटी थी जो कि आठ बजे से शुरू होती थी।

तीसरे दिन रात नौ बजे पौने घन्टे के इन्तज़ार के बाद आखिर वो हस्पताल में डॉक्टर अधिकारी के रूबरू हो पाया।

डॉक्टर अप्रसन्न भाव से उससे मिला।

उसकी अप्रसन्नता को नजरअन्दाज़ करते झालानी ने उसे एसीपी से हासिल विनायक घटके की तस्वीर दिखाई।

डॉक्टर ने ग़ैरमामूली देर लगाते तस्वीर का मुआयना किया।

आखिर उसने तस्वीर झालानी को लौटाई।

झालानी ने आशापूर्ण नेत्रों से डॉक्टर को देखा।

"वही है।" – डॉक्टर बोला।

"कौन?"

"सोलह तारीख वाले शुक्रवार जिसकी तस्वीर मैंने मेरे पेशेंट नीरजा नायक का बयान लेने आये इन्स्पेक्टर के हाथ में देखी थी जबकि वो आईसीयू से लौट रहा था और मैं उसको एस्कॉर्ट कर रहा था। नाम शायद भास्कर था।"

"श्योर?"

"पहले हण्डर्ड पर्सेंट श्योर नहीं था लेकिन अब हूँ। ऐसी ही क्या, यूं समझो कि मैंने यही तस्वीर इन्स्पेक्टर के हाथ में देखी थी।"

"ये तो खैर, नहीं हो सकता।"

"मैंने ऐज़ ए फिगर ऑफ स्पीच बोला। मेटाफोरिकली बोला।"

"सर, गुस्ताख़ी की माफ़ी के साथ अर्ज़ है कि आपका मौजूदा बयान दो मुख्तलिफ बातें खड़ी कर रहा है। जिस तस्वीर को आपने इन्स्पेक्टर के हाथ में देखा, जिसकी आपने अब शिनाख़्त की, अगर उसी को नीरजा नायक ने एनडोर्स

किया था और आपने काउन्टर एनडोर्स किया था तो फिर सब-इन्स्पेक्टर अनिल गोरे कातिल क्योंकर हुआ?"

"उसकी तस्वीर के पीछे डबल एनडोर्समेंट थी।"

"तो उस काम से फारिग होकर लौटते इन्स्पेक्टर भारकर के हाथ में अनिल गोरे की तस्वीर की जगह किसी दूसरे शख़्स की तस्वीर क्यों थी! जिस शख़्स की तस्वीर की आपने अभी शिनाख़्त की, वो तो अनिल गोरे नहीं था!"

"तुम मुझे कनफ्यूज़ कर रहे हो।" – डॉक्टर झुंझलाया – "अनिल गोरे की ख़ुदकुशी के साथ ये केस हल हो चुका है।"

"अगर उस ख़ुदकुशी में कोई भेद है . . ."

"कोई भेद नहीं है। पुलिस सन्तुष्ट है।"

". . . तो समझिए असल कातिल अभी भी छुट्टा घूम रहा है। कातिल अपने किए की सज़ा न पाए, ये आपको – एक लॉ अबाइडिंग, रिस्पांसिबल सिटीज़न को – मंज़ूर होगा?"

"मैं जानता हूँ तुम कहां मार कर रहे हो! आई विल नॉट हैव इट। आई विल नॉट लैट यू गैट बैक टू स्क्वायर वन विद मी। ये तमाम बातें हमारी पिछली मीटिंग में हमारे बीच हो चुकी हैं। मैं नहीं जानना चाहता, मैं नहीं समझना चाहता, मैं नहीं इस बात पर सिर धुनना चाहता कि जो होता दिखाई दिया, वो क्यों नहीं हो सकता था, क्यों डबल एनडोर्समेंट उस तस्वीर पर थी जो मैंने देखी – जिसको देखा होने की मैंने अब तसदीक की – न कि जो अख़बारों में छपी थी और जो मैंने कभी देखी ही नहीं थी। ये तुम्हारा कारोबार है, ख़ुद देखो, मुझे न सिखाओ, मेरे से कोई मैडीकल कंसल्टेशन चाहिए कोई प्रेस्क्रिप्शन चाहिए तो बोलो।"

"वो तो ख़ैर, नहीं चाहिए।"

"दैन लैट्स कॉल इट ए डे।"

"इन ए मिनट, सर, इन ए मिनट। मैं अपने वादे से नहीं फिरूंगा, मैं अपने सोर्स ऑफ इन्फर्मेशन को प्रोटेक्ट करूँगा लेकिन . . ."

"अभी भी लेकिन?"

". . . अगर ये केस हल होता दिखाई देगा तो आप अपना रवैया बदलेंगे?"

"हल होता दिखाई देगा क्या मतलब! हल तो हो चुका! डबल मर्डर के अपराधी ने गिरफ्तारी से बचने के लिए ख़ुद को फांसी लगा ली, यही तो मीडिया कहता है!"

"कई मर्तबा जो पुलिस कहती है, मीडिया महज़ उसको दोहराता है।"

"यानी जो शख़्स अपने घर पर फांसी लगा पाया गया, तुम्हें उसके कातिल होने पर शक है? साफ़ जवाब दो। पहले दिया तो फिर दो।"

"हां।"

"क्या हां?"

"मुझे सब-इन्स्पेक्टर अनिल गोरे के कातिल होने पर शक है।"

"उसको बेगुनाह साबित कर सकते हो?"

"नहीं।"

"इतने अकाट्य सबूत उसके ख़िलाफ हैं, उन्हें झुठला सकते हो?"

"नहीं।"

"फिर क्या बात बनी?"

"मैं बात का दूसरा सिरा पकड़ सकता हूँ।"

"मतलब?"

"मैं गोरे को बेगुनाह साबित नहीं कर सकता लेकिन किसी को गुनहगार साबित करने की कोशिश कर सकता हूँ।"

"किसी बेगुनाह को गुनहगार साबित करने की कोशिश करोगे?"

"किसी गुनहगार को गुनहगार साबित करने की कोशिश करूँगा। ऐसा करने के लिए मुझे गोरे की बेगुनाही पर ऐतबार लाना पड़ेगा, भले ही हर बात उसके खिलाफ है। मैं ऐसा करूँगा तो मेरे को किसी को तो गुनहगार मानना पड़ेगा! नहीं?"

"हां।"

"सर, मरने वाला तो मर गया, अगर उसके साथ कोई नाइंसाफी हुई है तो वो तो अब उसकी दुहाई दे नहीं सकता लेकिन कोई तो दे सकता है!"

"कोई कौन?"

"पंकज झालानी। सीनियर कारस्पॉन्डेंट 'एक्सप्रेस'।"

"हूँ।"

"तो क्या करते है?"

"गो अहेड। आई विश यू ऑल दि बैस्ट।"

"आई विल, सर, एण्ड थैंक्यू सर, लेकिन आगे बढ़ने से पहले मैं आपसे थोड़ी सी छूट पाने का तलबगार हूँ।"

"कैसी छूट?"

"ऐसी कि मेरा आप से वादा न टूटे और आपको कोई नुकसान न हो।"

"ओके। अब बोलो, कैसी छूट?"

"अगर पुलिस का टॉप ब्रास – बोले तो ख़ुद कमिश्नर – अनुरोध करे तो क्या आप अपना अभी का बयान – मेरी लाई तस्वीर की शिनाख़्त से ताल्लुक रखता बयान – कमिश्नर के सामने दोहराना कुबूल करेंगे?"

डाक्टर ने उस बात पर विचार किया।

"वो है कौन?" – फिर उत्सुक भाव से बोला।

"लो लाइफ है। मवाली है। एक बड़े मवाली का भड़वा है।"

"वो कातिल है?"

"वो बहुत कुछ है। इतना कुछ है कि उसका क़िरदार आपका दिमाग घुमा देगा। आप अभी उसे छोड़िए, अभी आप सिर्फ मेरे सवाल का जवाब दीजिए। कमिश्नर के सामने अपना बयान दोहराना कुबूल करेंगे?"

"कमिश्नर तक तुम्हारी पहुंच है?"

"नहीं। उस तक पहुंच बनाने के लिए मुझे अपने एक फ्रेंडली एसीपी को कन्फीडेंस में लेना पड़ेगा।"

"ओह!"

"सर, आपको कोई प्रॉब्लम नहीं होगी। आइन्दा बहुत थोड़े टाइम में इतना कुछ होने वाला है कि हो सकता है कि आपके सामने आने की ज़रूरत ही न पड़े।"

"ऐसा?"

"हां।"

"एसीपी का नाम बोलो।"

झालानी ने बोला और आशापूर्ण भाव से डॉक्टर की तरफ देखा।

"ओके।" – डॉक्टर निर्णायक भाव से बोला – "ज़रूरत पड़ने पर मैं तुम्हारी राय पर अमल करूँगा।"

झालानी ने चैन की सांस ली।

हस्पताल से दूर निकल कर उसने एसीपी कुलकर्णी का मोबाइल बजाया।

तुरन्त जवाब मिला।

झालानी ने उसे डॉक्टर की शिनाख़्त की बाबत और बयान देने के लिए उसकी शर्त की बाबत बताया।

"सब अरेंज हो जाएगा।" – एसीपी के लहजे से उत्साह छुपाए नहीं छुप रहा था – "मेरे को फॉरेन्सिक साइन्स लैबारेट्री की रिपोर्ट अभी मिली है जो बहुत विस्फोटक साबित होने वाली है। कल सुबह फायरवर्क्स के लिए तैयार रहना। दस बजे सीधे मेरे ऑफिस में पहुंचना और कोशिश करना कि मेरे सिवाय किसी से, ख़ासतौर से भारकर से, तुम्हारा आमना सामना न हो। ओके?"

"यस, सर।"

"झालानी, तूने मेरे अनुरोध पर, बल्कि अर्नेस्ट रिक्वेस्ट पर, गोरे के केस पर काम करना शुरू किया, इसके बदले में कल कुछ बड़ा हो पाया तो 'एक्सप्रैस' पहला पेपर होगा जो ब्रेकिंग न्यूज़ के तहत एक्सक्लूसिव स्टोरी छापेगा।"

"आई एम वैरी एक्साइटिड, सर। कल हाज़िर होता हूँ।"

"यू वोंट बी डिसअप्वायंटिड।"

लाइन कट गई।

□□□

ठीक दस बजे पंकज झालानी एसीपी कुलकर्णी के ऑफिस में उसके सामने बैठा था।

झालानी ने पिछली शाम को डॉक्टर से अपनी मुलाकात को फिर दोहराया।

"क्या मतलब हुआ इसका?" – एसीपी बोला।

"आप बताइए।"

"भास्कर ने आईसीयू में नीरजा नायक को तस्वीर कोई और दिखाई और बतौर एनडोर्समेंट उसके साइन किसी और तस्वीर पर करवाए! तस्वीर विनायक घटके की दिखाई और साइन एसआई अनिल गोरे की तस्वीर की पीठ पर करवाए!"

"ऐसा ही हुआ जान पड़ता है।"

"कैसे किया? जगलरी का ये कारनामा कैसे किया? ख़ास तौर से एक गवाह के सामने! आईसीयू के ऑन ड्यूटी डॉक्टर अधिकारी की मौजूदगी में!"

"मेरे को तो कुछ नहीं सूझ रहा!"

"सूझेगा। सूझेगा। मेरे को सूझ रहा है तो तेरे को भी सूझेगा। दिमाग पर ज़ोर देगा तो यकीनन सूझेगा।"

"ऐसा?"

"हां। तू खोजी पत्रकार है और केस की तेरे को मेरे से ज़्यादा वाकफ़ियत है। क्यों नहीं सूझेगा? सोच!"

त्योरीं चढ़ाए वो सोचने लगा। उसकी शक्ल ही बता रही थी कि वो दिमाग पर बहुत ज़ोर दे रहा था।

एसीपी धीरज से प्रतीक्षा करता रहा।

"कुछ सूझ तो रहा है!" – आखिर झालानी बोला।

"क्या?" – एसीपी उसे उत्साहित करता बोला – "ज़ुबान दे उसको जो सूझ रहा है।"

"सर, भेद इस बात में जान पड़ता है कि आईसीयू में एक वक्त में दो तस्वीरों का वजूद था – एक विनायक घटके की जो कि गवाह को दिखाई गई, और दूसरी गोरे की जिसकी पीठ पर दस्तख़त हुए। यानी जो तस्वीर दिखाई गई उसकी पीठ पर दस्तख़त नहीं थे और जिस तस्वीर पर दस्तख़त पाए गए थे, वो दिखाई नहीं गई थी।"

"अच्छे जा रहे हो। आगे?"

"ऐसा तभी मुमकिन हो सकता है जबकि वो दो तस्वीरें आपस में ऐसी होशियारी से, ऐसी नफ़ासत से जोड़ी गई हों कि मालूम ही न पड़े कि तस्वीरें दो थीं – एक की बैक के साथ दूसरी का फ्रंट जुड़ा हुआ था।"

"ब्रावो!"

"इसी वजह से जब गवाह ने घटके की तस्वीर की शिनाख़्त करके उसकी पीठ पर साइन किए, और साइन डॉक्टर ने एनडोर्स किए, तब असल में साइन घटके की तस्वीर के पीछे फ्रंट से जुड़ी गोरे की तस्वीर पर हो रहे थे। और बाद में दोनों तस्वीरों को एक दूसरे से अलग कर लिया गया था।"

"कैसे? यूं जोड़ने के बाद जोड़ खोलने की कोशिश में सामने की तस्वीर की बैक और पिछली तस्वीर का फ्रंट डैमेज हो सकता था!"

"सर, इस बात से तस्वीरें जोड़ने वाला नावाकिफ नहीं होगा। जरूर ऐसा कोई बाइन्डिंग मैटीरियल उपलब्ध होगा जिससे आपस में जोड़ी गईं तस्वीरें खुलने पर डैमेज न होती हों।"

"यही बात थी।" – एसीपी निर्णायक भाव से बोला – "भारकर ने मुझे गवाहों की एनडोर्स्ड गोरे की तस्वीर दिखाई थी, मैं ख़ुद गवाह हूँ कि वो मामूली सी भी कहीं से डैमेज्ड नहीं थी। अब बाकी रही बाइन्डिंग मैटीरियल की बात तो उसका भी पता लगा लेंगे . . ."

तभी झालानी के मोबाइल की बैल बजी।

"एक्सक्यूज़ मी, सर।" – झालानी बोला।

उसने कॉल रिसीव की।

"मैं कोंपल मेहता बोल रही हूँ।" – आवाज़ आई।

झालानी तत्काल सम्भल कर बैठा, उसने एक अर्थपूर्ण निगाह एसीपी पर डाली और मोबाइल को लाउडस्पीकर पर लगा दिया।

"गुड मार्निंग, मैम।" – झालानी बोला।

"गुरुवार को बोरीवली में जब तुम मेरे से मिले थे जो तुमने कहा था कि अगर मेरा खयाल बदल जाए, हालात बदल जाएं तो मैं तुम्हें फोन करूं।"

"यस, मैम। एण्ड थैंक्यू फॉर कालिंग।"

"तुमने मुझे अपना विजिटिंग कार्ड दिया था जिस पर और नम्बरों के अलावा तुम्हारा मोबाइल नम्बर भी था इसलिए कॉल लगाई।"

"थैंक्स अगेन। तो क्या ख़याल बदला? हालात बदले?"

"हां। इसीलिए तुम्हारी दरख़्वास्त पर अमल किया।"

"सो काइन्ड ऑफ यू। अभी क्या तब्दीली आई?"

"मैंने मुम्बई छोड़ दी है – मैंने महाराष्ट्र से ही किनारा कर लिया है – अब मैंने इस नामुराद शहर से, इस पाप की नगरी से इतनी दूर मुकाम पाया है कि हाकिम लाख ज़ोर लगा ले, मेरे को नहीं तलाश कर पाएगा। मुझे अब उसकी कोई दहशत नहीं इसलिए अब मैं अपना मुंह खोल सकती हूँ और हकीकत बयान कर सकती हूँ।"

"दैट्स गुड न्यूज़।"

"तुम्हारे विज़िटिंग कार्ड पर तुम्हारी ई-मेल आइडेन्टिटी भी दर्ज थी, उस पर मैंने एक वीडियो क्लिप फॉरवर्ड की है जिसमें उन तमाम बातों का जवाब है तो तुम जानना चाहते थे लेकिन भरपूर कोशिशों के बाद नहीं जान पाए थे क्योंकि उस बाबत मेरी ज़ुबान नहीं खुलवा पाए थे। अब बाजरिया उस मेल तुम्हारे मन माफिक मेरी ज़ुबान खुल चुकी है और वो वीडियो क्लिप मेरे अन्डर ओथ दिए बयान का दर्जा रखती है। देखना, सुनना, काम आएगी।"

लाइन कट गई।

झालानी ने एसीपी की तरफ देखा।

"कोंपल!" – एसीपी याद करता बोला – "वही, बाजरिया फोन जिसकी लोकेशन ट्रैक करवाई थी?"

"जी हां।"

"तेरे फोन पर ई-मेल रिसीव होती है?"

"होती है।"

"तो कर न रिसीव! खोल न! देख – मेरे को भी दिखा – क्या दर्ज है वीडियो क्लिप में।"

"राइट अवे, सर।"

तभी एक हवलदार भीतर दाखिल हुआ।

"सर, भारकर साहब आया।" – वो दरवाज़े पर से अदब से बोला।

"बोलो, वेट करें।" – एसीपी शुष्क स्वर में बोला – "जब बुलाऊं तो आएं।"

"यस, सर।"

हवलदार चला गया, उसके पीछे दरवाज़ा बदस्तूर बन्द हो गया।

तब तक झालानी ई-मेल खोल चुका था और स्क्रीन पर उसे क्लोज़-अप में कोंपल मेहता का खूबसूरत लेकिन पशेमान चेहरा दिखाई दे रहा था।

"दिस इज़ कनफैशनल स्टेटमेंट ऑफ कोंपल मेहता . . ."

"ठहर, ठहर!" – एसीपी बोला – "रुक अभी। यहां मोबाइल को लैपटॉप से हुक करने की सुविधा है। अभी वो लार्ज स्क्रीन पर दिखाई देगी।"

"ऑल दि बैस्ट।" – झालानी बोला।

एसीपी ने दक्षता से सब सैटिंग की।

स्क्रीन पर फ्रीज़ शॉट में कोंपल मेहता दिखाई देने लगी।

"शुरू से शुरू कर।"

झालानी ने आदेश का पालन किया।

"मैं कोंपल मेहता वल्द जिग्नेश मेहता साकिन राजकोट, गुजरात अपनी पूरी ज़िम्मेदारी से इस रिकॉर्डिंग में गुरुवार, आठ नवम्बर के वाकयात बयान करती हूँ और दरख्वास्त करती हूँ कि इस बयान को मेरे हल्फिया, इकबालिया बयान का दर्जा दिया जाए।

"उस रोज़ दोपहर के करीब तारदेव थाने का कदम नाम का एक सब-इन्स्पेक्टर बन्दरगाह के इलाके में पहुंचा जहां डिमेलो रोड बतौर इवेंट आर्गेनाइजर मेरी वर्क प्लेस थी, और बिना कोई वजह बताये मुझे पकड़ कर तारदेव थाने ले गया और मुझे एसएचओ उत्तमराव भारकर के हवाले किया। वहां उसने मेरे कारोबार के बारे कुछ सवाल पूछे फिर मेरे पर इलज़ाम लगाया कि मैं अपने काम की ओट में ड्रग्स पैडल करती थी और ड्यूटी फ्री स्कॉच डिलीवर करती थी और इस सिलसिले में

पुलिस की मेरे पर पहले से निगाह थी जो कि बिलकुल झूठा, बेबुनियाद इलज़ाम था। लेकिन एसएचओ ने मेरी एक न सुनी और जामातलाशी के लिए मुझे एक लेडी पुलिस सब-इन्स्पेक्टर के हवाले कर दिया जिसका नाम मुझे रेखा सोलापुरे बताया गया।

''जामातलाशी की एसएचओ को रिपोर्ट मिली जो कहती थी कि मेरे पास से एस्टेसी की पांच गोलियाँ बरामद हुई थीं।

"मुझे फिर एसएचओ के पास पेश किया गया।

"एसएचओ ने एस्टेसी की पांच गोलियों की बरामदी की बात की लेकिन साथ ही कहा कि जब पंचनामा होगा तो उसमें गोलियों की तादाद पचास दर्ज होगी। मैंने बेतहाशा दुहाई दी कि मैं समगलर या पैडलर नहीं थी, वो गोलियाँ बतौर यूज़र मेरे पास थीं। एसएचओ ने पचास गोलियों की बरामदी पर ही ज़ोर रखा और ये कहकर मुझे बाकायदा दहशत में डाला कि मैं सात से दस साल तक नप सकती थी। मैंने रहम की इल्तिजा की तो उसे इस शर्त पर रहम करना – मेरा केस ही डिसमिस कर देना – कुबूल हुआ कि मैं अनिल गोरे नाम के उसके एक मातहत सब-इन्स्पेक्टर के खिलाफ बलात्कार का चार्ज खड़ा करना मंज़ूर करूँ। उसने साफ कहा कि वो एसआई उसके लिए प्रॉब्लम्स खड़ी कर रहा था जिसकी वजह से वो उसे सैट करना चाहता था। उसका हुक्म था कि थाने में ही एसआई के निजी ऑफिस में हुए बलात्कार पर मैंने ख़ामोश भी नहीं रहना था, पुरजोर दुहाई देनी थी कि एसआई अनिल गोरे ने पहले मेरे को एक फ़र्ज़ी केस में फंसाया फिर केस रफादफा करने के लिए मेरा शारीरिक शोषण किया। फरियाद के तौर पर मैंने कई ऐतराज पेश किए जिनकी रू में ऐसा झूठा, बेबुनियाद इलज़ाम नहीं चलने वाला था। लेकिन उसका आश्वासन था कि वो सब सैट कर देगा – जैसे मैडीकल एग्जामिनेशन में बलात्कार की पुष्टि होगी, डीएनए की रिपोर्ट के आने में महीना लगेगा और वो इनकनक्लूसिव पाई जाएगी, वगैरह।

"ग़ौरतलब है कि मेरे रूबरू होने से पहले ही एसएचओ निश्चित किए

बैठा था कि मैं उसका मनमाफिक बयान दूंगी नतीजतन गोरे की नौकरी ही नहीं जाएगी, वो जेल भी जाएगा।

"मैंने उस साज़िश में शरीक होने से पुरज़ोर इंकार किया तो वो आग बबूला हो उठा और मेरे सामने लम्बी सज़ा की दहशत खड़ी करने लगा। तब मैंने भी हिम्मत की और दावा किया कि मेरे पास से कोई ड्रग्स बरामद नहीं हुए थे, एस्टेसी की गोलियाँ एसएचओ के हुक्म के तहत मेरे पर प्लांट की गई थीं। ऐसी जामातलाशी और बरामदी गवाहों के सामने होती थी लेकिन वहां न कोई गवाह था, न कोई बरामदी रिकॉर्ड में लाई गई थी। जामातलाशी, बॉडी सर्च गम्भीर मसला था लेकिन लेडी एसआई ने ज़ुबानी या तहरीरी कोई रिपोर्ट नहीं पेश की थी। उसने तो बस बरामदी को एसआई कदम को सौंपा था और अपना काम मुकम्मल मान लिया था। यानी झूठी गवाहियों के आसरे के बिना वो मेरे पास से एस्टेसी की बरामदी साबित नहीं कर सकता था।

"यहां मैं ये अर्ज़ करना चाहती हूँ कि मैं चाहती तो अपने बयान की लीपा- पोती कर सकती थी, मैं इसी बात पर टिकी रह सकती थी कि मेरे पास कोई ड्रग्स बरामद नहीं हुए थे क्योंकि, आई रिपीट, न कोई गवाह था, न बरामदी का कोई रिकॉर्ड था। लेकिन मैंने ऐसा नहीं कहा क्योंकि जब जो कहना था, मीड़िया के लिए कहना था तो सच ही कहना था। मैं अपनी ज़ुबानी कुबूल करती हूँ कि मैं यूज़र हूँ और बतौर यूज़र ही मेरे पोज़ेशन में ऐस्टेसी की पांच गोलियां पाई गईं थीं।

"बहरहाल आगे अर्ज़ है कि मेरे इंकार से भड़क कर एसएचओ ने मुझे थाने में ही मार देने की कसर नहीं छोड़ी थी। तब उसने अपने गुस्से को काबू में किया। इस बात से शह पा कर मैंने भी सख़्ती से कहा कि या तो वो मुझे मार ही डाले या फिर मैं थाने में ही खड़ी होकर चिल्लाऊंगी कि ख़ुद थाने का थानेदार ही अपनी कोई खुन्नस निकालने के लिए अपने एक मातहत सब-इन्स्पेक्टर को बलात्कार के एक झूठे केस में फंसाने के लिए मुझे मजबूर कर रहा था। कोई तो मेरी फरियाद सुनेगा! और नहीं

तो वो सब-इन्स्पेक्टर तो सुनेगा जिसका नाम अनिल गोरे था और जिसे एसएचओ अपनी जाती खुन्नस के हवाले सैट करना चाहता था। कैसे एसआई गोरे इतने बड़े इलज़ाम को नजरअन्दाज करेगा अगरचे कि मेरा मुंह बन्द करने के लिए मुझे मार नहीं डाला जाएगा।

"फिर वो ठण्डा पड़ा और पूछने लगा कि वो ये बलात्कार वाला किस्सा ख़त्म कर दे तो क्या मैं बाहर जाके ढोल पीटने से बाज आऊंगी कि तारदेव थाने का एसएचओ उत्तमराव भाकर मेरे को क्या कहता था और कैसे मैंने उसके कहे की पालिश उतार दी थी! मैंने मजबूती से, संजीदगी से हामी भरी क्योंकि अपनी शामत ख़ुद बुलाने का मेरा कोई इरादा नहीं था। तब उसने दूसरे तरीके से मेरे को ख़ौफज़ादा करने की कोशिश की। बोला, जो डिफेंस मैं पकड़ रही थी वो चुटकियों में उसकी धज्जियाँ उड़ा सकता था – आखिर थाने का सदर था – बोला, मैं ड्रग्स के साथ पकड़ी गई थी, बरामदी गवाह के सामने नहीं हुई थी, ये कोई बड़ा मुद्दा नहीं था। वो जब चाहता बरामदी का गवाह – बल्कि बरामदी के गवाह – खड़ा कर सकता था। बरामदी अब दर्ज हो सकती थी।

"उसकी बातों ने मुझे और दहला दिया लेकिन अभी उसकी नर्मी बरक़रार थी। उसने मुझे समझाने के अन्दाज़ से कहा कि उसने उस साजिश में – जो बद्क़िस्मती से किसी सिरे न पहुंची – मुझे अपना राज़दां बनाया था और मेरा चुप रहना ज़रूरी था। बोला, मुझे समगलर साबित करने के अलावा भी मुझे जेल में सड़ाने के उसके पास दस तरीके थे। बोला, मैं कभी साबित नहीं कर सकूंगी कि उसने मेरे को एसआई अनिल गोरे पर बलात्कार का इलज़ाम लगाने के लिए उकसाया था। इसके विपरीत वो मुझे इसी इलज़ाम पर गिरफ्तार कर सकता था कि उसने एक सीनियर पुलिस ऑफिसर पर एक गल़त, नाजायज़ इलज़ाम लगाया। मैं जानती थी वो ऐसा कर सकता था, भले ही मैं एसआई अनिल गोरे को भी ये बात बता देती। बिना सबूत गोरे भी कुछ नहीं कर सकता था। हाकिम मुझे गिरफ्तार कर लेता तो वो गोरे को मेरे करीब भी न फटकने देता। उसके

हाथ में ताकत थी, वो स्याह सफेद कुछ भी कर सकता था। वो सच में ही मेरे को गोरे के हक में बोलने के नाकाबिल बना सकता था लेकिन उसने ऐसा न किया – क्यों न किया, नहीं मालूम – उसने सिर्फ ये कहा कि उसके मेरे बीच जो बीती, मैं हमेशा के लिए उसे भूल जाऊँ और कहा कि मैं साउथएण्ड से दूर कहीं निकल जाऊँ।

"इस बाबत मेरे वादे पर ऐतबार करके उसने मुझे चला जाने दिया तो मेरे को तो यकीन ही न आया कि मैं आजाद थी। फौरन मैंने बन्दरगाह का इलाका छोड़ दिया, अपने इवेंट आर्गेनाइज़िंग के धन्धे से भी किनारा कर लिया और बिना किसी को बताये बोरीवली वैस्ट में एक फ्रैंड के साथ रहने लगी। लेकिन 'एक्सप्रैस' का रिपोर्टर पंकज झालानी वहां भी पहुंच गया। तब मैंने मुम्बई से दूर, बहुत दूर निकल जाने का फैसला किया जहां कि किसी को – न भारकर को, न झालानी को – मेरी हवा भी न मिलती।

"ग़ौरतलब है, कि मैं थाने से रिहा होने के बाद किसी मुनासिब वक्त एसआई अनिल गोरे के पास भी जा सकती थी – उससे सम्पर्क कोई मुश्किल काम नहीं था – ताकि उसको ख़बरदार कर पाती कि उसका सीनियर ही कैसे उसकी वाट लगाने पर आमादा था लेकिन मेरी अक्ल ने मुझे यही राय दी कि उस बाबत मुझे ख़ामोश ही रहना चाहिए था। मेरा अनिल गोरे से सम्पर्क मेरी हालत 'आ बैल मुझे मार' जैसी कर सकता था जो क़ि मुझे मंज़ूर नहीं था। लिहाज़ा मैंने उस शख़्स से सम्पर्क करने का इरादा तर्क कर दिया, अपनी आती खुन्नस में जिसके खिलाफ भारकर इतनी बड़ी साजिश रचने पर आमादा था।

"अब मैं अपने आपको सुरक्षित पाती हूँ, अब मैं एसएचओ भारकर के ख़ौफ के जेरेसाया जिन्दा नहीं हूँ इसलिए अपना मुंह खोलना अफोर्ड कर सकती हूँ और इसलिए तुम्हें दी अपनी ज़ुबान के तहत मैंने तुम्हें फोन लगाया है और कसमिया सब कुछ हरुफ-ब-हरुफ बयान किया है। जो बयान किया है उसकी समरी ये है कि तारदेव थाने का ज़ालिम, बेग़ैरत, बद्अखलाक, थानेदार उत्तमराव भारकर अपने ही मातहत सब-इन्स्पेक्टर अनिल गोरे से

इतनी दुश्मनी पाले था कि उसे किसी भी तरीके से बर्बाद कर देने पर तुला था और जो तरीका वो मेरे ज़रिए अपनाने का इरादा रखता था वो ये था कि मैं, कोंपल मेहता, उस पर रेप का झूठा इलज़ाम लगाती। उसकी तमाम धमकियों के बावजूद, तमाम पैंतरों के बावजूद जिसके लिए मैं तैयार हुई। तथ्य तुम्हारे सामने हैं, अब इनका कैसा भी इस्तेमाल तुम्हारी मर्ज़ी पर है।

"निवेदन है, इस वीडियो रिकॉर्डिंग को मेरा स्वेच्छा से दिया, हल्फिया बयान तसलीम किया जाए।"

रिकॉर्डिंग ख़त्म हो गई।

"क्या कहते हैं?" – झालानी बोला।

"एक ही बार कहूँगा।" – एसीपी संजीदगी से बोला – "अभी भारकर वेट करता है न!"

"ठीक!"

"मैं तेरे को यहां बिठाए नहीं रख सकता, भारकर को तेरी मौजूदगी पर ऐतराज़ होगा, किसी सीनियर पुलिस ऑफिसर के अलावा किसी की भी मौजूदगी पर ऐतराज़ होगा। लेकिन मैं चाहता हूँ कि जो कुछ भी मेरी मौजूदगी में भारकर यहां बोले, वो तू सुने। यहां ऐसी मानीटरिंग का प्रबन्ध है।" – एसीपी ने मेज़ के एक दराज में से एक हैडफोन निकाल कर झालानी को सौंपा – "ये यहां की मानीटरिंग डिवाइस के साथ टयून्ड है। इसे ले के बगल के कमरे में चला जा।"

झालानी उठ खड़ा हुआ।

"ये वीडियो क्लिप आपको ट्रांसफर करनी होगी!" – वो बोला।

"हो चुकी। जैसे-जैसे वीडियो प्ले हो रहा था, लैपटॉप में रिकॉर्ड भी हो रहा था।"

"गुड।"

"भारकर बुलाए जाने के इन्तज़ार में गलियारे में चहलकदमी करने वाली किस्म का आदमी नहीं। मेरे स्टाफ के साथ उनके ऑफिस में बैठा होगा। बगल के कमरे में जाता वो तुझे नहीं देख पायेगा।"

"गलियारे में ही हुआ तो?"

"तो उसके सामने सीढ़ियां उतर जाना, फिर लौट आना।"

"मेरे उस कमरे में जाने, लम्बा टिके रहने पर कोई सवाल तो नहीं होगा!"

"नहीं होगा। बाहर मौजूद हवलदार को तुम्हारे बारे में बोल के रखूंगा। नाओ गैट अलांग।"

भारकर ने भीतर कदम रखा और फरमायशी सैल्यूट मारा।

"सॉरी, भारकर।" – एसीपी बोला – "तुम्हें इन्तज़ार करना पड़ा। कम, टेक ए सीट।

"थैंक्यू, सर।" – भारकर एक विज़िटर्स चेयर पर बैठा और अपनी अप्रसन्नता छुपाने की नाकाम कोशिश करता बोला – "आजकल थाने में बहुत काम है।"

"मैं कोशिश में हूँ कि न हो।" – एसीपी मुस्कुराता हुआ बोला।

"जी!"

"काम। बहुत। बल्कि हो ही नहीं।"

"ट्रांसफर का हिन्ट तो नहीं दे रहे, सर!"

"वही कर रहा हूँ।"

"कोई . . . सॉफ्ट पोस्टिंग?"

"हां।"

"कहां?"

"अभी ख़ुद ही जान जाओगे। अभी बोलो, रेड की क्या स्टोरी है?"

"रेड!"

"लेमिंगटन रोड वाली। जो परसों तुमने कन्डक्ट की? हू आथोराइज़्ड?"

भारकर ने तुरन्त जवाब न दिया।

"क्या जानते नहीं कि रेड की मंज़ूरी ऊपर से आती है?"

"सर, अगर इमरजेंसी हो तो इस मामले में एसएचओ को भी कुछ अख़्तियार होते हैं। काम इतना अर्ज़ेंट था कि मंज़ूरी की फॉरमेलिटीज़ पूरी करने का वक्त नहीं था। तब न आप अवेलेबल थे, न डीसीपी साहब अवेलेबल थे। ऐसे में एसएचओ

को ख़ुद इनीशियेटिव लेना पड़ता है। कातिल कत्ल करके कहीं जा छुपा हो तो उसके छुपने की जगह पर रेड मारने के लिए रेड की ऊपर से मंज़ूरी का इन्तज़ार नहीं किया जा सकता। किसी बड़े गैंगस्टर के फरार हो जाने का अन्देशा हो तो मंज़ूरी के इन्तज़ार में वक्त नहीं खोया जाता, फौरन कार्यवाही की जाती है।"

"वैरी वैल एक्सप्लेंड। लेमिंगटन रोड पर क्या इमरजेंसी थी?"

"भेदियों से ख़बर लगी थी कि वहां की एक बहुमंज़िला इमारत के टॉप फ्लोर पर एक टैररिस्ट छुपा हुआ था जो मुम्बई में 26/11 जैसी बड़ी वारदात करने की फिराक में था। उसको पकड़ने के लिए फौरन, खड़े पैर, दबिश करना ज़रूरी था।"

"पकड़ा गया?"

"जी, नहीं।"

"वजह?"

"ख़बर झूठी निकली। टिप बेबुनियाद निकली।"

"हम्म! था क्या टॉप फ्लोर पर?"

"एक सोशल क्लब थी। इलीट का मिलने-जुलने का, बिलियर्ड्स खेलने का, ब्रिज खेलने का, रिलैक्स करने का, तफरीह करने का ठिकाना था।"

"शाम को तफरीह के आजकल कुछ और ही मायने हो गए हैं। लिकर लाइसेंस था?"

"जी, नहीं। लेकिन कोई चोरी छुपे अपनी ला के घूंट लगा ले तो कोई ऐतराज़ नहीं करता था। बार सर्विस वहां नहीं थी।"

"ऐसी जगह पर एक ख़तरनाक टैररिस्ट छुपा हुआ था?"

"टिप यही मिली थी। पुलिस को बोगस टिप्स मिलती ही रहती हैं लेकिन एक्ट तो सब पर करना पड़ता है न!"

"उसी बिल्डिंग में ग्राउन्ड फ्लोर पर 'ब्लैक ट्यूलिप' बार है जो कि बिज़नेस के लिए दोपहर को खुलता है। सुबह साढ़े नौ बजे वहां कैसे पहुंच गए?"

"कौन कहता है?"

"वही कहता है जो जब आ रहा था तो तुम जा रहे थे।"

"टिप की कनफर्मेशन की बाबत पूछताछ के लिए गया था।"

"अकेले? ख़ुद?"

"हां।"

एसीपी ने घूर कर उसे देखा।

"जी हाँ। यस, सर।"

"हुई कनफर्मेशन?"

"जी नहीं, वहां पूछताछ से कुछ हाथ न लगा।"

"फिर रेड की नौबत क्योंकर आई?"

"शाम को फिर टिप मिली कि टैरेरिस्ट वहां छुपा था और निकल लेने को पर तोल रहा था, अगर वक्त रहते एक्शन न लिया गया तो हाथ से निकल जाएगा।"

"जबकि ऐसा कुछ था ही नहीं?"

"जी हां।"

"बोगस टिप थी?"

"अब तो यही कहा जा सकता है। प्रैंक्स के तौर पर सिरफिरे लोग, ग़ैरज़िम्मेदार लोग ऐसी हरकतें करते ही रहते हैं। अभी परसों की बात है किसी ने पुलिस को फोन कर दिया था कि इंडीगो की दिल्ली की फ्लाइट में बम था। फोन करने वाला बाद में पकड़ा गया तो उसने बताया कि वो हरकत उसने इसलिए की थी क्योंकि उसकी फ्लाइट छूटी जा रही थी और वो बम की अफवाह के बहाने प्लेन को लेट कराना चाहता था।"

"आई सी। लेकिन ऐसे फोन तो कन्ट्रोल रूम में आते हैं, किसी ने '100' बजाने की जगह यहां तारदेव थाने में क्यों फोन किया?"

"ये तो फोन करने वाला ही बता सकता है।"

"तुमने सवाल न किया?"

"सच पूछें तो ख़याल तक न आया।"

"हूं। क्या ये महज़ इत्तफाक था कि कोलाबा वाले केस में जो लड़की कलाईयां काट के ख़ुदकुशी करके मरी, वो लेमिंगटन रोड पर उस इमारत में मुलाज़िम थी जहां तुम्हारा सुबह शाम दो बार फेरा लगा?"

भास्कर ने तत्काल उत्तर न दिया।

एसीपी धीरज से उसके फिर बोलने की प्रतीक्षा करता रहा।

"बोले तो" – भारकर बोला – "इत्तफाक था भी और नहीं भी था।"

"एक्सप्लेन।"

"वो क्या है कि वो लड़की – नाम जसमिन गिल – बतौर स्टीवार्डेस 'ब्लैक ट्यूलिप' में काम करती थी जहां कि हमारे स्वर्गीय एसआई अनिल गोरे का रेगुलर आना जाना था। गोरे की ख़ुदकुशी के वाकये के दौरान हमें हिन्ट मिला था कि गोरे का जसमिन गिल से अफेयर था और जब गोरे की बीवी मायके गई होती थी तो वो अक्सर उसके घर आती थी।"

"गोरे का अफेयर था जो कि शादीशुदा था, बाऔलाद था?"

"सर, मेरे को भी ये बात खटकी थी लेकिन अब . . . जो था सो था।"

"ख़ैर, आगे?"

"ऐसा लगता था कि ब्यायफ्रेंड की – गोरे की – ख़ुदकुशी से वो लड़की – माशूक – डिप्रेशन में आ गई थी, नतीजतन आखिर उसने भी वही राह पकड़ी जो उसके चाहने वाले ने पकड़ी।"

"ख़ुदकुशी कर ली?"

"जी हां। गोरे वाले केस की तरह ही ओपन एण्ड शट केस है।"

"इतना तो ओपन एण्ड शट नहीं है!"

"सर, जो हुआ, लाक्ड फ़्लैट में हुआ, क्या कसर रह गई?"

"कोलाबा पुलिस की जानकारी में एक गवाह आया है जो कि कल सवेरे साढ़े चार बजे रात पाली से अपने घर लौट रहा था। बकौल उसके, उसने जसमिन गिल के फ्लैट के दरवाज़े पर एक भारी भरकम, रोबीले चेहरे वाले, उम्रदराज़ आदमी को खड़े देखा था जो उसे लगा था कि फ्लैट का ताला खोलने की कोशिश कर रहा था। कोलाबा के थानाप्रभारी कौशिक का ख़याल है कि वो फ्लैट का ताला खोल नहीं रहा था, बन्द कर रहा था। और' – एसीपी एक क्षण ठिठका फिर बोला – "मुझे कौशिक के ख़याल से इत्तफाक है। भारकर, अगर वो शख़्स अन्दर से बाहर आ रहा था और दरवाज़ा लॉक करके जा रहा था तो ये गोरे की ख़ुदकुशी की तरह 'लॉक्ड फ्लैट केस' तो न हुआ! ओपन एण्ड शट केस तो न हुआ!"

"सर, ख़याल आखिर ख़याल ही होता है . . ."

"भले ही दो जने उससे इत्तफाक ज़ाहिर करें?"

"भले ही दस जने उससे इत्तफाक ज़ाहिर करें।"

"फिर वो गवाह ये भी तो करता है कि वो भारी भरकम शख़्स हाथों में स्किन कलर के दस्ताने पहने था!"

"बेपर की उड़ाता है।"

"अच्छा!"

"या उसे ऐसा लगा होगा।"

"ये हो सकता है। मैं भी किसी को मराठी बोलता सुनता हूँ तो वो मुझे बंगाली बोलता लगता है।"

साला खुश्की उड़ा रहा था मेरी।

"उस आदमी ने" – एसीपी आगे बढ़ा – "गवाह को ये भी कहा था कि वो 'ब्लैक ट्यूलिप' का मुलाज़िम था और प्रोप्राइटर ने किसी काम से उसे कोलाबा, जसमिन के घर भेजा था।"

"सुबह साढ़े चार बजे!"

"मैं ख़ुद हैरान हूँ। ऐसा कौन-सा काम था और क्या उसकी अर्जेंसी थी, ये जानने के लिए प्रोप्राइटर फतह सिंह से कॉन्टैक्ट किया गया तो उसने न सिर्फ इस बात से इंकार किया बल्कि ये भी कहा कि वैसे कद-काठ का कोई शख़्स उसकी मुलाज़मत में था ही नहीं। उसे उस शख़्स की कम्पोज़िट पिक्चर दिखाई गई . . ."

"जी!"

". . . तो उससे भी फतह सिंह ने उस शख़्स की शिनाख़्त से पुरज़ोर इंकार किया। ये है कम्प्यूटर ग्राफिस्ट की बनाई कम्पोजिट पिक्चर!"

एसीपी ने ए-4 साइज का एक प्रिंटआउट भारकर के सामने रखा।

भारकर ने सप्रयास प्रिंटआउट पर निगाह डाली तो उसे कुबूल करना पड़ा कि उस पर उकेरे गये कैरीकेचर का कद-काठ, जिस्मानी बनावट मोटे तौर पर उससे मिलती थी। उसे याद था कि तब सीढ़ियों पर एक ही मरियल-सा बल्ब जल रहा था और तब भोर का उजाला होने में अभी बहुत वक्त था। इसी वजह से गवाह

गौर से उसकी सूरत नहीं देख सका था इसलिए प्रिंटआउट पर उकेरा गया चेहरा हेयर स्टाइल और मूंछ के अलावा उससे नहीं मिलता था।

लेकिन जो कुछ मिलता था, वो भी उसे हिला देने के लिए कम नहीं था।

"क्या कहते हो?"

"ये मैं नहीं हूँ।" – भारकर पुरज़ोर लहजे से बोला।

"अरे, भई, मैंने कब कहा तुम हो!"

भारकर ने होंठ काटे।

"मैंने स्कैच की बाबत खाली तुम्हारी राय पूछी थी।"

"मैं क्या राय दूं?" – इस बार वो सम्भल कर सावधान स्वर से बोला – "क्या पता कौन था?"

"लेकिन था। ऐसी जगह पर था जहां उसे नहीं होना चाहिए था। ऐसे वक्त पर था जबकि उसके वहां होने का कोई मतलब नहीं था। ये जुदा मसला है कि वो शख़्स कौन था लेकिन इस बात से इंकार नहीं किया जा सकता कि उसकी उस घड़ी वहां मौजूदगी शकउपजाऊ बात थी। वॉट डू यू से?"

"यस, सर।" – भारकर एकाएक हुए सवाल से तनिक हड़बड़ाया – "इट इज़।"

"एण्ड वन सस्पिशस थिंग कैन लीड टू एनदर। नो?"

"सर, मैं समझा नहीं।"

"अभी समझोगे। उस लड़की ने, जसमिन गिल ने, कलाईयां काट कर आत्महत्या की। ओके। कैसे की?"

"कैसे की, क्या मतलब?"

"कलाईयां कैसे काटीं? शी बिट हरसैल्फ?"

"सर, मैं अभी भी नहीं समझा।"

"क्योंकि माइन्ड अप्लाई नहीं कर रहे हो। क्योंकि तुम्हारी तवज्जो कहीं ओर है।"

"ओ, नो, सर।"

"तो क्यों नहीं समझे कि कलाईयां काटने के लिए ऐसा करने वाली के करीब ही से कोई तेज़ औजार बरामद होना चाहिए था जो कि वहां नहीं था।"

देवा!

अक्ल मारी गई थी मेरी। ब्लेड तो मैंने इस्तेमाल के बाद वापिस जेब में रख लिया था।

"सर" – एसीपी को घूरता पाकर वो जल्दी से बोला – "वो क्या बड़ी बात है! किचन में कई चाकू, छुरियां होती हैं।"

"ओके। उनमें से एक उसने इस्तेमाल की?"

"हां . . . जी हां।"

"वो किचन में गई, वहां से एक छुरी काबू में की, बाथरूम में जाकर टब में लेटी और छुरी से कलाईयां काट लीं। ओके?"

भास्कर ने कठिन भाव से सहमति में सिर हिलाया।

"छुरी कहां गई? कलाईयां काटने के बाद उसे धो-पोंछकर मरने वाली किचन में रख आई?

"ये तो . . . नहीं मुमकिन जान पड़ता!"

"तो?"

"पहले किचन में गई।"

"वहां जा के कलाईयां काटीं, छुरी को वापिस यथास्थान रखा और फिर बाथरूम में जाकर टब में लेटी! मरने के लिए!"

"यही हुआ लगता है।"

"बैडरूम में क्यों न गई! बाथ टब में क्यों जा लेटी जो कि इस काम के लिए कोई कम्फर्टेबल जगह नहीं थी, कोई मुनासिब जगह नहीं थी?"

"मैं इस बारे में क्या कह सकता हूँ? सिवाय इसके कि मरने वाली के जो जी में आया, उसने किया।"

"फॉरेंसिक रिपोर्ट कहती है कि वो चाकू-छुरी का काम नहीं था। साइंटिफिक रिपोर्ट कहती है कि वो कट सर्जीकल प्रिसिज़न से अप्लाई किए गए थे जो या किसी सर्जीकल नाइफ़ से मुमकिन थे या . . . ब्लेड से।"

"कमाल है!"

"सर्जिकल नाइफ़ या ब्लेड किचन की आइटम तो नहीं! फिर ऐसा कोई आला बरामद भी तो नहीं हुआ! क्या मतलब हुआ इसका?"

"क्या मतलब हुआ?"

भास्कर भीतर से हिला हुआ था लेकिन प्रत्यक्ष में नार्मल दिखने की भरसक कोशिश कर रहा था।

"मेरे से पूछ रहे हो तो सुनो। इसका मतलब है कि मरने वाली के साथ फ्लैट में कोई था जिसने वो कांड किया और वहां से जाती बार इस काम में इस्तेमाल हुआ आला – सर्जीकल नाइफ़ या शेविंग ब्लेड, टेक युअर पिक – अपने साथ ले गया। बेध्यानी में उसे न सूझा कि ऐसा कोई आला लाश के करीब से बरामद हुआ होना चाहिए था। इसका आगे मतलब है कि मरने वाली ने ख़ुदकुशी न की, ये क्लियर कट मर्डर का केस है और मर्डरर, कातिल, वो भारी भरकम उम्रदराज़ शख़्स था जो फ्लैट को बाहर से लॉक करता – रिपीट, लॉक करता, खोलता नहीं – देखा गया था। वॉट डु यू से नाओ?"

"सर, ये कैसे हो सकता है?" – भास्कर तनिक आवेश से बोला "कैसे हो सकता है कि कोई जसमिन की कलाईयां काट कर उसे पीछे मरने के लिए छोड़ कर चलता बना? उस शख़्स के जाने के बाद उसकी पहली, स्वाभाविक कोशिश खून बन्द करना होती। अगर आप कहें कि कथित हत्यारे ने उसे ऐसा करने के काबिल नहीं छोड़ा था, उसकी मुश्कें कस दी थीं तो सवाल उठता है कि उसकी मुश्कें आखिर किसने खोलीं! किसी ने तो खोलीं! ख़ुद तो वो खोल नहीं सकती थी और ये तो पेपर्स में भी छपा है कि बरामदी के वक्त लाश बन्धी हुई नहीं थी। तो किसने उसको बन्धनमुक्त किया? जवाब है कि किसी ने नहीं। उसके बन्धी होने का कोई मतलब ही नहीं था। कटी कलाईयां से खून रिस रहा था, वो रिसते खून को रोकने के लिए आज़ाद थी लेकिन उन हालात में उसे उस आज़ादी की ज़रूरत नहीं थी क्योंकि वो अपनी मर्जी से ख़ुदकुशी कर रही थी। और फ्लैट का लॉक्ड मेन डोर इस बात की तसदीक करता है।"

"वैरी वैल सैड। नाओ लैट मी रीकंस्ट्रक्ट दि क्राइम फॉर यू। फर्ज़ करो वही भारी भरकम उम्रदराज़ शख़्स कातिल था जो फ्लैट से बाहर मेन डोर पर खड़ा देखा गया था। अब हमें ये भी मालूम है कि, जैसा कि उसने दावा किया था, वो 'ब्लैक ट्यूलिप' के मालिक फतहसिंह का हरकारा नहीं था। ये भी स्थापित

है कि रात डेढ़ बजे के करीब मरने वाली 'ब्लैक ट्यूलिप' की स्टीवार्डेस की अपनी ड्यूटी से वापिस अपने फ्लैट पर लौटी थी जहां वो अकेली रहती थी इसलिए ज़ाहिर है कि फ्लैट में दाखिला पाने के लिए मेन डोर का ताला उसने ख़ुद खोला। दरवाज़ा खुला तो उसे मिला नहीं था! न किसी ने भीतर से खोला था। ओके सो फार?"

चेहरे पर असमंजस के भाव लिए भारकर ने सहमति में सिर हिलाया।

"पोस्टमार्टम की रिपोर्ट कहती है कि मरने वाली का इन्तकाल शुक्रवार रात – कलेंडर डेट सैटरडे, ट्वेंटी फोर्थ – दो और पांच के बीच हुआ था। यानी उस दौरान कोई फ्लैट पर आया जिसको जसमिन ने ही दरवाज़ा खोला। क्यों खोला? मेन डोर में आगन्तुक की शिनाख़्त के लिए पीपिंग होल – आल्सो नोन ऐज़ मैजिक आई – फिट था। इतनी रात गए किसी अजनबी को तो वो दरवाज़ा खोले वाली नहीं थी, वाकिफ को भी इतनी रात गए आने का सबब जाने बिना वो दरवाज़ा न खोलती। तो फिर वो आगन्तुक – अजनबी या वाकिफ – कैसे फ्लैट के भीतर दाखिला पा सका! भारकर, बतौर इनवैस्टिगेटिंग ऑफिसर ऑफ लांग स्टैंडिंग तुम्हें इनवैस्टिगेशन का ज़्यादा तजुर्बा है इसलिए सूझ बूझ में मैं तुम्हारा मुकाबला तो नहीं कर सकता . . ."

तपा रहा था साला हरामी!

". . . लेकिन मेरी राय यही कहती है कि मरने वाली के रात डेढ़ बजे घर लौटने से पहले ही कोई फ्लैट के भीतर मौजूद था।"

"बट दैट इज़ इमपॉसिबल!"

"क्यों भला? किसी ने क्या फोर्ट नॉक्स का ताला खोलना था! फिर ये न भूलो कि सुबह साढ़े चार बजे जो शख़्स फ्लैट के मेन डोर पर खड़ा देखा गया था, गवाह को लगा था कि वो दरवाज़ा खोल रहा था जबकि कामनसेंस ये कहती है, हालात का तकाज़ा ये कहता है, कोलाबा थाना प्रभारी कौशिक ये कहता है, कि दरवाज़ा बन्द कर रहा था। अब क्यों नहीं हो सकता कि जो शख़्स दरवाज़ा बन्द कर रहा था वो पहले दरवाज़ा खोल भी सकता था?"

"जसमिन की ग़ैरमौजूदगी में?"

"यकीनन जसमिन की ग़ैरमौजूदगी में। वो फ्लैट में मौजूद होती तो दरवाज़ा जबरन खोले जाने की ज़रूरत ही न होती। हालात से साफ ज़ाहिर होता है कि जसमिन की वापिसी से पहले – हो सकता है बहुत पहले – किसी ने फ्लैट में जबरन दाखिला पाया और जसमिन के इन्तज़ार में भीतर बैठ गया।"

"कत्ल के इरादे से?"

"यकीनन कत्ल के इरादे से। लेकिन फौरन कत्ल के इरादे से नहीं। पहले ज़रूर उसने जसमिन से कुछ दरयाफ़्त करना था इसलिए एक अरसे के बाद।"

"गुस्ताखी माफ, सर, तुक्का है।"

"ब्लेड से क्लाईयां कटी होना ही इस बात का सबूत है कि मौत एक अरसे बाद हुई क्योंकि कत्ल को ख़ुदकुशी का जामा पहनाया जाना था। कातिल कत्ल की ख़ातिर फ्लैट में घुसा बैठा होता तो जसमिन बैठक में ही मरी पड़ी होती। जमा, इस बात की तरफ भी तवज्जो दो कि मैंने कहा कि जसमिन की आमद से बहुत पहले कोई उसके फ्लैट के भीतर था। क्यों बहुत पहले भीतर था! क्योंकि वहां उसे किसी चीज की तलाश थी जो कि नाकाम रही थी। अब जसमिन ही बता सकती थी कि वो चीज़ उसने – फ्लैट में या फ्लैट से बाहर कहीं – कहां छुपाई थी। इस जानकारी का तालिब फ्लैट में छुपा बैठा वो जसमिन के लौटने का इन्तज़ार कर रहा था . . ."

"सर, इट्स आल गैस वर्क।"

"बट इन्टैलीजेंट गैस वर्क। वर्ना बोलो, प्वायन्ट आउट करो कि वो कौन-सी बात है जो तर्क की कसौटी पर खरी नहीं उतरती?"

भास्कर से जवाब देते न बना।

"हालात साफ ज़ाहिर करते हैं कि आगन्तुक को किसी चीज़ की तलाश थी जो वो फ्लैट से बरामद नहीं कर सका था। जसमिन के लौटने के बाद उसने उससे उस बाबत जबरन कुछ कबुलवाने की कोशिश की थी तो कामयाब नहीं हो सका था। तब लड़की पर दबाव बनाने के लिए उसने टार्चर का वो तरीका आज़माया था जो स्लोमोशन में काम करता था। उसने लड़की को बांध कर बाथ टब में डाला, उसकी कलाईयां काटीं और किसी खुफिया चीज़ की बाबत, जिसकी

कि उसको फ्लैट में तलाश थी – दोहरा, दोहरा कर सवाल करने लगा और तब तक करता रहा जब तक जसमिन जान बचाने की खातिर आततायी को माकूल जवाब देने पर मजबूर न हो गई।"

"वो चीज़ बरामद हो गई?"

"हालात यही कहते हैं कि हो गई।"

"क्या चीज़?"

"वो चीज़ जिसमें ऐसा कुछ था जिसकी रू में वो ज़ुल्मी जसमिन को ज़िन्दा छोड़ना अफोर्ड नहीं कर सकता था।"

"बावजूद उस चीज की कामयाब बरामदी के?"

"हां। और इसीलिए उसके प्राण निकलने तक उसके पास उसकी मौजूदगी जरूरी थी। इसी वजह से उसको, कातिल को, ख़ुदकुशी की स्टेज सैट करने के बाद फ्लैट से कूच कर जाने में साढ़े चार बज गए थे।"

"कहानी अच्छी है, सर।" – भारकर ने यूं शक्ल बनाई जैसे बोर हो रहा हो – "लेकिन मुझे क्यों सुना रहे हैं? सुनानी ही थी तो कोलाबा के थानाप्रभारी कौशिक को सुनाते!"

"सवाल अच्छा है।" – एसीपी शुष्क स्वर में बोला – "जवाब अभी ख़ुद ही जान जाओगे।"

"कैसे?"

"मैं अभी तुम्हें दो वीडियो क्लिप्स दिखाऊंगा . . ."

"दो!"

". . . जो तुम्हें पसन्द आएंगी। गिव मी ए मिनट।"

एक मिनट बाद एसीपी के लैपटॉप पर कोंपल मेहता का झालानी को फॉरवर्ड किया वीडियो चलने लगा।

"देखो।" – एसीपी बोला।

जिस दौरान भारकर ने वीडियो देखा, उस दौरान एसीपी ने भारकर के चेहरे पर बदलते भावों के अलावा कुछ न देखा!

वीडियो का समापन हुआ।

“क्या कहते हो?” – एसीपी बोला।

“मैंने क्या कहना है?” – भारकर उदासीन भाव से बोला – “जो कहना है, आपने कहना है।”

“फिर भी कुछ तो कहना होगा! तुमने बाजरिया कोंपल मेहता अपने मातहत, मरहूम सब-इन्स्पेक्टर के खिलाफ रेप का इलज़ाम खड़ा करने की कोशिश की, कुछ तो कहना होगा!”

“दो ही बातें मुमकिन हैं। या तो ये टेप मौफ़र्ड है या ये औरत किसी की सिखाई-पढ़ाई झूठ बोल रही है।”

“किसकी सिखाई-पढ़ाई?”

“क्या पता लगता है! क्या पता लगता है महकमे में कब कौन किसके खिलाफ हो गया, ज़हर उगलने लगा, ऐसी बेहूदा हरकतों पर उतर आया!”

“हम्म!”

“आप इस औरत को मेरे सामने लाकर खड़ा कीजिए, मै दो मिनट में आपके सामने इससे कबुलवाता हूँ किसके सिखाए पढ़ाए उसने ये सब बका है।”

“ये तो मुमकिन नहीं है! वीडियो देखकर तुमने जाना ही है कि क्यों मुमकिन नहीं!”

“फिर तो आप को भी मालूम होना चाहिए कि कानूनन इस वीडियो को वैलिड तसलीम नहीं किया जा सकता। जब तक वीडियो का वक्ता अपने कहे को सबसटैंशियेट करने के लिए, उसकी तसदीक करने के लिए उपलब्ध न हो, इसकी बतौर ऐवीडेंस कोई एहमियत नहीं।”

“तुम मुझे कानून पढ़ा रहे हो?”

“पढ़े-लिखे को कौन पढ़ा सकता है, सर!”

“इस औरत को गिरफ्तार क्यों किया गया था?”

“गिरफ्तार नहीं किया गया था, पूछताछ के लिए थाने तलब किया गया था।”

“इसका फील्ड ऑफ आपरेशन पोर्ट एरिया था, वो तो तुम्हारे थाने की ज्यूरिसडिक्शन में नहीं आता!”

“बतौर इवेंट आर्गेनाइज़र इसका फील्ड ऑफ आपरेशन सारा साउथएण्ड

था। तारदेव भी उसके फील्ड ऑफ आपरेशन में आता था जहां कि इसके कई इवेंट्स आर्गेनाइज़ करने की ख़बर लगी थी।"

"जामातलाशी के दौरान कोई गवाह क्यों मौजूद नहीं था? जामातलाशी का नतीजा बतौर रिपोर्ट कहीं दर्ज क्यों नहीं किया गया था?"

"गवाह क्यों मौजूद नहीं था, इसकी मुझे ख़बर नहीं थी . . ."

"होनी तो चाहिए थी!"

"जी हां, नियम के अनुसार होनी तो चाहिए थी!"

"तो क्यों नहीं थी?"

"एसआई रेखा सोलापुरे इस बात का बेहतर जवाब दे सकती है।"

"रिपोर्ट क्यों न दर्ज हुई?"

"क्योंकि कोई केस न बना। उस औरत के पास से जो गोलियाँ बरामद हुई थीं, वो एस्टेसी की नहीं, एस्पिरीन की थीं।"

"तुम इस बात से वाकिफ थे कि एस्टेसी की गोली कैसी होती थी?"

"जी नहीं, लेकिन इस बात से वाकिफ था कि एस्पिरीन की गोली कैसी होती थी।"

"आई सी। क्या शिनाख़्त नोट की एस्पिरीन की गोली की?"

"उसके मिडल में एक गहरी लकीर होती है, जिस पर से गोली को दो टूक किया जा सकता है ताकि किसी ने आधी गोली खानी हो तो खा सकता हो। एस्टेसी की गोली पर ऐसी कोई लकीर नहीं होती।"

"ये बात रेखा को नहीं मालूम थी? या उसने इस बात की तरफ तवज्जो नहीं दी थी?"

"बोले तो, दोनों में से कोई भी बात हो सकती है। मैं रेखा से इस बाबत बात करूँगा।"

"फिर भी उसने बरामदी को एस्टेसी ही क्योंकर समझ लिया?"

"मुझे नहीं मालूम। एस्टेसी की बरामदी का उसे कोई पुराना तर्जुबा होगा जो इस बार काम न आया।"

"भारकर, जो प्रापर, एस्टैब्लिशड, प्रोसीजर है, उससे तुम नावाकिफ नहीं हो।

प्रोसीजर ये है कि ऐसी बरामदी को फोरेन्सिक साइन्स लैबारेट्री को भेजा जाता है और उसकी बाबत रिपोर्ट का इन्तज़ार किया जाता है। तुमने तो आनन-फानन ही फैसला कर लिया कि सस्पैक्ट से बरामद हुई गोलियाँ ऐस्टेसी की नहीं, एस्पिरीन की थीं और सस्पैक्ट को वैसे ही आनन-फानन आज़ाद भी कर दिया! दिस इज़ हाईली इररेगुलर, आई मस्ट से।"

"आई एम सॉरी, सर। मैंने एस्पिरीन साफ पहचानी थी इसलिए . . ."

"ऑल दि सेम, जब केस को बॉडी सर्च जितना गम्भीर समझा गया था तो सैम्पल एसैन्शियली एफएसएल को भेजा जाना चाहिए था।"

"आई एम ऑलरेडी सॉरी, सर।"

"सो यू आर। सो यू आर। अब वो गोलियाँ कहां हैं?"

"वो तो . . . वो तो जब एस्पिरीन की पाई गई थीं तो उसी को लौटा दी गई थीं।"

"कोंपल मेहता तो ऐसा नहीं कहती! वीडियो में उसने ख़ुद कुबूल किया है कि उसके पोज़ेशन में अपने निजी इस्तेमाल के लिए ऐस्टेसी की पांच गोलियाँ थीं।"

"वो वीडियो मौफ्र्ड है, मिसचीवियस है जो न ऑथेंटिक है, न हो सकता है। आप उस औरत को सामने आने दीजिए और फिर आप उसे कोई नया ही राग अलापती पायेंगे।"

"वो कहती है वो ढूंढ़े नहीं मिलेगी!"

"उसके कहने से क्या होता है! वो अभी जानेगी कि कानून के हाथ कितने लम्बे होते हैं।"

"तुम्हारे पास हर बात का जवाब है।"

भास्कर ख़ामोश रहा।

"वीडियो में उसने तुम पर साफ इलज़ाम लगाया कि तुम उसे एसआई अनिल गोरे पर रेप का झूठा इलज़ाम लगाने के लिए तैयार करना चाहते थे जिसके लिए कि वो तैयार नहीं थी . . ."

"बेबुनियाद इलज़ाम लगाया; बेहूदा, नाजायज इलज़ाम लगाया, ज़रूर किसी के बहकावे में आकर ऐसा किया।"

"तुम्हारी गोरे से कोई अदावत नहीं थी?"

“बिल्कुल नहीं थी।”

“डिपार्टमेंटल राइवलरी में कभी उसकी वाट लगाने का तुम्हारा कोई मंसूबा नहीं था?”

“नहीं था। अलबत्ता गोरे की शिकायतें मुझे ज़रूर मिलती थीं कि आजकल गुलदस्ता थामने पर उसका कुछ ज़्यादा ही ज़ोर था।”

“गोरे ऐसा, रिश्वत के मौके ख़ुद गढ़ने वाला पुलिस ऑफिसर था?”

“सर, जो आदमी अब इस दुनिया में नहीं है, उसके बारे में मैं कोई बुरा बोल नहीं बोलना चाहता।”

“वो तो तुम बोल चुके! अभी तो बोला कि गुलदस्ता थामने पर उसका ज़्यादा ज़ोर था!”

“मैंने कोई वर्डिक्ट नहीं दिया था, बोला था खाली कि मुझे ऐसी शिकायतें मिलती थीं।”

“वही सही। क्या ऐक्शन लिया?”

“एक्शन लेने की नौबत ही न आई।”

“पहले ही ख़ुदकुशी कर ली?”

“जी हां।”

“तुम्हारी गोरे से कोई रंजिश नहीं थी . . .”

“ये बात आप पहले पूछ चुके हैं।”

“. . . उसके खिलाफ कोई एक्सट्रीम स्टेप लेने का, उसको रेप के केस में फंसाने या ऐसे ही किसी और ख़तरनाक तरीके से उसे सैट करने का तुम्हारा कोई इरादा नहीं था?”

“नहीं था, नहीं था, नहीं था।”

“भास्कर! डोंट गैट एक्साइटिड।”

“सॉरी, सर। लेकिन मैं पुरज़ोर कहना चाहता हूँ कि मैं एनवियस मिज़ाज़ का आदमी नहीं हूँ।”

“एनवियस मिज़ाज़!”

“मेरे में हसद की, ईर्ष्या की भावना नहीं हैं क्योंकि सूफी लोग कहते हैं कि

ईर्ष्या ख़ुद ज़हर खाकर दूसरे की मौत की कामना करने के समान होती है।"

"बड़े ज्ञान की बात कही! खैर, पहले वीडियो से तो तुम साफ बच निकले, अब दूसरे को देखो। लैट्स सी वैदर यू कैन स्कवर्म आउट ऑफ इट।"

अब तक एसीपी भारकर से बहुत मीठा-मीठा बोल रहा था लेकिन आखिरी वाक्य कहते-कहते उसके स्वर में साफ असहिष्णुता का पुट आ गया जो कि भारकर से छुपा भी न रहा।

साला अब कौन सा बम फोड़ने वाला था!

क्या था उसकी आस्तीन में!

लैपटॉप की स्क्रीन फिर रौशन हुई।

स्क्रीन पर निगाह पड़ते ही भारकर के भीतर हाहाकार का बवंडर उठा।

देवा रे!

जिस मुर्दे को उसने इतना गहरा दफनाया था, वो उठकर कैसे खड़ा हो गया! उसने तो जसमिन से बरामद वीडियो क्लिप का नामोनिशान नहीं छोड़ा था! क्यों कर हुआ ये करिश्मा जो उसे अब स्क्रीन पर दिखाई दे रहा था?

वीडियो ख़त्म हुआ।

"फिर देखना चाहते हो?"

भारकर ने इंकार में सिर हिलाया। उस जंजाल से बच निकलने का कोई रास्ता तलाशने के लिए उसके दिमाग की चर्खी तेज़ी से घूम रही थी।

"अब क्या कहते हो?" – एसीपी के स्वर में चैलेंज का पुट आया।

"मौफ्र्ड है।" – भारकर खोखले स्वर में बोला – "किसी ने मुझे फंसाने के लिए, मेरे से दुश्मनी निकालने के लिए तैयार कराया है।"

"किसने?"

"नहीं मालूम। लेकिन मैं मालूम कर लूँगा। मालूम करके रहूँगा।"

"कुछ नहीं कर पाओगे। इस वीडियो क्लिप को एक्सपर्ट्स ने एग्ज़ामिन किया है और निर्विवाद फैसला दिया है कि ये वीडियो मौफ्र्ड नहीं है, इसके साथ कोई छेड़खानी नहीं की गई है।"

"ये आया कहां से? किसके पास था?"

"मकतूला जसमिन गिल के पास था।"

"नामुमकिन!"

"क्यों नामुमकिन? कैसे तुम इतने यकीन से इस बात को नामुमकिन बता रहे हो? क्योंकि तुमने अपने हाथों से इस वीडियो की हर कॉपी नष्ट कर दी थी?"

जवाब देने की जगह भास्कर ने बेचैनी से पहलू बदला।

"बुड्ढे हो गए हो, भास्कर।"

भास्कर ने तमक कर सिर उठाया।

"तुम पुराने ज़माने के आदमी हो। मॉडर्न टैक्नालोजी से, उसकी निरन्तर प्रॉग्रेस उतने वाकिफ नहीं हो जितने आजकल के लोग – ख़ासतौर से नौजवान – वाकिफ हैं। जो बातें आजकल स्कूल में बच्चों को पढ़ाई-लिखाई जाती हैं, उनसे तुम इस उम्र में नावाकिफ हो। मुझे नहीं लगता कि आई-फोन में और एन्ड्रायड फोन में फर्क तुम समझते हो; समझते होते तो वो गलती – बल्कि ब्लंडर – तुम न करते जो कि तुमने की। तुम्हें नहीं मालूम था कि आई-फोन से जो डाटा इरेज़ किया जाता है, वो 'क्लाउड' में भी होता है। आजकल इलैक्ट्रॉनिक मार्केट में ऐसा सॉफ्टवेयर आम अवेलेबल है जो आई-फोन से इरेज़ किए डाटा को रेस्टोर कर सकता है। जसमिन गिल की मिल्कियत इस फोन को, जो कि बाथ टब पर उसके सिर के करीब रखा पाया गया था, इसलिए वहां छोड़ा गया था क्योंकि उसमें जसमिन का सुईसाइड नोट था – प्लांटिड सुईसाइड नोट था – वर्ना वीडियो क्लिप की जगह तुमने फोन ही नष्ट कर दिया होता। बरामदी के बाद वो फोन सान्ताक्रूज़ में स्थित फॉरेंसिक साइन्स लैबारेट्री को भेजा गया था। नतीजा तुम्हारे सामने है।"

"मौफ्र्ड है।"

"रस्सी जल गई। बल नहीं गया।"

"मेरे खिलाफ साज़िश का नतीजा है जिसमें सब मिले हुए हैं।"

"मैं भी?"

"क्या पता लगता है!"

"तुम्हारी बाकमाल ढिठाई की मैं दाद देता हूँ। अब खिसियानी बिल्ली

खम्बा नोचे के अन्दाज़ से किसी पर भी बेबुनियाद इलज़ाम लगाने लग जाने से पहले एकाध बची-खुची बात भी सुन लो, अपना डिफेंस तैयार करने में काम आएगी।"

भीतर से बुरी तरह हिला हुआ भारकर ख़ामोश रहा।

"मकतूला के मोबाइल में मौजूद जिस सुईसाइड नोट को तुम पुरज़ोर लहज़े से नकार रहे हो, उसकी बाबत एक बात सुन लो, फिर अपने ज्ञान-चक्षु – अब तक नहीं खुले तो – खुलते पाओगे।"

"कहिए वो भी!" – भारकर रुखाई से बोला।

"सुनो। मकतूला की मेड के सुबह अपने काम पर जसमिन के फ्लैट में आने के कुछ देर बाद ही वारदात की ख़बर आम हो गई थी और आठ बजे तक कोलाबा थाने से पुलिस मौका-ए-वारदात पर पहुंच भी गई थी। रूटीन तफ्तीश के दौरान मकतूला का मोबाइल फोन बाथ टब में पड़ी उसकी लाश के सिरहाने पड़ा पाया गया जिसे कि पुलिस पार्टी के साथ आए सब-इन्स्पेक्टर तलपदे ने अपने कब्ज़े में लिया था और इनवैस्टिगेशन की रुटीन के तौर पर उस पर रिकॉर्डिड 'इनकमिंग', आउटगोईंग कॉल्स, 'एसएमएस' और 'ई-मेल' को चैक किया था लेकिन चैकिंग में फौरन ऐसी कोई बात नहीं पाई गई थी जो कि जसमिन गिल की ख़ुदकुशी की तसदीक में काम आ पाती। बाद में रुटीन के तौर पर वो फोन कोलाबा थाना प्रभारी कौशिक को सौंप दिया गया था। दोपहर के करीब कौशिक को 'नोट्स' को भी देखने का ख़याल आया था। उसने नोट्स को खोला था तो उसकी टॉप की पहली ऐन्ट्री उसकी डाईंग डिक्लेयरेशन सुईसाइड नोट थी। यूं दोपहर के करीब जसमिन का एक ग़ैरमामूली तरीके से पीछे छोड़ा सुईसाइड नोट पुलिस की जानकारी में आया। लेकिन – एसपी के लहजे में एकाएक नाटकीयता का पुट आया – "तुम्हें सुबह साढ़े नौ बजे ही सुईसाइड नोट की ख़बर थी। कैसे ख़बर थी, भारकर? जो बात कोलाबा पुलिस को, किसी को भी, दोपहर तक नहीं मालूम थी, वो तुम्हें सुबह ही कैसे मालूम थी?"

"कौन कहता है मालूम थी?"

"पंकज झालानी कहता है, ज़ो 'एक्सप्रैस' का रिपोर्टर है और जिससे तुम बाख़ूबी वाकिफ हो।"

"झूठ बोलता है।"

"परसों सुबह जब तुम 'ब्लैक ट्यूलिप' से निकल रहे थे तो झालानी आ रहा था और बाहर निकलते तुम से जा टकराया था, ये बात झूठ है?"

"नहीं, ये बात झूठ नहीं है। जब वो मेरे से टकराया था तो कोलाबा वाली वारदात पर मेरी उससे बातचीत भी हुई थी, लेकिन उसमें जसमिन गिल के सुईसाइड नोट का कोई ज़िक्र नहीं आया था।"

"झालानी झूठ बोलता है?"

"क्या पता लगता है!"

"वो यहां मौजूद है, तुम्हारा यहीं उससे आमना सामना कराया जा सकता है। तब कह सकोगे कि वो झूठ बोला इस बाबत?"

"आपका सिखाया-पढ़ाया वो कुछ भी कह सकता है।"

"मेरा सिखाया-पढ़ाया?"

"हां।"

"और बाकी सबूत . . ."

"सब फर्ज़ी है, गढ़े हुए हैं।" – वो एकाएक उठ खड़ा हुआ – "मैं अब जाना चाहता हूँ।"

"तुम नहीं जा सकते।"

"लेकिन . . ."

"ऐण्ड दैट्स एन ऑर्डर। सिट डाउन।"

भारकर वापिस बैठा।

"और सुनो अपने ताबूत की एक और कील की बाबत।"

भारकर के गले की घंटी ज़ोर से उछली।

"पुलिस कॉलोनी के एक अफीमची गवाह का बयान है कि सोमवार, उन्नीस तारीख को उसने वहां हुई वारदात से पहले भी तुम्हें कॉलोनी गेट से भीतर दाखिल होते देखा था। उसके बयान की तसदीक हुई है। पूछो कैसे?"

"क-कैसे?"

"अंटा लगा चुकने के बाद वो बीड़ी ख़रीदने की गरज से बाहर निकला था लेकिन कहता था कि अफीम की पिनक की वजह से उसे टाइम का कोई अन्दाज़ा नहीं था। टाइम की तसदीक अब दूसरे तरीके से हुई है।"

"दू – दूसरा तरीका?"

"सड़कपार कालोनी गेट के सामने एक खोखा है जिसका मालिक बीड़ी, सिगरेट, माचिस, खैनी, सुरती, पान पराग जैसे निक-नैक बेचता है। उसे अच्छी तरह से याद है कि कॉलोनी का अफीमची गवाह बीड़ी खरीदने के लिए रात नौ बजे के करीब उसके खोखे पर आया था। यानी रात के नौ बजे के करीब तुम कॉलोनी गेट के भीतर दाखिल होते देखे गए थे। तुम कहते हो कि तुम ग्यारह बजे के बाद, गोरे के साथ हुई वारदात की ख़बर लगने के बाद मौका-ए-वारदात पर पहुंचे थे जो कि मुमकिन नहीं।"

"क्यों . . . क्यों मुमकिन नहीं?"

"क्योंकि नौ बजे के करीब गोरे से साथ तुम उसके फ्लैट में थे और उसके बाद किसी घड़ी गोरे का कत्ल कर के कत्ल को ख़ुदकुशी का केस बना रहे थे। तब गोरे की उस शाम की कम्पैनियन जसमिन गिल उसके साथ थी, तुम्हें आया पाकर जिसे गोरे ने फ्लैट के भीतर किसी ऐसी जगह छुपा दिया था ज़हां से वो फ्लैट की बैठक का खुफिया नज़ारा कर सकती थी, जहां उसने मेहमान को मेज़बान का कत्ल करने पर आमादा देखा था तो अपने मोबाइल के कैमरे से मेहमान की करतूत बतौर वीडियो दर्ज कर ली थी।"

"सब गैस वर्क है।"

"तब हालात का साफ इशारा था कि मेहमान अपनी उस नापाक हरकत के बाद फौरन वहां से रुख़सत नहीं हुआ था क्योंकि वहां उसे किसी चीज़ की तलाश थी और अपनी तलाश कामयाब होने की उसे पूरी उम्मीद थी, तभी तो उसने कत्ल जैसी नापाक हरकत की थी। अपनी तलाश को अंजाम देने के लिए नौ बजे का आया वो वहां से गया ही नहीं था। दूसरे, उसने फ्लैट के भीतर से लॉक्ड पाया जाने का इन्तज़ाम करना था।"

"कम्पैनियन को भूल गए!" – भारकर के स्वर में व्यंग्य का पुट आया।

"नहीं भूल गया। वो फ्लैट में भीतर कहीं थी। उसे कातिल मेहमान से ख़तरा था क्योंकि वो कत्ल की आई विटनेस थी और इसी वजह से मेहमान को उससे खतरा था। लेकिन अपने तलाशी के अभियान के तहत मेहमान सारे फ्लैट में एक ही बार, एक ही वक्त मौजूद नहीं हो सकता था इसलिए कम्पैनियन लड़की को फ्लैट से खिसक जाने का मौका मिल गया था।"

"गैस वर्क है।"

"फ्लैट को लॉक्ड पाए जाने का इन्तज़ाम उसके लिए आसान था क्योंकि जब फ्लैट का बन्द दरवाज़ा जबरन तोड़ कर खोला गया था, तब कातिल मेहमान फ्लैट के भीतर था और जब वहां पहुंचे, सब जनों की तवज्जो कहीं और थी – जैसे कि पंखे से लटकी लाश की तरफ – तो वो चुपचाप वहां से खिसक गया था और ये ज़ाहिर करता सबके सामने फिर लौटा था कि वो वो मातहत से वारदात की ख़बर पाकर तब, ग्यारह बजे के बाद, वहां पहुंचा था। यहां ये बात ग़ौरतलब है कि कम्पैनियन लड़की मेहमान को जानती पहचानती थी लेकिन मेहमान को नहीं मालूम था वो कौन थी . . .।"

"मेहमान कौन?"

"क्या कहने! ये भी बताना पड़ेगा?"

भारकर ख़ामोश हो गया।

"मेहमान एसआई अनिल गोरे का कातिल थानाध्यक्ष उत्तमराव भारकर जिसको कम्पैनियन लड़की ने – जसमिन गिल ने – ब्लैकमेल करने की जुर्रत की और इस कोशिश में भारकर के हाथों जान से गई।"

"सब गैस वर्क है।"

"लेकिन इन्टेलीजेंट गैस वर्क है। कई तथ्यों पर आधारित गैस वर्क है। रात पाली से लौटा गवाह, जिसने तुम्हें जसमिन के फ्लैट के दरवाज़े पर खड़ा देखा था और समझा था कि तुम फ्लैट का ताला खोलने की कोशिश कर रहे थे लेकिन तुम्हारा दावा था कि तुम कॉलबैल बजा रहे थे, तुम्हें भूल नहीं गया था – आखिर अभी कल सुबह सवेरे की तो बात है – उस गवाह का तुम्हारे से आमना-सामना

करवाया जाएगा तो वो निर्विवाद तुम्हारी शिनाख़्त करेगा। इन्स्पेक्टर भारकर, आई चार्ज यू दैट यू मर्डर्ड सब-इन्स्पेक्टर अनिल गोरे एण्ड हिज़ कम्पैनियन ऑफ मंडे, दि नाइनटीथ नाइट जसमिन गिल। आई चार्ज यू फॉर डेलीब्रेट, कोल्डब्लडिड डबल मर्डर। अब तुम अपने अंजाम से नहीं बच सकते।"

भारकर उछल कर खड़ा हुआ।

"मैं डीसीपी पुजारा का आदमी हूँ।" – वो तीखे स्वर में बोला।

"मैं कमिश्नर जुआरी का आदमी हूँ।" – एसीपी शान्ति से बोला – "और कमिश्नर होम मिनिस्टर का आदमी है।"

"मैं . . . मैं जाता हूँ।"

"नहीं जा सकते। यू आर अन्डर अरैस्ट।"

"मैं जा रहा हूँ। रोक सकते हों तो रोक लें।"

वो दरवाज़े की तरफ बढ़ा।

एसीपी ने घन्टी बजाई।

तत्काल भड़ाक से दरवाज़ा खुला और चार सशस्त्र कमांडो भीतर घुस आए। सबने अपने हथियार भारकर पर तान दिए!

"तुम्हारे लिए ख़ास इन्तज़ाम।" – पीछे से एसीपी की आवाज आई – "स्पैशल अरेंजमेंट फॉर ए स्पैशल सन ऑफ ए बिच। . . . अरैस्ट हिम।"

नृशंस भाव से कमांडो भारकर की तरफ बढ़े।

भारकर की सारी दीदादिलेरी हवा हो गई। उसके चेहेर पर हवाईयां उड़ने लगीं, टांगें थरथराने लगीं।

"यू आर ए डिसग्रेस टू मुम्बई पुलिस।" – एसीपी की नफ़रत और तिरस्कार भरी आवाज उसे बहुत दूर से आती लगी – "आई विल पर्सनली सी दैट यू हैंग हाई। टेक दिस लो लाइफ आउट ऑफ माई साइट।"

भारकर के रहे सहे कसबल भी निकल गए।

उपसंहार

भारकर को तत्काल नौकरी से डिसमिस किया गया और उसे डबल मर्डर के इलज़ाम में गिरफ्तार किया गया।

उसका आमना-सामना कोलाबा वाले गवाह से, जिसने सुबह साढ़े चार बजे भारकर को जसमिन के फ्लैट के दरवाज़े पर खड़ा देखा था, कराया गया तो उसने निःसंकोच भारकर की शिनाख़्त की।

तब भारकर ये दुहाई देता न रह सका कि उसके खिलाफ खड़े तमाम सबूत बनाए गए थे, गढ़े हुए थे।

सब-इन्स्पेक्टर रेखा सोलापुरे और सब-इन्स्पेक्टर रवि कदम को, पैंडिंग डिपार्टमेंटल इंक्वायरी, थाने से मुअत्तल करके लाइन हाज़िर किया गया। कदम की ये खुशकिस्मती थी कि मालखाने में मौजूद शूटर के पीओपी मोल्ड के साथ जो हेराफेरी उसने की थी, वो कभी उजागर न हुई।

घटके को फौरन गिरफ्तार किया गया। गम्भीर डंडा परेड के बाद उसने अपना अपराध कुबूल किया कि तुलसीवाडी वाली शूटिंग की वारदात को रेमंड परेरा के हुक्म पर उसने ख़ुद अंजाम दिया था। ऐसा इसलिए भी मुमकिन हुआ था कि उसे मालूम हो चुका था कि परेरा का उसके सिर पर हाथ नहीं था और कराची वाले 'भाई' की परेरा को शह कभी थी ही नहीं। ये जानकर उसे भारी शॉक लगा था कि उसका पावरफुल बॉस परेरा फ्रॉड निकला था।

रेमंड परेरा किसी को ढूंढ़े न मिला। सबका यही ख़याल था कि वो दुबई निकल भागने में कामयाब हो गया था।

टोपाज़ क्लब को ताला लग गया।

पुलिस जब गिरफ्तारी के लिए रेमंड परेरा की तलाश में वहां पहुंची तो उन्होंने

टोपाज़ क्लब के बन्द प्रवेश द्वार पर बोर्ड लगा पाया :

क्लोज्ड फार रेनोवेशन

विल बी ओपंड शार्टली अंडर न्यू मैनेजमेंट।

क्लब कभी न खुला। कुछ दिन वो बोर्ड लगा उस पर दिखाई दिया फिर वो भी ग़ायब हो गया।

सर्वेश सावन्त को जब रेमंड परेरा के और उसके 'ख़ास' घटके के अंजाम की ख़बर लगी तो जैसे सूली पर टंगी उसकी जान ने राहत पाई वर्ना वो तो कराची वाले 'भाई' के नाम की धमकी में आकर परेरा को क्लब में पार्टनर कबूल करने की तैयारी कर भी चुका था।

कोंपल मेहता कभी मुम्बई वापिस न लौटी।

भारकर की गिरफ्तारी और उसकी डबल मर्डर में शिरकत की कहानी अगले रोज़ सिर्फ 'एक्सप्रैस' में छपी और झालानी को भरपूर वाहवाही हासिल हुई। 'एक्सप्रैस' ने उस ब्रेकिंग न्यूज़ स्टोरी के माध्यम से झालानी को अपने एस रिपोर्टर के तौर पर प्रोजेक्ट किया।

एसीपी कुलकर्णी ने उस वाहवाही में शरीक होने की कोई कोशिश न की, उसने बाख़ुशी उसे झालानी का वन मैन शो करार दिया।

डीसीपी पुजारा के हिस्से कमिश्नर की फटकार आई कि ऐसा बेग़ैरत, बद्‌अख़लाक क्रिमिनल माइन्डिड एसएचओ उसके अन्डर काम करता था और पूरी ढिठाई से ख़ुद को 'डीसीपी का आदमी हूँ' बोल कर हर किसी को डीसीपी पुजारा के नाम की हूल देता था।

मुम्बईया शब्दावली
अर्थ सहित

डेढ़ दीमाक	:	ज्यादा चालाक
बतोलेबाजी	:	लम्बी-लम्बी हांकना
पंगा, गलाटा	:	बखेड़ा
खोखा	:	करोड़ रूपया
वान्दा नहीं	:	नो प्रॉब्लम
बंडल	:	ग़लत बात, बकवास
इकसठ माल	:	खरा माल
आइटम	:	ख़ूबसूरत लड़की, प्रेमिका
वाट लगाना	:	हालत ख़स्ता करना, बर्बाद करना
येड़ी/येड़ा	:	मूर्ख, मतिभ्रष्ट
पोटला बनाना	:	मार कर लाश गायब करना
हूल देना	:	डराना, परेशान करना
सौ टांक	:	शत प्रतिशत, सौ फीसदी
आर्टिस्ट	:	शूटर, कातिल
कमती करना	:	ख़त्म करना, नामोनिशान मिटा देना
ज़ीरो नम्बर	:	इनफार्मर, ख़बरी, मुख़बिर
विकेट लेना	:	हत्या करना, मार डालना
अड़वा पट्ठा	:	बेकार का आदमी
लोचा	:	विवाद, मतभेद, अन्देशा, प्रॉब्लम
स्ट्रेट	:	चाकू
स्ट्रेट घुमाना	:	चाकू मारना, ख़ासतौर से पेट में

चप्पल	:	रिवाल्वर
लाफा	:	थप्पड़
फंटर	:	मामूली, सड़कछाप गुंडा
ढक्कन, खजूर	:	मूढ़ व्यक्ति, मूर्ख, कमअक्ल
ऊपर का माला	:	खोपड़ी, दिमाग
हठेला	:	जिद्दी, ढीठ
दाना	:	गन की गोली, बुलेट
आठ नम्बर की चप्पल	:	38 कैलिबर रिवाल्वर
कच्चा लिम्बू	:	नौसिखिया, अप्रैन्टिस
श्यानपंती	:	होशियारी
ऑफ करना	:	मार देना या मरवा देना
टपोरी	:	मामूली गुंडा
गुलदस्ता	:	रिश्वत
एडमिट करना	:	गिरफ्तार करना, अन्दर करना
चिन्दी चोर	:	छिछोरा, घटिया आदमी
गोटी से लटकाना	:	अण्डकोष से रस्सी बांध कर ऊपर खींचना
भीड़ू	:	साथी, बन्दा
पकाना	:	परेशान करना, खिजाना
फाड़ू	:	शानदार, बाकमाल